WOLFGANG HOHLBEIN

# IRONDEAD

Der achte Tag

WOLFGANG HOHLBEIN

# IRONDEAD

DER ACHTE TAG

Roman

INK
EGMONT

1. Auflage

verlegt durch EGMONT Verlagsgesellschaften mbH,
Gertrudenstraße 30–36, 50667 Köln

Umschlaggestaltung: Guter Punkt, München | www.guter-punkt.de
Umschlag- und Einbandillustration: Geoffrey Ernault
Lektorat: Dieter Winkler
Satz: Greiner & Reichel, Köln
Printed in Germany (670421)
ISBN 978-3-86396-077-3

www.egmont-ink.de

MIX
Papier
FSC FSC® C083411

# PROLOG

*Southampton, 9. Juni 1911*

Die See war *kabbelig* in dieser Nacht. Tanner hatte dieses Wort vor vielen Jahren von einem deutschen Seemann gelernt: Er war fast noch ein Kind gewesen, hatte Wasser gehasst und sich nicht einmal im Traum vorstellen können, jemals auch nur einen Fuß auf etwas zu setzen, das nicht auf guter, alter englischer Erde ruhte. Aber das war lange her. Heute tat er Dienst auf der *RMS Carpathia*, einer 450-Fuß-Fregatte mit zwei Ehrfurcht gebietenden Zwillingsgeschützen an Bug und Heck und annähernd dreihundert Mann Besatzung. Das letzte Mal, dass er wirklich festen Boden unter den Füßen gehabt hatte, lag schon fast drei Wochen zurück. So änderten sich die Zeiten.

Außerdem begann er zu ahnen, was dieses seltsame deutsche Wort bedeutete. Ihm war speiübel.

Dabei hätte man meinen können, dass das gewaltige Kriegsschiff reglos wie ein Stein in der Dünung lag. Irgendwie tat es das auch. Es war absolut keine Bewegung zu sehen und auch nicht wirklich zu spüren. Dennoch war da etwas, das seine Sinne beeinträchtigte und seinen Körper auf unangenehme Art in Anspannung hielt.

Kabbelig, pah! Er war müde, weil er die zweite Wache hintereinander schob, ihm war so kalt, dass er sich beherrschen musste, um nicht mit den Zähnen zu klappern, und die Übelkeit machte ihm zunehmend zu schaffen. Das war alles.

Tanner schluckte zum wiederholten Mal sauren Speichel hinunter und drehte sich um, als er Schritte hinter sich hörte. Der Wind trug die staubfeine eisige Gischt heran, der er bisher den Rücken zugedreht hatte. Nun klatschte sie ihm wie eine kalte Hand ins Gesicht, sodass er blinzeln musste, um die Züge der hoch aufgeschossenen schlaksigen Gestalt zu erkennen, die auf ihn zuhielt.

Tanner war plötzlich sehr froh, dass er trotz der vorgerückten Stunde das Gewehr vorschriftsmäßig geschultert trug. Er salutierte zackig und knallte die Hacken zusammen. Es dröhnte wie ein Pistolenschuss über das menschenleere Deck.

Piletti erwiderte seinen Gruß nachlässig. Sein Blick tastete zugleich aufmerksam über Tanners gesamte Erscheinung, zweifellos auf der Suche nach einer Kleinigkeit, die ihm Anlass für eine Zurechtweisung lieferte.

»Sub Lieutenant«, sagte Tanner schließlich unbeholfen, nachdem mindestens eine Minute vergangen war, ohne dass Piletti irgendetwas anderes getan hatte, als ihn durchdringend und feindselig anzustarren.

»Immerhin erinnern Sie sich noch an meinen Dienstrang, Entrance«, erwiderte Piletti, »wenn auch an sonst nichts anderes.«

Tanner hütete sich, etwas zu sagen. Dass ihn Piletti nicht gleich bei einer Verfehlung ertappt hatte, machte es nicht besser. Er musste auf der Hut bleiben.

»Irgendwelche besonderen Vorkommnisse, Entrance?«, bellte Piletti.

Das war nicht sein Rang. Trotzdem verneinte Tanner nur in möglichst neutralem Ton.

Was sollte denn hier schon vorkommen? Sie bewachten ein

leeres Schiff in einem fast verlassenen Hafen, und das noch dazu auf so große Entfernung (um nicht unnötig *Öl ins Feuer zu gießen,* wie die offizielle Begründung lautete, ha, ha, ha), dass man das Schiff schon wegtragen oder versenken musste, bevor es irgendjemandem hier draußen auffiel.

Piletti funkelte ihn an, als fühlte er sich durch seine Antwort nur noch zusätzlich provoziert, trat dann aber kommentarlos neben ihn an die Reling und setzte den Feldstecher an, der an einem schmalen Lederband vor seiner Brust hing. Tanner sah in dieselbe Richtung.

Auch ohne Fernglas und mitten in der Nacht war das gewaltige Schiff nicht zu übersehen, das die dunkel daliegenden Hafen- und Kaianlagen dahinter wie ein abgebrochener Berg überragte. Tanner hatte eine Menge großer Schiffe gesehen, seit er vor zwei Jahren in die Royal Navy eingetreten war, einige davon so gewaltig wie schwimmende Städte, doch sie alle verblassten zur Dimension von Rettungsbooten neben der *Olympic.* Seltsam war nur, dass er das riesige Schiff zum ersten Mal ohne eine Unzahl von Lichtern an Deck hinter den häuserblockgroßen Aufbauten sah. Wobei *seltsam* vielleicht nicht das richtige Wort war. Eher schon …

»Gespenstisch«, stellte Piletti genau in diesem Augenblick fest, als hätte er seine Gedanken gelesen. »Meinen Sie nicht auch, Entrance?«

»Was?«, fragte Tanner.

Piletti ließ den Feldstecher sinken. »Das Schiff so zu sehen. Jetzt warten wir schon seit über zwei Wochen, und ich habe es noch nie anders als taghell erleuchtet gesehen. So wirkt es irgendwie … tot.«

Tanner beschloss, auf der Hut zu sein. »Ich habe gehört, dass sie drüben in Belfast gerade ein noch größeres Schiff bauen.«

Piletti schüttelte den Kopf und setzte den Feldstecher wieder an. »Nicht größer, aber sehr viel luxuriöser. Ein schwimmendes Luxushotel für die Mächtigen und Reichen. Eine Überfahrt in der ersten Klasse kostet wahrscheinlich mehr, als Sie und ich in unserem ganzen Leben als Sold einstreichen, und …« Er fuhr ganz leicht zusammen, und seine Finger schlossen sich fester um das Fernglas. »Was ist denn das?«

»Sir?«, fragte Tanner alarmiert. Natürlich bekam er keine Antwort, aber Piletti blickte endlose Sekunden lang mit höchster Konzentration durch das Glas. Tanner strengte die Augen an, konnte jedoch nicht erkennen, was den Sub Lieutenant so sichtlich aufgeschreckt hatte.

»Sir?«, hakte er noch einmal nach.

»Ich dachte, ich hätte etwas gesehen«, murmelte Piletti. »Dabei sollte hier in der Nacht überhaupt nichts los sein.«

»Nur weil die Heizer und Schauerleute streiken, muss nicht gleich das ganze Schiff verlassen sein«, gab Tanner zu bedenken.

Piletti ließ das Fernglas sinken und warf ihm einen giftigen Blick zu. »Nicht auf dem Schiff, Sie Dummkopf. Im Wasser, zwei Strich backbord.«

Er reichte Tanner den Feldstecher, und dieser suchte sehr gründlich und sehr viel länger als Piletti den bezeichneten Bereich ab. Er kam jedoch zu keinem Ergebnis. »Vielleicht nur eine Spiegelung. Oder ein Tümmler. Angeblich sollen sie sich manchmal sogar bis hierher verirren.«

»Ja, warum nicht gleich eine Meerjungfrau?«, zischte Piletti. Er riss ihm das Fernglas aus der Hand und sah auf die zitternde See hinab – auch jetzt vergebens. »Vielleicht habe ich mich doch getäuscht. Wir bewachen dieses verdammte Ding jetzt schon seit zwei Wochen. Da kann man sich um ein Haar ja fast wünschen, es ginge endlich los.«

»Was?«, fragte Tanner.

Piletti sah ihn mit gefurchter Stirn an. »Was meinen Sie?«

Wollte er ihn auf den Arm nehmen, oder war das die Ouvertüre für eine neue Bosheit? »Sie haben gesagt, Sie wünschten sich fast, es ginge endlich los, Sir.«

Piletti erschrak sichtlich. »Das habe ich nicht!«, blaffte er. »Reden Sie nicht so einen Unsinn, Mann, sonst muss ich Sie melden!«

»Natürlich, Sir«, antwortete Tanner hastig. »Verzeihen Sie, Sir. Ich muss mich wohl getäuscht haben, Sir.« Er hielt Piletti gewiss nicht für einen geduldigen Mann, doch *dieser* Ausbruch überraschte ihn dann doch. »Darf ich … fragen, warum wir eigentlich hier sind, Sir?«

»Sie dürfen, Entrance«, antwortete Piletti. »Es geht Sie zwar nichts an, aber es ist auch kein Geheimnis. Es geht um diesen blödsinnigen Streik. Er ist illegal. Das Werk von diesen verdammten Kommunisten und irgendwelchem anderen Gesindel, das es auf unsere Regierung abgesehen hat!«

Tanner war verwirrt. »Und was hat die Royal Navy damit zu tun?«

»Ich habe Kapitän Harks dieselbe Frage gestellt, Mister Tanner, aber …« Piletti unterbrach sich mitten im Satz, legte den Kopf schräg, um zu lauschen, und setzte das Fernglas dann erneut an. Sicherlich zwei Minuten vergingen, in denen er konzentriert das Meer absuchte.

Aber es war Tanner, der es schließlich entdeckte. Wortlos legte er Piletti eine Hand auf die Schulter und wies mit der anderen auf die Meeresoberfläche, ein ganzes Stück weit entfernt von der ersten Sichtung des Sub Lieutenants.

Piletti ließ eigens den Feldstecher sinken, um ihm einen ärgerlichen Blick zukommen zu lassen, hob ihn dann aber wieder und suchte aufmerksam das Meer ab. Er sog scharf die Luft zwischen den Zähnen ein.

Tanner beugte sich so weit über die Reling, wie er es wagte, ohne das Gleichgewicht zu verlieren. Er brauchte kein Fernglas, um zu erkennen, was Piletti erschreckt hatte. Wäre es nicht so dunkel gewesen, wäre es ihm wahrscheinlich nicht einmal aufgefallen, denn was immer es war, befand sich nicht auf, sondern *unter* der Wasseroberfläche. Ein fahlgrünes Licht, wie der Strahl eines sonderbaren Scheinwerfers, der sich der *Carpathia* lautlos näherte.

»Was zum Teufel ist denn das?«, flüsterte Piletti. Seine Hand umklammerte das Fernglas so fest, als versuchte er es zu zerbrechen ... und war das Angst in seiner Stimme?

Das Licht erlosch schlagartig von einem Sekundenbruchteil auf den anderen, ohne die geringste Spur zu hinterlassen, und Piletti ließ das Glas mit einem vernehmlichen Keuchen wieder sinken. Er suchte das Meer mit bloßem Auge ab, dann noch einmal mit dem Feldstecher und schließlich erneut mit bloßem Auge. »Haben Sie das gesehen, Tanner?«, keuchte er. »Haben Sie das gesehen?«

»Ja, Sir«, antwortete Tanner mit belegter Stimme.

»Aber was war das?«, stammelte Piletti.

»Das weiß ich nicht, Sir.« Tanners Gedanken überschlugen sich. »Aber vielleicht ... vielleicht sollten wir Alarm geben. Oder wenigstens dem Kapitän oder dem Ersten Offizier Meldung machen.«

»Ja, zweifellos«, schnaubte Piletti, rührte sich aber nicht von der Stelle, sondern starrte weiter auf das Meer hinab.

Tanner tat es ihm gleich und strengte seine Augen so sehr an, dass sie zu schmerzen begannen. »Wir sollten wirklich Meldung machen, Sir.«

»Ja, eine wunderbare Idee, Entrance. Dann laufen Sie doch schon einmal voraus und tun Sie das ... ach ja, und was genau wollen Sie melden, wenn ich fragen darf?« Piletti sah ihn – jetzt wieder verächtlich – über die Schulter hinweg an. »Dass Sie ein grünes Licht gesehen haben, das sich dem Schiff unter Wasser genähert hat und plötzlich verschwunden ist?«

»Aber genau das haben wir doch gesehen!«, protestierte Tanner, konnte gerade noch die Veränderung in Pilettis Blick deuten und fügte ein hastiges »Sir« hinzu.

»So, das haben *Sie* also gesehen, Tanner«, sagte Piletti. »Ich wäre ja fast versucht, Sie zu begleiten, nur um mitzuerleben, wie Sie *das* dem Kapitän erzählen.«

Tanner musste sich auf die Zunge beißen, um nicht darauf zu antworten, aber er musste sich noch sehr viel mehr beherrschen, um nicht das Gewehr von der Schulter zu nehmen und dem Kerl den Kolben ins Gesicht zu rammen. Das Allerschlimmste war, dass Piletti recht hatte. Sie hatten beide dieses *Was-auch-immer* gesehen, aber wer würde ihm glauben? Tanner konnte ja selbst kaum beschreiben, was ihn so erschreckt hatte. Und auch in Pilettis Gesicht erkannte er blanke Angst. Das Schiff war ganz sicher nicht hier, um irgendwelche *verdammten Kommunisten* in Schach zu halten. Es gab einen ganz anderen und viel schlimmeren Grund, das wusste er.

»Dann sollen wir es einfach verschweigen, Sir?«

»Was verschweigen, Entrance?«, blaffte Piletti. »Mir ist nichts aufgefallen. Haben Sie etwas gesehen?«

Das hatte Tanner, und er sah es jetzt wieder: Ein grünes Leuchten durchdrang das Wasser, nur ein kurzes Stück von der *Carpathia* entfernt, viel, viel näher, als es in der kurzen Zeitspanne eigentlich möglich sein sollte. Gleichzeitig begann es zu schäumen und zu brodeln, und ein tiefes Wummern erfüllte die Luft. Tanner erkannte etwas Verschwommenes, Riesiges, Dunkles. Ehe er auch nur im Entferntesten begriff, was er da vor Augen hatte, tauchte inmitten des unruhigen, nun wie zerrissen wirkenden Wassers des Hafenbeckens ein dunkler

Schatten auf: ein Koloss, beinahe so lang wie die Fregatte selbst und von so deutlicher Präsenz, dass Tanner unwillkürlich einen Schritt zurückwich.

»Aber was …?«, entfuhr es Piletti, doch er sprach diesen Satz nicht zu Ende, denn es hatte ihm offensichtlich ebenso die Sprache verschlagen wie Tanner.

Keiner von ihnen konnte sagen, was er da sah. Sicher kein Schiff, denn obwohl Tanner das Gefühl hatte, dass der Koloss aus Metall war, konnte er zugleich riesige glotzende Augen, hervorstehend und glubschig wie bei einem Frosch erkennen, jedes einzelne annähernd so groß wie ein Mann. Dazu ein gewaltiger Zackenkamm, der sich über einen gleichermaßen kantigen wie runden Schädel erhob und bis zu einer zyklopischen Schwanzflosse in mehr als hundert Fuß Entfernung zog, gepanzerte Flanken und etwas, das an ein zahnbewehrtes geiferndes Maul erinnerte und zugleich doch so anders war, wie es nur möglich war. Ganz gleich, was es in Wahrheit auch sein mochte, für Tanner war es ein leibhaftiges Meeresungeheuer, das direkt aus den düstersten Seemannslegenden emporgestiegen war, um sie alle zu verschlingen.

Piletti schien es ganz ähnlich zu ergehen, denn er hatte die Hände so fest um die Reling geballt, dass seine Knöchel wie weiße Narben durch die Haut stachen, und starrte aus weit aufgerissenen Augen und ohne auch nur zu blinzeln, auf die unheimliche Erscheinung hinab. »Das ist … das ist doch nicht … nicht möglich«, stammelte er. »Laufen Sie zum Kapitän! Holen Sie ihn her! Aber kein Wort zu den anderen! Zu niemandem!«

Tanner stürmte los, hielt aber nach zwei Schritten inne, als Piletti hinter ihm so erschrocken die Luft einsog, dass es fast wie ein Schmerzenslaut klang. Zugleich erscholl von irgendwoher ein schrilles Kreischen, das an das Geräusch mächtiger eiserner Scharniere erinnerte, jedoch auf entsetzliche Weise *lebendig* klang. Tanner wirbelte herum und erstarrte angesichts des Anblicks, der sich ihm bot.

Das grüne Licht war wieder da, ungleich näher und irgendwie giftiger als beim ersten Mal, sodass er nun zwei scharf gebündelte Strahlen ausmachen konnte, die das Meer aufleuchten ließen. Schatten und bizarre Umrisse waren darin zu erkennen, die ihn schier an seinem Verstand und der Sehkraft seiner Augen zweifeln ließen. Dutzende, wenn nicht Hunderte umschwärmten den gewaltigen Umriss wie eine Meute ausgehungerter Piranhas einen verletzten Wal; mit unmöglich schnellen Bewegungen schossen sie hin und her, wechselten blitzartig die Richtung und jagten das eine oder andere Mal auch zur Wasseroberfläche hinauf, nur um dann im letzten Moment mit einer eigentlich unmöglichen Drehung wieder umzukehren.

Dann blitzten winzige Lichter auf einer noch tieferen Ebene unter dem Meeresspiegel auf, wie Funken oder maritime Glühwürmchen, Dutzende, Hunderte, vielleicht Tausende in rasender Folge, sodass Tanner nun einen vagen Eindruck von der wirklichen Form und vor allem Größe des schwimmenden Kolosses bekam. Der Anblick verschlug ihm schier den Atem. Wenn das ein Lebewesen war, dann von geradezu absurden Abmessungen, wie sie die Natur unmöglich hervorbringen konnte.

»Dort!« Piletti beugte sich gefährlich weit über die Reling und deutete nach unten. »Sehen Sie das? Da sind Menschen im Wasser!«

Tanner war mit einem Satz wieder neben ihm und sah konzentriert nach unten. Tatsächlich waren da hektische Bewegung und spritzende Gischt, aber einen Menschen vermochte er in all dem Chaos nicht auszumachen.

»Schnell, kommen Sie!« Piletti fuhr herum und zerrte ihn

hinter sich her auf das hintere Fallreep zu. Tanner versuchte sich loszureißen, erreichte damit aber nur, dass er noch rücksichtsloser mitgezerrt wurde.

»Aber der Kapitän!«, keuchte er. »Wir müssen Meldung machen, und …«

»Später!«, schnitt ihm Piletti das Wort ab. »Dort unten ist jemand in Seenot! Wollen Sie ihn ertrinken lassen?«

Natürlich wollte er das nicht. Aber er glaubte auch keine Sekunde lang daran, dass sein Vorgesetzter aus reiner Menschlichkeit handelte.

Piletti schlug mit der Faust auf den Riegel, der das Fallreep sicherte, und konnte kaum die anderthalb Sekunden abwarten, die die eiserne Treppe brauchte, um zur Wasseroberfläche hinunterzurasseln. Das Klirren der Ketten und das protestierende Quietschen der rostigen Scharniere waren sicher bis in den letzten Winkel des Schiffes zu hören, ebenso wie das Dröhnen von Pilettis Schritten auf den Metallstufen. Tanner rechnete damit, das Deck über sich vom Schrillen einer Pfeife und dem Trappeln harter Stiefelsohlen widerhallen zu hören. Doch erstaunlicherweise blieb alles still, sowohl über ihnen als auch auf dem Meer.

Zwei Fuß von den grauen Wellen entfernt, die an den Flanken der *Carpathia* zerspritzten, hatte Tanner den Eindruck, nur noch den Arm ausstrecken zu müssen, um die gepanzerten Flanken des Kolosses zu berühren. Das lautlose Lichtgewitter unter Wasser war von hier aus sehr viel deutlicher zu sehen, enthüllte dabei seltsamerweise aber eher noch weniger Details.

»Dort!« Piletti deutete schon wieder in eine Richtung, in der Tanner nichts als spritzenden Schaum und reine Bewegung erkennen konnte, fiel auf die Knie und hielt sich mit der linken Hand an der rostigen Kette fest, die als Geländer diente.

Gleichzeitig beugte er sich so weit vor, dass sich sein Gesicht kaum eine Handbreit über den Wellen befand. Den freien Arm tauchte er bis zur Schulter ins Wasser. Es sah absurd aus – und sehr gefährlich.

»Helfen Sie mir, verdammt!«, keuchte sein Vorgesetzter. »Halten Sie mich fest!«

Tanner tat, wie ihm geheißen, krallte sich mit einer Hand an die Kette, um auf den rutschigen Metallstufen nicht den Halt zu verlieren, und packte mit der anderen Hand Piletti. Der planschte so wild und vor Anstrengung schnaubend im Wasser herum, als hätte er den Verstand verloren und versuchte mit bloßen Händen Fische zu fangen. Dann gab es einen Ruck, der nicht nur ihn aus dem Gleichgewicht zu bringen drohte, sondern auch Tanner, und irgendwo dicht unter der Wasseroberfläche zappelte etwas Großes und Helles, sodass salziges Wasser schäumend bis über ihre Köpfe spritzte, sie binnen weniger Augenblicke bis auf die Haut durchnässte und wie Säure in Tanners Augen brannte.

Er griff noch fester zu und versuchte sich zusätzlich irgendwo mit dem Fuß zu verhaken, zumal Piletti zu seinem Entsetzen nun auch noch mit der anderen Hand zupackte, sodass er kopfüber ins Meer gestürzt wäre, hätte Tanner die Finger nicht mit aller Kraft in den Stoff seiner Uniformjacke gekrallt. Ein Schrei ertönte, ein durchdringender Laut wie das Grollen eines Nebelhorns, den er bis in den kleinsten Knochen seines Körpers zu spüren glaubte. Irgendwo – gerade jenseits der Grenze des wirklich Erkennbaren – war die Bewegung von etwas ungeheuerlich Großem und Furchteinflößendem. Unter der Wasseroberfläche zappelte und wand sich etwas Helles und Riesiges, vollkommen fremdartig und zugleich auf schreckliche Weise vertraut. Tanner spürte, wie seine Hand ebenso langsam wie unbarmherzig ihren Halt zu verlieren begann, mobilisierte noch einmal all seine Kräfte und ließ die Kette los, um sich nur noch mit dem Fuß irgendwo zu verkeilen und mit beiden Händen Piletti festzuhalten.

Gemeinsam – und buchstäblich den Bruchteil eines Atemzuges bevor sie beide im Wasser gelandet wären – gelang es ihnen, Pilettis Fang aus dem Meer ein Stück zu sich heraufzuziehen.

Es verschlug Tanner den Atem, so unglaublich war der Anblick.

Es war eine Frau. Nicht irgendeine Frau, sondern die schönste Frau, die Tanner jemals gesehen hatte. Ihr langes Haar, das gerade noch wie goldfarbener Tang im Wasser geschwebt hatte, umrahmte ein schmales, perfekt geschnittenes Gesicht mit einer edlen Nase, hoher Stirn und wunderschönen Augen, die leicht schräg standen und an die einer Katze erinnerten, auch wenn sie nun fast schwarz vor Angst waren. Und diese Perfektion setzte sich fort, von den schlanken Linien ihres Halses über die schmalen und doch erstaunlich muskulösen Schultern, den kleinen, perfekt geformten Brüsten bis hinunter zu ihrer Wespentaille …

… aus der ein gut anderthalb Fuß langer Pfeil ragte.

Das Bild war so bizarr, dass Tanners Griff sich lockerte und die verwundete Frau mit einem gewaltigen Platschen ein Stück weit wieder ins Wasser zurückglitt. Aus der Angst in ihren Augen wurde etwas anderes und tausendmal Schlimmeres, während sie unerbittlich tiefer im Meer versank. Sie warf die Arme in die Höhe und krallte sich mit beiden Händen an Piletti fest, der nun seinerseits noch weiter abrutschte.

Tanner zerrte und riss verzweifelt an seinem Vorgesetzten, und gerade als er zu spüren meinte, wie etwas in seiner Hüfte zu brechen drohte, schoss die Frau mit einem plötzlichen Ruck aus dem Wasser, sodass Piletti und er regelrecht nach hinten flogen und der Sub Lieutenant halb unter ihr begraben wurde. Auch Tanner verlor das Gleichgewicht, knallte mit dem Hinterkopf gegen den Stahl der Bordwand und sah Sterne, während er halb benommen rücklings auf die Treppe sank. Piletti schrie irgendetwas, das er nicht verstand. Als sich sein Blick wieder klärte, konnte er nur noch die junge Frau anstarren, die halb über Piletti lag und ihn mit ihrem Gewicht auf die eisernen Treppenstufen drückte.

Genauer gesagt starrte er auf ihren Unterleib, der nicht wirklich ein Unterleib war, sondern ein schuppiger Fischschwanz, dessen breite Flosse noch immer das Wasser peitschte.

»Tanner, um Himmels willen!« Pilettis Stimme war ein schrilles Kreischen, nur noch einen Deut von reiner Hysterie entfernt. »Helfen Sie mir! Nehmen Sie dieses Ding von mir herunter!«

Tanner erwachte endlich aus seiner Erstarrung. Während er sich ungeschickt und mit dröhnendem Schädel aufzurappeln versuchte, erkannte er, dass Pilettis Panik möglicherweise nicht ganz unberechtigt war, denn die Meerjungfrau *(eine Meerjungfrau! Großer Gott, es war eine leibhaftige Meerjungfrau!)* krallte sich noch immer mit einer Hand in seine Jacke, während die Finger ihrer anderen nach seinen Augen grabschten. Tanner sah jetzt auch, dass es zumindest zwei Dinge (drei, wenn er den peitschenden Fischschwanz mitzählte) gab, die ihre engelsgleiche Schönheit störten: Das eine waren die dünnen, halb durchsichtigen Schwimmhäute zwischen ihren Fingern, das andere die messerscharfen Krallen, die aus ihren Fingerspitzen ragten und Pilettis Gesicht bereits in eine Landschaft aus heftig blutenden Schnitten verwandelt hatten. Piletti warf verzweifelt den Kopf hin und her, und es war ihm bisher immerhin gelungen, sein Augenlicht zu retten, doch das würde allerhöchstens noch Sekunden so bleiben.

Tanner gönnte Piletti ja im Prinzip alles Schlechte der Welt, aber *das* nun doch wieder nicht.

Mit einer hastigen Bewegung war er über den beiden und versuchte das groteske Geschöpf von Piletti herunterzureißen. Er brauchte zwei Anläufe und all seine Kraft dazu, denn das Wesen war unglaublich stark. Nicht genug damit, peitschte der gewaltige Fischschwanz plötzlich aus dem Wasser und traf ihn wie eine riesige nasse Hand im Gesicht, sodass er das Gleichgewicht verlor und halb benommen gegen die Bordwand torkelte.

Es tat weh, aber diesmal blieb er bei klarem Verstand, sodass er sah, dass die Meerjungfrau sich unverzüglich wieder auf Piletti stürzte. Gedankenschnell blockierte dieser mit dem Unterarm ihre Krallen, die schon wieder auf seine Augen zielten, und sie versuchte nun, ihm mit den Krallen der anderen Hand die Kehle aufzuschlitzen. Piletti entging um Haaresbreite auch diesem Angriff und reagierte instinktiv, indem er das Knie in die Höhe riss, was jeden männlichen Angreifer auf der Stelle ausgeschaltet und selbst einer Frau sehr wehgetan hätte.

Zu Pilettis Pech war die Meerjungfrau weder das eine noch das andere. Tanner hörte nur einen dumpfen Schlag, dem aber der erhoffte Schmerzensschrei nicht folgte. Piletti warf sich herum und griff nach dem Pfeil, der aus der Seite der Meerjungfrau ragte. Das Ergebnis war ein schrilles Heulen, das durch und durch unmenschlich war und unmögliche Höhen erreichte. Das Geschöpf bäumte sich auf, schlug in blinder Agonie mit dem Schwanz um sich und wäre ins Wasser entkommen, hätte Piletti nicht noch einmal brutal an dem Pfeil gezerrt. Der Schrei der Meerjungfrau wurde noch schriller, und Piletti warf sie mit einem Ruck auf den Rücken und schlug ihr so hart mit der Faust ins Gesicht, dass ihre Bewegungen auf der Stelle erlahmten.

Als er ein zweites Mal zuschlagen wollte, war Tanner neben ihm und hielt seine Hand fest. »Das reicht, Piletti.«

Piletti riss seinen Arm los und funkelte ihn an. »Was fällt Ihnen ein, Entrance?«

»Able, Sub Lieutenant«, antwortete Tanner. »Mein Dienstrang ist Able Warant. Und es ist nicht nötig, sie … es … noch mehr zu verletzen. Wissen Sie überhaupt, was wir da haben?«

Piletti wollte aufbegehren, doch dann konnte Tanner regelrecht sehen, wie es hinter seiner Stirn zu arbeiten begann. »Sie meinen …?«

Tanner sollte nie erfahren, worauf Piletti hinauswollte, denn in diesem Moment flogen die Augen der grotesken Zwitterkreatur auf, und im gleichen Sekundenbruchteil begann sich ihre Hand zu verändern. Die Finger verloren ihre Farbe und schimmerten plötzlich wie Quecksilber, und genau wie solches flossen sie mit einem Male zusammen und wurden schlanker, spitzer und verwandelten sich binnen eines einzigen Lidschlages in eine breite, zweischneidige Messerklinge, die nach Pilettis Brust stieß.

Piletti reagierte mit erstaunlicher Schnelligkeit und riss den Arm in die Höhe, aber diesmal nutzte es ihm nichts. Die Messerklinge traf sein Handgelenk, durchstieß es ohne die geringste Mühe und nagelte seinen Arm an seine Brust, bevor sie sich in sein Herz grub und rot und triefend aus seinem Rücken wieder austrat. Piletti blieb nicht einmal mehr die Zeit für einen Schrei, so schnell starb er.

Da Tanner wenig Lust verspürte, sein Schicksal zu teilen, sprang er hastig zurück, trat nach dem Geschöpf und versuchte gleichzeitig, das Gewehr von der Schulter zu zerren. Sein Tritt zeigte keine Wirkung. Was ihn rettete, das war wohl einzig der Umstand, dass sich die unheimliche Schwerthand der Kreatur in Pilettis Rippen verkeilt zu haben schien, denn sie hatte sichtliche Schwierigkeiten, ihre bizarre Waffe zu befreien. Die zwei oder drei Augenblicke, die sie dafür benötigte, reichten Tanner, das Gewehr auf sie anzulegen und durchzuladen.

Für den Bruchteil einer Sekunde trafen sich ihre Blicke. Sie war noch immer die schönste Frau, die er jemals gesehen hatte, so wunderschön, dass es fast wehtat, sie anzublicken, trotz all des Blutes auf ihrem Gesicht und dem, was aus ihrer linken Hand geworden war. Aber er hatte auch gesehen, was sie Piletti angetan hatte, und als sie die Klinge aus der Brust des Sub Lieutenants zog, drückte Tanner ab.

Die Gewehrmündung war weniger als einen halben Meter von ihr entfernt, und Tanner hatte sicheren Stand auf den metallenen Treppenstufen. Er konnte gar nicht danebenschießen. Und er tat es auch nicht.

Die Kugel traf sie genau zwischen die Augen, prallte ab und flog als heulender Querschläger davon.

Tanner war so fassungslos, dass er nicht einmal auf den Gedanken kam, noch einmal zu schießen, doch sein Selbsterhaltungstrieb war trotz allem stark genug, ihn gerade noch rechtzeitig zurückprallen zu lassen. Die Messerklinge traf das Gewehr ein winziges Stück vor seiner Hand, schnitt Holz und Metall gleichermaßen mühelos entzwei und ließ die Hälfte der Waffe in hohem Bogen in die Dunkelheit und mit einem gewaltigen Platschen im Meer verschwinden. Tanner starrte den verbliebenen Rest des Gewehrs in seinen Händen und das unheimliche Wesen gleichermaßen fassungslos wie entsetzt an, stolperte einen weiteren halben Schritt zurück und versuchte vergeblich, auf seinen Verstand zu hören, der ihm zuschrie, die Beine in die Hand zu nehmen und zu rennen, so schnell er konnte.

Es hätte ihm vermutlich ohnehin nichts genutzt, denn die Kreatur wirbelte mit einer Behändigkeit herum, die für ein Wesen ohne Beine ganz und gar unmöglich sein sollte, richtete sich auf ihre Schwanzflosse auf wie eine angreifende Kobra und stieß mit ihrer schrecklichen Messerhand nach ihm.

Dann war ihr Kopf plötzlich verschwunden. Funken sprühten und zischten, und es stank durchdringend nach brennendem Gummi und heißem Metall.

Tanner blickte dem abgeschlagenen Kopf der Meerjungfrau verständnislos nach, bis er über die letzte Treppenstufe rollte und im Wasser verschwand, dann hob er den Blick und sah sich einem Mann gegenüber, der wie aus dem Nichts hinter ihm aufgetaucht war. Er war sehr groß, trug einen einteiligen schwarzen Anzug, der sich wie eine zweite Haut an seinen Körper schmiegte und vor Nässe glänzte, und absurderweise einen ebenfalls schwarzen Turban auf dem Kopf.

Noch absurder war vielleicht nur der meterlange Krummsäbel, den er in der rechten Hand hielt, denn die Klinge war in ein Netz knisternder kaltblauer Funken gehüllt.

»Aber … aber was …?«, stammelte Tanner.

Der Fremde hob sein Schwert, dann …

… nichts mehr.

# I

»Sie läuft in einer Woche aus«, sagte Watson, während er mit der aufgeklappten Gazette raschelte, deren gelbes Papier er wie einen Schutzschild zwischen sich und das gemeine Volk im Club hielt. Etwas an der Art, in der er das halbe Dutzend Worte aussprach, ließ mich vermuten, dass sie für ihn von großer Wichtigkeit waren. Ich sah von der Lektüre meines eigenen Journals auf, auf das ich seit einer geschlagenen Viertelstunde starrte, ohne auch nur ein einziges Wort gelesen oder eines der vielen Bilder wirklich betrachtet zu haben. Wir saßen jetzt seit mindestens einer Stunde im Rauchsalon des nobelsten Clubs von Belfast, ich trank mittlerweile den dritten türkischen Kaffee, der mir noch viel weniger schmeckte als die beiden davor (ich habe nie verstanden, was die Leute so sehr an diesem bitteren Gebräu fasziniert, dass sie wahre Unsummen dafür ausgeben und seine Zubereitung und seinen Genuss fast wie eine Religion zelebrieren), und hatte immer größere Mühe, dem Drang nach einer weiteren Zigarre zu widerstehen. Aber in dem abgegriffenen Lederetui in meiner Brusttasche befanden sich nur noch drei Zigarren, die für den Rest des Tages reichen mussten, und es war noch nicht einmal ganz Mittag.

Watson raschelte noch einmal demonstrativ mit seiner Zeitung, und als das keine Reaktion von mir bewirkte, knickte er sie mit beiden Zeigefingern dergestalt um, dass ihr oberes Drittel perfekt herunterklappte und ich dem vorwurfsvollen Blick seiner Augen begegnete. »Die *Titanic*«, sagte er.

Nun war klar, dass er eine gebührende Erwiderung auf diese weltbewegende Eröffnung erwartete, und ich zerbrach mir auch einige Sekunden lang angestrengt den Kopf über eine solche. »Aha!«

Watson wirkte ein bisschen verletzt, klappte die Zeitung aber nur mit ganz erstaunlicher Fingerfertigkeit wieder hoch, um dahinter zu schmollen, während ich endlich vor meinem inneren Schweinehund kapitulierte und eine meiner letzten Zigarren zückte. Noch bevor ich das dazugehörige Streichholz anreißen konnte, tauchte ein livrierter Butler wie aus dem Nichts neben mir auf und reichte mir Feuer. Mit der anderen Hand vollbrachte er ein weiteres Zauberkunststück, indem er einen blitzsauberen Aschenbecher dorthin platzierte, wo einen Sekundenbruchteil zuvor noch der benutzte gestanden hatte. Ich bedankte mich mit einem wortlosen Nicken, das er ebenso stumm erwiderte, aber in seinen Augen meinte ich einen Ausdruck leiser Missbilligung zu erkennen. Ich war nicht ganz sicher, ob sie meinem schäbigen Anzug, der fragwürdigen Qualität meiner Zigarre oder ganz allgemein der Tatsache galt, dass sich jemand wie ich in einen der mondänsten Clubs des Landes verirrt hatte. Der Blick, mit dem ich ihn verabschiedete, fiel jedenfalls um mehrere Nuancen kühler aus.

Natürlich war mir klar, dass ich dem Mann unrecht tat, der mich immerhin genauso zuvorkommend behandelte wie jeden anderen hier. Wenn, dann sollte sich mein Unmut eher gegen den Doktor richten. Sosehr ich mich auch gefreut hatte, nach fast einem Jahr wieder etwas von Watson zu hören, und sosehr mir die Einladung in diesen noblen Club auch schmeichelte, der als inoffizieller Treffpunkt der wirklich allerbesten Gesellschaft galt, so enttäuschend war dieses Treffen bislang verlaufen. Watson hatte es sich nicht nehmen lassen, mich höchstpersönlich am Eingang zu empfangen. Den Grund für seine überraschende Einladung hatte er mir trotz meiner entsprechenden Nachfrage nicht verraten. Wenn man es ganz genau nahm, hatte er mir *überhaupt nichts* verraten, sondern nur eine Handvoll Worte mit mir gewechselt, während wir uns gesetzt und auf den Kellner gewartet hatten. Seither las er in seiner Zeitung.

Ich nahm einen tiefen Zug aus meiner Zigarre, blätterte weiter in einem Journal, das über Dinge berichtete und Waren feilbot, von denen ich noch nie gehört hatte und die ich nicht brauchte. Im Gegensatz zu dem osmanischen Gebräu schmeckte die Zigarre ausgezeichnet, was mich wenigstens halbwegs mit der Situation versöhnte, wenn auch vermutlich nicht für lange.

Hinter seiner Zeitung bewegte sich Watson unruhig. Ich sollte es vermutlich nicht sehen, aber mir entging nicht, dass er zum wiederholten Mal seine Taschenuhr aus der Weste zog, genauso wenig wie das charakteristische Geräusch, mit dem er den Deckel auf- und nach einer guten halben Minute wieder zuklappte. Möglicherweise war ich ja nicht der Einzige, der auf etwas wartete. Doch ich würde ihm bestimmt nicht den Gefallen tun, ihm meine Ungeduld auch noch zu zeigen.

Nach drei weiteren Zügen aus meiner Zigarre, die ihr Ende beinahe weiß aufglühen ließen, fragte ich: »Habe ich mich eigentlich schon für die Einladung bedankt, Doktor?«

Watson schwieg gerade lange genug, damit ich zu zweifeln begann, ob er sich überhaupt zu einer Antwort herablassen würde, knickte das obere Drittel seiner Zeitung erneut auf diese beeindruckende Weise um (ich nehme an, das hatte er lange geübt) und sah mich stirnrunzelnd an. »Zweimal, glaube ich. Vielleicht auch dreimal. Ich muss Sie jedoch noch um ein wenig Geduld bitten, Mister Devlin.«

»Geduld bis wann?«, fragte ich durch eine Wolke grauen Zigarrenqualms. Ich wusste, dass Watson Zigarrenrauch verabscheute. Bisher hatte ich darauf Rücksicht genommen und darauf geachtet, den Qualm nicht in seine Richtung zu blasen. Jetzt beugte ich mich wie zufällig ein gutes Stück vor und sah ihn erwartungsvoll an.

»Wir sind zum Essen verabredet, Mister Devlin«, antwortete Watson.

»Wir?«

»Sie und ich und eine dritte Person, der ich Sie gerne vorstellen möchte«, erwiderte Watson kryptisch.

Er faltete seine Zeitung sorgsam in der Mitte zusammen und legte sie präzise zur Kante ausgerichtet auf den Tisch. Ganz zufrieden schien er mit seinem Werk jedoch nicht zu sein, denn nach einer Sekunde beugte er sich noch einmal vor und benutzte den kleinen Finger der linken Hand, um sie erneut zu verschieben – vielleicht einen halben Millimeter, schätzte ich. Erst dann fuhr er fort: »Ich muss mich entschuldigen, Mister Devlin. Mein Gast wollte eigentlich schon früher hier sein, aber wie es scheint, wurde er wohl aufgehalten. Ich bin jedoch sicher, dass er pünktlich zum Essen eintreffen wird. In …« Er zückte schon wieder seine Taschenuhr, um auf das Ziffernblatt zu sehen, obwohl hinter mir und damit in seiner direkten Sicht eine barocke Standuhr thronte, deren lautstarkes Ticken mir schon die ganze Zeit auf die Nerven ging. »… einer knappen Viertelstunde.«

»Und um wen handelt es sich bei Ihrem geheimnisvollen Bekannten?«, fragte ich.

Watson schüttelte tadelnd den Kopf. »Einmal Detektiv, immer Detektiv, wie? An unserem Gast ist rein gar nichts Geheimnisvolles. Ich denke allerdings, dass Sie erfreut sein werden, seine Bekanntschaft zu machen.«

»Warum?«, fragte ich zwar, ärgerte mich zugleich aber auch über mich selbst. Natürlich hatte er das nur gesagt, um meine Neugier zu wecken, und ich schnappte brav nach dem Köder.

Watson antwortete mit einer Gegenfrage. »Wie lange haben wir uns jetzt nicht gesehen, Mister Devlin? Ein gutes Jahr, nicht wahr?«

Ich nickte. Worauf wollte er hinaus?

»Ich habe gehört, Ihre Geschäfte laufen nicht besonders gut«, fuhr Watson fort. »Das bedauere ich. Warum haben Sie sich nicht bei mir gemeldet, Mister Devlin? Sie wissen, dass ich Ihnen damals meine Hilfe angeboten habe, sollten Sie sie benötigen.«

Das hatte er, genau wie Nikola, Harland und sogar mein Intimfeind Adler. Ich habe jedoch noch nie Almosen genommen. Darüber hinaus weckte die Nähe jeder einzelner dieser Personen so schmerzliche Erinnerungen, dass ich sie einfach nicht ertragen hätte.

»Ich hatte schon schlechtere Zeiten«, antwortete ich.

»Aber auch schon bessere, nehme ich an«, erwiderte Watson. »Sie sind ein stolzer Mann, Mister Devlin. Das respektiere ich. Und ich verstehe auch, warum es Ihnen auf Dauer nicht möglich war, meine Nähe und die der anderen zu ertragen. Auch wenn ich persönlich und als Arzt der Meinung bin, dass es ein Fehler ist.«

»Haben Sie schon einmal einen geliebten Menschen verloren, Doktor?«, fragte ich, selbst ein wenig erschrocken über die Schärfe, die unterschwellig in meiner Stimme mitschwang.

Watson reagierte jedoch nur mit einem dieser Ärztelächeln, die Patienten dazu bringen konnten, ihre Doktoren zu erwürgen. »In der Tat, das habe ich. Wie die meisten Menschen. Der Verlust geliebter Personen ist fester Bestandteil unseres Lebens.«

»Aber nicht so!«, antwortete ich in einem Ton und so laut, dass etliche der anderen Gäste die Köpfe hoben und nicht mit missbilligenden Blicken geizten.

»Nein, zweifellos«, entgegnete Watson. »Aber wenn Sie schon nicht auf den Rat eines Freundes hören wollen, dann nehmen Sie meinen ärztlichen Ratschlag an. Manchmal hilft es, vor einem Schmerz davonzulaufen oder einfach die Augen davor zu verschließen. Aber nur selten und so gut wie nie auf Dauer. Glauben Sie mir, ich weiß, wovon ich rede. Auch wenn es wehtut – letzten Endes muss man sich den Dämonen stellen, wenn man nicht will, dass sie einen für den Rest seines Lebens verfolgen.«

»Doktor Watson, ich danke Ihnen für diese Einladung«, sagte ich, so ruhig ich konnte, wenn auch mit großer Entschlossenheit, »aber wenn Sie mich hierherbestellt haben, um mich zu therapieren …«

»Nichts liegt mir ferner, Mister Devlin«, unterbrach mich Watson, und auch das tat er auf jene ganz bestimmte Art, zu der nur Ärzte imstande sind, die den Umgang mit renitenten Patienten gewohnt sind. »Es war lediglich ein freundschaftlicher Rat. Sie können ihn beherzigen oder auch nicht. Darüber hinaus möchte ich Sie mit jemandem bekannt machen, der sich möglicherweise ihrer Dienste versichern möchte.«

»Meiner Dienste?«, fragte ich misstrauisch.

»Als privater Ermittler«, präzisierte Watson. »Sie arbeiten doch noch als Privatdetektiv, nehme ich an?«

Im Prinzip schon, auch wenn das mit der *Arbeit* zurzeit nicht gerade rosig aussah. Seit einem guten Jahr, um genau zu sein. Ich nickte.

»Mein Bekannter sucht jemanden, der ihm bei gewissen … sagen wir pikanten Nachforschungen behilflich ist. Keine Sorge.« Er hob die Hand, um meinem erwarteten Widerspruch zuvorzukommen. »Es ist vollkommen legal und wahrscheinlich nicht einmal gefährlich. Dennoch wird möglicherweise ein Mann mit Ihren speziellen Fähigkeiten benötigt.«

»Meinen speziellen Fähigkeiten?«

»Sie sind ein guter Detektiv, Mister Devlin«, antwortete Watson. »Davon konnte ich mich persönlich überzeugen. Und Sie können schweigen.«

»Und worüber?«, fragte ich.

Watson lächelte milde wie ein Vater, der ein kleines Kind bei einer naiven Schwindelei ertappt hatte. »Ich weiß selbst nicht, worum es genau geht.«

»Woher wollen Sie dann wissen, dass es legal ist?«, hakte ich unverzüglich nach.

»Weil ich die Person kenne, über die wir reden«, antwortete er. »Sehr gut kenne. Und ich kann Ihnen versichern, dass sie niemals etwas Gesetzeswidriges oder auch nur Fragwürdiges tun würde. Aber ich muss Ihnen nicht sagen, dass es durchaus Dinge gibt, die nicht in die Öffentlichkeit gehören, auch wenn es sich nicht um etwas Illegales handelt. Mehr kann ich Ihnen nicht sagen, ganz einfach weil ich nicht mehr weiß.«

»Und Ihr Bekannter …?«

»… hat explizit nach Ihnen gefragt, Mister Devlin«, führte Watson den Satz zu Ende. »Und ich habe natürlich nur zu gerne zugesagt, Sie beide zusammenzubringen.«

»Weil Sie mich so sehr ins Herz geschlossen haben?«

»Weil ich von Ihren Fähigkeiten überzeugt bin, Mister Devlin.«

Er stand auf, bevor ich antworten konnte. »Kommen Sie, Mister Devlin. Lassen Sie uns ins Restaurant gehen. Mein Bekannter kommt sicherlich gleich, und wir können vor dem Essen noch einen Aperitif nehmen. Außerdem riecht es mir hier zu sehr nach Zigarrenqualm.«

Ich verstand den Wink, nahm einen tiefen Zug und drückte die noch nicht einmal zu einem Viertel aufgerauchte Zigarre im Aschenbecher aus. An jedem anderen Ort hätte ich sie eingesteckt, um sie später in Ruhe zu Ende zu rauchen, aber hier verzichtete ich darauf – schon weil ich mir das missbilligende Stirnrunzeln des Butlers vorstellen konnte, wenn er mich dabei beobachtete.

Das Restaurant befand sich gleich nebenan. Trotz seiner beeindruckenden Größe und des Umstandes, dass ein Mittagessen hier vermutlich mehr kostete, als ein durchschnittlicher Arbeiter in einem Monat verdiente, waren nahezu alle Tische besetzt. Es herrschte eine vornehme Stille, denn sämtliche Gespräche wurden im Flüsterton geführt. Selbst das gelegentliche Gläserklirren und das Geräusch des Bestecks erschien mir sonderbar gedämpft. An den Tischen saßen ausnahmslos Männer. Allison hätte ihre helle Freude daran gehabt und vermutlich wieder zu einem stundenlangen Diskurs über die Rechte der Frauen und die Ungerechtigkeit der Gesellschaft im Allgemeinen ausgeholt, die weiblichen Wesen den Zutritt zu noblen Clubs verbot.

Wie sehr ich sie vermisste!

Ein anderer (genauso borniert wirkender) Butler geleitete uns zu einem der letzten freien Tische, der direkt neben dem Kamin stand, in dem ein unangemessen fröhliches Feuer prasselte. Als er mir ungefragt ein Glas Portwein einschenkte, musste ich mich beherrschen, ihn nicht anzufahren. Aber das wäre ungerecht gewesen, und ich hatte auch keinen wirklichen Grund, Watson böse zu sein. Sicher, die Erinnerungen an Allison und der Schmerz kamen mit Macht zurück, wie immer, wenn ich ihm oder einem der anderen begegnete, die damals dabei gewesen waren. Es verging kein Tag, an dem ich nicht an sie dachte und den Moment, in dem sie in meinen Armen gestorben war. Der Schmerz schien mit jedem verstreichenden Tag ein wenig schlimmer zu werden. Vielleicht hatte Watson ja recht.

»Schmeckt Ihnen der Wein nicht?«, fragte Watson.

Eine Weile sah ich ihn nur verständnislos an, blickte danach auf das Glas hinab, das ich in die Hand genommen und halb angehoben hatte, und begriff erst dann, dass ich womöglich schon minutenlang so dasaß und ins Leere starrte. Ich trank umso hastiger einen kleinen Schluck und stellte das Glas so hart auf den Tisch zurück, dass ich einen Tropfen verschüttete und einen hässlichen Fleck auf dem teuren Damasttuch produzierte. Hoffentlich wurde ich dafür nicht öffentlich ausgepeitscht.

»Das ist es nicht, Doktor.«

»Ich weiß.« Watson nickte. »Möchten Sie darüber reden?«

»Nein.«

»Auch auf die Gefahr hin, dass es Ihnen entweder abgedroschen erscheint oder Sie der Meinung sind, dass es mich nichts angeht ...«

»Oder beides.«

»... aber Miss Carters Tod war nicht sinnlos. Sie hat uns allen das Leben gerettet. Vielleicht der gesamten Stadt und vielleicht sogar noch mehr als das.«

Als ob ich das nicht wüsste! Aber machte es das etwa besser?

»Mister Mulligan hat es genauso getroffen«, fuhr Watson ungerührt fort. »Am Anfang ging es ihm übrigens noch viel schlechter als Ihnen. Immerhin hat er ...«

»Ich weiß, was er getan hat«, unterbrach ich ihn, begleitet von einem eisigen Blick, der ihn aber ebenso wenig beeindruckte wie alles andere zuvor.

»Er ist fast daran zerbrochen, Mister Devlin«, fuhr er ungerührt fort. »Ich weiß, Mulligan ist ein Mann, dem man so etwas nicht zutraut, aber unter der rauen Schale des rauflustigen

Ganoven verbirgt sich ein weicher Kern. Das ist übrigens oft so, gerade bei Menschen wie ihm. Zu seinem desolaten Zustand passt auch, dass er das ganze letzte Jahr in meinen Diensten geblieben ist, statt wie üblich neue Herausforderungen zu suchen. Ich hatte also genug Gelegenheit, ausführlich mit ihm über den tödlichen Schuss …«

»Warum haben Sie das gesagt?«

Watson blinzelte. »Was gesagt?«

»Das mit der *Titanic*«, antwortete ich. »Sie haben gesagt, dass sie nächste Woche vom Stapel läuft.«

»Vom Stapel ist sie schon vor einem Jahr gelaufen«, belehrte mich Watson. »Aber sie sticht nächste Woche zu ihrer Jungfernfahrt von Southampton nach New York in See. Ich dachte, dass Sie das interessiert.«

»Dieses Schiff hätte niemals fertig gebaut werden dürfen«, sagte ich. »Und das wissen Sie auch.«

»Sir Harland war da wohl anderer Meinung«, antwortete Watson. »Und seine Geldgeber und die Eigner der White Star Line auch. Ich weiß, dass Sie sich aus nachvollziehbaren Gründen schon seit Langem von der Werft und vor allem dem Schiff ferngehalten haben, aber ich kann Ihnen versichern, dass die *Titanic* so gründlich untersucht wurde, wie es Menschen nur möglich ist.«

Das glaubte ich ihm sogar, aber genau das war ja das Problem: menschenmöglich. Wie wir alle – auch Watson – nur zu gut wussten, gab es durchaus Dinge, die nicht *menschenmöglich* waren, aber dennoch schreckliche Realität.

»Es sind keine Spuren mehr zurückgeblieben, das versichere ich Ihnen«, fuhr Watson fort, »weder auf dem Schiff noch – ah, da ist er!«

Watson sprang auf und eilte um den Tisch herum, während sich ein Ausdruck ehrlicher Freude auf seinem Gesicht breitmachte. Ich verdrehte mir beinahe den Hals, um den Neuankömmling zu erspähen, und erblickte einen hochgewachsenen Mann in den späten Dreißigern oder frühen Vierzigern, der elegant gekleidet war, einen buschigen Schnauzbart sowie Hut und Stock trug und mindestens genauso erfreut zu sein schien, Watson zu sehen, wie dieser umgekehrt ihn. Sein Gesicht kam mir vage bekannt vor, auch wenn ich nicht sagen konnte, woher, und die beiden fielen sich zwar nicht gerade um den Hals, begrüßten sich aber so euphorisch, dass man förmlich darauf wartete. Es gab ein großes Hallo, das zur Abwechslung ihnen die missbilligenden Blicke der anderen Gäste einbrachte und erst endete, als einer der Butler sich so diskret räusperte, dass man es vermutlich noch draußen auf der Straße hörte.

Derart gut gelaunt, dass ich es in meinem momentanen Zustand schon fast obszön fand, kehrten sie an den Tisch zurück, und Watson deutete mit einem breiten Grinsen auf seinen schnauzbärtigen Begleiter. »Mister Devlin, das ist mein guter alter Freund Arthur, von dem ich Ihnen bereits erzählt habe.«

Ich sah den Mann mit dem Strohhut an, und dann meinte ich regelrecht zu hören, wie es hinter meiner Stirn *klick!* machte, und wäre um ein Haar vor lauter Ehrfurcht vom Stuhl aufgesprungen. »Sir Arthur …«

»Das genügt«, unterbrach mich Arthur scharf, aber mit einem derart entwaffnenden Lächeln, dass ich ihm nicht gram sein konnte. Er nahm am Tisch Platz und wartete, bis der Butler ihm ebenfalls einen Schluck Portwein eingeschenkt hatte, und fuhr dann in freundschaftlichem Ton und mit einem dazu passenden Gesichtsausdruck fort: »Ich bin gewissermaßen inkognito hier, und es wäre mir aus verschiedenen Gründen lieber, wenn der Belfast Telegraph davon keinen Wind bekäme.«

»Aber das verstehe ich doch«, versicherte ich hastig. »Sie können sich auf mich verlassen!«

Arthur bedankte sich mit einem artigen Lächeln, nippte an seinem Wein und bedeutete dem Butler dann, ihm nachzuschenken. Er trank jedoch nicht, sondern stellte das Glas auf den Tisch zurück. Er sprach erst weiter, als der Domestike diskret wieder außer Hörweite verschwunden war.

»Sie sind es tatsächlich«, sagte ich. »Der berühmte Sir Arthur! Was für eine Ehre, Sie kennenzulernen. Ich wusste gar nicht, dass Sie sich zurzeit in Irland aufhalten.«

»Das weiß so gut wie niemand«, erwiderte Arthur. »Und wie ich bereits erwähnt habe, wäre es mir recht, wenn das auch so bliebe.«

Ich nickte hastig und gab mir Mühe, das spöttische Funkeln in Watsons Augen zu ignorieren. Natürlich wusste ich selbst, dass ich mich ziemlich kindisch benahm, aber ich konnte nicht anders, und warum auch? Immerhin saß ich unversehens einem wirklich berühmten Mann gegenüber.

Arthur wirkte jedoch eher amüsiert als genervt, und er beantwortete auch brav alle meine Fragen, von denen ich wahrlich eine Menge hatte. Wir redeten, bis die Vorspeise kam, und ich war so aufgeregt, dass ich gar nicht wirklich zur Kenntnis nahm, was ich da in mich hineinstopfte. Arthur ließ alles klaglos über sich ergehen und hätte es vermutlich auch noch eine geraume Weile länger getan, hätte sich Watson nicht schließlich seiner erbarmt und die peinliche Situation mit einem demonstrativen Räuspern beendet. Arthur reagierte auch darauf nur mit einem freundlichen Schmunzeln, während ich selbst spürte, wie meine Ohren rot aufleuchteten, als mir endlich klar wurde, wie albern ich mich in der zurückliegenden Viertelstunde aufgeführt hatte. Arthurs Lächeln wurde auf eine Art verständnisvoll, die ich ihm fast schon wieder ein bisschen übel nahm.

»Nun, Mister Devlin«, begann er schließlich. »Ihr Interesse an meiner Person und meinem Werk ehrt mich. Wie Ihnen mein guter Freund Watson sicherlich schon mitgeteilt hat, bin ich jedoch aus einem ganz bestimmten Grund hier.«

»Sie haben ein Problem«, stellte ich widersinnigerweise ein bisschen enttäuscht fest.

»Ich? Nein.« Arthur schüttelte den Kopf und nickte gleich darauf widerstrebend. »Oder doch, das kommt ganz auf die Betrachtungsweise an, wenn Sie verstehen.«

»Nein.«

Arthur wirkte jetzt leicht gequält, und ich mutmaßte, dass er ganz froh war, als nun der Hauptgang aufgetragen wurde und er so einen Vorwand hatte, nicht sofort antworten zu müssen. Sein Verhalten irritierte mich, auch wenn es mir zugleich auf nicht unbedingt angenehme Art bekannt war. Das Gefühl von Beinahe-Ehrfurcht, das noch immer vage von mir Besitz ergriffen hatte, wollte darauf beharren, dass ein Mann von solcher Reputation unmöglich ein Problem mit dem Gesetz haben konnte. Ich war allerdings zu lange Polizist gewesen, um nicht zu wissen, dass Ruf und Stellung eines Mannes rein gar nichts mit seinem wirklichen Charakter zu tun haben müssen.

Ich wartete, bis wir wieder allein waren und zu essen begonnen hatten, dann sagte ich: »Sir Arthur, Sie können ganz offen zu mir sein. Und das sollten Sie auch, wenn Sie möchten, dass ich Ihnen helfe. Das kann ich nämlich nur, wenn ich auch weiß, worum es geht.«

Arthur begann an einem Stück Fleisch herumzusäbeln, und sein Lächeln wurde nun eindeutig verlegen. »Ja, Doktor Watson hat mir bereits gesagt, dass Sie ein Mann sind, der das offene Wort liebt. Und er war auch voll des Lobes über Ihre Fähigkeiten. Wie ich sehe, hat er nicht übertrieben. Ich denke, Sie sind genau der Mann, den ich brauche.«

»Und wofür?«

»Das ist … ein wenig schwierig zu erklären«, begann Arthur. »Oder auch ganz einfach, je nachdem.«

Ich hatte solche Gespräche schon zu oft geführt, um jetzt etwas zu sagen, und fasste mich innerlich in Geduld. Ganz gleich, wer im Laufe der Jahre schon vor mir gesessen hatte, die meisten drucksten erst einmal eine Weile herum, und je eifriger sie versicherten, dass alles im Grunde ganz harmlos und allenfalls ein großes Missverständnis war, desto größer war im Allgemeinen dann der Knall, der am Ende folgte.

»Ich muss ein wenig weiter ausholen«, sagte Arthur. »Sie wissen, wer ich bin und womit ich meinen Lebensunterhalt verdiene.«

»Das, worüber ich nicht reden soll«, vermutete ich. »Wenigstens nicht allzu laut.«

»Es wird sich nicht ganz vermeiden lassen«, warf Watson ein. »Erzählen Sie ihm von dem Brief, Arthur.«

Ich sah kurz zu Watson hin, und während ich es tat, hatte ich das irritierende Gefühl, dass etwas nicht stimmte; als wäre mein Blick über eine Kante der Wirklichkeit gestolpert, die noch nicht zu sehen war, aber auch schon zu groß war, um sie ohne Erschütterung zu passieren. Was für ein seltsamer Gedanke! Er hätte fast von Allison stammen können.

»Sie haben also einen Brief erhalten?«

»Ja«, antwortete Arthur, schüttelte den Kopf und rettete sich in ein nervöses Lächeln, das so gar nicht zu diesem selbstbewussten und eloquenten Mann passen wollte. »Oder eigentlich auch nicht. Ganz wie man es nimmt.«

»Aha!«

»Der Brief war nicht an Arthur adressiert, sondern an den Bewohner eines bestimmten Hauses in der Baker Street in London, Mister Devlin«, sprang ihm Watson bei. »Die betreffende Hausnummer gibt es gar nicht, davon hat sich Arthur überzeugt, bevor er sie benutzt hat, aber das ändert nichts daran, dass dort täglich mehrere Briefe eingehen. Dutzende manchmal.«

»Oder auch noch mehr«, bestätigte Arthur.

»Sie bekommen Briefe an Sher…«, begann ich ungläubig und vermutlich auch ein wenig zu laut, denn Arthur brachte mich mit einer hastigen Geste und einem warnenden Blick zum Verstummen.

»In der Tat habe ich eine Vereinbarung mit der zuständigen Poststelle, die die entsprechenden Briefe an mich weiterleitet.«

»Verstößt das gegen das Briefgeheimnis?«

»Im Prinzip schon«, bestätigte Arthur unbeeindruckt. »Allerdings nicht, wenn es sich um eine Person handelt, die nicht existiert.«

Da war es wieder, dieses wirklich irritierende Gefühl, über etwas gestolpert zu sein, das gar nicht da war. Diesmal ignorierte ich den sachten Spott, mit dem mein Verstand darauf reagieren wollte, und sah direkt in die entsprechende Richtung. Da war jedoch nicht mehr als das versteinerte Antlitz eines Butlers, von dem ich nicht einmal genau sagen konnte, ob es derselbe war, der uns an den Tisch neben dem Kamin geführt hatte. Irgendwie schienen diese Burschen alle gleich auszusehen.

»Sie lesen also all diese Briefe«, vergewisserte ich mich.

»Natürlich nicht alle«, gestand Arthur. »Das meiste ist eher amüsant, aber es kann auch sehr traurig sein. Menschen, die nach einem verschwundenen Verwandten oder einem geliebten Menschen suchen oder die sich ungerecht behandelt fühlen oder ihre Nachbarn anschwärzen wollen …« Er hob die Schultern, um klarzumachen, dass er beliebig lange so fortfahren könnte. »Wie gesagt, ist das meiste entweder traurig oder amüsant oder auch beides, aber dann und wann …«

»… ist ein Brief darunter, der eine gute Geschichte ergibt?«, fragte ich unumwunden.

Watson sah nicht begeistert aus, aber Arthur wirkte eher amüsiert. »Dann und wann«, bestätigte er. »Aber eher selten. Doktor Watson hat mir berichtet, dass Sie Polizist waren, bevor sie privater Ermittler wurden. Dann muss ich Ihnen nicht erklären, dass die allermeisten Kriminalfälle höchst unspektakulär sind, um nicht zu sagen banal. Aber dann und wann ist doch etwas dabei, das mein Interesse weckt.«

»So wie dieser spezielle Brief«, vermutete ich.

»Der Hilferuf eines jungen Mitglieds der Royal Navy«, bestätigte Arthur. Er hatte sich perfekt in der Gewalt, aber ich spürte dennoch, wie schwer es ihm fiel weiterzusprechen. »Zu dem Zeitpunkt, an dem er besagten Brief verfasste, wartete er gerade auf seine Verhandlung vor dem Kriegsgericht.«

»Warum?«, fragte ich.

»Man wirft ihm vor, seinen Vorgesetzten ermordet zu haben«, antwortete Arthur prompt, »einen Mann, der ihn offensichtlich monatelang gedemütigt und gequält hat. Er selbst beteuert seine Unschuld.«

Natürlich tat er das. »Und Sie glauben ihm?«

»Ich war nicht dabei«, erwiderte Arthur. »Das war niemand. Es gibt keine Zeugen, also kann ich nicht beurteilen, ob er die Wahrheit sagt oder nicht.«

»Warum glauben Sie ihm dann?«

Arthur sah mich auf sonderbare Weise an. »Ich habe nicht gesagt, dass ich das tue«, erwiderte er. »Es waren eher die besonderen Umstände dieses angeblichen Mordes, die mein Interesse geweckt haben.«

»Und was sind das für Umstände?«

»Besondere Umstände eben«, beharrte Arthur. »Seltsame Umstände, um es vorsichtig auszudrücken, und Umstände, über die ich zurzeit noch nicht reden möchte. Nicht bevor ich nicht gewisse weitere … Erkundigungen eingeholt habe.«

»Ich verstehe«, sagte ich und bemühte mich auch um den dazugehörigen Gesichtsausdruck. In Wahrheit musste ich mich beherrschen, um mir nicht anmerken zu lassen, was ich wirklich von dieser Antwort hielt. Sehr vorsichtig fuhr ich fort: »Aber ich kann Ihnen schwerlich helfen, wenn ich nicht einmal genau weiß, wobei.«

»Oh doch, das können Sie, Mister Devlin«, versicherte Arthur. »Wie gesagt: Dieser junge Mann erzählt eine wirklich seltsame Geschichte. Man könnte sie auch haarsträubend nennen.«

»Und noch dazu wendet er sich damit an einen Detektiv, von dem eigentlich jeder weiß, dass es ihn gar nicht gibt«, fügte ich mit einem bedächtigen Nicken hinzu. Da war etwas in meinem Augenwinkel, das ich nicht fassen konnte, das mich aber ungemein störte. »Das spricht nicht unbedingt für ihn.«

»Oder es zeigt, wie verzweifelt er ist«, sagte Arthur.

Beinahe hätte ich gelacht. »Und Sie wollen wirklich nicht verraten, was in diesem ominösen Brief stand? Nicht einmal eine Andeutung?«

»Nein«, sagte Arthur. »Sie waren Polizist, Mister Devlin. Ich bin ein …« Er legte eine Pause ein. »Sagen wir: ein Mann des Wortes. Ich bin nicht ganz sicher, wer von uns beiden einer fantasievollen Geschichte leichter erliegen würde und wer eine Lüge besser durchschaut.«

Ich dachte über seine Bemerkung nach. »Sie meinen, Sie möchten, dass ich ihn verhöre und Ihnen hinterher sage, welchen Eindruck ich habe.«

»In der Tat«, sagte Arthur. »Doktor Watson hat nicht übertrieben, als er mir von Ihnen erzählte. Besser hätte ich es auch nicht ausdrücken können. Wir sind uns also einig?«

»So einfach ist das nicht«, antwortete ich. Ich musste mich immer angestrengter konzentrieren. Hier war etwas falsch.

Aber es hatte nichts mit Watson oder Arthur zu tun. »Sehen Sie, selbst wenn ich es wollte – und ich habe noch nicht Ja gesagt –, komme ich wahrscheinlich gar nicht an ihn heran. Der Mann ist Soldat bei der Royal Navy und wartet auf seine Verhandlung vor dem Kriegsgericht, das haben Sie selbst gesagt. Man wird uns kaum zu ihm vorlassen. Die Navy hat ihre eigene Gerichtsbarkeit.«

»Ich bin ein paar Jahre zur See gefahren, Mister Devlin«, antwortete Arthur in gönnerhaftem Ton. »Ich kenne mich ein wenig in diesem Metier aus.«

»Dann wissen Sie ja auch, dass man in einem solchen Fall nicht einmal die Polizei zu ihm vorlassen würde, ganz zu schweigen von einem privaten Ermittler«, antwortete ich eine Spur kühler.

»Lassen Sie das getrost meine Sorge sein«, erwiderte Arthur noch ein bisschen gönnerhafter. Ich war mir mit einem Mal gar nicht mehr so sicher, ob ich ihn mochte. »Wären Sie bereit, diesen Auftrag anzunehmen, wenn ich dieses Hindernis aus dem Weg räume?«

Statt sofort zu antworten, sah ich ihn eine ganze Weile nachdenklich an. Nicht nur, weil mich diese ganz sachte Spur von Überheblichkeit in seinen Worten allmählich ernsthaft zu ärgern begann, sondern weil ich mit jedem einzelnen Wort (und vor allem denen, die er nicht aussprach) sicherer war, dass er mir etwas verschwieg. Etwas Wichtiges.

Zu meinem Verdruss trat ein Butler an unseren Tisch, um Watsons Glas nachzufüllen, sodass ich nicht sofort antworten konnte. Während er sich umwandte, um sich ebenso diskret zurückzuziehen, wie er indiskret gestört hatte, fiel mir etwas Seltsames auf. Es war schon fast ein bisschen unheimlich. Er drehte den Kopf, und es war – so bizarr dieser Gedanke auch war –, als drehte sich sein Gesicht nicht ganz in derselben Geschwindigkeit mit. Seine Züge schienen sich zu verformen, flatterten den Bruchteil eines Augenblickes hinter der eigentlichen Bewegung her und schwappten wie zähes Pech in ihre ursprüngliche Form zurück. Und für eine noch kürzere Zeitspanne meinte ich, etwas vollkommen anderes darunter zu erkennen, etwas wie ein (verrückt, aber es war so) zweites unterschiedliches Gesicht, das sich unter dem sichtbaren verbarg. Nicht das Gesicht des Butlers. Vielleicht nicht einmal das Gesicht eines Mannes, sondern …

Ich brach den Gedanken mit einer gewaltigen Anstrengung ab und schloss die Augen. Als ich sie wieder aufmachte, war der Spuk vorbei und alles wieder, wie es sein sollte.

Alles, wie es sein sollte, verbesserte ich mich in Gedanken. Das Wort *wieder* war eindeutig fehl am Platze. Es gab kein *wieder*, weil sich nichts verändert hatte und nichts geschehen war. Es war nicht das erste Mal, dass ich so etwas mehr oder weniger ausgeprägt erlebte, seit jenem schrecklichen Augenblick auf der Werft unten am Hafen. Ich hatte gehofft, dass es im Laufe der Zeit nachlassen würde, aber das Gegenteil war der Fall.

»Ist alles in Ordnung, Mister Devlin?«, fragte Watson.

»Ja«, versicherte ich hastig. »Ich war … in Gedanken. Verzeihen Sie.«

Watsons Blick machte sehr deutlich, was er von dieser Behauptung hielt, aber er beließ es dabei, und so wandte ich mich wieder an Arthur und nahm den unterbrochenen Faden auf.

»Wo befindet sich dieser Matrose gerade? Ich nehme an in London, bei der Admiralität?«

Arthur lächelte, als hätte ich etwas ungemein Komisches gesagt. »So läuft das im richtigen Leben nicht, Mister Devlin. Mister Tanner befindet sich gerade in einem Militärgefängnis in Edinburgh, wo er auf seinen Prozess wartet. Der übrigens in fünf Tagen beginnt.«

»Edinburgh?«, vergewisserte ich mich.

»Das liegt in Schottland«, sagte Watson.

Ich schenkte ihm einen ärgerlichen Blick. *Das* immerhin wusste ich. »Das heißt, wir müssen über den irischen Kanal nach Schottland setzen«, wandte ich mich an Arthur.

»Sie, Mister Devlin«, sagte er kopfschüttelnd. »Ich selbst kann aus gewissen Gründen nicht persönlich in Erscheinung treten, aber ich würde selbstverständlich alles für Sie vorbereiten. Wir werden uns hinterher in Southampton treffen.«

»Southampton? Das liegt nicht in Schottland, sondern ganz im Süden am Ärmelkanal.«

»Ja«, lächelte Arthur. Watson sah mich böse von der Seite an.

»Darf ich fragen, was Sie dort wollen?«

»Die *Titanic*, Mister Devlin«, antwortete Watson an Arthurs Stelle. »Ich habe Ihnen davon erzählt, Sie erinnern sich?«

»Sicher, aber …« Dann verstand ich. »Sie gehen mit der *Titanic* auf Jungfernfahrt, Sir Arthur?«

Arthur und Watson tauschten einen Blick, der mir sehr viel mehr verriet, als den beiden klar sein mochte. Arthur lächelte. »Nichts, was ich lieber täte. Ich habe sogar eine Einladung zu den Feierlichkeiten anlässlich ihrer Abfahrt. Bei dieser Gelegenheit können wir uns das nächste Mal persönlich austauschen – vorausgesetzt Sie haben dann bereits mit Mister Tanner gesprochen. Mir ist sehr daran gelegen, dass Sie unvoreingenommen an diese Sache herangehen.«

Was ich nach allem, was er mir bisher erzählt hatte, wohl kaum noch konnte. »Ich dachte, Sie wären hier der Superdetektiv«, sagte ich, nicht ohne eine gehörige Portion Spott.

»Nein«, antwortete Arthur ungerührt. »Ich habe ihn mir nur ausgedacht. Also, wie entscheiden Sie sich, Mister Devlin? Nehmen Sie mein Angebot an?«

»Bliebe noch die Frage des Honorars zu klären«, sagte ich

und nannte eine Summe, von der ich hoffte, dass sie ihn endgültig von dieser Schnapsidee abbrachte.

Arthur zeigte sich wenig beeindruckt, nickte bloß und verdoppelte sie.

Jetzt war ich es, der ihn für etliche Sekunden fassungslos anstarrte. Und sofort wieder misstrauisch wurde. »Warum?«, fragte ich schließlich nur.

»Ist es Ihnen zu viel?«, erkundigte sich Arthur belustigt, beantwortete seine eigene Frage jedoch sogleich mit einem Kopfschütteln selbst. »Ich bin ein wohlhabender Mann, Mister Devlin. Und ich habe es mir schon vor langer Zeit zum Prinzip gemacht, nur die besten Leute zu engagieren, aber auch die beste Leistung zu verlangen. Ich habe nicht vor, Ihnen diese Summe zu schenken. Abgesehen davon erwarte ich selbstredend, dass mir alle Informationen, die im Zuge Ihrer Nachforschungen in Ihren Besitz gelangen, exklusiv zur Verfügung stehen. Und zwar nur mir.«

Es dauerte eine Weile, bis ich diesen Satz so weit in Gedanken sortiert hatte, um seine wirkliche Bedeutung zu begreifen. »Und auch alle Ideen für eventuelle Geschichten, nehme ich an?«

»Selbstredend«, sagte Arthur, zwar immer noch lächelnd, aber plötzlich gar nicht mehr so unverbindlich und jovial wie bisher. »Sind wir uns also einig?«

Das waren wir längst, und ich mutmaßte auch, dass er das wusste – nicht nur, weil ich diesen Auftrag und die damit verbundene Summe dringend brauchte. Etwas an dieser Geschichte hatte meine Neugier geweckt, und das war mindestens genauso wichtig.

Zudem gab es noch einen dritten und ebenso wichtigen Grund: Er hieß Edinburgh, es hätte aber auch London sein können oder Paris oder Hongkong, denn möglicherweise war es einfach an der Zeit, aus dieser verdammten Stadt mit all ihren schlimmen Erinnerungen zu verschwinden. Ich ließ noch eine kurze Scheinfrist verstreichen und nickte dann.

»Das hatte ich gehofft«, sagte Arthur. »Ich nehme an, Sie sind kurzfristig abkömmlich?«

Ich nickte abermals. Arthur griff in seine Jacke und zog einen dicken gelben Briefumschlag hervor, den er mir über den Tisch hinweg reichte. Ich griff gehorsam danach, sah Arthur jedoch fragend an. »Was ist das?« Da war schon wieder etwas in meinen Augenwinkeln, das mich irritierte, aber ich konnte nicht sagen, was. Es war ein sehr enervierendes Gefühl.

»Alle Adressen und Kontaktpersonen, die Sie benötigen«, erklärte Arthur. »Darüber hinaus Ihre Reiseunterlagen – die Schiffspassage nach England sowie die Bahnfahrkarten nach Edinburgh und dann weiter nach Southampton. Und natürlich eine gewisse Summe Bargeld, um Ihre Unkosten zu decken.«

Ich drehte den Briefumschlag in der Hand und ertappte mich dabei, ihn zu betrachten wie etwas, von dem ich nicht ganz sicher war, ob es nicht explodieren würde, wenn ich es öffnete. Ich tat es auch nicht, sondern legte ihn fast behutsam auf den Tisch und sagte: »Sie müssen ja sehr sicher gewesen sein, dass ich Ihren Auftrag annehmen würde.«

»Ich hatte es gehofft«, räumte Arthur ein, und im gleichen Augenblick gewahrte ich eine Bewegung irgendwo hinter ihm und wusste endlich, was mich die ganze Zeit unterschwellig gestört hatte. Statt zu antworten, wandte ich mich nun an Doktor Watson.

»Ich dachte, Frauen hätten in dieser Art von Etablissement keinen Zutritt? Nicht einmal als Bedienung?«

»Das haben Sie auch nicht«, antwortete Watson, sah mich verwirrt an und verdrehte sich dann fast den Hals, um in dieselbe Richtung zu sehen wie ich. »Haben Sie ein Problem damit?«

Das hatte ich in der Tat, wenn auch nicht mit seiner Antwort oder der antiquierten Einstellung dieses Clubs. Ich starrte in dieselbe Richtung wie er und konnte selbst spüren, wie alle Farbe aus meinem Gesicht wich. Ich war ganz sicher, dort gerade ein Dienstmädchen gesehen zu haben, im traditionellen schwarzen Kleid, mit Schürze und Spitzenhäubchen und einem zierlichen Silbertablett in der rechten Hand, auf das allerhöchstens zwei Gläser passten.

Das Silbertablett war immer noch da, aber es war jetzt größer und balancierte auf den Fingerspitzen desselben Butlers, der uns das Essen gebracht und Watson gerade Wein nachgeschenkt hatte. Das einzig Weibliche im gesamten Raum war die gebratene Ente, die unser weißhaariger Tischnachbar genüsslich verspeiste.

»Quinn?«, fragte Watson. Er klang ein bisschen besorgt.

»Es ist … alles in Ordnung«, antwortete ich stockend mit einer Stimme, deren Zittern das genaue Gegenteil behauptete: »Ich war in … in Gedanken.«

Watson und sein berühmter Freund tauschten schon wieder einen seltsamen Blick, der noch viel beredter war als der davor. Ich räusperte mich ebenso lautstark wie unecht, steckte den Briefumschlag ein und wandte mich an Arthur. »Uns bleibt doch noch Zeit, um in Ruhe zu Ende zu essen, hoffe ich?«

Arthur zwang sich zu einem Lächeln, das mindestens so falsch war wie mein eigenes. »Es wäre wohl eine Schande, diese köstlichen Speisen nicht in der gebotenen Ruhe zu genießen. Keine Angst. Ihnen bleibt noch genügend Zeit, Ihre Reisevorbereitungen zu treffen. Ihr Schiff geht erst morgen früh.«

Ich starrte ihn an. »Morgen früh?«

»Die *Gallon* legt um sechs Uhr ab«, bestätigte Watson an seiner Stelle.

»Um sechs?«, wiederholte ich. Eigentlich ächzte ich es.

»Keine Sorge«, sagte Watson auf fast väterliche Art. »Ich lasse Sie rechtzeitig abholen.«

Darauf erwiderte ich vorsichtshalber gar nichts mehr, und der Rest des Essens verlief in eher ungutem Schweigen, wenn auch ohne weitere besondere Vorkommnisse.

Sah man von dem älteren Herrn am Nebentisch und den zwei anderen Gästen ab, die Arthur im Hinausgehen ansprachen, um sich ein Autogramm geben zu lassen.

## 2

Selbstverständlich würde ich Arthur nichts davon sagen – wenn ich auch ziemlich sicher war, dass er nicht überrascht gewesen wäre, es zu erfahren –, dass ich einen Teil seines Vorschusses in eine Kiste guter Zigarren und eine Flasche genauso guten irischen Scotchs investierte; zwar mit einem leisen schlechten Gewissen, das aber nicht einmal den ersten Schluck des edlen Gebräus überlebte. Besagter Vorschuss war überaus großzügig bemessen, und da ich in dem gelben Umschlag nebst zweier beschriebener Blätter Papier (die ich später studieren würde) sowohl die im Voraus bezahlte Schiffspassage auf der *Gallon* als auch mehrere Eisenbahntickets erster Klasse fand, würde ich unterwegs wohl weder Hunger noch irgendeine andere Not leiden müssen. Watsons berühmter Freund war wirklich ein überaus großzügiger Auftraggeber.

Mit einer guten Zigarre in der einen und einem guten Glas Whisky in der anderen Hand klang das durchaus erfreulich, eine bezahlte Reise nach Schottland, einige kostenlose Übernachtungen in einem vermutlich sehr guten Fünf-Sterne-Hotel und ein einfaches Verhör, dessen Ausgang ich bereits zu kennen glaubte … ich konnte es drehen und wenden, wie ich wollte, ich konnte das sprichwörtliche Haar in der Suppe einfach nicht finden.

Dummerweise wusste ich, dass es da war.

Ich nahm mir vor, zeitig schlafen zu gehen, um am nächsten Morgen gut ausgeschlafen zu sein – und vor allem der Überfahrt nach England halbwegs gewachsen. Da ich in einer Hafenstadt lebe, mögen die meisten ganz selbstverständlich annehmen, dass ich das Meer liebe und entsprechend seefest bin, aber das Gegenteil trifft es wohl eher. Ich habe das Meer nie besonders gemocht, und meine Erlebnisse auf der Werft hatten nicht unbedingt dazu beigetragen, die Liebe zur Seefahrt in meinem Herzen zu wecken.

Da ich spürte, wohin dieser Gedanke führen musste, gestattete ich mir nicht, ihn zu Ende zu denken, und leerte auch das dritte Glas Scotch nicht, das ich mir eingeschenkt hatte, sondern beschloss, zuerst meine Reisevorbereitungen zu Ende zu bringen und meinen Koffer zu packen. Das war allerdings schnell getan. Abgesehen von dem beeindruckenden (und fast leeren) Aktenschrank im vorderen Teil meiner Wohnung, die mir zugleich auch als Büro diente, passte mein gesamter weltlicher Besitz in einen mittelgroßen Koffer, den zu füllen mich nicht einmal zehn Minuten kostete. Den Rest des Abends hatte ich sozusagen frei – wie nahezu jeden Abend seit mehr als einem Jahr und eigentlich auch jeden Tag.

Zu sagen, dass meine Geschäfte nicht gut liefen, wäre geschmeichelt gewesen, und das war etwas, was ich nicht nur als persönliche Schmach ansah, sondern auch als schreiende Ungerechtigkeit des Schicksals. Immerhin hatten Allison, Nikola und ich Hunderte von Menschenleben gerettet, vielleicht sogar jeden einzelnen Einwohner dieser Stadt. Wäre da nicht ein ganz kleines bisschen Dankbarkeit vonseiten des Schicksals, Gott oder wem auch immer angebracht gewesen?

Das genaue Gegenteil war der Fall. Um ehrlich zu sein, waren meine Geschäfte noch nie besonders gut gelaufen, weder bevor noch nachdem ich aus dem aktiven Polizeidienst ausgeschieden war, doch seit jener schicksalhaften Nacht bei Harland & Wolff wäre *katastrophal* wohl der treffendere Ausdruck gewesen. Es reichte so eben, um nicht allzu oft hungern zu müssen, zum Verdruss meines Hausbesitzers aber nicht, um jeden Monat pünktlich die Miete zu bezahlen. Der Zeitpunkt, an dem er dieses Zustandes überdrüssig wurde und mich kurzerhand auf die Straße setzte, lag vermutlich in nicht mehr allzu ferner Zukunft.

Ich will nichts beschönigen. Zu einem Gutteil war es meine eigene Schuld. Allisons Tod hatte mich nicht nur hart getroffen, sondern mein Leben in einen Scherbenhaufen verwandelt, den keine Macht der Welt und keine Zeit des Universums wieder kitten konnten. Für eine Weile (eine ziemlich lange Weile, um ehrlich zu sein) hatte ich mich in ein unsichtbares Schneckenhaus verkrochen, nichts und niemanden an mich herangelassen und meine Tätigkeit nahezu komplett darauf beschränkt, mir selbst leidzutun. Auch hinterher hatte ich nie wieder richtig Fuß gefasst. Das lag auch an der immer schlechter werdenden wirtschaftlichen Lage Belfasts und an der pessimistischen Stimmung, die allmählich von ganz Europa Besitz ergriff. Wie auch immer, die Leute gaben einfach kein Geld mehr für private Ermittlungen aus – und wenn, dann engagierten sie jemand anderen.

Und das konnte ich ihnen nicht einmal verübeln: Nach den erschütternden Erlebnissen im Untergrund der Stadt und auf der Werft konnte ich die Probleme gehörnter Ehemänner und missgünstiger Kaufleute, die ihre Angestellten des Diebstahles verdächtigten, nicht mehr wirklich ernst nehmen – zumindest nicht so ernst, wie es nötig gewesen wäre, um meinen Beruf erfolgreich auszuüben. Von einer Sekunde auf die andere zu erfahren, dass die Welt, die man zu kennen glaubt, rein gar nichts mit der Realität zu tun hat, kann einen Menschen schon verändern.

Derart in wohliges Selbstmitleid versunken, musste ich wohl doch eingeschlafen sein, denn plötzlich war es dunkel, mein Rücken schmerzte, und die Finger meiner Linken taten ein bisschen weh, weil meine Zigarre gerade weit genug heruntergebrannt war, um sie leicht zu versengen, bevor sie von selbst ausging. Das Zimmer war in dunkelster Nacht versunken, denn ich war mit Einbruch der Dämmerung eingeschlafen und pflegte schon seit geraumer Weile erst Licht zu machen, wenn es wirklich dunkel geworden war, um Kosten zu sparen. Durch die schäbigen Vorhänge drang gerade genug Farben fressendes Mondlicht herein, um meine Wohnung in ein Labyrinth aus grauen Flächen und sonderbar bedrohlich wirkenden Umrissen zu verwandeln.

Ich legte die ausgegangene Zigarre aus der Hand und bewegte vorsichtig die Schultern, die es mir mit stechenden Schmerzen dankten. Aus dem Alter, in dem ich in einem unbequemen durchgesessenen Sessel einschlafen und ernsthaft erwarten konnte, ungestraft davonzukommen, war ich wohl endgültig heraus.

Etwas raschelte. Ganz leise nur, und es war gewiss keines jener Geräusche, denen man eine bedrohliche Bedeutung beimisst. Aber der Laut gehörte nicht hierher, und so war ich augenblicklich hellwach und lauschte angestrengt in die Dunkelheit hinein. Im ersten Moment vernahm ich nichts als das rasende Hämmern meines eigenen Herzens, und im zweiten erneut diesen kratzenden Laut, der mich alarmiert hatte. Vielleicht war es auch eher ein Trippeln, wie das Scharren winziger eisenharter Krallen.

Erneut spürte ich die Gefahr, die am Ende des Weges lauerte, auf die mich diese Gedanken locken wollten, und brach sie mit einer fast zornigen Anstrengung ab. Ich hatte all das und viel Schlimmeres erlebt, aber das war Vergangenheit. Der Hive und alles, was damit zu tun hatte, waren zerstört worden und würden niemals zurückkommen.

Schon weil alles andere bedeutet hätte, dass Allisons Tod vollkommen sinnlos gewesen wäre.

Das Kratzen und Scharren hielt nichtsdestotrotz an, ganz leise nur, aber ungemein präsent. Vielleicht waren es ja Ratten. Erstaunlicherweise hatte ich mit diesen ungebetenen Mitbewohnern noch kein Problem gehabt, was angesichts der Gegend, in der das Haus lag, und ihres beständigen Abstiegs auf der sozialen Leiter nicht ewig so bleiben konnte.

Vorsichtig stand ich auf und ging zum Schreibtisch, um die Lampe anzuzünden, die darauf stand. Nach einem einzigen Schritt blieb ich jedoch wieder stehen, denn das Huschen und Trappeln war nicht nur zu hören, jetzt konnte ich auch ganz eindeutig die Richtung identifizieren, aus der es kam. Von rechts und in Kopfhöhe statt von unten, wie ich es bei einer Ratte ganz selbstverständlich vorausgesetzt hätte. Waren die verdammten Biester in den Wänden?

Ich war nahe daran, das Geräusch einfach zu ignorieren, drehte mich aber doch um und sah die Wand neben der Tür an. Es war zu dunkel, als dass ich wirklich etwas erkennen konnte. Nicht, dass es dort etwas zu sehen gegeben hätte. Ich hatte die Wohnung möbliert gemietet und lediglich einen Aktenschrank und einen Schreibtisch samt dazu passender Stühle hinzugefügt, die ich preiswert gebraucht erworben hatte. Die Tapete zeigte ein verschlungenes Blumenmuster – wenigstens nahm ich das an, denn sie war schon bei meinem Einzug so ausgebleicht gewesen, dass ausreichend Platz für Deutungen in jede Richtung blieb, und an der Wand hing die gerahmte Fotografie einer mir vollkommen unbekannten, streng dreinblickenden männlichen Person, die ebenfalls bei meinem Einzug schon vorhanden gewesen war.

Jetzt huschten Schatten über diese Fotografie, sprangen von dort aus auf die Wand und schienen alles in zitternde, rauchige Bewegung zu versetzen. Das Klicken und Rascheln und Trappeln gewann an Lautstärke, und mein Herz schlug mit einem Male doppelt so schnell.

Hastig ging ich weiter zum Tisch, riss mit zitternden Fingern ein Streichholz an und entzündete die Petroleumlampe. Schatten und winzige gestaltlose Dinge schienen vor dem plötzlichen Licht zu fliehen, viel zu schnell und behände, um ihnen mit Blicken zu folgen oder sie gar zu erkennen. Trotzdem zitterte meine Hand ein bisschen, als ich die Lampe anhob und an die Wand herantrat.

Um ein Haar hätte ich sie fallen lassen.

Das Blumenmuster der Tapete war lebendig geworden. Es bewegte sich zitternd und rauchig und mit der wogenden Eleganz aufgelöster Tinte in Wasser, bildete vergängliche Schlieren und noch vergänglichere Muster und komplizierte Symbole, und glitt wieder auseinander, nur um sich gleich darauf neu und anders wieder zusammenzufügen. Es war wie Rauch, der dem Willen einer finsteren Gottheit gehorchte, oder eine Armee winziger beinloser Käfer, keiner größer als ein Staubkorn, Abertausende, wenn nicht Millionen.

Doch die Schatten beschränkten sich nicht nur auf das Blumenmuster der Tapete, das längst kein Blumenmuster mehr war, sie huschten auch über die gerahmte Fotografie, begannen hier eine Linie zu verändern, da einen Schatten hinzuzufügen und dort ein Detail auszulöschen oder zu verändern, bis ich nicht mehr in die finsteren Züge eines unbekannten backenbärtigen Mannes in altmodischer Kleidung blickte …

… sondern in Allisons Gesicht.

Es war unmöglich. Ich ballte die Hände so fest zu Fäusten, dass es wehtat und das Zinn der Petroleumlampe bedrohlich zu knistern begann, und hielt den Atem an, bevor ich noch einmal hinsah, doch es blieb dabei: Aus der körnigen Fotografie eines vermutlich schon vor vielen Jahren verstorbenen Fremden war ein Bild Allison Carters geworden, ohne Farben und so flach wie jede Fotografie, aber zugleich auch so scharf und detailgetreu, als wäre es kein Bild, sondern ihr wirkliches Gesicht, das mich durch eine dünne Glasscheibe hindurch ansah. Mein Herz klopfte. Vielleicht schlug es auch gar nicht mehr.

»Allison?«, krächzte ich mit einer Stimme, die mir nicht gehörte. »Aber das ist doch … doch gar nicht … das ist nicht möglich!«

Und das war es auch nicht, weil ich es auch gar nicht sah. Es geschah nicht wirklich. Vermutlich saß ich nach wie vor im Sessel und hatte einen üblen Traum. Doch es kam noch schlimmer:

Das Rascheln und Trappeln wurde eine Winzigkeit lauter, und die Schatten auf der Wand formten sich zu rauchigen Buchstaben.

*Geh nicht nach Edinburgh*

stand dort. Vielleicht für eine Sekunde oder auch zwei, dann trieben die zitternden Buchstaben wieder auseinander und verblassten, sofern sie nicht wie raschelnder Eisenstaub an der Wand entlang zu Boden fielen. Dasselbe galt für die Fotografie: Schatten und Linien lösten sich auf oder flossen wieder dorthin zurück, wo sie hingehörten, und ich meinte etwas wie grauen Dunst zu sehen, der in der Luft verwehte und im nächsten Augenblick ganz verschwunden war. Dann war auch das unheimliche Rasseln und Klicken nicht mehr zu hören. Das Leuchten der Petroleumlampe in meiner Hand wurde heller, als wäre etwas, das das Licht verzehrt hatte, mit einem Male nicht mehr da.

Irgendwie gelang es mir, nicht das gesamte Zimmer in Brand zu setzen, sondern die Lampe wieder auf den Tisch zu stellen und rücklings zum Sessel zurückzustolpern, bevor mich endgültig die Kräfte verließen und meine Knie unter mir nachgaben. Ich hörte einen sonderbaren Laut, ein Hämmern, das ich zuerst für das Geräusch meines eigenen, außer Kontrolle geratenen Herzens hielt, auch wenn es dafür eigentlich viel zu laut und zu fordernd war.

Ich gestattete mir nicht, ihm irgendeine Bedeutung zuzumessen. Es war genug des Wahnsinns. Irgendetwas stimmte nicht – mit *mir*, nicht mit der Realität! Ich würde dem kümmerlichen Rest klaren Verstands, der mir noch geblieben war, nicht gestatten, sich selbst endgültig zu ruinieren, nur weil er entschieden hatte, auf einen wirren Albtraum hereinzufallen!

Das Hämmern wiederholte sich, dann flog die Tür auf, und Doktor Watsons rechte Hand Mulligan stürmte herein. Es war zu dunkel, um mehr als einen Umriss zu erkennen, aber auch der war unverwechselbar. Wer diesem vierschrötigen irischen Quadratschädel einmal gegenübergestanden hat, der vergisst ihn zeit seines Lebens nicht mehr, vor allem wenn er wie ich schon das zweifelhafte Vergnügen genossen hat, die Kraft seiner hammerkopfgroßen Fäuste am eigenen Leib kennenzulernen.

Im Augenblick war ich jedoch heilfroh, ihn zu erblicken. Ob das alles hier nun Realität oder nur eine Fortsetzung des bizarren Albtraums war: Durch die Tür hätte etwas weitaus Schlimmeres kommen können.

»Quinn!«, keuchte Mulligan. »Mister Devlin!« In seinem Ungestüm war er vielleicht ein bisschen zu schnell, denn er prallte nahezu ungebremst gegen den Schreibtisch und hatte für eine oder zwei Sekunden alle Hände voll damit zu tun, die Petroleumlampe festzuhalten, um nicht im Nachhinein doch noch das Haus niederzubrennen (oder auch gleich die ganze

Stadt), fuhr aber nach dieser Pause schwer atmend fort, als wäre gar nichts gewesen: »Alles in Ordnung, Inspektor?«

Dabei fuchtelte er mit beiden Händen so wild herum, dass er um ein Haar schon wieder die Lampe vom Tisch gerissen hätte. Auf den ersten Blick sah es für mich so aus, als hielte er einen Revolver in der Rechten, aber auf den zweiten identifizierte ich es als eine Art Totschläger. Diese Waffe passte deutlich besser zu Mulligan: Er war das Urbild des rothaarigen, stiernackigen und rauflustigen Iren, der sich seiner Haut mit allen Mitteln zu wehren wusste, aber genauso wenig von Schusswaffen hielt wie ich selbst.

»Was soll denn nicht in Ordnung sein?«, erwiderte ich mühsam beherrscht.

Mulligan war wahrlich der letzte Mensch, den ich jemals in meinem Leben wiedersehen wollte – gleich, ob er nun schuld war oder nicht, und egal, ob er eine Wahl gehabt hatte oder nur ihren ausdrücklichen Befehl befolgt hatte, um eine Katastrophe biblischen Ausmaßes abzuwenden.

Letzten Endes war *er* es gewesen, der Allison getötet hatte, und das konnte ich ihm niemals verzeihen.

Er erwartete es wohl auch nicht.

»Jeannie Mac! Ich … ich dachte, ich hätt 'nen Schrei gehört.« Mulligan sah sich nach wie vor mit den Händen herumwedelnd um, hielt jetzt aber wenigstens Abstand zur Lampe. »Klang ganz wie Sie, Inspektor.«

»Ich?« Ich schüttelte heftig den Kopf. »Ich habe nicht geschrien.«

Wahrscheinlich hatte ich es doch, denn ich verspürte ein verräterisches Kratzen im Hals, und mein Herz klopfte noch immer wie verrückt. Ich wagte es nicht, die Wand neben ihm anzusehen und schon gar nicht das entsetzliche Bild.

»Sie haben doch …«, setzte Mulligan an, presste die Lippen

für eine Sekunde zu einem blutleeren Strich zusammen und hob dann die Schultern. »Wie Sie meinen. Sind Sie fertig?«

»Was zum Teufel suchen Sie überhaupt hier?«, fragte ich verärgert. »Und was meinen Sie mit *fertig*?«

»Zur Abreise«, antwortete Mulligan. »Ich soll Sie zum Hafen bringen … Hat Dr. Watson Ihnen nicht Bescheid gesagt?«

»Nein, das hat er …« Ich blinzelte und vergaß sogar die unheimliche Schrift. Beinahe jedenfalls. »Sie? Er hat Sie geschickt, um mich abzuholen?«

Mulligan nickte, sah zugleich aber auch in zunehmendem Maße verlegen aus. Aber wenigstens hörte er auf, mit seinem Totschläger herumzufuchteln, und ließ ihn in der Jackentasche verschwinden. Ihm musste wohl noch etwas anderes aufgefallen sein, denn er sah über die Schulter zurück und musterte kurz die Wand und insbesondere das Bild. Ich selbst wagte es nach wie vor nicht, meinen Blick dorthin zu lenken, betrachtete sein Gesicht aber dafür umso aufmerksamer und war sehr erleichtert, rein gar nichts darauf zu entdecken; außer vielleicht einer leisen Verwirrung, die aber ganz eindeutig mir galt.

»Das hat er«, bestätigte Mulligan. »Ich war echt auch nich' begeistert, Inspektor. Aber der Doktor meinte, das ginge schon in Ordnung.«

Ich schluckte alles herunter, was mir dazu auf der Zunge lag, stand mit einem Ruck auf und deutete wortlos auf meinen gepackten Koffer, der seit dem vergangenen Abend neben der Tür stand. Und einmal dabei, raffte ich auch all meinen Mut zusammen und sah zuerst die Wand und dann die gerahmte Fotografie an. Alles, was ich sah, war eine schmuddelige Tapete und die Fotografie eines mir unbekannten Mannes, der meinen Blick mit einem eingefrorenen Grollen erwiderte, dessen Grund vermutlich schon vor einem halben Menschenalter zusammen mit ihm gestorben war. Ich war sehr erleichtert.

Wenn auch nicht annähernd so sehr, wie ich es mir gewünscht hätte.

Da Mulligan (was hatte ich erwartet?) keine Anstalten machte, meinen Koffer zu nehmen, schlüpfte ich in Jacke und Schuhe, setze meinen Hut auf und ergriff ihn selbst. Als ich die Hand nach dem Türknauf ausstreckte, fragte ich vorwurfsvoll: »Mussten Sie das Schloss aufbrechen?«

»Aber Sie …« Mulligan verbesserte sich. »Jemand hat geschrien. Ich dacht', es wär was passiert.«

Ich sagte vorsichtshalber nichts dazu und schwenkte meinen Koffer in Richtung Tür. »Dann lassen Sie uns gehen.«

Mulligan wirkte aus irgendeinem Grund enttäuscht, aber er blieb stumm und drehte sich lediglich um, um vorauszugehen. Sein Blick tastete dabei noch einmal aufmerksam über die Wand neben der Tür.

Ich selbst wagte das nicht.

# 3

Ich hatte mit einem Zweispänner oder möglicherweise auch einem Ochsenkarren gerechnet – irgendetwas eben, das zu Mulligan passte. Vor dem Haus wartete jedoch eine Überraschung auf mich: ein so gut wie fabrikneues Automobil, das trotz der unangenehm niedrigen Nachttemperaturen und des feuchten Nebels, der von der Küste aus die Straßen heraufkroch, mit zurückgeklapptem Verdeck am Straßenrand stand. Ich war so überrascht, dass ich innehielt und mir Mulligan um ein Haar in die Hacken getreten wäre.

»Was ist denn das?«, entfuhr es mir.

Mulligan maß mich zwar mit einem Blick, als hielte er das für eine ausgesprochen dumme Frage, antwortete aber auch mit stolzgeschwellter Brust: »Das allerneueste Spitzenmodell von Rolls-Royce. Der Doktor hat's erst letzte Woche bekommen.«

»Doktor Watson?« Ich sah mich demonstrativ auf der leeren Straße um. »Sie wollen mir nicht erzählen, dass er Sie sein nagelneues Automobil fahren lässt?«

Mulligan sah ein bisschen verschnupft aus und schenkte mir einen angemessen vorwurfsvollen Blick, ging aber erst einmal um den Wagen herum und stieg ein, bevor er antwortete. »Genau genommen hat er's für mich gekauft.«

»Für Sie?«, vergewisserte ich mich, blickte anklagend auf den schweren Koffer in meiner Hand und hievte ihn dann ächzend auf die Rückbank, wo bereits ein zweiter und deutlich größerer Koffer stand. Möglicherweise hatte Watson ja noch das eine oder andere Utensil eingepackt, das ich unterwegs brauchen konnte.

»Also eigentlich für sich«, räumte Mulligan ein, dem mein zweifelnder Tonfall nicht entgangen war. »Aber ich fahre es. Ich habe extra einen Fahrkurs gemacht. Der Doktor möchte nicht selbst fahren. Ich glaube, diese modernen Dinger sind ihm unheimlich.«

Das konnte ich mir zwar bei einem Mann wie Watson nicht vorstellen, aber es schien mir nicht der rechte Zeitpunkt für diese Art von Gespräch.

Ich wollte einsteigen, doch Mulligan schüttelte ruppig den Kopf und zielte mit einer dreifach abgeknickten Metallstange wie mit einer bizarren Waffe auf mich, die ein wenig an einen Handbohrer erinnerte, aber viel zu groß dafür war.

»Was?«, fragte ich verdattert.

»Der Motor.« Mulligan wedelte ungeduldig mit seinem *Was-auch-immer*. »Jemand muss ihn ankurbeln.«

Ich musterte die Kurbel wie etwas Gefährliches, das mir in die Hand beißen würde, wenn ich den Fehler beging, danach zu greifen. »Haben Sie das in Ihrem Fahrkurs nicht gelernt?«

»Doch«, antwortete Mulligan ungerührt. »Aber jemand muss den Motor starten, während ein anderer kurbelt.«

»Dann wäre ich lieber jemand«, erwiderte ich.

Wenn Mulligan den Scherz verstand (was ich bezweifelte), ließ er es sich nicht anmerken, sondern sah mich nur ausdruckslos an, und natürlich war ich es, der am Ende aufgab. Niemand kann so stur sein wie ein sprichwörtlicher irischer Sturkopf, und selbst der sturste irische Sturkopf könnte es in dieser Disziplin nicht mit Mulligan aufnehmen.

Nicht mit ärgerlichen Blicken geizend umrundete ich den

ausladenden Rolls-Royce, ging vor der Ehrfurcht gebietenden Kühlerhaube in die Hocke und brauchte nicht einmal eine Minute, um die entsprechende Öffnung zu finden und die Kurbel anzusetzen.

»Im Uhrzeigersinn drehen«, befahl Mulligan. »Kräftig. Und geben Sie acht, Inspektor. Manchmal …«

Ärgerlich und mit aller Kraft, die ich in meiner ungünstigen Haltung aufbringen konnte, riss ich an der Kurbel, und der Motor sprang nach kaum einer Vierteldrehung mit einem machtvollen Grollen an. Die Kurbel prallte hart zurück und schlug mit solcher Gewalt gegen meine Hand, dass ich das Gefühl hatte, jeden einzelnen Knochen darin brechen zu spüren. Mit einem schmerzerfüllten Japsen landete ich auf dem Hosenboden und presste meine geprellte Rechte gegen den Leib. Das alles geschah innerhalb einer knappen halben Sekunde, und Mulligan schloss seelenruhig: »… schlägt die Kurbel zurück.«

Es tat so erbärmlich weh, dass mir die Tränen in die Augen schossen und mir übel wurde. Mulligan trat aufs Gas und ließ den Motor aufheulen (nur für den Fall, dass irgendein Nachbar noch nicht aufgewacht war), und ich wäre nicht weiter überrascht gewesen, hätte er die günstige Gelegenheit genutzt, um mich zu überfahren.

Stattdessen reckte er den Hals und rief: »Sind Sie dann so weit, Inspektor? Das Schiff wartet nicht.«

Nachdem ich mich mit einem scheuen Blick davon überzeugt hatte, dass meine Finger zumindest noch vollzählig waren, hob ich die Kurbel auf, stemmte mich in die Höhe und humpelte auf die Beifahrerseite. Mulligan fuhr los, kaum dass ich eingestiegen war und noch bevor ich die Tür ganz geschlossen hatte.

»Ich liebe diese neumodischen Automobile!«, rief Mulligan über das Dröhnen des Motors und den Fahrtwind hinweg. »Im

Gegensatz zum Doktor kann ich gar nich' genug davon bekommen!« Und fuhr schneller.

»Und Sie haben wirklich einen Fahrkurs absolviert?«, erkundigte ich mich unbehaglich, während der Wagen mit der Geschwindigkeit eines durchgehenden Rennpferdes über die gottlob menschenleeren Straßen schoss und immer nur noch schneller wurde.

»Drei Stunden!«, bestätigte Mulligan begeistert. »Am Anfang war's mir schon ein bisschen unheimlich. Aber wenn man's erst mal kann, isses toll!« Er musste inzwischen schreien, um sich über das Brüllen des riesigen Verbrennungsmotors hinweg verständlich zu machen. Ich sah über die Schulter zurück, fest davon überzeugt, hinter uns eine Schleppe aus Fenstern zu erblicken, hinter denen das Licht anging und die danach aufflogen und sich mit erbosten Gesichtern und zornig geschüttelten Fäusten füllten. Nichts davon geschah, aber es war nur noch eine Frage der Zeit. Falls Mulligan nicht vorher eine Wand rammte oder den Wagen um einen Laternenpfahl wickelte.

Eine Viertelstunde später – auch wenn es sich für mich eher wie vier volle Stunden angefühlt hatte – waren wir überraschenderweise nicht nur immer noch am Leben, sondern hatten auch noch niemanden überfahren; was allerdings wohl eher dem Umstand zu verdanken war, dass die Straßen angesichts der frühen Stunde noch so gut wie leer waren. Je mehr wir uns dem Hafen näherten, desto mehr änderte sich das jedoch. Die Menschen in diesem Teil der Stadt fingen früh an zu arbeiten; die wenigen Glücklichen jedenfalls, die Arbeit hatten. Mulligan hörte immerhin auf, so zu rasen, als wäre eine leibhaftige irische *Banshee* hinter ihm her, was zum Teil wohl auch daran lag, dass der Nebel dichter wurde und die Straßen schmaler und schlechter. Ich war im Stillen sehr dankbar dafür und begann sogar zu hoffen, dass wir unser Ziel unversehrt erreichten. Allerdings nahm mein Unbehagen im gleichen Maße zu, in dem wir uns dem Hafen näherten. Ich hatte keine guten Erinnerungen an diese Gegend, obwohl wir noch nicht einmal in der Nähe der Werft waren.

Meine Hand tat immer noch weh, aber nicht mehr so sehr, dass ich mich allen Ernstes fragte, ob sie vielleicht gebrochen war, und so wagte ich es, in die Westentasche zu greifen, um nach meiner Uhr zu tasten. Mulligan machte eine fast erschrockene Kopfbewegung und deutete auf das mit edlem Holz getäfelte Armaturenbrett, auf dem ich tatsächlich das Ziffernblatt einer leibhaftigen Uhr entdeckte. Es war beinahe fünf, doch wir konnten nicht mehr sehr weit von unserem Ziel entfernt sein. Warum also raste er so?

»Ein prachtvoller Wagen«, sagte ich, schon weil ich zu spüren glaubte, dass Mulligan genau das von mir erwartete. Er benahm sich wie ein kleiner Junge, der ein neues und aufregendes Spielzeug bekommen hat.

»Besser als ein Vollrausch. Die Inselaffen können Automobile bauen wie wir Iren Whisky saufen.« Er deutete hierhin und dorthin und erklärte mir jedes Detail des luxuriösen Fahrzeugs, von denen mich eines weniger interessierte als das andere. Trotzdem gab ich mich beeindruckt und wartete geduldig ab, bis er mit seinem Vortrag zu Ende gekommen war.

»Ja, diese Automobile sind wirklich eine ganz erstaunliche Erfindung«, sagte ich. Ganz neu waren sie auch mir nicht, aber ich hatte mich immer noch nicht daran gewöhnt und mich auch noch nicht entschieden, ob ich das überhaupt wollte. »Es fehlt nur noch, dass sie eines Tages von selbst fahren.«

Vielleicht hätte ich das besser nicht gesagt, denn Mulligan fuhr ganz sacht zusammen und sah mich auf eine Weise an, die mich wünschen ließ, diese Worte nicht ausgesprochen zu haben. Sie weckten möglicherweise Erinnerungen, die keinem von uns behagten. Doch er fing sich auch ebenso schnell wieder und antwortete mit einem schiefen Grinsen: »Aber wo bliebe denn da der Spaß, Inspektor?«

Den er mir unverzüglich demonstrierte, indem er das Gaspedal durchtrat, woraufhin der so schwerfällig anmutende Wagen einen regelrechten Satz machte und ein gewaltiges Brüllen ausstieß, das von den Fassaden rechts und links der Straße widerhallte. Jetzt war ich es, der wirklich beeindruckt war, denn ich wurde regelrecht in den Sitz gepresst. Was immer man über diese englischen Luxuskarossen sagte, schien zu stimmen.

Trotzdem: »Ich habe gehört, dass es inzwischen auch Automobile gibt, die mit Elektrizität fahren.«

»Elektrizität? Wozu das denn?«, brüllte Mulligan über das Dröhnen des Motors hinweg.

»Es ist leiser!«, brüllte ich zurück.

»Eben!«, schrie er. Der Motor wurde nicht noch einmal lauter, aber vermutlich auch nur, weil es gar nicht mehr ging. »Das wär ja wie Whisky ohne Alkohol.«

Ich gab auf. Ich kannte Mulligan lange genug, um zu wissen, dass diese Art von Diskussion sinnlos war. Wir fuhren langsamer, was wohl eher an der Straße lag als an seiner Vernunft, denn jene wurde zunehmend schmaler. Selbst die Federn des luxuriösen Wagens hatten immer mehr Mühe, alle Stöße und Erschütterungen abzufangen, sodass unser Gespräch zum Erliegen kam, weil keiner von uns Lust hatte, sich aus Versehen selbst die Zunge ab- oder einen Zahn auszubeißen.

Die Straße wurde noch einmal enger, dann gab es auf der linken Seite plötzlich keine Häuser mehr, sondern ein Gewirr unterschiedlich großer – wenn auch allesamt eher kleinerer – Schiffe und Boote. Allzu viel war nicht zu erkennen, denn der Nebel war hier, unmittelbar am Wasser, deutlich dichter und verwandelte alles, was weiter als einen halben Steinwurf vom Ufer entfernt lag, in konturlose Schatten. Hier und da kroch er sogar schon über die Kaimauer und lag wie graue Watte auf der Straße – ein Anblick, der mich nicht gerade beruhigte.

»Auf welches Schiff hat Doktor Watson noch mal meine Passage gebucht?«, fragte ich nervös.

Mulligan hob die Schultern. »Den Namen weiß ich nicht. Ist aber nicht mehr weit. Ich war heute Nachmittag schon mal hier und hab alles mit dem Skipper klargemacht. Ohne den verdammten Nebel müssten wir es schon fast sehen.«

Das war lächerlich. An dem niedrigen Kai neben uns lag kein Schiff über hundert Fuß, und wenn mich meine Ortskenntnis nicht völlig täuschte, dann blieb das auch so bis zu seinem Ende. Aber ehe ich auch nur ein einziges weiteres Wort sagen konnte, ließ Mulligan den Wagen ausrollen und hielt an.

»Und jetzt?«, fragte ich.

»Wir sind da, Inspektor«, antwortete Mulligan, während er bereits den Motor ausschaltete und ausstieg.

»Da? Wo?«, fragte ich verwirrt. Vielleicht auch ein bisschen in Panik.

»Das Schiff, Inspektor.« Er nahm den zweiten Koffer von der Rückbank und deutete mit der anderen Hand auf einen Schatten, der im Nebel hinter der Kaimauer eher undeutlich zu erkennen war. Einen beunruhigend kleinen Schatten.

»Das ist nicht Ihr Ernst!« Das war bestenfalls ein Fischerboot, wenn überhaupt.

»Doch, wir sind schon richtig«, versicherte Mulligan. War das ein schadenfrohes Grinsen, das ich da auf seinem Gesicht sah? »Vergessen Sie Ihren Koffer nicht, Inspektor.«

»Ich bin kein …«, setzte ich an und sprach nicht weiter, als er sich bereits umdrehte, um auf das Schiff zuzugehen. Ich investierte noch eine Sekunde darin, ihm zornig nachzublicken, stieg dann aus und nahm meinen Koffer zur Hand. Ich musste mich beeilen, um ihn einzuholen, schaffte es aber nicht ganz, denn er war schon auf halbem Wege auf das Schiff hinauf. Zu meinem Entsetzen gab es keine Treppe oder Brücke, wie man sie von den großen Passagierdampfern kannte, sondern nur eine Planke, die mir kaum so breit wie zwei nebeneinandergelegte Hände erschien und unter Mulligans Schritten bedrohlich auf und ab zu schwanken begann. Ich wartete vorsichtshalber, bis er das Deck betreten hatte, und folgte ihm, wenn auch mit klopfendem Herzen und übervorsichtig. Ich bin kein Feigling, aber das Meer, Nebel und eine nasse Planke, die sich unter meinen Füßen wie das Seil eines Zirkusartisten anfühlte, das war eine Mischung, die gar nicht gut bei mir ankam.

Das Schiff selbst war auch nicht unbedingt ein erfreulicher Anblick. Es war allerhöchstens sechzig Fuß lang, hatte einen einzelnen Mast und niedrige Aufbauten, die halb im Nebel verschwanden und mich auf bedrückende Weise an die Umrisse eines vor langer Zeit gesunkenen Schiffes erinnerten. Nirgendwo brannte ein Licht. Ich blieb stehen und setzte den Koffer ab.

»Was soll das?«

»Ich denk, wir sind zu früh«, antwortete Mulligan. »Aber die Mannschaft …«

»Das meine ich nicht«, unterbrach ich ihn. »Dieses Schiff. Soll das ein Scherz sein?«

»Haben Sie etwas gegen mein Schiff, Mister?«, fragte eine Stimme hinter mir. Offensichtlich nicht direkt hinter mir, denn als ich mich umdrehte und die Planke hinabsah, erkannte ich nur den leeren Kai unter uns.

Da trat eine Gestalt aus den Schatten, wie sie klischeehafter kaum sein konnte. Klein, gedrungen, in schwarzes Ölzeug gehüllt, das vor Nässe glänzte, hatte er schütteres weißes Haar, einen ebenfalls weißen Vollbart und ein wettergegerbtes Gesicht, sodass ihm im Grunde nur noch die Meerschaumpfeife fehlte, damit man meinen konnte, er wäre direkt aus einem jener in Massen produzierten billigen Ölgemälde entsprungen, wie man sie in Kaufhäusern für wenig Geld feilbot.

»Selbstverständlich nicht, Sir«, beeilte ich mich zu versichern. »Es ist nur so …«

»Ich bin kein Sir, Mister«, unterbrach mich der Seemann. »Ich bin Kapitän Ransom, und die *Gallon* ist mein Schiff. Ein gutes Schiff. Kein großes Schiff und nicht einmal ein schönes Schiff, aber ein gutes Schiff. Wenigstens ist sie gut genug für meine Besatzung und mich.« Er musste wohl meine Gedanken gelesen haben, denn er zog nun tatsächlich eine Pfeife aus der Tasche seiner nassen Öljacke und sog daran. Natürlich glühte sie nicht, und als ich genauer hinsah, erkannte ich auch, dass sie nicht einmal Tabak enthielt.

Nachdem Kapitän Ransom also gesagt hatte, was zu sagen war, fuhr er fort: »Sie müssen der Polizist sein.«

»Ich bin Detektiv, kein Polizist«, verbesserte ich ihn. »Devlin. Quinn Devlin. Erfreut.« Ich streckte ihm die Hand entgegen, die er allerdings ignorierte und mich nur mit einem wenig freundlichen Blick von Kopf bis Fuß maß.

»Meine Mannschaft hat Landurlaub. Den hat sie sich redlich verdient, nach drei Wochen auf See. Wir laufen um sechs aus, pünktlich mit der Flut. Sie werden früh genug zurück sein.«

»So war das gewiss nicht ge…«, begann ich hastig, und Ransom nahm die Pfeife aus dem Mund und wandte sich an Mulligan: »Zeigen Sie dem Inspektor seine Kabine, Mister Mulligan.« Er drehte sich wieder zu mir um, brachte das Kunststück fertig, geradewegs durch mich hindurchzusehen, als er fragte: »Sind Sie seefest, Inspektor?«

»Das weiß ich nicht«, antwortete ich wahrheitsgemäß, und Ransom wandte sich mit undeutbarer Miene an Mulligan.

»Dann bringen Sie ihm auch einen Eimer.« Damit drehte er sich ohne ein weiteres Wort um und ging.

»Das fing nicht gut an«, sagte Mulligan betrübt. »Ich hätt Sie warnen sollen.«

»Es ist ja nicht für lange«, sagte ich, einen Optimismus vortäuschend, den ich nicht wirklich empfand.

»Nicht für lange?«, wiederholte Mulligan. Er tat es auf eine Art, die mir nicht gefiel.

»Ein paar Stunden, oder?«, fragte ich. »Wir setzen doch nur nach Cairnryan über. Wie lange kann das schon dauern?«

»Wir setzen nicht über den irischen Kanal«, antwortete Mulligan. »Hat Ihnen das der Doktor nicht gesagt?«

Ich schüttelte den Kopf und sah ihn beunruhigt an. »Wir setzen nicht über den Kanal?«, vergewisserte ich mich. »Aber was denn sonst?«

»Wir fahren nach Edinburgh.«

»Das ist mir bekannt. Deswegen ja auch Cairnryan. Von dort aus sind es dann nur noch ein paar Stunden mit dem Zug bis nach Edinburgh!«

»Gar keine gute Idee«, brummelte Mulligan. »Die streiken dauernd, die Eisenbahner. Nur die Schiffe fahren immer.«

»Ich verstehe nicht ganz«, sagte ich alarmiert.

»Edinburgh hat einen hübschen kleinen Seitenhafen. Ich war schon mal dort.«

»Sie wollen mit dem Schiff nach Edinburgh?« Ich hatte plötzlich ein sehr ungutes Gefühl. »Aber dann müssten wir ja um ganz Schottland rumfahren, statt es nur von Westen nach Osten zu durchqueren!«

Mulligan nickte. »So sieht's aus.«

»Und wie lange … dauert das?«, fragte ich.

Mulligan feixte. »Drei Tage.«

# 4

Um es kurz zu machen (ich wünschte, ich hätte sagen können, kurz und schmerzlos, aber das wäre gelogen): Ich war nicht seefest. Es hatte als leichtes Unwohlsein begonnen, noch während die *Gallon* am Kai lag und die Mannschaft – zum größten Teil nicht mehr ganz nüchtern – einer nach dem anderen eintraf, und es war schlimmer geworden, als sich das Schiff vom Ufer löste und langsam auf das Meer hinausschwankte. An den Rest des Tages erinnerte ich mich kaum noch, war aber auch nicht weiter böse darum. Ich hatte Mulligan zwar mit einem angemessen entrüsteten Blick bedacht, als er mir tatsächlich einen Eimer in meine schuhkartongroße Kabine brachte, was mich aber nicht daran gehindert hatte, ihn ausgiebig zu benutzen. Erst gegen Mittag des darauffolgenden Tages hatte ich das Gefühl, dass meine Beine wieder in der Lage waren, mein Körpergewicht zu tragen. Als auch mein Magen endlich seine Versuche eingestellt hatte, mehr von sich zu geben, als er zeit meines Lebens enthalten hatte, fasste ich genug Mut, meine Kabine zu verlassen.

Nachdem ich mich notdürftig gesäubert und frische Kleider angezogen hatte, wagte ich gegen Abend einen zweiten Versuch und kam diesmal sogar bis zur vorderen Reling.

Vielleicht hieß das Ding auch anders. Ich hatte diesen Seefahrerjargon niemals beherrscht und es auch nie gewollt; und alles, was mich daran interessierte, war, dass ich mich darauf stützen und daran festhalten konnte. Mir war nicht mehr so entsetzlich übel wie in den endlosen Stunden zuvor, aber meine Knie fühlten sich noch immer an wie Pudding, und wenn ich den Fehler beging, den Kopf zu schnell zu drehen, wurde mir sofort wieder schwindelig. Ich hatte es schon nicht begriffen, bevor ich auch nur einen Fuß auf ein Schiffsdeck gesetzt hatte, und ich begriff es jetzt umso weniger: Was fanden so viele Menschen nur an dieser Art zu leben, dass sich derart viele Mythen und Legenden darum rankten und Seefahrerromantik für ganze Generationen fast so etwas wie eine Religion darstellte? Ich fand es zum Kotzen. Wortwörtlich.

»Man gewöhnt sich daran, Inspektor«, sagte eine Stimme hinter mir.

Ich erkannte sie allein an dem leise schadenfrohen Unterton, der darin mitschwang; einmal ganz davon abgesehen, dass nach meiner so katastrophal verunglückten Ankunft an Bord vermutlich ohnehin kein anderer mehr mit mir reden würde. Ich widerstand der Versuchung, mich zu ihm umzudrehen, unter anderem auch, weil ich ihn dann angespuckt hätte.

Ich wartete, bis er neben mich getreten war und sich so schwer auf die Reling stützte, dass ich das Gefühl hatte, das ganze Schiff würde auf die Seite kippen, was es natürlich auch tat, und zwar unentwegt, aber nicht wegen ihm. »Woran?«, fragte ich widerwillig. Mir war nicht nach Reden, und schon gar nicht mit Mulligan. In Ermangelung Watsons oder Sir Arthurs machte ich ihn für die böse Überraschung verantwortlich, die ich mit diesem sogenannten Schiff erlebt hatte.

»Sie sind immer noch grün im Gesicht, Inspektor«, erwiderte Mulligan in einem belustigten Ton, den ich ihm allmählich wirklich übel zu nehmen begann. »Das passiert vielen, wenn sie das erste Mal auf hoher See sind. Aber irgendwann ist Schluss damit.«

»Wenn man nur ein paar Wochen lang nichts isst?«, vermutete ich.

Mulligan lachte, auch wenn ich nicht verstand, was daran so komisch sein sollte. »Bis morgen früh haben Sie's überstanden. Wenn sich das Wetter hält, heißt das.«

Jetzt konnte ich mein Erschrecken nicht mehr ganz verbergen. Die *Gallon* bockte und sprang unter unseren Füßen wie ein nicht zugerittenes Wildpferd, und obwohl ihr Bug wie ein Messer durch die grauen Wellen schnitt, spritzte immer wieder weißer Schaum bis aufs Deck. Und das hielt er offensichtlich für *gutes Wetter?*

»Keine Sorge«, erklärte er gutmütig. »Die schlimmsten Frühjahrsstürme sind schon vorbei.«

»Sie nehmen mich auf den Arm«, vermutete ich. Vielleicht flehte ich auch.

»Würde ich so was tun?«, fragte Mulligan treuherzig.

»Unbedingt.«

Mulligan spielte seine Rolle nahezu perfekt weiter, schüttelte dann aber mit einem breiten Grinsen den Kopf. »Aber nur ein bisschen. Und ich mein es nicht böse.«

Das gehörte zu den wenigen Dingen, die ich ihm glaubte. Ich hatte schon erlebt, dass er Leute grün und blau geprügelt (und Schlimmeres getan) hatte, ohne es böse zu meinen, einfach nur, weil ihn jemand, den er genauso wenig kannte, dafür bezahlt hatte.

Die *Gallon* machte einen magenumdrehenden Satz über eine Welle, die mir mindestens doppelt so hoch vorkam wie das gesamte Schiff, und stürzte sich dann begeistert in das mindestens ebenso tiefe Wellental dahinter, sodass ich mich hastig an der Reling festklammerte und heilfroh war, die letzte feste Nahrung vor gut vierundzwanzig Stunden zu mir genommen zu haben. Außerdem war ich inzwischen sicher, dass das Schiff mich hasste und das alles nur tat, um mich ganz persönlich zu ärgern. Mulligan, der die Unverschämtheit hatte, sich neben mir an der Reling zu lümmeln und sich nicht einmal festzuhalten, machte keinen Hehl aus seiner Schadenfreude und grinste unverschämt fröhlich auf mich herab.

Ich fühlte mich nicht imstande, dem Einhalt zu gebieten. Darüber hinaus hatte ich den Eindruck, dass er nicht nur hergekommen war, um sich an meinem Leid zu laben – auch wenn er diese unerwartete Zugabe natürlich dankend annahm –, sondern es einen Grund für seine Anwesenheit gab.

Ich würde ihm nicht den Gefallen tun, danach zu fragen, sondern konzentrierte mich wieder auf den Horizont. Irgendwo hatte ich gelesen, dass es ein probates Mittel gegen die Seekrankheit sei, sich einen Fixpunkt am Horizont zu suchen und sich darauf zu konzentrieren. Möglicherweise funktionierte das nur, wenn der Horizont auch zu sehen war und nicht abwechselnd in den Himmel hinaufsprang und im Meer versank. Ich hatte das Gefühl, dass ich es mit dem Versuch, mein angelesenes Wissen umzusetzen, eher schlimmer machte, und wollte gerade aufgeben, als ich eine Bewegung hinter mir spürte und mich nach dem Herumdrehen Kapitän Ransom gegenübersah. Irgendetwas sagte mir, dass er schon eine ganze Weile so dastand und uns beobachtete. Und natürlich belauschte.

»Kapitän Ransom.« Ich nickte ihm – sehr vorsichtig – zu, und Ransom maß mich mit einem Blick, den ich unmöglich deuten konnte, und wandte sich dann an Mulligan. Ich war nicht einmal sonderlich überrascht. Anscheinend hatte er beschlossen, mich für den Rest der Reise zu ignorieren.

Vermutlich hätte es schlimmer kommen können.

»Da sind Sie ja schon«, sagte er zu Mulligan. »Gerade wollte ich Sie und den Inspektor holen. Wir sind gleich da …«

»Wo?«, fragte ich alarmiert.

»Danke, Skipper«, antwortete Mulligan. »Wir kommen gleich runter zum Essen.« Er warf mir einen prüfenden Blick zu und ergänzte in eindeutig süffisantem Ton: »Oder ich zumindest.«

Das schien Ransom zu genügen, denn er rang sich noch ein angedeutetes Nicken ab und ging dann ohne ein weiteres Wort. Im hinteren Teil des Schiffes war ein Matrose mit irgendetwas beschäftigt, das ich nicht erkennen konnte, aber mir gefielen die Blicke nicht, mit denen er uns unverhohlen musterte.

»*Wo* genau sind wir gleich?«, wandte ich mich an meinen vierschrötigen Begleiter, und diesmal in einem Ton, der ihm hoffentlich klarmachte, dass ich mich nicht mit einer neuerlichen Ausflucht zufriedengeben würde.

»Der Skipper …« Er verbesserte sich. »Der Doktor und Sir Arthur wollten, dass Sie etwas sehen. Deshalb fahren wir auch auf diesem Weg nach Edinburgh und nicht über Land.«

»Und was?«

»Das weiß ich echt nicht«, behauptete Mulligan, doch ich spürte, dass er log.

»Sie wollen es mir also nicht sagen«, stellte ich fest.

Mulligan hob die Schultern. »Ist einfacher, wenn Sie's selbst sehen«, behauptete er. »Wir müssen warten, bis es dunkel ist. Dauert aber nicht mehr lange.«

Ich legte den Kopf in den Nacken und suchte den Himmel nach der Sonne ab. Zunächst konnte ich sie nicht finden, was mich absurderweise beinahe in Panik versetzte, dann gewahrte ich einen verschwommenen hellen Fleck hinter den Wolken. Mulligan hatte recht. Es würde bald dunkel sein. Aber was zum Teufel wollte er mir hier dann zeigen?

Ich stellte die Frage laut, und Mulligan machte eine Kopfbewegung in südliche Richtung. Kurz darauf meinte ich eine dünne Schattenlinie zu erkennen, die zusammen mit dem Horizont in regelmäßigen Abständen auftauchte und wieder verschwand. Ich blickte fragend, und Mulligan antwortete: »Die Isle of Skye. Der nördlichste Punkt des verdammten Königreichs.«

»Die Hebriden, ich weiß.« Ich musste meinen Ärger nicht spielen. »Hat Doktor Watson diese Reise für mich organisiert, damit ich die schottischen Sehenswürdigkeiten bewundern kann?«

»Kommt ganz darauf an, was Sie damit meinen«, antwortete Mulligan feixend, machte aber schon eine abwehrende Handbewegung, ehe ich überhaupt etwas sagen konnte. »Ich hab auch nur davon gehört. Kapitän Ransom kommt bestimmt zurück und erklärt uns alles.«

Da er mir nicht sagen wollte, was mich erwartete, standen wir schweigend nebeneinander an der Reling. Die Dämmerung senkte sich jetzt rasch über das Deck. Nur hier und da ging eine einsame Sturmlaterne an, deren Licht von den schwärzer werdenden Schatten aber beinahe rascher verschluckt wurde, als es entstand. Gleichzeitig geschah etwas Sonderbares: Ganz wie Mulligan es prophezeit hatte, besserte sich mein Zustand. Die Übelkeit verschwand nicht ganz, sank aber bald auf ein erträgliches Maß, und ich musste mich nicht nur nicht mehr mit beiden Händen an der Reling festklammern, sondern gestand mir auch ein, dass die *Gallon* vermutlich nicht wirklich so wild auf den Wellen tanzte, wie ich es bisher zu spüren gemeint hatte. Die Hebriden waren nicht unbedingt für ihr paradiesisches Wetter bekannt, aber heute war die See verhältnismäßig ruhig. Was immer das in diesen Breitengraden bedeuten mochte.

»Darf ich Sie was fragen, Inspektor?«, fragte Mulligan plötzlich. Er lehnte jetzt neben mir, hatte die Unterarme auf der Reling abgestützt und die Finger ineinander verschränkt und sah überallhin, nur nicht in meine Richtung.

»Wenn Sie aufhören, mich *Inspektor* zu nennen.«

»Darf ich nun, Detective?«

Ich seufzte. »Quinn. Und Sie dürfen.« Ich sagte nicht, dass ich sie auch beantworten würde.

»Gestern Nacht, als ich Sie abgeholt habe, Ins…, Mister Devlin«, sagte Mulligan unbehaglich. Er tat es nicht, aber ich konnte spüren, dass er dazu ansetzte, eine eher noch unbehaglicher lange Pause zu machen, und so fiel ich hilfreich ein: »Ja, ich habe geschrien, Mulligan. Ich hatte einen schlechten Traum. Es tut mir leid, dass ich Sie angelogen habe.«

Wieder vergingen Sekunden, bevor er weitersprach, und ich spürte noch deutlicher, wie schwer es ihm fiel. »Ich dacht', ich hätte ihren Namen gehört. Miss Allisons Namen.«

Irgendwie gelang es mir, nicht erschrocken zusammenzufahren. »Dann müssen Sie sich wohl doch getäuscht haben.«

»Wir haben nie darüber gesprochen«, sagte er.

Und das wollte ich auch jetzt nicht. Schon gar nicht mit ihm. Ich schwieg.

»Ich denke auch fast jeden Tag an sie«, fuhr er nach einer abermaligen quälend langen Pause fort. »Eigentlich sogar jeden Tag. Doktor Watson sagt, dass es irgendwann besser wird. Aber bisher wird es nicht besser. Im Gegenteil.«

Ich schwieg beharrlich weiter. Was erwartete er von mir – dass ich ihm die Absolution erteilte? Ganz bestimmt nicht! Er hatte Allison umgebracht, und es spielte überhaupt keine Rolle, warum. Nicht für mich.

»Ich weiß, dass Sie mir nicht verzeihen können, Quinn«, fuhr er fort, jetzt mit veränderter, so leiser Stimme, dass ich ihn kaum noch verstand. »Ich erwarte es auch nicht. Ich möchte nur, dass Sie wissen, wie unendlich leid es mir tut. Ich hatte keine Wahl. Ich … ich wollte das nicht, aber sie hat es mir …«

»Sie haben nichts falsch gemacht«, fiel ich ihm ins Wort.

Ich musste mir jede einzelne Silbe abnötigen, und die Worte schienen wie kleine Bälle aus Stacheldraht meine Kehle heraufzurollen und blutende Narben zu hinterlassen, die nie wieder heilen würden. »Ich hätte es auch getan.«

Das stimmte, und zugleich war es falsch. Die Vernunft hätte mir keine Wahl gelassen, so wie sie auch Mulligan keine Wahl gelassen hatte, denn nichts weniger als das Schicksal der Welt hatte auf dem Spiel gestanden. Aber ich hätte es trotzdem nicht gekonnt.

»Nein, Mister Devlin, das hätten Sie nicht«, sagte Mulligan prompt und mit einer Stimme, die mich nun doch veranlasste, den Kopf zu heben und ihm ins Gesicht zu sehen. »Miss Allison hat das gewusst. Deshalb hat sie mich gebeten, es zu tun.«

Und er hatte es getan, und das war alles, was zählte. Aber – das Licht reichte nicht mehr aus, um wirklich sicher sein zu können – waren das Tränen, die über seine Wangen liefen?

Ich sollte etwas sagen. Vielleicht ein Lächeln, ganz egal wie bitter es auch ausfallen mochte, eine sachte Berührung oder ein angedeutetes Nicken, irgendetwas, das ihm zeigte, dass ich ihm vielleicht nicht verzieh, ihn aber verstand. Doch ich stand nur da und starrte nun wieder auf die See hinaus, und ich redete mir ein, dass die Nässe auf meinen Wangen tatsächlich nur von der aufspritzenden Gischt kam. Menschen sind erstaunliche Wesen. Die meisten erkennen eine Lüge instinktiv, und sei sie noch so raffiniert gewoben, und gleichzeitig sind sie Meister darin, sich selbst zu belügen; ganz egal wie deutlich ihnen diese Lüge auch ins Gesicht springt. Ich wünschte mir, es ginge mir auch so.

»Es war ein verrückter Traum, Mulligan«, hörte ich mich nach einer Weile selbst sagen, erstaunt, überhaupt zu sprechen, und selbst ein wenig neugierig, wie es weitergehen würde. »Es war nicht der erste, aber so schlimm war es noch nie. Doktor

Watson ist ein sehr kluger Mann, Mulligan, aber in diesem Punkt täuscht er sich. Es wird nicht besser. Es wird schlimmer.«

Das war gewiss nicht das, was Mulligan hatte hören wollen, aber alles, was ich ihm sagen konnte. Ihn anzulügen wäre nicht barmherzig gewesen, sondern nur grausam.

Lange Zeit standen wir schweigend nebeneinander, in eine Stille gehüllt, die vertraut hätte sein können, und in der doch jeder von uns allein in seiner ganz privaten Düsternis gefangen war. Es mochte pathetisch klingen, und in gewissem Sinne war es das auch, und zugleich war es die Wahrheit: Der Hive mochte bei seinem Versuch gescheitert sein, unsere ganze Welt zu erobern, aber meine ganz persönliche Welt hatte er zerstört. Und die Mulligans gewiss auch.

Das Licht schwand, und bald standen wir in nahezu vollkommener Dunkelheit da und blickten auf ein nicht minder schwarzes Meer hinab, von dem man sich nur zu leicht vorstellen konnte, dass es immer weiter und weiter ging, bis ans Ende des Universums und der Zeit. Es war sehr still, und von der hysterisch heiteren Stimmung, in der ich hierhergekommen war, war nichts mehr geblieben außer drückender Schwere. Ich war mehr als nur ein bisschen erleichtert, als ich Schritte hinter mir hörte, mich umdrehte und erneut Kapitän Ransom erkannte. Er trug eine leuchtende Sturmlaterne in der rechten und eine zur Abwechslung sogar qualmende Pfeife in der anderen Hand. Immerhin ließ er sich sogar zu einem angedeuteten Nicken in meine Richtung herab, bevor er neben Mulligan an die Reling trat und seine Lampe hob, deren Licht sein verwittertes Gesicht bleich wie das eines Toten erscheinen ließ.

Dann löschte er sie zu meiner nicht geringen Beunruhigung.

»Was soll das?«, fragte ich nervös.

Statt zu antworten, stellte Ransom die Lampe aufs Deck und wies nach Süden. Noch vor kurzer Zeit hatte ich dort die schattige Küstenlinie der Isle of Skye sehen können, jetzt war nichts mehr als Schwärze zu erkennen.

Es dauerte eine Weile, und es war so schwach, dass ich mich wirklich anstrengen musste und selbst dann nicht ganz sicher war, keinem Trugbild zu erliegen. Aber wenn, dann war ich nicht der Einzige, denn Mulligan und Ransom sahen konzentriert in dieselbe Richtung, und zumindest auf Mulligans Gesicht erschien ein Ausdruck ungläubigen Staunens.

Es war ein Licht. Vielleicht. Ganz sicher war ich nicht, denn ich hatte so etwas noch nie gesehen. Es war wie ein Netz haarfeiner leuchtender Linien, sonderbar geometrisch und zugleich auf eine Art angeordnet, die die menschlichen Sinne verwirrte, wenn man den Fehler beging, das dahinter verborgene Muster ergründen zu wollen. Es erstreckte sich, so weit das Auge reichte, und wahrscheinlich noch weit darüber hinaus.

Es war mir nicht möglich zu entscheiden, ob dieser unheimliche Leuchteffekt nun direkt auf dem Wasser lag, ein Stück weit darüber schwebte oder möglicherweise sogar aus der Tiefe heraufdrang. Ich konnte auch seine Größe nicht bestimmen, nur dass er gewaltig sein musste.

Gerade wollte ich eine entsprechende Frage stellen, als sich etwas änderte. Im Herzen des gewaltigen glühenden Netzes erschien ein Schatten, zu weit entfernt und zu vage, um ihn zu identifizieren, aber auch zu gewaltig, um ihn in Gänze zu erfassen. Mir wäre ein anderes Wort dafür eingefallen, wenn ich gewagt hätte, es zu denken.

»Was ist das?«, brachte ich schließlich hervor.

Es war mir unmöglich, meinen Blick von der unheimlichen Erscheinung zu lösen, aber obwohl ich ihn nicht ansah, konnte ich Ransoms Schulterzucken spüren. »Das weiß niemand.« Seine Stimme klang ... seltsam, fast ehrfürchtig. »Das Meer ist hier an manchen Stellen sehr tief, und es gibt gefährliche Strömungen, die manchmal Dinge vom Meeresgrund heraufbringen. Ich habe hier schon Kreaturen gesehen, die Sie sich nicht einmal vorstellen könnten.«

Das wagte ich zu bezweifeln, aber ich hütete mich zu widersprechen. »Das sind keine Meereslebewesen«, sagte ich lediglich.

Ransom sah mich an, als wollte er protestieren, nickte aber dann andeutungsweise. »Es hat vor ungefähr einem Jahr begonnen. Damals habe ich es zum ersten Mal gesehen.«

»Nur Sie?«, fragte ich.

Ransom nickte, schüttelte gleich darauf den Kopf und ließ das Ganze dann in einem angedeuteten Achselzucken enden. »Andere haben es auch gesehen. Ich glaube, ich war der Erste, aber ganz sicher bin ich nicht. Es macht den Leuten Angst.«

»Ihrer Mannschaft?« Das würde immerhin erklären, warum außer uns niemand an Deck war.

Ransom antwortete abermals mit jener verstörenden Mischung aus Nicken, Kopfschütteln und Schulterzucken, auch wenn ich diesmal das Gefühl hatte, dass die Verneinung überwog. »Manche Kapitäne machen einen Bogen um diese Gegend, seit es angefangen hat.«

»Und Sie?«

»Ich bin dafür bezahlt worden, Sie hierherzubringen«, antwortete Ransom und klang dabei vorwurfsvoll. Eigentlich war es keine Antwort, doch ich war viel zu fasziniert von den bizarren Vorgängen draußen auf dem Meer, um mich mit solchen Spitzfindigkeiten abzugeben. Der Schatten war größer geworden und wollte eine erkennbare Form annehmen, aber es gelang ihm nicht. Vielleicht waren wir auch einfach zu weit entfernt.

»Und was sagen die offiziellen Stellen dazu?«, fragte ich.

»Offizielle Stellen?« Ransom sah mich an, als hätte er dieses Wort zum ersten Mal gehört.

»Sie werden das doch gemeldet haben?«

»Ich nicht«, antwortete Ransom. »Wem denn? Ich glaube, irgendjemand hat es getan. Angeblich hat die Navy sogar ein Schnellboot hergeschickt, um das Phänomen zu untersuchen, aber wenn was dabei rausgekommen wäre, dann hätte ich davon gehört. Die Leute reden nicht gern darüber.«

Wenn ich etwas über Seeleute wusste, dann, dass sie gern redeten, und je verrückter die Geschichten waren, desto begeisterter taten sie es. Aber ich meinte zugleich auch zu spüren, wovon er sprach. Die seltsame Lichterscheinung machte mir keine Angst, aber sie erfüllte mich mit einem Unbehagen, das immer weiter zunahm – als betrachtete ich etwas, das menschliche Augen weder wirklich sehen konnten noch durften.

»Und was ist das da?« Mulligan deutete auf den zyklopischen Schatten, und ich ertappte mich dabei, wirklich froh zu sein, dass er es auch sah.

»Ich bin noch nie nahe genug herangefahren, um es mir anzusehen«, antwortete Ransom, der sich jetzt gar keine Mühe mehr gab, sein Unbehagen zu verhehlen. Ebenso wenig wie den Umstand, im Moment überall sein zu wollen, nur nicht hier. »Und es ist auch nicht immer zu sehen.«

»Ist das … ein Tier?«, fragte Mulligan.

Das war absurd. Kein lebendes Wesen konnte je eine solche Größe erreichen. Dennoch verstand ich, warum er diese Frage gestellt hatte, denn dem Schatten haftete etwas auf unheimliche Weise *Lebendiges* an, auch wenn er immer noch viel zu weit entfernt war, um Einzelheiten zu erkennen. Etwas bewegte sich, groß und fließend und auf sonderbar schwerelos peitschende Art, die mich an eine Schlange oder an gewaltige suchende Fangarme erinnerte. Ich musste mich des bedrückenden Gefühls erwehren, dass dort draußen ein düsteres Augenpaar lauerte, das meine Blicke erwiderte.

Dann sah ich etwas anderes, und obwohl ich es ebenso wenig zu erkennen vermochte wie den riesigen Schatten, hatte es zugleich etwas so Beunruhigendes, dass ich mich mit klopfendem Herzen so weit über die Reling beugte, wie ich es noch vor einer Minute niemals gewagt hätte.

Auch unmittelbar vor der *Gallon* erstrahlte das Meer in einem unheimlichen blassgrünen Licht, und in diesem aktinischen Schein waren Umrisse zu erkennen, noch tief unter der Wasseroberfläche, aber rasch und mit verspielt anmutenden Bewegungen näher kommend. Es mussten sieben oder acht sein. Zuerst hielt ich sie für große Fische, Tümmler oder Thunfische, dann wieder hatte ich das unheimliche Gefühl, beinahe menschliche Gestalten zu erblicken, und dann wieder etwas, für das ich nicht einmal ein Wort fand.

Neben mir beugte sich auch Mulligan und kurz darauf auch Ransom über die Reling, und ich konnte hören, wie Mulligan scharf die Luft durch die Nase einsog.

»Was zur Hölle ist das?«, murmelte er.

Niemand antwortete, doch es war, als hätten die unheimlichen Geschöpfe seine Worte gehört und reagierten darauf, denn ihre Bewegungen wurden schneller, und sie stiegen nun rascher zur Wasseroberfläche empor, immer deutlicher beleuchtet von einem gespenstischen grünen Schein, der mich an den Hive erinnerte, obwohl er auch wieder ganz anders war. Er nahm an Intensität zu, als wollte er sicherstellen, dass uns nicht die allerkleinste Kleinigkeit entging.

Mulligan ächzte und ich wahrscheinlich auch, denn nun sahen wir es beide in aller Deutlichkeit: ein halbes Dutzend großer, grotesker Zwitterwesen mit eleganten zweigeteilten Fischschwänzen, wehendem goldfarbenem Haar und wunderschönen menschlichen Gesichtern, aus denen große, beunruhigend wissende Augen zu uns heraufsahen, während sie uns mit Händen zuwinkten, zwischen deren Fingern sich dünne, halb durchsichtige Schwimmhäute spannten. Sicher eine Minute lang tollten und plantschten die bizarren Wesen um die *Gallon* herum, winkten uns zu und vollführten allerlei Kunststücke. Ebenso lautlos, wie sie gekommen waren, tauchten sie dann wieder ab. Kaum waren sie verschwunden, da erlosch auch das seltsame grüne Licht, und das Meer und das Deck rings um uns versanken in absoluter Dunkelheit.

Schließlich war es wieder Mulligan, der das Schweigen brach. »Mister Devlin, was … was war das?«

»Da fragen Sie den Falschen, Mulligan«, antwortete ich, noch immer zutiefst erschüttert von dem, was ich gerade gesehen hatte. Es kostete mich alle Kraft, mich an der Reling hochzustemmen und zu Ransom umzudrehen. »Sagen Sie es uns, Kapitän.«

»Was?«, fragte Ransom.

Ich deutete hinter mich. »Was wir da gerade gesehen haben.«

»Gesehen?« Ransom nahm die Pfeife aus dem Mund und blickte mich fest an. »Ich habe nichts gesehen, Inspektor. Gar nichts.«

# 5

Zumindest in einem Punkt hatte Mulligan die Wahrheit gesagt: *Der hübsche kleine Seitenhafen von Edinburgh*, von dem er gesprochen hatte, war wirklich hübsch und klein. Er entpuppte sich als ein winziger Flecken mit kaum zwei Dutzend liebevoll gepflegten, fast schon pittoresk anzuschauenden Häusern und einem einzelnen Landungssteg, der gerade ausreichte, um ein Schiff von der Größe der *Gallon* aufzunehmen. Sie unterbrach ihre Fahrt gerade lange genug, um Mulligan und mich von Bord gehen zu lassen. Dann verschwand Kapitän Ransom genauso wortlos und unhöflich wieder aus meinem Leben, wie er aufgetaucht war. Während der restlichen Nacht und dem halben Tag, den unsere Reise noch gedauert hatte, waren uns sowohl er als auch seine Mannschaft ganz unverhohlen aus dem Weg gegangen.

Ich war nicht böse darum. Ein wenig mehr vielleicht über den kleinen Schönheitsfehler, dass der Hafen von Edinburgh nicht der eigentliche Hafen von Edinburgh war. Dieser lag noch eine gute halbe Stunde mit dem Zug entfernt – einem engen und stickigen Zug einer kleinen regionalen Gesellschaft, auf den wir überdies noch fast eine Stunde warten mussten.

Stickig würde es wohl auch in Edinburgh selbst werden: Auf dem Weg in die Stadt fiel mir die sie umgebende dichte Smogwolke auf, der die Stadt den Beinamen *Auld Reekie* verdankte, was typisch schottisch frech für *Die Alte Verräucherte* stand. Erst am späten Nachmittag kamen wir in dem einfachen Hotel in einem Arbeiterviertel Edinburghs an, in dem Watson zwei nebeneinanderliegende Zimmer für uns reserviert hatte. Und meine Befürchtung bewahrheitete sich: Es lag ein unerträglicher Gestank in der Luft, die Kehrseite der Industrialisierung mit ihren unzähligen Dreck und Abgase spuckenden Schornsteinen, über die Allison so viel geschimpft hatte.

In meiner Fantasie hatte ich Sir Arthurs Großzügigkeit wohl zu viel abverlangt. Die uns zugewiesene Bruchbude hatte so wenig von einem Fünfsternehotel wie meine Belfaster Wohnung von einem Luxusapartment. Aber vielleicht tat ich Arthur ja auch unrecht, und es ging ihm einzig und alleine darum, uns unauffällig in die brodelnde Metropole Schottlands einzuschmuggeln.

Wenn, dann hatte er ganze Arbeit geleistet. Dem Gesicht des grauhaarigen Concierges nach zu schließen – der ein Seelenverwandter Kapitän Ransoms sein musste, denn er händigte uns schweigend unsere Zimmerschlüssel aus und ließ sich weder zu einem Gruß herab noch dazu, uns bei unserem Gepäck zu helfen –, mussten wir wohl mittlerweile genauso riechen wie das Schiff, auf dem wir die letzten Tage verbracht hatten. Das erwies sich aber nicht als weiter schlimm, denn überraschenderweise verfügte mein *Suite* genanntes Zimmer über den Luxus eines eigenen Bads, was bewies, dass man mich in dem schäbigen Hotel bestmöglich untergebracht hatte, und in meinem schmalen Reisegepäck befand sich eine komplette Garnitur sauberer Kleider. So stand ich eine weitere halbe Stunde später in der düsteren Halle des Hotels und wartete auf Mulligan, der schon seit etlichen Minuten überfällig war.

Nicht dass mich das auch nur im Mindesten überraschte. Wenn Mulligan eines war, dann unzuverlässig, und das war noch geschmeichelt. In meiner Zeit als Polizist in Belfast hatte ich ihn allein dreimal deshalb verhaftet, weil er zu schludrig gewesen war, sich an seine eigenen Pläne für die kleineren oder größeren Gaunereien zu halten, mit denen er damals seinen Lebensunterhalt bestritt.

Nichtsdestotrotz ärgerte ich mich darüber. Das Hotel war keines von der Art, die eine eigene Bar hatten oder auch nur eine Sitzgelegenheit, aber ich war auch nicht willens, in sein Zimmer hinaufzugehen und ihn daran zu erinnern, dass wir nicht zu unserem Privatvergnügen hier waren oder um die Sehenswürdigkeiten dieser Stadt zu genießen.

Meine Gedanken mussten mir wohl deutlicher anzusehen sein, als mir lieb war, denn der Grauhaarige hinter dem Empfang sagte: »Im Seven Crown, Mister Devlin.«

Ich sah ihn verwirrt an. »Was?«

»Das Seven Crown. Schräg über die Straße, nach links.«

Ich verstand immer noch nicht wirklich, was er meinte, und warf ihm einen entsprechenden Blick zu.

»Ihr Bekannter«, sagte er. »Er hat gesagt, dass er im Seven Crown auf Sie wartet. Drüben auf der anderen Straßenseite.«

Hätte er das nicht schon vor fünf Minuten sagen können, die ich nun schon hier herumstand und auf Mulligan wartete? Ich schluckte jedoch alles herunter, was mir dazu auf der Zunge lag, bedankte mich mit einem angedeuteten Nicken und einem so kühlen Blick, wie es gerade noch ging, ohne wirklich feindselig zu wirken, und stolzierte hoch erhobenen Hauptes hinaus.

Nicht dass ich es nicht im nächsten Augenblick (oder um genau zu sein: mit dem nächsten *Atemzug*) bedauert hätte. Edinburgh ähnelte den meisten großen Städten, die ich kannte, in etlichen und durchweg unangenehmen Belangen: Es war groß, düster, laut, und es stank. Vom nahen Fluss her drang ein übler Hauch herauf, den ich weder beschreiben konnte noch wollte, und vermischte sich mit dem brodelndem Odem viel zu vieler Menschen auf viel zu engem Raum, mit dem Gestank von brennenden Kohlefeuern und Pferdemist, dem Petroleumgeruch der Benzinkutschen, die auch hier schon in zunehmender Zahl Einzug hielten, es roch nach schalem Bier und faulendem Stroh und tausend anderen Dingen, die sich zu einem unbeschreiblichen Miasma, das einem buchstäblich den Atem nahm, vereinte.

Es war laut. Überall klapperte und werkelte es, das Summen unzähliger Stimmen lag in der Luft und erinnerte an das Summen eines fernen Bienenschwarms. Die meisten Blicke, die mich trafen, schienen mir feindseliger Natur, aber vielleicht erwartete ich das auch nur. Nach der mehr als ungewöhnlichen Hinreise war ich nicht mehr in der Lage, objektiv zu urteilen. Immerhin eilte den Schotten ein gewisser Ruf voraus, nämlich ein sehr gastfreundliches Völkchen zu sein, das zugleich aber auch mit Vorsicht zu genießen war. Für die beiden Ellbogen, die sich auf dem Weg über die überfüllte Straße schmerzhaft in meine Rippen bohrten, und das Knie, das noch unsanfter mit meinem Oberschenkel kollidierte, galt das auf jeden Fall.

Das Seven Crown war eine verräucherte, düstere Kneipe, die sich mühelos in der übelsten Gegend Belfasts hätte verstecken können. Die Gäste hatten weder Holzbeine noch Fleischerhaken anstelle von Händen, aber sie strahlten etwas aus, das es einen irgendwie erwarten ließ. Hätte ich Mulligan nicht praktisch sofort entdeckt, als ich die Kaschemme betrat, so wäre ich möglicherweise auf dem Absatz herumgefahren und verschwunden, als sich gute anderthalb Dutzend Gesichter gleichzeitig in meine Richtung wandten und mich ausnahmslos feindselig oder misstrauisch – oder auch beides – musterten. Das Unangenehme war, dass ich diese Art von Blicken aus meiner Zeit als Polizist noch zu gut kannte. Für einen Gutteil der Gäste hier war ich einfach nur ein Fremder, der sich verlaufen hatte und nicht erwünscht war, für einen anderen vermutlich potenziell Beute, und sie allesamt konnten mich nicht leiden. Welcher Teufel hatte Mulligan geritten, mich *hierher* zu bestellen?

Ich beschloss, ihm diese Frage persönlich zu stellen, steuerte gelassen – wenn auch in einem entwürdigenden Slalom – zwischen den Tischen hindurch und registrierte erst jetzt, dass Mulligan nicht allein war, sondern in ein angeregtes Gespräch mit einem dürren Kerl mit Schnauzbart und Melone vertieft. Auf den ersten Blick war er mir gar nicht aufgefallen, weil er so perfekt in diese Umgebung passte, dass es schon fast an Mimikry grenzte. Darüber hinaus schien er von meinem Auftauchen nicht begeistert zu sein, denn kaum wurde er meiner gewahr, da sprang er fast überhastet auf und sagte noch ein einzelnes Wort zu Mulligan, das ich nicht verstand.

Dann schüttelte er Mulligan zum Abschied die Hand. Mir entging nicht das ansehnliche Päckchen Geldscheine, das Mulligan ihm dabei so unauffällig übergab, dass es auch wirklich der Allerletzte hier drinnen mitbekommen musste. Ohne ein einziges Wort der Erklärung oder auch nur ein grüßendes Nicken stürmte der Fremde an mir vorbei aus dem Lokal. Einer der Burschen gleich neben der Tür hatte es plötzlich sehr eilig, ebenfalls zu gehen, und nur einen Moment später schloss sich ihm noch ein zweiter an. Aus reinem Reflex heraus wollte ich ihnen folgen, besann mich dann aber eines Besseren. Ich war schon lange kein Polizist mehr. Und außerdem: Was ging es mich an?

Stattdessen setzte ich meinen Weg fort und nahm auf dem Stuhl vor Mulligan Platz, auf dem gerade noch der Fremde gesessen hatte. Der Stuhl war noch warm. Der Bursche hatte nicht einmal sein Bier ausgetrunken, und da ich erstens durstig und zweitens nicht pingelig war, übernahm ich diese kleine Pflicht für ihn, leerte den Krug mit einem einzigen Zug und bestellte in einer auf der ganzen Welt gültigen wortlosen Geste ein neues, ehe ich mir eine Zigarre anzündete und Mulligan mit dem herzlichsten Lächeln bedachte, das ich zustande brachte.

»Ich hoffe doch, ich habe Sie nicht bei Ihrem kleinen Tête-à-Tête gestört, mein lieber Sherlock?«

Wie immer, wenn ich ihn bei seinem Vornamen nannte (von dem ich wusste, dass er ihn hasste), fuhr Mulligan sichtbar zusammen und starrte mich finster an. »Das war Smith, unser Kontaktmann.«

»Smith?« Ich blinzelte. »Sagten Sie: *Smith?*«

»Hier heißen alle Smith«, antwortete Mulligan beleidigt.

»Hier – oder in diesem Gewerbe?«, fragte ich, erntete erwartungsgemäß nur einen vage verwirrten Blick und fügte hinzu: »Und wieso Kontaktmann? Sind wir denn in irgendeiner konspirativen Absicht hier?«

Auch diesmal blickte er mich nur verständnislos an, doch da erschien bereits der Wirt und brachte das bestellte Bier. Ich hatte meine Zweifel, dass es wirklich frisch gezapft war.

»Smith bringt uns ins Gefängnis«, sagte Mulligan, zwar erst als wir wieder allein waren, aber nicht annähernd so leise, wie ich es mir gewünscht hätte.

»Seit wann brauchen Sie dazu Hilfe?«

Mulligans Miene verdüsterte sich noch weiter. *Das* hatte er verstanden. Aber er ging mit keinem Wort darauf ein. »Dieser Tanner sitzt in einem Militärgefängnis und wartet auf seinen Prozess«, grummelte er. »Da kommt man nicht so ohne Weiteres rein.«

»Und Mister Smith hat den Schlüssel?«, witzelte ich. Eigentlich war es nicht besonders komisch, und Mulligan lachte auch nicht.

»Wir können heute Nacht zu ihm«, sagte er. »Für eine Stunde. Mehr ist nicht drin.«

»Er ist Soldat?«, vermutete ich. Wieso hatte ich plötzlich das Gefühl, etwas übersehen zu haben?

»Die Posten wechseln um Mitternacht«, antwortete Mulligan. »Dann können wir zu ihm. Smith bringt uns hinein.«

»Smith?«, wiederholte ich alarmiert. »Der Smith, der gerade bei Ihnen am Tisch gesessen hat?«

Mulligan nickte. Ich drehte den Kopf, sah zur Tür und meinte regelrecht zu hören, wie es hinter meiner Stirn *klick!* machte. Ich sprang so hastig auf, dass mein Stuhl umkippte und ich mich schon wieder im – diesmal deutlich unangenehmeren – Zentrum der allgemeinen Aufmerksamkeit fand.

»Was ...?«, begann Mulligan, doch ich hörte nicht mehr hin, sondern war schon auf halbem Weg zur Tür und verließ das Seven Crown, so schnell ich konnte.

Ich hatte Glück. Smith und sein unmittelbarer Verfolger waren zwar fort, aber ich sah gerade noch, wie der zweite Bursche in einer schmalen Seitenstraße verschwand, und stürmte so schnell hinter ihm her, wie es gerade noch ging, ohne zu viel Aufsehen zu erregen. Hinter mir schlug die Tür ein zweites Mal, als Mulligan mir folgte und etwas rief, das mich nicht interessierte. Ich schritt noch ein wenig schneller aus und erreichte die Seitenstraße gerade noch rechtzeitig, um den Burschen in einer weiteren düsteren Gasse verschwinden zu sehen. Mulligan legte einen kurzen Zwischenspurt ein, um an meine Seite zu gelangen.

»Was haben Sie denn ...?«, begann Mulligan und brach dann mitten im Satz erschrocken ab, als ich eine entsprechende Geste machte.

Jedenfalls dachte ich, das sei der Grund.

Doch da stürmte er auch schon an mir vorbei und griff im

Gehen in die Jackentasche. Ich begriff erst, warum, als er noch an Tempo zulegte und einen selbst gebastelten Totschläger hervorzog, der ganz so aussah, als wäre er in einem früheren Leben einmal eine schwarz-weiß karierte Socke gewesen. Erst danach wurde mir klar, dass er wohl etwas gehört hatte. Ich schritt ebenfalls rascher aus, schaffte es aber trotz Mulligans vermeintlicher Schwerfälligkeit nicht, ihn wieder einzuholen, bevor wir das Ende der schmalen Gasse erreichten.

Mulligan stürmte in einen winzigen Innenhof, in dem beide Burschen aus dem Seven Crown gerade damit beschäftigt waren, den armen Smith grün und blau zu schlagen. Er verteidigte sich wacker, das musste ich zugeben – schließlich war er ja auch Soldat –, hatte gegen die beiden kräftigen Männer aber keine Chance und wäre wahrscheinlich kurz darauf überwältigt worden, wären Mulligan und ich nicht gerade noch rechtzeitig gekommen.

Um ehrlich zu sein, Mulligan, denn während ich noch überlegte, was zu tun war, stürzte er sich bereits auf den ersten Burschen und schwang seinen improvisierten Totschläger. Er musste wohl wirklich selbst gebastelt sein, denn er zerriss bereits beim ersten Schlag. Sand und Kieselsteine und etwas Rotes, das nicht wirklich angenehm anzuschauen war, spritzten in alle Richtungen. Der Bursche stolperte mit einem schrillen Heulen zurück, schlug beide Hände vor das, was von seinem Gesicht übrig geblieben war, und fiel rücklings zu Boden. Noch bevor er auf dem harten Kopfsteinpflaster aufschlug, packte Mulligan sich auch schon den anderen, riss ihn von seinem Opfer weg und stieß ihn so wuchtig gegen die Wand, dass dem Mann die Luft mit einem Pfeifen aus den Lungen gepresst wurde. Trotzdem schoss er gedankenschnell seinerseits einen Fausthieb nach Mulligans Kinn ab, der sein Ziel auch traf und mich vermutlich auf der Stelle ausgeknockt hätte, Mulligan jedoch nur ein ärgerliches Knurren entlockte. Dem zweiten Hieb wich er mit einem tänzelnden Schritt aus, versetzte dem Burschen einen wuchtigen Schlag in den Leib und riss das Knie hoch, als er sich nach Luft japsend krümmte.

Das Ganze dauerte wenig mehr als anderthalb oder zwei Sekunden. Ich nutzte die Zeit, um zu Smith zu gehen und mich mit einem besorgten Blick an ihn zu wenden.

»Ist alles in Ordnung?«

Smith' Blick machte klar, was er von dieser Frage hielt, aber er rang sich trotzdem zu einem angedeuteten Nicken durch – auch wenn ich nicht sicher war, ob er meine Frage überhaupt verstanden hatte. Sein Blick flackerte unstet hin und her, und er wirkte auf eine Art verstört, die ich eigentlich nur von Menschen kannte, denen Gewalt vollkommen fremd war. Ich nahm etliches von dem zurück, was ich über ihn und seine soldatische Ausbildung gedacht hatte.

»Was wollten die beiden von Ihnen?«, fragte ich.

Das war eine womöglich noch viel weniger intelligente Frage als die erste, aber er reagierte auch jetzt wieder nur mit einem verstörten Blick. Bevor ich eine dritte Frage stellen und mich möglicherweise endgültig blamieren konnte, erscholl hinter uns ein angestrengtes Grunzen. Ich fuhr hastig herum, darauf gefasst, Mulligan beizuspringen, sollten sich die beiden Burschen gemeinsam auf ihn gestürzt haben.

Tatsächlich hatte sich der Mann, den er als zweiten niedergeworfen hatte, wieder aufgerappelt und hielt nun ein Messer mit einer kurzen, gemein aussehenden Klinge in der Hand, das er mit wuchtigen Hieben in Mulligans Richtung schwang. Er war kein geübter Messerkämpfer, doch was ihm an Talent fehlte, das machte er mit Enthusiasmus und Wut wieder wett. Mulligan wich seinen wild fuhrwerkenden Dreschflegelhieben ohne große Mühe aus, aber der Bursche kämpfte mit dem Ungestüm der Verzweiflung. Mulligan gelang es irgendwie, nicht nur nicht verletzt zu werden, sondern seinerseits ein paar gute Treffer anzubringen, die der Angreifer in seiner Raserei aber gar nicht zu spüren schien.

Ich musste etwas tun, bevor Blut floss oder es gar einen Toten gab. Aber ich hatte auch wenig Lust, mich blindwütig zwischen die beiden Kampfhähne zu werfen und als Kollateralschaden aufgeschlitzt zu werden.

Ich versuchte dem Messerstecher ein Bein zu stellen, was ihn immerhin lange genug ablenkte, damit Mulligan unter seiner wütenden Messerklinge hindurchtauchen und einen vernichtenden Fausthieb an seiner Schläfe anbringen konnte. Der Bursche stolperte benommen zurück und ließ sein Messer fallen. Mulligan versetzte ihm einen zweiten und noch härteren Schlag, der ihn halb bewusstlos zusammenbrechen ließ – unglückseligerweise genau in meinen Armen, sodass ich halb mit zu Boden gerissen wurde. Ich fiel nicht wirklich, sank aber schmerzhaft auf beide Knie und bemerkte aus den Augenwinkeln, wie sich nun auch der andere Bursche mit fahrigen Bewegungen wieder aufzurichten begann. Mein Blick streifte sein Gesicht, und für die Dauer eines halben Atemzuges erstarrte ich.

Es war *zerbrochen.*

Mulligans selbst gebastelter Totschläger hatte es zerschmettert, auf eine Art, wie ich es noch nie zuvor gesehen hatte. Etwas war davongeflogen, als Mulligan die mit Sand und kleinen Kieselsteinen gefüllte Socke in sein Gesicht geprügelt hatte, und ich wäre nicht überrascht gewesen, zersplitterte Zähne, Blut und zerrissenes Fleisch zu erblicken.

Doch da war kein Blut. Stattdessen zog sich ein haarfeiner, gezackter Riss durch sein Gesicht, beginnend an seinem Kinn über die Wange, das Jochbein und das Auge hinauf bis auf die Stirn, wo er unter dem Ansatz seines ungepflegten langen Haares verschwand. Das Auge war gesprungen, ein zackiger vielfach verästelter Riss wie in einer Glasmurmel, mit der ein Kind zu ungestüm gespielt hatte. Eine ölige Flüssigkeit tropfte unter dem unablässig zuckenden Lid hervor, und ich meinte ein ungesundes Schleifen und Surren zu hören, wie von einem nicht mehr ganz sauber laufenden Uhrwerk.

Die beiden Gesichtshälften waren leicht gegeneinander verschoben, als betrachtete ich eine geborstene Porzellanmaske, aber es war lebendiges Fleisch, das sich bewegte und litt. Aus dem Riss kräuselten sich haardünne graue Rauchfäden, und ich konnte verschmortes Gummi riechen und das Knistern von Funken hören. Mir fielen all die schrecklichen Dinge ein, die mit den Neumännern zu tun hatten; mit diesen verrückten Maschinen, die sich immer weiter selbst reproduzierten, ganz so wie es ein kluger Kopf namens von Neumann vorhergesagt hatte. Ich war ihnen mehr als einmal begegnet. Seitdem verfolgten sie mich in meiner Fantasie, und es wäre nicht das erste Mal, dass ich einen etwas schrägen Vogel ungerechtfertigterweise für ein Wesen aus Metall und Gummi gehalten hätte.

Bevor ich mir wirklich sicher sein konnte, das alles tatsächlich zu erleben und vielleicht wirklich auf einen Neumann herabzublicken, stemmte sich der Mann endgültig in die Höhe, drehte mit einem Ruck den Kopf und taumelte davon.

Mulligan ließ noch einmal jenes sonderbare Grunzen hören und machte einen entschlossenen Schritt, um den Burschen aufzuhalten. Vermutlich hätte er ihn sogar zu fassen bekommen, wäre ich nicht gleichzeitig aufgesprungen, um dasselbe zu versuchen. Prompt prallten wir zusammen, und Mulligan griff zwar hastig zu – allerdings um mich festzuhalten, weil ich ansonsten vermutlich gleich wieder gestürzt wäre. Als wir unsere Gliedmaßen wieder entwirrt hatten, hatte der Bursche den Innenhof bereits verlassen und stürmte weiter.

Mulligan griff nun auch noch mit der anderen Hand zu und hielt mich so fest, dass es beinahe wehtat. »Mister Devlin, was …?«

Ich riss mich so heftig los, dass ich um ein Haar schon wieder das Gleichgewicht verloren hätte, und nutzte den Schwung meiner eigenen Bewegung, um mich an der Wand abzustützen und hinter dem Burschen herzustürmen. Er torkelte mehr, als er lief, bewegte sich aber dennoch erstaunlich schnell, sodass ich rasch zurückfiel und ihn wahrscheinlich schon aus den Augen verloren hätte, als ich das Ende der Gasse erreichte, wäre er nicht nach kaum einem Dutzend Schritten schon wieder stehen geblieben, um sich an einer schmalen Tür zu schaffen zu machen, die nicht nur so verwittert und schmutzig war, dass sie sich kaum noch von dem umgebenden Mauerwerk unterschied, sondern offenbar auch genauso massiv.

Er zerrte und riss zwar mit aller Kraft, erreichte damit aber nichts mehr, als vermutlich ein paar Fingernägel einzubüßen. Dabei drehte er mir den Rücken zu, sodass ich sein Gesicht nicht erkennen konnte, schien mich aber gehört zu haben, denn kaum stürmte ich aus der schmalen Baulücke, da gab er sein sinnloses Rütteln und Zerren auf, trat einen halben Schritt zurück und versetzte der Tür einen Fußtritt, der sie in Stücke zerbrechend nach innen fliegen ließ.

Hinter mir brüllte Mulligan meinen Namen, doch ich ignorierte es und legte stattdessen einen beherzten Zwischenspurt ein, um des Burschen vielleicht doch noch habhaft zu werden. Kurz bevor ich ihn einholen konnte, verschwand er jedoch hinter der eingetretenen Tür.

Ich legte an Tempo zu und hätte diese Hast beinahe teuer bezahlt, denn mir war entgangen, wie tief sich der Bursche unter dem Türsturz hindurchgebückt hatte. Er war so niedrig, dass ich glatt mit dem Gesicht gegen den massiven Eichenbalken gerannt wäre, hätte ich mich nicht im letzten Moment doch noch geduckt. Mir wurde der Hut vom Kopf gefegt, und ich zog mir einen ekelhaft brennenden Scheitel. Eine Sekunde lang sah ich nur rote und weiße Punkte. Doch nun war nicht nur mein Ehrgeiz geweckt, sondern auch mein Zorn, und ich stürmte weiter, mich nur an seinen trappelnden Schritten orientierend.

Jemand schrie etwas, eine raue Stimme mit so breitem schottischem Akzent, dass ich kaum ein Wort verstand, dann änderte sich der Klang der Schritte vor mir, als der Bursche offensichtlich eine Treppe hinaufrannte.

Oder wohl eher hinunter, wie ich feststellte, als mein Fuß plötzlich ins Leere trat und ich mit haltlos rudernden Armen nach vorne kippte.

Eine Hand krallte sich in meinen Kragen und riss mich so derb zurück, dass mir die Luft wegblieb und zwei Knöpfe von meinem Hemd absprangen. Ich wurde in die Höhe gerissen, prallte gegen jemanden, der mit einem mir wohlbekannten ärgerlichen Grunzen auf diese grobe Behandlung reagierte, und bekam immer noch keine Luft, denn Mulligan ließ mich keineswegs los, sondern schleifte mich fast das ganze Stück zum Eingang zurück, wo er mich schließlich unsanft umdrehte und noch unsanfter gegen die Wand stieß.

Immerhin konnte ich wieder atmen, auch wenn es wehtat und mein Herz so hart schlug, dass ich allein schon deshalb wieder Mühe hatte, Luft zu bekommen.

»Was soll das denn?«, fuhr er mich an. »Wollten Sie sich umbringen?«

»Er entkommt!«, stieß ich atemlos hervor. »Lassen Sie mich los, verdammt! Sehen Sie denn nicht, dass er entkommt?«

Mulligan ließ mich natürlich nicht los, sondern packte mich ganz im Gegenteil nur noch fester und konnte sich gerade noch zurückhalten, mich nicht zu schütteln wie eine wütende Bulldogge eine Ratte, die sie gefangen hatte. »Natürlich entkommt er«, sagte er verächtlich. »Wenn man's genau nimmt, issa schon weg. Das ist auch gut so! Was zum Teufel hatten Sie vor? Ihn der Polente übergeben?«

»Aber haben Sie denn sein Gesicht nicht gesehen?« Ich versuchte mich loszumachen, hätte aber genauso gut versuchen können, die Wand hinter mir mit bloßen Händen einzureißen.

»Sein Gesicht? Nein. Oder doch, ja. Was soll damit sein?«

»Aber Sie müssen ...« ... *es doch gesehen haben?*, hätte ich um ein Haar gesagt, schluckte aber zumindest die zweite Hälfte meiner Antwort hinunter. Was hatte ich denn wirklich gesehen? Ich war noch immer der Hysterie nahe, und tief in mir erwachte eine Angst, die ich nicht zulassen durfte, wollte ich nicht Gefahr laufen, vollends die Beherrschung zu verlieren.

»Was muss ich?«, fragte Mulligan, der immer noch ein wenig gereizt klang, jetzt aber auch besorgt. In seinen Augen erschien ein Ausdruck, der mir nicht gefiel.

»Nichts«, antwortete ich. »Es war ... ich habe ein bisschen überreagiert, scheint mir. Sie haben vollkommen recht, Mulligan. Danke, dass Sie mich aufgehalten haben.«

Vermutlich hatte er weit mehr als das getan und mir das Leben gerettet oder mich zumindest vor ein paar üblen Verletzungen bewahrt. Mulligan sah weder überzeugt aus, noch ließ er mich los oder lockerte auch nur nennenswert seinen Griff. Ganz im Gegenteil setzte er dazu an, eine weitere Frage zu stellen, und es war Smith, der mich rettete, indem er auf der anderen Seite der Tür erschien und mit demselben breiten schottischen Akzent sprach, den ich gerade schon einmal gehört hatte.

»Ihr Freund hat recht, Inspektor. Er ist weg, und Sie sollten froh sein, dass er Sie zurückgehalten hat. Sie wollen nicht wirklich dort runter, glauben Sie mir.«

»In einen Keller?« Ich versuchte verächtlich zu klingen, was mir aber nicht gelang.

Smith schüttelte den Kopf. Er war immer noch nervös und wich meinem Blick weiterhin aus, aber seine Stimme klang unerwartet fest. »Dort geht es nicht in einen Keller, Inspektor, sondern in die *City of the Dead.*«

Das klang nicht nur dramatisch, er gab sich auch alle Mühe, es mit Grabesstimme auszusprechen, was bei seiner Nervosität und seinem breiten Akzent allerdings eher komisch klang. Ich musste mich beherrschen, um ein Feixen zu unterdrücken, und wahrscheinlich gelang mir das auch nur, weil meine Gedanken noch immer um das schreckliche Gesicht kreisten, das ich gesehen zu haben glaubte. Eingebildet oder nicht, der Schrecken saß mir immer noch gehörig in den Knochen.

»*City of the Dead*?«, fragte Mulligan, der allerdings gar nicht belustigt klang, sondern eher erschrocken.

»Sie haben noch nie davon gehört? Jeder in Edinburgh kennt die Katakomben.«

»Wir sind nicht aus Edinburgh«, erinnerte ihn Mulligan sanft.

Smith sah mir immer noch nicht direkt in die Augen. »Keller, alte Verliese, vergessene Geheimgänge …« Er hob die Schultern. »Niemand weiß genau, wie groß dieses Labyrinth ist, aber es erstreckt sich unter einem Gutteil der Stadt. Manche behaupten, unter der ganzen. Ich war noch nie dort unten, und ich lege auch keinen Wert darauf. Es gibt Orte, die man besser meidet.«

»Weil es dort spukt?«, fragte ich in einem schrecklich misslungenen Versuch, witzig zu klingen.

Smith sah mich sehr verstört an und antwortete in demselben feierlichen Ernst, in dem er gerade von der angeblichen Stadt der Toten gesprochen hatte. »Ja. Und eines der Gespenster haben Sie gerade gesehen.«

Seine Antwort erschreckte mich so sehr, dass ich gar nichts dazu sagen konnte, doch Mulligan reagierte auf seine eigene, pragmatische Art. »Sie meinen, dort unten treibt sich allerlei Kroppzeug rum.«

Smith hob die Schultern, obwohl es eigentlich als Nicken gemeint war.

»Und der andere?«, fuhr Mulligan fort. »Was ist mit dem zweiten Burschen?«

»Er ist weggelaufen«, antwortete Smith. »Ich wollte ihn aufhalten, aber er war zu schnell.«

Warum bloß war ich nicht überrascht?

# 6

Eine umso größere Überraschung erlebte ich dafür am Abend, als ich mich zusammen mit Mulligan auf den Weg zu unserer Verabredung machte. Wir hatten den restlichen Tag über nicht mehr viel miteinander gesprochen – um nicht zu sagen, praktisch gar nichts –, sondern waren jeder seiner eigenen Wege gegangen, was in Mulligans Fall wohl hieß, dass er versucht hatte, die örtlichen Kneipen leer zu trinken. Sosehr sich auch ein Teil von mir über diese Disziplinlosigkeit ärgern mochte, war da noch ein anderer Teil, der ihn fast darum beneidete, denn ich selbst hatte den Tag auf sehr viel unangenehmere Art verbracht: wie so oft im letzten Jahr alleine in meinem Bett liegend, die schmutzige Balkendecke über mir anstarrend und dabei eine Zigarre nach der anderen rauchend, bis sich meine Zunge wie eine aufgedunsene Socke in meinem Mund anfühlte und mein Hals zu schmerzen begann, während sich meine Gedanken in immer düstereren Grübeleien verloren, die doch stets nur zu demselben Ergebnis führten.

Natürlich hatte ich dieses schrecklich zerbrochene Gesicht nicht gesehen, so wenig wie die Schrift an der Wand vor drei Tagen oder hundert andere Visionen, die mich seit gut einem Jahr plagten. Ich hatte in jener furchtbaren Nacht auf der Werft weitaus mehr verloren als nur eine gute Freundin und mein so bequem einfaches Weltbild.

Zeit meines Lebens war ich fest davon überzeugt gewesen, dass Liebe eine romantische Illusion wäre, Stoff für kitschige Liedertexte und plumpe Geschichten und allenfalls dazu nutze, in gewissen Stunden romantische junge Damen in die gewünschte Stimmung zu versetzen, um ans Ziel zu gelangen. Allison hatte mich eines Besseren belehrt, und ein grausames Schicksal und ein noch grausamerer Feind hatten sie mir wieder genommen, noch bevor ich diese neue und aufregende Welt auch nur kennenlernen konnte.

Watson hatte es nie direkt ausgesprochen, aber er hatte absolut recht, wenn er mutmaßte, dass meine Seele einen gehörigen Knacks abbekommen hatte. Wenn das alles hier vorbei und wir wieder zurück in Belfast waren, das nahm ich mir fest vor, dann würde ich Doktor Watson in seiner Eigenschaft als Seelenarzt aufsuchen und mich in seine Behandlung begeben. Ich hatte gehofft, dass meine Beklemmungen mit der Zeit weniger würden und irgendwann vielleicht ganz verschwänden, doch wie ich gerade erst wieder am eigenen Leibe erfahren hatte, war wohl das genaue Gegenteil der Fall.

All meine Grübeleien über schlechte Träume und Visionen führten immer und immer wieder in eine Sackgasse. Dass ich den Auftrag ausgerechnet von Sir Arthur übernommen hatte, den ich sehr schätzte und bewunderte, verschärfte die Situation eher noch. Anfangs hatte ich ja noch geglaubt, dass mir nichts Besseres passieren könnte, als mich fernab von Belfast in eine neue Aufgabe zu stürzen. Aber es war eher das Gegenteil der Fall – zumindest nachdem ich zu argwöhnen begonnen hatte, dass mich Arthur ganz bewusst über die Hebriden geschickt hatte, um Zeuge von etwas völlig Unfassbarem zu werden. Ich versuchte die Erinnerung an die unheimlichen Leuchteffekte, den riesigen, nicht wirklich wahrnehmbaren Schatten im Meer vor mein inneres Auge zu zwingen, derer wir von der *Gallon* aus ansichtig geworden waren, der Blick auf das halbe Dutzend großer, grotesker Zwitterwesen mit zweigeteilten Fischschwänzen. Aber es wollte mir nicht wirklich gelingen. Es war zu fremd, zu … zu wenig von dieser Welt, um es wirklich mit den Sinnen erfassen und verarbeiten zu können.

Natürlich war mir klar, dass das nichts mit dem Fall zu tun haben konnte, den mir Sir Arthur und Doktor Watson mehr oder weniger aufgenötigt hatten. Aber warum hatten sie mich dann mit der *Gallon* auf die Überfahrt geschickt? Der Schauplatz des Mordes, den dieser Navy-Angehörige – Tanner – begangen haben sollte, lag ganz im Süden Englands in Southampton. Die *Gallon* aber hatte die nördlichste Spitze Schottlands umschifft. Da passte überhaupt nichts zusammen.

Doch das änderte nichts daran, dass mich Arthur am Haken hatte. Einmal ganz davon abgesehen, dass ich das Honorar für diesen Auftrag bitter nötig hatte, hätte ich jetzt nicht mehr zurückgekonnt. Es wäre mir zwar lieber gewesen, Arthur hätte mich von Anfang an in das eingeweiht, was er offensichtlich im Vorfeld geahnt oder sogar ganz nüchtern ins Kalkül gezogen hatte. Und genau das würde ich ihm auch unter die Nase reiben, wenn wir uns wie geplant in Southampton trafen.

Doch zuerst galt es, mit Mister Tanner zu reden.

Mulligan und ich hatten uns für elf im muffigen Foyer des Hotels verabredet, das ganz wie erwartet verwaist war. Weder von dem wortkargen Concierge noch von Mulligan selbst war eine Spur zu sehen, sodass ich das zwielichtige Etablissement verließ und nur hoffen konnte, dass Mulligan den Abend nicht mit einem ausgiebigen Besuch im Seven Crown zu krönen gedachte.

Zumindest dieser Teil meiner Befürchtungen bewahrheitete sich nicht, denn Mulligan wartete direkt vor dem Hotel auf mich, leicht hin und her schwankend wie ein Schilfrohr im sachten Sommerwind und von einer Wolke aus Alkoholdunst umgeben, die mich die Idee wieder verwerfen ließ, mir eine neue Zigarre anzuzünden.

Als Reaktion auf mein wortloses Nicken runzelte Mulligan die Stirn und zückte eine silberne Taschenuhr mit der aufgedruckten Silhouette Irlands, die ich noch nie bei ihm gesehen hatte.

»Ein Geschenk von Watson«, murmelte er, als er meinen Blick bemerkte. Er fuchtelte damit herum wie ein kleines Kind mit einem neuen Spielzeug. Normalerweise hätte mir eine solche Marotte allenfalls ein flüchtiges Lächeln entlockt, aber heute ging sie mir auf die Nerven.

»Bin ich zu spät?«, fragte ich spitz. Nicht dass ich glaubte, er wäre noch in der Lage, die Uhr korrekt abzulesen. Ich war nicht sicher, ob er das überhaupt konnte.

»Nur ein paar Minuten«, nuschelte Mulligan. Er versuchte den Uhrendeckel mit dem Daumen schwungvoll zuschnappen zu lassen, und klemmte sich prompt die Finger ein. Ich hatte Mühe, ein schadenfrohes Grienen zu unterdrücken.

»Und wo ist der Wagen?«, fragte ich, erntete lediglich einen verständnislosen Blick und fügte in fast väterlichem Ton hinzu: »Sie haben doch sicher einen Wagen bestellt, nehme ich an?«

»Ist nicht nötig«, antwortete Mulligan. »Zu Fuß geht's auch.«

»Zu Fuß?«, wiederholte ich überrascht. Einmal davon abgesehen, dass Mulligan in seiner momentanen Verfassung ein Spaziergang an der frischen Luft sicherlich guttun würde, konnte ich mich nicht erinnern, irgendwo in der Nähe eine Kaserne oder ein Gefängnis gesehen zu haben. Mulligan nickte jedoch nur so heftig, dass ich ernsthaft um seine Balance zu fürchten begann, und machte eine wedelnde Handbewegung in nahezu alle zur Verfügung stehenden Richtungen zugleich.

»Ist nicht sehr weit«, behauptete er. »Wir haben ja Zeit.«

Irgendetwas sagte mir, dass es wenig Sinn hatte, weiter in diese Richtung zu insistieren, und wer weiß, vielleicht würde die frische Luft ja auch mir helfen, wieder einen halbwegs klaren Kopf zu bekommen. Wenn ich mit Tanner redete, sollte ich alle meine Sinne beisammenhaben.

Neugierig, wohin er sich wenden würde, überließ ich Mulligan die Führung und versuchte zugleich unsere Umgebung aufmerksam im Auge zu behalten – auch wenn es im Grunde nicht viel zu sehen gab. Angesichts der fortgeschrittenen Stunde lag die Stadt in tiefstem Schlaf. Unsere Umgebung passte zum schäbigen Ambiente des Hotels, und meine Erfahrung aus einem anderen Leben, die mir sagte, dass wir nicht unbemerkt blieben, beruhigte mich zugleich bis zu einem gewissen Grad wieder. Was ich anhatte, war zwar das Beste, was ich besaß, nichtsdestoweniger aber schäbig, und Mulligans bullige Erscheinung würde die meisten potenziellen Beobachter vermutlich an der Weisheit der Idee zweifeln lassen, dass wir lohnende oder auch nur leichte Beute waren. Dennoch war dies eine der seltenen Gelegenheiten, in denen ich mir wünschte, eine Waffe eingesteckt zu haben. Vielleicht hatte Mulligan ja noch eine zweite Socke dabei.

Ich hielt zugleich weiter nach unserem Ziel Ausschau, konnte aber immer noch nichts Gefängnisähnliches entdecken und fragte schließlich: »Wohin gehen wir überhaupt?«

Mulligan machte eine Kopfbewegung nach oben. Ich wusste natürlich, was ich erblicken würde, bevor ich den monströsen Schatten sah, der sich wie ein finsterer Wächter aus geronnener Nacht über dem Herzen der Stadt erhob. Es ergab nur keinen Sinn. »Die Burg?«

»Die Burg«, bestätigte Mulligan.

»Sir Arthur hat gesagt, er sitzt im Gefängnis und wartet auf seinen Prozess.«

»Tut er auch«, bestätigte Mulligan in unangemessen fröhlichem Ton, wie ich fand. »Die Verliese der Burg sind dafür bekannt, dass noch nie jemand daraus entkommen ist. Die Navy wollte ihn wohl ganz besonders sicher unterbringen. Das gibt einem schon zu denken, nicht wahr?«

Ich verstand nicht ganz, worauf er hinauswollte, und beließ es bei einem angedeuteten Achselzucken. Selbst wenn wir zügig marschierten, würden wir mindestens eine halbe Stunde unterwegs sein, um die Burg zu erreichen, die auf dem beeindruckenden Hügel hoch über der Stadt thronte. Das entsprach nicht ganz meiner Definition von *nicht weit*. Ganz zu schweigen von der Frage: »Wie kommen wir rein?«

»Die Navy sitzt nur in einem kleinen Teil der Burg«, antwortete Mulligan. Seine Stimme klang schon wieder ein wenig klarer, fand ich. Die frische Luft schien ihm wirklich gutzutun. »Smith bringt uns rein, bevor seine Wache anfängt.«

»Das Tor wird verschlossen sein«, gab ich zu bedenken.

»Und genau deshalb hab ich Mister Smith ein stolzes Sümmchen gezahlt«, erwiderte Mulligan ungerührt. »Und wo wir gerad' bei Smith sind. Ich war den ganzen Nachmittag unterwegs ...«

»Das ist mir nicht entgangen.«

»... und hab mich über seine Totenstadt schlaugemacht. War wirklich gut, dass wir dem Kerl nicht gefolgt sind. Angeblich ist da unten eine ganze Stadt. Meilenlange Stollen und endlose Treppen und Schächte, von denen niemand mehr weiß, wohin sie führen oder wer sie gebaut hat und warum. Eine Menge Leute sollen da schon runtergegangen und nie wieder zurückgekommen sein.«

»Das klingt ganz nach einer typischen Schauergeschichte«, meinte ich.

»Isses wahrscheinlich auch«, antwortete Mulligan lachend,

schüttelte zugleich jedoch den Kopf und fuhr fort: »Aber an den meisten Geschichten ist doch ein bisschen Wahrheit dran, oder? Da unten gibt es jedenfalls ein großes Labyrinth, in dem man sich ganz leicht verirren kann. Und wir hatten nicht einmal eine Laterne. Wir hätten den Schlägertyp nie eingeholt.«

»Und warum erzählen Sie mir das alles?«, fragte ich.

Mulligan maß mich nur mit einem sonderbaren Blick, und ich bedauerte schon fast, die Frage überhaupt gestellt zu haben.

Während wir sprachen, war die Straße allmählich angestiegen. Wir bewegten uns auf den steilen Anstieg zur eigentlichen Burg zu, ein gewaltiges Bauwerk, für sich allein genommen schon fast so groß wie eine kleine Stadt, in dem nur ein einzelnes Licht brannte, was dem gedrungenen Umriss etwas zusätzlich Bedrohliches verlieh. Ein paar Augenblicke zerbrach ich mir ernsthaft den Kopf nach einer Ausrede, um auf der Stelle kehrtzumachen und diesen unheimlichen Ort nicht betreten zu müssen. Ich verstand mich selbst nicht mehr. Nach allem, was ich er- und vor allem *über*lebt hatte, fürchtete ich mich vor einem Schatten? Das war grotesk!

Etwas klapperte. Rollte. Ein Geräusch, als hätte jemand eine Handvoll Schrotkugeln auf den Boden geworfen, die nun in alle Richtungen davonkullerten. Mulligan und ich blieben wie vom Donner gerührt stehen und sahen uns erschrocken um – vermutlich beide von denselben unguten Erinnerungen heimgesucht.

Die Geräusche verklangen, ohne dass irgendetwas Dramatischeres geschah, als dass in der Ferne ein Hund zu bellen begann. Jetzt wäre wohl der richtige Augenblick gewesen, die Beklemmung mit einem gemeinsamen Lachen aufzulösen. Doch wir setzten einfach nur schweigend unseren Weg fort, begleitet von lautlosen Schatten und huschender Bewegung in den Augenwinkeln, die allesamt nicht existierten, dadurch aber nichts von ihrer Bedrohlichkeit einbüßten.

Die von mir vorausgesagte halbe Stunde musste längst verstrichen sein, und ich hatte bereits spürbar wackelige Knie, als das gewaltige Burgtor endlich vor uns aus der Nacht auftauchte. Wie ich es vorausgesagt hatte, war es verschlossen, doch auch Mulligan behielt recht, denn als wir näher kamen, ging eine schmale Tür in der Mauer daneben auf und ein Arm in einer dunklen Uniformjacke winkte uns zu. Das dazugehörige Gesicht konnte ich nicht erkennen. Mulligan schien jedoch überzeugt zu sein, dass es sich um Smith handelte, denn er schritt so rasch aus, dass ich zurückfiel und ihn erst wieder einholte, als er sich bereits unter der Tür hindurchbückte.

Der Raum dahinter war in tiefstes Dunkel getaucht. Selbst Mulligan, der mir so nahe war, dass mir sein Alkoholdunst schier den Atem nahm, verschmolz mit der allgegenwärtigen Schwärze. Irgendwo vor ihm spürte ich eine Bewegung. Was, wenn es nicht Smith war, der da im Dunkeln auf uns wartete, sondern jemand anders, vielleicht ein Mann mit einem zerbrochenen Gesicht und einem Auge wie eine gesprungene Glasmurmel?

Ich schüttelte den Gedanken (mit erheblicher Mühe) ab und konzentrierte mich ganz darauf, den Schritten und vagen Bewegungen vor uns zu folgen, ohne allzu oft und zu schmerzhaft irgendwo anzustoßen, was mir leider nicht in dem erhofften Maße gelang. Es ging noch ein gutes Stück geradeaus. Dann warnte mich Mulligan vor einer Treppe vor uns, und ich tastete mich wie ein Blinder mit beiden Händen an der Wand entlang die ausgetretenen Stufen hinab. Endlich brachen Smiths Schritte vor uns ab. Ein Quietschen, und es wurde wieder hell. Ein bisschen wenigstens.

Die Tür, durch die wir nun traten, war noch niedriger, sodass ich mich schon fast absurd tief bücken musste. Wir kamen nicht, wie ich erwartet hätte, unter freiem Himmel heraus, sondern fanden uns in einem niedrigen gemauerten Tunnel wieder, der von einer einzelnen altmodischen Pechfackel erhellt wurde, die deutlich mehr übel riechenden Qualm und Schatten verbreitete als Licht.

Smith schloss die Tür sorgsam hinter uns ab und bedeutete uns mit einer knappen Kopfbewegung, ihm zu folgen. Er wirkte immer noch nervös und angespannt und war wohl doch nicht ganz so ungeschoren davongekommen, wie ich geglaubt hatte. Seine linke Wange hatte sich deutlich verfärbt. Spätestens am nächsten Morgen würde er ein prachtvolles Veilchen haben. Dennoch sah er in seiner schmucken Uniform und ohne die lächerliche Melone schon viel mehr wie ein Soldat aus als am Nachmittag. Beiläufig fragte ich mich allerdings, wie er seinen Vorgesetzten sein malträtiertes Gesicht erklären würde. Soviel ich wusste, gab es bei der Royal Navy ziemlich rigide Vorschriften, was das Benehmen ihrer Angehörigen in der Öffentlichkeit anging.

»Was ist das hier?«, fragte Mulligan.

Smith fuhr erschrocken zusammen und begann hektisch mit beiden Händen zu gestikulieren. »Nicht so laut«, zischte er. »Wenn sie uns entdecken, landen wir alle drei im Gefängnis.«

Laut? So massiv, wie die Wände aussahen, konnte man hier unten vermutlich eine Kanone abfeuern, ohne dass es irgendjemand auf der anderen Seite der dicken Mauern hörte. Mulligan nickte jedoch nur und wiederholte seine Frage mit schuldbewusstem Gesicht und im Flüsterton. »Was ist das hier?«

Smith ging weiter. »Das sind die alten Verliese. Wir sind auch schon ein Stück unter dem Hof, aber wir müssen noch weiter nach unten. Seien Sie leise. Und passen Sie auf, wo Sie hintreten.«

Im Vorbeigehen nahm er die Fackel aus ihrer Halterung, und wir folgten ihm eine halsbrecherisch steile Wendeltreppe aus Stein weiter nach unten, die uns tiefer in den gewachsenen Fels unter der Burg zu bringen schien. Es war auch wie eine kleine Reise in die Vergangenheit, in der uns jede Stufe ein weiteres Jahrhundert zurückbrachte. Hatte der Gang oben noch aus grob gemauertem Ziegelstein bestanden, so wurde er bald von größeren Steinquadern und schließlich nacktem Fels abgelöst, in dem noch die jahrhundertealten Spuren der Meißel zu erkennen waren, mit denen man diese Treppe aus dem Herz des Berges herausgeschlagen hatte. Dasselbe galt natürlich auch für die Stufen, was das Gehen nicht gerade einfacher machte.

Alles hier atmete *Alter*, und das auf eine unangenehme Art, die einem die Luft zu nehmen versuchte und das Gefühl gab, nicht hierherzugehören – schlimmer noch, unerwünscht zu sein. Nicht nur ich war erleichtert, als die Treppe nach einer kleinen Ewigkeit endete und wir in einen weiteren niedrigen Gang traten, der nach wenigen Schritten vor einer massiven Holztür mit rostigen Eisenbeschlägen endete.

Smith gab seine Fackel an Mulligan weiter und zog einen riesigen Schlüssel mit einem kunstvoll gearbeiteten Bart aus der Tasche, der sowohl vom Aussehen als auch von seinem Alter her zu der Tür passte. Er nestelte ihn mit zitternden Fingern ins Schloss und begann sehr vorsichtig daran zu drehen. Vermutlich hatte er Angst, ihn abzubrechen. Mir entging allerdings weder, wie sehr seine Hände zitterten, noch der feine Schweiß, der seine Stirn bedeckte.

»Ist alles in Ordnung?«, fragte ich.

Smith nickte, schüttelte fast gleichzeitig den Kopf und konzentrierte sich sichtlich darauf, weiter mit einem dreihundert Jahre alten Schlüssel in einem ebenso alten Schloss herumzufummeln, ohne irgendetwas kaputt zu machen.

»Soll ich Ihnen helfen?«, erbot sich Mulligan. »Ich kann so etwas.«

»Es geht schon«, beharrte Smith wenig überzeugend. »Ich bin nur ein bisschen nervös, das ist alles.«

»Wegen der Sache heute Nachmittag?«, vermutete ich.

Smith deutete ein verlegenes Nicken an, und Mulligan, der nun einmal war, wie er war, konnte sich natürlich nicht verkneifen zu sagen: »Aber Sie sind doch Soldat, oder?«

Und das bedeutete automatisch, dass man Übung darin haben musste, überfallen und verprügelt zu werden?

Smith lächelte jedoch nur nervös, fummelte weiter im Schloss herum und sagte: »Eigentlich nicht. Die Navy hat mich in eine hübsche Uniform gesteckt und bezahlt mich dafür, hier aufzupassen, aber sonst habe ich nichts mit ihr zu tun.«

»Worauf denn aufzupassen?«, fragte Mulligan.

»Eigentlich auf nichts.«

Etwas klickte, und Smith zog den Schlüssel mit zufriedenem Gesicht wieder aus dem Schloss. Ich hatte das Gefühl, dass er stärker schwitzte. Und auch sein Auge sah in der veränderten Beleuchtung hier unten deutlich schlimmer aus.

»Ich bin seit fast drei Jahren hier, und bisher habe ich nur Kisten und Stapel mit irgendwelchem Material bewacht. Ihr Freund ist der erste Gefangene, den man hergebracht hat.«

Sehr behutsam drückte er die Klinke herunter, zog die Tür noch nicht einmal einen Fingerbreit auf und lugte hindurch.

»Was für Ausrüstung?«, fragte Mulligan.

»Weiß ich nicht«, erwiderte Smith. »Ich hab nie nachgesehen, und das werde ich auch nicht. Ich will keinen Ärger. Ich brauche die Arbeit hier.« Er drückte die Tür wieder zu und wandte sich halb zu uns um. »Alles in Ordnung. Mein Dienst fängt in zehn Minuten an. Sie müssen hier warten, bis mein Kollege gegangen ist. Danach hole ich Sie.«

Mir lag die Frage auf der Zunge, warum er uns nicht für einen späteren Zeitpunkt bestellt hatte, wenn er tatsächlich hier allein war, doch er zog die Tür wieder auf, schlüpfte hindurch und schloss sie nicht nur hinter sich wieder, sondern zu meinem Entsetzen hörte ich auch das Geräusch des Schlüssels, der diesmal schon nach einem einzelnen Augenblick seinen Dienst tat und das Schloss mit einem schweren Klacken einrasten ließ.

»He!«, entfuhr es mir. »So war das nicht verabredet!«

»Er hat doch gesagt, er kommt zurück«, versuchte mich Mulligan zu beruhigen.

»Und wenn nicht?« Ich machte eine Kopfbewegung nach oben. »Die Tür dort oben ist auch abgeschlossen, haben Sie das vergessen?«

Mulligan zeigte großspurig auf das Schloss. »Das Museumsstück mach ich mit 'nem rostigen Nagel auf.«

»Aha«, antwortete ich, ließ eine Sekunde verstreichen und fragte dann: »Und ich nehme an, Sie haben einen rostigen Nagel dabei?«

Mulligan sah ein bisschen betroffen aus und verzichtete auf eine Antwort.

Aus den zehn Minuten, von denen Smith gesprochen hatte, wurden mindestens zwanzig, in denen wir kein Wort mehr miteinander wechselten und die Fackel in Mulligans Hand ein sichtbares Stück herunterbrannte, doch schließlich kam er und befreite uns. Ich sah nicht hin, aber ich war mir dennoch ziemlich sicher, dass Mulligan mindestens genauso erleichtert war wie ich.

»Es ist alles in Ordnung«, sagte Smith, und um ein Haar hätte ich hinzugefügt: *Mit Ihnen auch?*, denn er bot einen wirklich schlimmen Anblick.

Der Gang hinter ihm war merklich heller erleuchtet, und daher fiel mir deutlicher als zuvor auf, dass sein Gesicht verfärbt und angeschwollen war und er ganz allgemein krank aussah. Bevor ich jedoch etwas sagen konnte, fuhr er fort: »Ich bringe Sie jetzt zu Ihrem Freund. Sie haben eine Stunde, nicht mehr.«

Das Gewölbe, in das wir kamen, unterschied sich nicht von der archaischen Treppe, die er uns hier heruntergeführt hatte, doch jemand hatte eine moderne elektrische Beleuchtung installiert, die für schon fast unangenehme Helligkeit sorgte. Seltsamerweise schien das den düsteren Charakter dieses Ortes eher noch zu unterstreichen, enthüllte es dem Auge doch Dinge, die man lieber gar nicht sehen wollte. Vor uns erstreckte sich ein langer Gang mit gewölbter Decke, dessen Wände zu einem Großteil aus rostigen Eisengittern bestanden, hinter denen sich wohl die ehemaligen Kerkerzellen verbargen. Hier und da gewahrte ich noch Ketten und uralte Eisenringe, an denen man die bedauernswerten Gefangenen festgemacht hatte, und es gehörte nicht viel Fantasie dazu, sich das Wehklagen und Jammern all derer vorzustellen, die hier unten gestorben waren.

Ich war nicht unbedingt zartbesaitet, was das anging. Auch die Gefängnisse in Belfast, denen ich genug Insassen beschert hatte, waren alles andere als Sanatorien. Doch das hier war schlimmer, denn man musste sich nur ein einziges Mal umsehen, um zu begreifen, dass dies weniger ein Ort war, an dem man Menschen gefangen gehalten hatte, um sie für ihre Taten büßen zu lassen, sondern vielmehr einer, an denen arme Sünder zum Sterben gebracht worden waren.

Zumindest einige der Zellen dienten heutzutage allerdings harmloseren und viel profaneren Zwecken. Wie Smith gesagt hatte, entdeckten wir im Vorbeigehen etliche Kisten und Fässer, manche davon erstaunlich groß oder mit schweren Planen abgedeckt, die beunruhigende Formen und noch beunruhigendere Dimensionen andeuteten. Und es waren viele. Nicht nur ein paar Ausrüstungsstücke, wie ich nach Smiths Worten angenommen hatte, sondern das reinste Warenhaus. Eine gute Schiffsladung, schätzte ich.

Als hätte er meine Gedanken gelesen, sagte Smith: »Sie bringen oft neue Lieferungen her, manchmal zweimal die Woche. Deshalb können Sie auch nur eine Stunde mit Ihrem Freund reden.«

»Weil heute Nacht eine neue Lieferung kommt?«, vermutete Mulligan.

»In zwei Stunden, ja«, bestätigte Smith. »Sie bringen sie immer nachts. Aber keine Angst, sie sind noch nie zu früh gekommen. Und ich muss die Tür von innen aufschließen.«

»Dann haben wir zwei Stunden«, stellte Mulligan fest, »nicht nur eine«, erntete aber nur ein fast schon erschrockenes Kopfschütteln.

»Ich muss Sie noch aus der Burg bringen«, wehrte Smith ab. »Sie dürfen nicht mehr hier sein, wenn die Soldaten kommen.«

»Das ist in Ordnung«, entgegnete ich rasch, bevor Mulligan irgendetwas Falsches sagte. »Eine Stunde ist mehr als ausreichend.«

Mulligan wirkte erwartungsgemäß wenig begeistert, hielt aber die Klappe, und im nächsten Moment hatten wir das Ende des Ganges und damit unser Ziel auch schon erreicht: die einzige Zelle, die noch ihrem ursprünglichen Zweck diente: Eine nackt von der Decke hängende Glühbirne spendete Licht, in deren gelbem Schein ein einfacher Tisch mit zwei Schemeln sowie eine schmale hölzerne Pritsche zu erkennen war, bei deren bloßem Anblick mir schon beinahe der Rücken wehtat. Dazu gab es den Luxus einer Waschschüssel und den Urahn einer modernen Toilette, einen hölzernen Eimer mit einem Deckel. Der Geruch war … apart.

Smith zog einen anderen und deutlich kleineren Schlüssel aus der Jackentasche und schloss die Zelle auf. Das Geräusch weckte die Gestalt, die bisher zusammengerollt unter einer verschlissenen Decke auf der Pritsche gelegen und geschlafen hatte, und ein blasses Gesicht unter einem Wust strubbeligen schwarzen Haars lugte verschlafen zu uns hervor. Ich erschrak ein wenig, als ich sah, wie jung der Bursche noch war, und seinen jämmerlichen Zustand bemerkte. Er war hohlwangig und schlecht rasiert, sein Haar viel zu lang und ungepflegt für einen Soldaten, und sein Blick hatte etwas Gehetztes. Wären seine Kleider noch ein bisschen verschlissener und sein Gesicht ein wenig schmutziger gewesen, hätte er auch vor Jahrhunderten hier so liegen können.

»Besuch für dich, Tanner«, sagte Smith.

Tanner richtete sich schlaftrunken weiter auf und verstand sichtlich kein Wort. Ich tauschte einen raschen Blick mit Mulligan, sah dasselbe Erschrecken in seinem Gesicht und bedeutete ihm mit Blicken, nichts Übereiltes zu tun.

Smith zog die Gittertür mit einem Quietschen auf, das nicht nur fast in den Zähnen schmerzte, sondern auch noch auf der anderen Seite des Kanals zu hören sein musste. Mulligan zog genau wie ich eine entsprechende Grimasse, trat aber gehorsam zurück, als Smith die Gittertür vollends öffnete und eintrat. Ich behielt dabei vor allem Tanners Gesicht im Auge, um seine Reaktion einzuschätzen. Er hatte offensichtlich immer noch Mühe, ganz wach zu werden, aber gerade in diesem Zustand sind Menschen wohl am ehrlichsten, und ich sah nicht einmal eine Spur von Furcht auf seinen Zügen, als er zu Smith hochsah. Die beiden Männer schienen keine Feinde zu sein. Das war schon mehr, als ich in den meisten Gefängnissen erlebt hatte.

»Das ist der Inspektor aus London, von dem ich dir erzählt habe«, sagte Smith.

Ich folgte ihm in die Zelle und ließ noch ein paar Augenblicke verstreichen, in denen sich Tanners Gedanken weiter klären konnten, bevor ich antwortete: »Aus Belfast, nicht aus London, Mister Tanner. Und ich bin auch kein Inspektor.«

»Aber Ihr Freund hat gesagt …«, begann Smith, und ich trat mit einem raschen Schritt nicht nur zwischen Tanner und ihn, um den Blickkontakt zwischen den beiden zu unterbrechen, sondern streckte auch die Hand aus. »Devlin. Quinn Devlin.«

Tanner griff nach meiner Hand und setzte sich zugleich vollends auf der Bettkante auf. Ich sah ihm an, dass er weder mit meiner Person noch mit meiner bloßen Anwesenheit etwas anfangen konnte.

»Sie haben einen gemeinsamen Bekannten von uns um Hilfe gebeten, Mister Tanner«, sagte ich. »Sie erinnern sich?«

Zuerst lautete die Antwort eindeutig *Nein,* wie ich an seinem eher noch hilfloser werdenden Blick unschwer erkannte, dann jedoch hellte sich sein Gesicht schlagartig auf, und er schoss regelrecht in die Höhe und saß kerzengerade aufgerichtet vor mir. »Sie sind …?«

»Nein«, unterbrach ich ihn rasch und warf ihm einen Blick zu, der ihn glauben lassen mochte, Teil einer großen Verschwörung zu sein oder zumindest Eingeweihter in ein wichtiges Geheimnis. »Der Mann, der uns geschickt hat, legt Wert auf eine gewisse Diskretion, wie Sie vielleicht verstehen können.«

Tanner wirkte für eine Sekunde sogar noch verwirrter, aber dann nickte er und sah plötzlich selbst ein bisschen aus wie ein Verschwörer. »Selbstverständlich«, sagte er eilfertig. Seine Müdigkeit war wie weggeblasen. »Das verstehe ich natürlich.«

»Gut.« Der arme Kerl tat mir fast ein bisschen leid. »Wir sind hier, um Ihnen zu helfen, Mister Tanner. Aber ich kann natürlich nichts versprechen.«

»Ich habe Piletti nicht umgebracht«, versicherte Tanner. »Das habe ich auch schon dem Admiral gesagt und …«

Mulligan unterbrach ihn mit einer Handbewegung. »Dem *Admiral?*«

»Admiral Hanscombe, ja«, bestätigte Tanner. »Er war zweimal hier, um mich zu verhören. Aber er glaubt mir nicht.«

Ich tauschte einen überraschten Blick mit Mulligan. Ein leibhaftiger Admiral, der einen Mann unteren Ranges verhörte? Das war sonderbar.

»Wir haben leider nicht sehr viel Zeit«, bekannte ich. »Wir müssen uns zuerst eine Übersicht verschaffen, was eigentlich passiert ist, bevor wir entscheiden können, wie wir weiter vorgehen.«

»Ich verstehe«, sagte Tanner eifrig. »Sie müssen alle Fakten zusammentragen und bewerten, und dann ergibt sich die Lösung ganz von selbst, nicht wahr?«

»Wie bitte?«, murmelte ich.

»Wie war das noch? Wenn man alles Unmögliche eliminiert und alles offensichtlich Falsche ausschließt, dann muss das, was am Ende übrig bleibt die Wahrheit sein, ganz egal, wie unwahrscheinlich es auch klingen mag.«

Ich hatte keine Ahnung, wovon er sprach, aber ich nickte trotzdem, und als sich Mulligan einen der beiden Schemel heranzog und mir den anderen hinschob, konnte ich mir nicht verkneifen, ihm ein »Danke, Sherlock« zukommen zu lassen.

Mulligan schenkte mir einen bösen Blick, während Tanners Augen schier aus den Höhlen zu quellen schienen. »Sherlock?«, ächzte er. »Dann … dann sind Sie Doktor …?«

»Wir hatten uns auf eine gewisse Diskretion geeinigt, Mister Tanner«, unterbrach ich ihn rasch. »Das ist Mister Mulligan, mein Assistent. Meinen Namen kennen Sie ja bereits.«

»Selbstverständlich«, erwiderte Tanner feixend. Von dem Häufchen Elend, das ich vor ein paar Minuten kennengelernt hatte, war keine Spur mehr geblieben. Er strahlte regelrecht, und ich gemahnte mich in Gedanken zur Vorsicht. So amüsant dieser kleine Scherz auch war, regte sich doch auch mein schlechtes Gewissen, denn wenn uns Tanner tatsächlich für diejenigen hielt, für die er uns zu halten schien, dann weckten wir Hoffnungen in ihm, die wir womöglich nicht erfüllen konnten.

»Bitte erzählen Sie uns, was passiert ist«, sagte ich. »Alles. Jede Kleinigkeit.«

»Auch wenn sie mir noch so unwichtig oder nebensächlich erscheint, ich weiß«, ergänzte Tanner stolz. »Ich habe alle Bücher gelesen.«

»Das ist gut«, antwortete ich geduldig. »Dann fangen Sie an.«

»Es ist schon eine Weile her«, begann Tanner und wurde sofort wieder – diesmal von Mulligan – unterbrochen.

»Im Winter?«

Tanner verneinte. »Im Juni vor einem Jahr.«

Ich ächzte. »Wollen Sie sagen, dass Sie seit *fast einem Jahr* hier gefangen gehalten werden?«

»Ist es schon so lange?« Tanners Lächeln wurde ein bisschen schmerzlich. »Die Zeit verliert hier unten irgendwie ihre Bedeutung, wissen Sie? Am Anfang schien sie stillzustehen, aber dann ...«

»Was genau ist also im Juni letzten Jahres passiert?«, fiel ich ihm ins Wort.

Tanner sah ein bisschen verletzt aus, nickte aber und setzte zum Weitersprechen an, doch Mulligan unterbrach ihn erneut, indem er sich übertrieben räusperte und sich dann an Smith wandte. »Würde es Ihnen etwas ausmachen, uns allein zu lassen?«

Es *machte* Smith etwas aus, woraus er auch keinen Hehl zu machen versuchte. Immerhin beließ er es lediglich bei einem beleidigten Blick und trollte sich. Sowohl Mulligan als auch ich spitzten die Ohren und wären wohl beide nicht überrascht gewesen, vom Geräusch des Schlüssels belohnt zu werden, der uns einsperrte, doch es kam nicht.

Tanner wartete zwar ebenfalls, bis er sich sicher außer Hörweite entfernt hatte, aber dann sagte er: »Ich vertraue Smith. Er ist mein Freund.«

»Der Sie seit einem Jahr hier gefangen hält«, knurrte Mulligan, aber Tanner schüttelte nur umso vehementer den Kopf.

»Ohne ihn wäre ich hier längst verrückt geworden«, beharrte er. »Und Sie wären auch nicht hier. Er hat den Brief herausgeschmuggelt, wissen Sie? Ich darf keine Briefe schreiben.«

»Aber das ist Ihr gutes Recht«, sagte Mulligan, und ich fügte hinzu: »Sie haben doch einen Anwalt, oder?«

Tanner sah mich an, als könnte er nicht einmal mit diesem *Wort* etwas anfangen. Erst nach endlosen zwei oder drei Sekunden schüttelte er den Kopf. »Sie stellen mich vor ein Militärgericht …«

»Vor dem Ihnen auch ein Anwalt zusteht«, unterbrach ich ihn.

»Das habe ich dem Admiral auch gesagt«, sagte Tanner. »Er hat mir versprochen, dass ich einen Anwalt bekomme, bevor die Verhandlung losgeht.«

»Aber bisher war noch niemand hier«, vermutete ich. Tanner schüttelte stumm den Kopf, und ich konnte nicht anders, als hörbar empört hinzuzufügen: »Das ist ungeheuerlich! Allein dafür könnte man die Navy schon verklagen und Sie vermutlich herausholen.«

»Der Admiral hat gesagt …«

»Der Admiral ist nicht hier«, grummelte Mulligan.

»Und nach allem, was ich bisher gehört habe, habe ich nicht den Eindruck, dass er Ihr Freund ist«, fügte ich hinzu.

»Er ist ein Admiral«, sagte Tanner, großäugig und in einem Tonfall, als wäre das Erklärung genug.

»Vielleicht erzählen Sie uns einfach, was passiert ist«, sagte ich, nicht ohne Mulligan einen weiteren mahnenden Blick zuzuwerfen.

Natürlich konnte er sich nicht verkneifen, im breiten Cork-Dialekt hinzuzufügen: »Die Kurzfassung, wenn's genehm ist.«

Tanner schenkte ihm einen irritierten Blick und wandte sich dann mit veränderter Miene wieder an mich. »Anfangs haben sie uns gesagt, dass es ein Manöver ist, aber das hat keiner geglaubt. Am Ende sollten wir dann auf die verdammten Kommunisten aufpassen.«

»Welche Kommunisten?«, fragte Mulligan.

»Die Sache mit der *Olympic*«, antwortete Tanner. »Sie wissen schon.«

»Nö«, antwortete Mulligan, und ich fügte hinzu: »Vielleicht doch nicht die ganz kurze Fassung.«

Das rang dem jungen Häftling immerhin ein flüchtiges Lächeln ab, und er fuhr in wichtigem Ton fort: »Niemand hat uns etwas gesagt, aber das ist eigentlich immer so. Wir sind ja nur die, die am Ende die Köpfe hinhalten müssen …«

Mulligan verdrehte mit einem tiefen Seufzen die Augen, und Tanner blinzelte, wirkte noch ein bisschen irritierter und fuhr nach einer kurzen Pause fort, als wäre nichts geschehen: »Wir hatten herausbekommen, dass sie eine große Feier zur Jungfernfahrt der *Olympic* geplant haben …«

»Der *Olympic*?«, fiel ich ihm sanft ins Wort.

»Dieses riesige neue Schiff«, antwortete Tanner in einem Ton, als hätte ich ihn gefragt, warum es morgens hell wird. »Sie müssen es doch kennen! Es ist drüben in Belfast gebaut worden. Auf derselben Werft wie dieser neue Luxusdampfer. Ist er eigentlich schon fertig?«

»Die *Titanic*?«, vergewisserte ich mich. Ich konnte sogar selbst spüren, wie mir alle Farbe aus dem Gesicht wich. Die Erinnerungen, die ich mit dem seinerzeit im Bau befindlichen Riesenschiff verband, waren abenteuerlich, um es vorsichtig auszudrücken. Vielleicht war das auch der Grund, warum ich ganz verdrängt hatte, dass man bei Harland & Wolff in Belfast – und damit gleichsam bei mir um die Ecke – schon kurz zuvor ein weiteres Riesenschiff auf Kiel gelegt hatte.

»Soll das heißen, es gibt noch eine zweite *Titanic*?«, fragte Mulligan.

Tanner überlegte kurz und sagte dann: »Wenn sie vorher fertig war, dann ist ja wohl eher die *Titanic* eine zweite *Olympic*, oder?«

Ich schüttelte den Kopf. »Nein. Es stimmt schon, dass die *Olympic* auch ein Riesenschiff ist. Aber die *Titanic* ist etwas ganz Einmaliges …«, weil sich dort der Hive eingenistet hatte, dachte ich, und bevor ich mir auch noch all die anderen fürchterlichen Details in Erinnerung rufen konnte, die ich mit dem Schiff verband, fuhr ich rasch fort: »Die *Titanic* ist das größte Luxusschiff der Welt. Es soll mehr Marmor, Gold und Kristall in ihrem Metallbauch stecken als im Buckingham Palace. Darum auch dieser Riesenwirbel um sie – und um ihre Jungfernfahrt mit Aberhunderten Prominenten an Bord, die die Gazetten weltweit zu einem Riesenereignis stilisieren …«

»Und so was mögen die *verdammten Kommunisten* natürlich nicht«, unterbrach mich Mulligan. »Ob das vielleicht was damit zu tun hat, dass 'ne Schiffspassage mehr kostet, als ein ehrlicher Arbeiter am Ende des Jahres nach Hause bringt?«

Tanner hob die Schultern. »Kommunisten, Sozis, Gewerkschaften. Egal. Sie hatten jedenfalls einen großen Streik angekündigt, ausgerechnet für den Tag der Jungfernfahrt der *Olympic*. Die Heizer und Schauerleute und wahrscheinlich auch noch ein paar andere wollten verhindern, dass das Schiff ausläuft, um höhere Löhne durchzusetzen. Jedenfalls hieß es so.«

»Und das interessiert die Royal Navy?«

»Das hat uns auch gewundert«, bestätigte Tanner. »Es gab Gerüchte. Es gibt immer Gerüchte, wenn niemand was Genaues weiß ... aber das wissen Sie ja bestimmt besser als ich.«

»Ja, natürlich«, sagte ich rasch.

»Die Navy hatte wohl Angst, dass die Kommunisten irgendetwas Großes mit dem Schiff planen«, antwortete Tanner. »Vielleicht es stehlen oder in die Luft jagen. Diesen Fanatikern ist doch alles zuzutrauen.«

Ich verstand immer noch nicht, wovon er eigentlich sprach, sehr wohl aber, dass es Unsinn war. Ich hatte von diesen *verdammten Kommunisten* gehört, und auch dass sie dem einen oder anderen ziemliche Kopfschmerzen bereiteten, aber ich persönlich hielt diese Sorgen für übertrieben. Politische Wirrköpfe und Weltverbesserer tauchen in mehr oder weniger regelmäßigen Abständen immer wieder auf, seit der Mensch den aufrechten Gang und die Sprache erlernt hat, und sie verschwinden auch genauso regelmäßig wieder. Ich war sicher, dass man schon in wenigen Jahren nichts mehr von diesen sogenannten *Kommunisten* hören würde. Und ich war sogar noch sicherer, dass die Navy Besseres zu tun hatte, als ein paar fehlgeleitete Sektierer zu bewachen.

»Aber sie haben es nicht gestohlen«, vermutete Mulligan.

»Und auch nicht in die Luft gejagt«, fügte ich hinzu.

Tanner beantwortete beide Fragen mit einem Kopfschütteln.

»Irgendetwas anderes ist passiert«, vermutete ich, als er nicht von sich aus weitersprach. Er beantwortete auch diese Frage nicht gleich, sodass Mulligan noch hinzufügte: »Man wirft Ihnen vor, Ihren Vorgesetzten umgebracht zu haben. Ich nehme an, Sie haben das nicht getan?«

»Nein!«, antwortete Tanner so heftig, dass er beinahe schon schrie.

»Aber irgendetwas ist passiert, dass Sie in Verdacht geraten sind«, sagte ich.

»Piletti«, antwortete Tanner. »Sub Lieutenant Mike Piletti. Der Kerl hat es von Anfang an auf mich abgesehen gehabt. Aber ich habe ihn nicht umgebracht ... obwohl ich es mir oft genug vorgestellt habe.« Er zögerte einen winzigen, aber bedeutungsschweren Moment, bevor er weitersprach. »Es war die Meerjungfrau.«

Sowohl Mulligan als auch ich starrten ihn aus aufgerissenen Augen und – zumindest in Mulligans Fall – mit offenem Mund an, und selbstverständlich deutete Tanner unsere Reaktion falsch. Sein Lächeln wurde so nervös, dass es zu entgleisen drohte, und er war nicht mehr in der Lage stillzusitzen.

»Ich weiß selbst, wie das klingt«, beteuerte er hastig. »Alle halten mich für verrückt, und ich habe sogar selbst geglaubt, dass ich mir das alles nur einbilde. Aber ich schwöre, dass es genauso war! Sie müssen mir glauben!«

»Wenn wir das nicht täten, Mister Tanner, dann wären wir nicht hier«, versuchte ich ihn zu beruhigen.

»Ich weiß«, erwiderte Tanner nervös, nicht in der Lage, auch nur meinem Blick standzuhalten. »Es ist nur ...« Er sah regelrecht gequält aus. »Alle haben mir immer wieder gesagt, dass es gar nicht sein kann und dass ich mir das alles nur einbilde und ... und ...«

»Das ist schon in Ordnung«, beruhigte ich ihn. »Erzählen Sie einfach, was passiert ist. Ich werde Sie nicht noch einmal unterbrechen. Und Mister Mulligan auch nicht.« Wenigstens hoffte ich das.

Tanner wirkte immer noch nervös und druckste auch noch eine Weile unbehaglich herum, aber dann begann er zu erzählen, zuerst langsam und stockend, so als erwartete er, jeden Augenblick von mir unterbrochen oder ausgelacht zu werden. Doch schließlich begriff er wohl endgültig, dass das nicht geschehen würde, und begann flüssiger zu erzählen. Erst als er mit seinem Bericht schon fast fertig war, wurde mir überhaupt klar, dass er das meiste zwei-, wenn nicht gar dreimal gesagt hatte, als müsste er sich selbst davon überzeugen, all dieses Unglaubliche auch wirklich erlebt zu haben. Mir an seiner Stelle wäre es jedenfalls so ergangen.

»Und das ist das Letzte, woran ich mich erinnere«, schloss er nach einer schieren Ewigkeit. »Ich muss das Bewusstsein verloren haben. Als ich wieder zu mir kam, war ich auf der Krankenstation. Aber in Ketten, und zwei Mann haben mich bewacht. Kurz darauf ist der Kapitän zu mir gekommen und hat mich beschuldigt, Sub Lieutenant Piletti ermordet zu haben.«

»Aber das war dieser andere Mann«, sagte Mulligan. »Der Mann mit dem Turban und dem Flammenschwert.«

Tanner bedachte ihn mit einem Blick, der jedwede weitere Antwort auf diese Frage überflüssig machte, und wandte sich an mich. Er schüttelte den Kopf. »Es war die Meerjungfrau. Ich hatte das Gefühl, dass dieser Fremde mir helfen wollte. Ohne ihn hätte sie mich wahrscheinlich auch umgebracht.«

»Die Meerjungfrau«, vergewisserte sich Mulligan. »Aber ein Kerl mit einem Turban und einem Funken sprühenden Schwert hat Sie gerettet, ist das so richtig?«

»Halten Sie den Mund, Mulligan«, blaffte ich. Hatte er vergessen, was wir auf dem Weg hierher beide mit eigenen Augen gesehen hatten? Mulligan sah ein bisschen beleidigt aus, aber er tat immerhin wie ihm geheißen. Ich wandte mich mit einem um Verzeihung heischenden Lächeln erneut an Tanner. »Außer Ihnen hat niemand dieses Licht gesehen, nehme ich an?«, fragte ich. »Und … alles andere.«

Tanners Miene verdüsterte sich. »Sie halten mich auch für verrückt.« Er klang nicht verletzt, nicht einmal wirklich enttäuscht.

»Das habe ich nicht gesagt«, antwortete ich. »Sie sind jetzt seit Juni letzten Jahres hier, weil man Ihnen vorwirft, Ihren Vorgesetzten ermordet zu haben; und das in Isolationshaft. Man hat Ihnen keinen Anwalt zur Verfügung gestellt, und wenn ich richtig interpretiere, was ich gehört habe, dann dürfen Sie weder Briefe schreiben noch Besuch empfangen, habe ich recht?«

Tanner nickte. »Bis auf den Admiral, ja.«

»Und das ist beinahe noch ungewöhnlicher«, sagte ich. »Ein leibhaftiger Admiral, der zweimal eigens aus London angereist kommt, nur um einen Matrosen …«

»Einen Offiziersanwärter«, unterbrach mich Tanner.

»Von mir aus auch einen Offiziersanwärter zu vernehmen, der angeblich einen Offizier unteren Dienstgrads getötet haben soll? Das kommt mir gelinde gesagt seltsam vor.«

Tanners Augen leuchteten auf. »Dann holen Sie mich hier raus?«

»So einfach ist das nicht, fürchte ich«, antwortete ich rasch. »Ich bin weder Polizist noch Angehöriger der Navy.«

»Aber das weiß ich doch«, antwortete Tanner begeistert. »Trotzdem: Wenn Sie mir glauben, dann finden Sie auch heraus, was wirklich passiert ist.«

»Ihr Vertrauen ehrt mich, Mister Tanner«, sagte ich, »aber auch ich kann keine Wunder wirken.«

Wieder machte Tanners Blick wortlos klar, wie radikal anderer Meinung er in diesem Punkt war. Aber er widersprach zumindest nicht laut, sondern schickte nur ein angedeutetes Verschwörerlächeln hinterher, und mein schlechtes Gewissen machte sich erneut bemerkbar. Doch was konnte ich schon tun?

Tanner hielt uns ganz offensichtlich nicht für diejenigen, die wir waren, und ganz egal was ich auch sagte oder tat, er würde sich zumindest hier und jetzt nicht vom Gegenteil überzeugen lassen.

»Aber die Navy hat doch sicher hinterher eine groß angelegte Suchaktion gestartet?«, vermutete ich.

»Nach einem Seeungeheuer und einer Meerjungfrau?« Nein, wohl eher nicht.

»Und Pilettis Leiche?«

»Sie ist verschwunden«, antwortete Tanner. »Das hat jedenfalls der Admiral gesagt. Sie glauben, ich hätte ihn ins Wasser geworfen, um meine Spuren zu verwischen.«

»Tatsächlich?«, vergewisserte ich mich. Tanner nickte, und ich fuhr in nachdenklichem Ton fort: »Aber wenn außer Piletti und Ihnen niemand an Deck war und es somit keine Zeugen gibt, dann gibt es doch auch keine Zeugen dafür, dass Sie Piletti umgebracht haben.«

Tanner sah mich aus großen Augen an, doch nach einer Sekunde verschwand die Hoffnung wieder und er schüttelte traurig den Kopf. »Nein, aber das brauchten sie auch nicht. Er hat ein paar von den anderen Offizieren erzählt, dass er an Deck geht und sich einen kleinen Spaß mit mir macht. Das hat er oft getan. In dieser Nacht hat er mich zu einer Extrawache verdonnert, für etwas, das ich nicht einmal getan habe. Und er wollte rausgehen und nach einem Grund suchen, mir noch eine dritte Wache in Folge zu verpassen.«

»Und als er nicht zurückgekommen ist und man Sie ohnmächtig an Deck gefunden hat, da haben alle geglaubt, Sie hätten es nicht mehr ertragen und ihn umgebracht«, vermutete Mulligan.

Tanner nickte, doch das Nicken ging praktisch sofort in ein Kopfschütteln über. »Ich war nicht an Deck. Sie haben mich auf dem Fallreep gefunden, nur ein paar Stufen über dem Wasser. Aber Piletti war verschwunden, und alles war voller Blut.«

»Das ist ein bisschen dünn für eine Mordanklage«, sagte ich, erntete aber nur ein neuerliches Kopfschütteln.

»Bei der Navy läuft das ein bisschen anders.«

»Selbst die Royal Navy braucht mehr als einen vagen Verdacht, um jemanden des Mordes zu beschuldigen«, behauptete ich aufs Geratewohl. »Gab es irgendwelche Kampfspuren?«

Ich bekam dieselbe Mischung aus zwei unterschiedlichen Bewegungen zur Antwort, wenn auch jetzt in umgedrehter Reihenfolge. »Da war etwas, aber ich weiß nicht, was es bedeutet. Es hat bestimmt nichts mit Piletti zu tun.« Unaufgefordert knöpfte er sein Hemd auf und zeigte mir seinen Hals, in dessen Beuge sich eine winzige dreieckige rote Stelle befand, die wie eine schon lang vernarbte Brandwunde aussah.

Und zugleich auch wie eine antike Schwertspitze.

»Was ist das?«, fragte Mulligan.

»Ich kann mich nicht erinnern, was passiert ist«, antwortete Tanner. »Aber es war vorher noch nicht da, und ein paar Tage lang hat es ziemlich wehgetan.«

Ich sah noch einmal genauer hin, dann begriff ich, dass ich diese Art von Verletzung nicht zum ersten Mal sah, auch wenn es länger als ein Jahr her war. »Haben Sie sich einen elektrischen Schlag zugezogen?«

»Nein«, antwortete Tanner. »Noch nie.«

»Und was hat Ihr Bordarzt dazu gesagt?«

Tanner hob die Schultern und begann sein Hemd wieder zuzuknöpfen. »Nichts. Nur dass es nicht schlimm ist und nach einer Weile wieder verschwindet. Von einer Narbe hat er nichts gesagt.«

Weil er es vermutlich nicht wusste, dachte ich. Elektrischer Strom war nichts Außergewöhnliches mehr, aber das hieß nicht, dass sich jedermann damit auskannte, nicht einmal jeder Arzt. Stromverbrennungen, das hatte ich nur zu deutlich (und schmerzhaft) am eigenen Leib erfahren, unterschieden sich von anderen Verletzungen durch reine Hitze.

»Sie sagten, dieses Schwert hätte gefunkelt?«, fragte ich.

Tanner nickte und hob instinktiv die Hand, um mit den Fingerspitzen über die harte Stelle an seinem Hals zu fahren. Er setzte gerade zu einer Antwort an, als sich schnelle Schritte näherten und ein sehr aufgeregter Smith herbeigeeilt kam, der mit seinem Schlüsselbund klapperte.

»Sie müssen verschwinden!«, rief er, noch bevor er die Tür ganz erreichte. »Sie kommen früher als geplant. Sie sind schon fast hier!«

»Wer?«, fragte Mulligan.

»Die Soldaten! Die Navy! Sie sind noch nie zu früh gekommen, aber jetzt tun sie es! Sie müssen hier weg. Schnell!«

# 7

Mulligan sprang auf. Ich erhob mich ebenfalls, zögerte aber dann und wandte mich noch einmal an Tanner. »Sie sollten uns begleiten.«

Tanner sah mich nur verwirrt an und Smith ächzte: »Das geht nicht! Was soll ich denn sagen, wenn sie herkommen und er weg ist?«

Ich ignorierte ihn. »Die Sache ist ein wenig komplizierter, als Sie ahnen, Mister Tanner.«

»*Noch* komplizierter?«, ächzte er.

»Und wahrscheinlich auch gefährlicher. Sie sollten wirklich mit uns kommen.«

»Es sei denn, Sie wollen hierbleiben«, fügte Mulligan hinzu. »Möglicherweise für immer.«

Ich konnte regelrecht sehen, wie es hinter Tanners Stirn arbeitete. Nach einer Sekunde nickte er widerwillig, stand ebenfalls auf und ging an mir vorbei zur Tür. Smith, obwohl ich nicht damit gerechnet hatte, legte die Hand um die Gitterstäbe und zog die Tür nicht nur auf, sondern winkte auch ungeduldig. »Dann aber schnell!«

Tanner schien mindestens genauso überrascht zu sein wie Mulligan und ich, denn er beeilte sich keineswegs, sondern blieb im Gegenteil stehen und sah Smith ein bisschen verdattert an.

Smith ging noch einen Schritt weiter und zog Tanner am Ellbogen aus der Zelle heraus, bevor er die Gittertür vor uns wieder schloss.

»Es tut mir leid, aber das kann ich nicht zulassen«, sagte er.

Selbst Mulligan war so perplex, dass er eine geschlagene Sekunde lang dastand und glotzte, bevor er mit einem ärgerlichen Knurren vorsprang und die Tür mit beiden Handballen aufstoßen wollte. In der halben Sekunde, die er brauchte, um diese kurze Distanz zu überwinden, schien es, als flösse etwas von Smith' Hand in das Metall der Tür, und statt das Hindernis mit seiner immensen Körperkraft aus dem Weg zu sprengen, prallte Mulligan mit einem schmerzerfüllten Keuchen zurück und hätte um ein Haar die Balance verloren.

Smith packte Tanner noch fester und zog ihn hinter sich her, ohne von seinem schwächlichen Widerstand auch nur Notiz zu nehmen.

»Smith, was soll das?«, rief ich, immer noch nicht ganz sicher, ob ich auch wirklich erlebte, was ich erlebte.

Natürlich bekam ich keine Antwort. Doch ich hätte sie wahrscheinlich auch gar nicht gehört, denn ich weigerte mich immer noch, zu glauben, was ich sah.

Nicht dass es das erste Mal war, dass ich so etwas sah. Aber es war unmöglich.

Schon weil es nicht sein durfte.

Mulligan fand mit einem raschen Stolperschritt sein Gleichgewicht wieder und begann mit schmerzverzerrtem Gesicht, seine Handgelenke zu massieren. Doch selbst das nahm ich kaum zur Kenntnis, sondern starrte unverwandt zu Smith.

Sein Gesicht hatte sich verändert, und es veränderte sich immer noch. Was ich für Spuren der Schlägerei gehalten hatte, das verfärbte sich weiter und schien zugleich unter der Haut zu zerfließen. Blasen und Beulen entstanden auf seinem Gesicht und der Hand, mit der er gerade das Schloss versiegelt hatte. Das geschwollene Auge schloss sich endgültig, pulsierte auf grässliche Weise und öffnete sich dann wieder. Nur war es kein menschliches Auge mehr, sondern eine wie flüssiges Silber glänzende Kugel, die mich mit unmenschlicher Kälte anstarrte. Noch während ich versuchte, den schrecklichen Anblick irgendwie zu verarbeiten, ging die Veränderung ebenso lautlos wie rasend schnell weiter, ergriff von seinem gesamten Gesicht und dem Haar und schließlich sogar seiner Kleidung Besitz. Details flachten sich ab und verschmolzen miteinander, Farben verblassten und wurden zu mattem oder schimmerndem Silber, und seine Bewegungen wurden mit jedem Schritt eine Winzigkeit eckiger und mechanischer, wodurch sie noch mehr von ihrer Menschlichkeit verloren. Als Letztes sah ich, wie Tanner seine Schockstarre endlich überwand und sich zu wehren begann, wenn auch ohne den geringsten Erfolg. Dann waren beide verschwunden, und kurz darauf verklangen auch Smith' klappernde Schritte.

Und endlich – wenn auch viel zu spät – überwand ich meine Lähmung und warf mich mit einer fast schon verzweifelten Bewegung gegen das Gitter.

Wie Mulligan prallte ich so heftig (und schmerzhaft) zurück, als wäre ich gegen eine massive Mauer gerannt, aber anders als er fand ich mein Gleichgewicht nicht wieder, sondern plumpste unbeholfen auf die Pritsche und schlug mit dem Hinterkopf gegen irgendetwas Hartes, sodass ich buchstäblich Sterne sah.

Als sich der rote Schleier vor meinen Augen zu lichten begann, hatte Mulligan sich endgültig wieder gefangen und war an das Gitter herangetreten, um mit aller Kraft daran zu rütteln. Wenn auch vollkommen umsonst. Ich trat an seine Seite und steuerte das Meinige dazu bei, die Tür aufzubrechen. Aber selbst zu zweit gelang es uns nicht, sie auch nur einen Millimeter zu bewegen.

Und das konnten wir auch gar nicht, denn es gab keine Tür mehr.

Mulligan bemerkte es zuerst, denn er stellte seine sinnlosen Bemühungen plötzlich ein und trat nicht nur einen halben Schritt zurück, sondern ließ sich auch in die Hocke sinken, um die großen Scharniere zu untersuchen. Sie verschwanden vor unseren Augen. Das schon vor Jahrhunderten schwarz gewordene Eisen verfärbte sich und begann wie Quecksilber ineinanderzufließen, brodelte und zitterte einen Sekundenbruchteil und verfestigte sich dann wieder, und von den grobschlächtigen Scharnieren war nicht mehr die geringste Spur geblieben. Dasselbe galt für das Schloss, das wie rostfarbenes Wachs in der Sonne zu zerfließen begann und Fäden ziehend und Blasen werfend an den Gitterstäben hinabtropfte.

Hätte Mulligan nicht im letzten Moment reagiert, wären wir hoffnungslos gefangen gewesen, denn noch während ich dastand und zu begreifen versuchte, was ich da sah (und vor allem, was es *bedeutete*!), warf er sich noch einmal mit aller Kraft gegen das Gitter.

Ein peitschender Laut wie von einer zerreißenden Stahlsaite erklang. Etwas zerbrach – ich konnte nur hoffen, dass es nicht Mulligans Schulter war –, und die Tür flog in einer Wolke aus explodierendem Rost und scharfkantigen Eisensplittern in Stücke. Mulligan stolperte haltlos hinterher und wäre wohl der Länge nach hingeschlagen, wäre er nicht gegen das Gitter auf der anderen Seite des Ganges geprallt und hätte daran Halt gefunden. Was mich anging, so setzte ich zwar ganz instinktiv dazu an, ihm zu folgen, hätte meine Chance aber um ein Haar gleich wieder verspielt, als ich etwas noch viel Unglaublicheres sah und schon nach einem einzigen Schritt wieder stehen blieb.

Mulligan hatte die Gittertür mit solcher Wucht gerammt, dass sie halbwegs herausgerissen worden war und nur noch an dem sprichwörtlichen Faden zu hängen schien, doch der Rest des Gitters bestand hartnäckig darauf, seine Aufgabe zu erfüllen und uns gefangen zu halten. Die zerbrochenen Stäbe bewegten sich, sandten zitternde rostrote und silberfarbene Fühler wie blind tastende Nesselfäden in alle Richtungen und veränderten sich dabei, lautlos, auf unheimliche Weise und rasend schnell, sodass es schon nach wenigen Augenblicken eher einem eisernen Spinnennetz als einem von Menschenhand geschaffenen Gitter glich. Der Anblick war so bizarr, dass ich einfach nur dastehen und starren konnte.

*»Devlin! Verdammt!«*

Vielleicht brüllte Mulligan auch etwas anderes, doch was immer es auch war, sein Schrei riss mich im letzten Augenblick in die Wirklichkeit zurück. Von nichts anderem als blankem Entsetzen erfüllt stürzte ich los, spürte einen brennenden Schmerz an der Seite und hörte erst dann das Geräusch von reißendem Stoff. Irgendetwas griff nach meinen Beinen und versuchte mich zurückzuhalten. Es schaffte es zwar nicht, brachte mich aber immerhin so weit aus dem Gleichgewicht, dass ich ins Stolpern geriet und möglicherweise gestürzt wäre, wäre Mulligan nicht plötzlich wieder an meiner Seite gewesen, um mich so hart am Arm zu packen, dass ich meinte, mein Schultergelenk krachen zu hören.

Immerhin bewahrte er mich damit vor einem Sturz, der vermutlich noch sehr viel üblere Folgen gehabt hätte, denn noch während ich mit einem ungeschickten Stolperschritt mein Gleichgewicht wiederfand und mich seinem Tempo anzugleichen versuchte, sah ich über die Schulter zurück und wurde mit einem Anblick belohnt, der mir das Blut in den Adern gefrieren ließ: Das Gitter hatte sich weiter verändert und schmolz immer noch zusammen, sodass die Zelle dahinter jetzt nahezu ganz offen war. Was noch von den rostigen Eisenstäben blieb, das wurde zu einem zitternden Wust, der eher an ein Nest aus zuckenden Schlangen oder sturmgepeitschtem Seetang erinnerte, wären die silbrige Farbe und die ununterbrochenen lautlosen Rostexplosionen nicht gewesen, die die Luft wie mit dunkelroter Flugasche erfüllten.

Unterschiedlich dicke und lange Fangarme und Tentakel peitschten wild umher, tasteten wie blinde Würmer in unsere Richtung und krochen mit ruckhaften Bewegungen über den Boden, wobei sie dünner und länger wurden und sich wieder und wieder verzweigten. Und was immer es war, das uns verfolgte: Es war *schnell*. Noch zerrte Mulligan mich so ungestüm hinter sich her, dass ich alle Mühe hatte, nicht erneut das Gleichgewicht zu verlieren, und unser Vorsprung wuchs. Doch während ich bereits spürte, wie meine Kräfte erlahmten, wurde das unheimliche, lebendige Metallgeflecht zusehends schneller. Nur noch einige wenige Augenblicke und es würde uns einholen, und was dann geschah, das wagte ich mir nicht einmal vorzustellen.

Mulligan musste wohl zu demselben Schluss gekommen sein, denn er beschleunigte seine Schritte abermals, wodurch ich endgültig aus dem Takt kam und gestürzt wäre, hätte er mich nicht kraftvoll an sich vorbeigeschleudert, sodass ich mit haltlos rudernden Armen gegen die Tür flog, durch die Smith uns vorhin hereingebracht hatte.

Und geradewegs hindurch.

Die Tür zersplitterte nicht etwa, sondern explodierte lautlos in eine Milliarde mikroskopisch kleiner Fragmente, und doch spürte ich nicht einmal einen Widerstand. Ich stolperte weiter und prallte so hart gegen die Wand, dass ich halb benommen daran zu Boden sank. Ich war noch immer von einer brodelnden Wolke winzig kleiner, wirbelnder Staub- und Rostpartikel eingehüllt, die in meine Haare und Kleider drangen, meine Augen verklebten und wie Sandpapier in meiner Kehle brannten.

Dennoch sah ich, was weiter geschah: Die Tür begann sich wie durch Zauberhand wieder zusammenzufügen, als strebte jedes noch so winzige Bruchstück in einer rückwärtslaufenden Wiederholung der bizarren Explosion an seinen angestammten Platz zurück. Es gab eine winzige Unterbrechung, als Mulligan kaum eine Sekunde später hinter mir durch die Tür stürmte und sie ebenfalls in Stücke sprengte. Sofort begann sie sich wieder zusammenzusetzen. Mulligan stolperte hustend und wild mit den Armen wie nach einem unsichtbaren Hornissenschwarm schlagend aus der brodelnden Wolke hervor. Zunächst sah es aus, als würde er schwarzen Rauch aus Mund und Nase speien wie ein missgelaunter Märchendrache, dann begriff ich, dass es kein Rauch war, sondern wehende Fahnen aus unzähligen winzigen schwarzen und rostfarbenen Punkten, die wie von einem eigenen Willen beseelt an ihren angestammten Platz zurückstrebten.

Nein, dachte ich entsetzt. Nicht *wie*. Jedes einzelne dieser vermeintlichen Staubkörnchen folgte sowohl einem eigenen als auch einem überlegenen sinisteren Willen. Die Konsequenzen waren so fürchterlich, dass ich sie gar nicht zu Ende denken konnte.

Mulligan stolperte qualvoll hustend und immer noch wie besessen um sich schlagend weiter, riss mich praktisch im Vorübergehen in die Höhe und stieß mich derb vor sich her. Ich war froh, dass er es tat, denn ich selbst wäre nicht fähig gewesen, auch nur einen Muskel zu rühren. Alles brach über mir zusammen. *Meine Welt* brach über mir zusammen, denn wenn das, was ich hier sah, tatsächlich die Wahrheit war, dann war alles umsonst gewesen. Dann war Allison für nichts und wieder nichts gestorben.

Eine Million mikroskopisch kleiner Ameisen krabbelten durch meinen Hals, meine Ohren und meine Nase und taten ihr Möglichstes, um mich von innen heraus zu zerreißen. Eine zweite Million noch einmal feinerer Nadelspitzen stachen in meine Augen und färbten alles, was ich sah, rot und grau. Instinktiv schloss ich die Augen und bedauerte diese Idee sofort, denn es war, als scheuerte zermahlenes Glas zwischen meinen Augäpfeln und der Innenseite meiner Lider.

Mulligan schubste mich weiter, und das so unsanft, dass ich wohl gleich wieder gestürzt wäre, hätte er mich nicht zugleich auch festgehalten. Alles drehte sich. Mein Herz jagte, und irgendetwas fehlte.

»Schneller!«, keuchte Mulligan. »Ich glaube, sie haben uns gesehen!«

Ich sah über die Schulter zurück und erblickte sie: ein halbes Dutzend Männer in Navy-Uniformen, von denen gut die Hälfte mit gewaltigen Sätzen in unsere Richtung stürmte, wobei zumindest einer eine Waffe gezogen hatte und wild damit herumfuchtelte. Die Tür hatte sich schon wieder zum Großteil zusammengesetzt und wuchs zusehends weiter.

Nur dass es jetzt keine Tür mehr war.

Statt uraltes Holz erblickte ich noch sehr viel älteren Stein, der zu gewaltigen Quadern zusammenwuchs. Lange bevor die Navy-Soldaten den Durchgang erreicht hatten, war er verschwunden, und falls sie schrien oder mit den Fäusten gegen die Wand hämmerten, so schluckte der schwarze Stein jegliches Geräusch.

Und jetzt fiel mir auch noch etwas auf: Die Treppe war nicht mehr da. Der Gang hatte kaum ein Dutzend Schritte gemessen, als Smith uns vorhin hergebracht hatte. Jetzt stolperten wir schon ein Mehrfaches dieser Distanz durch einen Tunnel, der nicht mehr das Mindeste mit dem zu tun hatte, was ich zu kennen glaubte. Die Wände waren grau, nicht schwarz, und sie bestanden auch nicht mehr aus tonnenschweren Steinquadern, sondern bildeten eine homogene Masse, die wie Glas oder geschmolzener Sand aussah. Außerdem führte der Gang in sanfter Neigung nach unten, tiefer in den Berg hinein.

Ich blinzelte ein paarmal, und der scheuernde Schmerz ließ deutlich nach, ebenso wie das Brennen und Zwicken in meinem Rachen und diversen anderen Körperöffnungen. Bald konnte ich wieder klarer sehen.

Allerdings gab es nicht viel zu sehen, denn der Tunnel erstreckte sich gerade und so gut wie konturlos so weit, bis er in der Ferne und im grünblassen Licht verschwand. Und doch reichte dieses *nicht viel* aus, um mir schon wieder einen eisigen Schauer über den Rücken zu jagen.

Ich kannte dieses Licht. Ich hatte es schon einmal gesehen, und ich hatte gebetet, es nie wieder sehen zu müssen.

Es war das grüne Licht des Hive.

# 8

Mulligan und ich folgten dem Gang gute zehn Minuten, bis Mulligan endlich stehen blieb, um sich nach vorn zu beugen, die Handflächen auf die Oberschenkel zu stützen und erschöpft nach Luft zu ringen. Erst als mir aufging, wie angestrengt er atmete, wurde mir klar, wie erschöpft ich ebenfalls war. Mein Herz raste. Die Luft brannte wie Feuer in meiner Kehle, und plötzlich meldete sich auch der Schmerz in meiner Seite, und ich erinnerte mich wieder an das Geräusch reißenden Stoffes.

Meine Jacke hing in Fetzen, wo ich sie mir an dem zerbrochenen Gitter aufgerissen hatte, und unter dem zerfetzten Stoff leuchtete helles Blut. Ich tastete mit spitzen Fingern danach und wurde mit einem noch viel schlimmeren Brennen belohnt, bei dem ich nach Luft schnappte.

»Das war knapp«, sagte Mulligan, immer noch schwer atmend.

»Ja, und es ergibt überhaupt keinen Sinn«, antwortete ich ebenfalls keuchend. Mulligan blickte mich fragend an, und ich zeigte mit einer Geste auf meine zerrissene Jacke und deutete dann hinter uns: »Zuerst tun sie alles, damit die Soldaten uns erwischen, und dann helfen sie uns, zu entkommen?«

Ich presste die flache Hand auf die Wunde. Zuerst tat es weh, doch der Druck stillte die Blutung und dann den Schmerz, wenn auch nicht ganz so schnell. Mulligan machte ein Gesicht, als wäre ihm dieser Umstand noch gar nicht aufgefallen, doch schließlich nickte er: »Vielleicht aber auch nicht.«

»Wie meinen Sie das?«

»Vielleicht wollten sie bloß nicht, dass die Soldaten das hier sehen.«

Nicht zum ersten Mal konnte ich nicht anders, als innerlich den Hut vor Mulligan zu ziehen. Der strubbelhaarige Ire wirkte oft so, als könnte er nicht bis sechs zählen, ohne beide Hände zu Hilfe zu nehmen, doch nicht zum ersten Mal fragte ich mich, ob er aller Welt den Dummkopf vielleicht nur vorspielte.

»Ja«, pflichtete ich ihm widerwillig bei. »Ich habe allerdings keine Ahnung, *was* wir hier sehen.«

»Warum finden wir es nicht heraus?«, ging Mulligan auf meine Bemerkung ein. Dabei ahnten wir es beide und wagten es nicht, das Undenkbare in Worte zu kleiden.

Wir folgten dem Gang weitere zehn Minuten, vielleicht auch länger. Es war schwer, hier unten die Zeit korrekt zu schätzen, wenn sich nichts an unserer Umgebung wirklich änderte. Dass es weiter bergab ging, war das Einzige, was ich mit Sicherheit sagen konnte.

Nach einer kleinen Ewigkeit begann sich der Stollen zu verändern und wurde zuerst schmaler, dann niedriger, sodass wir nur noch gebückt hintereinander gehen konnten. Schließlich wurde es so eng und niedrig, dass wir uns auf Hände und Knie herablassen und robben mussten. Vielleicht war dieser Fluchtweg ja doch kein so uneigennütziges Geschenk gewesen, wie ich zunächst angenommen hatte. Was, wenn er nur immer noch enger und enger wurde und dann einfach aufhörte?

Gegen meine Vernunft warf ich einen Blick über meine Schulter und Mulligans gekrümmten Rücken hinweg und bedauerte es sofort.

Der Tunnel wurde nicht nur hier kleiner, sondern auf ganzer

Länge. Vielleicht nicht unmittelbar über und neben uns, aber nur ein Stück hinter Mulligan begannen die Wände zu zittern und sich zu verbiegen, als bewegten wir uns nicht mehr durch gewachsenen uralten Fels, sondern einen gewaltigen lebendigen Schlauch, eine pumpende Arterie aus zitterndem grünem Fleisch, die uns tiefer und tiefer in Richtung des Herzens einer gigantischen finsteren Kreatur führte.

Ich wusste, wohin dieser Gedanke führen musste, brach ihn mit einer gewaltigen Willensanstrengung ab und versuchte stattdessen, noch schneller zu kriechen. Plötzlich berührte etwas sacht wie eine fallende Feder meinen Hinterkopf. Ich sah nicht hin, sondern beobachtete aus den Augenwinkeln die Wände, die näher zu kommen schienen.

Ich war gerade an dem Punkt angelangt, an dem ich ernsthaft überlegte, doch umzukehren und mein Glück an der vermeintlichen Mauer zu versuchen, als es vor uns heller wurde und das unheimliche grüne Licht dem nicht minder sinisteren Schein flackernder Flammen wich. Ich roch verbranntes Holz und eine Vielzahl anderer, zum Teil noch deutlich unangenehmerer Gerüche, und ganz weit entfernt meinte ich auch Stimmen zu hören. Ich beschloss, doch noch ein kurzes Stück weiterzukriechen und dann erneut über das Umkehren nachzudenken.

Jetzt wurde es wirklich eng, vor allem für Mulligan, wie sein angestrengter werdendes Schnauben und Ächzen verriet. Endlich aber waren wir am Ziel, und ich katapultierte mich aus dem Stollen in einen weitaus größeren, von Fackelschein erhellten Gang. Hinter uns wurde der Stollen enger und enger und verschwand schließlich ganz.

Immerhin konnte ich mich wieder aufrichten, aber von diesem Detail abgesehen war ich ganz und gar nicht sicher, dass wir einen guten Tausch gemacht hatten. Der Gang war nur unwesentlich breiter als der, durch den wir am Anfang gegangen waren, aber deutlich höher. Die Wände bestanden aus dunkel zusammengebackenem Erdreich und Lehm. Hier und da meinte ich gewachsenen Fels zu erkennen oder auch Mauerwerk und in einiger Entfernung etwas, das wie eine Fassade samt Tür und Fenster aussah. Dann begriff ich, wo wir waren.

»Das ist die unterirdische Stadt, von der Sie erzählt haben«, murmelte ich.

Mulligan nickte. Er wirkte ein bisschen erschüttert. »Ja. Aber so … so habe ich sie mir nicht vorgestellt.«

Und wie auch? Ich hatte nicht wirklich darüber nachgedacht, als Mulligan mir mehr von der *City of the Dead* erzählt hatte. Aber hätte ich es getan, dann hätte ich mir zweifellos ein Labyrinth unterirdischer Stollen, Gänge, Kavernen und Treppenschächte vorgestellt. Das alles war auch da und noch viel mehr, und doch war es zugleich vollkommen anders. Es war tatsächlich eine unterirdische Stadt mit Straßen, Gebäuden und Plätzen, die von zahlreichen Fackeln und offenen Feuerstellen in unheimliches düsterrotes Licht getaucht wurde. Die Luft war warm und stickig und brannte nicht nur in den Augen, sondern enthielt wohl auch nicht sonderlich viel Sauerstoff, denn während wir eher gemächlich durch die unterirdische Straße flanierten, klopfte mein Herz so schnell, als wäre ich meilenweit gerannt. Dennoch musste die Belüftung hier unten ausgezeichnet sein, sonst hätten wir bei all den Fackeln und offenen Feuerstellen kaum genug Luft zum Atmen bekommen.

Dann fiel mir etwas auf. Wir waren seit etlichen Minuten unterwegs, doch was wir nicht gesehen hatten, das waren …

»Die Leute«, murmelte ich. »Wo sind die Leute, die hier wohnen? All diese Fackeln haben sich doch nicht von selbst angezündet!«

»Vielleicht sollten Sie sich nicht wünschen, ihnen zu begegnen, Mister Devlin«, sagte Mulligan nervös.

»Sie glauben, sie wären gefährlich?«

Mulligan warf mir nur einen schrägen Blick zu und ging weiter. Ich gestand mir ein, eine ziemlich dumme Frage gestellt zu haben, denn wer immer sich entschied, hier im Untergrund sein Leben zu fristen, würde gewiss seine Gründe dafür haben.

Mulligan bückte sich unter einer niedrigen Tür hindurch. Ich folgte ihm, nicht ohne gegen ein wirklich ungutes Gefühl und die Vorstellung, dass sie hinter uns zusammenfließen und einfach verschwinden könnte, anzukämpfen. Wir sollten nicht hier sein. Ich meinte die Blicke unsichtbarer Augen, die jeder unserer Bewegungen misstrauisch folgten, mit fast körperlicher Intensität zu spüren. Der Raum, in den wir gelangten, war jedoch ebenso leer wie alles andere. Er war winzig, kaum fünf Schritte im Geviert, und die Decke so niedrig, dass ich instinktiv mit gesenkten Schultern dastand. Es gab keinerlei Einrichtung, nur ein paar Lumpen auf dem Boden, und es stank erbärmlich. Welcher Mensch entschied sich freiwillig für ein solches Leben, ganz gleich, was er auch in der richtigen Welt über unseren Köpfen getan hatte?

Es gab eine Tür, die in einen weiteren Raum führte, doch dahinter herrschte nur vollkommene Dunkelheit, sodass Mulligan zu meiner Erleichterung darauf verzichtete, ihn zu erkunden. Er hob nur die Schultern, grummelte etwas Unverständliches und trat wieder auf die unterirdische Straße hinaus. Ich atmete erleichtert auf und folgte ihm.

Um ein Haar wäre ich gegen ihn geprallt, denn er war nach nur einem einzigen Schritt stehen geblieben und hatte eine halb geduckte, angespannte Haltung eingenommen.

Wir waren nicht mehr allein.

Kaum drei Schritte vor Mulligan waren zwei zerlumpte (und sehr große) Burschen aufgetaucht, und ich musste mich nicht einmal umdrehen, um zu wissen, dass die Straße auch hinter uns nicht mehr leer war. Zumindest die beiden Burschen vor uns sahen alles andere als vertrauenerweckend aus. Schon der Kleinere von ihnen war eine halbe Handspanne größer als Mulligan, und um etliches muskulöser. Beide waren so verdreckt und abgerissen, wie man es von den Bewohnern einer unterirdischen Welt wie dieser erwarten konnte, und sie hatten jenen ebenso verschlagenen wie taxierenden Blick, den ich in meinem früheren Leben als Polizist in Belfast nur zu oft gesehen hatte – in den allerwenigsten Fällen hatten sich daraus angenehme Begegnungen ergeben.

»Besuch«, sagte der Größere, nachdem er mir hinlänglich Zeit gegeben hatte, seine einschüchternde Erscheinung auf mich wirken zu lassen. »Was für eine seltene Ehre! Was verschafft uns denn das Vergnügen, dass sich zwei feine Gentlemen aus der Stadt hier herunter zu uns verirren?«

»Wir wollen keinen Streit«, sagte ich.

»Nein?«, fragte Mulligan. »Wollen wir nicht?«

»Und wir haben auch kein Geld«, fügte ich ein bisschen hastig hinzu.

»Ihr habt also kein Geld, und ihr seid auch nicht auf Streit aus«, sinnierte der Kleinere, während er abwechselnd mich und (sehr viel länger) Mulligan musterte, in dem er nicht ganz zu Unrecht wohl den Gefährlicheren von uns beiden ausgemacht zu haben schien. »Was sucht ihr dann hier?«

»*Wen*«, verbesserte ich ihn, wobei ich mich bemühte, nicht zu schulmeisterlich zu klingen. Der vielleicht größte Unterschied zwischen uns und diesen beiden Kerlen (und den anderen, die noch hinter uns standen) war, dass *sie* ganz ohne Zweifel auf Streit aus waren. Trotzdem fuhr ich mit gefasster Stimme und einem angedeuteten Lächeln fort: »Es muss heißen, *wen* suchen wir hier.«

Der Kleinere nickte. »Ich glaube, wir haben da zwei ziemlich feine Gentlemen aus der Stadt, die sich in die gefährliche Unterwelt wagen, um dann später bei ihren genauso piekfeinen Freunden anzugeben.«

»Wir sind wirklich nicht auf Streit aus, Sir«, sagte ich. »Wir suchen lediglich einen Freund, der vielleicht hier entlanggekommen ist.«

»Ich bin kein Sir«, antwortete der Kleinere, »und was den Streit angeht …«

Mulligan boxte ihm auf die Nase. Es ging so schnell, dass ich die Bewegung kaum sah. Der Bursche stolperte zurück, schlug die flachen Hände vors Gesicht und plumpste auf das Hinterteil. Noch bevor ihm die Luft mit einem Quietschen aus den Lungen gepresst wurde und das Blut zwischen seinen Fingern hervorschoss, hatte Mulligan bereits den anderen Kerl gepackt, wirbelte ihn herum und warf ihn mit solcher Wucht gegen die beiden Burschen, die hinter uns herangestürmt kamen, dass sie alle zusammen in einem Knäuel aus Leibern und ineinander verdrehten Gliedmaßen zu Boden gingen. Das alles dauerte weniger als zwei Sekunden, und ich brauchte mindestens noch einmal so lange, um überhaupt zu begreifen, was ich da gerade gesehen hatte.

Mulligan ging fast gemächlich an mir vorbei, zerrte zwei der drei Burschen gleichzeitig an den Haaren in die Höhe und schlug sie dann so heftig mit den Köpfen aneinander, dass man meinen konnte, ihre Schädel knacken zu hören.

»Es ist nicht nötig, sie gleich umzubringen, Mulligan«, sagte ich.

»Hab ich auch nicht vor«, knurrte Mulligan, ließ die beiden nun endgültig bewusstlosen Männer los und beugte sich über den dritten, um ihn am Schlafittchen in die Höhe zu ziehen. »Der Inspektor hat eine Frage gestellt, Freundchen. Es ist unhöflich, nicht zu antworten, wenn einem einer eine direkte Frage stellt. Wir suchen einen Freund. Er muss hier langgekommen sein, zusammen mit einem jungen Kerl in einer Navy-Uniform. Ihr habt die beiden also nicht gesehen?«

»Inspektor?«, nuschelte der Bursche benommen. »Aber warum habt Ihr das denn …?«

Mulligan verpasste ihm eine Kopfnuss. »Waren sie hier?«

»Doch«, ächzte der Bursche eingeschüchtert. Dass Mulligan ihn nur bis auf die Knie hochgezogen hatte und sich ihre Gesichter trotzdem fast auf gleicher Höhe befanden, schien er noch gar nicht gemerkt zu haben. »Sie waren hier, vor … vor ein paar Minuten erst.«

»Und ich nehm mal schwer an, ihr habt ihnen Tee und Kuchen ausgegeben und sie dann ihrer Wege ziehen lassen?«, fragte Mulligan und unterließ es auch nicht, die Dringlichkeit seiner Frage mit einer weiteren Kopfnuss zu unterstreichen.

»Wir wollten sie schnappen, aber sie waren zu schnell«, beteuerte der Bursche. Er deutete hastig mit einer Hand nach hinten. »Sie sind da lang. In den alten Teil.«

»Und ihr habt sie einfach so gehen lassen?«

»Niemand geht in den alten Teil«, antwortete der Bursche. »Da geht es nicht mit rechten Dingen zu. Keiner, der dort hingeht, kommt zurück. Niemand geht dorthin.«

»Wir schon«, schnaubte Mulligan und stieß den Burschen so hart gegen die Wand, dass er halb benommen zusammenbrach. Dann wandte er sich an mich, als wäre gar nichts geschehen. »Lassen Sie uns gehen, Inspektor.«

Ich tat ihm den Gefallen, wenn auch zweifellos aus einem anderen Grund, als er womöglich annahm. Die beiden Burschen, die er mit den Köpfen zusammengestoßen hatte, waren bewusstlos und würden es auch noch eine geraume Weile bleiben, aber der Große kam schon wieder zu sich, und auch den anderen Kerl würde seine gebrochene Nase nicht auf ewig ausschalten.

Mulligan löste zumindest dieses Problem, indem er ihm im Vorbeigehen noch einen kräftigen Hieb gegen die Schläfe versetzte, woraufhin er endgültig zusammensackte. Aber was nutzte das schon? Wir stürmten weiter, scheinbar unbehelligt. Aber ich spürte die Bewegung überall rings um uns herum, ein beständiges Huschen und Anschleichen, das sofort verschwand, wenn man es mit Blicken zu fixieren versuchte, und doch beständig näher kam.

»Zuallererst einmal muss ich mich bei Ihnen bedanken, Mulligan«, sagte ich kurzatmig.

»Bedanken?«

»Ich wusste gar nicht, dass Sie so wehrhaft sind. Wie oft habe ich Sie verhaftet? Dreimal?«

»Fünfmal.«

»Und Sie hätten mich jedes Mal genauso zurichten können, wie Sie es mit diesen vier Burschen gemacht haben, nehme ich an.«

Mulligan antwortete gar nicht, aber sein Feixen machte das auch überflüssig.

»Trotzdem war es vielleicht nicht die klügste Reaktion«, sagte ich. »Diese unterirdische Stadt wird vermutlich mehr als nur vier Bewohner haben.«

»Sollen sie doch kommen«, sagte Mulligan streitlustig.

Vielleicht sollte man manchmal doch vorsichtig mit dem sein, was man sich wünscht, denn genau in diesem Moment tauchten am Ende der unterirdischen Gasse vor uns zwei weitere Gestalten auf, zu weit entfernt, um sie zu erkennen oder auch nur zu sehen, ob sie bewaffnet waren, aber sie wirkten nicht unbedingt ängstlich. Mulligan stülpte nur noch kampflustiger die Unterlippe vor und senkte den Schädel wie ein angreifender Stier. Ich konnte mir eine Frage nicht verkneifen: »Und was, wenn sie bewaffnet sind?«

»Das bin ich auch«, behauptete Mulligan. Ich blickte ihn zweifelnd an, und Mulligan griff in seine Jackentasche. Er zog aber nichts Gefährlicheres als eine Pfeife hervor, drehte sie um und verbarg den Kopf in der geschlossenen Faust. Ich konnte ein Lächeln nicht ganz unterdrücken – auch wenn ich zugeben musste, dass die Täuschung vermutlich sogar funktionieren würde. Solange die Burschen nicht zu nahe kamen oder Mulligan in die Verlegenheit geriet, tatsächlich schießen zu müssen.

Vielleicht wäre es besser gewesen, Mulligan darauf aufmerksam zu machen, doch da blitzte und knallte es bereits vor uns, und kaum eine Handbreit neben seinem Gesicht spritzten Funken sowie Stein- und Lehmsplitter aus der Wand.

Mulligan duckte sich fluchend noch tiefer, stürmte im Zickzack los und riss seine Pfeife in die Höhe. Sein Bluff funktionierte, denn die beiden Burschen hatten es mit einem Male sehr eilig zu verschwinden, und dem ersten Schuss folgte kein zweiter mehr.

»Was ich Ihnen noch sagen wollte«, keuchte ich, während ich neben ihm herhetzte und immer größere Mühe hatte, nicht hinter mich zu sehen, »die Erfahrung lehrt, dass Schusswaffen zumeist für den am gefährlichsten sind, der sie in der Hand hält. Vor allem, wenn er im Umgang damit nicht geübt ist.«

»Wer sagt Ihnen, dass ich das nicht bin?«, knurrte Mulligan und kam meiner Antwort zuvor, indem er wie wild mit seiner Pfeife herumfuchtelte. Am Ende der schmalen Gasse vor uns erschien ein verschwommener Schemen und verschwand hastig wieder. Aber wie oft würde diese Täuschung noch funktionieren?

Möglicherweise ja lange genug, wenn der Bursche gerade die Wahrheit gesagt hatte.

Vor uns … änderte sich etwas. Ich war viel zu aufgeregt, und es ging alles viel zu schnell, um Einzelheiten zu erkennen, sodass ich noch ein weiteres Dutzend Schritte brauchte, bis mir aufging, dass es das Licht war. Die Anzahl der Fackeln und Lampen nahm immer mehr ab, danach wurde es nicht wirklich dunkler, denn die Helligkeit änderte lediglich ihre Farbe und schimmerte jetzt in einem blassen, giftigen Grünton. *Niemand geht dorthin.* Außer uns. Wir hatten auch kaum eine andere Wahl.

Mulligan musste wohl zu demselben Schluss gekommen sein, denn er stürmte so entschlossen weiter, dass ich nur mit großer Mühe mithalten konnte. Sein Trick mit der Pfeife funktionierte noch ein weiteres Mal, doch als er auch dann nicht schoss, raffte einer der Kerle vor uns all seinen Mut zusammen, verließ sein Versteck und legte breitbeinig auf uns an. Mulligan blieb nicht einmal genug Zeit, um zu erschrecken, dann drückte er auch schon ab. Das dumpfe Krachen hallte endlos gebrochen in der unterirdischen Straße wider und verriet mir, dass er mit einem wirklich großen Kaliber auf uns gefeuert hatte.

Vielleicht ein bisschen zu groß, denn der Rückschlag riss beide Arme des Burschen nach oben und ließ ihn gleich mehrere Schritte nach hinten stolpern. Unnötig zu sagen, dass er nicht traf, denn sonst hätte ich diesen Gedanken wohl kaum noch zu Ende denken können. Doch in meiner Aufregung bildete ich mir nicht nur ein, das boshafte Zischen der Kugel zu hören, die an meinem Gesicht vorüberpfiff, sondern sogar ihre Hitze zu spüren.

Zu einem zweiten Schuss kam er nicht, denn Mulligan beschleunigte seine Schritte Haken schlagend, rammte ihm den gesenkten Schädel in den Bauch und fing seinen Revolver auf, als er ihm aus den Händen geprellt wurde. Der Bursche stolperte noch zwei weitere Schritte zurück und fiel dann schwer auf den Rücken.

Er hatte dennoch Glück, denn Mulligan blieb nicht die Zeit, sich eingehender mit ihm zu befassen, sondern er versetzte ihm nur im Vorüberlaufen einen Nackenschlag mit der erbeuteten Waffe. Und auch mir blieb keine Gelegenheit für irgendwelche kindischen Rachegedanken. Als ich an der Gasse vorbeistürmte, aus der der heimtückische Schütze aufgetaucht war, spie sie gleich zwei weitere Gestalten aus, die mir den Weg zu vertreten versuchten.

Ich rannte den Ersten kurzerhand über den Haufen – weniger aus Mut oder Kaltblütigkeit als vielmehr, weil ich viel zu erschrocken war, um überhaupt zu reagieren –, doch der Zweite feuerte einen von großer Übung kündenden Fausthieb in Richtung meines Gesichts ab, der mich zwar nur knapp streifte, mich aber dennoch weit genug aus dem Gleichgewicht brachte, um mich haltlos gegen die Wand torkeln zu lassen. Es gelang mir, nicht zu stürzen. Bevor ich mich allerdings ganz fangen konnte, war der Kerl schon über mir und deckte mich mit einem wüsten Hagel von Faustschlägen ein. Auch der zweite Angreifer rappelte sich bereits wieder hoch.

Wieder krachte ein Schuss. Die Kugel prallte Funken sprühend kaum eine Handbreit vor meinen Füßen vom Fels des Bodens ab und heulte mit einem Getöse davon, als rasten hundert Dampflokomotiven gleichzeitig durch die unterirdische Stadt. Doch der Schuss tat seine Wirkung, auch wenn er nicht traf und es vermutlich auch gar nicht sollte. Die beiden Männer trollten sich hastig, und ich stolperte mindestens genauso eilig in die andere Richtung.

Ein hastiger Blick zurück bestätigte meine Vermutung, dass diese unterirdische Stadt mehr als nur vier Bewohner hatte.

Es waren sogar sehr viel mehr, und wie es aussah, stürmten sie alle hinter uns her, ein ganzer Mob zerlumpter Gestalten, der die Gasse so weit ausfüllte, wie man nur sehen konnte, und dabei Messer, Knüppel und ein ganzes Sammelsurium anderer Mordinstrumente schwang, auch die eine oder andere Schusswaffe war darunter. Bisher hatte noch keiner davon Gebrauch gemacht. Vielleicht waren sie klug genug, sich zu sagen, dass Mulligan nicht besonders gut schießen können musste, um in dieser dicht gedrängten Meute jemanden zu treffen, oder sie waren sich ihrer Sache einfach zu sicher. Was, wenn es in der Richtung, in die wir liefen, keinen Ausweg gab?

Ich hatte das unbehagliche Gefühl, es bald herauszufinden.

Mulligan winkte mir hastig zu, mich zu beeilen, und schrie vermutlich auch etwas in dieser Art, doch meine Ohren klingelten noch immer vom Lärm der beiden Schüsse, und das wenige, das mein Gehör erreichte, ging im zornigen Brüllen der heranwogenden Menge unter.

Ich rannte schneller, und das immer lauter werdende Gebrüll des Mobs hinter mir motivierte mich zusätzlich, meine allerletzten Kraftreserven zu mobilisieren. Allerdings machte ich mir auch nichts vor. Bei einem Wettrennen mit einer so großen Meute gab es immer einen, der schneller war.

Einer meiner Verfolger warf seinen Knüppel nach mir. Das unbeholfen geschleuderte Wurfgeschoss verfehlte mich hoffnungslos, aber mein Herz machte trotzdem einen erschrockenen Satz, denn dass er es überhaupt versuchte, bewies, wie nahe die Kerle schon waren. Meine Lungen brannten bereits wie Feuer, und mir schoss der Moment, in dem mir Watson im Plauderton erklärt hatte, was es bedeutete, wenn die Muskeln *übersäuerten*, durch den Kopf. Die Erinnerung daran machte mir klar, dass das Zwicken in meinen Oberschenkeln und Waden nicht einfach nur lästig war, sondern bedeutete, dass sie mir bald ihren Dienst aufkündigen würden. Ich versuchte dennoch, noch einmal schneller zu laufen, und es gelang mir immerhin, nicht noch weiter hinter Mulligan zurückzufallen.

Ein zweites Wurfgeschoss verfehlte mich deutlich knapper. Das wurde nicht nur mit einem vielstimmigen triumphierenden Johlen kommentiert, sondern veranlasste Mulligan auch zu einem unflätigen Fluch und mich zu einem hastigen Sprung, der mich ins Stolpern brachte und mich einen Gutteil meines ohnehin immer knapper werdenden Vorsprungs kostete.

Mulligan feuerte im Laufen einen Schuss über die Schulter ab, der mich weit weniger knapp verfehlte, als mir lieb war, und mit einem nicht enden wollenden Heulen als Querschläger davonjagte; was bedeutete, dass die Kugel keinen unserer Verfolger getroffen hatte. Damit blieben uns jetzt nur noch drei Kugeln. Als ob es einen Unterschied machte ... Die Meute hinter uns zählte Dutzende, wenn nicht mehr.

Im nächsten Moment traf mich etwas mit solcher Wucht am Hinterkopf, dass mir vor Schmerz übel wurde und ich all meine Konzentration brauchte, um mich überhaupt noch auf den Beinen zu halten. Vielleicht wäre es mir nicht einmal gelungen, hätte Mulligan mich nicht am Arm gepackt, um mich hinter sich herzuzerren. Blut lief an meinem Nacken hinab in meinen Kragen. Ich war mir nicht sicher, ob es so etwas wie Bewusstlosigkeit gab, bei der man sich weiterbewegen und sogar rennen konnte, doch wenn, dann erlebte ich es hier und jetzt, denn das Nächste, woran ich mich halbwegs klar erinnerte, war, dass wir durch eine Art ummauertes Tor stürmten und kurz darauf eine ebenso steile wie breite Treppe hinabstiegen, deren Stufen noch dazu alle unterschiedlich hoch und breit waren, sodass ich schon unter normalen Umständen Mühe gehabt hätte, sie zu bewältigen.

In meinem augenblicklichen desolaten Zustand gelang es

mir gar nicht. Bei der dritten Stufe geriet ich ins Straucheln und wurde von Mulligan noch einmal zurückgerissen, die sechste oder siebte Stufe berührte ich schon nicht mehr mit dem Fuß, sondern dem gesamten Körper. Wahrscheinlich war es schieres Glück, dass ich nicht endgültig das Bewusstsein verlor. Ich sah nur noch wirbelndes Rot und schmeckte mein eigenes Blut, und als sich meine Sinne wieder halbwegs klärten, hatten uns mindestens zwei unserer Verfolger eingeholt. Sie begingen den gleichen Fehler wie ihre Vorgänger, nämlich Mulligan zu unterschätzen, nur weil er einen Kopf kleiner war als sie.

Mulligan empfing den ersten mit einem Fausthieb vor die Stirn, was zwar einigermaßen unorthodox aussah, den Burschen aber wie einen Axthieb fällte. Der andere erwischte ihn zwar praktisch gleichzeitig mit einem wilden Hieb an der Schläfe, aber davon ließ sich Mulligan nicht beeindrucken. Ganz im Gegenteil: Er versetzte ihm einen derben Stoß vor die Brust, der ihn zurück in meine Richtung schleuderte.

Es war reiner Zufall, dass ich mich gerade wieder unsicher aufzurappeln versuchte, als der Mann rücklings stolpernd gegen mich stieß. Er schlug mir nicht nur mit der Ferse die Nase blutig, sondern fiel auch mit haltlos rudernden Armen nach hinten. Sein Kopf prallte mit einem Geräusch auf der Treppenstufe auf, das mich dazu bewog, vorsichtshalber nicht genauer hinzusehen.

Es gab auch Interessanteres zu entdecken, zum Beispiel das knappe Dutzend weiterer Kerle, das Knüppel und Messer schwingend genau in diesem Moment über uns durch die Tür stürmte.

Mulligan investierte eine weitere Kugel, Funken aus der Decke über ihnen zu sprengen, was sie zumindest lange genug zögern ließ, damit er herumfahren und mich auf die Füße zerren konnte. Wir rasten weiter, und ich begab mich ganz in Mulligans Hand und schickte ein Stoßgebet zum Himmel, dass er wusste, was er tat.

Wenigstens zu Beginn schien es auch so zu sein. Der Lärm hinter uns hörte nicht auf, wurde aber allmählich leiser. Nachdem wir einen weiteren abfallenden Gang entlanggestürmt waren, fand ich wieder in einen halbwegs regelmäßigen Takt und machte nicht nur meine Hand los, sondern sah mit klopfendem Herzen zu unseren Verfolgern zurück.

Sie waren noch da, aber es waren deutlich weniger geworden, vielleicht sieben oder acht, die uns nicht mehr mit derselben Vehemenz zu folgen schienen wie bisher. Unser Vorsprung wuchs, und noch während ich hinsah wurde einer von ihnen langsamer, blieb schließlich ganz stehen und machte dann kehrt, um davonzulaufen. Kaum eine Sekunde später folgte ein Zweiter seinem Beispiel und dann sogar noch ein Dritter. Möglicherweise auch noch mehr, doch das konnte ich nicht mehr erkennen. Mulligan jagte um eine weitere Biegung und eine kurze Treppe hinab, hinter der uns eine gewaltige unterirdische Halle erwartete.

Ihre genauen Abmessungen waren bei dem schlechten Licht nicht zu erkennen, aber sie musste riesig sein. Sie war auf jeden Fall groß genug, um einer kleinen Kirche samt dazugehörigem Friedhof Platz zu bieten, ohne dass das Kreuz auf der Turmspitze der Decke auch nur nahe gekommen wäre. Vor der gegenüberliegenden Wand, die ebenso gut fünfzig wie auch fünfhundert Schritte entfernt sein konnte, erhob sich ein bizarres Gebilde, das ich erst auf den zweiten Blick als dreigeschossiges Haus in verschnörkeltem viktorianischem Stil identifizierte, das sich aus unerfindlichen Gründen mehrere Etagen weit unter die Erde verirrt hatte. Und auch überall rings um uns herum erhoben sich sonderbar rechteckig-windschiefe Gebilde, bei denen es sich um aus Brettern, Wellblech und allen möglichen anderen Abfällen zusammengeschusterte Hütten und Behausungen zu handeln schien. Auch meinte ich erneut, jene sonderbare kriechende Bewegung wahrzunehmen, die sich gerade am Rande des überhaupt noch Sichtbaren hielt und immer sofort verschwand, wenn ich genauer hinsah. Der Anblick war so faszinierend und unheimlich zugleich, dass unsere Schritte fast ohne unser Zutun langsamer wurden und wir schließlich sogar ganz stehen blieben, noch bevor wir die Mitte der Höhle erreichten.

Natürlich rächte sich das sofort, denn unsere Verfolger waren uns noch immer dicht auf den Fersen, und die ersten beiden Männer stürmten gerade zu uns herein, als ich mich mit klopfendem Herzen einmal um meine Achse drehte und zu verstehen versuchte, was ich da überhaupt sah.

Genau genommen waren die zwei *alle* unsere Verfolger. Anscheinend hatten noch mehr von ihnen kehrtgemacht, denn diesen beiden Männern folgte niemand mehr. Auch sie stürmten keineswegs zu uns herein, wie ich es erwartet hätte, sondern gingen nur noch wenige Schritte weit und blieben dann ebenfalls stehen.

Wenigstens einer von ihnen. Der andere schrak so heftig zusammen, als hätte er einen elektrischen Schlag bekommen, und fuhr dann wie von der Tarantel gestochen herum und verschwand. Sein Begleiter blieb gerade lange genug stehen, damit Mulligan den erbeuteten Revolver heben und ein bisschen damit herumfuchteln konnte, dann flüchtete er beinahe noch schneller als sein Kumpan.

Mulligan ließ den Revolver mit einem triumphierenden Feixen wieder sinken. »Wusste ich doch, dass sie allesamt Feiglinge sind.«

Ich nickte zwar, was aber nicht hieß, dass ich seine Meinung teilte. Ich hatte eher das Gefühl, dass die beiden uns einfach ein bisschen zu enthusiastisch verfolgt und zu spät gemerkt hatten, wo sie sich befanden. *Niemand geht dorthin.*

Mulligan wollte den Revolver einstecken, doch ich hielt ihn mit einem Kopfschütteln zurück. »Warten Sie.«

»Und worauf?«

Ich konnte nur unbehaglich die Schultern heben. »Ich frage mich, was das hier ist. Ist Ihnen bei Ihren Recherchen etwas Derartiges untergekommen?«

»Recherchen?«

»Sie haben mir von alledem hier erzählt«, erinnerte ich.

»Ach das.« Mulligan machte eine wegwerfende Handbewegung. »Ich hab ein bisschen mit dem Alten im Hotel gequasselt, und der hat mir die eine oder andere Geschichte aufgetischt. Aber von dem hier ...« Er sah sich mit einem demonstrativen Kopfschütteln um. »... gar nichts.«

Das hätte mich auch gewundert. Irgendetwas sagte mir, dass es nicht allzu viele Menschen gab, die von diesem Teil des unterirdischen Edinburgh wussten. »Das muss der alte Teil sein, von dem der Bursche vorhin gesprochen hat.«

»Ja, in den niemand geht«, bestätigte Mulligan.

»Und ich beginne mich zu fragen, ob das vielleicht einen Grund hat.«

»Ich kenne solche Leute«, behauptete Mulligan. »Die pissen sich doch schon ein, wenn sie nur 'nen Schatten sehen. Abergläubisches Pack, allesamt.«

Aus dem Munde eines Mannes wie Mulligan, der früher selbst in ganz ähnlicher Gesellschaft verkehrt hatte, entbehrten diese Worte nicht einer gewissen unfreiwilligen Komik. Dennoch schüttelte ich nach kurzem Überlegen den Kopf. »Irgendetwas geht hier vor«, beharrte ich. »Spüren Sie das denn nicht?«

Mulligan sah mich nur verwirrt an, bevor er sich in die Richtung wandte, in die wir ursprünglich gegangen waren, und auf das viktorianische Haus deutete. »Wenn das der alte Teil ist, dann können Smith und Tanner nicht weit sein. Kommen Sie.« Ohne meine Antwort abzuwarten, ging er los, sodass ich ihm folgen musste, ob es mir behagte oder nicht.

Er steuerte eine der vermeintlich windschiefen Hütten in unserer Nähe an und zögerte auch nicht, sich unter dem kaum fünf Fuß hohen Eingang hindurchzubücken. Ich hatte das unheimliche Gefühl, etwas davonhuschen zu sehen, ohne es wirklich zu sehen. Nicht dass es unsichtbar oder ich unaufmerksam gewesen wäre, sondern weil es etwas war, das einfach nicht gesehen werden konnte, seine Anwesenheit auf einer tieferen Ebene aber auch nicht ganz zu verhehlen vermochte.

Was für ein Unsinn!, dachte ich ärgerlich. Diese Umgebung tat mir ganz offensichtlich nicht gut.

Das Innere der winzigen Hütte auch nicht, zumindest nicht meiner Nase. Es war so dunkel, dass ich nicht viel erkennen konnte, wofür ich aber eher dankbar war, denn was ich roch, das war schon beinahe mehr, als ich ertrug. Es stank nach faulendem Wasser, menschlichem Unrat und vor allem nach Verwesung. Mulligan war in die Hocke gegangen und stocherte mit dem Revolverlauf in etwas herum, von dem ich mir nur zu gerne eingeredet hätte, dass es ein Bündel verrotteter Lumpen war. Leider gelang es mir nicht.

»Der arme Kerl muss schon eine ganze Weile tot sein«, sagte Mulligan mit einer Stimme, in der nur sehr wenig echte Anteilnahme zu hören war. »Oder das arme Mädchen, das ist nicht mehr zu erkennen.«

Er legte den Kopf zur Seite und stocherte weiter in seinem Fund herum. Mir wurde schon wieder übel. »Ich verstehe nicht viel davon ... aber wenn Sie mich fragen, hat er keinen einzigen Knochen mehr im Leib.«

Nicht genug damit, demonstrierte er seine unappetitliche

Entdeckung augenblicklich, indem er den Arm des Leichnams mit dem Revolverlauf anhob, der sich allerdings nicht wie ein menschlicher Arm benahm, ganz gleich in welchem Zustand der Verwesung, sondern eher wie ein mit dünnflüssigem Matsch gefüllter Handschuh. Mulligan hat recht, dachte ich schaudernd. Die Knochen in diesem Arm waren nicht etwa gebrochen, sondern schlichtweg nicht mehr da. Ich überlegte, ob Verwesung und Fäulnis einem menschlichen Körper so etwas antun konnten, und obwohl ich die Antwort auf diese Frage nur zu genau kannte, klammerte ich mich doch beinahe verzweifelt an diese Möglichkeit.

Mulligan ließ endlich von dem Leichnam ab, und wir gingen weiter, um uns eine weitere Hütte anzusehen. Er blieb nur einige wenige Augenblicke darin, doch mir kam es wie eine Ewigkeit vor.

»Nun?«, fragte ich. »Liegt dort auch ein Toter?«

»Nein«, antwortete Mulligan. »Zwei.«

Diesmal war ich sicher, mir die Bewegung nicht nur einzubilden, aber es gelang mir auch jetzt nicht, sie genauer zu erfassen. Ich wusste nur, dass es sie gab. Und dass sie näher kam.

»Die sehen noch schlimmer aus«, fuhr Mulligan ungefragt fort, als ich nicht antwortete. »Was, um Gottes willen, ist hier nur passiert?«

Das wusste ich so wenig wie er. Ich war jedoch sicher, dass *Gott* nichts damit zu tun hatte. Und dass wir besser nicht länger hierblieben als unbedingt nötig.

Zu meiner Erleichterung verzichtete Mulligan darauf, auch noch die anderen Hütten zu untersuchen, sodass wir unseren Weg fortsetzen konnten. Diesmal kamen wir immerhin drei Schritte weit, bevor er erneut sehr abrupt stehen blieb und erschrocken die Hand hob. Mit der anderen wies er auf den Boden vor seinen Füßen.

Zuerst dachte ich, dass sich der Boden bewegte, aber das war nicht ganz richtig. Es war etwas *unter* dem Boden, ein zitterndes Kriechen und Suchen, wie von gedrungenen Schlangen oder fetten Würmern, die im Boden schwammen wie in undurchsichtigem Wasser und vergängliche Kielspuren hinterließen, ohne dass sich indes wirklich etwas bewegte. Es war ein Anblick, der die Sinne verwirrte und das Echo einer kreatürlichen Furcht hinterließ, denn er gab mir das Gefühl, zur Beute zu werden.

Und anscheinend ging es nicht nur mir so. Mulligan sah kein zweites Mal hin, sondern schritt im Gegenteil schneller aus. Ich hatte wahrlich nichts dagegen, mich seinem Tempo anzupassen – auch wenn es nicht wirklich viel nutzte, denn die unheimliche Nichtbewegung folgte uns ebenso lautlos wie beharrlich. Meine Beklemmung wuchs und ich atmete erleichtert auf, als wir uns dem sonderbaren Gebäude näherten, und unter unseren Füßen nun den massiven Stein einer breiten Treppe hatten.

Aus der Nähe betrachtet wirkte das vermeintlich viktorianische Gebäude noch bizarrer, denn es entpuppte sich als wenig mehr als schlampig gebaute Theaterkulisse, die ihre realistische Wirkung mit jedem Schritt weiter einbüßte, den man näher kam. Ich zerbrach mir vergeblich den Kopf über die Frage, wer aus welchem Grund ein solch merkwürdiges Haus so tief unter der Erde gebaut haben sollte.

Es gab gleich drei Eingänge, hinter denen die Illusion einer unterirdischen herrschaftlichen Villa vollends zerbrach, denn dort erwarteten uns drei nahezu identische, grob aus dem gewachsenen Fels herausgemeißelte Stollen, die so niedrig waren, dass mir allein der Anblick ein Gefühl von Beklemmung bescherte. Und ziemlicher Hilflosigkeit. Wenn Tanner und Smith bis hierhin gekommen waren, dann verlor sich jetzt ihre Spur. Während ich mir die drei Eingänge genauer ansah, versuchte ich mich vergebens mit dem Gedanken anzufreunden, auf gut Glück noch tiefer in dieses Labyrinth einzudringen.

»Inspektor, hier!«

Ich gewann Zeit, indem ich mich umdrehte und meinen Blick durch die Halle unter uns schweifen ließ. Von der unterirdisch kriechenden Bewegung war nichts mehr zu sehen, was einfach daran liegen mochte, dass es sie niemals wirklich gegeben hatte.

»Inspektor?«

»Devlin«, knurrte ich, noch während ich mich – mit mehr Mühe, als erklärbar schien – von dem düsteren Anblick losriss und zu ihm umdrehte. »Oder auch Quinn. Aber hören Sie endlich mit diesem verdammten *Inspektor* auf!«

»Mister Devlin.«

»Und auch mit dem Mister«, fügte ich hinzu, während ich mich zu ihm umdrehte. »Was haben Sie denn so Spannendes entdeckt?«

Statt laut zu antworten, zitierte mich Mulligan mit einer fast schon befehlenden Geste zu sich heran und deutete mit der anderen Hand in den Stollen, vor dem er stehen geblieben war. »Sehen Sie?«

»Nein«, antwortete ich wahrheitsgemäß, woraufhin Mulligan derart unverschämt missbilligend die Stirn runzelte, dass mir um ein Haar eine entsprechende Bemerkung entschlüpft wäre, und sich zugleich in die Hocke sinken ließ und den anderen Arm ausstreckte, wie um auf etwas zu zeigen. In Wahrheit hob er etwas vom Boden auf, das er mir triumphierend auf der ausgestreckten Handfläche präsentierte, während er sich wieder aufrichtete. Es war ein runder Messingknopf, an dem noch einige wenige abgerissene blaue Fäden hingen. Ich wusste natürlich, was es war, machte aber trotzdem ein fragendes Gesicht, schon damit Mulligan ein wenig mit seinem Wissen glänzen konnte.

»Der stammt von einer Uniform«, sagte er.

»Tanner?«

»Oder Smith.« Mulligan hob die Schultern. »Auf jeden Fall sind sie hier entlanggekommen. Dieser Weg ist richtig.« Er schloss die Hand um den Knopf und ließ ihn in der Jackentasche verschwinden, während er sich bereits wieder umdrehte und den Gang betrat. Immerhin behielt er den Revolver in der Hand, ein Anblick, der mich wenigstens etwas beruhigte.

»Das Licht«, sagte Mulligan nach einer Weile.

»Was soll damit sein?«

»Weiß nich'.« Mulligan hob die Schultern. Die Akustik des schmalen Tunnels verlieh seiner Stimme einen unheimlichen Hall. »Irgendwas ist komisch damit.«

Das war mir schon vorhin aufgefallen. Als wir in dieses unheimliche Labyrinth eingedrungen waren, hatte ich gedacht, diesen fremden grünen Schein wiederzuerkennen, doch mittlerweile war ich gar nicht mehr so sicher. Auch dieses Licht schien aus dem Nichts zu kommen, als leuchtete die Luft selbst oder etwas unter der Oberfläche der Wände, das genauso wenig in Worte zu fassen war wie die grässliche Bewegung draußen. Und trotzdem: »Das ist nicht das Licht des Hive«, sagte ich. »Jedenfalls nicht so, wie wir es kennen.«

Mulligan ließ ein paar Sekunden verstreichen, ehe er mit einem Nicken antwortete: »Ist mir auch aufgefallen. Ist irgendwie noch unheimlicher.« Nach einem abermaligen, noch längeren Zögern fügte er hinzu: »Warum nennen Sie es eigentlich Hive? Was heißt das?«

Ich muss gestehen, dass ich selbst im Lexikon hatte nachschlagen müssen, als Nikola dieses Wort das erste Mal benutzt hatte, aber ich gab mir dennoch keine große Mühe, einen gewissen Unterton von Überheblichkeit aus meiner Stimme herauszuhalten, als ich wie ganz selbstverständlich antwortete:

»So etwas wie der Sitz einer Gemeinschaftsintelligenz, verstehen Sie?«

»Nein.«

»Das ist auch nicht schlimm, denn so ganz verstehe ich es selbst nicht«, gestand ich. »Ich glaube, irgendeinen Namen musste Nikola ihm einfach geben. Aber Sie haben recht. Irgendetwas ist hier anders.«

Mein Versuch, das Thema zu wechseln, misslang. Mulligan schwieg zwar erneut etliche Sekunden lang, doch dann warf er mir im Gehen einen Blick über die Schulter zu. Obwohl ich ihm geflissentlich auswich, begann ich mich fast sofort unwohl zu fühlen. Er hätte nicht einmal weitersprechen müssen, denn ich wusste, was er als Nächstes sagen würde. Ich wollte es nicht hören. »Sie hat mir geschworen, dass alles vorbei ist, wenn …«

»Ich weiß«, unterbrach ich ihn. Begriff er denn wirklich nicht, dass ich nicht darüber reden *wollte,* weder jetzt noch irgendwann?

»Ich habe das wirklich geglaubt«, fuhr Mulligan fort. »Sie hat mir gesagt, dass alles endet, wenn sie …«

»Das weiß ich, Mulligan«, unterbrach ich ihn nicht nur abermals, sondern auch in deutlich schärferem Tonfall, als ich eigentlich beabsichtigt hatte. »Ich nehme es Ihnen nicht übel. Ich weiß, dass Sie so handeln mussten. Ich verstehe das, und ich werfe Ihnen nichts vor. Aber erwarten Sie nicht, dass ich Ihnen Absolution erteile. Wahrscheinlich wäre ich Ihnen das sogar schuldig, aber ich kann es nicht.«

Und ich wollte es auch nicht.

Mulligan wirkte sehr verletzt, und mein schlechtes Gewissen meldete sich mit Macht. Ich fühlte mich schäbig, aber ich konnte nicht anders. Es war das zweite Mal, dass Mulligan versuchte, das Gespräch in diese Richtung zu lenken und mir etwas abzunötigen, das ich ganz bestimmt nicht sagen wollte. Vor ein paar Tagen in Belfast hatte ich mich noch zurückgehalten, denn ich wollte ihm trotz allem nicht wehtun. Aber wenn ich ihm nicht Einhalt gebot, dann würde es nur schlimmer werden.

Watson hatte mir – mehr als nur einmal – erklärt, warum das so war, dass meine Reaktion verständlich und ganz normal sei und dass es Mulligan vermutlich noch viel schlimmer erging, und ich glaubte ihm jedes Wort. Aber das machte es nicht besser. Es gibt Situationen, in denen man nur das Falsche tun kann.

Mein schlechtes Gewissen meldete sich nun mit solcher Macht, dass ich nicht anders konnte, als mich erneut und in versöhnlichem Ton an Mulligan zu wenden.

»Es tut mir leid, Mulligan«, begann ich. »Ich weiß, dass es …«

Mulligan blieb so abrupt stehen, dass ich erschrocken zusammenfuhr und mir an der niedrigen Decke beinahe den Kopf gestoßen hätte. Gleichzeitig hob er eindeutig befehlend die Hand.

Ich lauschte angestrengt, doch Mulligan verfügte entweder über das weitaus bessere Gehör oder war noch um einiges paranoider als ich, denn er blieb mehrere Sekunden lang einfach mit schräg gehaltenem Kopf stehen und lauschte. Dann ging er ohne ein Wort der Erklärung sehr schnell weiter. Ich folgte ihm, schon wieder deutlich weniger versöhnlich gestimmt als noch vor wenigen Augenblicken, insgeheim aber auch erleichtert, die Verantwortung endgültig abgeben zu können.

Der Stollen schien kein Ende zu nehmen und führte nicht nur beständig weiter nach unten, sondern veränderte sich auch zunehmend, und nicht zum Besseren. Wände, Boden und Decke bestanden zum Großteil noch immer aus Milliarden Jahre altem massivem Fels, dazwischen aber gewahrte ich jetzt immer mehr Streifen aus zusammengebackenem Erdreich und Sand oder Ölschiefer. Ich sah immer öfter nervös nach unten, denn ich hatte die unheimliche Bewegung aus der Höhle nicht vergessen.

Irgendwann jedoch endete der Gang, und wir fanden uns in einer weiteren, wenn auch deutlich kleineren unterirdischen Halle wieder. Nahezu überflüssig zu sagen, dass es hier ebenfalls mehrere Ausgänge gab. Mich mittlerweile klaglos in mein Schicksal fügend blieb ich stehen und wartete, während Mulligan sie der Reihe nach untersuchte. Ich war nicht wirklich überrascht, als er zurückkam und mir einen weiteren abgerissenen Messingknopf präsentierte.

»Ihr Freund Tanner denkt mit«, kam er meiner entsprechenden Bemerkung zuvor.

»Dann wollen wir nur hoffen, dass er ausreichend Knöpfe an seiner Jacke hat«, antwortete ich.

Mulligan blinzelte verstört, steckte den Knopf dann ebenfalls ein und ging weiter, ohne das Thema zu vertiefen. Ich folgte ihm, zu meinem Unbehagen durch einen noch niedrigeren Gang und in noch steilerem Winkel nach unten. Die Logik sagte mir, dass es ganz und gar unmöglich sein sollte, aber da war ein viel größerer Teil in mir, der darauf beharrte, dass wir uns längst unter dem Meeresniveau befanden und jederzeit das Grollen einer gewaltigen Flutwelle hören konnten, die durch den Tunnel hereingeschossen kam, um uns zu verschlingen.

Durch meine randalierende Fantasie einmal darauf aufmerksam gemacht, fielen mir noch andere Einzelheiten auf, keine davon von angenehmer Natur: Es war wärmer geworden, auf eine Art, die an ein türkisches Dampfbad erinnerte. Eine unangenehm feuchte Wärme, die unter die Haut kroch und selbst das Atmen schwer machte. Unsere Schritte erzeugten seltsam lang anhaltende, saugende Echos auf dem Boden, der zwar noch immer aus eisenhartem Fels bestand, mir aber weiszumachen versuchte, wir befänden uns nicht nur tief im Inneren einer gewaltigen lebenden Kreatur, sondern marschierten auch freiwillig immer tiefer in ihr Maul hinein – eine Beute, die nicht nur keinen Fluchtversuch unternahm, sondern nachgerade um das Gefressenwerden bettelte.

Da war es wieder, dieses Wort: *Beute.* Ich versuchte mir einzureden, dass es völliger Unsinn war, aber sein bloßer Klang ließ mich schaudern.

Nein, diese Umgebung tat meiner Fantasie wahrlich nicht gut.

Der Realität auch nicht, denn während ich meine außer Rand und Band geratene Fantasie zumindest äußerlich noch zu ignorieren vermochte, änderte sich mehr und mehr an unserer Umgebung, was nicht wegzuleugnen war, so gerne ich es auch getan hätte: Das Licht pulsierte. Im ersten Moment vermochte ich es noch als bloße Einbildung abzutun, hervorgerufen durch meine eigenen, wenig vernünftigen Gedanken von gerade, aber ich war noch nie besonders gut darin gewesen, mich selbst zu belügen: Der unheimliche grüne Schein pulsierte tatsächlich wie im Takt eines gewaltigen schlagenden Herzens, und der selbstzerstörerische Teil meines Ichs ließ sich die Gelegenheit natürlich nicht entgehen, ein dumpfes, unendlich machtvolles Pochen hinzuzufügen.

Mulligan blieb stehen und fragte: »Hören Sie das?«

Durchaus. Aber wer sagte denn, dass ich es wollte? »Halten Sie die Klappe, Mulligan«, knurrte ich.

Mulligan wirkte allenfalls noch ein bisschen irritiert, beließ es aber bei einem angedeuteten Schulterzucken und ging weiter. Er fügte noch ein gemurmeltes Wort in seinem breiten irischen Akzent hinzu, das ich nicht verstand – was vermutlich auch gut war.

Wie sich zeigte, hatte Tanner mindestens noch zwei weitere Knöpfe an seiner Uniform, die uns sicher die richtige Abzweigung nehmen ließen. Ich zog innerlich den Hut vor dem jungen Navy-Soldaten, der mitdachte und uns mit seiner Spur aus Messing-Brotkrumen sicher ans Ziel führte.

Direkt in die Hölle.

Der Stollen machte einen letzten scharfen Knick und mündete in einer weiteren unterirdischen Kathedrale, die die erste an Größe und Ausdehnung sogar noch einmal übertraf. Sie endete allerdings nicht vor einer schlampig zusammengezimmerten Theaterkulisse, sondern in reiner Bewegung – so kam es mir zumindest auf den ersten Blick vor. Auf den zweiten Blick erkannte ich meinen Irrtum: Wir standen – unmögliche zweihundertfünfzig oder dreihundert Yards entfernt – am Ufer eines gewaltigen unterirdischen Ozeans, der sich unter einem gemauerten Himmel erstreckte, so weit der Blick reichte.

Wohl vom bizarren Anblick wie betäubt war mir zuerst gar nicht aufgefallen, dass der vermeintliche Strand ein kaum weniger absurdes Bild bot. Es war natürlich nicht wirklich ein Strand, so wenig wie das Meer dahinter ein Meer war. Wir standen am Ufer eines gewaltigen unterirdischen Flusses, das mit den Ruinen schon vor langer Zeit zusammengefallener Bauwerke und ... *Dingen* übersät war, so seltsam, fremd und falsch, dass der Blick einfach keinen Halt daran fand und abglitt wie eine nasse Hand, die einen glitschigen Fisch festzuhalten versuchte.

Wer immer die unterirdische Stadt erbaut hatte, deren Ruinen sich wie kantiger schwarzer Hagel vor uns ausbreitete, musste wahnsinnig gewesen sein. Es gab einige wenige vertraut anmutende Umrisse, die zugleich nur umso fremdartiger wirkten, denn die zerbrochenen Winkel und unbeendeten Linien erzählten von Dimensionen geradezu absurder Größe und Dingen, deren bloßer Anblick etwas Schlimmeres als Übelkeit in mir auslöste.

Dann überwand ich meine Lähmung, und unsere Umgebung schrumpfte wieder zu normalen Dimensionen zusammen, die erschreckend genug waren. Der unterirdische Strand war nicht endlos, sondern endete vor einer aus monumentalen Steinquadern errichteten, sanft nach innen geneigten Wand, die zu monströs und um Millionen Jahre zu alt war, um von Menschen erschaffen worden zu sein. Inmitten der gewölbten Zyklopenmauer klaffte ein Loch ebenfalls riesigen Ausmaßes, hinter dem sich die Fluten eines unterirdischen Kanals ergossen, breit genug, um einem ausgewachsenen Kriegsschiff Platz zu bieten. Auf der nur zu erahnenden gegenüberliegenden Seite wurden sie ebenfalls von einer Mauer aus noch monströseren Steinquadern begrenzt, von denen jeder einzelne wahrscheinlich mehr wog als ein Haus – wenn es denn überhaupt Steinquader waren, denn in Wirklichkeit ähnelten sie nichts, was ich schon jemals zuvor gesehen hatte.

Die bizarre Ruinenlandschaft davor weigerte sich ebenfalls beharrlich, richtig wahrgenommen zu werden. Linien und Winkel … *stimmten einfach nicht* und begannen in den Augen zu schmerzen, wenn ich den Fehler beging, sie mit Blicken fixieren zu wollen. Nichts ergab Sinn. Da waren Türrahmen, denen das dazugehörige Gebäude fehlte, während mir zugleich etwas sagte, dass es sie nie gegeben hatte. Eng gewendelte steinerne Treppen, die im Nichts endeten, und zerbrochene schräge Rampen, eher für die Benutzung durch gigantische Schnecken oder andere kriechende Kreaturen gedacht als für Menschen. Dazu kamen weit bizarrere und schrecklicher anzuschauende Dinge, die ich nicht beschreiben kann, weil sich mein Gehirn weigerte, einen so vernunftzerstörenden Anblick aufzunehmen.

Für alles das gab es mit Sicherheit eine rationale Erklärung. Vernunft hatte im Anblick dieser steingehauenen Schöpfung allerdings keinerlei Bedeutung, und ich war felsenfest davon überzeugt, einen Blick in eine andere, absolut verbotene Welt zu werfen.

Mulligan schien es ganz ähnlich zu ergehen, denn auch er wankte wie von einem unsichtbaren Windstoß oder Schlag getroffen und wirkte hoffnungslos verloren. Dann hob er beide Arme und deutete nach links.

»Da sind sie!«

# 9

Tatsächlich entdeckte ich Tanner und Smith nur wenige Dutzend Schritte von uns entfernt, aber unglückseligerweise nicht allein. Mindestens acht oder zehn Gestalten umgaben sie in einem weiten, ungleichmäßigen Kreis, der sich nicht enger zusammenzog, sondern auf kaum in Worte zu fassende *lebendig* wirkende Weise hin und her wogte, wie um ihnen stets den Weg abzuschneiden, wenn sie sich in eine bestimmte Richtung wenden wollten … oder um sie in eine ganz bestimmte Richtung zu drängen?

»So viel zu Ihrer Theorie, dass sie sich nicht trauen, uns zu folgen, Inspektor«, schnaubte Mulligan. »Kommen Sie! Ihr neuer Freund braucht Hilfe!«

Offensichtlich glaubte er, dass uns die Meute aus der Stadt nicht nur doch gefolgt, sondern auch irgendwie an uns vorbeigekommen war. Obwohl ich mich ihm mit weit ausgreifenden Schritten anschloss und mich innerlich auf eine handgreifliche Auseinandersetzung vorbereitete, hatte ich meine Zweifel, dass er mit seiner Einschätzung richtiglag. Auch an diesem unterirdischen Flussufer herrschte dasselbe giftgrüne Un-Licht, wodurch kaum Einzelheiten zu erkennen waren, aber irgendetwas an diesen Gestalten war … nicht so, wie es sein sollte. Es waren eindeutig Menschen, ohne Zweifel, aber zugleich auch nicht, ohne dass der Unterschied wirklich zu benennen gewesen wäre.

Das Einzige, was ich mit absoluter Sicherheit sagen konnte (ohne zu wissen, woher ich diese Gewissheit nahm), war, dass sie keine Neumänner waren.

Weder Mulligan noch ich gaben uns auch nur die geringste Mühe, leise zu sein, doch die Ansammlung merkwürdiger Gestalten nahm nicht die geringste Notiz von uns, weder als wir uns ihnen näherten, noch als wir geradewegs zwischen ihnen hindurchstürmten und – obwohl ich mir nicht die Zeit nahm, zu ihnen zurückzusehen, war ich doch ziemlich sicher – auch nicht danach.

»Mister Devlin!«, begann Tanner. Er war sehr blass, und mir entging auch nicht, dass seine Unterlippe aufgeplatzt war und blutete. »Ich bin ja so froh, dass …«

»Ja, ja, schon gut«, unterbrach ihn Mulligan grob. »Smith, lassen Sie ihn los! Weg von ihm!«

Erst als er mit grimmig entschlossener Miene auf den vermeintlichen Smith anlegte, registrierte ich, dass er den Revolver schussbereit in beiden Händen hielt. Er würde schießen, daran hatte ich nicht den geringsten Zweifel.

Falls es Smith genauso erging, ließ er es sich jedoch nicht anmerken. Er sah Mulligan nicht einmal an, sondern blickte mir ruhig in die Augen. »Sie hätten nicht herkommen sollen«, sagte er. »Das war ein Fehler.«

»Der Einzige, der hier Fehler macht, sind Sie, Smith«, sagte Mulligan, »oder wer immer Sie wirklich sind.«

»Mulligan«, sagte ich.

»Lassen Sie ihn los!« Mulligans Daumen zog den Hahn des Revolvers mit einem hörbaren Klicken zurück. »Ich sag's nicht noch mal!«

»Mulligan!«, wiederholte ich schärfer. »Lassen Sie den Unsinn!«

Mulligan wäre nicht Mulligan gewesen, hätte er auf mich

gehört. Er tat einen weiteren Schritt auf Smith zu, sodass der Lauf seines Revolvers jetzt kaum noch eine Handspanne von dessen Stirn entfernt war. »Lassen! Sie! Ihn! Los!«

Smith zeigte sich wenig beeindruckt. Ich war nicht einmal sicher, ob er die Worte überhaupt zur Kenntnis genommen hatte. So, wie seine Hand noch immer auf Tanners Unterarm lag, fragte ich mich, ob er überhaupt loslassen *konnte*. »Sie hätten das nicht sehen dürfen«, sagte Smith an mich gewandt. Mulligan ignorierte er vollständig.

»Das ist jetzt die allerletzte Warnung«, sagte Mulligan.

Ich war nicht ganz sicher, ob ich mich über seine Dummheit ärgern oder seinen Mut bewundern sollte, denn er musste ebenso gut wie ich wissen, wem wir gegenüberstanden. Oder *was*, um präzise zu sein.

Smith war nicht mehr Smith, wenn er es denn jemals gewesen war. Jetzt, wo ich nah genug war, um ihn berühren zu können, fielen mir etliche subtile Unterschiede auf. Seine Haut erschien ein wenig zu glatt, und sie sah auf schwer zu beschreibende Weise *fest* aus, nicht wie etwas Lebendiges, sondern eher wie perfekt bemaltes Porzellan. Auch sein Haar wirkte auf noch schwerer zu definierende Art künstlich, wie aufgemalt, obwohl es sich bewegte und ich jedes einzelne Haar erkennen konnte. Das Allerschlimmste überhaupt waren seine Augen. Sie sahen absolut perfekt aus, nicht wie bemalte Glaskugeln, wie ich sie bei anderen Neumännern gesehen hatte, zugleich aber auch bar jedes Lebens. Jedenfalls Leben von der Art, in der ich das Wort bisher benutzt hatte. Alles an Smith wirkte irgendwie … unfertig, wie eine perfekt nachgeahmte, lebensgroße Statue, die aber nicht ganz vollendet worden war, sodass ihr das allerletzte Quäntchen fehlte, um die Illusion perfekt zu machen.

»Das ist jetzt wirklich die allerletzte Warnung«, wiederholte Mulligan. Er klang ein ganz kleines bisschen nervös. »Lassen

Sie ihn los, oder ich schieße! Ich schwöre, dass ich Ihnen ein Loch in den Kopf stanze!«

Spätestens mit diesem letzten Satz machte er klar, dass er wohl alles wollte, nur das nicht, aber ich kannte Mulligan auch zur Genüge, um zu wissen, dass ihm jedwede Dummheit zuzutrauen war. Ich warf Smith einen beschwörenden Blick zu, trat dann mit einem raschen Schritt zwischen Mulligan und ihn und legte die flache Hand auf den Revolverlauf.

»Fällt Ihnen nichts auf, Mulligan?«

»Dass Sie im Weg stehen«, knurrte er. »Und ich würde wirklich nur sehr ungern durch Sie hindurchschießen, Inspektor.«

»Wenn Sie endlich aufhören, mich *Inspektor* zu nennen, wäre diese Alternative vielleicht sogar eine Überlegung wert«, sagte ich, bedauerte diese Bemerkung aber auch fast sofort, denn Mulligan machte ein Gesicht, als dächte er tatsächlich über diese Möglichkeit nach.

»Und sonst fällt Ihnen nichts auf?«, fügte ich hastig hinzu.

Jetzt dachte Mulligan sichtlich angestrengt über meine Frage nach, und ich sprang ihm bei, bevor es zu schmerzhaft für ihn wurde: »Zum Beispiel, dass wir noch leben?«

Mulligans Stirnrunzeln wurde sogar noch ausgeprägter, und ich deutete mit einem stummen Kopfnicken hinter ihn. Mulligan sah verwirrt aus, aber zumindest lockerte sich sein Griff um den Abzug des großkalibrigen Revolvers, der nun auf *mein* Gesicht zielte, und er sah über die Schulter zurück in dieselbe Richtung. Und wahrscheinlich bedauerte er es augenblicklich.

Die zerlumpte Meute, die Tanner und seinen Entführer in die Enge getrieben hatte, war nicht wirklich näher gekommen, was aber nichts daran änderte, dass wir nun allesamt eingekreist waren. Und so unkoordiniert ihr improvisierter Belagerungsring auch auf den ersten Blick wirken mochte, als ebenso undurchdringlich erwies er sich bei genauerem Hinsehen.

Das Unheimlichste war die Teilnahmslosigkeit auf ihren Gesichtern. Die Männer und Frauen – es war deutlich mehr als ein Dutzend, wie mir jetzt klar wurde, und zu meinem nicht geringen Entsetzen gewahrte ich auch zwei halbwüchsige Knaben unter ihnen – starrten uns ausnahmslos an. Man hätte Zorn erwarten sollen, vielleicht Verschlagenheit oder Gier, aber da war gar nichts. Allenfalls eine große, aber vollkommen sachliche Aufmerksamkeit, die jedoch beinahe schlimmer war als alle anderen möglichen Gefühle.

»Was zum Teufel ...?«, murmelte Mulligan, fuhr auf dem Absatz herum und zielte mit seinem Riesenrevolver auf eine vielleicht fünfzigjährige, abgerissene Frau, die vor ihm stand und wie ein Schilfrohr im Wind hin und her schwankte. Falls es eine Frau war. Ganz sicher war ich nicht.

»Keinen Schritt weiter!«, polterte Mulligan, obwohl weder sie noch einer der anderen auch nur Anstalten gemacht hatte, näher zu kommen. »Geht zurück, alle!«

Ganz im Gegenteil machte die Frau einen tollpatschigen Schritt in unsere Richtung, und Mulligan schoss.

Es ging zu schnell, als dass ich noch irgendetwas dagegen hätte tun können. Der Schuss hallte in dem gewaltigen, unterirdischen Raum wie ein Kanonenschlag wider und brach sich dutzendfach an unsichtbaren Wänden und Hindernissen. Dennoch hörte ich das sonderbar feuchte Klatschen, mit dem die Kugel die Schulter der Frau traf und so mühelos durchschlug wie nasses Papier. Zu dem immer noch anhaltenden Echo des Schusses gesellte sich nun auch noch das zwitschernde Heulen eines Querschlägers, mit dem die Kugel irgendwo abprallte. In der Schulter der Frau gähnte plötzlich ein Loch, durch das man hindurchsehen konnte. Allein die Wucht des Aufpralls müsste sie auf der Stelle töten.

Indes, sie fiel nicht.

Sie besaß nicht einmal den Anstand, nennenswert zu wanken, sondern machte nur einen seltsam schlenkernden Schritt, wie um ihr Gleichgewicht neu zu finden, nachdem ihr ein Stück Schulter fehlte. Und auch die anderen bewegten sich kaum, was vielleicht noch erschreckender war. Ich hätte zwei vollkommen gegensätzliche Reaktionen erwartet – einen sofortigen gemeinsamen Angriff der gesamten Meute oder eine ebenso sofortige gemeinsame Flucht, nun wo Mulligan seine Entschlossenheit so drastisch unter Beweis gestellt hatte. Das Ausbleiben sowohl des einen als auch des anderen schockierte mich regelrecht, machte mir zugleich aber auch klar, wie wenig sie sich von irgendetwas beeindrucken ließen, was wir tun konnten.

»Sparen Sie sich Ihre Munition, Mulligan«, sagte ich nervös und wandte mich kaum weniger fahrig an Smith. »Was sind das für Kerle? Was wollen sie von Ihnen?«

Ich hatte nicht wirklich mit einer direkten Antwort gerechnet, und ich wurde nicht enttäuscht. »Bleiben Sie nah an mir dran«, sagte er. »Ich versuche Sie zu beschützen, aber ich weiß nicht, ob meine Kraft für drei reicht.«

Mulligans Gesichtsausdruck machte klar, dass er mit diesen kryptischen Worten ebenso wenig anzufangen wusste wie ich, aber er gehorchte und wich rückwärtsgehend an Smith' Seite zurück, und ich tat auf der anderen Seite dasselbe. Wenn Smith tatsächlich das war, von dem ich mittlerweile ziemlich sicher war, dass er es war, warum sollte er dann ausgerechnet *uns* helfen?

»Wer sind diese Kerle?«, fragte ich noch einmal, um prompt dieselbe Antwort zu bekommen.

»Sie hätten das nicht sehen dürfen. Ich weiß nicht, ob ich Sie beschützen kann.«

»Aha«, sagte ich, und Smith fügte hinzu: »Sie dürfen sie nicht berühren. Auf gar keinen Fall.«

Ja, das war beruhigend. Und überaus konstruktiv. Mulligan machte mich mit seinem Revolver auf etwas aufmerksam, das mir den Atem stocken ließ. Die Frau mit der durchschossenen Schulter war die Einzige, die sich dem einzelnen, völlig synchronen Schritt der anderen nicht angeschlossen hatte, sondern sie stand noch immer schwankend da und starrte mit leerem Gesicht in unsere Richtung. Aber sie war nicht mehr die Frau mit der durchschossenen Schulter, sie war vermutlich nicht einmal mehr ein Mensch. So wenig wie Smith, aber wo sein vorgeblicher Körper aus lebendig gewordenem Metall bestand, da schien ihr Fleisch zur Konsistenz von zähem Morast zu zerfließen, der brodelte und wogte und zitternde Wellen bis in ihre Hand hinabsandte. Das Loch in ihrer Schulter begann sich zu schließen, bildete zitternde Kreise und Beulen wie die Oberfläche eines gasgefüllten Tümpels und floss wieder an seinen angestammten Platz zurück, dasselbe galt für ihren Arm, die Hand und das Gesicht. Die Finger schrumpften, formten sich zu knochenlosen Tentakeln und drohten Fäden ziehend zu Boden zu tropfen, der Arm verlor seinen Halt und dehnte sich auf unmögliche Weise fast bis zum Boden, und das Gesicht büßte jegliche Kontur ein und wurde zu einer flachen, schmatzenden Masse ohne Mund, Augen und Nase. Neben mir ließ Mulligan ein qualvolles Würgen hören.

Im nächsten Augenblick lief das entsetzliche Geschehen in umgekehrter Reihenfolge ab. Die Frau bekam wieder Augen, Nase, Mund und Finger, und auch ihr Arm schmolz zu normalen Dimensionen zusammen. Von dem Loch in ihrer Schulter war keine Spur mehr geblieben.

»Was zum Teufel …?«, murmelte Mulligan noch einmal. Ich meinte zu hören, wie sich sein Finger um den Abzug der Waffe krampfte.

»Das Konzept, das Sie mit dem Wort Teufel zusammenfassen, hat hiermit nichts zu tun«, sagte Smith, was aus seinem Mund gleichermaßen überflüssig wie beunruhigend klang.

Irgendwie gelang es mir, mich von dem grässlichen Anblick loszureißen, wenn auch nur, weil mich ein noch viel schlimmerer erwartete. Das Dutzend Angreifer machte einen weiteren, synchron tapsigen Schritt in unsere Richtung, mit dem sich der Kreis unbarmherzig weiter zusammenzog, und als sich nach einer halben Sekunde Verzögerung auch die Frau anschloss, verschwand die letzte Lücke. Mulligan fuchtelte aufgeregt mit seiner Waffe.

Ein weiterer, so synchroner Schritt, als wären wir von einem einzelnen, nur durch Zufall in ein Dutzend unterschiedlicher Körper zersplitterten Wesen umgeben, und der Kreis hatte sich noch enger um uns geschlossen.

»Geben Sie acht, dass Sie sie nicht berühren«, sagte Smith noch einmal. »Und bleiben Sie so dicht bei mir, wie es geht.«

Was wiederum hieß, möglicherweise *ihn* zu berühren – ein Gedanke, der mir beinahe genauso unangenehm war, wenn auch aus vollkommen anderen Gründen.

Aber vielleicht waren sie auch gar nicht so anders.

»Ihr kommt keinen Schritt näher!«, drohte Mulligan. »Ich spaße nicht! Nur ein Schritt, und ich mache Ernst!«

Das Dutzend Gestalten machte einen weiteren gemeinsamen einzelnen Schritt, der sie nun beinahe in unsere Reichweite brachte (oder um präzise zu sein, *uns* in *ihre*), und Mulligan fuchtelte noch wilder mit seiner Waffe und drückte ab. Die Frau war ihm so nahe gekommen, dass die Mündungsflamme fast ihr Gesicht berührte, sodass er gar nicht danebenschießen konnte und es auch nicht tat.

Die Kugel stanzte ein Loch von der Größe zweier verschränkter Männerfäuste in ihr Gesicht und ließ wenig mehr als braunen Morast von ihrem Kopf übrig.

Mulligan drückte erneut ab und feuerte zweimal, bis der Hammer des Revolvers leer gegen die Trommel schlug. Nur einen Sekundenbruchteil später rissen beide Kugeln einen fast noch größeren Krater in ihre Brust.

Immerhin reichte die Wucht dieses doppelten Einschlags, sie ein ganzes Stück zurücktorkeln und auf ein Knie fallen zu lassen, das sich unter dem Gewicht ihres Körpers verformte und in die Breite zu fließen begann. Das alles jedoch nur für einen Augenblick, denn schon im nächsten flossen ihre Brust und die Ruine ihres Schädels wieder zusammen, und sie begann sich auch schon wieder zu erheben. Dabei zerflossen ihr Knie und der Unterschenkel noch weiter und bildeten sich dann neu, wobei sie den Rest ihres Körpers einfach nach oben zu drücken schienen.

Der Anblick war so bizarr und entsetzlich, dass mir leicht übel wurde und Mulligan wie von Sinnen aufschrie und seinen Revolver am Lauf ergriff, um ihn wie eine Keule zu schwingen. Auch Smith machte neben mir eine hektische Bewegung und rief etwas, doch wenn es eine Warnung war, kam sie zu spät. Mulligan schwang den riesigen Revolver am Lauf und hämmerte das Griffstück mit all seiner immensen Kraft ins Gesicht der vermeintlichen Frau.

Das Ergebnis war beinahe noch spektakulärer als die beiden letzten Schüsse mit dem Revolver. Die schwere Waffe löschte das Gesicht der grotesken Kreatur nicht nur abermals und ebenso gründlich aus wie die Kugel eben, sondern verschwand fast zur Gänze in der brodelnden Masse, und als Mulligan angeekelt aufschrie, seine Waffe losließ und einen Schritt zurückprallte, versank sie vollkommen.

Er war nicht schnell genug.

Die Arme der Frau bogen und verdrehten sich auf ganz und gar unmögliche Weise, verfehlten ihn und streckten und dehnten sich weiter, um sich wie windende fleischige Lassos um seinen Hals und sein Handgelenk zu wickeln. Mulligan gab einen krächzenden Schrei von sich, der in einem Quieken endete, als sich die Schlinge um seinen Hals enger zusammenzog, warf sich mit verzweifelter Kraft zurück und wurde praktisch gleichzeitig nur noch weiter auf die unheimliche Kreatur zugezerrt. Ihre Arme hatten sich ebenso schnell wieder zurückverwandelt, und sie umklammerte jetzt mit einer geradezu grotesk schmalen Hand seinen Hals und mit genauso lächerlich dünnen Fingern sein Handgelenk. Aber der Anblick hatte ganz und gar nichts Komisches, wenn ich bedachte, wie außergewöhnlich stark Mulligan war und wie mühelos sie ihn an sich zog.

Endlich – vielleicht nach einer halben Sekunde, aber dennoch viel zu spät – überwand ich meine Erstarrung und wollte ihm beispringen. Doch Smith riss mich nicht nur zurück, sondern stieß mich so derb gegen Tanner, dass wir uns aneinanderklammern mussten, um nicht zu stürzen.

Möglicherweise verschaffte er mir damit eine überlebenswichtige Atempause, denn zugleich sprang er auf Mulligan und seine Kontrahentin zu, riss ihn zurück und rammte der Frau die flache Hand vor die Brust.

Etwas zischte. Hellblaue Funken sprühten aus seinen Fingern und brannten rauchende Löcher in den Stoff ihres Kleides und das Fleisch darunter. Es stank nach verbrannter Haut und schmorenden Haaren, und aus dem weit aufgerissenen Mund der Kreatur drang ein schrilles Heulen, das rein gar nichts Menschliches mehr an sich hatte.

Und damit begann es erst.

Smith stieß die Frau mit einer so kraftvollen Bewegung zurück, dass sie auf den Rücken fiel, doch der Funkenflug hörte nicht auf, sondern nahm in rasendem Tempo nur noch weiter zu, sodass das Geschöpf nach kaum einer oder zwei Sekunden von unzähligen weißen und blauen boshaft zischenden Funken eingehüllt war, die es wie ein Schwarm aggressiver Insekten attackierten. Sein Schreien wurde noch spitzer und lauter, doch es kam trotzdem schwankend wieder in die Höhe. Die einzelnen Funken verschmolzen zu gleißenden Lichtfäden und dünnen, tausendfach verästelten Blitzen, die sich wie ein leuchtendes Spinnennetz um seinen Körper schlossen und ihn zu versengen begannen. Es machte dennoch einen weiteren torkelnden Schritt …

Und zerfiel.

Vielleicht war *zerfiel* auch nicht das richtige Wort, aber da ich so etwas noch nie zuvor im Leben gesehen hatte, kam mir kein besseres in den Sinn. Die Flammen erloschen zischend, alle zugleich und schlagartig gelöscht von grauem Wasser, in das sich der Körper verwandelte.

Es dauerte nur den Bruchteil einer Sekunde, weniger als einen Lidschlag, doch ich sah mich ganz deutlich einer menschlichen Gestalt gegenüber, die aus nichts anderem als schmierigem grauem Wasser bestand, in dem sich … *Dinge* und nahezu formlose Umrisse zu bewegen schienen, bevor sie mit einem gewaltigen Platschen in sich zusammensank und eine rasch versickernde Pfütze auf dem Boden bildete. Absurderweise meinte ich ihren kreischenden Schrei noch mindestens eine Sekunde länger zu hören. Vielleicht waren es auch die anderen Kreaturen, die schrien – ich brachte es nicht einmal mehr in Gedanken über mich, sie *Menschen* zu nennen, obwohl mir etwas mit schrecklicher Gewissheit sagte, dass sie es bis vor kurzer Zeit noch gewesen waren. Sie waren zwar allesamt in dem Augenblick stehen geblieben, in dem die bizarre Verwandlung begonnen hatte, hatten aber auch alle die Münder wie zu einem stummen Schrei aufgerissen.

Doch damit war es nicht vorbei.

Auch Mulligan war gestürzt und krümmte sich zuckend am Boden. Seine Jacke schwelte, wo Smith ihn gepackt und zurückgerissen hatte, und als ich hastig neben ihm in die Hocke ging, um mich um ihn zu bemühen, meinte ich zu hören, dass sein Haar und sein gesträubter Schnauzbart knisterten wie das Fell einer Katze, das gegen den Strich gebürstet wurde. Sein Mund und seine Augen standen weit offen, doch sein Blick war leer, und er brachte nicht den mindesten Laut hervor. Er war bei Bewusstsein, aber er hatte Krämpfe.

»Fassen Sie ihn nicht an«, sagte Smith. »Es geht gleich vorbei. Er wird sich erholen.«

»Wovon?«, fragte ich.

Natürlich bekam ich keine Antwort, doch ich glaubte ihm. Daher warf ich Mulligan zwar noch einen besorgten Blick zu, hütete mich aber, ihn zu berühren, sondern wandte mich stattdessen Tanner zu. Nicht dass sein Anblick erfreulicher gewesen wäre.

Sein Blick war ebenso leer wie der Mulligans, und er war bleich wie ein Toter. Seine Hände waren zu Fäusten geballt, damit man ihr Zittern nicht sah, und tief in seinen Augen, hinter der Leere, meinte ich große Angst zu erkennen.

»Ist alles in Ordnung?«, fragte ich.

»Sie reden«, flüsterte Tanner. »Da sind … Stimmen.«

»Stimmen?«

»Sie reden. Alle zugleich. In meinem Kopf. So viele Stimmen. Sie reden. Alle.«

»Sie hören Stimmen?«, vergewisserte ich mich.

»Sie reden und reden und reden«, flüsterte Tanner. »So viele Worte. Sie sollen aufhören.«

Eine Bewegung in den Augenwinkeln zog meine Aufmerksamkeit auf sich, wofür ich in diesem Moment beinahe dankbar war … bis ich genauer hinsah: Die versammelten Kreaturen rückten erneut näher, so langsam, dass man die Bewegung kaum wahrnahm, was ihr zugleich aber auch etwas entsetzlich Unaufhaltsames verlieh.

Smith überzeugte sich mit einem raschen Blick davon, dass wir sicher hinter ihm standen, trat den Kreaturen einen halben Schritt entgegen und berührte die nächste mit der flachen Hand – zu meinem namenlosen Entsetzen einen der beiden halbwüchsigen Jungen. Funkenflug und Blitze und der verbrannte Gestank wiederholten sich, und auch die kleinere Gestalt wurde von blauweißen Blitzen und beißenden Funken zu grauem Wasser verbrannt. Erneut erklang dieser vielstimmige Un-Schrei, und abermals kam der Vormarsch der höllischen Kreaturen ins Stocken.

Nun begann auch Mulligan leise zu wimmern. »Sie sollen aufhören! Die Stimmen! Sie hören nicht auf zu reden!«

Smith attackierte einen weiteren Angreifer, der sich in eine rasch im Boden versickernde Pfütze verwandelte, und ich bildete mir zumindest ein zu sehen, wie die Übrigen um eine Winzigkeit zurückwichen. Meine Aufmerksamkeit wurde auf Mulligan gelenkt. Er versuchte sich unbeholfen aufzurichten, sank aber immer wieder zurück und begann heftiger zu zittern. Es fiel mir zunehmend schwerer, ihn nicht an den Armen zu ergreifen und ihm aufzuhelfen. Aber ich nahm Smith' Warnung bitterernst, sodass ich es bei einem weiteren besorgten Blick beließ und hastig einen Schritt zurückwich, als er schwankend in die Höhe kam. Ich bemerkte aus den Augenwinkeln, wie Smith einen weiteren Angreifer ausschaltete, und diesmal war ich sicher, dass die anderen ein deutliches Stück zurückwichen.

Aber etwas stimmte nicht.

Smith war ebenfalls ein gutes Stück nach hinten gewichen, und auch wenn mir der Gedanke selbst ein wenig absurd vorkam – Maschinen kannten schließlich keine Erschöpfung –, so hatte ich doch den Eindruck, ihn vor Schwäche wanken zu sehen und einen Schatten immer größerer Müdigkeit auf seinem Gesicht zu erkennen. *Ich weiß nicht, ob meine Kraft für drei reicht.* Aber das war unmöglich. Er war eine Maschine, und Maschinen kennen keine Müdigkeit – und außerdem waren wir alle tot, wenn es so war, also *konnte* es gar nicht sein.

Smith schaltete einen weiteren Angreifer aus, woraufhin sich die acht oder neun Übriggebliebenen weiter zurückzogen. Ihre Gesichter blieben leer, und sie gaben nicht den leisesten Laut von sich, aber ich hatte das sichere Gefühl, dass sie irgendwie miteinander redeten und sich abstimmten.

Als sie das nächste Mal vorrückten, taten sie es koordiniert und auf völlig andere Art. Smith' Handflächenstoß ging ins Leere, und die torkelnde Gestalt, die er zu attackieren versuchte, tauchte unter seinem Arm hindurch und sprang mich an.

Hätte ich Zeit gehabt, nur ansatzweise nachzudenken, wäre es vermutlich um mich geschehen gewesen, doch zu meinem Glück blieb mir diese Zeit nicht, und ich reagierte ganz instinktiv und versetzte ihr einen wuchtigen Tritt in den Leib.

Es war, als hätte ich gegen einen mit zähem Morast gefüllten Ballon getreten. Da war kaum spürbarer Widerstand, sodass ich mit wild rudernden Armen um mein Gleichgewicht kämpfen musste. Mein Tritt erzielte dennoch die erhoffte Wirkung: Der Angreifer wurde zurückgeschleudert und fiel auf den Rücken, wobei sich sein Körper auf unmögliche Weise ausdehnte und streckte, bis er aussah wie eine von einer Dampfwalze überrollte Cartoon-Figur, er floss aber gleich darauf wieder zu normalen Proportionen zusammen und sprang auf.

Und Smith direkt in die Arme.

Lichtgewitter und Blitze zuckten diesmal ungleich heller und heißer, und hätte ich nicht gewusst, dass es ganz und gar unmöglich war, denn Maschinen kennen nicht nur keine Müdigkeit, sondern auch keinen Zorn, dann hätte ich geschworen, dass sich sein Gesicht in blanker Wut verzerrte, als er den Burschen mit beiden Armen hoch über den Kopf hob und in hohem Bogen davonschleuderte. Er explodierte zu einer kochenden grauen Dampfwolke, die in weitem Umkreis alles durchnässte, als sie zu Boden regnete. Erneut zogen sich die überlebenden Angreifer hastig zurück.

Doch auch mit Smith stimmte jetzt etwas ganz eindeutig nicht. Er wankte, griff mit beiden Händen wie Halt suchend in die Luft und schien ihn tatsächlich zu finden, denn statt zu stürzen, richtete er sich wieder auf. Die Bewegung sah aus, als würde irgendetwas Mechanisches einrasten. Smith trat zwischen Tanner und mich und riss auch noch Mulligan mit einem Ruck vollends auf die Füße. Ich meinte, ein seltsames eisernes Rattern zu hören; ein Geräusch wie von defekten Zahnrädern, deren Beschädigung mit jeder Umdrehung noch ein wenig schlimmer wurde.

»Wir müssen hier weg«, befahl er. Auch seine Stimme hatte sich verändert und schnarrte, und tief in seinen Augen tanzten hellblaue elektrische Funken. »Rasch! Ich kann Sie nicht mehr beschützen.«

Aus seiner zunächst vagen Andeutung war etwas anderes, weitaus Schlimmeres geworden, und obwohl ich den Ernst der Lage endgültig zu begreifen begann, *wollte* ich nichts von den Konsequenzen wissen – wir würden noch früh genug mit ihnen konfrontiert werden.

Unser Bewegungsspielraum war immer noch stark eingeschränkt. Nach wie vor waren wir eingekreist, und Smith' letzter Zornesausbruch schien den Großteil seiner Kraft aufgezehrt zu haben. Naturgemäß konnte er nicht blass werden, erweckte aber den Eindruck, er wäre es.

Mit einer Geste bedeutete er uns weiterzugehen und setzte

sich in Bewegung, blieb aber sofort wieder stehen, als die unheimlichen Kreaturen erneut näher kamen. Ungeheuer oder nicht, sie schienen einen gehörigen Respekt vor seinen Händen zu haben, denn sie wichen stets hastig zurück, wenn er auch nur eine Bewegung in ihre Richtung andeutete, das aber derart, dass ihr Belagerungsring dennoch stets geschlossen blieb und es kein Durchkommen gab.

»Das nimmt ein böses Ende«, sagte Tanner.

Seine Worte jagten mir einen eisigen Schauer über den Rücken. Nicht wegen dem, *was*, sondern *wie* er es sagte.

Ohne jeden Zweifel.

Smith bewegte sich immer noch schnell und hielt die Angreifer auf Distanz. Doch dieses Spiel konnten wir nicht gewinnen, denn die bizarren Kreaturen zeigten zwar nach wie vor einen gehörigen Respekt vor ihm, aber sie schienen keine Erschöpfung zu kennen. Im Gegensatz zu Smith. Maschine oder nicht, seine Bewegungen *waren* fahriger geworden, und seinen Stößen fehlte das letzte Quäntchen Kraft.

Tanner war der Erste, den sie erwischten. Smith attackierte gleich zwei der unheimlichen Kreaturen und scheuchte sie zurück, doch eine dritte glitt mit einer sonderbar flüssig wirkenden Bewegung an ihm vorbei, griff nach Mulligan und berührte stattdessen Tanner am Arm, als ich ihn zurückriss.

Die Berührung dauerte weniger als eine Sekunde, vielleicht nicht einmal eine halbe, bevor ich ebenfalls nach dem unglückseligen Navy-Soldaten griff und ihn mit einem so harten Ruck zurückriss, dass wir beide das Gleichgewicht verloren und stürzten. Tanner schrie, und ich möglicherweise auch, aber ganz sicher war ich nicht, denn in dem unendlich kurzen Moment, in dem die Kreatur und ich Tanner berührten, geschah etwas …

Nein, ich kann es nicht beschreiben, denn es war so bizarr, so fremd, erschreckend und faszinierend zugleich wie nichts, was ich jemals zuvor erlebt hatte. Ich sah Bilder, hörte Geräusche und roch fremdartige Gerüche, spürte salzigen Wind auf dem Gesicht und den zu Sand zermahlenen gläsernen Boden einer Welt unter den Füßen, die untergegangen war, bevor die unsere auch nur zu existieren begonnen hatte. Da war eine ungeheuerliche, allumfassende Schwärze, eine Dunkelheit, älter als die Zeit und größer als das Universum, und etwas verbarg sich darin, etwas so Monströses und Gewalttätiges, dass sich alles Menschliche in mir allein bei dem Gedanken, es zu erkennen, vor Entsetzen wie ein getretener Wurm krümmte, musste doch sein bloßer Anblick schon tödlich sein. Dann löschte ein gleißender Blitz reinen Schmerzes die Dunkelheit aus, und kurzfristig auch mein Bewusstsein, denn meine nächste klare Erinnerung ist die, qualvoll nach Atem ringend auf dem Rücken zu liegen, den Gestank meiner eigenen verbrannten Haut in der Nase und das Wehklagen und Jammern einer Milliarde gepeinigter Seelen in den Ohren. Waren das die Stimmen, von denen Mulligan gesprochen und die ihm so zugesetzt hatten?

Vielleicht war es aber auch einfach nur das Echo meines eigenen Schreis, denn meine Kehle schmerzte, und ich war so kurzatmig, als wäre ich minutenlang um mein Leben gerannt.

In Wahrheit konnten allerdings nur wenige Augenblicke vergangen sein. Tanner hockte noch immer mit leerem Blick neben mir auf Händen und Knien und wimmerte leise. Ein dünner Blutfaden lief aus seinem Mundwinkel und tropfte am Kinn hinab zu Boden. Ich konnte nur hoffen, dass er sich auf die Zunge gebissen oder beim Sturz einen Zahn angeschlagen hatte und nichts Schlimmeres.

Smith war nach wie vor damit beschäftigt, sich der stummen Angreifer zu erwehren, wenn auch jetzt mit immer weniger Erfolg. Seine Stöße und Hiebe gingen mittlerweile fast ausnahmslos ins Leere, und seine Bewegungen waren deutlich langsamer geworden. Sie wirkten tatsächlich so eckig und abgehackt wie die der Maschine, die er trotz seines menschlich wirkenden Verhaltens war.

Wieder versuchte sich einer der vermeintlichen Untergrundbewohner an Smith vorbeizuschlängeln, um sich auf Mulligan zu werfen, doch es gelang Smith irgendwie, ihn noch zu packen und wegzuschleudern. Der Angreifer flog in hohem Bogen davon und begann noch in der Luft seine Form zu verlieren und sich zu verflüssigen, schlug jedoch nur mit einem schweren Klatschen zwischen den bizarr geformten Trümmern auf und begann sofort wieder zu seiner (fast) menschlichen Erscheinungsform zusammenzubrodeln. Smith torkelte gleichzeitig zurück und wankte. Blaue und weiße Funken knisterten über seine Finger und Hände, aber sie ... *stotterten* – ein anderes Wort dafür fiel mir nicht ein – wie bei einer Maschine, der allmählich der Treibstoff ausging.

Es war vorbei, begriff ich. Smith war besiegt, und der nächste Angriff musste ihn und eine Sekunde später auch uns einfach überrollen.

Er kam, kaum dass ich den Gedanken ganz zu Ende gedacht hatte.

Smith ging unter dem Ansturm gleich dreier Angreifer zu Boden, die zwar unter der Berührung seiner Funken sprühenden Hände Halt und Form verloren, sich aber weigerten, zu grauem Dampf zu explodieren, und prompt wieder zusammenflossen, sobald er sie losließ. Und praktisch gleichzeitig wuchs auch über mir eine halb flüssige, brodelnde Gestalt empor, die die Arme nach mir ausstreckte.

Es war vorbei. Endgültig. Seltsamerweise verspürte ich nicht die mindeste Angst; allenfalls ein sachtes Bedauern, dass es so und jetzt enden sollte, noch bevor ich auch nur einen einzigen Blick auf dieses ungeheuerliche Geheimnis hatte werfen können, das unter der Oberfläche des vermeintlich Vertrauten lauerte. Vielleicht würde ich ja auch Allison wiedersehen. Dass ich weder an Gott noch an ein Leben nach dem Tod glaubte, bedeutete schließlich nicht, dass beides nicht existierte, und …

Etwas krachte. Ein greller Blitz löschte für Bruchteile von Sekunden das kränkliche grüne Licht aus, das den unterirdischen Strand beherrschte, und die Gestalt, die sich über mich beugte, zerstob zu einer grauen Gischtexplosion, die mich nicht nur bis auf die Haut durchnässte, sondern mit ihrer puren Wucht auch vollends zu Boden schleuderte.

Dann knallte es noch einmal und abermals und noch einmal und noch einmal, und ich meinte etwas wie einen vielstimmigen Schrei zu hören, der von unendlicher Wut kündete. Klebrige Nässe besudelte mein Gesicht, lief mir in Ohren und Nase und versuchte unter meine Augenlider zu kriechen. Angewidert fuhr ich in eine halb sitzende Position hoch, wischte mir mit beiden Händen durchs Gesicht und hätte mich beinahe übergeben, als etwas von der widerwärtigen Flüssigkeit in meinen Mund geriet. Es war nichts anderes als ein wenig brackig schmeckendes lauwarmes Wasser, und ich war sicher, dass selbst das bestausgestattete Labor der Welt mit den modernsten Geräten und den klügsten Wissenschaftlern zu keinem anderen Ergebnis gekommen wäre, hätten sie einen Tropfen davon unter dem Mikroskop untersucht. Aber ich hatte *gesehen*, was es vorher gewesen war, und allein dieses Wissen war beinahe mehr, als ich ertrug.

Und es war nicht nur noch nicht vorbei, der eigentliche Wahnsinn hob erst an und enthüllte sich mir, als ich mich weiter aufsetzte und Ekel und Furcht immerhin weit genug in ihre Schranken wies, um die Augen zu öffnen und mich umzusehen.

Blitze und nasse Explosionen hielten nicht nur an, sondern schienen sogar noch einmal zuzunehmen, als hätte sich die gesamte unterirdische Welt in eine Albtraumlandschaft aus zischenden grauen Dampfgeysiren und verzehrendem kaltem Feuer verwandelt. Zwischen all dem Funken sprühenden Untergang schienen sich … *Dinge* zu bewegen, die Schatten, die die unfassbaren Bewohner dieser vergessenen Stadt aus der Vergangenheit herüberwarfen und die Substanz und Wahrhaftigkeit aus jedem Blick gewannen, den wir darauf warfen, und aus jedem Gedanken, der sich mit ihnen beschäftigte.

Ich nahm von alledem jedoch kaum etwas wahr, denn ich konnte nur noch das Ungeheuer anstarren, das aus den brodelnden Fluten des Kanals auftauchte.

Es war so groß, dass ich es zuerst nicht einmal als etwas Lebendiges wahrnahm, und als ich es tat, weigerte sich mein Verstand zuzugeben, dass etwas so Monströses tatsächlich *leben* sollte. Vielmehr kam es mir vor wie ein mit grünem Schleim überzogener und von peitschender Bewegung eingehüllter Buckel, der sich schäumend aus dem Wasser hob und uns aus einem einzigen, absurd großen Zyklopenauge anstarrte. Kleinere, das faulige Wasser schäumend aufpeitschende Umrisse lösten sich von ihm und strebten schmutzige Kielspuren hinter sich herziehend dem Ufer entgegen, wo sie sich zu noch groteskeren Albtraumkreaturen aufrichteten und auf absurd großen, schwimmhäutigen Füßen an Land wateten: jeder Beschreibung spottende Riesen mit einem einzelnen, gesichtsgroßen Auge, gerippten Rüsseln und einem kupferglänzenden Buckel, der ihren missgestalteten Erscheinungen noch das letzte Jota an Irrsinn aufsetzte.

Platschend und sicherlich in Dutzendstärke, wenn nicht mehr, watete die bizarre Armee vollends an Land und verteilte sich, wie um sich auf den Ansturm eines Feindes vorzubereiten, der längst geschlagen war. Lediglich zwei der grotesken Gestalten kletterten umständlich über die maroden Hinterlassenschaften einer Welt, die schon untergegangen und dem Vergessen anheimgefallen war, bevor sich die unsere überhaupt aus dem Urschlamm der Schöpfung erhoben hatte. Mein Herz schlug bis in meine Fingerspitzen, als eines der Ungeheuer leicht herumschwenkte und nun direkt auf mich zuhielt. Das andere näherte sich Smith, blieb auf Armeslänge vor ihm stehen und hob eine froschartige und ebenfalls mit dicken Gummischwimmhäuten versehene Hand an sein Gesicht.

Natürlich hatte ich längst begriffen, was ich da sah, aber meine Gedanken weigerten sich beharrlich, den einmal eingeschlagenen Pfad in den Wahnsinn zu verlassen, und beharrten darauf, ein wasseratmendes Zyklopenungeheuer aus den tiefsten Tiefen der Ozeane zu sehen, das gekommen war, um uns endgültig zu verderben. Mein Verstand behauptete zwar, einem Menschen in einer futuristisch anmutenden Tauchermontur gegenüberzustehen, die es ihm ermöglichte, auch in der tödlichen Umgebung der Tiefsee zu atmen und sich zu bewegen, indem sie das Beste aus den Welten des Menschen, der Tiere und der Technologie zusammenbrachte. Doch welches Gewicht hatte schon die Stimme der Vernunft, wenn es so grässliche Ungeheuer wie Botschafter aus dem Reich des Irrsinns zu entdecken gab?

Die zweite Gestalt hatte ihr Ziel erreicht und berührte zuerst Tanner, dann Mulligan beinahe sanft an der Schulter, woraufhin beide wie vom Blitz getroffen zusammenbrachen. Mulligan wäre unglücklich gestürzt oder hätte sich gar den Schädel eingeschlagen, wenn die froschgliedrige Kreatur ihn nicht ebenso geschickt wie gedankenschnell aufgefangen hätte. Dann ließ sie ihn fast schon sanft zu Boden sinken.

Erst danach war ich an den Reihe. Selbstredend versuchte ich zu flüchten (um genau zu sein: auf Händen und Knien davonzukriechen), aber ich kam nicht einmal über den ersten

Trümmerbrocken hinweg, bevor mich eine absurd große Hand zwischen den Schulterblättern berührte und das Leben aus meinen Gliedern saugte.

Es war nicht schlimm, auf seine Art sogar fast angenehm: eine große Schwere, die sich in meinen Gliedern, dann in meinem Leib und schließlich in meinen Gedanken ausbreitete. Sie war nicht bedrohlich, sondern hatte ganz im Gegenteil etwas von einer sanften Umarmung, an deren Ende nichts Erschreckendes oder gar Gefährliches auf mich lauerte, sondern nur erquickender Schlaf. Ich rollte hilflos auf die Seite und spürte, wie die bleierne Schwere nach meinen Lidern griff und danach und als unwiderruflich Letztes nach meinen Gedanken.

Aber nicht schnell genug. Vielleicht war ich ja widerstandsfähiger als die beiden anderen, vielleicht hatte der Froschmann auch etwas falsch gemacht, oder ich hatte einfach Glück: Mir schwanden die Sinne, aber sie taten es langsam, fast widerwillig, sodass mir noch Zeit genug blieb zu sehen, wie sich die monströse Gestalt wieder aufrichtete, mit beiden Händen nach oben griff und ihren Kopf abnahm – der natürlich nichts anderes war als der Helm der von mir vermuteten Tauchermontur. Darunter kam ein edel geschnittenes markantes Gesicht zum Vorschein, das von einem pedantisch gestutzten schwarzen Bart und ebenso dunklem langem Haar beherrscht wurde, das zu einem strengen Knoten an seinem Hinterkopf zusammengebunden war. Etwas daran kam mir vage bekannt vor, auch wenn ich zugleich vollkommen sicher war, es noch nie zuvor gesehen zu haben.

Mein Sichtfeld schrumpfte. Selbst meine Gedanken waren mit einem Mal so schwer, dass ich sie kaum noch zu bewegen vermochte, und ich spürte, wie ich endgültig das Bewusstsein verlor.

Aber nicht schnell genug, um nicht noch zu sehen, wie auch

die zweite in Bronze und Gummi gehüllte Gestalt die Hände hob und den wuchtigen Helm abnahm.

Das Gesicht, das darunter zum Vorschein kam, war das Allison Carters.

# 10

Wie sich zeigte, verfügte Edinburgh durchaus über eine Garnison der Marineinfanterie, und diese sogar über ein eigenes Militärgefängnis, und wir waren kaum dort angekommen, da musste ich meine Einstellung den mittelalterlich wirkenden Haftbedingungen Tanners gegenüber radikal überdenken, denn ganz so barbarisch kamen sie mir mit einem Male gar nicht mehr vor. Jedenfalls nicht im Vergleich mit den Löchern, in denen wir hier untergebracht wurden.

Mulligan und ich waren gleich am Anfang voneinander getrennt worden, wobei die Soldaten unsere lautstarken Proteste ebenso ignoriert hatten wie unsere Versuche einer Erklärung und (zumindest in meinem Fall) energische Forderung, mit einem Anwalt zu sprechen oder zumindest der normalen Polizei vorgeführt zu werden. Die Zelle, in der ich mich schließlich allein wiederfand, war um einiges kleiner als das Verlies unter der Burg, die sanitären Anlagen hatten in etwa denselben Standard (der üble Geruch auch), und es gab nicht einmal Tisch und Stühle, sondern nur ein schmales Feldbett, das noch unbequemer war als die Pritsche in Tanners Zelle unter der Burg und dazu neigte, von selbst zusammenzuklappen, wenn ich eine unvorsichtige Bewegung machte.

Eine kurze Zeit amüsierte ich mich damit, mir die Fäuste an der massiven Eisentür blutig zu schlagen und mir die Kehle wund zu brüllen, erreichte damit jedoch nicht mehr als eben blutige Knöchel und einen schmerzenden Hals und gab diesen sinnlosen Zeitvertreib schließlich auf.

Immerhin gab es ein Fenster. Auch wenn es vergittert und kaum größer als eine Hand mit gespreizten Fingern war, ließ es doch Licht (und die Aprilkälte) herein, sodass ich das Verstreichen der Zeit wenigstens vage nachvollziehen konnte. Als man uns hergebracht hatte, hatte noch tiefste Nacht geherrscht, und ungefähr zu der Stunde, in der ich in dieser Jahreszeit den Sonnenaufgang erwartete, öffnete sich eine schmale Klappe in der Tür, durch die mir ein Tablett mit dem gereicht wurde, was man hierzulande wohl unter einem Frühstück verstand. Ich versuchte den Posten anzusprechen, doch er erwies sich als genauso wortkarg wie seine Kameraden, die uns hergebracht hatten.

Da ich ganz und gar nicht sicher war, wie lange es dauerte, bis jemand kam und mir etwas Anständiges zu essen brachte – und erst recht nicht, was man bei der englischen Kriegsmarine wohl darunter verstand –, raffte ich all meinen Mut zusammen, vertilgte das Frühstück bis auf den letzten Krümel und setzte mich mit trotzig vor der Brust verschränkten Armen auf das Feldbett, um zu warten. Worauf, wusste ich selbst nicht genau, aber früher oder später würde jemand kommen, und ich gedachte ihn gebührend zu empfangen. Sollten sie mich ruhig noch eine Weile schmoren lassen. Umso besser gelaunt würde ich sein, wenn jemand kam, um dumme Fragen zu stellen.

Das Problem war, dass niemand kam.

Ich schätzte, dass es ungefähr Mittag sein musste, als die Klappe aufging und mein wortkarger Bewacher das Tablett mit dem benutzten Frühstücksgeschirr gegen eines mit einem schottischen Mittagessen austauschte, das beinahe noch schlimmer war. Wer auch immer den Befehl gegeben hatte, mich noch eine Weile schmoren zu lassen, war offenbar wirklich auf Streit aus. Aber in dieser Beziehung machte ich mir keine Sorgen. Zweifellos lernte man bei der Armee vor allem Geduld, doch das galt für meinen früheren Beruf als Polizist ebenfalls und als privater Ermittler erst recht. Ich wartete. Den ganzen Tag, die darauffolgende Nacht, in der ich so gut wie keinen Schlaf fand, und auch den nächsten Tag.

In der darauffolgenden Nacht schlief ich immerhin ein paar Stunden, auch wenn ich nicht glücklich darüber war, denn ich wurde von Albträumen und grässlichsten Visionen heimgesucht und erwachte zwar körperlich halbwegs erquickt, psychisch aber dafür umso erschöpfter. Irgendwann im Laufe des Tages verlor ich wohl auch das Zeitgefühl. Vielleicht dauert es noch einen Tag, vielleicht zwei oder drei oder auch eine Woche, ich wusste es nicht mehr. Vage erinnerte ich mich, zwischendurch mindestens einmal laut herumgebrüllt und in meiner Zelle randaliert zu haben – wahrscheinlich öfter –, was von meinem Bewacher jedoch mit der stoischen Geduld ignoriert wurde, die allen Gefängniswärtern auf der Welt zu eigen ist.

Irgendwann, als ich schon ernsthaft zu mutmaßen begann, man hätte mich vergessen, verweigerte man mir das Mittagessen. Stattdessen ging die Tür auf, und ich bekam meinen Gefängniswärter zum ersten Mal zu Gesicht: einen erstaunlich jungen Mann, der in seiner schmucken Uniform sehr verloren aussah und mir allerhöchstens bis zum Kinn reichte. Dennoch kam er allein und trug nicht einmal eine Waffe.

»Bitte folgen Sie mir, Sir«, sagte er. »Jemand möchte Sie sprechen.«

Ich hatte diese Situation in den zurückliegenden Tagen hundertmal in Gedanken durchgespielt und mir tausend verschiedene Reaktionen ausgemalt, eine extremer als die andere. Doch jetzt stand ich lediglich auf und signalisierte mit einem stummen Kopfnicken mein Einverständnis. Selbst wenn ich gewusst hätte, dass mich der Soldat in eine mittelalterliche Folterkammer führen würde, wo ein paar wirklich kräftige Burschen nur darauf warteten, sich auf diese ganz spezielle Weise mit mir zu amüsieren, so wäre ich ihm vermutlich widerstandslos gefolgt. Ich wollte nur noch, dass es aufhörte.

Der Mann trat rücklings aus der Zelle und bedeutete mir vorauszugehen. Ich gehorchte auch jetzt wieder kommentarlos.

Auch dieser Teil des Gefängnisses unterschied sich auf negative Weise von den Verliesen unter der mittelalterlichen Burg. Die Wände hier waren zwar verputzt, aber sichtlich alt und hoffnungslos verdreckt, und statt rostiger Gitterstäbe gab es zu beiden Seiten schwarz gestrichene Eisentüren, was auf seine Art beinahe noch furchteinflößender war. Die Beleuchtung war düster genug, um der Fantasie genügend Spielraum für die schrecklichsten Kapriolen zu lassen.

»Welcher Tag …?«, begann ich, erschrak beinahe vor dem Klang meiner eigenen Stimme, die sich anhörte, als hätte ich sie seit Jahren nicht mehr benutzt, und musste mich ein paarmal räuspern, bis mir meine Stimmbänder wieder gehorchten und ich noch einmal neu ansetzte: »Welcher Tag ist heute?«

Ich bekam keine Antwort, was mich zwar ärgerte, aber ich versuchte es nicht noch einmal. Isolation und zeitliche Desorientierung waren beliebte Methoden, um einen Gefangenen zu zermürben, und ich würde den Teufel tun und mir anmerken lassen, dass es funktionierte. Auch wenn es das ganz zweifellos tat.

Ich wurde in einen kleinen Raum mit vergitterten Fenstern geführt, in dem es nichts außer einem langen Tisch mit einem halben Dutzend ungepolsterter Stühle gab. »Bitte warten Sie hier, Sir«, sagte der junge Soldat, schloss die Tür hinter sich, ohne auf eine Antwort gewartet zu haben, und ich hörte das

Geräusch eines schweren Riegels. Wie es aussah, war ich wohl nur von einer Gefängniszelle in die nächste gebracht worden. Aber ich wollte mich nicht beschweren. Immerhin war es eine Verbesserung, wieder auf einem richtigen Stuhl sitzen zu können, nicht auf einem Feldbett, das nur darauf wartete, sich bei der ersten unvorsichtigen Bewegung in eine übergroße Mausefalle zu verwandeln.

Erschöpft von endlosen Tagen, die ich zum Nichtstun und Grübeln verdammt gewesen war, ließ ich mich auf einen der Stühle sinken, die unter normalen Umständen zweifellos mehr als nur unbequem gewesen wären, mir aber jetzt einfach nur himmlisch vorkamen. Absurderweise musste ich gegen eine Woge plötzlicher Müdigkeit ankämpfen, und ich war nicht einmal sicher, ob ich diesen Kampf tatsächlich gewonnen hätte, wäre da nicht erneut das Scharren des Riegels in meine Gedanken gedrungen, unmittelbar gefolgt vom unwilligen Knarzen halb verrosteter Scharniere, ein Geräusch, das alles andere als angenehme Assoziationen in mir weckte.

Zwei Männer betraten den Raum. Der eine war der junge Soldat, der mich hergebracht hatte, mein zweiter Besucher war ein Mann in jenem schwer zu schätzenden Alter irgendwo jenseits der fünfzig, mit einem streng geschnittenen, von bereits schütter werdendem grauem Haar und einem gleichfarbigen Bart eingerahmten Gesicht, der eine dunkelblaue Navy-Uniform trug. Weder die glitzernden Schulterepauletten noch die buchstäblich zahllosen Ordensbänder und Auszeichnungen auf seiner Brust sagten mir etwas, aber sie sahen überaus beeindruckend aus. Bei den allermeisten anderen Männern hätte diese Aufmachung bizarr und bestenfalls angeberisch gewirkt, aber bei ihm war es eher einschüchternd.

Vielleicht waren es seine Augen. Sie waren das Einzige in seinem Gesicht, das sein wahres Alter verriet, denn es waren die

Augen eines Mannes, der viel zu viel gesehen hatte und den ich nicht zum Feind haben wollte.

»Mister Devlin«, begann er mit einem angedeuteten Nicken. »Ich würde ja gerne sagen: *Nehmen Sie Platz*, aber wie ich sehe, haben Sie mir diese kleine Mühe ja schon abgenommen.«

Wenn man sich auf diese Stühle nicht setzen durfte, ohne extra dazu aufgefordert zu werden, dachte ich, wozu waren sie dann eigentlich da? Allerdings hütete ich mich, diesen Gedanken laut auszusprechen, denn wir waren hier auf seinem Terrain. Ich hatte noch nie wirklich verstanden, wie die Angehörigen des Militärs denken, und ich war hier nicht nur beim Militär, sondern bei der Royal Navy, die selbst unter dem Militär des britischen Empires einen besonderen Ruf genoss. Stattdessen bedankte ich mich mit einem artigen Kopfnicken und machte meinerseits eine einladende Geste auf die andere Seite des großen Tischs. »Nehmen Sie doch Platz, Admiral Hanscombe.«

Dass ich den Namen nannte, den Tanner mir gegenüber erwähnt hatte, war ein Schuss ins Blaue, aber er traf. Hanscombe beließ es bei einem kühlen Verziehen der Lippen, mit dem er mir wohl wenigstens die Chance geben wollte, es als Lächeln zu interpretieren, ging um den Tisch herum und nahm auf dem Stuhl Platz, den ich ihm so großzügig angeboten hatte. Ich kam mir prompt ein bisschen lächerlich vor und ärgerte mich über mich selbst, mich genauso zu benehmen, wie Hanscombe es ganz offensichtlich von mir erwartete. Ich hasste es, manipuliert zu werden.

»Ich muss mich bei Ihnen entschuldigen, Mister Devlin«, begann Hanscombe, nachdem wir eine Weile versucht hatten, uns gegenseitig niederzustarren. Also gut: *Ich* versuchte ihn niederzustarren, worüber er sich so lange amüsierte, bis er dieses Spiels müde wurde und fortfuhr, als wäre gar nichts gewesen:

»Ich wollte früher hier sein, um mit Ihnen zu reden, aber ich wurde aufgehalten. Sie wissen ja, wie das ist.«

»Nein«, antwortete ich. »Das weiß ich nicht.«

Hanscombe zeigte sich auch davon unbeeindruckt. »Hat man Sie gut behandelt?«, fragte er nur.

»Ich habe zu essen und zu trinken bekommen, und es gab sogar so etwas wie ein Bett«, antwortete ich. »Aber ich hatte schon bessere Hotels.«

»Das hier ist auch kein Hotel, Mister Devlin«, antwortete Hanscombe kühl, »sondern ein Militärgefängnis. Wir investieren nicht viel in Zimmerservice und die Zerstreuung unserer Gäste.«

»Ein Militärgefängnis?« Ich versuchte den Überraschten zu spielen. »Und was habe ich dann hier verloren? Ich gehöre nicht dem Militär an. Ich bin nicht einmal Engländer.«

»Wir sind ja auch in Schottland«, erwiderte Hanscombe. »Davon abgesehen bin ich fast ein wenig enttäuscht von Ihnen, Inspektor Devlin. Sie können doch nicht wirklich alles vergessen haben. So lange ist es doch noch gar nicht her, dass Sie einem anständigen Beruf nachgegangen sind.«

Ich ignorierte diese süffisante Bemerkung, aber ich wurde auch hellhörig. Inspektor? Woher zum Teufel wusste er das? Weder Mulligan noch ich hatten unsere Papiere dabeigehabt, als Hanscombes Soldaten uns aus unserer misslichen Lage befreit hatten, und niemand hatte mir bisher auch nur eine einzige Frage gestellt.

Ich hätte sie wohl auch kaum beantworten können, denn ein Teil meiner Erinnerung schien mir abhandengekommen zu sein. Es war nicht so, dass ich etwa wirkliche Erinnerungslücken gehabt hätte – ganz im Gegenteil erinnerte ich mich an viel zu viele unerwünschte Details, an die unheimliche Veränderung, die mit der Gittertür von Tanners Zelle vor sich gegangen war, und den tiefen Schrecken, mit dem mich die Konsequenz dieser Beobachtung erfüllt hatte. Aber danach musste noch ... *etwas* mit uns geschehen sein.

Ich versuchte, die Erinnerung zurückzuzwingen, und für einen Moment flackerte die Umgebung um mich herum, nur ganz kurz und kaum wahrnehmbar. Bevor ich in irgendeiner Weise darauf reagieren konnte, begehrten auf äußerst unangenehme Art Erinnerungsfetzen Einlass in mein Bewusstsein, fern wie der Nachhall eines Albtraums und doch völlig anders, und für die Dauer eines Lidschlags glaubte ich mich in eine bizarre unterirdische Welt versetzt, in der Mulligan und ich verfolgt und bedrängt worden waren, bis ein gigantisches Monstrum aus den Fluten eines unterirdischen Gewässers aufgetaucht war ...

Dann war es wieder weg, und was auch immer ich zu sehen geglaubt hatte, zerstob wie Sand in einem Wüstensturm. Und dann wusste ich wieder, was *wirklich* passiert war.

Sowohl Mulligan als auch ich waren eingeschlafen und erst in einem vergitterten Kastenwagen (und in Ketten) auf dem Weg hierher wieder aufgewacht. Was ich vorher erlebt zu haben glaubte, war nur ein ebenso wirrer wie Angst machender Albtraum gewesen, der irgendetwas mit grotesken Ungeheuern, einer unterirdischen Welt voller bizarrer Ruinen und noch bizarreren Bewohnern und etwas noch viel Grässlicherem, an das zu erinnern sich mein Verstand einfach weigerte, zu tun gehabt hatte.

Und mit Allison.

Hanscombe seufzte, womit er nicht nur seine Unmut kundtat, sondern mich auch aus meinen düsteren Erinnerungen riss; wofür ich ihm allerdings eher dankbar war. »Also gut, wenn Sie das Spiel so spielen und meine Zeit vergeuden wollen, soll es mir recht sein. Dann kläre ich Sie gerne auf. Ihr Begleiter und

Sie sind widerrechtlich in eine geheime Einrichtung der Royal Navy eingedrungen, was uns allein schon das Recht gibt, sie zu verhaften und von einem Militärgericht aburteilen zu lassen.«

»Aburteilen?« Ich wiederholte das Wort gedehnt. »Sie haben recht, Admiral. Es ist eine ganze Weile her, aber wenn mich meine Erinnerungen nicht völlig täuschen, müsste es vor einer Verurteilung doch erst einmal eine Verhandlung geben, oder?«

»Vor einem Militärgericht, ja«, bestätigte Hanscombe ungerührt. »Keine Sorge, es wird alles seine Richtigkeit haben. Ich werde sogar selbst den Vorsitz bei der Verhandlung führen, wenn es Sie beruhigt.«

»Sollte es das?«, fragte ich nervös.

»Ich bin Admiral«, antwortete Hanscombe. »Bitte glauben Sie mir, dass ich mich streng an Recht und Gesetz halten werde, selbst wenn mir das Ergebnis möglicherweise nicht gefällt.«

»Ihre Gesetze?«

Hanscombe hob die Schultern. »Sie haben es selbst gesagt, Mister Devlin: Sie sind nicht einmal Brite. Soweit es die irische – und auch die britische – Gerichtsbarkeit angeht, existieren Sie gar nicht mehr. Niemand weiß, dass Sie hier sind. Und selbst wenn, würde es vermutlich niemanden interessieren.«

»Ich verstehe«, sagte ich böse. »Das ist es also, was Sie unter Recht und Gesetz verstehen.«

Hanscombe musterte mich kühl. »Mir scheint, Ihnen ist der Ernst ihre Lage nicht bewusst, Mister Devlin. Ist Ihnen der Begriff *Hochverrat* geläufig?«

Ich hätte nichts lieber getan, als über diese Absurdität zu lachen, aber ich starrte ihn nur an.

»Sie und Ihr Begleiter sind in eine streng geheime Einrichtung der Royal Navy eingedrungen«, fuhr Hanscombe scheinbar ungerührt fort. »Sie haben sich des Einbruchs und der

Spionage schuldig gemacht, und Sie haben einen Gefangenen befreit. Darüber hinaus stehen Sie in Verdacht, etwas mit dem Verschwinden der Gefängniswache Smith zu tun zu haben. Sind Sie sicher, dass Sie sich immer noch keine Sorgen machen wollen, Mister Devlin?«

Der Bursche hatte tatsächlich *Smith* geheißen? Erstaunlich. »Das bin ich in der Tat, Admiral«, antwortete ich so ruhig, wie ich nur konnte. »Was verstecken Sie in diesem vergessenen Verlies, Admiral, und was hat der arme Tanner gesehen, dass Sie ihn im tiefsten Loch vergraben haben, das Sie auf dieser ganzen Insel gefunden haben?«

»Was meinen Sie?« Hanscombe war gut darin, den Naiven zu spielen. Aber nicht gut genug.

»Sie erlauben niemals, dass ich das alles vor einem Gericht erzähle«, stellte ich fest.

Hanscombe machte sich nicht einmal die Mühe, darauf zu antworten. Er maß mich nur mit einem langen Blick, unter dem ich nicht nur immer nervöser wurde, sondern mir auch endgültig eingestand, dass ich ihm auf diesem Gebiet unterlegen war. Ich versuchte es trotzdem.

»Das Gitter!« antwortete ich triumphierend. »Das Schloss ist …« *Verschwunden,* hätte ich um ein Haar gesagt, aber das Wort wollte einfach nicht über meine Lippen. Hanscombe hatte vollkommen recht: Wer sollte mir schon glauben, wenn es sogar mir selbst schwerfiel, obwohl ich es nicht nur mit eigenen Augen gesehen hatte, sondern auch wusste, was es bedeutete?

Hanscombe schien meine Gedanken ziemlich präzise zu erraten, denn sein Blick wurde nun eindeutig spöttisch, aber auch ein wenig lauernd, wie es mir vorkam. »Was genau war mit dem Schloss?«, hakte er nach.

»Haben Ihre Leute Ihnen denn nichts gesagt?«

»Doch«, antwortete Hanscombe. »Das haben sie. Sie haben

mir berichtet, dass man Sie und Ihren Freund in einer streng geheimen militärischen Einrichtung aufgegriffen hat und Sie sich der Verhaftung entziehen wollten.« Seine Lippen kräuselten sich zu einem dünnen Lächeln. Jedenfalls nahm ich an, dass es ein solches sein sollte. »Man hat mir berichtet, dass die Männer zwei Stunden gebraucht und schweres Gerät benötigt haben, um Sie und Ihren Freund aus dem Bereich der Anlage herauszuholen, in dem Sie sich auf eine höchst merkwürdige Weise verschanzt hatten. Immerhin haben Sie darüber hinaus keinen Widerstand geleistet, und es wurde auch niemand verletzt. Das ist wenigstens etwas, das sich vor Gericht positiv für Sie auswirken könnte.«

»Sie stellen mich nicht vor Gericht«, behauptete ich mit einer Überzeugung, die ich ganz und gar nicht empfand. »Das wagen Sie nicht!«

Hanscombe deutete ein Schulterzucken an »Es wäre natürlich auch möglich, dass Sie einfach verschwinden und nie wieder jemand etwas von Ihnen und Ihrem Freund hört. Wenn Ihnen das lieber ist …«

Er meinte es bitterernst, das spürte ich. Trotzdem schüttelte ich grimmig den Kopf und sagte: »Ich glaube, ich beginne allmählich zu begreifen, was Sie unter Recht und Ordnung verstehen, Admiral.«

»Unsere Gesetze, unser Recht.«

»Sie wollen herausfinden, wie weit meine Geduld reicht«, vermutete ich.

»Die Geduld der Krone, Mister Devlin«, antwortete Hanscombe kühl, »reicht jedenfalls nicht sonderlich weit. Nicht wenn es um Fragen geht, die möglicherweise die Sicherheit des ganzen Empires betreffen.«

»Oder der ganzen Welt?« Ich behielt Hanscombe aufmerksam im Auge, während ich das sagte, und er hatte sich wirklich ausgezeichnet in der Gewalt und reagierte lediglich mit einem verächtlichen Lächeln. Aber tief in seinen Augen las ich noch etwas anderes.

»Sie wissen Bescheid, habe ich recht«, fragte ich. »Und nicht erst seit ein paar Tagen. Was verstecken Sie in all diesen Kisten dort unten? Und was hat Tanner gesehen?«

»Able Ward Tanner«, antwortete Hanscombe kühl, »wird beschuldigt, seinen Vorgesetzten, Sub Lieutenant Mike Piletti, ermordet zu haben. Er wartet auf seine Verhandlung vor dem Kriegsgericht. Oder hat darauf gewartet, um präzise zu sein, bevor Ihr Freund und Sie ihm zur Flucht verholfen haben. Wir nehmen einen Mordversuch sehr ernst, Mister Devlin.«

»So ernst, dass ein leibhaftiger Admiral extra aus London kommt, um den Verdächtigen zu verhören, und das gleich mehrmals? Und dann sogar noch einmal, um mit zwei kleinen Einbrechern zu sprechen? Das erscheint mir nicht sehr überzeugend, Admiral.«

»Einen gewissen Scharfsinn scheinen Sie sich aus Ihrem früheren Leben ja noch bewahrt zu haben.« Hanscombe deutete ein Nicken an. »Sie machen es mir nicht leicht, Mister Devlin.«

»Was? Mich einzuschüchtern?«

»Glauben Sie mir, Mister Devlin, ich habe es nicht nötig, irgendjemanden einzuschüchtern«, antwortete Hanscombe. »Und wenn es nach mir ginge, dann würde ich nichts lieber tun, als Sie beide in dieselbe Zelle zu sperren, aus der Sie diesen Dummkopf Tanner befreit haben, und den Schlüssel wegzuwerfen.«

Anscheinend schien es aber nicht nach ihm zu gehen. Gottlob. »Wir haben Tanner nicht befreit«, sagte ich.

»Was ist dann passiert?«, herrschte er mich an.

Von vermeintlicher Freundlichkeit übergangslos zu einem gänzlich gegensätzlichen scharfen Ton zu wechseln war ein beliebter Verhörtrick, den ich selbst oft genug angewandt hatte und der auch oft genug zum Erfolg führt. Daher hielt ich seinem plötzlich eisenharten Blick nicht nur gelassen stand, sondern hob auch nach ein paar Sekunden andeutungsweise die Schultern. »Haben Ihre Männer Ihnen das nicht gesagt?«

»Die Fragen stelle ich hier!«, schnappte Hanscombe, was ihm ein nur noch freundlicheres Lächeln meinerseits einbrachte.

»Das kenne ich auch«, sagte ich mit einem zustimmenden Nicken. »Im Allgemeinen habe ich das immer dann gesagt, wenn ich die Antwort auf die entsprechende Frage entweder nicht wusste oder sie mir unangenehm gewesen wäre.«

Da war eine dünne, aber penetrante Stimme in meinem Hinterkopf, die mich fragte, ob ich eigentlich den Verstand verloren hatte, so mit einem Mann zu sprechen, der mein Leben mit einer einzigen Bewegung seines kleinen Fingers radikal zum Schlechten verändern konnte, wenn nicht beenden. Aber das war noch eine Parallele zu meinem früheren Leben: Sicher hatte so mancher, der mir auf dem Arme-Sünder-Stuhl in meinem Revier gegenübergesessen hatte, mehr oder weniger dasselbe gedacht, aber Logik schien in Situationen wie diesen kein allzu großes Gewicht zu haben.

Bei mir auch nicht.

»Sie spielen ein gefährliches Spiel, Mister Devlin«, antwortete Hanscombe kühl. »Das ist Ihnen klar, oder?«

»Ich bin nur wie Sie an der Wahrheit interessiert«, behauptete ich. »Wenn Sie nicht wissen, was dort unten wirklich passiert ist, wie sollte ich es dann wissen? Sie sind der Admiral hier.«

*Und Sie der tote Mann,* erwiderte sein Blick, ebenso lautlos wie unüberhörbar. »Was sind Sie, Devlin? Ganz besonders dumm oder ganz besonders abgebrüht?«

»Ganz besonders unschuldig?«, schlug ich vor.

Hanscombe seufzte. »Ihnen ist doch hoffentlich klar, dass Ihr Komplize schon längst ein umfassendes Geständnis abgelegt hat, um seine Lage zu verbessern?«

»Das beruhigt mich«, antwortete ich. »Denn wenn er die Wahrheit gesagt hat, dann habe ich nichts zu befürchten, und Sie werden uns zweifellos gehen lassen.« *Und sich bei uns entschuldigen.* Gut, diesen letzten Satz sprach ich nicht laut aus, aber Hanscombe funkelte mich so zornig an, als hätte ich es getan.

Statt jedoch etwas darauf zu erwidern, machte er nur eine knappe Geste zu dem jungen Soldaten hinter mir, der daraufhin neben mich trat und ein einzelnes, säuberlich in der Mitte gefaltetes Blatt Papier vor mir auf den Tisch legte. Hanscombe zog zugleich einen schweren Füllfederhalter aus der Jacke, schraubte die Kappe ab und legte den Stift vor mir auf den Tisch. Ich betrachtete beides wie etwas ganz besonders Unappetitliches. »Was ist das?«

»Etwas, das Ihr Komplize bereits unterschrieben hat«, antwortete Hanscombe. »Und Ihre Wahl, Mister Devlin, mit einem blauen Auge aus dieser Geschichte herauszukommen oder für sehr viele Jahre im Gefängnis zu verschwinden.«

Da war etwas in seiner Stimme, das mich davon überzeugte, diese Worte besser nicht auf die leichte Schulter zu nehmen. Ich faltete das Blatt auseinander, überflog den mit einer modernen Schreibmaschine geschriebenen Text und runzelte die Stirn. »Eine Geheimhaltungsvereinbarung?«

»Sie werden zu niemandem darüber sprechen, was Sie dort unten gesehen haben«, bestätigte Hanscombe. »Nicht einmal, dass es diesen Teil der Festung überhaupt gibt und dass die Navy irgendetwas damit zu tun hat. Tun Sie es trotzdem, verschwinden Sie für zehn Jahre im Gefängnis. Ohne Gerichtsverhandlung oder Anwalt.«

»Und Mulligan hat das unterschrieben?«

»Ohne zu zögern.« Hanscombe deutete mit einem Kopfnicken auf den Füllfederhalter. »Man mag es kaum glauben, wenn man ihn so sieht, aber in mancher Hinsicht scheint Ihr Freund tatsächlich klüger zu sein als Sie, Mister Devlin.«

Ich las den Text ein zweites und auch noch ein drittes Mal. Er enthielt im Großen und Ganzen genau das, was Hanscombe gerade schon gesagt hatte, daneben aber auch noch eine ganze Menge weiterer Grausamkeiten, die mir drohten, wenn ich gegen diese Vereinbarung verstieß. Doch welche Wahl hatte ich schon? Ich ließ eine letzte, meinem Stolz geschuldete Frist verstreichen, dann griff ich nach dem Stift und kritzelte meine Unterschrift auf das Papier.

»Immerhin etwas.« Hanscombe bedeutete dem Soldaten, das Blatt wieder an sich zu nehmen, schraubte seinen Stift zusammen und stand auf, während er ihn einsteckte.

»Was gibt es dort unten so Wichtiges oder Geheimnisvolles, dass Sie einen solchen Aufwand betreiben, Admiral?«, fragte ich.

»Dort unten? Wo?«

»Unter der Burg.«

»Ich weiß nicht, wovon Sie reden«, erwiderte Hanscombe. »Und Sie auch nicht. Es sei denn, Sie wollen tatsächlich gegen die Vereinbarung verstoßen, die Sie vor einer Sekunde unterschrieben haben. Und jetzt entschuldigen Sie mich, Mister Devlin. Ich habe wichtige Pflichten, die meiner Aufmerksamkeit bedürfen. Sie werden es mir nachsehen, wenn ich nicht *Auf Wiedersehen* sage.« Damit ging er, doch noch während der junge Soldat eilfertig zur Tür wuselte, um sie ihm aufzuhalten, hielt ich ihn noch einmal zurück: »Admiral?«

Zu meiner Überraschung blieb Hanscombe noch einmal stehen und sah mich über die Schulter hinweg fragend an.

»Und was geschieht jetzt?«, fragte ich. »Ich meine: Nach alle dem kann ich gehen? Einfach so?« Trieb er vielleicht nur ein grausames Spiel mit mir?

»Ginge es nach mir, bestimmt nicht«, erwiderte Hanscombe. »Sie haben mächtige Freunde, Mister Devlin. Bedanken Sie sich bei ihnen. Einen guten Tag noch.«

Diesmal ging er endgültig, dicht gefolgt von dem nervösen jungen Soldaten, der nicht nur die Tür hinter sich zuzog, sondern auch einen Riegel vorlegte. Das Geräusch war unverkennbar.

Ich folgte ihnen trotzdem und verschwendete noch etliche Sekunden darauf, vergebens an einer Tür zu rütteln, die durchaus massiv genug aussah, einem Kanonenschuss standzuhalten. Mächtige Freunde? Von wem zum Teufel hatte er gesprochen? Wer um alles in der Welt war denn mächtig genug, der Royal Navy seinen Willen aufzuzwingen?

Vor meinem inneren Auge tauchte ein hochgewachsener Mann um die vierzig auf, der elegant gekleidet war, einen buschigen Schnauzbart sowie Hut und Stock trug, und ich fragte mich allen Ernstes, ob Sir Arthurs Einfluss weit genug reichte, um einem Mann wie Admiral Hanscombe dazu zu bringen, mich und Mulligan aus der Haft zu entlassen. Bei aller Hochachtung ihm gegenüber konnte ich mir das nicht vorstellen – es sei denn, er besaß so gute Kontakte nach ganz oben, dass er über diesen Umweg auf die Navy zugreifen konnte.

Doch wenn das tatsächlich so war, warum hatte er dann nicht einfach dafür gesorgt, dass wir Tanner offiziell verhören konnten?

Es vergingen noch einmal gute fünf Minuten, in denen ich mir ebenso angestrengt wie vergeblich den Kopf über diese Frage zerbrach, bevor ich draußen abermals Schritte hörte und hastig ein Stück zurücktrat, um nicht von der Tür getroffen zu werden und buchstäblich mit dem von Hanscombe prophezeiten blauen Auge hier herauszumarschieren. Einen Augenblick später scharrte der Riegel, die Tür schwang nach innen, und der junge Soldat stand wieder vor mir.

Er war nicht allein gekommen, sondern in Begleitung gleich dreier weiterer, ebenso junger Soldaten, von denen zwei einen reichlich missmutig dreinblickenden Mulligan zwischen sich führten. Zuallererst suchte ich sein Gesicht und seine ganze Erscheinung nach Spuren von Schlägen oder anderen Misshandlungen ab. Tatsächlich war seine linke Wange ein wenig angeschwollen, und unter dem Auge entdeckte ich einen dunklen Schatten. Aber seine Fingerknöchel waren ebenfalls geschwollen und dunkel verschorft, und seine Hände mit schweren eisernen Schellen aneinandergebunden, was gewisse Rückschlüsse über die Herkunft besagter Schwellung zuließ – zumindest wenn man Mulligans alles andere als sanftmütiges Wesen in die Gleichung mit einbezog.

»Ist alles in Ordnung mit Ihnen?«, fragte ich.

Mulligan setzte zu einer Antwort an, doch der junge Soldat kam ihm zuvor. »Bitte keine Unterhaltung, Sir.«

»Oder?«, fragte ich freundlich.

Darauf bekam ich keine Antwort, doch der Soldat trat einen großen Schritt von der Tür zurück und wedelte auffordernd mit dem, was er in der Hand hielt: zwei massive Eisenringe, die mit einer kurzen Kette verbunden waren.

»Ich dachte, wir dürften gehen«, sagte ich, ohne auch nur einen Finger zu rühren.

»Wir haben Befehl, Ihren Begleiter und Sie zum Bahnhof zu eskortieren.«

»Zum Bahnhof? Wohin?«

»Und nicht mit Ihnen zu reden.« Der Soldat hob die eisernen Handfesseln und klimperte auffordernd mit der Kette.

»Bitte, machen Sie keine Schwierigkeiten, Sir. Sie werden auf freien Fuß gesetzt, sobald Sie im Zug sind.«

Wäre ich allein gewesen, hätte ich das Spiel vielleicht auf die Spitze getrieben, schon um zu sehen, wie weit der Bursche und seine Begleiter gehen würden. In Gegenwart eines Mannes wie Mulligan erschien es mir allerdings angeraten, den Bogen nicht zu überspannen. Schweigend streckte ich die Arme nach vorne und bemühte mich, nicht mit der Wimper zu zucken, als er mir die Handfesseln anlegte. Sie waren unangenehm eng und scheuerten die Haut von meinen Handgelenken. Mein nervöser Bewacher (er war jung genug, um mein Sohn sein zu können, und unerfahren genug, mir gefährlich nahezukommen) überprüfte pedantisch ihren sicheren Sitz und ließ mich vorausgehen. Ich versuchte an Mulligans Seite zu gelangen, woran mich aber die beiden anderen Soldaten hinderten. Mulligans Miene verdüsterte sich noch weiter, doch ich warf ihm einen beruhigenden Blick zu und tröstete mich damit, dass es so oder so nicht mehr lange dauern konnte.

»Wohin bringen Sie uns?«, fragte ich, während wir hintereinander durch die menschenleeren und nur spärlich beleuchteten Gänge des Militärgefängnisses eilten. Sehr viele Gefangene schien es hier nicht zu geben. Ich wäre nicht einmal überrascht gewesen zu erfahren, dass Mulligan und ich die Einzigen waren.

»Zum Bahnhof, Sir.«

Ich beherrschte mich. »Und dann? Ich meine, wohin geht der Zug?«

»Das weiß ich nicht«, behauptete der Soldat – was angesichts der Befehlsstrukturen in der Navy nicht unbedingt gelogen sein musste.

Wir eilten eine kurze Treppe hinunter und passierten eine massive Eisentür, die mit zwei schweren Schlössern gesichert war. So ungeschickt, wie sich unser Führer dabei anstellte, sie zu öffnen, mutmaßte ich, dass Mulligan die Schlösser rascher ohne Schlüssel aufbekommen hätte. Schließlich waren wir hindurch und traten in einen kahlen Innenhof mit nackten Ziegelsteinwänden, in dem ein zweispänniger Kastenwagen mit einem winzigen vergitterten Fenster in der Tür auf uns wartete. Mulligan und ich kletterten hintereinander hinein, und die Tür wurde geschlossen und pedantisch verriegelt. Immerhin verzichteten die Männer darauf, uns noch zusätzlich anzuketten. Die passenden Vorrichtungen dazu gab es. Schon im nächsten Moment setzte sich der Wagen schaukelnd und mit dem Klappern eines Dreivierteldutzends eisenbeschlagener Pferdehufe in Bewegung.

Als wir auf die Straße hinausrollten, ertappte ich mich dabei, so auf der ungepolsterten Bank in Position zu rutschen, dass mein Gesicht von außen nicht zu erkennen war. Das war ebenso überflüssig wie unsinnig – schließlich kannte mich hier ganz bestimmt niemand, und es war im Wagen auch viel zu dunkel, um mehr als einen Umriss wahrzunehmen –, aber ich erinnerte mich auch gut daran, wie oft ich früher selbst meinem Gafferimpuls erlegen war und versucht hatte, einen Blick auf die Insassen eines solchen Gefährts zu erhaschen. Dabei hatte ich genug von ihnen zu dieser Kutschfahrt verholfen.

»Es tut mir wirklich leid, Inspektor«, sagte Mulligan unvermittelt.

Obwohl ich ihm nicht einmal auf Armeslänge gegenübersaß, war sein Gesicht nur als heller Schemen zu erkennen, aber er strahlte Niedergeschlagenheit aus. »Was?«

»Ich hätte auf Sie aufpassen müssen, Inspektor. Ich habe es dem Doktor versprochen.«

Es dauerte immer noch eine Weile, bis ich überhaupt begriff, was er meinte. »Ja, das ist ungeheuerlich«, bestätigte ich. »Ich werde mich bei Doktor Watson über Sie beschweren, sobald wir zurück in Belfast sind. Es ist unverzeihlich, dass Sie nicht einmal mit einem Dutzend schwer bewaffneter Soldaten fertig werden oder einem verzauberten Metall, von dem wir ganz sicher waren, dass es nicht mehr existiert.«

Ich meinte regelrecht hören zu können, wie Mulligan noch weiter in sich zusammenschrumpfte. »Aber ich hab's wirklich versucht!«, beteuerte er, und ich erinnerte mich daran, dass Ironie nicht unbedingt seine Stärke war.

»Das war nicht Ihre Schuld, Mulligan«, beeilte ich mich zu versichern. »Sie konnten es nicht wissen. Niemand konnte das.«

Mulligan schwieg auch dazu, aber er tat es auf eine besondere Art – es war überaus erstaunlich, welch feine Abstufungen und Nuancen unsere Ohren und anderen Sinne wahrzunehmen scheinen, wenn der Gesichtssinn ausgeschaltet ist –, sodass ich mich nach einigen weiteren Sekunden genötigt sah hinzuzufügen: »Oder?«

Mulligan sagte immer noch nichts, und nach ein paar Augenblicken fragte ich noch einmal und jetzt deutlich schärfer: »Oder?« Mein Herz begann zu klopfen.

Mulligan druckste noch weiter herum, und gerade als ich zum dritten Mal »Oder?« fragen wollte, antwortete er wenig mehr als flüsternd: »Der Doktor war nicht ganz sicher, aber ich glaube, er hat … er hat etwas geahnt.«

Jetzt hämmerte mein Herz in meiner Brust, und ich setzte mich kerzengerade auf. »Er hat …?« Ich setzte neu an, als mich der blanke Zorn zu übermannen drohte. »Seit er mit Sir Arthur gesprochen hat?«

Mulligans Kopfschütteln war in der Dunkelheit mehr zu hören als zu sehen. »Schon vorher.«

»Schon bevor er mit Arthur gesprochen hat?«, vergewisserte ich mich. »Und er von dieser ganzen Sache erfahren hat?«

»Ja«, antwortete Mulligan noch leiser. »Das heißt, er hat nichts gesagt. Nicht so richtig, mein ich. Aber ich kenne ihn lange genug, und gut …«

»Ich verstehe«, sagte ich, beinahe selbst ein wenig erstaunt, wie ruhig meine Stimme noch klang. In mir drinnen sah es vollkommen anders aus. »Watson hat also gewusst, dass der Hive noch existiert, und Sie haben es zumindest geahnt.«

Mulligan schwieg. Lange.

»Und Sie haben es nicht für nötig befunden, mir das mitzuteilen?«, fragte ich schließlich.

»Der Doktor … wollte das nicht«, antwortete Mulligan stockend. Das passte zwar nicht ganz zu dem, was er gerade behauptet hatte, aber es ging mir schließlich auch nicht darum, ihn in die Enge zu treiben.

»Warum nicht?«

»Weil er … weil er nicht wollte, dass Sie glauben …«

Mulligan sprach nicht weiter, sodass ich den Satz beendete: »… dass alles umsonst gewesen ist?« *Und dass Allison vollkommen sinnlos gestorben war, für nichts und wieder nichts?* Diesen Teil meiner Frage auszusprechen brachte ich nicht über mich, denn die Worte hätten mir eher die Kehle zerrissen, als dass ich sie über die Lippen bekommen hätte.

Mulligan schien sie trotzdem zu hören. Er schwieg.

Seltsamerweise verspürte ich überhaupt keinen Groll auf ihn. Auf Sir Arthur und vor allem Watson natürlich, aber Mulligan konnte ich durchaus verstehen. Ich würde ihm niemals vergeben, und wie könnte ich auch, aber ich begriff sehr wohl, dass die Situation für ihn genauso schlimm sein musste wie für mich, wenn nicht schlimmer. Ich hatte den Menschen verloren, den ich mehr als alles auf der Welt geliebt hatte, aber er hatte den Abzug betätigt und Allison erschossen, und wer war ich, entscheiden zu können, was schlimmer war?

»Dann wissen Sie vermutlich auch, warum sie uns wirklich hierhergeschickt haben?«

Diesmal war Mulligans Kopfschütteln deutlich überzeugter. »Nicht mehr als Sie.«

Ich starrte ihn eine Weile schweigend an und begriff dann, dass ich etwas ganz Wesentliches vergessen hatte: den gelben Umschlag, den mir Sir Arthur überreicht hatte. In aller Hast holte ich ihn hervor. Als Erstes fiel mir die Fahrkarte für die Schiffpassage entgegen, die ich eigentlich Kapitän Ransom hätte aushändigen sollen (ich war sicher, dass er sein Geld trotzdem bekommen hatte), sowie Tickets der Caledonian Railway und anderer britischer Eisenbahngesellschaften. Was mich aber viel mehr interessierte, waren die zwei maschinengeschriebenen Blätter, die mir Arthur mit auf den Weg gegeben hatte.

Er hatte hier verschiedene offizielle Ansprechpartner in Edinburgh und Southampton aufgeführt, die mir bei meinen Recherchen hätten weiterhelfen können. Es war auch ein Police Chief der Edinburgher Polizei mit dabei, der mich im Bedarfsfall vor Ort mit offiziellen Informationen versorgen sollte, sowie eine ganze Reihe weiterer interessanter Persönlichkeiten, die mich sicherlich beeindruckt hätten, hätte ich Sinn dafür gehabt.

Den hatte ich im Moment nicht.

Was ich nicht fand, war ein Wort der Erklärung oder irgendein anderer Hinweis, der meinen Auftrag betraf. Es war also nach wie vor vollkommen offen, ob Watson und Sir Arthur tatsächlich nicht mehr als wir gewusst oder uns absichtlich im Ungewissen gelassen hatten.

Ich war nicht sicher, ob ich die Antwort auf diese Frage überhaupt wissen wollte, aber ich spürte sehr wohl, wohin mich diese Art von Überlegung führte, und verzichtete darauf, meine

Frage zu wiederholen oder anderweitig nachzuhaken. Schnell steckte ich den Umschlag wieder weg.

Der Rest der Fahrt verlief in unbehaglichem Schweigen, war aber gottlob nicht mehr allzu lang. Ich hätte wie ganz selbstverständlich angenommen, dass sich ein Militärgefängnis weit außerhalb der Stadt oder doch zumindest an der Peripherie befinden musste. Doch in diesem Fall stimmte das nicht, denn schon bald wurde es draußen geschäftiger, und die mannigfaltigen Geräusche einer pulsierenden Großstadt begannen mit dem Hufgeklapper zu konkurrieren, nicht lange danach unterstützt vom eisernen Schrei einer Dampflokomotive. Durch den schmalen Ausschnitt der Welt, den ich durch das vergitterte Fenster sehen konnte beobachtete ich, wie sich vor uns der Bahnhof – der überraschend modern und großzügig wirkte – näherte, wir aber keineswegs anhielten, sondern daran vorbei in eine schmale Seitenstraße fuhren. Nach einem letzten, heftig schaukelnden Stück hielten wir endgültig an, und die Tür öffnete sich.

»Wir sind da. Bitte steigen Sie aus.«

Statt zu gehorchen, streckte ich meine aneinandergefesselten Hände durch die offene Tür, erntete aber nur ein zögerndes Kopfschütteln und einen betretenen Gesichtsausdruck unseres jugendlichen Aufpassers. Er fühlte sich unübersehbar unwohl in seiner Haut. Ich wartete noch eine Weile vergebens auf irgendeine weitergehende Reaktion, stieg dann aus und sah mich aufmerksam um. Die Straße sah genauso aus, wie sie roch, heruntergekommen und düster. Die Anwesenheit des bedrohlichen Kastenwagens und unserer bewaffneten Eskorte schien sämtliches menschliche Leben in Sichtweite vertrieben zu haben. Erneut hörte ich das Geräusch einer modernen Dampflokomotive, begleitet vom Kreischen eiserner Räder, die auf den Schienen zum Stillstand kamen, und sah eine kurzlebige schwarze Rauchwolke über unsere Köpfen entlangziehen, bevor sie vom Wind aufgelöst wurde.

»Hat es für eine Bahnsteigkarte nicht gereicht, oder fürchtet die Navy um ihren Ruf, wenn man sieht, dass ihre Angehörigen mit der Eisenbahn fahren?«, spöttelte ich.

»Wir begleiten Sie nur bis zum Zug, Sir«, antwortete der Soldat.

»Und überzeugen sich davon, dass wir auch einsteigen?« *Und was sollte uns daran hindern, auf der anderen Seite gleich wieder auszusteigen?*

Natürlich bekam ich keine Antwort darauf, doch der junge Soldat ging rasch nach vorne und kam schon nach einem einzigen Augenblick mit Mulligans und meinem Gepäck zurück, das er mit erstaunlicher Leichtigkeit trug. Wortlos stellte er die beiden schweren Reisetaschen ab und überraschte mich nun doch, indem er mein Regencape aus meiner Tasche nahm und dergestalt über meinen Handgelenken drapierte, dass man die Ketten nicht sah. Mulligan trat neben mich und hob die aneinandergebundenen Hände, aber der Soldat ignorierte ihn.

»Wir müssen uns ein wenig beeilen, Sir«, sagte er. »Wir können den Zug nicht mehr lange warten lassen.«

War das ein Versprecher? Noch während ich beiläufig über diese Möglichkeit nachdachte, nahm der Soldat meine Reisetasche auf, bedeutete Mulligan mit einer wortlosen Geste, dasselbe mit seinem Gepäckstück zu tun, und ging los. Ein zweiter Soldat, der mittlerweile vom Wagen gestiegen war, komplettierte unsere zusammengeschmolzene Eskorte, und wir betraten den Bahnhof durch einen Seiteneingang. Uns erwartete eine brodelnde Menschenmenge, deren geschäftiges Summen und Treiben mich nach drei Tagen der Abgeschiedenheit schier zu überwältigen drohte. Ich war für die Hand, die meinen Ellenbogen ergriff. Ihr Besitzer mochte der Meinung sein, mich festzuhalten, in Wahrheit stützte er mich wohl eher oder hielt mich zumindest auf Kurs.

Selbstredend befand sich der Zug, den unsere Begleiter ansteuerten, am anderen Ende der großen Halle, sodass wir uns unseren Weg durch die immer dichter werdende Menschenmenge schon beinahe gewaltsam bahnen mussten. Ich war noch immer viel zu benommen, um alle Details zu registrieren, doch die verwirrten oder auch schadenfrohen Blicke, mit denen etliche Reisende Mulligans Handfesseln und die bewaffneten Soldaten hinter ihm maßen, entgingen mir dennoch nicht, ebenso wenig wie Mulligans Gesichtsausdruck, der sekündlich finsterer wurde.

Der Bahnsteig, den wir ansteuerten, lag nicht nur am anderen Ende der großen Halle, sondern bot auch einen Anblick, der mich die scheinbar nebensächliche Bemerkung des Soldaten von gerade noch einmal in einem anderen Licht überdenken ließ. Er war praktisch menschenleer, und die große Dampflok mit ihren zahlreichen angekoppelten Passagierwaggons stand bereits mit qualmendem Schornstein und unübersehbar abfahrbereit da. Ein einsamer Schaffner wartete neben dem ersten Waggon und sah uns mit einer Miene entgegen, die keinen Zweifel an seinem Missfallen über unser Erscheinen aufkommen ließ. Einmal darauf aufmerksam geworden, meinte ich auch die verärgerten Blicke zu spüren, die uns hinter zahlreichen anderen Fenstern des wartenden Zuges folgten.

Ich erwartete, von dem missmutigen Eisenbahnangestellten zur Rede gestellt oder zumindest angesprochen zu werden, doch er beließ es lediglich bei einem empörten Blick, riss die Tür für Mulligan und mich auf und trat uns dann so hastig aus dem Weg, als hätte er Angst, sich mit irgendeiner ansteckenden Krankheit zu infizieren, wenn er uns zu nahe kam. Auf einen Wink unseres Begleiters hin stiegen Mulligan und ich in das

Abteil, das sich zu meiner Enttäuschung als luxuriöses Erste-Klasse-Abteil entpuppte. Nicht dass ich etwas gegen Luxus und ein bisschen gepflegte Dekadenz gehabt hätte, aber es war ein Luxusabteil von der Art, die nur von außen betreten werden konnten, damit die noblen Fahrgäste nicht vom gemeinen Volk der einfachen Reisenden belästigt wurden. So viel zu meiner Idee, auf der einen Seite in den Zug ein- und gleich darauf auf der anderen wieder auszusteigen.

Aber schließlich gab es auf dem Weg zwischen hier und *wo-hin-auch-immer* gewiss noch den einen oder anderen Bahnhof, an dem wir uns verdrücken konnten.

Der junge Soldat löste zuerst meine und dann mit deutlich weniger Rücksicht Mulligans Handfesseln und verließ den Zug so schnell wieder, dass es fast an eine Flucht erinnerte.

»Nehmen Sie Platz«, sagte er, nachdem er wieder draußen und auf sicherem Grund war. »Es kommt gleich jemand.«

»Wohin fahren wir?«

»Ich soll Ihnen noch von Admiral Hanscombe ausrichten, dass Sie besser nicht vergessen, was Sie unterschrieben haben. Und dass Ihre mächtigen Freunde Ihnen auch nicht mehr helfen können, wenn Sie es tun.« Der Soldat zuckte auf die Art eines verlegenen Straßenjungen die Schultern. »Das waren nicht meine Worte, Sir.«

»Ich weiß«, antwortete ich. »Aber danke für Ihre Begleitung. Und Ihre Ehrlichkeit.«

Ich verabschiedete mich mit einem Nicken, woraufhin er gar nicht schnell genug verschwinden konnte, zog die Tür hinter ihm zu und erwartete, den Zug nun augenblicklich abfahren zu spüren, um wenigstens einen Teil der Verspätung wieder wettzumachen, die er uns verdankte. Mulligan nahm missmutig auf einer der mit dunkelrotem Samt gepolsterten Bänke Platz und begann noch missmutiger seine Handgelenke zu massieren, die von den rostigen Eisenfesseln wund und zum Teil bereits blutig gescheuert waren.

»Was genau hat er gemeint?«, fragte er.

»Womit?«

»Mit dem, was Sie unterschrieben haben, Inspektor.«

Ich nahm ebenfalls Platz und wunderte mich über seine Frage. »Dasselbe wie Sie, Mulligan. Und auch nur, weil *Sie* es vor mir unterschrieben haben. Ich hätte Sie ehrlich gesagt für klüger gehalten.«

»Ich?« Mulligan schüttelte heftig den Kopf. »Ich hab nichts unterschrieben.«

»Sie haben nicht …« Ich setzte neu an. »Hanscombe hat Ihnen keine Verschwiegenheitserklärung vorgelegt?«

»Ich weiß nich', was das ist«, antwortete Mulligan, was ich ihm vorbehaltlos glaubte. »Hanscombe ist dieser General?«

»Bei der Navy nennt man das Admiral. Aber ja.«

»Ich hab ihn nur einmal gesehen«, grummelte Mulligan. »Am ersten Tag, gleich nachdem sie uns eingesperrt haben. Hat irgendwas gesagt, was ich nicht verstanden habe, aber es hat sich nicht gut angehört. Danach gar nichts mehr. Ich hab nichts unterschrieben.«

»Hanscombe, du verdammter …«, begann ich, konnte aber dann nicht anders, als den Kopf zu schütteln und sogar gegen ein Lächeln anzukämpfen. Was Hanscombe mit mir gemacht hatte, ärgerte und amüsierte mich zugleich, denn schließlich hatte ich diesen simplen Trick früher oft genug selbst angewandt. Und mich oft genug gefragt, wie dumm man eigentlich sein musste, um darauf hereinzufallen.

»Und was genau haben Sie nun unterschrieben?«, wollte Mulligan wissen.

Bevor ich in die Verlegenheit kam, antworten zu müssen, wurde die Tür geöffnet, ein elegant gekleideter Mann mit Melone und sorgsam gezwirbeltem Schnauzbart kam zu uns herein, und ich meinte regelrecht hören zu können, wie mein Unterkiefer herabsank.

»Hallo, Quinn«, sagte Nikola fröhlich.

# 11

Der Zug hatte den Bahnhof von Edinburgh vor einer guten Stunde verlassen, aber ich wusste immer noch nicht, wohin wir fuhren, und um ehrlich zu sein, hatte ich bisher auch noch nicht einen einzigen Gedanken daran verschwendet, sondern war die ganze Zeit über gefangen in den Fantasien, was ich Nikola, Dr. Watson und Sir Arthur mit großer Geduld antun könnte. Ich war kein gewalttätiger Mensch, auch wenn ich mich meiner Haut durchaus zu wehren wusste, wenn es sein musste, doch nachdem ich meinen allerersten Schrecken überwunden, mich ans Atmen erinnert und eingesehen hatte, nicht zu träumen, musste ich tatsächlich gegen etwas ankämpfen, das dem Begriff Mordgedanken zumindest nahekam.

»Aha«, sagte Mulligan.

Ich selbst schwieg, wie überhaupt fast die ganze Zeit. Bei den wenigen Gelegenheiten, als Nikola nicht geredet hatte, war es zumeist Mulligan gewesen, der eine Frage oder eine gegrunzte Bemerkung zu unserer einseitigen Unterhaltung beigesteuert hatte, doch ich selbst hatte so gut wie nichts gesagt. Nicht weil mir nichts eingefallen wäre. Aber alles, was ich hätte sagen können, wäre entweder gelogen oder wirklich *sehr* unhöflich gewesen. Äußerlich schien ich noch immer einigermaßen ruhig, aber hinter der beherrschten Fassade kochte ich vor Wut.

»Und Ihnen oder Ihren beiden Freunden ist nicht in den

Sinn gekommen, uns zu warnen?«, stieß ich schließlich hervor – was das mit Abstand Rücksichtsvollste war, zu dem ich mich in dieser Situation imstande sah.

»Mulligan und ich hätten zu Schaden kommen können. Wir hätten getötet werden können, verdammt! Und dieser arme Tanner ist vielleicht sogar schon tot.«

Nikola wich meinem direkten Blick aus. »Das glaube ich nicht.«

»Was? Dass wir in Gefahr waren?«

»Wenn sie Tanner hätten töten wollen, dann hätte es einfachere Wege dafür gegeben.«

»Ich spreche nicht von umbringen«, sagte ich.

Nikola blinzelte. »Sie glauben, der Hive hätte ihn übernommen?«

»Der Hive, den es seit einem Jahr nicht mehr gibt?«, blaffte ich zurück.

Nikola setzte zu einer Antwort an, schien es sich dann aber doch anders zu überlegen und trat an die Tür. Das mit aufwendigen Ätzarbeiten verzierte Fenster darin war mit einem schweren Vorhang bedeckt, den er zur Seite schob, bevor er die Scheibe herunterdrückte und Licht und dem Tosen des Fahrtwinds die Gelegenheit gab, über uns herzufallen. Die Landschaft jagte nur so vorbei, und der Fahrtwind riss Nikola augenblicklich den Hut vom Kopf. Er fing ihn so rasch und mit einer so beiläufigen Bewegung auf, als hätte er diesen Trick jahrelang mit großer Geduld geübt, bis er ihm in Fleisch und Blut übergegangen war.

Nachdem er ihn ebenso beiläufig und ohne hinzusehen, auf die Bank hinter sich geworfen hatte, grub er ein silbernes Zigarettenetui aus der Jackentasche und ließ ein Feuerzeug aufschnappen, das weder Docht noch eine wirkliche Flamme hatte, sondern nur einen im kalten elektrischen Licht tanzenden

Funken, der im Nichts zu schweben schien. Offensichtlich eine seiner zahllosen verrückten Erfindungen. Ich hatte ihn niemals danach gefragt, und ich tat es auch jetzt nicht, sondern beschränkte meinen Beitrag zu diesem Anblick darauf, mir ebenfalls eine Zigarre anzuzünden und mich darüber zu ärgern, vier Streichhölzer und fast eine Minute dafür zu benötigen, bis ihre Spitze bei dem hereinfauchenden Fahrtwind durchgeglüht war.

Im letzten Jahr hatte ich die eine oder andere Erkundigung über Nikola eingezogen, und wenn man das Gewicht von Neid, abergläubischer Dummheit, Konkurrenzdenken und Missgunst beiseiteschob und den Mann sah, der sich darunter verbarg, dann blieben ein paar ganz erstaunliche Tatsachen. Der Mann, der vor uns in einem unauffälligen Anzug am Fenster stand und eine selbst gedrehte Zigarette aus minderwertig riechendem Tabak rauchte, war nicht nur Teilhaber einer der größten Firmen Nordamerikas und vermutlich reich genug, um diesen ganzen Zug kaufen zu können, wenn ihm danach war, sondern hatte in seinem noch gar nicht einmal so langen Leben schon so viele und bedeutende Erfindungen gemacht, dass ich mich mehr als einmal gefragt hatte, wie unsere moderne Welt wohl aussehen würde, wäre er niemals geboren worden oder Arzt oder Geograf geworden statt Elektroingenieur.

Und während wir durch die schottische Tiefebene rasten, fragte ich mich ganz ernsthaft, ob ich vielleicht etwas Scharfes nehmen und seine Haut aufschneiden sollte, um zu sehen, ob sich darunter lebendiges Fleisch und warmes Blut verbargen oder nicht doch messingfarbenes Metall und silberne Drähte.

»Es ist alles ein wenig komplizierter, als Sie vielleicht glauben, Quinn«, sagte Nikola, nachdem er eine ganze Weile schweigend am Fenster gestanden und die vorüberziehende Landschaft angestarrt hatte, ohne sich zu uns umzudrehen.

Ich wusste nicht einmal genau, wovon er sprach, antwortete

aber trotzdem: »Dann erklären Sie es uns. Wir haben Zeit. Und sind schon ganz neugierig.«

Nikola ignorierte meinen feindseligen Ton und nahm einen tiefen Zug aus seiner Zigarette, oder versuchte es wenigstens, aber der Wind riss ihm den Rauch von den Lippen, noch bevor er ihn einatmen konnte. »Arthur und ich waren wirklich der Meinung, es wäre vorbei. Und Doktor Watson auch ... obwohl ich gestehen muss, dass er wohl der Klügere von uns war. Er hatte von Anfang an gewisse Zweifel und war der Meinung, es wäre zu einfach gewesen.«

»Einfach?«, ächzte ich. »Täuschen mich meine Erinnerungen, oder waren Sie dabei, als wir unseren *einfachen Sieg* errungen haben?«

Nikola warf mir nun doch einen scheuen Blick über die Schulter hinweg zu, wich der direkten Begegnung mit meinen Augen aber aus. Sein Versuch eines Lächelns scheiterte ebenso kläglich. »Niemand hat behauptet, dass es leicht gewesen wäre«, antwortete er ein wenig verschnupft. »Ich war schließlich dabei, ganz wie Sie es sagen, mein lieber Quinn. Aber ich fürchte dennoch, dass wir allenfalls eine Schlacht gewonnen haben, nicht den Krieg.«

»Eine Schlacht?«, grummelte Mulligan.

»Möglicherweise nicht einmal das, sondern eher ein kleines Scharmützel. Mag sein, dass der eigentliche Krieg noch nicht einmal begonnen hat.«

Mulligan starrte ihn unter einer nachdenklich gerunzelten Stirn hervor an, und auch ich selbst fühlte mich im ersten Augenblick unfähig, irgendetwas darauf zu erwidern. Nikolas Worte hatten mich zutiefst erschreckt. Noch nicht einmal so sehr wegen dem, was sie bedeuten mochten – obwohl es schlimm genug war –, sondern allein durch ihren bloßen Klang.

*Schlacht. Krieg. Scharmützel.*

Das waren Worte, die mir schon immer zuwider gewesen waren, und ich fand, dass sie gerade einem Mann wie Nikola mit seinen zum Teil erschreckenden Fähigkeiten nicht so leicht über die Lippen kommen sollten.

Schließlich raffte ich mich zu einer entsprechenden Bemerkung auf, doch ich sprach die Worte nicht aus, weil mir plötzlich ein vollkommen anderer Gedanke kam.

Mein Entsetzen musste mir wohl deutlich anzusehen gewesen sein, denn Nikolas Blick wurde noch um einiges schuldbewusster. Er trat aus dem ärgsten Windzug heraus, um hektisch an seiner Zigarette zu paffen. Winzige Fünkchen rieselten zu Boden.

»Soll … soll das heißen, dass Sie … dass Sie es gewusst haben?«, brachte ich mit einiger Mühe heraus. Mein Herz sollte rasen, aber es schien mit jedem Schlag eine Winzigkeit langsamer zu klopfen. Und schwerer.

»Nein«, antwortete Nikola. »Das müssen Sie mir glauben. Vergessen Sie nicht, dass ich von allem ja erst von Ihnen erfahren habe, Quinn. Hätte ich es nicht später mit eigenen Augen gesehen, ich hätte Sie schlichtweg ausgelacht, hätten Sie mir erzählt, dass wir unsere Welt mit einer Spezies denkender Maschinen teilen, die jede beliebige Form annehmen können und uns in wirklich jeder Beziehung überlegen sind.«

Er schüttelte erneut den Kopf, um seine Worte zu unterstreichen. Bilder schossen durch meinen Kopf, die Erinnerung an eine unheimliche Schrift an der Wand, von der ich mir selbst eingeredet hatte, sie wäre nur Einbildung gewesen, aber auch bruchstückhafte Erinnerungen an jenen verrückten Traum, den ich nach Tanners Flucht in der Zelle gehabt hatte. Ein Traum, in dem ich mir eingebildet hatte …

Nein, ich wagte es nicht einmal jetzt, den Gedanken zu Ende zu formulieren. Und schon gar nicht auszusprechen.

Mulligan schon.

»Dann sind sie noch da?«, fragte er, was mir nach allem, was uns in den letzten Tagen widerfahren war, wie eine ziemlich dämliche Frage vorkam, bis er hinzufügte: »Und dann hat sich Miss Carter umsonst geopfert?«

Für endlose Sekunden breitete sich vollkommene Stille im Abteil aus. Selbst das monotone Schnauben der großen Dampflokomotive und das Rattern der eisernen Räder schienen für einen Augenblick innezuhalten. Ich war ganz sicher, dass auch mein Herz nicht mehr schlug.

Und was, wenn es kein Traum gewesen war?, dachte ich, von einer wilden, fast verzweifelten Hoffnung erfüllt. Was, wenn ich Allison tatsächlich gesehen hatte?

»Das sollten wir nicht einmal denken«, sagte Nikola ernst. »Und es wäre noch nicht einmal die schlimmste denkbare Möglichkeit.«

Was konnte denn noch schlimmer sein, als dass all unsere Hoffnungen und unser verzweifelter Kampf – und Allisons Opfer! – umsonst gewesen waren? Ich sprach die Frage nicht laut aus, und ich war auch sicher, dass sich in meinem Gesicht kein Muskel rührte, denn ich war noch immer wie versteinert, doch Nikola musste sie trotzdem in meinen Augen gelesen haben. Sowohl seine Stimme als auch sein Blick wurden mitfühlend.

»Allisons Opfer war nicht umsonst, Quinn«, sagte er. »Ich wage mir nicht einmal vorzustellen, was geschehen wäre, hätten wir den Hive nicht aufgehalten. Hätte *Allison* ihn nicht aufgehalten.«

»Aber er war nicht der einzige«, vermutete ich. Zunächst war mir, als hätte Mulligan diese Frage gestellt, so fremd klang meine eigene Stimme in meinen Ohren. Atmete ich eigentlich wieder, und schlug mein Herz?

»Ich fürchte, nein«, gestand Nikola. »So einfach macht es uns das Schicksal nicht. Wir sind wie ganz selbstverständlich davon ausgegangen, dass es nur diesen einen Hive gibt, vielleicht weil schon dieser eine Feind so schrecklich war, dass wir eigentlich nicht hoffen durften, ihn zu besiegen.« Er deutete ein Schulterzucken an und wirkte immer noch überaus nervös. »Wenn Mulligans und Ihre Beobachtungen korrekt sind, dann war Tanners angeblicher Gefängniswärter ein Neumann. Und Gitterstäbe verschmelzen auch nicht einfach miteinander. Nicht einmal in einer tausend Jahre alten schottischen Burg.«

Er versuchte zu lächeln, aber ich hätte wohl auch dann keine Miene verzogen, wenn ich es gekonnt hätte. Und wenn es kein Traum gewesen war? *Wenn es kein Traum gewesen war?!*

»Wenn Sie nichts von alledem gewusst haben, wie kommen Sie dann so schnell hierher?«

Ein spürbarer Ruck ging durch den Zug, nicht hart genug, um wirklich erschreckend zu sein, aber wie für uns persönlich choreografiert, als wäre selbst die Realität von Mulligans Frage (warum hatte *ich* sie eigentlich nicht gestellt?) überrascht. Nikola zögerte etliche Sekunden, sie zu beantworten.

»Das war mehr oder weniger Zufall«, behauptete er, nicht ganz überzeugend, »oder Glück für Sie und Mister Devlin, ganz wie Sie wollen. Ich war bereits in der Nähe von London, als mich Arthurs Telegramm erreicht hat.«

Der Zug schüttelte sich erneut und diesmal sogar noch ein bisschen heftiger, sodass Nikola sich nicht nur kurz unterbrach, sondern sogar den Kopf aus dem Fenster streckte, um nach vorne zu sehen, dann jedoch ohne ein Wort der Erklärung – und mit reichlich verstrubbeltem Haar – fortfuhr. »Ich weiß nicht, wen Sir Arthur kennt und an welchen Fäden er hinter den Kulissen gezogen hat, aber als ich ihn auf seine Bitte hin in seinem Haus in London aufgesucht habe, wusste er bereits alles, was in Edinburgh geschehen ist. Er hat mir einen Brief für den Admiral mitgegeben. Ich weiß nicht, was darin stand. Aber Hanscombe hat ihn gelesen, und als Ergebnis sitzen Sie jetzt in diesem Zug und fahren nach Southampton, statt sich auf dem Weg in ein düsteres Gefängnis zu befinden.«

Das war nicht alles, das spürte ich, aber ich schwieg. Meine Gedanken kreisten noch immer um diese eine Frage, die ich nicht auszusprechen wagte. »Um was genau zu tun?«, fragte ich stattdessen, hatte aber Mühe, überhaupt zu sprechen. Mein Mund fühlte sich so trocken an, als hätte ich mit Wüstensand gegurgelt, und wieder dachte ich: *Was, wenn es kein Traum gewesen war?*

»Das wird Ihnen Sir Arthur erklären«, sagte Nikola und kam meinem erwarteten Widerspruch zuvor, indem er rasch die Hand hob und erklärte: »Ich weiß wirklich nicht mehr, bitte glauben Sie mir. Ich war bereits auf dem Weg nach Southampton, als mich sein Telegramm erreichte. Ich tue ihm lediglich einen Gefallen, indem ich Sie zu ihm bringe.«

»Southampton«, sagte ich gepresst. »Da sollten wir Sir Arthur nach dem Gespräch mit Tanner treffen. Wird er dort sein?«

»Das hoffe ich doch«, antwortete Nikola, wobei er so heftig mit dem Kopf nickte, als wäre das allein Antwort genug auf alle meine Fragen. Auch auf alle, die noch kommen würden. »Wir sind in Eile. Die *Titanic* läuft bereits morgen aus. Hat Sir Arthur nicht mit Ihnen darüber gesprochen?«

»Er hat die *Titanic* kurz erwähnt. Aber keine Details«, *auch nicht über Meerjungfrauen, die Navy-Offiziere umbringen*, dachte ich. Wie Arthur wohl auf dieses Detail reagieren würde? Überrascht oder eher mit einem Nicken, das anzeigte, dass er bereits von der mörderischen Meerjungfrau gewusst hatte, als er mich nach Edinburgh geschickt hatte?

»Sie fragen sich sicher, was ich damit zu tun habe«, unterbrach Nikola meine Gedanken. »Ein Gutteil der hochmodernen elektrischen Anlagen stammt von mir. Es gab noch nie ein Schiff, das ein so ausgeklügeltes elektrisches Belüftungssystem hatte – einen Schornstein habe ich kurzerhand zweckentfremdet und zur Entlüftung vorgesehen! –, ganz zu schweigen von der automatisierten Telefon- und Klingelanlage mit ihrer bahnbrechenden Selbstwahlfunktion und den dimmbaren Glühbirnen und elektrisch betriebenen Sportgeräten und der Navigationsanlage, die alles in den Schatten stellt …«

»Nein«, unterbrach ich Nikolas begeisterten Redeschwall.

Nikola fuhr zu mir herum. »Was nein?«

»Ich habe mich nicht gefragt, was Sie damit zu tun haben. Ich bin mit einer ganz anderen Frage beschäftigt.«

»Gleichwohl.« Nikola wischte den Einwand mit einer Handbewegung beiseite. »Die *Titanic* mag der *RMS Olympic* in vielerlei Hinsicht ähneln. Aber ihr Innenleben gleicht einem Ausblick in die Zukunft. Um den hochrangigen Passagieren die Überfahrt so komfortabel wie möglich zu machen, habe ich alles an technischen Neuerungen aufgeboten, was überhaupt machbar ist. Was ich damit alles möglich mache, wollen wir auf der Überfahrt zeigen – und bei der Ankunft in New York in einer großen Presseshow präsentieren. Damit werde ich Edison endgültig auf den zweiten Platz in unserem kleinen Wettstreit verweisen!«

»Beeindruckend«, sagte ich in einem Tonfall, der genau das Gegenteil ausdrückte.

»Deswegen müssen Sie heute Abend in Southampton sein«, sagte Mulligan. »Sie wollen mit rüber nach New York – und dann ganz groß auf die Kacke hauen.«

Nikola zuckte zusammen. »So würde ich es zwar nicht gerade ausdrücken. Aber irgendwie«, er rettete sich in ein verlegenes Grinsen, »haben Sie durchaus recht. Schon jetzt berichten alle großen Blätter der Welt über die *Titanic* und ihre in jeder Beziehung grandiose Ausstattung. Sir Harlands Pressekonferenz in New York wird der größte Triumph meiner Karriere!«

»Mir soll's recht sein«, maulte Mulligan. »Aber wenn's nur um Presse und Triumphe geht, bin ich raus aus der Nummer.«

»Vorher sollten wir aber noch mit Sir Arthur das eine oder andere Wörtchen reden«, erinnerte ich ihn.

»Dazu wird heute Abend im Hilton Hotel Southampton die Gelegenheit sein«, verkündete Nikola fröhlich. »Dort findet eine große Abschiedsparty statt, zu der sich alles einfinden wird, was Rang und Namen hat. Sir Arthur ist natürlich auch mit dabei – und wird die Gelegenheit nutzen, um sich in einem Nebenzimmer mit Ihnen in Ruhe auszutauschen, wie er mir versichert hat.«

»Heute Abend?«, vergewisserte sich Mulligan.

»Unterschätzen Sie nicht die Zuverlässigkeit und Pünktlichkeit der britischen Eisenbahngesellschaften, mein lieber Mulligan«, erwiderte Nikola. »Ich zweifle nicht daran, pünktlich in Southampton zu sein …«

Vielleicht aber doch, denn in diesem Moment ging ein dritter und noch einmal deutlich härterer Ruck durch den Boden unter unseren Füßen, und ich meinte, nicht nur ein ungutes metallisches Kreischen zu hören, sondern regelrecht zu spüren, wie der gesamte Zug einen Satz machte und dann wieder auf die eisernen Schienen zurückfiel. Auch Mulligan japste erschrocken, und Nikola riss die Augen auf und versuchte sich irgendwo festzuhalten.

Der Augenblick ging zu schnell vorbei, als dass ich wirklich Angst hätte bekommen können (auch wenn sich meine Fantasie die Gelegenheit natürlich nicht entgehen ließ, Funkenflug und das Kreischen von zerreißendem Metall sowie einen Chor gellender Schmerz- und Entsetzensschreie hinzuzufügen). Der

Zug rollte wieder mit seinen gewohnten monotonen Geräuschen dahin. Dennoch sahen wir uns erschrocken an, und Nikola – der sein Gleichgewicht wiedergefunden hatte – wandte sich hastig zum Fenster und spähte einige Sekunden lang konzentriert hinaus.

»Wir sind nicht entgleist«, stellte er überflüssigerweise fest.

»Gut zu wissen«, grummelte Mulligan.

»Aber wir werden langsamer.«

»Ja, so viel zur Zuverlässigkeit der englischen Eisenbahn«, fuhr Mulligan fort. »Als ob die verdammten Engländer jemals etwas gebaut hätten, was wirklich funktioniert.«

Nikola verzichtete zu meiner Erleichterung darauf, zu antworten und den beginnenden Streit so noch anzuheizen, sondern starrte weiter aus dem Fenster. Gerade als ich mich aufraffen und neben ihn treten wollte, spürte ich, wie der Zug wieder an Fahrt aufnahm.

»Anscheinend funktioniert die eine oder andere Kleinigkeit der Engländer doch«, sagte Nikola süffisant, während er sich wieder vom Fenster zu uns umdrehte und Platz nahm. »Vielleicht hat nur ein Ast auf den Schienen gelegen, oder spielende Kinder haben Steine darauf drapiert. So etwas ist schon vorgekommen.«

Und das sollte uns jetzt also beruhigen?

»Und was will Sir Arthur von uns?«, wollte Mulligan wissen. Er klang ein wenig beunruhigt.

»Was, wird er Ihnen selbst erklären«, antwortete Nikola. »Schon weil ich es gar nicht weiß. Und falls in den nächsten Tagen etwas Weltbewegendes passieren sollte, können Sie mich per Funk erreichen – was problemlos möglich sein sollte, denn die *Titanic* hat als einziges Schiff weltweit eine 1,5 Kilowatt Marconi-Anlage mit rotierender Funkenstrecke.«

»Rotierende Funken.« Mulligan nickte gewichtig und sagte

noch irgendetwas, doch ich hörte gar nicht mehr hin. *Was, wenn es kein Traum gewesen war? Wenn wir ...*

Diesmal war der Ruck so hart, dass ich mich instinktiv am roten Samt der Bank festklammerte, um nicht herunterzufallen, und ich bildete mir auch den Chor erschrockener Schreie und halb panischer Rufe ebenso wenig ein wie das Kreischen von gemartertem Metall und den gelben und weißen Funkenflug draußen vor dem Fenster. Der Zug schüttelte sich wie ein bockendes Pferd, und Nikola war töricht genug, aufzuspringen und zur Tür zu eilen. Natürlich mit dem zu erwartenden Ergebnis, dass er prompt das Gleichgewicht verlor und hart auf Hände und Knie fiel.

Während Mulligan sich kurzerhand von der Bank auf die Knie hinunterplumpsen ließ, um sich um ihn zu bemühen, sprang ich ebenfalls auf und eilte – sehr viel vorsichtiger – zur Tür. Ich erreichte sie gerade rechtzeitig genug, um eine gehörige Ladung Funken ins Gesicht zu bekommen, die unter den blockierenden Rädern hochspritzten und nach verbranntem Metall stanken. Der Zug schüttelte sich immer noch heftig, und das Kreischen gequälten Eisens war jetzt so laut, dass es in den Ohren schmerzte und mir zusätzlich die Tränen in die Augen trieb. Trotzdem sah ich, wie rasch wir an Tempo verloren, riss mit der einen Hand die Tür auf und klammerte mich mit der anderen am Rahmen fest, um mich hinauszubeugen.

Der Zug bremste jetzt so hart, dass ich mehr hinausfiel als -sprang, als er endlich mit einem die Ohren marternden Quietschen zum Stehen kam. Wenig elegant kam ich auf dem Boden auf, machte zwei, drei rasche Schritte, um meinen beginnenden Sturz abzufangen und sah mit einem Stich von Neid, wie Mulligan deutlich eleganter aus dem Abteil kletterte, dicht gefolgt von Nikola.

Hinter mir wurde ein Chor teilweise erschrockener, vornehmlich aber zorniger Rufe und Schreie laut, die ich jedoch ebenso ignorierte wie die auffliegenden Türen und Fenster. Stattdessen wandte ich mich der gewaltigen Dampflokomotive zu, die gleich hinter dem ebenso großen Kohletender zum Stehen gekommen war und missmutig schnaubend schwarze Qualmwolken ausstieß. Unnötig zu sagen, dass der Wind sie genau in unsere Richtung blies, sodass ich nicht nur Mühe hatte zu atmen, sondern mir auch prompt die Tränen in die Augen schossen und ich kaum noch etwas sah. Dennoch erkannte ich, dass etwas damit nicht stimmte. Die gigantische Eisenkonstruktion schien irgendwie … schräg auf den Schienen zu stehen, wie eine Droschke mit einer angebrochenen Achse, nur um so vieles größer.

Nikola holte mich hustend ein, wedelte mit der Hand vor dem Gesicht in der Luft herum und begann ein kurzatmiges »Was zur Hölle …?«, nur um dann mitten im Satz abzubrechen und wie unter dem Schlag einer unsichtbaren Hand zurückzuprallen. Ich merkte nicht einmal, dass ich dasselbe tat und ungläubig japste.

Die riesige Lokomotive war tatsächlich mit drei Rädern auf der rechten Seite aus den Schienen gesprungen und hatte sich tief ins Gleisbett gegraben, wobei sie ein halbes Dutzend der massiven Eichenschwellen so mühelos gekappt hatte wie ein heißes Messer ein Stück Butter.

Aber das war nicht geschehen, weil ein Hindernis auf den Schienen gelegen hätte oder gar Steine spielender Kinder. Vor uns wurde der Schienenstrang schmaler.

Ich blinzelte, rieb mir mit den Fingerknöcheln die Tränen aus den Augen und blinzelte noch einmal, aber es blieb dabei: Selbst die perspektivische Verzerrung und meinen verschwommenen Blick berücksichtigend war nicht zu übersehen, dass die massiven Schienen aus nahezu handstarkem Eisen nicht mehr parallel verliefen, sondern sich ganz sacht aufeinander zubewegten, als hätten sie beschlossen, sich nicht nur vermeintlich an einem Fluchtpunkt kurz vor dem Horizont zu treffen.

Nikola überwand seine Überraschung als Erster und ging weiter. Mulligan und ich schlossen uns ihm an, um wenigstens aus dem beißenden Rauch herauszukommen.

Neben uns kletterte ein vollkommen verdatterter Zugführer aus der Lok, riss die Augen noch weiter auf, als es ohnehin schon der Fall war, und versuchte etwas zu sagen. Er brauchte drei Anläufe, bis er ein halb ersticktes »Aber das ist doch … unmöglich!« herausbrachte.

Nicht wenn man weiß, was wir wissen, dachte ich benommen, hütete mich aber, es auszusprechen. Stattdessen ging ich weiter, meinen Blick wie gebannt auf den auf so unmögliche Weise verzerrten Schienenstrang gerichtet. Nikola eilte voraus und blieb nach einem knappen Dutzend Schritten wieder stehen, um in die Hocke zu gehen. So vorsichtig, als hätte er Angst, sich zu verbrennen, streckte er die Hand aus und tastete zuerst mit den Fingerspitzen über das Eisen, dann mit der ganzen Hand. Ein sehr nachdenklicher Ausdruck erschien auf seinem Gesicht, aber er wirkte zugleich auch beinahe … enttäuscht?

»Was?«, brummte Mulligan.

»Irgendetwas stimmt mit diesen Schienen nicht«, sagte Nikola.

»Ach?«, meinte Mulligan.

»Doch, ganz bestimmt«, versicherte Nikola und stand langsam wieder auf. Er wirkte noch ein bisschen hilfloser, fast schon zornig. »Ich bin fast sicher, dass sie … schmaler werden.«

»Schmaler?«, wiederholte Mulligan und kratzte sich am Hinterkopf.

»Schmaler«, bestätigte Nikola. »Wenn ich meine Geräte hier

hätte, könnte ich es nachmessen, aber so …« Er schüttelte enttäuscht den Kopf und zog die Stirn kraus. Er sah über die Schulter zu dem liegen gebliebenen Zug zurück und gab sich alle Mühe, noch mehr Falten auf die Stirn zu zaubern.

Er war ein wirklich bemerkenswert schlechter Schauspieler, fand ich.

»Vielleicht kann ich etwas improvisieren«, sagte er in einem womöglich noch schlechter geschauspielerten nachdenklichen Ton. »Wenn ich ein wenig Kupferdraht hätte und vielleicht einen Spiegel oder wenigstens ein paar Scherben und dazu einige Schrauben und eine Handvoll Silberpulver …« Er wandte sich an Mulligan. »Vielleicht könnten Sie zum Zug zurückgehen und nachsehen, ob Sie etwas in dieser Art finden, mein lieber Mulligan? Und ein paar Holzleisten wären ganz praktisch, ungefähr zwei Fuß lang. Und natürlich Kupferdraht. Aber das sagte ich schon, oder?«

Mulligan wirkte nur noch verstörter, machte jedoch auch keine Anstalten, seiner Aufforderung nachzukommen. Stattdessen grub er angelegentlich in der Jackentasche, aus der er schließlich ein kleines Reisenecessaire zog. Verwirrt sah ich zu, wie er ein Röllchen schwarzes Nähgarn herausnahm, das Ende abwickelte und mit dem Zeigefinger auf die Schiene drückte, bevor er das Röllchen selbst an Nikola weiterreichte. Erst als dieser mit einem großen Schritt (und vollkommen perplexem Gesichtsausdruck) auf die andere Seite trat und mithilfe des Garns die genaue Breite des Schienenstrangs maß, wurde mir der Sinn dieser Aktion überhaupt klar, und ich kam mir nicht nur ziemlich begriffsstutzig vor, sondern meinte auch schon wieder ein spöttisches Funkeln in Mulligans Augen wahrzunehmen. Immerhin war er diskret genug, jede entsprechende Bemerkung für sich zu behalten.

Auch wenn es ihm sichtbar schwerfiel.

Nachdem Mulligan einen Knoten in das Garn gemacht hatte, standen Nikola und er auf, gingen zwei Dutzend Schritte weiter und wiederholten den Vorgang. Der Knoten saß nun ein kleines Stück vor dem ersten. Dasselbe wiederholte sich noch zweimal, dann begannen die eisernen Schienen wieder auseinanderzuweichen. An der engsten Stelle musste der Strang eine gute Handspanne schmaler sein als die Spurbreite der Wagen.

Mulligan sprach aus, was ich nur dachte: »Wenn wir da mit vollem Tempo reingerast wären, hätt' der ganze Zug einen Purzelbaum geschlagen.«

»Ich hätte es anders ausgedrückt, aber ich fürchte, Sie haben recht«, pflichtete ich ihm bei.

Nikola blickte von Mulligan zu mir und wieder zurück und sah aus, als wollte er widersprechen, hob aber dann nur die Schultern und bedeutete uns, zum Zug zurückzugehen. Er wirkte ein bisschen beleidigt.

Eigentlich mehr als nur ein bisschen.

In den wenigen Minuten, die vergangen waren, schienen sämtliche Passagiere den Zug verlassen zu haben und standen aufgeregt diskutierend in unterschiedlich kleinen und großen Gruppen da. Manche irrten auch ziellos herum und schienen verschüchtert oder zornig oder aufgebracht zu sein – nicht wenige alles zugleich. Ein erklecklicher Teil von ihnen belagerte den bedauernswerten Lokführer, der vergeblich versuchte, die Leiter zu erreichen und sich auf seiner Lokomotive in Sicherheit zu bringen. Ich konnte es ihm nicht verübeln, denn die Stimmung war gereizt bis explosiv. Wie bei solchen Anlässen üblich stürzte sich die Menge begierig auf den Erstbesten, dem sie die Schuld an der erlittenen Unbill geben konnte.

Mulligan wollte dem armen Kerl zu Hilfe kommen, doch Nikola hielt ihn mit einer raschen Kopfbewegung zurück.

»Warten Sie hier«, befahl Nikola. »Und sagen Sie niemandem, was Sie entdeckt haben. Am besten reden Sie gar nicht erst mit irgendwem.« Obwohl er so ganz selbstverständlich das Kommando übernommen hatte, wirkte er zugleich sehr nervös, fast schon ängstlich. »Und wohin gehen Sie?«

Nikola sah mich an, als betrachtete er schon diese Frage als persönlichen Affront, antwortete aber trotzdem: »Wir müssen heute Abend in Southampton sein, Quinn, haben Sie das schon vergessen? Und ich glaube nicht, dass dieser Zug so schnell weiterfährt.«

»Nicht auf diesem Gleis«, pflichtete ich ihm bei, was ihm immerhin ein zustimmendes Nicken entlockte.

»Also sehe ich mich nach einem alternativen Beförderungsmittel um«, verkündete er.

Ich fragte mich, wie er das wohl bewerkstelligen wollte. Wir hatten Edinburgh zwar gerade einmal vor einer halben Stunde verlassen, befanden uns aber trotzdem mitten im Nichts. Ringsum sah ich nur die ungastliche Leere der schottischen Tiefebene, und wenn es überhaupt so etwas wie eine benachbarte Ortschaft oder ein Gehöft gab, vermochte ich sie jedenfalls nicht zu entdecken. Zu meinem Verdruss sah ich nicht einmal eine Straße. Ich konnte mich nicht erinnern, wann wir die letzte passiert hatten. Oder überhaupt ein Anzeichen von Zivilisation.

Mulligan schien es ganz ähnlich zu ergehen. »Er kann's ja kaum erwarten, auf die *Titanic* zu kommen«, sagte er, während er dem davoneilenden Nikola stirnrunzelnd nachsah. »Dieser Edison scheint ihn ja mächtig zu ärgern, wenn er es ihm unbedingt mit diesem Pressefirlefanz heimzahlen muss.«

Ich nickte geistesabwesend. »Wollen Sie nicht wissen, wer für diese kleine Überraschung verantwortlich ist?«

»Doch«, antwortete er. »Aber ich weiß es schon. Genau wie Sie.«

Natürlich hatte er recht, aber ich war noch lange nicht so weit, es zugeben zu können, geschweige denn die daraus resultierenden Konsequenzen. »Noch ist gar nichts bewiesen«, antwortete ich stur. »Es kann alles Mögliche passiert sein. Vielleicht ein Materialfehler. Eine Temperaturschwankung, sodass sich die Schienen verbogen haben.«

»Temperaturschwankung?«, wiederholte Mulligan. »Weil es hier im April ja so heiß ist, ich verstehe.«

»Oder irgendetwas anderes«, fauchte ich. »Ich bin kein Wissenschaftler. Aber man muss nicht gleich das Schlimmste annehmen, oder?«

Mulligan machte sich nicht einmal die Mühe, darauf zu antworten. Das musste er auch nicht, denn sein Blick war beredt genug.

Ich gab mir einen Ruck, auch wenn es mich enorme Überwindung kostete. »An diesem Abend in der Zelle, Mulligan«, sagte ich, ohne ihn direkt anzusehen. »Ich habe das Bewusstsein verloren, nachdem Smith uns eingeschlossen hat.«

»Genau wie ich«, sagte Mulligan. »Vielleicht hat er uns ja irgendwie betäubt.«

Ich zuckte mit den Achseln. »Ich hatte einen Traum. Einen ziemlich beunruhigenden Traum. Sie auch?«

Mulligan schüttelte den Kopf, und ich rechnete fest mit einer weiteren spöttischen Bemerkung, doch gerade als er dazu ansetzen wollte, runzelte er die Stirn und rang sich ein widerwilliges Nicken ab. »Ja, doch. Aber ich erinnere mich nicht.« Er hob die Schultern. »Nur an die Stimmen.«

Ich starrte ihn an. *»Stimmen?«*

»Mehr weiß ich nicht«, erwiderte Mulligan. »Da waren Stimmen. Aber ich weiß nicht, was sie gesagt haben. Nur dass es mir Angst gemacht hat.«

# 12

Wir erreichten Southampton tatsächlich noch am selben Abend – um genau zu sein, wenige Minuten vor Mitternacht –, das aber so durchgeschüttelt, erschöpft und bis auf die Knochen durchgefroren, dass ich den Unterschied vermutlich nicht einmal mehr bemerkt hätte, hätte unser Chauffeur uns geradewegs zurück nach Belfast gefahren und vor meiner eigenen Wohnungstür abgesetzt.

Es war Nikola tatsächlich gelungen, einen fahrbaren Untersatz aufzutreiben, und – wie es bei einem Mann wie ihm nicht anders zu erwarten gewesen war – er kam nach einer knappen halben Stunde nicht etwa mit einem Pferdefuhrwerk oder einer Droschke zurück, sondern mit einem schnaubenden und durchdringend nach Petroleum stinkenden Automobil. Ich sparte mir die Frage, wie er dieses moderne Fahrzeug mitten im Nirgendwo aufgetrieben hatte, wie es ihm gelungen sein mochte, seinen Besitzer dazu zu überreden, die gesamte Strecke bis nach Southampton zu fahren – immerhin gute vierhundert Meilen! –, aber ich vermutete, dass Geld dabei eine nicht unerhebliche Rolle gespielt hat.

Nun jedoch hatten wir Southampton erreicht, nach endlosen Stunden über Straßen, die diesen Namen zum Teil nicht verdienten. Als wir an den ersten Häusern der belebten Küstenstadt vorüberrollten, hätte ich eigentlich erleichtert sein müssen, aber ich war viel zu erschöpft, als dass auch nur noch ein Lächeln meine Lippen erreicht hätte. Außerdem war ich bis ins Mark durchgefroren, und es schien keinen Knochen in meinem Leib zu geben, der sich nicht auf die eine oder andere Weise zu Wort meldete. Der Wagen hatte nur ein dünnes Verdeck aus Stoff, das der Jahreszeit ganz und gar nicht angemessen war, und mich nach meinem behaglich beheizten Erste-Klasse-Abteil zurücksehnen ließ.

Mitternacht musste schon eine ganze Weile hinter uns liegen, als wir uns zum Hilton durchgefragt hatten und vor dem taghell erleuchteten, prachtvollen Bau anhielten. Nikola bedankte sich noch einmal überschwänglich bei unserem Fahrer und zahlte ihm nicht nur ein beeindruckendes Sümmchen, sondern bot ihm auch an, für eine Übernachtung in dem luxuriösen Hotel aufzukommen, damit er am nächsten Morgen ausgeruht die Heimreise antreten konnte, was dieser jedoch ablehnte.

Mulligan und ich nutzten die kurze Zeitspanne, die diese Unterredung beanspruchte, um auszusteigen und unsere steifen Glieder zu recken. Ich legte den Kopf in den Nacken und betrachtete das beeindruckende Gebäude. Es bot ein fast unwirkliches Bild, gerade jetzt, so spät in der Nacht, wo praktisch die gesamte Stadt ringsum dunkel und schlafend dalag. Southampton genoss einen gewissen Ruf, was sein Nachtleben anging, doch zumindest hier war davon rein gar nichts zu sehen. Ganz im Gegenteil schien das Hotel wie eine Festung des Lichts aus einem Ozean bedrohlicher Schwärze vor uns aufzuragen und strahlte eine Lebendigkeit aus, von der ich nicht genau sagen konnte, ob sie mir gefiel oder mich beunruhigte.

Ein Page in einem viel zu schweren Mantel (um den ich ihn angesichts der kalten Nacht aus tiefstem Herzen beneidete) kam uns über die breite Freitreppe entgegen und musterte uns mit kundigem Blick, der, zumindest was Mulligan anging, nicht unbedingt zu einem positiven Ergebnis zu kommen schien. Sein Atem bildete grauen Dampf vor seinem Gesicht.

»Schicke Bude«, sagte Mulligan neben mir.

»Und bestimmt warm«, pflichtete ich ihm bei.

»Bestimmt«, grummelte Mulligan. »Ob sie da drinnen wohl auch anständiges Guinness haben?«

Ich wollte antworten, doch Nikola kam mir zuvor. Über dem Geräusch der abfahrenden Benzinkutsche hatte ich nicht einmal gehört, dass er zu uns aufgeschlossen hatte. »Sie sollten dort drinnen vielleicht nicht nach Bier fragen, mein Freund. An einem Ort wie diesem könnte so etwas durchaus als Affront aufgefasst werden.«

Mulligan sah ihn ein wenig verdutzt an, auch wenn ich mutmaßte, dass er wohl eher über die Bedeutung des Wortes Affront nachdachte. Doch zu seinem Glück hatte uns der Page erreicht, bevor er eine entsprechende Frage stellen und sich vollends zum Narren machen konnte.

»Haben die Herren Gepäck?«, fragte er, was mir ein wenig hirnrissig vorkam angesichts der Tatsache, dass unser Wagen gerade abgefahren war und wir ganz eindeutig ohne irgendwelches Gepäck vor ihm standen.

Nikola kam einer entsprechenden Frage zuvor, indem er zwischen den dienstbeflissenen Pagen und uns trat.

»Wir haben kein Gepäck. Und wir benötigen auch keines.«

Er deutete auf das einschüchternde Entrée des Hotels, ungefähr dreitausend Treppenstufen über uns. »Wir brauchen kein Zimmer, sosehr ich das Vergnügen auch genossen hätte, in Ihrem famosen Etablissement zu nächtigen.« Er zauberte eine Visitenkarte aus der Tasche, die er dem Mann zusammen mit einer Pfundnote reichte. »Wir kommen zum Fest. Ich gebe zu, ein wenig spät, aber nun sind wir ja da. Würden Sie uns freundlicherweise hinbringen?«

»Das Fest?«, wiederholte der Page. Er wirkte ein bisschen hilflos.

»Die große Abschiedsparty«, antwortete Nikola. »Sie erinnern sich? Die *Titanic* läuft morgen früh aus, und es gibt ein großes Fest.«

»Oh«, sagte der Page. Jetzt sah er eindeutig verwirrt aus.

»Ein großes Fest für die Ehrengäste«, sagte Nikola bescheiden. »Ich bin eingeladen.«

»Sie?«, wiederholte Mulligan.

»Wir«, verbesserte sich Nikola und warf Mulligan einen missbilligenden Blick zu.

»Nun, Sir, dieses Fest ist …«

»Ja, wir sind spät«, unterbrach ihn Nikola. »Ich weiß. Wenn Sie uns nun bitte hinbringen würden, guter Mann.«

»Ganz wie Sie wünschen, Sir«, antwortete der Page hörbar kühler.

Ohne ein weiteres Wort wandte er sich um und eilte die Treppe hinauf, gerade schnell genug, dass wir ihm nicht mehr bequem folgen konnten, sondern uns sputen mussten. Die Rache der Domestiken konnte manchmal subtil sein.

Das Hotel wurde noch einmal beeindruckender, als wir es durch die überdimensionale Drehtür betraten, verlor zugleich aber auch eine Menge von seiner Erhabenheit. Die Halle kam mir groß genug vor, um mit einem Luftschiff darin zu manövrieren, und alles schien nur aus poliertem Marmor, blitzendem Messing, kostbaren Kristallen und rotem Samt zu bestehen. Ein sonderbarer Geruch hing in der Luft, den ich nicht einordnen konnte, der mir aber teuer vorkam.

Der Page deutete auf eine zwar ebenfalls überdimensionierte, aber nur schwach besetzte Empfangstheke auf der anderen Seite, schüttelte aber zugleich den Kopf, als nicht nur Nikola, sondern auch Mulligan und ich ihm folgen wollten.

»Wenn die Herren bitte hier warten würden.«

»Nichts lieber als das, Kumpel«, antwortete Mulligan. »Gibt's was zu trinken, während die Herren warten?«

»Sie wünschen eine Erfrischung, Sir?«

»Ein Guinness wäre nicht schlecht«, strahlte Mulligan.

Der Page maß ihn mit einem verächtlichen Blick und ging weiter, und Nikola tat dasselbe, während Mulligan sich aufs Schmollen beschränkte. Mir sollte es recht sein. Ich sah schweigend zu, wie Nikola an den Empfang trat und mit einem der Rezeptionisten dort zu reden begann. Natürlich waren sie viel zu weit entfernt, um auch nur ein Wort zu verstehen, doch ich hatte das Gefühl, dass das Gespräch nicht ganz so verlief, wie Nikola es sich vorgestellt hatte.

Zu meiner Erleichterung verzichtete Mulligan darauf, sich noch weiter über unsere Umgebung zu mokieren, die auf einen Mann wie ihn zweifellos noch viel einschüchternder wirken musste als auf mich, geizte aber auch nicht mit abschätzigen Blicken und einer beredten Gesichtsakrobatik, mit der er glatt im Varieté hätte auftreten können.

Es verging eine geraume Weile, bis Nikola zurückkam. Er sah nicht wesentlich erfreuter aus als wir.

»Sind wir im falschen Hotel?«, feixte Mulligan.

Nikola schoss einen giftigen Blick in seine Richtung ab. »Gewissermaßen«, meinte er säuerlich. »Das Fest hat tatsächlich hier stattgefunden, aber wie es aussieht, sind annähernd dreimal so viele Gäste wie erwartet gekommen.«

»Muss wirklich eine Menge ganz wichtiger Leute hier geben«, griente Mulligan.

Nikolas Blick war jetzt nicht mehr giftig, sondern mit mindestens hunderttausend Volt knisternder elektrischer Spannung geladen. »Jemand ist auf die Idee gekommen, das ganze Fest auf die *Titanic* zu verlegen.«

»Jemand Wichtiges?«, stichelte Mulligan weiter.

»Und da sind sie jetzt alle«, sagte Nikola gepresst. »Hier ist niemand mehr. Schon seit gut zwei Stunden.«

»Aha«, machte Mulligan. »Und?«

»Und nun müssen wir auch dorthin«, antwortete Nikola.

Ich sah ihm an, dass er eigentlich etwas ganz anderes hatte sagen wollen.

»Aber es gibt ein Problem.«

»Und welches?«, fragte Mulligan.

»Sir Arthur …«

»… ist nicht im Hilton, sondern auch zur *Titanic* gefahren«, unterbrach ich ihn ungeduldig. »Also lassen Sie uns fahren. Es gibt da das eine oder andere, das ich gerne mit ihm besprechen würde.«

»Ich fürchte, das wird nicht gehen«, sagte Nikola. Er wedelte mit einem Umschlag, den er wohl schon die ganze Zeit über in der Hand gehalten hatte, ohne dass es mir aufgefallen wäre. Ein deutliches Anzeichen, dass ich nicht ganz auf der Höhe war.

»Was ist das?«

»Ein Brief«, antwortete Nikola. »Von Sir Arthur. Er hat ihn hier hinterlegt, weil er schnell abreisen musste.«

»Er ist *was*?«, fragte Mulligan, bevor ich genau dieselbe Frage in genau demselben empörten Tonfall stellen konnte.

»Er ist abgereist«, bestätigte Nikola unglücklich. »Es ist wohl etwas dazwischengekommen.«

Mulligan reagierte auch jetzt wieder einen Sekundenbruchteil schneller als ich, indem er nach dem Brief griff und ihn Nikola kurzerhand entriss. Er starrte eine Weile auf den Umschlag, schüttelte dann den Kopf und reichte ihn mir. »Für Sie, Inspektor.«

Mit zitternden Fingern riss ich den Umschlag auf.

Das Briefpapier war teuer und schwer, und als Wasserzeichen war der schemenhafte Umriss eines typischen Stadthauses zu sehen, wie es auch in der durch eine berühmte Romanfigur bekannten Baker Street stehen mochte. Die Schrift wies allerdings eine Eile auf, die zum Ende noch zunahm und mit der geschwungenen Unterschrift Sir Arthurs endete.

»Was ist?«, knurrte Mulligan, und Nikola beugte sich neugierig vor.

»Wir müssen sofort los«, sagte ich, kaum dass ich den Text überflogen hatte.

»Wieso?«, fragten Nikola und Mulligan wie aus einem Mund.

»*Mein lieber Quinn Devlin*«, las ich hastig vor und in der sicheren Gewissheit, dass die beiden keine Ruhe geben würden, sofern sie den Inhalt des Schreibens nicht im Detail kannten. »*Ich hoffe, meine Zeilen erreichen Sie noch rechtzeitig. Die heutige Abendveranstaltung wurde unter fadenscheinigen Gründen vom Hilton zur* Titanic *verlegt. Ich werde mich zwar ebenfalls dort hinbegeben, aber noch in der Nacht mit dem Automobil abreisen müssen. Es sind seltsame Umstände aufgetreten, um es vorsichtig auszudrücken, über die ich zurzeit noch nicht reden kann. Trotzdem müssen wir uns so schnell wie möglich sehen. Wenn Sie einigermaßen pünktlich kommen, finden Sie mich vielleicht noch am Hafen vor. Andernfalls müssen wir einen anderen Weg finden, um in Kontakt zu treten.*«

»Jeannie Mac!«, entfuhr es Mulligan. »Und das ist alles?«

»Nein.« Ich schüttelte den Kopf. »Es steht noch darunter: *PS: Die Angelegenheit zieht weitere Kreise, als ich gedacht habe. Nehmen Sie sich in Acht. Ihr Sir Arthur.*«

»Jetzt haben wir den Salat«, sagte Mulligan. »Also los! Vielleicht erwischen wir unseren hochverehrten Sir Arthur ja noch!«

»Nicht so hastig«, widersprach Nikola. »Ich habe am Empfang schon nach einem Wagen gefragt. Aber das kann wegen der Veranstaltung am Hafen dauern, hat man mir gesagt.«

»Dann gehen wir zu Fuß«, meinte Mulligan, pragmatisch wie immer.

»Über eine Stunde?«, ächzte Nikola. »Mitten in der Nacht durch das Hafenviertel?« Er schüttelte fast entsetzt den Kopf. »Das ist keine gute Idee.«

»Haben Sie eine bessere?«, fragte Mulligan. »Oder der Papagei vor der Tür, dem Sie ein so großzügiges Trinkgeld gegeben haben?«

Nikola maß ihn mit einem fast verächtlichen Blick von Kopf bis Fuß. »Ich könnte Ihnen dasselbe geben, wenn Sie uns einen Wagen besorgen«, sagte er freundlich.

Mulligan schien zu einem rhetorischen Gegenschlag ausholen zu wollen, sah dann über die Schulter zur Drehtür und trat ohne ein weiteres Wort hindurch. Nikola blickte ihm finster hinterher.

»Seltsame Freunde haben Sie, Quinn«, sagte er.

»Mulligan ist nicht mein Freund«, erwiderte ich automatisch und eigentlich ohne recht zu wissen, warum. Prompt meldete sich mein schlechtes Gewissen, doch ich fuhr trotzdem fort: »Als ich noch Polizist war, habe ich ihn etliche Male verhaftet.«

»Aber Doktor Watson scheint einen Narren an ihm gefressen zu haben.«

»Ja«, erwiderte ich. »Sherlock ist so etwas wie seine rechte Hand. Vielleicht auch sein Maskottchen.«

»Sherlock?« Nikola glotzte.

»Das ist sein Vorname«, bestätigte ich. »Mulligan hört ihn nicht gerne. Ich glaube, sein Vater hatte einmal einen Hund, der so hieß.«

»Sherlock und Doktor Watson?«, vergewisserte sich Nikola.

»Ja«, bestätigte ich. »Warum?«

Nikola sah aus, als hätte er Mühe, ein Grinsen zu unterdrücken, aber ich kam nicht dazu nachzuhaken, denn da hörte ich bereits wieder das Geräusch der Drehtür, und Mulligan kam zurück und streckte die Hand aus. »Das macht dann ein Pfund Sterling.«

»Das ist ...«, begann Nikola, und Mulligan unterbrach ihn mit einem neuerlichen und jetzt eindeutig fordernden Handwedeln: »Ich nehm auch Münzen.«

Tatsächlich griff Nikola ganz automatisch in die Jackentasche, doch statt eine weitere Pfundnote zu zücken, presste er nur die Lippen zu einem fast blutleeren Strich zusammen und stürmte so vehement durch die Drehtür, dass er sich um ein Haar darin verfangen hätte. Ich warf Mulligan einen fragenden Blick zu, auf den ich allerdings nur ein noch breiteres Feixen als Antwort bekam. Schließlich drehte ich mich ebenfalls um und folgte Nikola nach draußen. Um ein Haar wäre ich in ihn hineingerannt, denn er war auf der obersten Treppenstufe stehen geblieben.

Der Anblick war wirklich erstaunlich – auch wenn ich an mich halten musste, um nicht ein gänzlich anderes Wort zu benutzen. Nicht nur weil am unteren Ende der Treppe tatsächlich ein vierspänniger schwarzer Kastenwagen stand, dem Gefangenentransporter, mit dem uns Hanscombe freundlicherweise zum Bahnhof hatte bringen lassen, gar nicht unähnlich. Er hatte zwar Fenster, die nicht vergittert waren, und aus den Nüstern der Pferde schlugen weder Rauch noch Flammen, so wenig wie der Kutscher oben auf seinem Bock Hörner oder Fledermausflügel hatte, und dennoch umgab ihn ein fast greifbarer Hauch von etwas Fremdem und Düsterem.

Ich schüttelte die Vorstellung ab, ärgerlich auf mich selbst. Ich war hundemüde, durchgefroren und vollkommen erschöpft, und das war alles, was hier nicht stimmte. Das einzig Außergewöhnliche an diesem Wagen war der Umstand, dass er überhaupt *da* war.

»Sie sollten dem guten Mulligan noch ein Pfund extra geben«, sagte ich. »Er hat uns vor einer Stunde Fußmarsch bewahrt.«

»Oder sogar zwei«, erklang Mulligans Stimme hinter uns.

»Stunden?«, fragte Nikola.

»Pfund«, korrigierte ihn Mulligan und streckte schon wieder die Hand aus.

Nikola ignorierte sowohl das eine als auch das andere und lief forschen Schrittes die Treppe hinab. Mulligan grummelte etwas, das ich ignorierte. Ich beeilte mich, Nikola zu folgen, nahm mir aber fest vor, dafür zu sorgen, dass er sein Geld bekam.

Unten angekommen stieg ich hinter Nikola ein und fand den äußeren Eindruck der Droschke in ihrem Inneren bestätigt: Es gab alles, was man bei einem Wagen zur Personenbeförderung erwartete, aber alles wirkte auch sonderbar grobschlächtig und roh, wie in aller Hast und reichlich lieblos zusammengezimmert.

»Ein reizendes Gefährt haben Sie da aufgetrieben, Mulligan«, sagte Nikola denn auch prompt, als Mulligan als Letzter hereinkletterte und die Tür hinter sich zuzog.

»Besser schlecht gefahren als gut gelaufen, oder?«, versetzte Mulligan.

Der Wagen fuhr schaukelnd los und gewann erstaunlich rasch an Geschwindigkeit. In den schlafend daliegenden Straßen ringsum erzeugten die eisenbeschlagenen Pferdehufe seltsam lang anhaltende metallische Echos.

»Wo haben Sie ihn überhaupt so schnell aufgetrieben?«, fragte Nikola. »Und noch dazu mitten in der Nacht?«

Mulligan streckte wortlos die Hand aus, und Nikola machte ein finsteres Gesicht, griff in die Tasche und zog eine Pfundnote hervor. Als Mulligan sich nicht sofort rührte, legte er noch einen Sixpence dazu und bekam dann endlich eine Antwort. »Gar nicht. Er stand schon auf der anderen Straßenseite, als wir angekommen sind.«

Nikolas Blick wurde noch finsterer, aber er schluckte alles hinunter, was ihm dazu auf der Zunge lag. Für eine geraume Weile fuhren wir schweigend dahin. Mit einem heftigen Blinzeln, als wäre ihm plötzlich etwas Wichtiges eingefallen, fragte er: »Sie haben dem Fahrer gesagt, wohin wir wollen, oder?«

»Nein«, antwortete Mulligan. »Ich habe ihn nur gefragt, ob er frei ist. Sie sind als Erster eingestiegen. Sie haben es ihm gesagt.«

»Das habe ich nicht.«

Mulligan runzelte die Stirn. »Woher weiß er dann, wohin er uns bringen soll?«

Nikola starrte ihn geschlagene fünf Sekunden lang an, als erwartete er allen Ernstes eine Antwort auf diese Frage, zuckte schließlich mit den Achseln und richtete sich in eine halb gebückte Haltung auf, um mit den Fingerknöcheln gegen die Wand vor sich zu klopfen. »Auf ein Wort, guter …«

Das *Mann* sprach er nicht mehr aus, sondern ließ stattdessen ein schmerzhaftes Zischen hören, das ich ihm nicht verübeln konnte, als mir mit einer geschlagenen Sekunde Verspätung das Geräusch auffiel, mit dem seine Hand gegen das vermeintliche Holz geschlagen hatte. Es sah eindeutig aus wie Holz, und es roch hier drinnen sogar ein bisschen wie in einem muffigen alten Wagen, aber es hatte sich eindeutig *angehört,* als hätte er gegen Stahl geschlagen. Und offenbar hatte es sich nicht nur so angehört, denn Nikolas Knöchel waren aufgeplatzt und begannen augenblicklich zu bluten.

»Was zum Teufel …?«, begann Nikola und sprach auch diesen Satz nicht zu Ende, sondern fuhr herum und warf sich mit der Schulter gegen die Tür. Ich hielt das für keine gute Idee und versuchte noch, ihn zu warnen, aber ich war nicht schnell genug – er hätte wohl ohnehin nicht auf mich gehört. Diesmal klang es, als hätte er versucht, eine massive Eisentür mit der Schulter einzurammen. Nikola prallte mit einem erstickten Keuchen zurück, stürzte halb auf Mulligan und hätte ihn zweifellos mit sich von der Bank gerissen, wäre Mulligan nicht im selben Augenblick aufgesprungen, sodass sie zwar zusammenprallten, aber nicht stürzten.

Ich selbst ließ es ein wenig bedachter angehen, indem ich zwar ebenfalls aufstand, das ineinander verstrickte Knäuel von Gliedmaßen und Leibern neben mir aber ignorierte und stattdessen die Hand nach dem Türgriff auf der anderen Seite ausstreckte.

Genauer gesagt, ich versuchte es.

Es gab keinen Türgriff mehr – aus dem einfachen Grund, dass es keine Tür mehr gab. Wo sie gerade noch gewesen war, grinste mich jetzt eine Wand aus massivem schwarzem Eisen an, auf der absurderweise noch deutlich die Holzmaserung zu erkennen war. Aus den Augenwinkeln sah ich, wie Nikola und Mulligan ihr Gleichgewicht wiederfanden und ihr Glück gemeinsam auf der anderen Seite versuchten. Ihre Tür war nicht verschwunden, hatte aber ebenfalls keine Klinke mehr. Und noch während ich herumfuhr, wuchsen von oben und unten und den Seiten jeweils zwei kleinfingerdicke schwarze Eisenstäbe in das Fenster und versiegelten es ebenfalls. Das alles spielte sich nicht nur binnen eines einzigen Atemzugs ab, sondern auch in fast vollkommener Stille.

Wenigstens zuerst. Dann schrie Mulligan wutentbrannt auf, schob Nikola aus dem Weg und trat mit aller Gewalt gegen die Tür. Er brüllte ein zweites Mal auf – jetzt vor Schmerz – und plumpste rücklings auf die Bank zurück, zog das Knie an den Leib und umklammerte seinen geprellten Knöchel.

»Lassen Sie das, Sie Dummkopf«, schimpfte Nikola, was ihm nicht nur von Mulligan einen bösen Blick einbrachte. Diplomatie war noch nie seine Stärke gewesen, und dass er sich zugleich seine geprellte Schulter zu massieren begann, machte es auch nicht besser.

Ich sank vor Mulligan in die Hocke, schob seine Hände zur Seite und tastete behutsam mit den Fingerspitzen über seinen Knöchel. Er begann bereits anzuschwellen, und das schmerzerfüllte Zischen, mit dem er die Luft einsog, machte es auch nicht besser.

»Es scheint nichts gebrochen zu sein«, sagte ich. »Aber Nikola hat recht. Das war nicht besonders klug.«

»Neben etlichem anderem«, grummelte Nikola. »Haben Sie denn nicht gesehen, was das hier wirklich ist, zum Teufel noch mal?«

Mulligan war noch voll und ganz damit beschäftigt, gegen den Schmerz anzukämpfen, sodass ich das Antworten für ihn übernahm. »Sie sind doch als Erster eingestiegen, oder?«

Nikola hielt es anscheinend für unter seiner Würde, etwas darauf zu erwidern, sondern begann nun mit beiden Händen an den neu entstandenen Gitterstäben zu rütteln. Das war vermutlich nicht so schmerzhaft wie das, was Mulligan getan hatte, aber kaum weniger sinnlos. Ich verkniff mir jeden Kommentar, beendete meine Untersuchung und stand auf. Ich musste vorsichtig dabei sein, denn der Wagen schoss mit immer größerem Tempo dahin und schaukelte so heftig, dass ich mich gleich wieder auf die gepolsterte Bank neben Mulligan sinken ließ.

Auf die Bank, um ganz präzise zu sein, denn der schwarze Samt sah zwar immer noch aus wie schwarzer Samt, hatte sich aber in steinhartes Eisen verwandelt, so wie alles andere hier drinnen. Selbst die Luft schmeckte jetzt nach Metall.

Nikola hatte es aufgegeben, an den Gitterstäben zu rütteln, und versuchte stattdessen, Kopf und Schultern durch die schmalen Zwischenräume zu zwängen, was mindestens genauso sinnlos war. Außerdem zweifelte ich nicht daran, dass sie sofort enger geworden wären, hätte er es geschafft. Schließlich stellte er auch dieses fruchtlose Unterfangen ein, trat einen halben Schritt zurück und versetzte der Tür einen ärgerlichen Tritt. Mulligan grunzte.

Ich erschrak ein wenig, als ich an Nikola vorbei aus dem Fenster sah und dabei feststellte, mit welch atemberaubender Geschwindigkeit wir mittlerweile dahinschossen, einem Tempo, von dem ich ernsthaft bezweifelte, dass es so manchem Automobil möglich gewesen wäre.

Nikola setzte sich uns gegenüber auf die Bank und verzog den Mund, als er genau wie ich zu spät begriff, dass es sich um hartes Eisen handelte.

»Eine wirklich hervorragende Wahl, Sherlock«, sagte er scharf. »Besser hätte ich es auch nicht gekonnt.« Er streckte mit vor Wut funkelnden Augen die Hand aus. »Und jetzt geben Sie mir auf der Stelle mein Geld zurück, bevor ich handgreiflich werde!«

Das war völlig überzogen, und Mulligan blickte ihn zornig an. Doch auch ich musste mich beherrschen, um eine wütende Antwort zurückzuhalten, die übertrieben aggressiv wäre. Zugleich war ich in immer stärkerem Maße verwirrt und auch ein wenig erschrocken. Waren das wirklich noch wir? Ich kannte Nikola als freundlichen und eher sanften Mann, der allenfalls einen manchmal etwas sonderbaren Sinn für Humor an den Tag legte, und auch ich selbst wusste mich eigentlich zu beherrschen. Jetzt jedoch spürte ich, wie dicht wir davorstanden, übereinander herzufallen – als gäbe es hier etwas, das sich begierig auf unsere Aggressionen und unsere Wut stürzte und sie anfachte.

Und möglicherweise wäre es sogar so gekommen, hätte die Fahrt noch lange gedauert, denn Nikola beharrte kindisch darauf, sein Geld zurückzubekommen (worauf Mulligan zwar nur mit zornigen Blicken reagierte, darunter zugleich aber auch immer wütender wurde). Gottlob hatten wir unser Ziel (wie immer es aussehen mochte) jedoch bald erreicht, und der Wagen wurde langsamer. Dabei schüttelte er sich und schnaubte wie eine auslaufende Dampfmaschine.

Durch das schmaler gewordene Fenster konnte ich sehen, wie sehr – und nicht zum Guten – sich unsere Umgebung verändert hatte. Soweit überhaupt möglich, war es noch dunkler geworden. Die wenigen Gebäude, die ich mehr erahnte als wirklich erkannte, waren allesamt klein und schäbig und schienen mehr nach Vorgaben der Zweckmäßigkeit als der Ästhetik errichtet worden zu sein. Der Wagen schaukelte nicht nur wegen seiner halsbrecherischen Geschwindigkeit, sondern auch weil wir über immer gröber werdendes Kopfsteinpflaster und durch immer tiefer werdende Schlaglöcher rumpelten. Endlich kam er mit einem Ruck und einem Zischen wie von einer übellaunigen Dampflokomotive zum Stehen, und die Tür ging auf. Wie durch Zauberei wuchs eine zweistufige Trittleiter aus ihrem unteren Rand, die weder Nikola noch ich brauchten, Mulligan aber umso bitterer nötig hatte, als er als Letzter und mit zusammengebissenen Zähnen heraushumpelte. Hätte ich ihm nicht geholfen, hätte er es womöglich nicht einmal geschafft. Vielleicht war sein Knöchel ja doch gebrochen.

Nikola hatte sich ein paar Schritte entfernt und musterte nun mit einem Ausdruck schierer Verblüffung das Gefährt, dem wir gerade entstiegen waren. Es … veränderte sich. Es war mir unmöglich, die Veränderung in Worte zu fassen, schon weil sie mit nichts zu vergleichen gewesen wäre, was ich jemals gesehen hatte. Dinge und Linien flossen hin und her, gruppierten sich um und neu und änderten sich unentwegt; als verbärge sich unter der Oberfläche des Sichtbaren noch eine zweite Wirklichkeit, die zu fremd und zu bizarr war, als dass der menschliche Intellekt sie erfassen konnte, ohne daran zu zerbrechen. Ein anhaltendes Klickern und Rasseln und Rollen erfüllte die Luft, wie von einer Million winziger stählerner Käfer, die unsichtbar um uns herumwuselten.

Mulligan hatte die Treppe kaum hinter sich gebracht und sich schwer auf meine Schulter gestützt, als der Wagen auch schon wieder abfuhr. Er rollte jedoch nur ein paar Dutzend Schritte weit den Weg zurück, den wir gekommen waren, und kam dann quer zur Fahrbahn zum Stehen – eine eindeutige Botschaft.

»Wirklich, wenn ich wieder einmal dringend einen zuverlässigen Chauffeur brauche, dann werde ich mich vertrauensvoll an Sie wenden, Sherlock«, maulte Nikola. »Was hätten wir nur ohne Sie getan?«

»Halten Sie die Klappe, Nikola«, blaffte ich, ganz gegen meine Art, aber auch nicht in der Lage, die Worte zurückzuhalten. »Sagen Sie uns lieber, wo wir hier sind. Und ob Sie hier irgendwo Sir Arthur sehen.« Das war das bisher Unsinnigste, was ich gesagt hatte. Der ungute Einfluss, den dieses unheimliche Gefährt auf mich gehabt hatte, hielt immer noch an.

Mit wenigen Schritten schlossen wir zu Nikola auf, der sich dazu herabließ, auf meine Frage zu reagieren. »Woher soll ich das wissen? Schließlich war ich noch niemals hier. Aber ich nehme an, es ist der Hafen.«

Das zu erraten war nun wirklich kein Kunststück, wie allein der feuchte Hauch bewies, der uns in ein Aroma von Salzwasser und leiser Fäulnis hüllte. Außerdem war es kalt. Ich musste mich beherrschen, um nicht mit den Zähnen zu klappern, durchgefroren wie ich ohnehin nach diesem endlosen Tag war.

Irgendwo hinter Nikola wuchs eine gewaltige schwarze Wand in die Höhe, die einen Großteil des Himmels verschlang und von einer Unzahl künstlicher rechteckiger gelber Sterne gekrönt wurde – ein Schiff von so immensen Ausmaßen, dass ich eine ganze Weile brauchte, um überhaupt zu begreifen, was wir da sahen.

»Ist das die *Titanic*?«, fragte Mulligan, bevor ich es tun konnte. Ich nahm es ihm ein bisschen übel.

»Ich nehme es an«, erwiderte Nikola, indem er den Kopf in den Nacken legte und an der zyklopischen eisernen Klippe hinaufsah. »Sehr viele Schiffe dieser Größe wird es wohl kaum geben. Aber warum haben sie uns hier abgesetzt? Hier ist aber auch rein gar nichts von einer Abschiedsparty zu sehen.«

Nur ein weiteres von zahllosen Rätseln, das wir im Moment gewiss nicht lösen würden.

Nikola schien zu einem ganz ähnlichen Schluss gekommen zu sein, denn er sah nur noch einmal kurz nach rechts und links und machte sich dann ohne ein weiteres Wort zügig auf den Weg. Er überzeugte sich mit keinem Blick davon, ob wir ihm überhaupt folgen konnten – was insbesondere Mulligan mit seinem verletzten Knöchel nicht leichtfiel.

Wir waren zu nahe, um den Namen des Schiffes zu entziffern, der in doppelt mannsgroßen Lettern an seinem Bug prangte, doch die charakteristischen Aufbauten mit den vier schräg nach hinten geneigten Schornsteinen waren unverwechselbar, selbst für jemanden wie mich, der von Schiffen weder etwas verstand noch sich dafür interessierte. Auch wenn ich schon auf der *Titanic* gewesen war, so hatte ich sie doch vor einiger Zeit noch in der Werft und in halb fertigem Zustand gesehen.

Um das Schiff zu erreichen, mussten wir zwischen zwei dunkel daliegenden, lang gestreckten Lagerschuppen hindurchgehen und eine schmale Gasse passieren, die geradezu prädestiniert für einen Hinterhalt zu sein schien, auch wenn mir meine Vernunft zugleich erklärte, dass es überhaupt keinen Grund für einen solchen gab. Immerhin waren wir in einer unentrinnbaren Falle hergebracht und ohne Probleme wieder freigelassen worden. Warum also sollte man uns jetzt in eine weitere locken?

Aber wer vermochte schon zu sagen, was in einem Gehirn vorging, das nur aus dem futuristischen Äquivalent von Schrauben, Zahnrädern und Federn bestand?

Mein Herz klopfte jedenfalls bis zum Hals, als wir auf der anderen Seite wieder herauskamen und auf den Pier traten. Nun konnten wir erkennen, dass es sich tatsächlich um die *Titanic* handelte. Wie ein schwimmendes Gebirge ragte sie hinter dem Pier in die Höhe, ein eiserner Koloss, der mir zumindest in diesem Moment so vorkam, als wäre er nur zu dem einzigen Zweck gebaut worden, um zu zeigen, wozu Menschen imstande waren, wenn sie etwas wirklich wollten. Und bei diesen Gedanken meinte ich eine Ahnung davon zu erhaschen, warum die Herren des Hive uns Menschen so sehr fürchteten, obwohl sie uns doch technologisch hoffnungslos überlegen waren.

»Hier sind wir richtig«, stellte Nikola fest. Er klang mehr als nur ein bisschen erleichtert. »Sehen Sie?«

Sein ausgestreckter Arm deutete auf eine Landungsbrücke. Es gab mindestens ein halbes Dutzend davon, doch diese war als einzige nicht nur hell erleuchtet, sondern wurde auch von zwei Männern in prachtvoll herausgeputzten Marineuniformen bewacht. Selbstverständlich befand sie sich ganz am anderen Ende des Schiffes. Warum sollte etwas auch leicht sein?

»Ich hoffe, Sie haben Ihre Einladung dabei«, sagte ich.

»Selbstredend«, antwortete Nikola in schon wieder leicht beleidigtem Ton. »Und selbst wenn nicht, dürfte das kein Problem darstellen. Schließlich kennt man mich. Ich war oft genug auf dem Schiff.«

»In Belfast auf der Werft«, stellte Mulligan fest. Er stützte sich immer noch auf mich (und wurde allmählich schwer) und versuchte sein Gewicht zu verlagern, was es noch unangenehmer machte. »Aber kennt Sie auch die Mannschaft?«

Nikola sah ihn verdutzt an, doch noch bevor er antworten konnte, löste sich einer der beiden Schiffsoffiziere von seinem Platz und steuerte zielsicher in unsere Richtung.

Nach den ersten zehn oder fünfzehn Schritten begann er sich zu verändern.

Es war wie bei dem vermeintlichen Wagen gerade: Die Bewegung war nicht wirklich zu erkennen, wenigstens nicht auf den ersten Blick und in der Art, wie ich Bewegungen normalerweise wahrzunehmen gewohnt war, zugleich aber auch viel zu deutlich, um sie als bloße Einbildung zu negieren. Wieder … *veränderte* sich die Realität, gruppierten sich vertraut anmutende Formen und Linien um und wurden zu etwas, von dem ich nicht sicher war, ob ich es überhaupt erkennen wollte.

Zuallererst verloren seine Schritte ihre Eleganz und natürliche Flüssigkeit, wurden eher zu einem Stampfen und Staksen, dann schien es, als lösten sich seine Kleider auf, doch schon nach dem zweiten oder dritten Schritt erkannte ich meinen Irrtum. Sie lösten sich nicht auf, sondern verschmolzen vielmehr mit dem, was ein menschlicher Körper zu sein vorgab, und veränderten gleichzeitig ihre Farbe. Schließlich war das einzig Menschenähnliche an ihm noch seine Gestalt, und selbst das nur vage, denn was nun mit plötzlich wieder schneller werdenden Schritten näher kam, ähnelte mehr einer menschengroßen Aufziehpuppe aus Metall, mit stählernen Rippen, von zischenden Kolben angetriebenen Gliedmaßen und ohne Gesicht. Abgesehen von dem achtbeinigen Albtraum, mit dem vor so langer Zeit in Belfast alles begonnen hatte, war es der hässlichste Neumann, dem ich jemals begegnet war.

Aber auch der furchteinflößendste, sodass ich nach einer kurzen Schrecksekunde keiner weiteren Aufforderung mehr bedurfte, um herumzufahren, Mulligan am Arm zu ergreifen und hinter mir her zurück in die Gasse zu zerren.

Natürlich kamen wir nur wenige Schritte weit. Ich hatte halbwegs damit gerechnet, nicht wirklich zu entkommen, doch womit ich nicht gerechnet hatte, war das gewaltige eiserne Spinnennetz, das das andere Ende der Gasse blockierte.

Es kam so überraschend, dass ich um ein Haar in das kunstvolle Spiralgeflecht hineingerannt wäre. Gerade noch rechtzeitig schrak ich zurück, doch durch die abrupte Bewegung verlor Mulligan den Halt an meiner Schulter, stolperte mit einem erschrockenen Grunzen an mir vorbei und prallte gegen das Hindernis. Anders als bei einem wirklichen Spinnennetz klebte er immerhin nicht daran fest, schlug aber mit einem Laut wie dem Zerreißen einer straff gespannten Klaviersaite dagegen und fiel auf Hände und Knie. Hinter ihm, gerade auf jenem schmalen Grat, auf dem der Unterschied zwischen Erkennen und angstgeborener Einbildung nicht mehr wirklich zu greifen war, meinte ich etwas Riesiges und Missgestaltetes auf viel zu vielen Beinen herumkrabbeln zu sehen. War es wirklich Zufall, dass die Stahlspinne ausgerechnet in dem Moment wieder auftauchte, in dem ich mich nach so langer Zeit das erste Mal wieder an sie erinnerte?

Ein weiterer müßiger Gedanke, der nicht weiterführte. Das Ungeheuer war da, das war alles, was zählte, und es machte mir verdammt große Angst.

Ich vergaß Mulligan, wirbelte herum und kam genau einen einzigen Schritt weit, bevor ich gegen Nikola prallte, den ich damit gegen ein zweites eisernes Netz stieß, das wie aus dem Nichts hinter ihm aufgetaucht war und uns damit endgültig einsperrte.

Dahinter stürmte der Maschinenmann heran, der sich abermals verändert hatte. Wellen und verwirrende Muster liefen über die jetzt silbern schimmernde Gestalt, kräuselten ihren Leib und das konturlose Gesicht, gruppierten sich immer und immer wieder um und formten Neues …

… und dann von einem Atemzug auf den nächsten stand Allison vor mir.

Nicht etwas *wie* Allison. Da war keine vage Ähnlichkeit, kein noch so geschicktes Nachahmen, weder maschinelle Mimikry noch raffiniertes Camouflage. Die schlanke Gestalt in dem viel zu dünnen weißen Sommerkleid mit dem schulterlangen dunklen Lockenhaar und den wunderschönen, so sanften Augen, in denen zugleich auch immer leise der Schalk zu blitzen schien, war Allison. Keine Kopie oder Doppelgängerin. Allison war tot, in meinen Armen gestorben, und dennoch stand sie jetzt wieder vor mir.

»Aber das ist doch …«, krächzte Nikola und schnappte erschrocken nach Luft, als das Allison-Ding, ohne zu zögern, durch das Spinnennetz hindurchging. Die Seidenfäden nachahmenden Drähte wichen nicht etwa vor ihr zurück oder verbogen sich, um ihr Platz zu machen. Vielmehr schienen sie mit ihrem Körper zu verschmelzen und hindurchzugleiten wie durch Wasser, das ihnen keinen Widerstand leistete – als wären sie für einen einzelnen Lidschlag ein Teil davon geworden.

Und ganz genau das war es auch, versuchte ich mir verzweifelt einzelhämmern. Dieses … *Ding* war nicht Allison, egal wie ähnlich es ihr auch sein mochte und wie verzweifelt ich es mir wünschte. Es war nicht einmal etwas Lebendiges, sondern eine böse Kopie von Leben, eine Von-Neumann-Maschine, die jede beliebige Form annehmen konnte.

»Aber was … wer… wer sind Sie?«, stammelte Nikola. »Was wollen Sie?«

Allison – *der Neumann!* – ich durfte dieses Ding nicht einmal in Gedanken Allison nennen, konnte aber zugleich auch nicht anders. Die Ähnlichkeit war zu allumfassend, und ein großer Teil von mir wollte zu gern an diese verzweifelte Lüge glauben …

Während mir diese Gedanken durch den Kopf schossen, würdigte Allison Nikola nicht eines Blickes, sondern ging einfach weiter, sodass er hastig zur Seite treten musste, um nicht umgerannt zu werden.

»Ihr hättet nicht herkommen dürfen, Quinn«, sagte sie, blieb kaum zwei Schritte vor mir stehen und fügte mit einem traurigen Lächeln hinzu: »Ich habe wirklich versucht, dich zu warnen, aber natürlich hast du nicht auf mich gehört.« Sie lachte amüsiert, leise und noch ein wenig traurig. »Eigentlich hätte ich es mir denken können.«

Alles in mir schrie danach, sie in die Arme zu schließen und an mich zu drücken und nie wieder loszulassen, ganz gleich, was mein Verstand mir einzureden versuchte. Was vor mir stand, das sah nicht nur aus wie Allison, es *war* Allison. Sie hatte ihre Stimme, ihre Art sich zu bewegen und ihren Blick, selbst die Weise, wie sich ihr Haar im Wind bewegte und ihr Kleid fiel – alles an ihr strahlte *Allison* aus, so intensiv, dass ich mich weder dagegen wehren konnte noch wollte.

Aber da musste wohl doch noch ein kleiner Rest von klarem Verstand in mir sein, denn auch wenn ich mir bei jedem einzelnen Wort wie ein Verräter vorkam, hörte ich mich mit der Stimme eines Fremden sagen: »Du bist nicht Allison. Wer … wer bist du? Was willst du von mir?«

»Ich *bin* Allison«, widersprach der Neumann mit Allisons sanfter Stimme und einem beinahe noch traurigeren Lächeln. Zugleich schüttelte er aber auch sacht den Kopf, und ich konnte das Rascheln hören, mit dem sein Haar über den Stoff des weißen Kleides und die nackten Schultern strich. Allisons Schultern. »Aber auch Stanley Jacobs, Chip und alle anderen.«

»Alle anderen, die ihr …« Mir fiel kein passendes Wort ein, aber Allison hatte wohl auch so verstanden, was ich sagen wollte, denn ihr Blick wurde noch eine Spur trauriger. Sie kam näher und legte mir sacht die Hand auf den Unterarm.

»Sie ist bei uns, Quinn«, sagte sie. »Sie sind bei uns und noch sehr viel mehr. Sie sind am Leben, wenn auch auf eine andere Weise, als du dir vorstellst. Du musst nicht um sie trauern. Es gibt keinen Grund dazu.«

Wenn schon nicht ihre Hand, deren Berührung mir selbst durch den Stoff meiner Kleidung hindurch fast unerträglich war, so ließ mich doch wenigstens ihr Blick los, als sie sich zu Mulligan umwandte. »Und auch Sie müssen sich endlich vergeben, Mulligan. Es war ganz allein ihre Entscheidung, und sie hat sie nicht eine Sekunde lang bereut.«

»Sie … Sie sind tot«, flüsterte Mulligan. »Ich habe Sie erschossen!«

»Nur meinen Körper«, antwortete Allison. Sie lächelte. »Es ist nur ein Gefäß, ohne wirkliche Bedeutung. Ist es nicht auch das, was euch euer eigener Glaube lehrt?«

»Bitte reden Sie nicht so«, sagte Nikola scharf. Er hatte seine Fassung zurückerlangt und kam näher. Er wirkte immer noch verunsichert und ängstlich, zugleich aber auch unerwartet kampflustig. »Manche von uns nehmen ihren Glauben sehr ernst.«

»Und daran tun sie auch gut«, antwortete Allison. »Er enthält mehr Wahrheit, als die meisten von euch glauben.«

»Dann sollten Sie sich nicht darüber lustig machen«, beharrte Nikola. »Ich spreche über die Seelen der Menschen, nicht über eine Maschine, die einem Programm gehorcht.«

»Ihr benutzt vielleicht ein anderes Wort, aber so groß ist der

Unterschied nicht, glauben Sie mir, Nikola«, versicherte Allison und wandte sich wieder an Mulligan. »Sie sind verletzt. Ich nehme an, Sie haben Schmerzen?«

Mulligan starrte sie nur an, und Allison fragte: »Gestatten Sie, dass ich Sie berühre?«

Diesmal verging deutlich mehr Zeit, doch schließlich nickte Mulligan, und Allison ließ sich vor ihm in die Hocke sinken. Sehr behutsam beugte sie sich vor, griff nach Mulligans Bein und tastete mit spitzen Fingern über seinen Knöchel. Mulligan starrte sie unverwandt an und gab nicht den kleinsten Laut von sich, doch ich konnte ihm ansehen, wie fest er die Zähne zusammenbiss, um ein Stöhnen zu unterdrücken.

»Es wird ein wenig wehtun«, sagte Allison. »Sind Sie bereit?«

Mulligan antwortete nicht, doch das schien Allison als Zustimmung zu genügen, denn sie griff beherzt mit beiden Händen zu. Nun gelang es Mulligan nur noch mit unübersehbarer Anstrengung, einen Schrei zu unterdrücken. Was genau sie tat, war nicht zu erkennen. Ich hatte eigentlich damit gerechnet, ein Krachen zu hören, mit dem sie sein Gelenk wieder einrenkte, oder sogar ihre Hände aufleuchten zu sehen oder irgendetwas anderes Verrücktes, doch es schien rein gar nichts zu geschehen. Eine Minute verging, dann eine zweite und schließlich sogar noch eine dritte, bevor Allison die Hände zurückzog und Mulligan mit einem erschöpften Keuchen gegen die Wand in seinem Rücken sank und die Augen schloss. Als Allison aus der Hocke aufstand, meinte ich nun doch so etwas wie feinen silbrigen Staub zu erkennen, der von ihren Handflächen rieselte und sich augenblicklich aufzulösen schien.

»Es geht ihm bald besser«, sagte Allison. »Er wird ein paar Stunden schlafen und dann wieder gesund sein.« Sie schüttelte den Kopf und sah mich beinahe strafend an. »Eure Körper sind so zerbrechlich, und ihr geht so achtlos damit um.«

»Hör auf damit!«, brachte ich mühsam hervor. »Ich … ich will mit Allison sprechen! Ist sie …?« Es kostete mich all meine Kraft, die nächsten Worte auszusprechen, und meine Stimme war nicht mehr als ein Flüstern. »Ist noch irgendetwas von ihr da drinnen am Leben? Wenn, dann will ich mit ihr sprechen!«

Allison seufzte. Sie wirkte ein bisschen enttäuscht. »Aber ich bin es doch, Quinn. Alles von mir.«

»Du bist nur eine Maschine!«

»Seid ihr das denn nicht auch, nur dass eure Einzelteile aus Fleisch und Blut bestehen und unsere aus Metall und Elektrizität?«, fragte Allison. »Und wo genau ist nun der Unterschied?«

»Ich will mit Allison sprechen«, beharrte ich so stur und trotzig wie ein kleines Kind.

»Das tust du schon die ganze Zeit«, beharrte die groteske Maschinenkreatur, die vorgab, Allison Carter zu sein. »Aber vielleicht erwarte ich auch zu viel in zu kurzer Zeit von dir. Manchmal vergesse ich, welch große Angst ich damals selbst gehabt habe. Bevor ich wusste, wie es wirklich ist.«

»Der Hive?«, fragte Nikola.

»Wir haben ein anderes Wort dafür, aber wenn es Ihnen lieber ist …« Allison nickte. »Ja.«

»Dann lasst sie gehen!«, verlangte ich. »Gebt sie mir zurück!«

Erst als die Worte schon über meine Lippen waren, begriff ich, was ich da gerade gesagt hatte.

Allison lächelte mich strahlend an »Aber das will ich doch gar nicht, Quinn«, antwortete sie. »Es ist alles gut so, wie es ist. Wenn du es doch nur selbst erleben könntest.«

»Was wollen Sie?«, mischte sich Nikola ein. »Haben Sie uns in diese Falle gelockt, nur um sich über den armen Quinn lustig zu machen? Ein wenig viel Aufhebens wegen ein bisschen Schikane, oder?«

Eines musste man dem grotesken *Ding* lassen, das mir gegenüberstand: Es spielte seine Rolle perfekt. Allison sah verletzt aus. Sie senkte den Blick und schwieg endlose Sekunden lang, in denen es in ihrem Gesicht arbeitete. Schließlich gab sie sich einen sichtbaren Ruck und wandte sich mit veränderter Stimme und nahezu ausdruckslosem Gesicht direkt an Nikola. »Sie hätten nicht herkommen sollen, Nikola. Sie nicht, Mister Mulligan nicht und Quinn schon gar nicht. Sie müssen gehen. Sofort.«

»Ach, müssen wir das?« Nikola versuchte vergeblich, überheblich zu klingen. »Warum?«

»Weil Sie alle in großer Gefahr sind«, erwiderte Allison ernst. »Etwas sehr Gefährliches beginnt zu erwachen, und ich weiß nicht, ob ich Sie beschützen kann, wenn Sie ihm zu nahe kommen.«

»Beschützen?«, wiederholte Nikola gedehnt. »Als wir uns das letzte Mal begegnet sind, da haben Sie versucht, uns umzubringen, oder täuschen mich da meine Erinnerungen?«

»Wir haben niemanden getötet, aber uns ist klar, dass Sie diesen Eindruck gewonnen haben müssen«, erwiderte Allison ruhig. »Schlimme Dinge sind geschehen. Fehler wurden auf beiden Seiten gemacht. Wir möchten nicht, dass noch mehr Unglück geschieht. Dieser Kampf geht euch nichts an.«

»Welcher Kampf?«, fragte Nikola.

»Etwas sehr Schlimmes wird geschehen, wenn es uns nicht gelingt, sie aufzuhalten«, orakelte Allison. »Aber das ist nicht euer Kampf. Er war es nie. Wir wollen nicht, dass ihr zu Schaden kommt.« Dann drehte sie sich zu mir um und sah mir fest in die Augen. »Ich will nicht, dass *du* zu Schaden kommst.«

»Wie rührend«, sagte Nikola böse. »Und wenn wir nicht damit einverstanden sind …«

»Es steht nicht zur Debatte, womit Sie einverstanden sind, Nikola«, unterbrach ihn Allison. »Wir stehen auf Ihrer Seite, auch wenn es Ihnen im Augenblick schwerfallen mag, das zu glauben. Geben Sie mir Ihr Wort, sich nicht weiter einzumischen und die Stadt zu verlassen, und ich lasse Sie gehen.«

»Und wenn nicht?«, fragte Nikola herausfordernd.

Allison ignorierte ihn.

»Geht, Quinn«, sagte sie nun wieder direkt an mich gewandt, in ihrer Stimme lag ein solcher Ernst, dass ich mich eines eisigen Fröstelns nicht erwehren konnte. »Haltet euch von der *Titanic* fern. Das ist alles, was ich dir sagen kann. Ich werde dich nicht beschützen können.«

»Beschützen?«, ächzte Nikola. Er versetzte dem eisernen Netz hinter sich einen heftigen Stoß mit der flachen Hand. »Oh ja, ich sehe, wie Sie uns beschützen!«

»Lassen Sie das, Nikola«, sagte ich. »Sie sagt die Wahrheit.«

»Aber ich …«

»Das mit der Schrift an der Wand in meinem Zimmer«, fuhr ich fort, Nikola genauso ignorierend, wie Allison es tat, »das warst du?«

Sie nickte.

»Und vor einer Woche in Edinburgh … es war kein Traum, habe ich recht?«

»Nein«, sagte Allison. »Das war es nicht.«

»Aber warum hast du das nicht gleich gesagt?«

»Weil du von alledem hier gar nichts wissen dürftest«, erwiderte Allison. »So wenig wie ich jetzt hier sein dürfte. Ein Sturm zieht auf, und er wird euch zerstören, wenn ihr euch ihm in den Weg stellt.«

»Quinn, Sie glauben diesen Unsinn doch nicht etwa?«, ächzte Nikola.

»Doch«, antwortete ich. »Und wollen Sie auch wissen, warum? Weil wir noch am Leben sind und Sie diese dumme Frage stellen können.«

»Sie *vertrauen* ihr?« Nikola schrie fast. »Ausgerechnet Sie? Nach allem, was sie Ihnen angetan haben?«

»Ja«, antwortete ich einfach.

»Dann tut, was ich euch rate, und verlasst die Stadt«, sagte Allison. »Vielleicht kann ich irgendwann einmal erklären, was das alles bedeutet. Aber im Moment musst du mir einfach vertrauen.«

»Ganz gewiss nicht«, polterte Nikola. »Wenn Sie wirklich so edelmütig sind, wie Sie behaupten, dann erzählen Sie uns doch einfach, was hier vorgeht! Vielleicht können wir Ihnen ja sogar helfen.«

Allison antwortete nicht. Vermutlich hatte sie die Worte nicht einmal gehört. Ihr Blick hielt meinen fest, und ich las die Frage darin und hätte sie zu gerne mit einer Lüge beantwortet. Aber das konnte ich nicht.

Nach einer kleinen Ewigkeit schüttelte ich den Kopf.

»Dann bleibt mir keine Wahl«, sagte Allison bedauernd. Sie kam näher, stellte sich auf die Zehenspitzen und hauchte mir einen Kuss auf die Lippen, ganz flüchtig nur, kaum die Ahnung einer Berührung, und doch war es, als hätte allein dieser Hauch jeden einzelnen Nerv in meinem Körper in Brand gesetzt.

Und vielleicht war es auch mehr als nur *als,* denn die grelle Explosion jeglicher Sinneseindrücke hielt nicht nur an, sondern wurde mit jedem Sekundenbruchteil nur noch schlimmer und wandelte sich in jähen, gleißenden Schmerz, als wäre ich von Kopf bis Fuß in flüssiges Feuer gehüllt. Ich stolperte zurück, prallte gegen die Mauer und spürte, wie mein Bewusstsein zu schwinden begann.

Aber ich sah trotzdem noch, wie sich Allison umdrehte und die Hände nach Nikola ausstreckte. Aus ihren Fingerspitzen sprühten knisternde hellblaue Funken.

# 13

Diesmal war das Erwachen scheußlich. Statt aus einem – gleich wie bizarren – Traum emporzutauchen, erwachte ich in einem Ozean aus Feuer, der jeden Nerv, jeden Muskel und jede einzelne Zelle in Brand gesetzt hatte. Ganz instinktiv versuchte ich die Hände vors Gesicht zu schlagen, um wenigstens meine Augen vor den weißglühenden Dolchen reiner Agonie zu schützen, aber jemand ergriff meine Handgelenke und hielt sie fest.

»Sie sollten sich besser nicht bewegen, Quinn. Sie haben einen heftigen Stromschlag bekommen und können von Glück sagen, dass Sie noch leben.«

Selbst die Worte brannten wie Feuer. Instinktiv wusste ich, dass die Stimme nicht zu den Händen gehörte, die mich festhielten. Ich vermochte mich nicht an den dazugehörigen Namen zu erinnern. Ich wusste nicht einmal mehr genau, was ein Name war.

Die Stimme fuhr fort: »Die meisten glauben ja, man fällt bei einem Stromschlag entweder auf der Stelle tot um oder hat es überlebt, aber in Wahrheit ist es genau andersherum. In den allermeisten Fällen stirbt man erst nach Stunden oder sogar noch später. Elektrizität führt nämlich nicht nur zu bösen Verbrennungen, sondern greift vor allem den Herzmuskel an.«

Das war ungemein beruhigend, aber wenigstens wusste ich jetzt, um wessen Stimme es sich handelte. Ich kannte überhaupt nur einen einzigen Menschen, der diese Information in meiner Situation für angebracht hielt.

»Halten Sie die Klappe, Nikola«, brachte ich irgendwie heraus. Ich versuchte die Augen zu öffnen und brauchte drei Anläufe dazu, weil meine Lider hoffnungslos verklebt waren – außerdem hatte ich Angst vor dem, was ich vielleicht sehen würde.

»Aber er ist nicht schwer verletzt, oder?«, fragte eine zweite Stimme. Sie kam mir ebenfalls bekannt vor, allerdings nur vage und ohne dass ich das Gefühl hatte, ihren Besitzer kennen zu müssen.

Als ich meine Augen endlich öffnete, sah ich Mulligans Gesicht. Er beugte sich über mich und hielt meine Arme noch immer fest. In seinen Augen entdeckte ich einen Ausdruck echter Sorge.

»Es ist gut, Sherlock«, sagte ich. »Sie können mich jetzt loslassen.«

Die Sorge in seinem Blick wurde von Ärger abgelöst und er ließ meine Handgelenke los – wobei er es allerdings nicht versäumte, mir noch einen kräftigen Stups zu versetzen, der meinen Hinterkopf unsanft gegen das prallen ließ, worauf auch immer ich lag. Es fühlte sich an wie massives Eisen.

Das dumpfe Pochen in meinem Hinterkopf zeigte mir, dass der andere, viel schlimmere Schmerz weg war. Was nicht hieß, dass ich mich wohlfühlte. Trotzdem begann ich mich behutsam aufzusetzen, und genau wie ich es erwartet hatte, tönte Nikolas Stimme hinter mir.

»Ich weiß ja, dass Sie allergisch auf gute Ratschläge reagieren, Quinn, aber Sie sollten sich wirklich vorsehen.«

Schritte erklangen, und jemand trat in mein Sichtfeld. Ich konnte sogar selbst spüren, wie sich meine Miene noch weiter verfinsterte.

»Ich hoffe, es geht Ihnen gut, Mister Devlin«, sagte Admiral Hanscombe. »Ich verstehe herzlich wenig von solchen Dingen, aber Sie sollten wirklich auf Ihren Freund hören. Sie sehen nicht gut aus, wenn Sie mir die Bemerkung gestatten.«

»Ja, ich freue mich auch nicht, Sie zu sehen«, knurrte ich.

Hanscombe lächelte nur dünn. »Ich meine es ernst. Lassen Sie es etwas langsamer angehen. Sie sind hier in Sicherheit.«

»Aha«, murmelte ich. »Und wo genau ist *hier?*«

Hanscombe antwortete nicht, doch ich hatte mich bereits weiter aufgesetzt und sah mich (sehr vorsichtig) um. Allzu viel gab es nicht zu entdecken, und das wenige, was ich sah, gefiel mir nicht. Ich war nicht in einem Bett aufgewacht, sondern auf etwas wie einem großen Tisch, der eigenartigerweise aus Metall bestand, und dasselbe galt auch für den Rest der spärlichen Einrichtung. Sie setzte sich lediglich aus einem schmalen Bett und einem äußerst unbequem aussehenden Stuhl zusammen sowie zwei großen Metallschränken mit zahlreichen Schubladen. Selbst der Boden sowie Decke und Wände bestanden aus mattgrau gestrichenem Metall. Am längsten starrte ich wohl das runde Fenster an, das sich in der gegenüberliegenden Wand befand. So etwas nannte man auch Bullauge, wenn ich mich richtig entsann.

»Wir sind auf einem …?«

»Schiff«, half mir Hanscombe fröhlich aus, als ich nicht weitersprach. »Meinem Schiff, um genau zu sein.« Er machte eine weit ausholende Geste mit beiden Armen. »Willkommen auf der *RMS Carpathia*!«

Auch dieser Name wollte mir etwas sagen, doch meine Gedanken waren immer noch nicht richtig in Schwung gekommen, sodass ich ihn nur dümmlich ansah. »Ihr Schiff?«

»Genau genommen gehört es natürlich der Krone und ist nicht *mein* Schiff«, antwortete Hanscombe und wiederholte seine Geste. »Und es ist auch nur eines von vielen. Aber ich dachte mir, es wäre ein passender Rahmen für unser Wiedersehen. Sie erinnern sich?«

Eigentlich schon, zugleich aber auch nicht wirklich, doch noch während ich ihn aus Augen ansah, die immer noch Mühe hatten, sich scharf zu stellen, erschien Nikola hinter ihm. Er sagte zwar nichts, begann aber Grimassen zu schneiden und mit den Kopf zu wackeln. Offensichtlich wollte er mir etwas sagen, und es schien wichtig zu sein, aber ich kam nicht darauf, was.

»Aha«, sagte ich nur. »Ich habe niemandem etwas gesagt.«

»Aber das weiß ich doch«, erwiderte Hanscombe gönnerhaft. »Wäre es nicht so, dann würden wir dieses Gespräch nicht hier führen, sondern in einem viel ungastlicheren Raum mit Gitterstäben vor den Fenstern. Oder vielleicht auch gar keinem Fenster.«

Ich sah ihn nur weiter dumpf an. »Ich habe niemandem etwas gesagt«, nuschelte ich noch einmal.

Hanscombes Geduldsfaden war nicht sonderlich stark, wie mir das dunkle Aufblitzen in seinen Augen klarmachte, aber noch beherrschte er sich. »Vielleicht brauchen Sie erst einmal einen starken Kaffee, bevor wir unser Gespräch fortsetzen. Immerhin waren Sie etliche Stunden bewusstlos.« Er drehte sich halb um. »Lieutenant?«

Erst als ich seinem Blick folgte, fiel mir überhaupt auf, dass es noch eine weitere Person hier drinnen gab, einen noch recht jungen, aber sehr großen Mann in einer dunkelblauen Marineuniform, der in strammer Haltung vor der Tür stand. Von seinem Gesicht erhaschte ich nur einen flüchtigen Eindruck, denn er war schon auf dem Weg, Hanscombes Befehl auszuführen. Der Admiral hatte seine Leute gut im Griff.

»Etliche Stunden?«, wiederholte ich schleppend.

»Meine Männer haben Sie und Ihre Begleiter am Hafen

gefunden«, bestätigte Hanscombe. »Vergangene Nacht und in einer ziemlich üblen Gegend, wie ich hinzufügen möchte. Sie sollten wirklich etwas vorsichtiger sein. Niemand geht nachts in eine so verrufene Gegend, nicht einmal in Southampton. Anstelle meiner Männer hätte Sie auch jemand anders finden können.«

Was ja auch der Fall gewesen war. »Ihre Männer?« Endlich begriff ich. »Sie haben uns beobachten lassen?«

»In jeder einzelnen Sekunde«, bestätigte Hanscombe fröhlich. »Was haben Sie erwartet?«

»Admiral Hanscombe hat recht, Quinn«, sagte Nikola. »Wir können von Glück sagen, dass es seine Männer waren, die uns gefunden haben. Es war eine wirklich üble Gegend. Nicht einmal die Polizei geht nach Dunkelwerden dorthin.«

Das war Unsinn, das musste er doch wissen. Ich war bei diesem Thema zugegebenermaßen nicht auf dem Laufenden – schon gar nicht hier –, war mir dennoch aber sicher, dass man ein Schiff wie die *Titanic* nicht an einem heruntergekommenen Kai in einer verrufenen Hafengegend anlegen lassen würde. Schon eher, dass man das entsprechende Viertel in den letzten Wochen mit Zahnbürsten und Nagelscheren aufgefrischt hatte. Ich sah ihn nur verständnislos an. »Was ist passiert?«

Hanscombe tauschte einen beredten Blick mit Nikola. »Wir hatten gehofft, dass Sie uns das sagen können.«

»Ich?«

Nikola wollte antworten, doch der Admiral kam ihm zuvor. »Meine Männer haben Sie und Ihre Freunde in einer Gasse nicht weit vom Liegeplatz der *Titanic* gefunden. Sie sagen, sie hätten Schreie gehört und so etwas wie Funkenflug beobachtet.« Er deutete ein Schulterzucken an, als wäre er selbst nicht gänzlich von dem überzeugt, was er erzählte. »Und alles hätte verschmort gerochen.«

»Verschmort?«

Statt zu antworten, zog Nikola mit zwei Fingern seinen Kragen auf, sodass ich eine Anzahl münzgroßer, heftig geröteter Male an seinem Hals erkennen konnte. Mit ein wenig Fantasie sah es aus wie der Abdruck einer Hand. Einer sehr kleinen Hand. »Mulligan hat dasselbe«, sagte er. »Und Sie auch, wobei es Sie am schlimmsten erwischt zu haben scheint. Wir waren wirklich in Sorge um Sie.«

»Erwischt?«, wiederholte ich verständnislos. »Was?«

Nikola verdrehte die Augen. »Das sind eindeutig Strommale«, dozierte er. »Die Kerle haben uns mit Elektrizität außer Gefecht gesetzt. Effektiv, aber überaus verantwortungslos. So etwas kann tödlich sein.«

»Elektrizität?« Ich suchte nach irgendeinem verräterischen Zeichen in Nikolas Augen, doch er hatte entweder wirklich keine Ahnung oder war ein ausgezeichneter Schauspieler.

»Falls Sie mir eine Antwort in ganzen Sätzen erlauben«, sagte Nikola spitz, »so nehme ich an, dass man uns mit einem Stromschlag außer Gefecht gesetzt hat, um uns in aller Ruhe ausrauben zu können.«

Das war – soweit überhaupt möglich – sogar noch größerer Blödsinn. Mit einem Blick in Mulligans Richtung fuhr er fort: »Es ist meine Schuld. Ich hätte gleich misstrauisch werden müssen, dass wir so leicht und mitten in der Nacht einen Wagen bekommen haben. Wahrscheinlich hat der Kerl nur auf ein paar Dummköpfe gewartet, die er in die Falle locken konnte.«

»Sie glauben, es war ein simpler Raubüberfall?«, vergewisserte ich mich. Und an dem Wagen war ihm so rein gar nichts aufgefallen?

»Sie alle hatten sowohl Ihre Papiere als auch Ihre Wertsachen noch bei sich«, erinnerte Hanscombe, doch Nikola hatte auch dafür eine Erklärung. »Ihre Männer haben das Schlimmste verhindert«, behauptete er. »Ich will mir gar nicht vorstellen, was passiert wäre, wenn sie nur fünf Minuten später gekommen wären!«

Hanscombe wirkte nicht überzeugt, beließ es aber bei einem Stirnrunzeln. Er bedachte Nikola und mich abwechselnd mit Blicken, die ich vergeblich zu deuten versuchte. Auch Nikolas mehr als sonderbares Verhalten konnte ich mir nicht erklären. Erinnerte er sich nicht nur tatsächlich an nichts, sondern hatte sogar *andere* Erinnerungen als Mulligan und ich?

Obwohl Mulligan ja streng genommen bisher gar nichts gesagt hatte. »Mulligan?«, fragte ich.

»Es war der einzige Wagen, der überhaupt da war«, sagte er mürrisch. »Ich konnte doch nicht wissen, dass ...«

»Das meine ich nicht«, unterbrach ich ihn, wobei ich ihn aufmerksam im Auge behielt. Von Mulligan wusste ich wenigstens, dass er ein erbärmlicher Lügner war.

»Sondern?«, fragte er.

»Wie geht es Ihrem Knöchel?«, erkundigte ich mich, statt seine Frage zu beantworten.

»Meinem Knöchel? Was soll damit sein?«, gab Mulligan zurück und stampfte heftig mit dem Fuß auf, um mir zu beweisen, dass mit seinem Bein absolut alles in Ordnung war. Seine Mundwinkel zuckten, und es war nicht zu übersehen, dass der Schmerz ihn unerwartet erwischte.

»Er scheint wehzutun.«

»Muss mich wohl irgendwo gestoßen haben«, brummelte Mulligan. »Keine Ahnung, wo. Und es ist auch nicht schlimm.«

Ich glaubte ihm. Um genau zu sein: Ich glaubte ihm, dass *er* das glaubte. Was zum Teufel ging hier vor? Mulligan machte ein verwirrtes Gesicht, und Nikola sah mich unübersehbar besorgt an.

»Ja«, antwortete ich mit einiger Verspätung.

»Vielleicht war doch alles ein bisschen zu viel«, sagte Nikola. »Ich bin kein Arzt, aber ich weiß, dass Stromschläge manchmal zu einer gewissen … Desorientierung führen.«

Das reichte. Wenn er es darauf angelegt gehabt hatte, mich wütend zu machen, hatte er sein Ziel jetzt erreicht. »Und warum das Zögern vor dem Wort Desorientierung?«

»Also, ich wollte doch nur nicht …«

»Unhöflich sein?«

Nikola geriet jetzt endgültig ins Stottern, und noch bevor ich nachsetzen und ihm den Fangschuss verpassen konnte, mischte sich der Admiral ein.

»Geben wir Mister Devlin doch einfach noch eine Weile, um sich zu sammeln und ganz wach zu werden«, schlug er vor. Allerdings in einem Ton, der eindeutig einen Befehl daraus werden ließ. »Ihr Kaffee wird gleich gebracht, und wenn Sie noch etwas wünschen, etwas zu essen oder irgendetwas anderes, sagen Sie es einfach.«

»Aber was …«, begann Nikola, und Hanscombe legte ihm kurzerhand die Hand auf die Schulter, öffnete mit der anderen die Tür und schob ihn hindurch. Nikola war viel zu perplex, um auch nur symbolischen Widerstand zu leisten, und mir erging es auch nicht wesentlich anders. Immerhin sah ich die beiden bewaffneten Marinesoldaten, die draußen auf dem Gang standen.

»Wir laufen gleich aus, deshalb habe ich jetzt eine Menge zu tun«, fuhr Hanscombe fort, der bereits Mulligan mit einem hektischen Handwedeln aus dem Raum scheuchte. »Aber sobald diese lästige Routine erledigt ist, komme ich zurück und wir unterhalten uns. Wir haben eine Menge zu besprechen.«

»Auslaufen?«, japste ich. »Aber …!«

Doch Hanscombe hatte die Tür bereits hinter sich zugezogen, und ich hörte wieder einmal das Geräusch eines einrastenden Schlosses.

# 14

Wenn man es genau nahm, hatte ich lediglich ein Gefängnis gegen das andere getauscht. Und ich war nicht einmal sicher, einen guten Tausch gemacht zu haben. Meine Zelle in Edinburgh war zwar weitaus ungastlicher gewesen, und dort hatte man mir auch weder Kaffee noch ein ganz ausgezeichnetes Essen gebracht, wie es hier der Fall war, aber meine alte Zelle hatte sich wenigstens nicht bewegt. Meine neue Unterkunft hingegen tat genau das.

Es hatte zehn Minuten, nachdem Hanscombe gegangen war und noch bevor der Soldat mit dem versprochenen Kaffee und einem kleinen Imbiss gekommen war, angefangen: ein dumpfes Grollen, das irgendwo tief unter meinen Füßen erwachte und rasch an Macht zunahm, wenn auch kaum an Lautstärke, fast wie der Herzschlag eines gewaltigen Tieres, das erwachte und sich zu strecken begann. Nicht lange darauf begann das Schaukeln, und ich lernte etwas Neues über die Seefahrt, nämlich dass es vollkommen egal war, ob ein Schiff wild hin und her rollte oder sich nur sanft in der Dünung wiegte, mir wurde in jedem Fall schlecht. Die *Carpathia* war viel zu groß, um zu einem Spielball der Wellen zu werden wie etwa die *Gallon*, auf der ich meine ersten Erfahrungen mit der Seefahrt gemacht hatte, aber das Ergebnis war dasselbe: Mir wurde übel, und der einzige Grund, aus dem ich meinen Mageninhalt diesmal bei mir behielt, war vermutlich der, dass es ihn praktisch nicht gab. Ich hatte schon seit zwei Tagen kaum etwas gegessen, was sich jetzt als Glücksfall erwies. Irgendwie schaffte ich es, mich auf das schmale Bett zu legen, ohne dass es zu einem größeren Unglück gekommen wäre, doch damit waren meine Energien erschöpft. Das Schiff lief aus und nahm rasch an Fahrt auf, doch es interessierte mich nicht. Ich wollte nur noch leiden.

Und ich bekam reichlich Gelegenheit dazu. Zeit war irrelevant. Vielleicht vergingen ja tatsächlich nur wenige Minuten, in denen ich dalag und mir nichts sehnlicher wünschte, als auf der Stelle und möglichst schmerzlos zu sterben, aber mir kamen sie vor wie Stunden. Irgendwann trat jemand an mein Sterbebett und sagte etwas, das ich nicht verstand, und es interessierte mich auch nicht. Ich wollte ihn davonscheuchen, doch ich hatte nicht einmal genug Kraft, um die Hand zu heben, geschweige denn mich zu verteidigen, als er grob an meiner Schulter zu rütteln begann.

Etwas schepperte, und dann rumorte es einige Augenblicke. Eine kleine Metallflasche wurde an meine Lippen gesetzt. »Schlucken Sie!«, befahl die Stimme.

Ich war viel zu matt, um mich zu widersetzen, also gehorchte ich, was ich auf der Stelle bereute, denn was meine Lippen benetzte und in meinem Mund brannte, schmeckte, als hätte ich eine Kuh am falschen Ende geküsst. Dann schien auch schon mein Magen zu implodieren, und mir wurde schwarz vor Augen.

Während sich meine Innereien allmählich verflüssigten, klärten sich meine Sinne. Übelkeit und Schwindel verschwanden nicht ganz, legten sich aber zumindest, und nach einigen weiteren Augenblicken konnte ich mich behutsam aufsetzen.

»Nur noch einen kurzen Augenblick, Sir«, sagte die Stimme. Diesmal erkannte ich sie, ebenso wie das dazugehörige

Gesicht, das sich allmählich aus den wirbelnden Schlieren und Farben vor meinen Augen zusammensetzte. »Es müsste gleich wirken.«

»Das tut es schon«, antwortete ich so klar, dass ich selbst erstaunt war. »Was war das?«

»Wollen Sie das wirklich wissen, Sir?«

Ich hatte den schlechten Geschmack des Gebräus noch immer auf der Zunge, also schüttelte ich den Kopf, was meinem Gegenüber immerhin ein flüchtiges Lächeln entlockte. »Es muss Ihnen nicht peinlich sein, Sir. Das ergeht den allermeisten so, beim ersten Mal. Aber die meisten gewöhnen sich auch rasch daran.«

»Die allermeisten?« Ich verzichtete vorsichtshalber darauf, ihm zu sagen, dass es nicht meine erste Schiffsreise war.

»Fast alle«, verbesserte sich der junge Marineoffizier.

»Fast?«

»Einige wenige gewöhnen sich nie daran«, räumte er ein. »Und bei einem ganz kleinen Teil wird es sogar schlimmer. Aber das ist wirklich die große Ausnahme.«

Wie ich mein Glück kannte, gehörte ich zu diesen *ganz wenigen*. Ich suchte vergeblich nach einer Spur von Spott in seinen Augen oder wenigstens einem verräterischen Zucken in seinem Gesicht, doch seine Miene war wieder so ausdruckslos wie zuvor. Schließlich räusperte er sich und trat einen halben Schritt zurück.

»Admiral Hanscombe möchte Sie sehen, Sir«, sagte er. »Wenn Sie sich besser fühlen, dann begleiten Sie mich bitte zur Brücke.«

»Und wenn nicht?«

»Dann auch«, antwortete er ungerührt. Was musste ich auch fragen?

Ich entdeckte keine Wachen mehr, als wir auf den Gang hinaustraten, und mein Begleiter erweckte eher den Eindruck eines geduldigen Fremdenführers als eines Wächters, während er mich durch die stählernen Eingeweide des riesigen Kriegsschiffes führte. Fast ein bisschen überraschend, denn ich hatte fest damit gerechnet, dass er sich mit militärischer Geheimhaltung oder irgendeinem anderen Humbug herausreden würde. Doch er beantwortete alle meine Fragen. Alle bis auf eine.

»Sind Sie schon lange auf diesem Schiff?«, fragte ich, während wir die letzte hallende Eisentreppe nach oben in Angriff nahmen. Er nickte.

»Dann kennen Sie doch sicher auch Able Ward Tanner?«, fragte ich.

»Wen, Sir?«

»Tanner. Er hat auf diesem Schiff Dienst getan … glaube ich.«

»Das mag sein«, erwiderte er, plötzlich um gleich mehrere Oktaven kühler. »Aber wir sind hier beinahe dreihundert Mann. Da kann man nicht jeden kennen.«

Natürlich log er, aber selbst wenn ich es ihm hätte beweisen können, was hätte ich davon gehabt? Darüber hinaus hatten wir unser Ziel auch beinahe erreicht. Noch ein kurzer, fensterloser Gang, dann standen wir vor einer jener niedrigen Türen mit abgerundeten Ecken und zahllosen Nieten, die man auf einem Schiff *Schott* nennt. Der Art nach zu schließen, auf die der kräftige junge Mann sie öffnete, musste sie so schwer sein, wie sie aussah.

Hanscombe erwartete mich nicht in stocksteifer Haltung hinter dem Ruder, wie ich naiverweise angenommen hatte, sondern lehnte entspannt an einem der großen Seitenfenster, hatte die Mütze unter den linken Arm geklemmt und rauchte eine Pfeife, was mir einigermaßen befremdlich vorkam. Als wir eintraten, nahm er sie aus dem Mund und bedeutete mir mit dem Stiel, näher zu kommen, behielt seine fast schon flegelhafte Haltung jedoch bei. Der junge Soldat wollte Meldung machen, doch Hanscombe ließ ihn gar nicht erst zu Wort kommen, sondern scheuchte ihn regelrecht hinaus, während ich mich beeilte, seiner Einladung Folge zu leisten.

Dennoch sah ich mich rasch, aber sehr aufmerksam auf der Brücke um. Sie war deutlich kleiner, als ich es bei einem so gewaltigen Kriegsschiff erwartet hatte, und strotzte nur so von messingblitzenden Instrumenten und geheimnisvollen Gerätschaften. Nikola hätte sicher seine helle Freude an dem Anblick gehabt, aber mir sagten sie nichts. Überall lagen Karten und nautische Instrumente herum. Abgesehen von Hanscombe hielten sich noch drei weitere Offiziere auf der Brücke auf. Einer stand tatsächlich an einem Steuerrad von beeindruckender Größe, die beiden anderen waren mit Dingen beschäftigt, die ich nicht verstand. Keiner von ihnen schien auch nur Notiz von mir zu nehmen.

»Mister Devlin, wie ich sehe, geht es Ihnen bereits besser«, begrüßte mich Hanscombe jovial, während er einen weiteren paffenden Zug aus seiner langstieligen Pfeife nahm. Dann legte er den Kopf auf die Seite und fügte hinzu: »Oder?«

»Oder«, knurrte ich übellaunig. Wollte er mich auf den Arm nehmen? Wenn ich auch nur annähernd so aussah, wie ich mich fühlte, musste ich einen entsetzlichen Anblick bieten.

»Sie sind nicht seefest«, vermutete Hanscombe. Er klang eindeutig amüsiert.

»Sie wollten mich sprechen?«, fragte ich, statt diese überflüssige Frage zu beantworten. Ich musste mich vorsehen, nicht zu grantig zu sein. Hanscombe war sicherlich an vielem schuld, aber nicht an meinem schwachen Magen.

Hanscombe paffte. »In der Tat. Ich muss mich bei Ihnen entschuldigen, nicht zu Ihnen gekommen zu sein, wie ich es eigentlich versprochen hatte. Aber in einer so kritischen Phase gehört ein Kapitän natürlich auf die Brücke.«

»Ich dachte, Sie sind Admiral.«

»Und damit automatisch so etwas wie der oberste Kapitän«, versetzte Hanscombe fröhlich. »Außerdem dachte ich mir, dass Sie vielleicht die Brücke sehen wollen. Die allermeisten sind ganz scharf darauf, einmal auf der Brücke eines Kriegsschiffes zu stehen.«

»Die allermeisten sind auch seefest«, antwortete ich.

»Ich verstehe«, seufzte Hanscombe. Er nahm die Pfeife aus dem Mund und wollte etwas sagen, aber diesmal kam ich ihm zuvor.

»Wieso bin ich hier?«

»Weil meine Männer Sie auf der Straße gefunden haben, halb totgeprügelt und hilflos?«

»Und dafür bin ich Ihnen auch wirklich dankbar«, antwortete ich eisig. »Aber das gibt Ihnen nicht das Recht, mich – uns – zu entführen.«

»Ich fürchte, ich habe jedes Recht, das ich mir denken kann«, erwiderte Hanscombe lächelnd, schüttelte zugleich aber auch den Kopf. »Aber es ist auch keine Entführung, Mister Devlin.«

»Ist es nicht?«, fragte ich mit einem Blick durch die große Scheibe nach vorn. Das war keine gute Idee, denn der Horizont schwankte beständig auf und ab, und mein Magen nahm die Bewegung begeistert auf. Ich schmeckte schon wieder bittere Galle.

»Nein«, beharrte Hanscombe. »Sie wollten zurück nach Belfast, wenn ich mich richtig erinnere. Wie es der Zufall will, führt uns unser eingeschlagener Kurs ganz in die Nähe. Deswegen nehmen wir Ihnen die kleine Mühe ab und bringen Sie zurück nach Hause.«

»Und Mulligan und Nikola gleich mit. Nikola hatte eine

Passage auf der *Titanic.* Er wird nicht glücklich sein, die Fahrt nicht antreten zu können, zumal er sich beruflich davon eine Menge verspricht.«

»Die *Titanic* ist bereits vor Stunden ausgelaufen, sodass Ihr Freund das Schiff ohnehin verpasst hätte«, erwiderte Hanscombe gelassen. »Und ich versichere Ihnen, dass ich ihn selbstverständlich dorthin gebracht hätte, hätte er auch nur ein einziges entsprechendes Wort gesagt.«

Was vermutlich daran lag, dass er ihm keine Gelegenheit gegeben hatte, eine entsprechende Bitte vorzubringen, dachte ich. Aber ich beherrschte mich. »Ich denke, wir sollten dieses Gespräch in Nikolas und Mulligans Anwesenheit fortsetzen.«

»Das denke ich nicht.«

»Wie bitte?« Ließ er jetzt endlich die Maske fallen?

»Ich glaube eher, dass ich Sie zu früh gehen gelassen habe, Mister Devlin«, sagte Hanscombe noch immer ruhig und mit einem Lächeln, zugleich aber auch einer vollkommen neuen Härte, die mich alarmierte. »Nach Ihrer Abreise aus Edinburgh habe ich mich noch ein wenig über Sie erkundigt. Ich hätte es eher tun sollen, ein Fehler, wie ich einräume. Mir sind dabei einige Dinge zu Ohren gekommen, über die ich mich gerne mit Ihnen unterhalten möchte. Dinge, die im Zusammenhang mit dem Bau der *Titanic* stehen und gewisser … beunruhigender Ereignisse während dieser Zeit.«

Ich sah ihn ruhig an, hütete mich aber, auch nur mit einer Silbe zu antworten.

Hanscombe, der mein Stillschweigen anscheinend falsch interpretierte, deutete mit dem Pfeifenstiel nacheinander auf die drei Offiziere. »Kapitän Harks und seine Führungsoffiziere sind eingeweiht, Mister Devlin. Sie können offen reden.«

»Reden?«, fragte ich. »Worüber?«

»Zum Beispiel darüber, dass wir unnötig Zeit verschwenden«, seufzte der Admiral. »Wir stehen auf derselben Seite, Devlin, bitte verstehen Sie das.«

»Auf welcher Seite?«

Hanscombe seufzte erneut, und jetzt fiel es ihm schon deutlich schwerer, das Lächeln beizubehalten. Er wirkte enttäuscht. Aber er beherrschte sich immer noch. »Und Ihnen ist gar nicht aufgefallen, dass ich die Geschichte von der verschwundenen Tür im Verlies einfach so geschluckt habe … nebst einigen anderen seltsamen Geschichten, die Sie mir aufgetischt haben?«

Die ehrliche Antwort hätte *Nein* gelautet, denn ich hatte gar nicht darüber nachgedacht. Ich war einfach nur froh gewesen wegzukommen. Doch selbst wenn es anders gewesen wäre, hätte ich den Teufel getan, mit irgendetwas anderem zu reagieren als mit einem demonstrativ ahnungslosen Blick.

Hanscombe wirkte jetzt eindeutig enttäuscht. »Warum sind Sie so stur, Devlin? Ich versuche Ihnen eine goldene Brücke zu bauen. Ich dachte Sie wären klug genug, sie zu beschreiten.«

»Ich weiß überhaupt nicht, wovon Sie reden«, sagte ich. »Haben wir uns schon einmal gesehen? Wenn ja, tut es mir leid, aber jemand hat gedroht, mich ins Gefängnis zu werfen, wenn ich mich daran erinnere.«

Ich war nicht ganz sicher, aber ich meinte dennoch, ein nur unzureichend unterdrücktes Lachen zu hören, das von einem der drei Männer hinter mir stammte. Hanscombes Lippen wurden schmal, und für einen Sekundenbruchteil blitzte reine Wut in seinen Augen auf. Dann lächelte er plötzlich wieder und paffte genüsslich an seiner Pfeife.

»Touché«, sagte er. »Das habe ich wohl verdient.«

»Ja«, sagte ich nur. Der Ärger kehrte in seine Augen zurück, aber wenigstens für den Augenblick beherrschte er sich. »Gut. Wenn Sie nicht reden wollen, dann hören Sie mir einfach zu, während ich Ihnen eine Geschichte erzähle. Sie handelt von etwas, über das die meisten Menschen wohl schallend lachen würden, wenn sie davon hören.«

»Ihnen?« Ich hatte das wirklich nicht sagen wollen. Die Bemerkung war mir gegen meinen Willen entschlüpft, aber sie tat mir auch kein bisschen leid. Was nicht hieß, dass ich keine Angst vor den Konsequenzen gehabt hätte.

Hanscombe wirkte jedoch eher amüsiert. »Einem Feind. Möglicherweise unser aller Feind. Er lebt mitten unter uns, und niemand – auch ich nicht – weiß genau, wer er ist, was seine Absichten sind und wozu er fähig und vor allem zu tun bereit ist.«

»Die Kommunisten? Die irischen Freiheitskämpfer?«

Hanscombe ignorierte das. »Die meisten klugen Köpfe, mit denen ich gesprochen habe, halten sie für eine Art Maschinen, deren Fähigkeiten unsere Vorstellungskraft schlichtweg übersteigen. Ich selbst bin da nicht so sicher.«

»Und warum nicht?«, fragte ich und verfluchte mich gleichzeitig dafür. Wenn ich irgendetwas von meinen früheren *Kunden* gelernt hatte, dann dass die beste Antwort immer noch gar keine Antwort war ... wenn man es darauf anlegte, sein Gegenüber in den Wahnsinn zu treiben. Und mir war gerade danach. Auch wenn ich zugleich mit jedem Wort nervöser wurde, das ich hörte. Wenn ich mir jetzt nicht alles falsch zusammenreimte, war Admiral Hanscombe der Leiter einer geheimen Navy-Abteilung, die sich der Erforschung und Bekämpfung der Neumanns verschrieben hatte.

Das war ungeheuerlich!

»Maschinen können so etwas nicht«, antwortete Hanscombe überzeugt. »Ganz gleich, wie fortschrittlich oder raffiniert sie auch sein mögen: Sie sind nicht zum eigenständigen Handeln fähig. Dazu bedarf es immer einer lenkenden Macht.«

Ich war in diesem Punkt entschieden anderer Meinung,

denn schließlich war ich den denkenden Maschinen schon begegnet, von denen Hanscombe so sehr überzeugt war, dass es sie nicht gab. Und ich hatte *gesehen*, wozu sie imstande waren. Aber auch das behielt ich für mich.

»Wir wissen schon lange von ihrer Existenz«, fuhr Hanscombe fort, der endlich einsah, dass ich nicht antworten würde. »Länger, als Sie sich vorstellen, Devlin. Ich war selbst überrascht, wie lange es der Krone möglich war, ein solches Geheimnis zu wahren. Ja, wir sind ihnen schon begegnet. Schon oft – auch wenn ich persönlich noch nie dieses zweifelhafte Vergnügen hatte.«

»Das Lager in der Edinburgher Festung, in der Tanner festgehalten wurde«, vermutete ich. »Sie bewahren dort das eine oder andere … Fundstück auf?«

»Was für ein Lager?«, gab Hanscombe spöttisch zurück. »Ich weiß gar nicht, wovon Sie reden.« Dann schüttelte er den Kopf. »Verzeihung. Ich erwarte, dass Sie ehrlich zu mir sind, also sollte ich vielleicht mit gutem Beispiel vorangehen. Ja, im Laufe der Jahre hat sich tatsächlich das eine oder andere *Fundstück* angesammelt, wie Sie es nennen. Wir bewahren es an einer Reihe unterschiedlicher Orte auf, und die Area 52 ist eine davon.«

Ein sicherer Ort? Um ein Haar hätte ich schallend gelacht.

»Habe ich etwas Komisches gesagt?«, fragte Hanscombe. Anscheinend hatte ich mich doch nicht so gut unter Kontrolle, wie ich geglaubt hatte.

»Nein«, antwortete ich hastig. »Ich war nur …« Ich suchte nach Worten. »Warum Area 52? Gibt es noch 51 andere?«

»Nein«, sagte Hanscombe. »Einige wenige, aber nicht annähernd so viele.«

»Dann ist es ein unpassender Name«, stellte ich fest.

»Er stammt von einem meiner Vorgänger, aber wenn er einmal eine Bedeutung gehabt hat, ist sie in Vergessenheit geraten.«

»Es *ist* unpassend«, beharrte ich.

Hanscombe tat das Thema mit einem Schulterzucken ab. »Erzählen Sie mir von der Werft, Mister Devlin, und von dem, was Sie während des Baus der *Titanic* gesehen haben. Nicht die offizielle Version. Mich interessieren keine streikenden Arbeiter und agitierende Gewerkschaftler und irischen Freiheitskämpfer. Was ist wirklich passiert? Sie waren dabei.«

»Sie sollten das wirklich mit Nikola besprechen«, antwortete ich ausweichend. Ich fühlte mich immer unwohler.

»Mit Mister Mulligan und mit Ihrem Freund, der sich immer noch einbildet, niemand wüsste, wer er wirklich ist, habe ich schon geredet«, antwortete Hanscombe. »Jetzt rede ich mit Ihnen.«

Das mochte ein Bluff sein, aber ich war nicht sicher. Trotz aller (berechtigter) Ressentiments, die ich gegen Hanscombe hegte, schien er mir doch kein Mann zu sein, der zu so plumpen Tricks griff. Ich wusste einfach nicht, was ich tun sollte.

Möglicherweise hätte ich sogar etwas gesagt, das ich ebenso möglicherweise bitter bereuen würde, doch da trat einer der beiden anderen Offiziere zu uns und reichte Hanscombe wortlos einen kleinen Zettel. Hanscombe las ihn aufmerksam und fragte: »Ist das sicher?«

»Ja, Admiral«, antwortete der Mann. »Das kam gerade über Funk.«

Ich konnte mich nicht erinnern, dass jemand hereingekommen war, um die Nachricht aus dem Funkraum zu bringen, und linste auf das Blatt, doch Hanscombe ließ es rasch in der Faust verschwinden und schickte den Mann mit einem wortlosen Nicken fort.

»Die Pflicht ruft«, seufzte er. »Manchmal hat es auch Nachteile, der oberste Chef zu sein. Sosehr ich unsere Unterhaltung genieße, muss ich sie doch für eine Weile unterbrechen. Ich schlage vor, wir setzen sie später fort. Ich hatte ohnehin das Gefühl, dass Sie es lieber in Gegenwart der beiden anderen tun würden.«

Er hatte eine überaus scharfe Beobachtungsgabe, dachte ich spöttisch und konnte gerade noch verhindern, auch das noch nachzuschieben. Stattdessen nickte ich stumm.

»Ich lasse Sie zu Mister Mulligan und ... *Nikola* ... bringen«, fuhr Hanscombe fort. »Lieutenant Svensson wartet draußen vor der Tür. Ich komme zu Ihnen, sobald es mir möglich ist.«

Ich sagte auch dazu nichts, sondern nickte noch einmal und ging. Gerade als ich die Hand nach dem Türgriff ausstrecken wollte, rief mich Hanscombe noch einmal zurück. »Mister Devlin?«

»Ja?« Ich drehte mich nicht um, sondern sah über die Schulter zu ihm zurück.

»Wer ist Allison?«, fragte Hanscombe.

Ich konnte sogar selbst spüren, wie mir alles Blut aus dem Gesicht wich. »Warum ... fragen Sie ... das?«, brachte ich stockend hervor. Woher zum Teufel wusste er von Allison?

»Weil Sie diesen Namen gerufen haben«, antwortete Hanscombe. »Immer wieder, seit meine Männer Sie an Bord gebracht haben, bis zu dem Moment, in dem Sie aufgewacht sind.«

# 15

Hanscombe kam nicht innerhalb der nächsten Stunde (ich hatte auch nicht damit gerechnet) und auch nicht in der danach oder der darauffolgenden. Gegen Mittag brachte man mir eine einfache, aber schmackhafte Mahlzeit, zusammen mit einer Kanne Kaffee, die ich zwar gut brauchen konnte, die mir aber allein durch ihre Größe und Bauart zu denken gab. Es war eine jener ganz modernen Kannen, die angeblich über viele Stunden die Temperatur halten können, und sie fasste mindestens anderthalb Liter, wenn nicht mehr. Jemand schien der Meinung zu sein, dass ich eine Menge heißen Kaffee brauchen würde, um wach zu bleiben.

Und so war es wohl auch, denn der Nachmittag verging, ohne dass sich Hanscombe oder auch nur einer seiner Männer blicken ließen. Auch mein wiederholtes Klopfen an der Tür und meine Forderung, mit Nikola zu sprechen, wurden ignoriert. Erst als es draußen schon wieder zu dämmern begann, ging die Tür auf, und Svensson, der junge Offizier, den ich bereits kannte, kam herein. Seit meiner Frage nach Tanner hatte er entweder gar nicht mehr oder nur noch das Allernotwendigste mit mir gesprochen, sodass ich nicht überrascht war, als er mir auch jetzt wieder nur mit einem wortlosen Nicken bedeutete, ihm zu folgen. Zwar schlugen wir auf dem ersten Stück den Weg zur Brücke ein, den ich bereits kannte, doch danach ging es durch ein wahres Labyrinth grau gestrichener eiserner Gänge und Treppen bis zu einem letzten Aufgang, der steil genug war, um als Leiter durchzugehen.

Graues Zwielicht und kalte, auf eine unangenehme Weise nach Salzwasser riechende Luft schlugen mir entgegen, als ich durch ein letztes massives Schott auf eine ebenfalls in dem hier allgegenwärtigen Grau gestrichene Ebene hinaustrat.

»Admiral Hanscombe und Ihre Freunde erwarten Sie, Sir«, sagte Svensson.

Auf halber Strecke zwischen dem Bug und einem gewaltigen Geschützturm, der mir größer erschien als so manches Haus, sah ich sowohl Nikola als auch Mulligan. Davon abgesehen war das gesamte Vorderdeck menschenleer. Das grau gestrichene Metall glänzte feucht.

»Gehen Sie ruhig schon hin, Sir«, sagte Svensson. »Der Admiral wird gleich bei Ihnen sein.«

»Sie lassen mich ... allein gehen?«, fragte ich überrascht. Svensson nickte, und ich fügte noch hinzu: »Und Sie haben gar keine Angst, dass ich weglaufen könnte?«

Der Lieutenant sah versonnen auf das Meer hinaus. »Wohin denn?«

Ein einfaches *Nein* wäre mir lieber gewesen, doch ich nahm, was ich kriegen konnte, und machte mich auf den Weg. Svensson folgte mir tatsächlich nicht.

Das Schiff war größer, als ich erwartet hatte. Tanner hatte von einer Fregatte gesprochen, und obwohl ich herzlich wenig von Schiffen verstand, klang das in meinen Ohren irgendwie klein, doch da hatte ich mich wohl gründlich getäuscht. Allein das Vorderdeck musste sechzig oder siebzig Fuß messen, und wenn das Kaliber des gewaltigen Zwillingsgeschützes vor mir repräsentativ für das ganze Schiff war, dann musste die Feuerkraft der *Carpathia* ausreichen, um eine mittlere Kleinstadt in

Trümmer zu legen. Oder auch eine größere. Ich hatte Waffen nie gemocht, und je größer sie waren, desto weniger, also sollte mich dieser Anblick definitiv beunruhigen. Doch das genaue Gegenteil war der Fall. Was mich definitiv beunruhigte.

Mulligan begrüßte mich mit einem wortlosen Nicken, während Nikola mir einen Blick zuwarf, als wäre er nicht nur übelster Laune, sondern wolle sie auch an mir auslassen.

»Quinn«, empfing er mich mit einem Lächeln, das so eisig war wie die schwimmenden Berge, die weit hinter dem Horizont auf uns warteten. »Ich hoffe, Sie haben sich ausgiebig mit Ihrem neuen Freund unterhalten.«

Ich blickte verständnislos.

»Admiral Hanscombe«, erklärte Mulligan. Er verdrehte die Augen.

»Ich habe mit ihm gesprochen, aber …«

»Sie hätten das nicht tun dürfen«, fiel mir Nikola ins Wort. Er klang jetzt eher vorwurfsvoll. »Abgesehen davon, dass ich jetzt wegen Ihnen die *Titanic* verpasst habe. Wissen Sie eigentlich, was das für mich bedeutet?«

»Was hätte ich nicht tun dürfen?«, konnte ich nur erwidern.

»Ich dachte, wir wären übereingekommen, absolutes Stillschweigen über das zu bewahren, was wir erlebt haben«, sagte Nikola. »Über die *Titanic*, den Hive und die Neumänner und alles andere.«

»Aber das habe ich«, protestierte ich. »Ich habe gar nichts erzählt, das er nicht ohnehin schon wusste.«

Nikola schnaubte abfällig. »Stehen Sie wenigstens dazu! Hanscombe hat uns alles erzählt!«

»Dass ich ihm alle unsere finsteren Geheimnisse offenbart und alles zugegeben habe?«, vermutete ich spöttisch. »Ja, dasselbe hatte er mir über Mulligan und Sie gesagt. Sie sind doch nicht etwa darauf hereingefallen?«

Nikola starrte mich mit einem so betroffenen Ausdruck an, dass eine Antwort im Grunde überflüssig war, sagte aber nach einer Sekunde mit schlecht geschauspielerter Entrüstung: »Natürlich nicht! Wofür halten Sie mich?«

»Das hätte mich auch gewundert«, erwiderte ich. »Zwei Verdächtige so gegeneinander auszuspielen ist ein billiger Trick, der selten funktioniert. Nicht einmal Mulligan ist damals darauf hereingefallen.«

Nikola blinzelte, wandte sich fast Hilfe suchend an Mulligan und wurde mit einer vollkommen ausdruckslosen Miene und einem langsamen Kopfschütteln belohnt. Hinter mir erscholl ein lautes Händeklatschen, und Hanscombe trat aus dem Schatten des riesigen Geschützturms.

»Ich hatte mir zwar eigentlich vorgenommen, noch eine Weile zuzuhören, aber ich möchte auch nicht, dass es am Ende noch zu einem ernsthaften Zerwürfnis zwischen Ihnen kommt ... obwohl ich Ihnen das mit dem billigen Trick ein bisschen übel nehme, Mister Devlin.«

»Aber es ist doch ...«

Hanscombe wandte sich bereits an Nikola. »Ich hoffe doch, Sie verzeihen mir diese kleine List. Und bei der Gelegenheit: Was ist eigentlich ein Neumann?« Offensichtlich hatte Nikola doch nicht alles verraten.

Und das tat er auch jetzt nicht. »Ist Ihnen die Theorie der Von-Neumann-Maschinen geläufig?« Hanscombe schüttelte den Kopf, und Nikola fuhr mit einem leicht überheblichen Lächeln fort: »Dann schlage ich vor, Sie machen sich mit diesem Konzept vertraut, und wir setzen das Gespräch anschließend fort.«

Hanscombe machte keinen Hehl daraus, dass das nicht die Antwort war, die er hatte hören wollen, beließ es aber bei einem Verziehen der Lippen und trat wieder halb in den Schatten des Kanonenrohres zurück, sodass ich sein Gesicht nicht mehr genau erkennen konnte. Ich glaubte nicht eine Sekunde, dass das Zufall war.

»Also gut!« Er räusperte sich. »Ich habe Sie nicht nur hier heraufgebeten, damit Sie die schöne Aussicht und die gesunde Meeresluft genießen können. Vielleicht setzen wir unser Gespräch fort, wenn Sie gesehen haben, was ich Ihnen zeigen möchte.«

»Etwas zeigen?« Nicht nur Mulligan sah sich überrascht um. Zumindest in den drei Richtungen, die uns die Aufbauten der Fregatte nicht verstellten, war nichts als das offene Meer zu sehen. Rechter Hand (nannte man das auf einem Schiff Steuer- oder Backbord? Ich war nicht sicher) meinte ich einen rauchigen Schatten am Horizont zu sehen, der eine Küstenlinie sein könnte, aber es war bereits zu dunkel, um Einzelheiten zu erkennen.

»Nur noch ein wenig Geduld. Man sieht es besser nach Dunkelwerden.« Hanscombe räusperte sich. »Wenn man es sieht.«

»Was?«, fragte Mulligan.

Statt zu antworten, machte Hanscombe eine Geste in die Richtung, in die Mulligan zuvor geblickt hatte. »Sie waren vor nicht allzu langer Zeit schon einmal hier, wenn ich mich nicht irre. Wir laufen gerade durch den nordirischen Kanal. Je nachdem, wie klar die Nacht ist, können Sie vielleicht sogar die Lichter von Belfast sehen.« Er holte ein Fernrohr aus der Jackentasche und zog es auseinander, bis es gut die Länge seines Unterarms erreicht hatte. Er hielt es mir hin, doch ich rührte mich nicht. An meiner Stelle griff Mulligan danach, was Hanscombe widerstandslos geschehen ließ.

»Aber deshalb sind Sie auch nicht hier«, fuhr er fort. »Wir passieren gleich Beaufort's Dyke. Ich nehme an, das sagt Ihnen etwas?«

Das tat es nicht, und er erntete gleich drei verständnislose Blicke: »Beaufort's Dyke ist, soweit man weiß, die tiefste Stelle im Kanal, über tausend Fuß, und vielleicht sogar noch deutlich mehr.«

Diesmal wartete er unübersehbar nicht nur auf eine Antwort, sondern auch ein angemessenes Lob für sein fundiertes Fachwissen. Mulligan sah ihn weiter nur ausdruckslos an. Nikola zog die linke Augenbraue hoch, und ich sagte: »Aha!«

»Orte wie dieser waren schon immer eine Quelle für Legenden und Mythen«, fuhr Hanscombe fort. »Sie wissen schon – Geschichten von Seeungeheuern, von Schiffen, die im Nebel verschwinden und nie wieder auftauchen, von Sirenen und geheimnisvollen Lichtern …«

»Seemannsgarn«, warf Mulligan ein.

»Wenn Sie es so nennen wollen«, sagte er kühl. »Aber manchmal ist an all diesem dummen Gerede, das die Seeleute so gerne von sich geben, doch mehr dran, als im Allgemeinen angenommen wird. Sind Sie selbst nicht vor nicht allzu langer Zeit Zeuge gewisser … sonderbarer Dinge geworden? Wo war das noch gleich? Ach ja, nahe der Isle of Skye, nicht wahr?«

»Sie sind gut informiert«, sagte ich.

»Das war nicht besonders schwer«, antwortete Hanscombe. »Seeleute sind ein schwatzhaftes Völkchen. Der Kapitän der *Gallon* konnte gar nicht schnell genug in der nächsten Hafenstadt anlegen, um von den beiden Landratten zu erzählen, von denen der eine praktisch auf dem gesamten Weg von Belfast bis Edinburgh die Fische gefüttert hat.« Er bedachte zuerst Mulligan und dann mich mit einem schadenfrohen Grinsen, bevor er mit ernster Stimme hinzufügte: »Und natürlich von den sonderbaren Lichtern unter Wasser. Und den Meerjungfrauen.«

»Meerjungfrauen?«, griente Nikola.

Er war allerdings der Einzige, der das komisch fand. Während Mulligan sichtbar zusammenfuhr, sagte ich mir zugleich, dass das Versteckspiel allmählich ein Ende haben musste. »Wenn Sie wissen, dass es wahr ist, warum haben Sie den armen Tanner dann eingesperrt und den Schlüssel weggeworfen?«, fragte ich ärgerlich.

»Wann habe ich jemals behauptet, dass ich ihm nicht glaube?«, erwiderte Hanscombe. »Die Sache ist weitaus größer, als Sie glauben, Mister Devlin. Als die meisten glauben.«

Ja, etwas Ähnliches hatte Sir Arthur auch in seinem Brief geschrieben. Und dieses Allison-Ding hatte es auch gesagt. Allmählich begann ich zu befürchten, dass die Sache für mich noch lange nicht ausgestanden war, auch wenn ich Hanscombes Angebot, mich in Belfast abzusetzen, annehmen sollte.

Was ich allerdings nicht vorhatte.

»Welche Sache?«, fragte Nikola.

Hanscombes Blick ließ meinen nicht los. »Gedulden Sie sich nur noch eine kurze Weile. Vielleicht verstehen Sie mich dann besser.«

Nichts von dem, was mir auf der Zunge lag, hätte seine Stimmung verbessert (oder meine). Außerdem hätte ich den Teufel getan und zugegeben, dass es ihm gelungen war, mich neugierig zu machen, und so fasste ich mich wohl oder übel in Geduld.

Was blieb mir auch anderes übrig?

Gottlob dunkelte es jetzt immer rascher. Gleichzeitig wurde es auch frischer, um nicht zu sagen kalt, aber der Anblick entschädigte dafür, denn es wurde keineswegs vollkommen dunkel, wie man es so weit draußen auf dem Meer erwarten mochte. Der Himmel war völlig klar und nahezu mondlos, aber über uns glitzerten so viele Sterne, dass mich ihr Anblick regelrecht erschauern ließ … Geboren und aufgewachsen in einer Industriestadt wie Belfast hatte ich wohl vergessen, wie der Nachthimmel und die Sterne aussahen, wenn man sie nicht durch einen Schleier aus Kaminruß und Industrieabgasen betrachtete, und wie klar die Luft – gerade über dem Meer – sein konnte. Zwar tat der gewaltige Schornstein der *Carpathia* auch hier sein Möglichstes, um sie mit dicken schwarzen Rauchwolken zu verpesten, aber das Schiff jagte schnell genug dahin, um sie weit hinter uns zurückzulassen.

Was nicht hieß, dass sie nicht da waren. Das schlimmste Gift war oft gerade das, das man nicht sah. Darin, ihre eigene Welt zu vergiften, waren die Menschen immer schon außergewöhnlich gut gewesen.

Ich musste fast ohne mein Zutun lächeln, als mir klar wurde, dass das genau die Worte waren, die wohl auch Allison in einer Situation wie dieser gesagt hätte, doch dieses Lächeln geriet auch fast sofort zu etwas anderem, und Bitterkeit machte sich in mir breit. Es waren Allisons Worte, nicht meine. Die Begegnung mit ihr (oder was auch immer mich am Hafen geküsst hatte) war zu viel gewesen. Die alten Wunden waren zuvor alles andere als vernarbt gewesen, jetzt lagen sie wieder offen.

»Was ist so komisch?«, fragte Hanscombe, der die ganze Zeit nicht aufgehört hatte, mich anzustarren. Und meine Miene wohl gründlich missverstand.

»Nichts«, sagte ich rasch. »Ich musste nur … an etwas denken.«

»Und woran?«

Ich hatte nicht vor zu antworten und musste es auch nicht, denn diesmal kam mir Nikola zu Hilfe, wenn auch vermutlich unbeabsichtigt. Er berührte Hanscombe am Arm und deutete mit der anderen Hand nach links. »Ist es das, was Sie uns zeigen wollen?«

Irgendwo hinter dem Horizont glühte der Himmel. Eigentlich war es nur ein blassroter Hauch und überhaupt nur sichtbar, weil es mittlerweile vollends dunkel und die Nacht so absolut klar war. Hanscombe schüttelte den Kopf.

»Brennt es dort?«, fragte Mulligan.

»Nein«, erwiderte Hanscombe. »Oder doch, in gewissem Sinne. Ich habe doch gesagt, dass wir Belfast passieren.«

»Das ist unmöglich!«, protestierte Nikola. »Wir haben Southampton doch erst am späten Vormittag verlassen!«

»Die *Carpathia* ist ein sehr schnelles Schiff«, antwortete Hanscombe selbstgefällig. »Vielleicht das schnellste.«

»Wenn das da wirklich Belfast ist, dann will ich das meinen.« Nikola wirkte sehr beeindruckt, als er sich auf dem Deck umblickte, als sähe er es das erste Mal.

»Aber das ist nicht der Grund, weshalb wir hier sind. Hier.« Hanscombe nahm Mulligan das Fernrohr ab und hielt es Nikola hin. »Direkt vor uns.«

Nikola setzte das Fernrohr an und sah eine ganze Weile in die angegebene Richtung, bevor er es wortlos an Mulligan zurückgab, der noch länger und ebenso schweigend hindurchsah. Als Letzter war ich an der Reihe. Diesmal nahm ich das Glas.

Ich sah sofort, was Hanscombe uns zeigen wollte, und es war das, was ich erwartet hatte.

Vor uns glühte das Meer. Der Lichtschein war grün, nicht rot wie der von tausend Lichtern und zehntausend qualmenden Schloten erhellte Himmel über Belfast, und der Schein war zudem um etliches blasser. Bei Tageslicht wäre er vermutlich nicht einmal sichtbar gewesen. Auch jetzt würde er das nicht mehr lange sein. Der klamme Hauch, den ich schon am Anfang bemerkt hatte, war nicht nur immer noch da, sondern stärker und vor allem kälter geworden, und die Luft roch nicht nur nach Salzwasser, sondern auch nach Regen. Und war da nicht ein ganz leises Grollen, das nichts mit dem Maschinengeräusch unter unseren Füßen zu tun hatte?

»Das ist ganz genau das, was Tanner Mulligan und mir beschrieben hat«, sagte ich, während ich das Glas absetzte und Hanscombe zurückgeben wollte. Statt seiner griff Nikola danach und setzte es erneut an.

»Und das, was Ihr Freund Mulligan und Sie bei der Isle of Skye gesehen haben, nicht wahr?«

»Wenn Sie es schon wissen, warum fragen Sie? Ich nehme doch an, Sie haben den Kapitän der *Gallon* eingehend verhört?«

»Das war gar nicht nötig«, behauptete Hanscombe. »Er konnte gar nicht so schnell erzählen, wie er seine Geschichte loswerden wollte. Wie gesagt: Seeleute sind ein abergläubisches Volk, und sie reden gerne und viel.«

»Junge Marineoffiziere auch?«

Hanscombe ignorierte meine Frage, was für sich genommen auch schon eine Antwort war. »Sehen Sie, Mister Devlin, wenn man es genau nimmt, gibt es kaum ein größeres Seegebiet auf der Welt, um das sich nicht irgendwelche Legenden und Mythen und düstere Geschichten ranken. Das ist hier nicht anders. Geheimnisvolle Lichter, Seeungeheuer, seltsame Geräusche …«

Worauf wollte er hinaus?

»Und was ist an *dieser* Legende so anders?«, fragte Nikola, ohne das Fernrohr abzusetzen.

»Und wie kommen Sie auf die Idee, dass dem so wäre?«, wollte Hanscombe wissen.

»Weil wir hier sind?«, schlug Nikola vor.

»Weil man es sehen kann«, fügte ich hinzu.

»Das Interessante sind eher die Legenden um die Hebriden«, sagte Hanscombe. »Sie sind identisch, wissen Sie? Die Leute hier erzählen seit Jahrhunderten von geheimnisvollen Leuchterscheinungen und gewissen … anderen Dingen, die man manchmal in dieser Gegend hier beobachten kann. Von der Isle of Skye und den ganzen Inneren Hebriden sind solche Geschichten nicht bekannt.«

»Gerade haben Sie gesagt …«

»Bis vor ungefähr einem Jahr«, fuhr Hanscombe ungerührt fort. »Danach begannen die Erscheinungen dort. Haargenau dieselben Erscheinungen. Und massiv. Verstehen Sie, es war nicht nur ein Kapitän, der davon erzählt hat, und schon gar keine betrunkenen Matrosen oder irgendwelche Witzbolde. Ich habe mit mindestens zwei Offizieren der Royal Navy gesprochen, die es auch gesehen haben. Und solche Leute pflegen kein Seemannsgarn zu spinnen.«

»Was gesehen?«, fragte Nikola. Er presste das Glas immer noch an sein Auge, und ein angespannter Ausdruck lag auf seinem Gesicht. »Dieses Licht?«

Ich sah ganz instinktiv nach vorne und stellte fest, dass das Schiff tatsächlich so schnell sein musste, wie Hanscombe behauptet hatte, denn der unheimliche blassgrüne Schein war inzwischen selbst mit bloßem Auge zu erkennen.

»Unter anderem.«

Nikola deutete ein Kopfschütteln an. »Das kann alles Mögliche bedeuten. Ein unterseeischer Vulkan. Biolumineszenz. Ein elektrisches Phänomen … Glauben Sie mir, Admiral, es gibt zahllose Dinge auf dieser Welt, die niemand erklären kann. Auch ich nicht. Aber das bedeutet nicht, dass sie übernatürlichen Ursprungs sein müssen.«

»Wie wahr«, sagte Hanscombe und sah aus, als wäre das die Antwort gewesen, die er erwartet hatte.

Er trat hinter Nikola, legte ihm beide Hände auf die Schultern und drehte ihn ein kleines Stück nach rechts, sodass das Fernrohr nicht mehr ganz genau nach vorne wies. »Und welche wissenschaftliche Erklärung«, fragte er mit der süffisantesten Stimme, die ich jemals gehört hatte, »haben Sie dafür?«

Nikola ächzte. Seine Finger schlossen sich so fest um das Fernrohr, dass das Metall ein protestierendes Knirschen von sich gab. »Aber das ist doch …«

»Interessant, nicht wahr?«, fragte Hanscombe. »Oder wäre Ihnen das Wort unheimlich lieber?«

Nikola senkte das Glas. »Solche Worte benutze ich nicht«, sagte er. Auch wenn ihm im Moment ganz unübersehbar danach war. Seine Hand zitterte ganz sacht, als er mir das Fernrohr hinhielt.

Ich zögerte, mein Herz klopfte.

Als ich das Glas ansetzte und hindurchsah, schien es auszusetzen.

»Gesehen wurde es angeblich schon öfter«, erklärte Hanscombe. »Aber bis uns die Meldung erreicht hat und jemand reagieren konnte, war es natürlich immer schon wieder verschwunden.«

»Und das ist jetzt anders?«, fragte Nikola.

»Weil dieses Schiff so schnell ist«, vermutete Mulligan.

Hanscombe nickte und schüttelte zugleich den Kopf. Er deutete mit der linken Hand nach oben. »Ein Hoch auf die moderne Technik«, sagte er fröhlich. »Auch die Royal Navy verfügt mittlerweile über Flugzeuge.«

Ich hörte nur mit halbem Ohr hin, denn was ich durch das Fernrohr sah, das entsetzte und faszinierte mich gleichzeitig. Dabei konnte ich nicht einmal genau sagen, was ich da eigentlich sah. Es war groß – riesig! –, grün und glubschäugig, mit Tentakeln, die durchs Wasser peitschten, und einem grotesken Papageienschnabel – ein Monstrum wie aus einem Fieberwahn. Was immer es war, es war nicht nur grotesk und abstoßend, sondern wirkte auch auf eine grässlich *falsche* Art lebendig, wie etwas, das schon durch seine bloße Existenz jedwedes andere Leben beleidigte.

»Was … ist das?«, murmelte Nikola.

»Das weiß niemand«, antwortete Hanscombe. »Und wenn man es genau nimmt, dann gibt es mindestens ebenso viele unterschiedliche Beschreibungen, wie es Sichtungen gibt. Was immer es ist, es verschwindet jedes Mal, wenn sich ein Schiff nähert. Aber vielleicht haben wir dieses Mal eine kleine Überraschung auf Lager.«

Ich erwartete nun, dass er diese Bemerkung erklärte, aber das tat er nicht. Stattdessen hob er den Arm und winkte zur Brücke über uns hinauf. Nur einen Herzschlag später geschah zweierlei: Nacheinander und sehr schnell erloschen sämtliche Lichter, und noch bevor die letzte Lampe ausgegangen war, machte das Schiff einen regelrechten Satz, und ich spürte, wie der mechanische Herzschlag unter unseren Füßen härter und schneller und um einiges kraftvoller wurde. Zugleich näherten sich Schritte, und Svensson gesellte sich zu uns, begleitet von zwei weiteren Marinesoldaten, die genau wie er ein Gewehr geschultert hatten.

Hanscombe nickte ihm knapp zu und fuhr fort: »Wir wissen nicht, was uns erwartet. Vielleicht ist es besser, wenn Sie unter Deck gehen.«

Niemand machte sich auch nur die Mühe, darauf zu reagieren.

Dunkel, wie es war, und ohne jeglichen Vergleichsmaßstab erschien es nahezu unmöglich, unsere Geschwindigkeit einzuschätzen. Doch wir mussten sehr schnell sein, denn das Schiff näherte sich seinem Ziel jetzt rasch. Auch ohne Fernrohr konnte ich erkennen, dass vor uns … *etwas* war. Immer noch unmöglich zu sagen, was, nur dass es gewaltig und Furcht einflößend war.

Der Bugscheinwerfer der *RMS Carpathia* schwenkte herum und riss eine fast brutal wirkende Schneise in die wabernde Dunkelheit. Nikola murmelte irgendetwas Anerkennendes, was sich auf die Lichtstärke bezog und mich im Moment so sehr interessierte wie die Börsenkurse in Tokio. Dabei begriff ich sehr wohl, dass nur dieses bestens ausgestattete Schiff in der Lage war, dem nachzugehen, was auch immer vor uns – und damit auch direkt vor der irischen Küste und meiner Heimatstadt! – sein Unwesen trieb.

Hanscombe zauberte irgendwoher ein zweites, viel moderner aussehendes Fernglas mit gleich zwei Linsen hervor, das er ansetzte und eine ganze Zeit lang lang auf das grüne … Ding richtete, bevor er den Kopf in den Nacken legte, um mithilfe seines Feldstechers den Himmel abzusuchen. Zuerst erschien mir das vollkommen sinnlos, dann begriff ich – allerdings nur einen Sekundenbruchteil bevor Nikola es aussprach.

»Sie suchen nach Ihrem Fluggerät?«, vermutete er.

Hanscombes Antwort bestand aus einem angedeuteten Nicken, dann richtete er seinen Feldstecher wieder auf das grüne Leuchten vor uns. Es war bereits deutlich näher gekommen. Mittlerweile konnte man selbst mit bloßem Auge schon beinahe Einzelheiten erkennen.

Und mit einem Fernrohr offenbar noch sehr viel mehr, denn Nikola fuhr heftig zusammen und zog scharf die Luft zwischen den Zähnen ein. »Aber das ist doch … unmöglich«, krächzte er.

»Was?«, fragten Mulligan und ich unisono.

Wir bekamen beide dieselbe Antwort, nämlich keine, doch wie um Nikolas Frage noch angemessen zu untermalen, zuckte da ein einzelner dünner Blitz aus dem wolkenlosen Himmel vor uns, nur einen halben Herzschlag später gefolgt von dumpfem Donnergrollen, und der Wind frischte erneut auf. Die Nässe, die mein Gesicht bedeckte, schmeckte nicht nach Salzwasser.

»Das ist noch so etwas, das ich bisher nicht wirklich geglaubt habe«, sagte Hanscombe, immer noch ohne den Feldstecher abgesetzt zu haben. »Es passiert immer nur nachts, und angeblich schlägt prinzipiell das Wetter um, sobald sich jemand nähert, der etwas sehen könnte.«

»Ja, das ist wirklich unheimlich«, pflichtete ihm Nikola bei. »Und woher wissen Sie, dass es nicht passiert, wenn niemand hinsieht?«

Hanscombe warf ihm einen irritierten Blick zu und zog es darüber hinaus vor, nicht zu antworten.

Ein weiterer Blitz zuckte aus einem Himmel herab, der plötzlich gar nicht mehr so wolkenlos war wie noch vor wenigen Augenblicken. Zugleich frischte der Wind weiter auf und begann uns haarfeine Schleier aus einer Million eisiger Nadelspitzen ins Gesicht zu peitschen. Es schmerzte tatsächlich wie Nadelstiche in den Augen. Doch was sich trotz der widrigen Sichtverhältnisse allmählich immer deutlicher vor uns abzeichnete, das war so fantastisch und bizarr, dass ich überhaupt nicht begriff, was ich da sah.

# 16

Ich stand wie erstarrt da und hatte doch gleichzeitig das Gefühl, als würde der Boden unter meinen Füßen weggezogen. Die Übelkeit, die in den Hintergrund meines Bewusstseins entschwunden war, meldete sich nun mit aller Macht zurück, und meine Knie drohten nachzugeben. Instinktiv machte ich einen Schritt nach vorne und klammerte mich an der Reling fest, bevor ich das Gleichgewicht verlor.

Das, was sich da vor uns abspielte, ähnelte auf verrückte Art unserer Sichtung bei den Hebriden, nur dass ich es jetzt viel deutlicher erkannte, obwohl die Entfernung immer noch sehr viel größer war. Der Bugscheinwerfer der *Carpathia* hatte sich mit weiteren und vielleicht sogar speziell für diesen Auftrag installierten Scheinwerferbatterien vereint, sodass die Dunkelheit jetzt von vielfältigen Lichtfingern zerrissen wurde.

Der Koloss, den wir gesichtet hatten, befand sich nur zu einem kleinen Teil über, zum allergrößten aber wie bei einem schwimmenden Eisberg unter der Wasseroberfläche, und die Lichtbrechung verzerrte seine schlängelnden Umrisse zusätzlich, sodass dem direkten Erkennen nur sehr wenig, der Fantasie dafür aber umso mehr Spielraum blieb. Es war unmöglich zu sagen, was wir da genau sahen – vielleicht einen grotesk entstellten Wal, vielleicht einen absurd großen Kraken oder ein Nest peitschender Schlangen, jede dicker als ein Mann und mit unzähligen schnappenden Mäulern und zahnbewehrten Saugnäpfen. Vielleicht aber auch etwas vollkommen anderes, das sich dem Erkennen entzog, schlichtweg weil es in der Sprache der Menschen keine Worte gab, um es zu beschreiben. Wenn man nur lange genug hinsah, begann der Anblick vor den Augen zu verschwimmen.

»Was um alles in der Welt *ist* das?«, flüsterte Nikola.

Es war keine Frage, auf die er eine Antwort erwartete, und er bekam sie auch nicht. Stattdessen nickte Hanscombe Svensson zu, der diese Geste an die beiden Soldaten neben sich weitergab. Die Männer nahmen die Gewehre von der Schulter und verschwanden hinter dem Geschützturm, in dessen Schatten wir Aufstellung genommen hatten. Kurz darauf hörte ich das Geräusch schwerer Scharniere, dann hob ein machtvolles elektrisches Summen an, das bis in den Boden unter unseren Füßen zu spüren war, und der ganze gewaltige Turm begann sich zu drehen, während sich die mächtigen Zwillingskanonen neu ausrichteten.

Nikola ließ das Fernrohr sinken und warf Hanscombe einen fassungslosen Blick zu. »Halten Sie das für klug?«, fragte er empört.

Hanscombe schien eine Sekunde ernsthaft über diese Frage nachzudenken, dann nickte er. »Sie haben recht. Wir sollten hier nicht stehen bleiben. Allein der Geschützdonner könnte uns schweren Schaden zufügen.«

»Das meine ich nicht!«, entrüstete sich Nikola. »Sie haben nicht die leiseste Ahnung, womit wir es zu tun haben, und das Einzige, was Ihnen einfällt, ist, Ihre Kanonen zu laden?«

Ich wollte ihm nur zu gerne zustimmen, aber ich brachte keinen Laut hervor.

Hanscombe hatte sich inzwischen abgewandt, um den Himmel erneut mit seinem Feldstecher abzusuchen.

»Ihr Flugzeug?«, fragte ich.

»Wird wohl nicht kommen«, antwortete Hanscombe knapp. »Bei den Witterungsverhältnissen fliegt es sich schlecht.«

»Und was haben Sie jetzt vor?«, hakte ich nach.

Hanscombe antwortete nicht, sondern ging nach vorne zum Bug. Mulligan, Svensson und ich schlossen sich ihm an und nach einem kurzen Zögern auch Nikola. Bevor ich die Reling erreichte, hörte ich ein tiefes Rumpeln hinter mir und sah über die Schulter zurück. Die beiden gewaltigen Kanonenrohre waren in unsere Richtung geschwenkt und eingerastet. Sie zielten über unsere Köpfe hinweg. Aber nicht sehr hoch.

Neben mir schob Nikola rasselnd das Fernrohr zusammen und gab es Hanscombe zurück, der es in der Tasche seiner Uniformjacke verschwinden ließ. In der anderen Hand hielt er immer noch den Feldstecher, den er vollkommen vergessen zu haben schien. Es war auch kein technisches Hilfsmittel mehr nötig, um den Koloss zu beobachten, so nahe, wie wir mittlerweile heran waren.

Vielleicht sogar ein wenig zu nahe, denn ich hatte immer mehr das unbehagliche Gefühl, nicht nur zu beobachten, sondern meinerseits beobachtet zu werden, schlimmer noch, von den Blicken unbarmherziger, kalter Augen seziert zu werden. Und offenbar ging es nicht nur mir so. Mulligans Stimme zitterte.

»Was zum Teufel ist das?«

Vielleicht hatte er sich mit dieser Frage zugleich auch schon die Antwort gegeben.

Der Gedanke war kindisch und dumm, aber einmal gedacht machte er sich selbstständig.

Von dem Koloss ging etwas kaum zu beschreibendes Düsteres aus, etwas durch und durch Böses und Uraltes. Nikola biss die Kiefer so fest aufeinander, dass ich meinte, seine Zähne knirschen zu hören, und ich musste weder Mulligan noch Hanscombe oder den jungen Offizier ansehen, um zu wissen, dass es ihnen ebenso erging.

Dann öffnete sich in der wogenden Fleischmasse vor uns ein einzelnes monströses Auge, und die Nacht kippte vollends in den Wahnsinn.

An dem Auge selbst war nicht einmal etwas Besonderes, sah man von seiner Größe ab, die sich leicht mit einem aufrecht stehenden hochgewachsenen Mann messen konnte. Es war sein Blick, der sich wie weißglühendes Eisen in unsere Seelen brannte und alles Menschliche und Lebendige darin in schierer Agonie aufschreien ließ. Es war nicht der Blick von etwas Lebendem, etwas Denkendem oder auch nur Fühlendem. Es war purer Hass, die Negierung alles Lebendigen, Zerstörung in ihrer reinsten Form, und es gab nur eine einzige denkbare Reaktion darauf. Svensson riss das Gewehr von der Schulter und begann einen Schuss nach dem anderen abzugeben, obwohl wir noch viel zu weit entfernt waren, und auch Hanscombe riss eine Pistole unter der Jacke hervor und begann das gesamte Magazin abzufeuern.

Hinter uns erscholl ein so gewaltiges, doppeltes Krachen und Brüllen, als wäre die Welt selbst explodiert, und der heiße Atem der Hölle strich über uns hinweg, versengte mein Haar und meinen Nacken und die schützend gegen die Ohren geschlagenen Hände und verbrannte den gellenden Schrei, mit dem das letzte bisschen Luft aus meinen Lungen gesogen wurde. Alles versank hinter einem roten Vorhang aus Schmerz, und nicht nur meine Knie gaben nach. Neben mir sanken Nikola und Hanscombe haltlos gegen die Reling, und selbst Mulligan taumelte und schien sich kaum noch auf den Beinen halten zu können. Die Welt bestand nur noch aus Angst und Schmerz, und ich meinte zu spüren, wie mir warmes Blut aus den Ohren rann. Dennoch sah ich, dass die beiden Kanonenschüsse ihr Ziel verfehlt hatten und rechts und links von dem bizarren Geschöpf schäumende weiße Türme aus Gischt aus dem Meer prügelten.

Auch wenn sie nicht getroffen hatten, zeigten sie dennoch Wirkung, wenn auch nicht die, auf die irgendeiner von uns gehofft hatte. Das Ungeheuer gab ein so tiefes Knurren von sich, dass ich es in jedem einzelnen Knochen zu spüren meinte, und drehte sich dann langsam ganz in unsere Richtung. Ein zweites, nicht weniger titanisches Auge öffnete sich und begann das Schiff und jeden an Deck mit kalter Gier zu taxieren. Ein riesiger Schnabel klappte dicht unter und über der Wasseroberfläche auf und spie weißen Schaum. Gewaltige Fangarme streckten sich in unsere Richtung, mindestens acht oder zehn an der Zahl und länger als so manches Schiff, das ich gesehen hatte.

Aber da war auch noch etwas anderes im Wasser: kleine, rasend schnell hin und her flitzende Umrisse mit peitschenden Haifischschwänzen und wehendem goldfarbenem Haar. Es mussten Dutzende sein, wenn nicht Hunderte, und sie waren nicht wirklich winzig, sondern wirkten nur so angesichts des Titanen, der sich nur scheinbar behäbig in unsere Richtung aufmachte.

Mühsam zog ich mich an der Reling in die Höhe und versuchte die roten Schlieren vor meinen Augen wegzublinzeln. Neben mir hatte Hanscombe endlich seine Pistole leer geschossen und schrie irgendetwas, doch ich sah lediglich, wie sich seine Lippen bewegten. Alles, was ich hörte, war ein boshaftes Meeresrauschen, in das sich ein allmählich lauter werdendes helles Pfeifen und Jaulen mischte. Das ungeheure Getöse der Kanone hatte mein Gehör ausgelöscht, und ich war ganz und gar nicht sicher, ob es jemals zurückkommen würde. Ich schmeckte Blut, und auch das warme Rieseln aus meinen

Ohren hatte ich mir nicht nur eingebildet, denn meine Handflächen waren nass und rot. Konnte Lärm töten? Ich wusste es nicht, vermutete aber, dass prinzipiell *alles* töten konnte, wenn es nur genug davon gab.

Trotz des Rauschens und Dröhnens in meinen Ohren vernahm ich ein weiteres dumpfes Grollen und sah ein grelles Aufblitzen in den Augenwinkeln, als nun auch der hintere Geschützturm feuerte. Etwas Riesiges rauschte an uns vorbei und verfehlte das Ungetüm hoffnungslos, denn der Schusswinkel war viel zu schmal, als dass die Granaten auch nur in die Nähe des Monstrums gelangen konnten. Der Koloss änderte trotzdem seinen Kurs und schwenkte mit einer Leichtigkeit herum, die bei einem Ding von so ungeheurer Größe geradezu unnormal erschien. Er näherte sich dem Schiff nun direkt von vorn.

Hanscombe schien immer noch etwas zu schreien, aber ich war nach wie vor taub, und wie es aussah nicht als Einziger. Nikola hockte mit schmerzverzerrtem Gesicht neben mir auf den Knien und hatte beide Hände auf seine Ohren gepresst. Sein Haar war zu einem Gutteil zu grauer Asche zerfallen, die der Regen zu einer schmierigen Pampe auf seinem Gesicht verwischte, und seine Schultern schwelten. Ich nahm an, dass ich auch keinen wesentlich erfreulicheren Anblick bot.

Immerhin begriff ich nun, dass es nichts schaden könnte, eine gedachte Linie zwischen dem heranpflügenden Koloss und dem Kanonenturm in meinem Rücken zu ziehen. Das Ergebnis, zu dem ich kam, gefiel mir ganz und gar nicht. Hastig bewegte ich mich zur Seite und wich ein Stück zurück. Mulligan und Svensson hatten dieselbe Idee und schleiften Nikola neben mir her. Ein rascher Blick über die Schulter zeigte mir, dass Hanscombe sich immerhin zusammengekauert hatte und ebenfalls beide Hände gegen die Ohren schlug. Das erschien mir als eine gute Idee, sodass ich nach nur zwei oder drei Schritten dasselbe tat, und diesmal war ich um denselben Sekundenbruchteil schneller, um den ich gerade zu langsam gewesen war.

Nicht dass ich das Gefühl hatte, es würde mir allzu viel nutzen.

Obwohl ich den doppelten Mündungsblitz nur aus den Augenwinkeln sah, blendete er mich für eine Sekunde vollkommen, und der einzige Grund, weshalb der apokalyptische Donnerschlag meine Trommelfelle nicht zerriss, war wohl der, dass ich meine Hände gerade noch rechtzeitig hochgerissen und auf die Ohren gepresst hatte. Neben mir sanken auch Nikola und die beiden anderen auf die Knie, und das ganze Schiff schien wie unter einem gewaltigen Fausthieb zu erbeben und sich zur Seite zu neigen. Irgendwie sah ich trotzdem, dass zumindest einer der beiden Kanonenschüsse getroffen hatte. Zwischen dem Schiff und dem heranrasenden Koloss stieg eine Fontäne aus rot gefärbtem Schaum und Fleischfetzen in die Höhe, und ich meinte, ein ungeheuerliches Brüllen und Kreischen zu spüren.

Die *Carpathia* richtete sich behäbig wieder auf und legte sich direkt auf die andere Seite. Da ich gerade im Aufstehen begriffen gewesen war, brachte mich die Bewegung endgültig aus dem Gleichgewicht, sodass ich der Länge nach hinfiel und Sterne sah.

Möglicherweise rettete mir der Sturz das Leben, denn als ich mich benommen aufrappelte und die bunten Farbsplitter und -blitze vor meinen Augen wegzublinzeln versuchte, erbebte das Schiff unter einem zweiten und ungleich heftigeren Schlag. Das Ungeheuer war heran, und plötzlich war da eine Wand aus peitschenden Tentakeln, die sich zahn- und stachelbewehrt hinter der Reling in die Höhe reckte. Mindestens einer der riesigen Fangarme wickelte sich um die Kanonenrohre über mir, und ein anderer peitschte wie eine fleischige Sense durch die Luft und verfehlte Mulligan, Nikola und mich nur um Haaresbreite.

Svensson hatte weniger Glück.

Der Tentakel traf den jungen Marineoffizier mit unvorstellbarer Wucht an der Brust, riss ihn mindestens zwei Meter in die Höhe und schmetterte ihn mit solcher Gewalt gegen den Geschützturm, dass vermutlich kein einziger Knochen in seinem Leib heil geblieben war. Noch während er haltlos an dem grau gestrichenen Metall herunterrutschte, rappelte ich mich auf und stolperte weiter, wobei ich Nikola am Arm ergriff und einfach hinter mir herzerrte. Noch mehr Tentakel zischten über das Deck, peitschten umher, schlugen Furchen in das harte Holz, zertrümmerten die Reling oder tasteten wie suchend umher. Dass sich das alles in absoluter Lautlosigkeit abspielte, in der ich nur ein helles Singen in meinen Ohren wahrnahm, einen Laut wie eine scharfe Messerklinge, die in Fleisch schnitt, machte es nur noch unheimlicher. Ich wich einem, zwei, schließlich drei der plumpen Hiebe aus, aber es wurde immer knapper, und die Zahl der hin und her zuckenden Schlangenarme schien zuzunehmen. Wir würden es nicht schaffen, begriff ich.

Scheinbar wie aus dem Nichts war das Deck plötzlich voller Männer. Ich war noch immer taub, doch ich sah das Mündungsfeuer zahlreicher Gewehr- und Pistolenschüsse, mit denen die Soldaten das Ungeheuer attackierten, während andere sie mit Enterhaken, großen Messern und Macheten unterstützten. Nichts davon nutzte etwas.

Ganz im Gegenteil: Noch während ich den unheimlichen Anblick zu verarbeiten versuchte, packte einer der gewaltigen Tentakel einen Soldaten, indem er sich wie eine Schlange um dessen Oberkörper wickelte und ihn in die Höhe riss. Blut spritzte aus seinen Ärmeln, dem Kragen seiner Uniformjacke und seinem Mund, der zu einem gellenden Todesschrei aufgerissen war. Der Mann wurde wie eine Stoffpuppe über Bord geschleudert, und noch bevor er in der Dunkelheit verschwand, ereilte einen zweiten Soldaten dasselbe Schicksal.

Doch Nikola und ich hatten es fast geschafft. Das rettende Schott lag nunmehr nur noch ein kurzes Stück vor uns, und Nikola schien allmählich wieder zu Sinnen zu kommen. Er begann aus eigener Kraft neben mir herzustolpern, sodass wir an Tempo zulegten. Vielleicht noch ein Dutzend Schritte, und wir waren in Sicherheit. Noch fünf, drei …

Gerade als ich mich mit einem erleichterten Aufschrei nach vorne werfen wollte, fegte etwas Gigantisches über uns hinweg, traf das offen stehende Schott und warf es mit solcher Gewalt ins Schloss, das sich das halbzollstarke Metall verbog. Das ungeheure Dröhnen war selbst durch das Pfeifen des Tinnitus in meinen Ohren noch zu hören, und obwohl uns der gewaltige Tentakel nicht einmal berührte, ließ uns doch seine bloße Nähe wieder auf die Knie fallen. Als sich der Tentakel zurückzog, sah ich die tiefen Kratzer und Furchen, die die knochigen Dornen in dem harten Metall hinterlassen hatten, und meinte Funken sprühen zu sehen.

Mulligan, der direkt hinter uns gewesen war, zerrte Nikola und mich gleichzeitig auf die Füße und riss uns hastig ein paar Schritte zurück, während er sich nach einem Fluchtweg oder einem Versteck umsah.

Es gab weder das eine noch das andere.

In den wenigen Augenblicken, die wir abgelenkt gewesen waren, hatte sich das Vorderdeck in einen Ausschnitt der Hölle verwandelt. Der Wind war zu einem ausgewachsenen Sturm geworden, der uns den Regen jetzt waagerecht in die Gesichter peitschte, und vom Himmel zuckten immer mehr gleißende Blitze, die dem Anblick endgültig etwas Apokalyptisches verliehen. Gleichzeitig hatte die Anzahl der Soldaten noch einmal zugenommen, sodass sich auch das ununterbrochene Zucken orangeroter Mündungsflammen zu dem Inferno gesellte.

Jemand musste ein Maschinengewehr aufgebaut haben, dessen monotones Rattern nun ebenfalls immer deutlicher durch das Pfeifen in meinen Ohren drang. Doch nichts von alledem nutzte irgendetwas, denn die Wand aus nass glänzendem schwarzgrünem Fleisch, die sich vor dem Bug der *Carpathia* erhob, wuchs nur immer noch weiter und weiter, zu groß, um wirklich etwas Lebendiges sein zu können, und dennoch da …

Zu meinem großen Erstaunen sah ich auch Svensson inmitten des allgemeinen Chaos. Der Bursche war zäh, das musste man ihm lassen. Er stand nicht nur schon wieder auf den Beinen, sondern hatte auch sein Gewehr aufgehoben und feuerte auf das monströse Etwas. Ich bezweifelte, dass die Kugeln die dicke Haut des Ungeheuers auch nur ankratzen konnten, geschweige denn durchdringen. Wieso feuerten die Kanonen nicht?

Sie konnten es nicht mehr. Zwei weitere Riesententakel hatten sich um die Geschützrohre und den massiven Turm gewickelt und zerrten und rissen mit unvorstellbarer Kraft daran. Zugleich klappte der mehr als mannsgroße Papageienschnabel des Krakenmonsters auf, schloss sich dort um den Bug, wo gerade noch Hanscombe gelegen hatte, und biss ein gewaltiges Stück mitsamt dem Bugscheinwerfer heraus. Zunächst war ich sicher, dass es den Admiral gleich mit verschlungen hatte, doch dann sah ich, wie er mit wirbelnden Armen um sein Gleichgewicht kämpfend davonstolperte.

Der Krake riss den Geschützturm ab.

Es sollte unmöglich sein, und mein Verstand beharrte auch darauf, dass es das war, aber meine Augen behaupteten etwas anderes. In das Pfeifen und Singen in meinen Ohren mischte sich das gepeinigte Kreischen von zerreißendem Metall. Die beiden Geschützläufe verbogen sich wie weiches Wachs, das zu lange in der Sonne gelegen hatte, und brachen dann nahezu gleichzeitig ab. Schließlich wurde der gesamte Turm Funken sprühend aus seiner Halterung nach oben gerissen. Einer der beiden Matrosen stürzte in einem Hagel von Trümmern auf das Deck und blieb reglos liegen, der andere verschwand zusammen mit dem zerbrochenen Turm in der Nacht, als das Ungetüm ihn achtlos davonschleuderte. Dann holte es zu einem Hieb mit gleich mehreren seiner monströsen Tentakel aus, der das halbe Vorderdeck zertrümmern musste.

Ein dünner, aber gleißend heller und dutzendfach verästelter weißblauer Blitz spaltete die Nacht hinter dem Kraken, traf einen seiner riesigen Fangarme und zerriss ihn in eine Explosion aus spritzendem Licht, kochendem Blut und umherwirbelnden Fleischfetzen. Ein ungeheuerliches Brüllen und Toben erklang, dass das Pfeifen und Singen in meinen Ohren nicht nur endgültig erschlug, sondern auch bis in die letzte Körperzelle zu fühlen war. Das Meeresungeheuer brach seinen Angriff ab und fuhr in einer Explosion aus schäumender Gischt herum, um sich dem Verursacher dieses grässlichen Schmerzes zuzuwenden.

Mulligan und ich drehten uns nahezu gleichzeitig herum, und der Anblick, der sich uns bot, verschlug uns im wahrsten Sinne des Wortes den Atem. Nur ein kleines Stück hinter dem Ungeheuer kochte das Meer, und im Zentrum des brodelnden weißen Schaums thronte ein zweites, größer als das erste und beinahe noch bizarrer. Es musste fast so lang wie die *Carpathia* sein und erinnerte vage an einen gigantischen buckeligen Fisch mit rasiermesserscharfen Knochenkämmen, Stacheln und riesigen, starrenden Augen.

»Das muss das Ding sein, von dem Tanner erzählt hat!«, schrie Mulligan neben mir.

Zwar klangen seine Worte noch immer gedämpft, aber ich verstand ihn. Ich nickte. Tanner hatte die unheimliche Erscheinung zwar nur mit wenigen Worten, aber dennoch sehr treffend beschrieben. Natürlich hatte ich kein Wort geglaubt, aber nun sah ich, dass er nicht nur die Wahrheit gesagt hatte, sondern auch ein überaus präziser Beobachter war. Nur etwas fehlte noch ... oder auch nicht, denn noch während ich diesen Gedanken dachte, lösten sich zahlreiche kleinere Umrisse aus dem Schatten des Kraken und jagten dem Neuankömmling entgegen. Licht flammte auf, nicht der unheimliche grüne Schein aus der Tiefe, der das Erscheinen des Kraken begleitet hatte, sondern ein greller, eng gebündelter Strahl, der wie ein Speer aus Helligkeit durch das Wasser strich und zu dem sich fast unmittelbar ein zweiter gesellte, damit sie gemeinsam nach dem tobenden Koloss tasten konnten.

Diesmal konnte ich den Ursprung des Blitzes sehen, der an der gezahnten Schnauze des neu aufgetauchten Monstrums seinen Anfang nahm, einen eckigen Viertelkreis in der Luft beschrieb und sich dann auf das Krakenmonster niedersenkte. Wasser und schuppige Panzerplatten explodierten zu weißem Dampf, und das Ungeheuer schrie wieder auf und peitschte in blinder Agonie die Meeresoberfläche. Doch ich spürte auch, dass diesem zweiten Angriff die vernichtende Wucht des ersten fehlte. Er hatte dem Kraken wehgetan und ihn womöglich noch wütender gemacht, ihn aber nicht ernsthaft verletzt. Er stürzte sich jetzt nur noch zorniger auf seinen Gegner.

Und nicht nur er. Auch die kleineren Geschöpfe jagten gleich zu Dutzenden auf den Neuankömmling zu. Die Entfernung war viel zu groß, um zu erkennen, was genau sie waren, geschweige denn, was sie taten, doch die Lichtstrahlen bewegten sich mit einem Male hektischer, und ich hatte das Gefühl, winzige Gestalten auf dem Rücken des bizarren Geschöpfes zu sehen. Das Ganze kam mir auf schon fast unheimliche Weise vertraut vor, obwohl ich zugleich absolut sicher war, nichts von alledem je zuvor im Leben gesehen zu haben.

»Unglaublich!«, keuchte Nikola neben mir. Wahrscheinlich schrie er, doch ich hörte kaum mehr als ein Flüstern. »Das … das ist ein Unterwasserfahrzeug!«

»Ein was?«, fragte ich verständnislos.

Wollte er mich auf den Arm nehmen? Natürlich hatte ich von Tauchglocken und modernen Fahrzeugen gehört, die sich nicht nur auf, sondern auch unter der Wasseroberfläche bewegen konnten … aber dieses Ding war riesig!

Statt zu antworten, stürmte Nikola bereits los und prallte in seiner Hast so hart gegen die Reling, dass ich nicht überrascht gewesen wäre, ihn kopfüber ins Wasser fallen zu sehen. Im letzten Moment fing er sich wieder und fand mit beiden Händen Halt. Nach einer Sekunde Verzögerung folgten Mulligan und ich ihm. Wenn auch nicht annähernd so schnell wie er, denn das Deck war nicht nur nass und so glitschig wie Schmierseife, sondern auch mit Trümmern und heißen Patronenhülsen übersät wie nach einer Schlacht. Ich musste über einen reglosen Soldaten hinwegspringen und hoffte, dass es sich nur um einen Verwundeten handelte. Er war nicht der einzige.

Obwohl nur wenige Augenblicke vergingen, bis wir die Reling erreichten, hatte der Krake schon die halbe Distanz zu Nikolas *Unterwasserfahrzeug* zurückgelegt und schien noch einmal schneller zu werden. Und auch seine kleineren Gehilfen hatten ihr Ziel nun fast erreicht. Ich konnte immer noch nicht genau erkennen, was sie waren oder taten, doch der nächste Blitz traf nicht nur den Kraken, sondern verästelte sich gleich mehrere Male, um auch nach ihnen zu schlagen. Die meisten verfehlten die blitzartig hin und her huschenden Gestalten, doch ich sah mindestens einen direkten Einschlag, nach dem das Wasser voll blutigem Schaum und Fleischfetzen war. Doch es waren einfach zu viele, selbst wenn jeder einzelne Blitz getroffen hätte. Schon erreichten die ersten das bizarre Unterwasserfahrzeug und begannen sich mit peitschenden Flossen und eisenharten Krallen an seinen Flanken hinaufzuziehen, woraufhin überall heftige Handgemenge ausbrachen. Die Entfernung war viel zu groß, um Einzelheiten zu erkennen, und wenn ich ehrlich war, wollte ich das auch gar nicht.

Nikola offensichtlich schon, denn er kniff nicht nur angestrengt die Augen zusammen, sondern beugte sich auch gefährlich weit vor. Allerdings nur ganz kurz, dann fuhr er mit einem Ruck herum und deutete auf den erstbesten Mann in unserer Nähe. Es war Svensson. Er sah reichlich mitgenommen aus, schien aber tatsächlich gänzlich ohne Blessuren davongekommen zu sein – was sehr erstaunte, nach allem, was ihm passiert war.

»Sie da!«, raunzte Nikola. »Besorgen Sie mir ein Fernglas! Schnell!«

Svensson bedachte ihn lediglich mit einem ausdruckslosen Blick und trat neben uns an die Reling, um dem bizarren Treiben draußen auf dem Meer zu folgen. Der Koloss hatte das Unterwasserfahrzeug inzwischen fast erreicht und begann dessen Bug mit seinen verbliebenen Fangarmen zu umschlingen, doch die ununterbrochenen Blitzattacken zeigten allmählich Wirkung. Gewaltige Wunden klafften im Leib und in den monströsen Fangarmen des Ungeheuers. Seine gepanzerte Haut dampfte, und eines der riesigen Augen weinte blutige Tränen. Auch die kleineren Angreifer hatten bereits einen beachtlichen Blutzoll bezahlt. Inmitten der kochenden Gischt trieben zahlreiche reglose Körper, und ich war ganz und gar nicht sicher, nicht auch ein paar menschliche Umrisse zwischen ihnen zu erkennen. Überall blitzte es und sprühte Funken, aber die Entfernung war einfach zu groß. Nikola hatte recht: Wir brauchten ein Fernglas.

Oder mussten näher heran. Zu meinem Entsetzen registrierte ich, wie der Bug der *Carpathia* herumschwenkte und die Fregatte zugleich Fahrt aufnahm. Hatte Hanscombe etwa den Befehl gegeben, den Kurs zu ändern, um sich in diesen Kampf der Giganten einzumischen?

Wenn, würden wir zu spät kommen. Obwohl mittlerweile von etlichen üblen Verletzungen gezeichnet, die selbst über die große Entfernung hinweg noch sichtbar waren, klammerte sich das Krakenmonster immer fester um den gezackten Bug des Unterwasserfahrzeugs, scheinbar ohne sich von den elektrischen Blitzen beeindrucken zu lassen, die in jetzt ununterbrochener Folge in seinen gewaltigen Leib und die verstümmelten Tentakel hämmerten. Ich war nicht ganz sicher, meinte aber Schüsse zu hören, möglicherweise auch Schreie, doch mein Hörvermögen war längst noch nicht wieder vollständig zurückgekehrt, sodass ich auch einer Täuschung erliegen mochte.

Dann hörten das Blitzen und die Schüsse auf, für eine endlose halbe Minute, in der ich rennende Gestalten beobachtete, die am Turm des Unterwasserfahrzeugs hinaufkletterten oder sich hastig durch runde, gepanzerte Luken in seinen Rumpf zurückzogen. Und kaum war die letzte verschwunden, da zerriss ein einzelner, ungleich hellerer gleißend elektrischer Blitz die Nacht, und ich meinte selbst über die gewaltige Entfernung hinweg einen zischenden Laut zu hören und dann etwas wie den Schmerzensschrei einer unbeschreiblich großen Kreatur. Der Riesenkrake leuchtete für den Bruchteil eines Augenblickes von innen heraus auf, dann löste sich sein monströser Würgegriff, und er glitt zur Seite und versank im sprudelnden Wasser.

Als ich nach der Helligkeit wieder sehen konnte, stürzte sich eine der Meerjungfrauen auf mich. Ich hatte keine Ahnung, wie dieses groteske Wesen an Bord gekommen war und ob es vielleicht nur zu einer Vorhut gehörte, die das Schiff überrennen sollte – und es war auch egal.

Denn da war das Ungeheuer auch schon über mir, eine riesige Krallenhand zum tödlichen Schlag erhoben, und zum allerersten Mal sah ich sein Gesicht, wie es wirklich war. Nämlich nicht das Antlitz einer betörend schönen Frau, sondern ein verzerrtes Gesicht mit teigiger Haut, unter der ein Netz hässlicher blauer Adern schimmerte, hervorquellenden Froschaugen und halb durchsichtigen dünnen Lippen, hinter denen ein mörderisches Raubtiergebiss lauerte. An seinem Hals klafften jeweils drei dünne, an entzündete Wunden erinnernde Kiemenschlitze. Das also war das Letzte, was ich in meinem Leben sehen würde.

Doch gerade als die Klaue herabsausen wollte, tauchte Svensson hinter der vermeintlichen Mythengestalt auf und zerschmetterte ihr mit einem einzigen Kolbenhieb den Schädel. Das Ungeheuer brach lautlos neben mir zusammen und überschüttete mich mit Blut, Salzwasser und noch ekelhafteren Dingen. Als ich sah, wie tief und mühelos sich die Krallen der Bestie noch im Sterben in die Decksplanken gruben, machte mein Herz einen gewaltigen Sprung in meiner Brust.

Für Erleichterung blieb mir indes keine Zeit, denn Svensson rammte seinen Gewehrlauf in irgendetwas außerhalb meines Sichtfeldes und zerrte mich zugleich derb auf die Füße.

»Los!«, fügte er überflüssigerweise hinzu, während er mir einen Stoß mit der flachen Hand in den Rücken versetzte. »Lauft! Wir verschanzen uns unter Deck!«

*Und wozu?,* hätte ich um ein Haar gefragt. Rings um uns herum tobte eine maritime Weltuntergangsschlacht, und über die Reling strömten immer nur noch mehr und mehr bizarre Kreaturen heran, deren vermeintliche Engelsgesichter mir jetzt, wo ich wusste, wie sie wirklich aussahen, noch mehr Angst machten.

Svensson ließ mir jedoch noch nicht einmal die Luft, eine einzige Frage zu stellen, sondern stieß mich grob weiter. Wir wurden ohne Unterlass attackiert. Allein dreimal griffen uns einzelne Meerjungfrauen an und einmal gleich eine ganze Gruppe, die es einzig und allein auf *mich* abgesehen zu haben schien.

Doch Svensson erledigte sie alle, und scheinbar ohne die geringste Mühe.

Natürlich war ich nicht in der Verfassung, objektiv zu beobachten, doch ich war davon überzeugt, niemals zuvor einen Menschen so kämpfen gesehen zu haben. Seine Bewegungen erschienen fast zu schnell, um ihnen noch folgen zu können, und jeder einzelne seiner mit unvorstellbarer Kraft geführten Hiebe traf sein Ziel. Svensson pflügte regelrecht durch die Masse der heranstürmenden Ungeheuer, wobei er mich rücksichtslos vor sich herstieß und gleichzeitig Hiebe und Bajonettstiche nach rechts und links austeilte.

Wir schafften es trotzdem nicht.

Vielleicht war mein Eindruck von eben doch nicht ganz so weit hergeholt, denn je näher wir dem rettenden Schott kamen, desto sprunghafter stieg die Zahl der Ungeheuer, die unserer *(meiner?)* habhaft zu werden versuchten. Schließlich war es ein ganzer Pulk, nur noch einige wenige Schritte entfernt und selbst für einen Freizeit-Kaskadeur wie Svensson entschieden zu viele, um sie noch besiegen zu können. Die *Carpathia* erzitterte unter unseren Füßen, als wäre sie auf ein Riff gelaufen, und hinter der Reling flackerte ein unwirkliches grünes Licht. Der kleine Teil von mir, der noch zu logischem Denken fähig war, begriff sehr wohl, dass das Unterwasserschiff die *Carpathia* erreicht hatte und an ihrer Flanke entlangschrammte, doch noch bevor ich diese Information verarbeiten konnte, änderte das Licht seine Farbe zu einem grellen, bläulichen Weiß …

Und dann traf mich die Faust eines unsichtbaren Riesen, hämmerte auf jeden einzelnen Muskel, jeden Nerv und jeden Knochen in meinem Leib ein, riss mich von den Füßen und setzte meinen gesamten Körper in Brand. Es tat unbeschreiblich *weh*, doch der Schmerz war nicht einmal das Schlimmste. Vielmehr war es der Anblick, der sich mir bot, während ich von derselben unsichtbaren Kraft herumgewirbelt wurde und alle meine Glieder unkontrolliert zu zucken begannen, denn ich war nicht der Einzige, dem es so erging.

Genauer gesagt zuckte und zitterte jeder Mann und jedes andere lebende Wesen an Deck der *Carpathia*. Kaum jemand schrie, was mir zugleich so sonderbar wie verständlich vorkam, denn auch ich wollte vor Qual die ganze Welt zusammenbrüllen und bekam keinen Laut heraus. Ich konnte nicht einmal mehr atmen, und auf den ersten Blick sah es beinahe so aus, als stünde das gesamte Vorderdeck in Flammen. Aus der Reling, den Trümmern des Kanonenturms, den Bordwänden, jeder einzelnen metallenen Oberfläche sprühten Funken; selbst aus den Waffen, Koppeln und Uniformknöpfen der Soldaten.

Außer bei Svensson.

Er explodierte.

Vielleicht war *explodieren* auch nicht das richtige Wort, denn da waren keine Flammen, kein Rauch oder Blitze oder Lärm. Es war, als hätte sich sein Körper von einem Sekundenbruchteil auf den anderen in eine Million winziger mattgrauer Fragmente verwandelt, die von einer unwiderstehlichen Kraft in alle Richtungen zugleich auseinandergesprengt wurden. Das alles geschah in weniger als einer Sekunde, während ich zu Boden fiel und die eisenharten Decksplanken das nachzuholen versuchten, was der elektrischen Entladung nicht gelungen war, nämlich mir das Bewusstsein zu rauben.

Es gelang ihnen nicht, aber sie taten ihr Möglichstes, sodass ich etliche Sekunden benommen auf dem Rücken lag. Mein ganzer Körper war wie gelähmt, doch kurz vor dem Ersticken löste sich der Krampf, sodass ich zwar immer noch nicht schreien konnte, aber wenigstens wieder atmen.

Vorsichtig blickte ich mich um. Der Kampf war vorbei. Meine Umgebung hatte sich nicht verändert, jedoch kaum etwas von ihrem Schrecken verloren. Obwohl der Wind den eisigen Regen noch immer in nahezu waagerechten Schleiern über das Deck peitschte, brannte es an zahllosen Stellen. Blaues Elmsfeuer tanzte über die Reling, und hier und da sprühten Funken. Sämtliche Lichter waren erloschen, sowohl an Deck als auch hinter den Fensterscheiben der Aufbauten, doch es war trotzdem nicht dunkel.

Das grüne Leuchten war wieder da und glühte jetzt unmittelbar hinter der Reling auf der anderen Seite, und was immer der Stromschlag meinem Körper auch sonst noch angetan haben mochte, mein Gehör funktionierte wieder einigermaßen. Neben mir begann sich Mulligan unsicher zu regen, und auf der anderen Seite hörte ich ein gedämpftes Stöhnen, das ich als von Nikola stammend identifizierte. Immerhin lebten die beiden noch. Aber damit erschöpften sich die guten Neuigkeiten auch schon beinahe.

Allein ein erster rascher Blick in die Runde offenbarte mir mindestens ein halbes Dutzend reglos daliegender Gestalten, von denen die meisten wohl nie wieder aufstehen würden. Überall lag zerborstenes Metall und gesplittertes Holz, und der Bug hatte sich in einen Wust aus Metalltrümmern und verbogenem Eisen verwandelt. Der Wind hatte noch weiter aufgefrischt und peitschte weiße Gischt in diagonalen Schleiern über das Deck, als hätte sich die Natur vorgenommen, alle Spuren des schrecklichen Geschehens zu tilgen. Mulligan streckte die Hand aus, um mir zu helfen, doch stolz (und dumm), wie ich war, ignorierte ich es und stand aus eigener Kraft auf. Zu meinem Glück befanden wir uns nahe genug an der Reling, an der ich mich gerade noch festhalten konnte, statt prompt wieder auf die Nase zu fallen. Mulligan war immerhin diskret genug, so zu tun, als wäre es ihm nicht aufgefallen. Oder so zu tun, als täte er so.

»Svensson«, sagte ich. »Haben Sie gesehen, was mit Svensson passiert ist?«

Natürlich hatte er es gesehen, genau wie ich, und genau wie ich wusste er auch, was es bedeutete. Aber ich konnte einfach nicht anders, als diese Frage zu stellen. Svensson war niemals Svensson gewesen, jedenfalls nicht mehr, seit dieses Schiff Southampton verlassen hatte, sondern eine Kopie aus Metall und Glas und Kautschuk und Elektrizität, die einen menschlichen Körper so täuschend echt nachahmte, dass es nicht einmal seinen Freunden und Kameraden an Bord aufgefallen war.

»Ich ... erinnere mich wieder«, sagte Mulligan.

»Erinnern?« Irgendwie hatte ich das Gefühl, dass ich diese Frage besser nicht gestellt hätte. »Woran?«

»Edinburgh«, antwortete Mulligan. »Die Stadt der Toten und später in Southampton in der Gasse am Hafen. Ich erinnere mich wieder. Sie nicht?«

Ganz automatisch wollte ich den Kopf schütteln, aber dann konnte ich es doch nicht. Ich erinnerte mich nicht wirklich, aber etwas hatte sich geändert. Ganz plötzlich wusste ich, dass es da tatsächlich etwas gab, das ich vergessen hatte.

»Sie müssen sich doch erinnern«, sagte Mulligan. »Es ist wichtig! Strengen Sie sich an.«

Ich versuchte es, doch dann zitterte das ganze Schiff unter meinen Füßen, sodass ich erschrocken aus meinen Gedanken hochfuhr und mich an der Reling festklammerte. Ich fuhr herum und hielt nach Nikola und dem Admiral Ausschau.

Ich musste nicht lange suchen. Nikola befand sich hinter mir, genau wie ich angenommen hatte, und war sogar schon wieder halb in die Höhe gekommen, indem er sich auf ein Knie und die gegenüberliegende Hand stützte, versuchte aber nicht ganz aufzustehen, sondern tastete mit spitzen Fingern auf dem Boden herum, während Hanscombe sich ein Gewehr gegriffen und daran in die Höhe gestemmt hatte. Er war schon wieder auf den Beinen, zwar noch ein wenig wackelig, aber dennoch bereits auf halbem Wege zum Bug und dem immer intensiver werdenden grünen Schein, der die Leere dahinter ausfüllte. Er sollte dort nicht hingehen. Etwas kam, und es war nichts Gutes.

Diese Erkenntnis musste wohl Teil meiner vergessenen Erinnerungen aus der *City of the Dead* sein, denn es gab absolut keinen Grund dafür, aber das Gefühl war zugleich auch zu stark, um es zu ignorieren. Aus den Augenwinkeln sah ich, dass es Mulligan ganz ähnlich erging, denn er setzte besorgt dazu an, Hanscombes Namen zu rufen. Doch dazu sollte es nicht mehr kommen.

Das grüne Licht wurde noch einmal intensiver und schmerzte fast in den Augen, dann erschien eine Hand in einem glänzenden schwarzen Handschuh über der Reling und klammerte sich daran fest, nur einen Moment später gefolgt von einer zweiten Hand und einem breiten Schulterpaar, über dem ein monströser Riesenschädel thronte, doppelt so groß wie der eines Menschen und schimmernd wie nasses Gold oder Messing und mit einem einzelnen, starrenden Riesenauge, das fast die gesamte Fläche des Gesichts einnahm.

Etwas in meinem Hinterkopf machte deutlich hörbar *klick!*,

und ich erinnerte mich an das monströse Unterwasserboot, das in dem unterirdischen Zyklopenkanal aufgetaucht war.

Und an alles andere auch.

»Um Gottes willen«, flüsterte ich, dann schrie ich: *»Admiral! Nicht!«*

# 17

Meine Warnung kam zu spät.

Hanscombe hatte das Gewehr nicht nur aufgehoben, um es als Krücke zu missbrauchen, und er war auch nicht annähernd so unsicher auf den Beinen, wie ich leichtsinnigerweise angenommen hatte. Noch bevor ich meine Warnung geschrien hatte, fiel er auf das rechte Knie hinab, hob das Gewehr und schoss. Auf die kurze Distanz konnte er praktisch gar nicht danebenschießen, und das tat er auch nicht. Die Kugel traf den vergoldeten Schädel der Gestalt über der Reling und prallte Funken sprühend daran ab. Doch die schiere Wucht reichte aus, den Mann nach hinten zu schleudern und ihn seinen Halt an der Reling verlieren zu lassen. Wenn er schrie, dann ging sein Schrei im Heulen des Querschlägers unter, als der das großkalibrige Geschoss davonjagte. Innerhalb der nächsten halben Sekunde war der unglückselige Bursche vollends verschwunden, und aus der Tiefe jenseits der Reling drang ein schweres Platschen herauf.

Hanscombe sprang mit einer fließenden Bewegung auf die Beine und riss zugleich erneut das Gewehr an die Schulter. Neben ihm rappelten sich zwei seiner Männer ebenfalls auf und griffen nach ihren Waffen, doch nichts von alledem nutzte noch etwas. Eine zweite, dritte und gleich darauf ein komplettes halbes Dutzend weiterer Gestalten in nassem Schwarz und glänzendem Messing tauchten über der Reling auf und schwangen sich an Deck. Hanscombe lud blitzartig durch und schoss, aber diesmal verfehlte er sein Ziel, und die Kugel prallte Funken schlagend von der Reling ab und verschwand in der Nacht. Noch bevor er erneut durchladen konnte, war einer der Angreifer über ihm, riss ihm das Gewehr aus den Händen und drehte die Waffe herum, um ihm den Kolben gegen die Schläfe zu schlagen.

Hanscombe ging wie ein nasser Sack zu Boden, und den beiden Männern neben ihm erging es nicht besser. Ein dritter versuchte aufzuspringen und zu flüchten, wurde jedoch nach kaum drei Schritten eingeholt und ebenfalls niedergestreckt. Damit war der Kampf auch schon vorbei, noch bevor er wirklich begonnen hatte. Wer von Hanscombes Männern noch nicht bewusstlos war, der war entweder noch zu benommen oder zu klug, sich gegen die Angreifer zu wehren.

Irgendwo hinter uns waren noch Schüsse und vereinzelte Schreie zu hören, aber sie wurden rasch weniger und verstummten nach kaum einer Minute ganz. Es war gespenstisch still geworden. Die mächtigen Maschinen der *Carpathia* waren verstummt. Wie von weit her meinte ich das Geräusch der Wellen zu hören, die sich am Rumpf der Fregatte brachen, und da war noch ein anderer, mir vollkommen unbekannter Laut, der mich zutiefst erschreckte. Aber vielleicht war auch nur mein Hörvermögen noch nicht wieder in Ordnung.

Der goldhäuptige Riese, der Hanscombe niedergeschlagen hatte, kam nun auf uns zu, und ich erhaschte die verzerrte Spiegelung meines eigenen Gesichts auf der schwarzen Glasscheibe, hinter der sich seine Züge verbargen. Ich ahnte, was ich erblicken würde, noch bevor er beide Hände hob und den blitzenden Kupferhelm mit einem Klicken drehte, dem ein helles Zischen wie das Geräusch entweichender Luft folgte. Das

Gesicht, das zum Vorschein kam, als er den schweren Messinghelm abnahm, war mir wohlbekannt, aber ich hatte es … *unangenehmer* in Erinnerung. Es waren dieselben edel geschnittenen Züge, an die ich mich endlich wieder aus unserer ersten unwirklichen Begegnung am unterirdischen Fluss der *City of the Dead* erinnerte, derselbe messerscharf ausrasierte Bart, die strenge Adlernase und die dunklen Augen, denen nicht die kleinste Kleinigkeit entging, und derselbe Turban, den er unter dem Helm seiner modernen Tauchermontur trug. Wie alt der Mann war, dem dieses Gesicht gehörte, hätte ich nicht zu sagen vermocht. Er wirkte auf unbeschreibliche Art alterslos, so als hätte er schon vor langer Zeit den Kampf gegen Verfall und Altersfolgen gewonnen.

»Sie hätten auf mich hören sollen, Mister Devlin«, sagte er mit einem kaum wahrnehmbaren Akzent. »Aber wenn ich ehrlich bin, dann habe ich nicht wirklich damit gerechnet.«

»Wer zum Teufel sind Sie?«

Es war Nikola, der mir mit dieser Frage zuvorkam. Mein unheimliches Gegenüber ignorierte ihn jedoch und starrte mich weiter unverwandt an. Er schien auf eine Antwort zu warten. Aber meine Kehle war wie zugeschnürt. Selbst das Atmen fiel mir schwer. Eine weitere Gestalt schwang sich hinter ihm über die Reling und kam mit langsamen Schritten näher. Sie kam mir schlanker vor, ein wenig kleiner als der Mann mit dem Turban und zierlicher. Weiblicher.

Ich wusste, welches Gesicht sich hinter der schwarz verspiegelten Scheibe des großen Messinghelms verbarg. Mein Herz begann zu klopfen. Mit jedem Fingerbreit, den die zweite Gestalt die Hände an den Helm hob und ihn schließlich abnahm, heftiger.

Nikola holte zischend Luft, und ich bemerkte aus den Augenwinkeln, wie auch Mulligan heftig zusammenfuhr.

Wenn überhaupt möglich, dann war Allison noch schöner geworden. Ihre schulterlange dunkle Lockenfrisur erinnerte an die eines Engels, wie sie die großen Meister des späten Mittelalters und der Renaissance gemalt hatten, und ihr Gesicht war so ebenmäßig und makellos, dass es fast wehtat, es auch nur anzusehen.

Mir war vollkommen klar, dass nichts davon echt war und ich in ein Gesicht blickte, das nicht nur aus Metall und Kautschuk und anderen, viel geheimnisvolleren Materialien bestand, sondern auch tausendmal attraktiver war, als Allison es je gewesen war. Sie war eine schöne Frau gewesen, ganz ohne Zweifel, doch nun blickte ich ins Antlitz einer Göttin, das ein unvorstellbar mächtiger Geist aus meiner Erinnerung erschaffen und meinen geheimsten Wünschen und Träumen angepasst hatte. Das alles war mir vollkommen bewusst, ebenso wie die Tatsache, dass der Hive diese Illusion nur aus dem einzigen Grund erschaffen hatte, um mich zu manipulieren. Aber dieses Wissen nutzte mir rein gar nichts, denn mein Verstand kapitulierte einfach vor dem, was ich sah. Ich musste all meine Willenskraft aufbieten, um nicht loszustürmen und sie in die Arme zu schließen, und das gelang mir nur, weil ich Angst davor hatte, es zu tun und kaltes Metall zu spüren statt warmer Haut.

»Aber das ist doch … unmöglich«, stammelte Nikola.

»Ich … ich war dabei, als Sie …«

»Gestorben sind?« Auch Allisons Stimme war nicht mehr Allisons Stimme. Da war plötzlich mehr, sodass mich selbst diese beiden Worte bis auf den Grund meiner Seele berührten. Meine Hände begannen zu zittern, und mein Herz schlug so hart, als wollte es zerspringen. Vielleicht würde es das.

Allison bedachte Nikola mit einem Blick, der mich schier um den Verstand gebracht hätte, an ihm aber einfach abprallte. »Ihr müsst noch so viel lernen, Nikola.«

»Ja, und gleich werden Sie mir erzählen, dass der Tod nicht das Ende ist oder etwas in der Art, habe ich recht?«

»Ich hätte es anders ausgedrückt, aber im Prinzip schon«, sagte Allison. Doch sie ging nicht weiter darauf ein, sondern wandte sich wieder an mich. Bevor sie etwas sagen konnte, stieß ich ein halb gekrächztes »Nicht« heraus.

Einen Herzschlag lang spiegelte sich Verwirrung in ihren wunderschönen Augen, doch dann nickte sie, und am Ende dieser Bewegung war sie ... weniger. Sie war noch immer wunderschön und liebreizend, aber keine Göttin mehr, an deren Anblick ich zerbrochen wäre.

»Verzeih«, sagte sie. »Wir dachten, dass es dir so gefällt.«

Das tat es. Genau das war ja das Problem.

»Das hat Zeit bis später«, mischte sich der Mann mit dem Turban ein. »Wer hat hier das Kommando?«

Mulligan, der im Gegensatz zu Nikola und mir deutlich weniger ramponiert wirkte, deutete wortlos auf Hanscombe. Der Admiral begann sich gerade zu regen. Inzwischen waren noch deutlich mehr Männer in nassem Schwarz und blitzendem Messing auf dem Deck erschienen, von denen sich zwei zu Hanscombe hinabbeugten, ihn nicht gerade sanft auf die Füße stellten und zu uns schleiften.

Er sah nicht besonders gut aus. Sein Gesicht war blutüberströmt und darunter sehr blass, und sein Blick flackerte und war nicht imstande, länger als eine halbe Sekunde auf einem bestimmten Punkt zu verharren. Doch er erholte sich rasch. Schon nach wenigen Augenblicken straffte er die Schultern und machte Anstalten, die Hände der Männer abzustreifen.

»Wer zum Teufel sind Sie?«, herrschte er den Mann mit dem Turban so laut an, dass meine Ohren zu klingeln begannen.

»Mein Name tut nichts zur Sache«, antwortete der Fremde. »Sie können mich ...« Er zögerte gerade lange genug, um klarzumachen, dass er sich diesen Namen in genau diesem Augenblick ausdachte. »... Singh nennen. Sie sind der Kapitän dieses Bootes, nehme ich an?«

»Boot?« Hanscombe schnappte empört nach Luft. »Nein, das bin ich nicht. Ich bin Admiral Stephen Hanscombe, und momentan kommandiere ich die *Carpathia*. Was hat dieser Überfall auf ein Schiff der Royal Navy zu bedeuten?«

»Überfall?«, wiederholte Singh. Er klang ein bisschen fassungslos. »Sie haben auf einen meiner Männer geschossen, Admiral. Ich hoffe um Ihretwillen, dass er es überlebt. Wir sind hier, um zu helfen.«

»Helfen«, wiederholte Hanscombe und sah sich zweifelnd auf dem Deck um. Die meisten seiner Männer kamen allmählich wieder zu sich, doch obwohl sämtliche Lichter erloschen waren und es nur noch den geisterhaften grünen Schein aus der Tiefe gab, war nicht zu übersehen, dass kaum einer von ihnen ohne mehr oder weniger schwere Verletzungen davongekommen war. Und längst nicht alle waren auf den Kampf mit den grotesken Zwitterwesen aus Mensch und Fisch zurückzuführen. »Ich bin noch nicht sicher, wie viele meiner Männer Ihre *Hilfe* überlebt haben, Mister Singh.«

Singh lag eine sichtlich scharfe Antwort auf der Zunge, doch er beließ es bei einem ärgerlichen Blick und bedeutete den beiden Männern neben Hanscombe, ihn loszulassen. Überrascht machte der Admiral einen hastigen Schritt zur Seite und kämpfte um sein Gleichgewicht. Es sah ziemlich unbeholfen aus, aber niemand rührte auch nur einen Finger, um ihm zu helfen. Ich auch nicht.

»Und was geschieht jetzt?«, fragte er, nachdem er wenn schon nicht seine Würde, so doch die Balance wiedergefunden hatte. »Gedenken Sie das Schiff endgültig zu übernehmen?«

Singh sparte sich die Mühe, darauf zu antworten, und befahl

seinen beiden Begleitern, Hanscombe ungeachtet dessen wütenden Protests wegzubringen. Seine restlichen Männer kümmerten sich währenddessen um die Angehörigen der Royal Navy, entwaffneten sie und richteten sie behutsam auf oder versorgten – wenn auch nicht unbedingt sanft, so doch mit offensichtlichem Geschick – ihre Verletzungen.

Abgesehen von den grässlichen Wunden, die ihnen die unheimlichen Zwitterwesen geschlagen hatten, hatten sich etliche von ihnen Prellungen und möglicherweise auch Knochenbrüche zugezogen, als sie aufs Deck gestürzt waren. Bei den meisten Verletzungen schien es sich jedoch um Brandwunden zu handeln, die nicht lebensgefährlich, aber äußerst schmerzhaft waren, wie ich aus eigener leidvoller Erfahrung wusste.

Schon der bloße Anblick reichte, um mich spüren zu lassen, dass ich auch nicht ganz ungeschoren davongekommen war. Warmes Blut lief unter meinem Hemd an meinem Rücken hinab, und meine Finger- und Zehenspitzen kribbelten auf eine Weise, die anzeigte, dass ich noch eine Weile Spaß damit haben würde. Mein Herz klopfte schwer auf eine Art, die mir nicht gefiel.

Als spürte sie genau, wie es mir ging, sagte Allison: »Dein Unwohlsein vergeht bald, keine Sorge.«

Ihre Worte machten mir klar, wie absurd es war, mir in einer Lage wie der unseren Sorgen um *kribbelnde Fingerspitzen* zu machen, aber das war nicht alles.

»Und was geschieht jetzt?«, fragte Nikola mit einer Stimme, die vielleicht nicht ganz so selbstsicher klang, wie er es vermutlich gerne gehabt hätte.

Singh schwieg, bis nicht nur Hanscombe, sondern auch alle seine Männer außer Hörweite gebracht worden waren, und gerade als er zu einer Antwort ansetzte, peitschte ein einzelner

Schuss über das Deck, gefolgt von einem schrillen Schrei, der ebenso plötzlich wieder abbrach.

»Wäre ich so wie dieser Admiral«, sagte er, »dann würde ich jedermann an Bord töten lassen und dieses ganze Schiff auf den Meeresgrund schicken, wo es hingehört.«

»Aber Sie sind nicht wie Hanscombe«, sagte Nikola. Hörte ich da ein Fragezeichen hinter seinem Satz?

»Die Tatsache, dass Sie diese Frage stellen können, dürfte als Antwort wohl genügen«, versetzte Singh kühl. Er schien noch mehr sagen zu wollen, beließ es aber bei einem angedeuteten Achselzucken und wandte sich ganz mir zu. »Kann ich mich darauf verlassen, dass Sie nichts Dummes tun?«

Woher wollte er wissen, was ich unter einer Dummheit verstand?

»Das werden sie nicht«, antwortete Allison an meiner Stelle.

»Und wenn doch, geben Sie auf uns acht?« Die Bemerkung rutschte mir heraus, ohne nachzudenken, doch Allison (die *Maschine* in Allisons Gestalt, verbesserte ich mich in Gedanken) schien sie mir nicht übel zu nehmen. Auf ihrem Gesicht erschien genau jenes spitzbübische Lächeln, das vermutlich der Grund gewesen war, warum ich mich auf den ersten Blick in sie verliebt hatte.

In den Menschen, der die Vorlage für diese perfekte Maschine geliefert hatte.

Nicht in dieses *Ding*, das vor mir stand.

Singh schien ihre Antwort jedenfalls zu genügen, denn er fuhr ohne ein weiteres Wort herum und ging mit unbekanntem Ziel davon. Aber sein Vertrauen in Allisons Fähigkeiten (oder meine Ehrlichkeit) war doch nicht so groß, wie ich gehofft hatte, denn er ließ zwei seiner Männer bei uns zurück, die sich zwar diskret außer Hörweite hielten, aber allein durch ihre Präsenz dafür sorgten, dass keiner von uns auf dumme Ideen kam.

Obwohl ich mir bei Mulligan da nicht so ganz sicher war.

Allein um Allisons (der Maschine mit Allisons Aussehen, verdammt!) Blick auszuweichen, betrachtete ich die beiden unheimlichen Gestalten genauer. Anders als Singh und Allison hatten sie ihre Helme nicht abgenommen. Sie waren beide ein gutes Stück größer als ich (und ich bin gewiss kein Zwerg) und erinnerten eher an Illustrationen aus einem futuristischen Roman denn an menschliche Wesen. Die schwarzen Gummianzüge schmiegten sich wie eine nasse zweite Haut an ihre Körper, ohne dass die geringste Naht oder gar Knöpfe oder ein anderer Schließmechanismus sichtbar wären. Wo ihre Füße sein sollten, erblickte ich große Schwimmflossen, die eigentlich jeden Schritt zu einem ungelenken Staksen machen sollten, es aber seltsamerweise nicht taten. Auch zwischen den Fingern ihrer schwarzen Handschuhe meinte ich so etwas wie durchsichtige Schwimmhäutchen zu erkennen. Die klobigen Messinghelme waren durch dicke Gummischläuche mit kompliziert aussehenden schweren Apparaturen verbunden, die sie wie messingfarbene Rucksäcke trugen, und von ihren breiten Gürteln hingen allerlei seltsam aussehende Gerätschaften, die mir nichts sagten, in Nikolas Augen aber ein neugieriges Funkeln weckten. Keiner der beiden trug irgendeine Waffe – jedenfalls keine, die ich als solche identifiziert hätte –, aber irgendetwas sagte mir, dass sie auch keine brauchten.

»Sind das Unterwasseranzüge?« Nikola trat auf die beiden Männer zu und sprach nicht nur unnötig laut, sondern auch so langsam und dezidiert, als hätte er es mit einem begriffsstutzigen Kind zu tun. »Wie lange können Sie damit unter Wasser bleiben?«

Natürlich bekam er keine Antwort. Die beiden Männer wandten nicht einmal die Köpfe in seine Richtung, aber Allison erwiderte in leicht amüsiertem Ton: »Drei oder vier Tage.

Vielleicht auch fünf – das kommt ganz darauf an, wie lange Nahrungsmittel und Wasser halten.«

»Sie meinen … unbegrenzt?«, fragte Nikola ungläubig.

»So gut wie«, bestätigte Allison. »Es ist kompliziert, aber ich erkläre es Ihnen, wenn es Sie interessiert.«

»Ja, und dazu müssen Sie sich nur in einen von ihnen verwandeln lassen«, fügte ich böse hinzu.

Nikola blinzelte verdutzt, und Allison sah so verletzt aus, dass sich mein schlechtes Gewissen meldete und ich mich um ein Haar bei ihr entschuldigt hätte.

Bei *ihm*, verbesserte ich mich in Gedanken. Dem *Ding*, das Allisons Aussehen gestohlen hat.

Schon um nichts von alledem auszusprechen, drehte ich mich mit einem Ruck weg und ging zum Bug, um mir den unheimlichen grünen Schein genauer anzusehen, der das Wasser in weitem Umkreis zum Leuchten brachte. Ich musste mich überwinden, die Hände auszustrecken und die Reling zu berühren. Doch der elektrische Schlag, den ein Teil von mir erwartet hatte, blieb aus.

Dafür wurde ich mit einem Anblick belohnt, wie er bizarrer kaum sein konnte. Ich hatte den Koloss schon einmal von Weitem gesehen, und selbst wenn es nicht so gewesen wäre, hätte ich ihn zweifellos aus Tanners Erzählung erkannt. Ich wusste auch, dass es nichts anderes als eine Maschine war, auf die ich heruntersah, eine riesige, durch und durch bizarre und fremdartige Maschine zwar, aber nichtsdestotrotz doch nur ein seltsames Schiff, das rein zufällig auch unter Wasser fuhr – aber all das änderte nichts daran, dass ein Teil von mir einfach darauf beharrte, auf ein Ungeheuer hinabzublicken.

Es war fast so lang wie die *Carpathia*, aber schlanker und schnittiger, wie ein aus Stahl gehämmerter Raubfisch mit einer gewaltigen Heckflosse, einem gefährlich aussehenden Zackenkamm, der sich über die gesamte Rückenlänge zog und in einem stählernen Rammsporn endete, sowie mannsgroßen Glotzaugen, aus denen grünes Licht ins Meer blutete.

»Es sieht aus wie das Ding aus den Geschichten dieses verrückten Franzosen«, meinte Mulligan neben mir nachdenklich.

Ich hatte nicht einmal gemerkt, dass er mir nachgekommen war. Ebenso wie Nikola, der hinzufügte: »Wahrscheinlich war er einer von ihnen.«

Möglicherweise stimmte das sogar, aber ich wollte es gar nicht so genau wissen. Und schon gar nicht die Implikationen, die sich daraus ergaben, sollte es tatsächlich so sein.

Da mir der Anblick plötzlich unangenehm war, drehte ich mich wieder um und sah überallhin, nur nicht in Allisons Richtung. Singhs Männer hatten inzwischen sämtliche Mannschaftsmitglieder weggebracht, auch die Verwundeten, und begannen nun die toten Seejungfrauen über Bord zu werfen. Sie schienen den elektrischen Schlag weit weniger gut verkraftet zu haben als die Menschen an Deck, denn keine von ihnen rührte sich noch. Überall lag zerbrochenes Glas, in dem das grüne Licht zersplitterte, und von sehr weit her meinte ich Geräusche zu hören: aufgeregte Rufe, vielleicht einen Schrei, möglicherweise gedämpfte Gewehrschüsse. Vielleicht bildete ich es mir aber auch nur ein.

»Und was geschieht jetzt?«, fragte Nikola.

»Ne…« Allison verbesserte sich. »Singhs Männer durchsuchen das Schiff.«

»Um was zu tun? Die Mannschaft umzubringen?«

Statt auf diese Übertreibungen einzugehen, füllten sich Allisons Augen mit Trauer. »Das müsste er tun, wenn die Dinge anders lägen«, sagte sie ernst. »Aber es ist gottlob nicht notwendig.«

»Und was genau soll das heißen?«, fragte Mulligan.

»Denken Sie an Edinburgh, Mulligan«, sagte Allison. »Und an den Hafen von Southampton.«

Mulligan sah sie nur verständnislos an, doch Nikola sagte: »Sie wollen ihr Gedächtnis auslöschen?«

»Warum?«, fragte ich.

»Niemand darf erfahren, was sie gesehen haben«, antwortete Allison. »Schon gar nicht die Leute, für die Hanscombe arbeitet.«

»Die Erinnerungen von *dreihundert* Männern?«, ächzte Nikola.

»Zweihundertachtundachtzig«, verbesserte ihn Allison. »Und ja, es *ist* aufwendig und überaus schwierig, aber es ist möglich. Und die Alternative dazu wäre, all diese Männer zu töten.«

»Was ihr nicht mit eurem Gewissen vereinbaren könnt«, vermutete ich böse.

Irgendwie nahm die Dunkelheit in Allisons Augen noch zu, aber davon würde ich mich nicht beeindrucken lassen. Nicht von einer verdammten Maschine!

»Das Konzept eines Gewissens existiert in unserer Logik nicht«, sagte sie. »Aber es gibt auch keine Notwendigkeit, derart viele Menschenleben zu beenden. Davon abgesehen wäre das Verschwinden dieses Schiffes der Geheimhaltung nicht dienlich.«

Jetzt war ich vollkommen sicher, mit einer Maschine zu sprechen. »Geheimhaltung? Eine Schiffe verschlingende Riesenkrake und eine Armee aus Seejungfrauen? Wer würde ihnen schon glauben?«

»Das spielt keine Rolle«, antwortete Allison. »Warum gibst du mir nicht wenigstens eine Chance, Quinn? Ich bin Allison, begreifst du denn nicht?«

»Nein«, antwortete ich.

Maschine oder nicht, der verletzte Ausdruck in Allisons Augen war zurück, und ich musste immer mehr Willenskraft aufwenden, um mich daran zu erinnern, dass ich nur in ein Paar perfekt gestaltete Glaskugeln blickte.

»Ihr wart in Kontakt mit den Tiefen Wesen«, sagte Allison in vage erstauntem Ton, als hätte ich eine wirklich naive Frage gestellt.

»Und wer oder was soll das sein?«, fragte Nikola.

»Die Tiefen Wesen«, wiederholte Allison, erntete diesmal gleich drei verständnislose Blicke und präzisierte ihre Antwort: »Unsere Schöpfer.«

# 18

»Eure *was?*«, ächzten Nikola und ich vollkommen synchron.

Allison sah Nikola, mich und auch Mulligan jeweils eine geschlagene Sekunde lang an. »Unsere Schöpfer«, wiederholte sie dann ruhig. »Die uns als ihr Werkzeug erschaffen haben, um ihnen zu dienen – und die sich dann von uns abgewandt haben, als wir ihnen lästig wurden. Jetzt wollen sie uns so beiläufig auslöschen, wie ihr Menschen das mit einem Wespennest tut, das euch stört …«

Bevor sie weiterreden konnte, erscholl irgendwo hinter uns ein seltsames Geräusch: ein Laut wie von tausend winzigen Glasmurmeln, die in eine Blechdose fallen und darin herumrollen. Allison hob mit einem Ruck den Kopf und runzelte die Stirn. Sie sah mit einem Male erschrocken aus, fast schon ein wenig schuldbewusst. Ohne ein weiteres Wort ging sie zu der Stelle, wo Nikola und ich gestürzt waren, und ließ sich in die Hocke sinken.

Wo *Svensson* gestürzt war, um genau zu sein.

Ihre in nassen schwarzen Handschuhen steckenden Finger tasteten über den Boden, und das seltsame Glasmurmelgeräusch wiederholte sich nicht nur, sondern gewann rasch an Lautstärke und Intensität, und zugleich … bewegte sich etwas zwischen ihren Fingern und dem Deck, breitete sich aus und wuchs. Obwohl ich wusste, was ich sehen würde, kostete es mich doch all meine Willenskraft, dem Anblick nicht nur standzuhalten, sondern dabei auch weiterzuatmen und mir nicht die Handflächen mit den eigenen Fingernägeln zu zerfleischen.

Weit weniger lautlos und langsamer als er sich aufgelöst hatte, begann Svensson wieder Gestalt anzunehmen. Es gehörte mit zu dem Grässlichsten, das ich jemals zu Gesicht bekommen hatte.

Zuerst war es nur eine wirbelnde formlose Masse, die sich aus Millionen und Abermillionen mikroskopisch kleiner Metallfragmente zusammenzusetzen schien, von denen nicht eines dem anderen glich. Sie floss immer rascher zusammen, wogte und sprudelte und peitschte, bildete flüchtige Wellenmuster und angedeutete Formen, bevor sie wirklich Gestalt annehmen konnten. Die Veränderung und das Brodeln hielten an und wurden stärker, und erste erkennbare Formen begannen sich zu bilden und genauso schnell wieder in die brodelnde Masse zurückzusinken: zuerst nur ein einzelner Messingknopf oder das Stück eines Fingergliedes, bald aber auch eine halbe Hand, das Stück eines Armes oder ein Teil des Gesichts, den Mund zu einem stummen Schrei aufgerissen, der seine Kehle niemals verlassen hatte, und endlich – nach vermutlich kaum mehr als einer Minute, auch wenn sie sich zu einer schieren Ewigkeit des Grauens dehnte – erhob sich eine zitternde Gestalt in dunklem Marineblau vom Deck.

Sein Gesicht befand sich noch in leichter Bewegung, als hätten Augen, Mund und Nase noch nicht endgültig entschieden, wohin sie gehörten. Doch auch dieser unheimliche Effekt verschwand, noch bevor er sich ganz aufgerichtet hatte, und schließlich standen wir wieder Lieutenant Svensson gegenüber.

Einem vollkommen unversehrten Lieutenant Svensson.

»Sie … Sie sind ein … ein *Neumann*?«, ächzte Nikola, die Augen so weit aufgerissen, dass sie schier aus den Höhlen zu quellen schienen.

Svensson blinzelte ein paarmal, als hätte er Mühe, eine leichte Benommenheit abzuschütteln. Er brauchte zwei Anläufe, um sich ganz zu Nikola umzudrehen und ihn mit einem langen Blick von Kopf bis Fuß zu messen.

»Diese Bezeichnung kommt nicht bei allen von uns gut an«, sagte er auf eine Art freundlich, die mir einen eisigen Schauer über den Rücken laufen ließ.

»Und wie viele von euch gibt es hier an Bord?«, fragte Nikola.

Er bekam keine Antwort. Stattdessen drehte sich Svensson zu Allison um und tauschte einen kurzen, aber sehr beredten Blick mit ihr. Als sie ihn mit einem angedeuteten Nicken beendete, drehte er sich mit einem Ruck weg und ging. Doch er machte wieder kehrt, baute sich vor Nikola auf und legte ihm die linke Hand auf die Schulter. Mit der anderen griff er in Nikolas Jackentasche und zog etwas Kleines und Messingglänzendes heraus, das er zwei, drei Sekunden lang mit einer Mischung aus Neugier und Abscheu musterte und dann in hohem Bogen über Bord warf.

»He!«, protestierte Nikola. »Das ist eine meiner neuesten Erfindungen!«

»Die durch elektromagnetische Induktion Spannungsblitze erzeugt.« Svensson schüttelte den Kopf. »Sie haben das wohl nicht zufällig entwickelt, um unsereins zu schaden?«

»Aber wie kommen Sie denn darauf …?«, begann Nikola, doch Svensson drehte sich wortlos um und ging, während es in Allisons Augen amüsiert aufblitzte. »Seien Sie froh, dass er Sie nicht über Bord geworfen hat«, meinte sie spöttisch.

»Also das ist ja wohl …!«, echauffierte sich Nikola im Tonfall eines Landadligen, der sich über einen frechen Dienstboten aufregt, was angesichts seines reichlich mitgenommenen Zustands und unserer Lage einigermaßen lächerlich wirkte.

Ich erstickte den drohenden Streit im Keim, indem ich mit einem raschen Schritt zwischen Allison und ihn trat und sie erinnerte: »Du wolltest von diesen … *Tiefen Wesen* … erzählen?«

Allison nickte.

»Niemand weiß, wie lange sie schon auf dieser Welt sind«, begann sie. »Auch wir nicht. Aber sie sind schon lange hier. Jahrtausende. Vielleicht Jahrmillionen. Vielleicht schon länger, als es Menschen auf dieser Welt gibt.« Sie deutete ein Achselzucken an. »Möglicherweise waren sie sogar das erste Leben, das die Sterne auf dieser Welt gesät haben.«

»Wie poetisch«, spottete Nikola. »Das erste Leben, das die Sterne auf dieser Welt gesät haben … ich nehme an, der Hive hat in letzter Zeit auch einen Dichter … wie soll ich sagen? Assimiliert?«

»Den einen oder anderen«, bestätigte Allison.

»Aber offensichtlich keinen besonders guten«, versetzte Nikola.

Allison zeigte sich wenig beeindruckt, antwortete jedoch nicht gleich, sondern drehte sich mit einem enttäuschten Seufzen um und trat an die Reling. Ihr Gesicht wurde in das unheimliche grüne Licht getaucht, in dem das Meer rings um das Tauchboot erstrahlte.

Nur für den Fall, dass ich anfangen sollte zu vergessen, wem ich wirklich gegenüberstand.

Als spürte sie meine Gedanken, ging die bisher vielleicht gespenstischste Veränderung mit ihr vonstatten: Mit jedem Schritt, den sie sich der Reling näherte, schmolz ihre klobige Taucherausrüstung dahin und wurde zu etwas anderem. Der schwere Messinghelm und der klobige Tornister begannen wie weiches Wachs zu zerfließen, verloren zuerst Glanz und Farbe und dann ihre Form und schienen irgendwie in die schwarze Gummihaut hineinzuströmen, die schließlich ebenfalls Farbe und Konsistenz einbüßte und sich verwandelte. Als sie die Reling erreichte und stehen blieb, um auf das Meer hinabzublicken, trug sie wieder das geblümte Sommerkleid, in dem ich sie das erste Mal gesehen hatte.

Obwohl die *Carpathia* längst vollkommen zum Stillstand gekommen war, peitschte der Wind uns noch immer eisige Gischt in die Gesichter, und unsere Haare und Kleider klebten längst wie eine eisige kalte Haut an unseren Köpern, doch an Allisons Gestalt regte sich nicht ein einziges Haar. Ihre schulterlange Lockenpracht sah so sorgfältig frisiert aus, als hätte sie sie gerade von einem Londoner High-Society-Friseur richten lassen, und das dünne Sommerkleid weigerte sich nicht nur beharrlich, dem Zerren des Windes nachzugeben, sondern auch, nass zu werden.

Der Anblick war unheimlich und faszinierend zugleich, und er machte mir Angst. Wenn die Kreatur es darauf angelegt hatte, dass ich sie nicht nur fürchtete, sondern zu hassen begann, dann war sie auf dem besten Weg, ihr Ziel zu erreichen.

»Sie sind also schon seit sehr langer Zeit hier«, setzte Nikola schließlich an. Er räusperte sich unbehaglich, fast als hätte er eingesehen, sich im Ton vergriffen zu haben, und versuchte nun, den Schaden zumindest einzugrenzen. Was war los mit diesem überkandidelten Bücherwurm? Hatte er etwa Skrupel, eine wandelnde Konservendose zu beleidigen?

»Länger, als Sie sich vorstellen können, Nikola«, antwortete Allison, »oder irgendein anderer Mensch.«

Ihr Blick suchte meine Augen und fixierte sie. Ich versuchte ihn auszumachen, aber es gelang mir nicht annähernd so leicht, wie es sollte.

»Also gut, tun wir einfach mal so, als würde ich diesen Unsinn glauben.« Nikola schien sein schlechtes Gewissen überwunden zu haben. »Was wollen diese … *Tiefen Wesen* hier?«

»Was wollt *ihr* hier?«, fragte Allison.

»Vielleicht eine klare Antwort, Miss Sphinx.«

Allison lächelte flüchtig. »Ich glaube, sie wollen dasselbe, was alles Leben will. Leben.«

»Das ist nun wirklich philosophisch«, sagte Nikola. Er versuchte höhnisch zu klingen, aber es blieb bei dem Versuch.

»Manchmal sind die größten Wahrheiten zugleich auch die einfachsten«, erwiderte Allison sehr ernst und schüttelte den Kopf, als Nikola prompt zu einer weiteren spöttischen Bemerkung ansetzte. »Wir wissen nicht, was sie wollen. Um ehrlich zu sein, wissen wir nicht einmal genau, wer sie sind. Oder was. Oder woher sie kommen.«

Etwas bewegte sich hinter ihr in der Dunkelheit, vielleicht ein monströser Schatten, vielleicht auch nur eine Spiegelung auf dem Wasser, vielleicht auch nichts von alledem.

»Um ehrlich zu sein, fällt es mir ein wenig schwer, das zu glauben«, sagte Nikola. »Sie wollen mir weismachen, diese … diese *Tiefen Wesen* hätten Sie und Ihr ganzes …«

»Volk«, half Allison ihm aus. Klang sie ein bisschen verletzt?

»… den Hive erschaffen«, fuhr Nikola fort, »aber sie hätten Ihnen nicht einmal gesagt, warum, oder wer sie sind?«

Er bekräftigte seine Skepsis mit einem angemessenen Blick und einem Kopfschütteln, und Allisons Augen verdunkelten sich weiter. Sie ist nur eine Maschine, hämmerte ich mir ein, die perfekte Kopie eines Menschen, aber nicht mehr. Ich wusste, dass das die Wahrheit war. Aber es fiel mir dennoch mit jeder Sekunde schwerer, es zu glauben.

»Sie sind ein begnadeter Erfinder, Nikola«, sagte sie, »und zweifellos ein Genie, jedenfalls nach den Maßstäben Ihres Volkes.«

»Oh, nach *unseren* Maßstäben«, sagte Nikola. »Wie freundlich.«

Dass Allison auch diesen Einwurf ignorierte, bewies nur, wie perfekt sie ihre Rolle spielte. Die Allison, die ich gekannt hatte, hatte das auch stets getan, wenn sie eine Frage nicht beantworten wollte oder konnte. »Reden Sie mit den Gerätschaften, die Sie erfinden? Erzählen Sie ihnen von Ihrer Geschichte, Ihrem Leben? Oder erklären Sie ihnen, warum Sie sie gebaut haben, und bitten sie gar um Verzeihung?«

»Natürlich nicht!«, antwortete Nikola, aus irgendeinem Grund fast zornig. »Aber das ist ja wohl auch ein …«

»Unterschied?«, fiel ihm Allison ins Wort. Sacht schüttelte sie den Kopf. »Er ist nicht so groß, wie Sie vielleicht meinen, Nikola. Für die Tiefen Wesen sind wir nicht mehr als ein Werkzeug. Ein nützlicher Gegenstand, den man für einen bestimmten Zweck ersinnt und perfektioniert und den man beiseitelegt, wenn er nicht mehr gebraucht wird.« In diesen Worten schwang eine Bitterkeit mit, die mich schaudern ließ.

»Und zu welchem Zweck wurde dieses … Werkzeug hergestellt?«, fragte Nikola.

»Der erste Hive war eine Waffe«, antwortete Allison.

»Der *erste* Hive?«, wiederholte Mulligan, und Nikola fragte: »Gegen uns?«

Die Frage war so überflüssig, dass Allison nicht darauf antwortete. Sie maß ihn lediglich mit einem ärgerlichen Blick. Nikola reichte das natürlich nicht, doch bevor er noch weiteres Öl ins Feuer gießen konnte, trat einer von Singhs Männern heran und raunte ihr etwas zu. Er gab sich nicht besonders viel Mühe, leise zu sein, befleißigte sich aber einer Sprache, die ich noch nie gehört. Nikola schien es nicht ganz so zu ergehen, denn er lauschte mit angestrengt gerunzelter Stirn und wirkte in zunehmendem Maße überrascht.

»Was sagen sie?«, fragte ich geradeheraus.

»Sie sagen, dass Kapitän Singh gut in der Zeit liegt«, antwortete Allison, bevor Nikola es tun konnte. »Und das sollte auch so sein. Wir haben euretwegen eine Menge kostbarer Zeit verloren. Zeit, die wir nicht haben.«

»Unseretwegen?«, hakte Nikola nach.

»Admiral Hanscombe, um präzise zu sein«, antwortete Allison. »Aber natürlich auch euretwegen. Deinetwegen, Quinn.«

»Soll ich mich jetzt etwa geschmeichelt fühlen?«, fragte ich herausfordernd – was sie selbstverständlich genauso ignorierte wie all meine anderen Versuche, sie zu reizen. Allmählich wurde ich dieser Taktik müde, was wahrscheinlich genau der Grund war, aus dem sie sich so verhielt.

»Sie hätten uns einfach nur darum bitten müssen«, sagte Nikola. »Wir hätten Ihnen versprochen, niemandem von unserer Begegnung mit Ihren Vorfahren zu erzählen. Es ist genau, wie Devlin es sagt: Wer würde uns schon glauben?«

»Niemand«, antwortete Allison. »Aber darum geht es nicht. Ihr habt sie nicht nur gesehen, ihr habt sie berührt. Wenigstens einige von euch.«

Nikola runzelte demonstrativ die Stirn, schwieg aber, und Allison wandte sich wieder direkt an mich, ehe sie fortfuhr: »Du auch, nehme ich an?«

Ich nickte. Es war unübersehbar, dass sie auf eine andere Antwort gehofft hatte.

»Hast du es bemerkt?«

»Was?«, fragte Nikola, bevor ich es tun konnte. Ich sagte zwar nichts, ärgerte mich aber darüber, denn ich war ganz gut in der Lage, meine Gespräche allein zu führen.

Allison maß mich nicht nur mit einem Blick, als hätte sie meine Gedanken gelesen, ihre nächsten Worte ließen mich diese Möglichkeit sogar ganz ernsthaft erwägen.

»Es ärgert dich, dass er an deiner Stelle geantwortet hat, habe ich recht?«

»Habe ich das laut gesagt?«

»Du bist zornig. Wie so viele auf diesem Schiff. So wirken die Tiefen Wesen auf jedes Leben, das nicht von ihrer Art ist. Sie bringen das Schlimmste in euren Seelen zum Vorschein. Es wird immer schlimmer, je mehr Zeit vergeht. Aus diesem Grund mussten wir euch helfen.«

»Wie selbstlos!«, höhnte Nikola. Sein Ton war eindeutig gewollt verletzend, und möglicherweise gab das den Ausschlag. Ich war bis heute nicht sicher, ob ich Nikola tatsächlich einen Freund nennen konnte (oder wollte), und er konnte manchmal wirklich schwierig sein, um es schmeichelhaft auszudrücken, aber er war niemals *so* gewesen, so wenig wie Mulligan – oder auch ich selbst, was das anging. Ich hatte die gereizte Stimmung an Bord bisher auf unsere unheimliche Begegnung mit den bizarren Meereswesen geschoben, und zu einem Teil mochte das auch so sein ... aber nun erinnerte ich mich plötzlich, von mehreren gewalttätigen Auseinandersetzungen an Bord gehört zu haben, was im Lichte von Allisons Worten betrachtet doch einigermaßen alarmierend war. Schließlich war die *Carpathia* ein Kriegsschiff, und die Männer an Bord waren Soldaten, die einiges gewöhnt sein sollten. Was, wenn Allison die Wahrheit sagte?

»Sie meinen, ihre Berührung ist irgendwie ... ansteckend?«, fragte Mulligan.

»So könnte man es nennen«, bestätigte Allison, obwohl sie sich zugleich über dieses Wort zu amüsieren schien. »Wobei nicht jede dieser Berührungen körperlicher Art sein muss. Bei einem Tiefen Wesen selbst reicht es aus, wenn man eine Zeit lang seinem Energiefeld ausgesetzt ist.«

»Was für ein Unsinn!«, schnaubte Nikola. »Energiefelder

haben keine Langzeitwirkungen. Und schon gar nicht auf die Psyche.«

»Und doch sind sie der Grund, aus dem ihr niemals mit ihnen zusammenleben könntet«, sagte Allison ungerührt, »und sie niemals mit euch.«

»Und der Grund, aus dem sie den Hive erschaffen haben«, vermutete ich.

»Auch das wissen wir nicht genau«, erwiderte Allison traurig. »Sie leben seit Äonen dort unten, auf dem tiefsten Grund der tiefsten Ozeane. Sie haben die Geburt des Lebens auf dieser Welt miterlebt, falls sie nicht gar dafür verantwortlich waren, und den Aufstieg und Fall ganzer Imperien mit angesehen.«

»Was für ein Unsinn!«, polterte Nikola. »Seit Äonen? Ohne dass es auch nur ein einziger Mensch mitbekommen hätte?«

Ich erwartete nicht wirklich, dass Allison darauf antwortete, denn der Grund für diesen Ausbruch war zu offensichtlich. Nikolas bisher so streng geordnetes logisches Weltbild brach gerade unter seinen Händen in Stücke. Allison hatte recht: Nikola war ganz zweifellos ein Genie, aber seine Welt war streng logisch und auf den Grundpfeilern von Naturwissenschaft und Technik aufgebaut. Die Existenz einer künstlich erschaffenen Vernunft, ja einer ganzen Zivilisation eigenständig denkender und agierender Maschinen zu akzeptieren war eine Sache – aber Tentakel schwingende Giganten aus dem tiefschwarzen Abyssal der Meere und menschenfressende Meerjungfrauen? Das *konnte* ein Mann von Nikolas Herkunft und Bildung einfach nicht akzeptieren.

»Aber das haben sie doch, Nikola«, sagte Allison ruhig. »Sie haben doch längst ihren Platz in euren Mythen und Legenden gefunden. Riesenkraken, Zyklopen, Meerjungfrauen und unbeschreibliche Wesen, die das abgrundtief Böse verkörpern – über sie existieren seit Menschengedenken in allen Kulturen unzählige Geschichten. Ganz abgesehen davon können Sie wohl kaum vergessen haben, was Sie gerade mit eigenen Augen gesehen haben und was Sie und alle hier an Bord um ein Haar getötet hätte. Sie beobachten euch, seit eure Vorfahren den aufrechten Gang gelernt haben, so wie sie andere vor euch beobachtet haben.«

*Andere vor uns?* Ich konnte regelrecht sehen, wie die Frage auf Nikolas Zunge Gestalt annahm, und kam ihm zuvor: »Und warum ihr? Warum jetzt? Ich nehme an, euch gibt es noch nicht seit … Äonen?«

Allison verneinte. »Ich glaube, ihr seid anders als alle vor euch. Irgendwann werdet ihr in ihr Reich vorstoßen. Nicht heute und nicht in zehn Jahren, vielleicht noch nicht einmal in hundert, aber es ist unausweichlich, dass ihre Existenz irgendwann offenbart wird. Das können und wollen sie nicht zulassen.«

»Ach nein?«, fragte Nikola höhnisch. »Und was wollen sie tun? Einfach alle unsere Schiffe versenken und ein paar Matrosen mit Sirenengesängen in den Wahnsinn treiben?«

»Das ist näher an der Wahrheit dran, als Sie ahnen, Nikola«, antwortete Allison. »Der Einfluss der Tiefen Wesen auf die, die ihnen zu nahe kommen, kann verheerend sein.« Sie wandte sich an mich. »Ihr habt auch noch andere Mythen. Von Untoten und Zombies, von Menschen, die ihrer Seele beraubt werden und nichts weiter als leere Hüllen sind.«

Es lief mir eiskalt über den Rücken. »Du willst doch nicht etwa sagen …«

»Doch.« Allison nickte bekräftigend. »Ich weiß, was dir und Mulligan in der *City of the Dead* passiert ist. Es waren die Geschöpfe der Tiefen Wesen selbst, die euch dort haben stellen wollen.«

»Moment, Moment!« Ich hatte Mühe, Allisons Offenbarung

zu folgen. »Du willst doch nicht etwa sagen, dass wir dort auf die Tiefen Wesen gestoßen sind!«

»Nein. Es waren nicht sie, die sich euch dort gezeigt haben, sondern die leeren Hüllen von Menschen, die sie zu ihren Kreaturen gemacht haben.«

»Aber Smith …«

»War in eurer Sprache ein Neumann«, unterbrach ihn Allison. »Und wie alle von uns – egal wie hoch entwickelt oder auch nicht – konnte er gar nicht anders, als die Kreaturen der Tiefen Wesen mit aller Kraft zu bekämpfen: Denn sie sind unsere Todfeinde.«

Der Satz hallte eine Weile nach, und selbst Nikola schien es angesichts dieser Eröffnung die Sprache verschlagen zu haben.

»Also müssen Monster und Maschinen immer wieder gegeneinander kämpfen?«, fragte ich böse. »Und wir Menschen brauchen eigentlich gar nichts anderes zu tun, als uns zurückzulehnen und zuzusehen, wie ihr euch gegenseitig zerfleischt?«

Allison zeigte sich unbeeindruckt. »Denkt über das nach, was ich euch erzählt habe.«

»Und wozu?«, höhnte Nikola. »Ich nehme an, Ihr Freund, der Kapitän, wird unsere Erinnerungen sowieso einer kleinen … Neuordnung unterziehen?«

»Es wäre mir dennoch lieber«, antwortete Allison. »Ich muss jetzt gehen. Die Zeit drängt.«

»Müssen Sie noch irgendwohin, um noch mehr Märchen zu erzählen?«, setzte Nikola bissig nach.

»Wir sind aus demselben Grund hier wie ihr«, erwiderte Allison, »um die *Titanic* einzuholen. Sie darf New York nicht erreichen.«

»Dann habe ich eine Überraschung für Sie«, sagte Nikola. »Ihr werdet sie nicht einholen. Die *Titanic* ist das schnellste

Schiff der Welt. Und ihr Kapitän versucht gerade, einen neuen Geschwindigkeitsrekord aufzustellen.«

Nachdem sicherlich eine halbe Minute verstrichen war, sagte Allison: »Kann ich euch für eine Weile hier allein lassen?«

»Ohne dass wir Dummheiten machen?« Nikolas Stimme klang spöttisch. Er nickte. »Nur zu. Ich passe auf die beiden auf, damit sie nicht weglaufen.«

Allisons linke Augenbraue zuckte. »Dann wartet hier. Ich bin bald zurück. Singh wird gewiss noch die eine oder andere Frage an euch haben.«

Damit ging sie und begann sich mit jedem Schritt zurückzuverwandeln. Einen Lidschlag bevor sie mit der Dunkelheit verschmolz, trug sie wieder die klobige Unterwassermontur, in der sie an Bord gekommen war. Zu unserem Erstaunen schlossen sich ihr auch die beiden Männer an, von denen ich bisher angenommen hatte, Singh hätte sie zu unserer persönlichen Bewachung zurückgelassen.

»Langsam wird es absurd«, knurrte Nikola und strich sich übers Haar – oder das, was davon übrig geblieben war. »Was kommt als Nächstes? Wird sie uns erzählen, dass die Apokalypse bevorsteht und sie eigentlich einer der vier Reiter ist?«

»Beruhigen Sie sich«, sagte Mulligan. »Es wird sich schon alles …«

»Sagen Sie mir nicht, was ich zu tun habe!«, fiel ihm Nikola scharf ins Wort. »Ich glaube nicht, dass Ihnen das zusteht, *Sherlock*!«

Mulligan machte zwar ein beleidigtes Gesicht, verkniff sich aber jede Antwort, was Nikola eindeutig enttäuschte. Er wartete sichtlich darauf, weiterpoltern zu können, und war mehr als nur nahe daran, es auch ohne irgendeinen Vorwand zu tun. Doch Mulligan erwies sich wieder einmal als der Klügere und drehte sich weg.

Hätte es noch eines Beweises bedurft, dass Allisons Behauptung mehr als nur ein Quäntchen Wahrheit enthielt, dann wäre es wohl das gewesen, was ich nun auf Nikolas Gesicht sah. Es war blanker Hass, ein Gefühl, von dem ich bisher nicht einmal geglaubt hatte, dass er überhaupt dazu imstande war, es zu empfinden.

»Das ist doch alles ausgemachter Schwachsinn!«, polterte er. In Ermangelung einer anderen Zielscheibe konzentrierte sich sein Ärger nun auf mich. »Tiefe Wesen! Uralte Kreaturen von den Sternen! Kampfmaschine gegen Ungeheuer! Ihre Freundin hat zu viele schlechte Romane gelesen, Quinn!«

Ich hütete mich zu widersprechen, obwohl mir eine Menge dazu eingefallen wäre. Aber es war vollkommen gleich, was ich sagte: Nikola würde jedwede Antwort zum Anlass nehmen, über mich herzufallen. Möglicherweise wortwörtlich.

»Manchmal ist die Wirklichkeit schlimmer als jeder Schundroman«, sagte Mulligan von der anderen Seite des Vorderdecks aus, wo er sich über die Reling beugte und nach unten sah. »Würd mich nicht wundern, wenn das hier auch so wär.«

»Was meinen Sie damit?«, fragte Nikola schroff.

Mulligan deutete nach unten. »Was, wenn dieser verrückte Turbanträger von Anfang an zu ihnen gehört hat?«

»Zum Hive?« Nikolas Blick wurde finster, doch er schloss sich Mulligan wortlos an und beugte sich über die Reling. »So selbstverständlich, wie sich Allison unter seinen Männern bewegt, ist das doch offensichtlich. Wobei ich allerdings nicht zu beurteilen wage, ob er selbst Mensch oder Maschine ist.«

Eine solcherart forsche Stellungnahme passte eigentlich gar nicht zu Nikola, und ich schloss mich ihr auch nicht an. Nach meiner unmaßgeblichen Meinung war Singh durch und durch Mensch – wenn auch vielleicht der außergewöhnlichste, den ich je kennengelernt hatte –, und ich war mir auch nicht sicher, ob es mehr als nur eine Zweckgemeinschaft war, die er mit dem Hive eingegangen war. Aber das behielt ich lieber für mich und gesellte mich stattdessen zu den anderen.

Die genauen Ausmaße des schwimmenden Kolosses waren immer noch nicht auszumachen, schon weil sich ein Großteil davon noch unter Wasser befand. Das unheimliche grüne Licht stammte von einer ganzen Batterie sehr starker Scheinwerfer, die ihre Farbe wohl nur durch das Meer erhielten, denn das Licht hinter den beiden fast mannsgroßen runden Scheiben des Turms war eher weiß. Selbst aus relativer Nähe betrachtet war nicht zu erkennen, aus welchem Material das Schiff bestand. Eisen schien es jedenfalls nicht zu sein. Ein seltsames Summen und Kribbeln lag in der Luft, wie das elektrische Knistern auf dem Höhepunkt eines Gewitters.

»Ich gäbe eine Menge darum, es mir einmal aus der Nähe ansehen zu können«, murmelte Nikola.

»Warum tun wir es dann nicht?« Mulligan machte eine Kopfbewegung nach rechts. Nur ein kleines Stück neben der Stelle, an der Nikola und er an der Reling lehnten, hing eine von gleich mehreren Strickleitern an der Bordwand, die zu dem halb getauchten Koloss hinabführten. Ich meinte regelrecht sehen zu können, wie es hinter Nikolas Stirn zu arbeiten begann.

»Haben Sie den Verstand verloren?«, entfuhr es mir.

»Warum eigentlich nicht?«, gab Nikola zurück. »Was könnte uns dieser Singh schon antun, das er uns nicht sowieso antun wird?«

»Uns umbringen?« Natürlich war das lächerlich. Wir wären schon lange tot, wenn das seine Absicht gewesen wäre. Und darüber hinaus wusste ich, dass Allison das nicht zulassen würde.

»Dann sterbe ich wenigstens nicht dumm«, antwortete Nikola, woraufhin er sich unverzüglich über die Reling schwang und mit dem Fuß nach der oberen Sprosse der Strickleiter tastete. »Und vielleicht finde ich dort unten ja auch etwas, mit dem ich Edison ganz unabhängig von der *Titanic* noch eins auswischen kann.«

Nicht annähernd so rasch wie Mulligan, der ihm auf dem Fuß folgte, aber doch sehr viel geschickter, als ich es ihm zugetraut hätte, kletterte er die Strickleiter hinab und machte ein paar vorsichtige Schritte über den nass glänzenden Rumpf des Unterseebootes, bevor er anhielt und zu mir emporsah.

»Worauf warten Sie, Quinn?«, rief er.

Warum eigentlich nicht? Nicht nur dass ich ebenfalls neugierig war, Nikola hatte vollkommen recht: Was hatten wir noch zu verlieren?

Ohne auch nur einen sichernden Blick hinter mich zu werfen, folgte ich den beiden, die am Fuß des buckligen Turms auf mich warteten, die Strickleiter hinab.

Immerhin war er rücksichtsvoll genug, am Fuß des buckeligen Turms auf mich zu warten.

Meine Vernunft meldete sich noch ein letztes Mal, als ich die kurze Leiter aus sonderbar grünlichem Metall emporstieg, doch mittlerweile war meine Neugier viel zu stark. Und manchmal ist das Glück ja auch mit den Mutigen.

Oder wenigstens mit den Verrückten.

Oben auf dem Turm gab es eine große Luke mit einem wuchtigen Handrad, das Mulligan und Nikola gerade mit vereinten Kräften öffneten, als ich ankam. Nikola schob Mulligan grob aus dem Weg und kletterte geschwind die Leiter hinab, die darunter zum Vorschein kam. Diesmal ließ ich mich nicht lumpen, folgte ihm unmittelbar und überließ es Mulligan, den Abschluss zu bilden. Zu meiner Beunruhigung tat er es nicht nur, sondern schloss auch die schwere Luke über uns.

Die Kammer, in der wir uns wiederfanden, war zwar unerwartet groß, aber auch bis auf ein sehr großes, sehr altmodisches Ruder, das so aufgestellt war, dass der Steuermann beide Fenster gleichzeitig im Auge behalten konnte, vollkommen leer. Davon abgesehen gab es nur noch eine schmale Tür, hinter der eine schmucklose Metalltreppe in mattgrüne Düsternis führte, als Mulligan sie aufstemmte. Diesmal hatte ich nichts dagegen, dass er vorausging, und Nikola offenbar auch nicht.

Ein Konglomerat fremdartiger Laute und Gerüche schlug uns entgegen, während wir uns vorsichtig weiterbewegten. Das elektrische Summen, das ich schon auf dem Deck der *Carpathia* wahrgenommen hatte, war noch immer zu hören und schien allmählich an Intensität zuzunehmen. Das Innere des Schiffes bestand aus demselben mir unbekannten Metall, das sich glatt wie poliertes Glas anfühlte, seltsamerweise aber eher rau aussah.

Der Gang gabelte sich mehrfach. Mulligan nahm ganz instinktiv immer die rechte Abzweigung, sodass wir wenigstens problemlos den Rückweg finden würden. Er blieb jedes Mal für ein paar Sekunden stehen und lauschte mit halb geschlossenen Augen, bevor er weiterging. Zu sehen war jedoch nichts, und wir hörten auch nicht den mindesten Laut menschlichen Ursprungs. Konnte es sein, dass Singh seine gesamte Mannschaft mitgenommen hatte, um die *Carpathia* zu kapern? Das erschien mir ein wenig leichtsinnig.

Es sei denn, sagte eine leise, aber auch ungemein hässliche Stimme in meinem Hinterkopf, es war gar nicht nötig, eine Wache zurückzulassen, weil dieses Schiff ganz gut allein auf sich aufpassen konnte.

Der Gedanke führte zu einem anderen und noch sehr viel unangenehmeren. Ich blieb stehen.

»Könnte es sein, dass dieses ganze Schiff ein einziger … Neumann ist?«, fragte ich, mich zugleich für das Zittern meiner Stimme verfluchend.

Nikola blieb ebenfalls stehen und sah sich demonstrativ stirnrunzelnd um, bevor er antwortete. »Sie meinen eine Maschine wie die Menschenkopien, auf die wir gestoßen sind?« Und Allison. Nikola war diplomatisch genug, ihren Namen unerwähnt zu lassen. »Das wäre denkbar … aber ich glaube es nicht.«

»Aber wenn, dann hamse Geschmack.«

Es war Mulligan, der diese Worte nun wieder in einem breiten irischen Akzent beisteuerte. Er war weitergegangen und hatte sich unter einer einladend offen stehenden halbrunden Tür hindurchgebückt, und als ich ihm folgte, konnte ich ihm nur recht geben.

Vor uns lag ein großzügiger Salon, der so gar nichts mit den kahlen Metallgängen gemein hatte, durch die wir hierhergekommen waren. Ganz im Gegenteil hätte er viel mehr in ein ansehnliches Herrenhaus oder ein Hotel der oberen Preisklasse gepasst. Er war überraschend groß, sodass ich annahm, dass er sich über die gesamte Breite des Unterwasserfahrzeugs zog, und kostbar, ja fast verschwenderisch ausgestattet. Auf dem Boden lagen teure Teppiche, die mit seidenen Tapeten und unbezahlbaren Kronleuchtern und Lampen aus blitzendem Kristall wetteiferten, und es gab gleich mehrere Sitzgruppen mit zierlichen Tischchen und bequem gepolsterten Sesseln, Couchen und Diwanen sowie ein beeindruckendes Bücherregal, bei dessen bloßem Anblick es in Nikolas Augen gierig aufblitzte.

Doch zwei Dinge waren anders: einmal ein gewaltiges rundes Fenster, durch das der Blick ungehindert ins Meer fiel – wenn auch zurzeit nur bis zur Flanke der *Carpathia*, die als graue Wand aus Eisen dahinter aufragte. Die andere Ausnahme veranlasste Mulligan und mich dazu, mindestens eine halbe Minute lang mit offenem Mund dazustehen und uns anzustarren.

Es war eine leibhaftige Kirchenorgel. Hier, mitten im Nichts und Meter unter dem Meeresspiegel.

»Das ist … wirklich beeindruckend«, stellte Nikola stockend fest.

»Und es ist längst nicht das Beeindruckendste, womit dieses famose Schiffchen aufwarten kann, glauben Sie mir«, ertönte eine Stimme hinter uns.

Alle drei fuhren wir erschrocken herum. Nikola gab ein Keuchen von sich, während Mulligan in eine halb geduckte, kampfbereite Haltung ging. Ich selbst beschränkte mich darauf zu erstarren. Und was hätte ich auch anderes tun sollen?

»Mister Devlin. Mister Mulligan«, sagte Tanner fröhlich. »Wie schön, Sie wiederzusehen – auch wenn ich offen gesagt nicht ganz sicher war, dass Sie kommen. Und – aber das wissen Sie sicherlich selbst – es sicherlich angeraten wäre, wenn Sie sich ein bisschen frisch machen würden. Sie wirken etwas angesengt.«

»Able Ward … Tanner?«, fragte ich ungläubig. »Sind … sind Sie … das wirklich?«

»In gewissem Sinne«, antwortete Tanner, aus irgendeinem Grund amüsiert über meine Worte. Vielleicht auch nur über meinen dummen Gesichtsausdruck oder mein angesengtes Haar. »Obwohl mir mittlerweile *Mister* Tanner lieber ist. Ich habe nichts mehr mit der Navy zu tun, wissen Sie?«

»Das ist Tanner?«, vergewisserte sich Nikola.

Jedenfalls sah er so aus. Ich nickte. »Ich dachte, Sie wären …«

»Tot?« Diese Vorstellung schien Tanner noch mehr zu amüsieren. »In der Tat war ich eine Weile nicht sicher, ob ich es mir nicht wünschen sollte. Und ohne Kapitän Singh und sein beherztes Eingreifen wäre es vermutlich auch so gekommen. Er und seine Männer haben mir das Leben gerettet.« Er legte eine

Pause genau berechneter Länge ein. »Genau wie Ihnen und Mister Mulligan.«

»Und was tun Sie hier?«, fragte Nikola, bevor ich etwas sagen konnte. Es wäre ohnehin dasselbe gewesen.

»Ich habe auf Sie gewartet«, antwortete Tanner. »Unter anderem.«

»Und was wäre dieses … andere?«

Tanner ignorierte die Frage, was mich nicht im Mindesten überraschte. »Ich muss gestehen, ich war skeptisch. Aber … Allison … war fest davon überzeugt, dass Sie kommen. Wie es aussieht, hatte sie wieder einmal recht.«

Die winzige Pause vor und nach ihrem Namen entging mir nicht nur nicht, ich hatte auch das sichere Gefühl, dass sie das gar nicht sollte und dass sich in diesem Zögern möglicherweise eine Botschaft verbarg, die nur für mich bestimmt war. Dann verstand ich.

»Nikola und Mulligan wissen, wer sie ist«, sagte ich. »Und auch *was* sie ist.«

*Wissen* Sie *es denn?,* schien sein Blick hinzuzufügen. Er beließ es allerdings auch bei einem Schulterzucken und wechselte das Thema. »Ich kam nicht umhin, einen Teil Ihrer Unterhaltung mit anzuhören, während Sie auf dem Weg hierher waren«, sagte er, was ich für eine glatte Lüge hielt. Ich war sicher, er hatte uns belauscht, und das mit voller Absicht. »Ich kann Ihnen versichern, dass dieses Schiff durchaus massiv ist und nicht das, was Sie als *Neumann* bezeichnen.« Er lächelte flüchtig. »Eine interessante Wortschöpfung im Übrigen. Aber Sie sollten mit solchen Überlegungen zumindest in Gegenwart des Kapitäns doch ein wenig zurückhaltend sein. Er ist ein bisschen eigen, was sein Schiff angeht. Er ist sehr stolz darauf, müssen Sie wissen.«

»Und das mit vollem Recht.« Nikola sah sich demonstrativ

um. »Dieses Schiff ist fantastisch. So etwas habe ich noch nie gesehen!«

»Kaum jemand hat das«, bestätigte Tanner.

»Kaum jemand, oder nur keiner, der diese Begegnung überlebt hat, um davon zu erzählen?«, fragte Mulligan.

»Ja, ich weiß«, seufzte Tanner, »dem Kapitän eilt ein gewisser Ruf voraus. Aber glauben Sie mir, er ist zum allergrößten Teil unberechtigt.«

Mulligan – vielleicht auch Nikola – erwiderte etwas darauf, doch ich hörte kaum noch hin. Tanner verwirrte mich mit jedem Wort mehr, das ich hörte. Es war nicht einmal so sehr das, was er sagte, obwohl seltsam genug, sondern vielmehr *wie* er es sagte. In meiner ersten Überraschung, ihn überhaupt hier zu sehen, war es mir gar nicht aufgefallen, doch er sprach ein perfektes Oxford-Englisch, und auch seine Wortwahl und sein allgemeiner Ductus erschienen wenig passend für den einfachen Offiziersanwärter, als den ich ihn kennengelernt hatte. Und einmal darauf aufmerksam geworden, fiel mir noch mehr auf: Seine Haltung strahlte eine Ruhe und Selbstsicherheit aus, von der bei unserem ersten Zusammentreffen nicht einmal eine Spur zu sehen gewesen war, sein Blick war klar und hielt uns ruhig stand.

Was ja möglicherweise daran lag, dass er das gar nicht mehr war …

Tanner und die beiden debattierten fröhlich weiter, aber ich hörte immer noch nicht hin, sondern grub mit der Hand in der Jackentasche, bis ich etwas Spitzes gefunden hatte, das ich fest zwischen Daumen und Zeigefinger nahm, während ich auf ihn zuging. Eine schnelle Bewegung, und Tanner starrte aus aufgerissenen Augen auf seinen Handrücken hinab, auf dem plötzlich ein gut drei Zoll langer, blutiger Kratzer prangte.

Obwohl *blutig* so nicht stimmte. Die Wunde war deutlich tiefer, als ich es beabsichtigt gehabt hatte, und irgendetwas Dunkles quoll daraus hervor und lief über seinen Handrücken. Aber es war kein Blut, sondern eher ein feines anthrazitfarbenes Pulver, wie Graphit. Oder irgendein Metall eben, aus dem sein gesamter Körper bestand.

Tanner runzelte die Stirn, schloss die Hand zur Faust und maß mich mit einem langen, strafenden Blick. Die Schramme, die ich ihm zugefügt hatte, verschwand binnen einer einzigen Sekunde.

»Sie hätten fragen können«, sagte er vorwurfsvoll.

»Ich weiß«, antwortete ich. »Aber so macht es mehr Spaß.«

»Soll das heißen«, ächzte Nikola, »... er ist ... ich meine: Sie sind ...?«

»Noch immer derselbe, als der Mister Devlin mich kennengelernt hat«, sagte Tanner.

»Nicht so ganz«, grollte Mulligan. »Damals konnten Sie noch bluten.«

»Es war meine freie Entscheidung«, antwortete Tanner. »Ich wäre gestorben, hätte der Hive mich nicht aufgenommen.«

»Der Hive.« Ich nickte langsam, während mir die verrücktesten und widersprüchlichsten Gedanken durch den Kopf schossen. Ich stieß ein heiseres Geräusch aus, das wohl kaum als Lachen durchging. »Der uneigennützige Helfer für alle Todessüchtigen.«

»Inspektor, was soll ...?«, begann Mulligan.

»Was das soll, Mister Mulligan?«, fragte ich ihn rasch, obwohl mir durchaus bewusst war, dass ich im Begriff war, mich um Kopf und Kragen zu reden. Was aber nichts daran änderte, dass die Worte nur so aus mir heraussprudelten.

»Aber begreifen Sie denn nicht? Sir Arthur hat uns beauftragt, Tanners Unschuld zu beweisen. Und ganz nebenbei wollte er natürlich auch, dass wir herausbekommen, was hinter dieser Geschichte mit der Meerjungfrau steckt.«

»Er hat Sie beauftragt«, protestierte Mulligan. »Ich bin nur der Laufbursche von Dr. Watson.«

Ich wischte Mulligans Einwand mit einer Handbewegung beiseite. »Ganz egal, was auch immer Ihre Rolle in dieser Geschichte ist: Mein Auftrag ist ja mehr als erfüllt. Mister Tanners Unschuld muss ja wohl kaum noch bewiesen werden«, sagte ich mit einem Seitenblick auf das *Etwas*, das wie Tanner aussah, ohne innerlich auch nur die entfernteste Ähnlichkeit mit dem Mann aufzuweisen, den ich in einem schottischen Kerker kennengelernt hatte. »Und über die Meerjungfrauen kann ich Sir Arthur vielleicht sogar mehr berichten, als ihm lieb ist.«

»Das steht ja im Moment wohl überhaupt nicht zur Debatte«, beschied mich Nikola scharf. »Singh wird es kaum zulassen, dass wir irgendjemandem von irgendetwas hier erzählen.«

Ich wusste, dass ich jetzt endgültig die Beherrschung verlor, aber etwas in mir drängte mich geradezu, es auf die Spitze zu treiben. Ich sah mich auf eine übertriebene Art und Weise um. »Das wollen wir doch mal sehen. Hier muss es doch einen Funkraum geben. Von dort aus kann ich Sir Arthur über die neusten Entwicklungen unterrichten.«

»Machen Sie sich nicht lächerlich«, unterbrach mich Nikola barsch, was ich wohl verdient hatte, und Tanner fügte hinzu: »Überspannen Sie den Bogen nicht.«

Dazu wäre mir trotz aller Bedenken eine Menge eingefallen, doch Tanner signalisierte uns, still zu sein, und trat einen halben Schritt zur Seite. Der Gang hinter ihm war nicht mehr leer.

Anders als ihre Kameraden an Deck der *Carpathia* trugen diese Männer kein nasses schwarzes Gummi, sondern lose fallende weiße Anzüge, die von einer breiten violetten Schärpe zusammengehalten wurden, schlichte Sandalen und ebenfalls weiße Turbane. Ich hatte Waffen erwartet, sah aber keine, und der Ausdruck auf den Gesichtern der drei Männer war allenfalls neutral, beinahe schon freundlich.

»Die Männer bringen Sie in Ihre Quartiere«, sagte Tanner. »Es ist besser, wenn Sie dort warten, bis der Kapitän und die anderen zurück sind.«

»Und wenn wir das nicht wollen?«

Tanner zuckte mit den Achseln. »Es steht Ihnen frei, auf die *Carpathia* zurückzukehren. Niemand wird versuchen, Sie aufzuhalten.«

»Und wenn wir das auch nicht wollen?«, fragte Mulligan herausfordernd.

Nikola seufzte, und ich verkniff mir die Bemerkung, dass ich erst noch einen Funkspruch absetzen müsse, trat an Tanner vorbei und schloss mich dem ersten der drei Männer an.

# 19

Während der letzten Stunden war aus dem elektrischen Summen ein machtvolles, an- und abschwellendes Pochen geworden, das nur noch entfernt an ein Maschinengeräusch erinnerte, wie ich es bisher gekannt hatte. Wenn man nur lange genug hinhörte, dann begann man noch andere Laute unter der Oberfläche des unmittelbar Hörbaren wahrzunehmen: ein Wispern und Flüstern wie von lautlosen Stimmen, die sich im Geheimen unterhielten, vielleicht auch das helle Lachen von Kinderstimmen und andere seltsame Geräusche, die mich abwechselnd faszinierten und erschreckten. Manchmal meinte ich beinahe zu verstehen, was sie sagten, düstere Geschichten aus verbotenen Zeiten, die niemals weitererzählt werden sollten.

Möglicherweise war das auch alles Unsinn.

Ich war wieder einmal eingesperrt – zwar in ein Viersterne-Luxusgefängnis samt bequemem Bett, einem gut ausgestatteten Bücherregal und einer nicht minder gut bestückten Bar, in der ich sogar eine Kiste teurer und sehr verlockend riechender Zigarren gefunden hatte, aber nichtsdestoweniger eingesperrt –, war es da also ein Wunder, dass ich allmählich einen ausgewachsenen Gefängniskoller entwickelte?

Dabei konnte ich mich über mangelnden Komfort wirklich nicht beklagen. Es gab in dem durchdacht eingerichteten Raum sogar ein kleines Waschbecken mit fließendem Wasser;

etwas, mit dem noch nicht einmal meine eigene Wohnung in Belfast aufwarten konnte. So gut es eben ging, reinigte ich Gesicht und Hände mit Wasser und ein paar Spritzern Alkohol, bevor ich mir meine Kleidung vornahm und Ruß, Dreck und Blutspitzer von ihr zu entfernen versuchte, was mir dank einer gewissen Hartnäckigkeit sogar gut gelang. Da es in meinem Luxusgefängnis keinen Spiegel gab, blieb mir mein eigener Anblick erspart – aber nicht das unangenehme Pfeifen in meinen Ohren, das mich wohl noch für eine ganze Weile an den unglaublich brutalen Geschützdonner erinnern würde.

Tanner hatte mir geraten, den Bogen nicht zu überspannen. Das konnte aber nicht verhindern, dass mir die ganze Zeit über die verrücktesten Gedanken durch den Kopf schossen, gespickt mit Erinnerungsfetzen an Allison und die monströsen Wesen, derer wir ansichtig geworden waren. Doch je mehr Zeit verstrich, desto weiter verließ ich diese Pfade und schoss mich auf die Verursacher der ganz sinnlosen Jagd nach einer Wahrheit ein, die mich in meine ganz persönliche Hölle zurückführte: Sir Arthur und Doktor Watson.

Mittlerweile konnte ich mir nicht mehr vorstellen, dass die beiden mich nur nach Edinburgh geschickt hatten, um Tanners Unschuld zu beweisen. Ich argwöhnte, dass sie von Anfang an sowohl von Singhs Unterwasserboot gewusst hatten wie auch von den neuesten Entwicklungen um den Hive und die Neumänner. Dass Mulligan schon auf der Hinfahrt zugegeben hatte, Watson habe die Route über die Hebriden mit Bedacht ausgewählt, machte es kein Stück besser. Er und Sir Arthur mussten zumindest geahnt haben, was ich dort zu Gesicht bekommen würde. Und vielleicht hatten sie auch schon zu diesem Zeitpunkt gewusst, wie gut das zu der Geschichte über die mörderische Meerjungfrau passen musste, die mir Tanner später unter die Nase reiben würde.

Irgendetwas musste dann aber doch anders gelaufen sein, als sie vermutet hatten. Angefangen mit dieser verrückten Eisenbahnfahrt, die auf den immer enger werdenden Gleisen endete, und der unglaublichen Begegnung mit Allison im Schatten der *Titanic* hatte meine Recherchereise eine Dynamik aufgenommen, die nicht mehr aufzuhalten gewesen war. Was mich zu der Frage führte, wohin Sir Arthur entschwunden war, nachdem er im Hilton diesen verwirrenden Brief an mich hinterlassen hatte, und was Dr. Watson damit zu tun hatte …

Und damit zerfaserten meine Gedanken endgültig. Was als harmloser Kriminalfall begonnen hatte, drohte zu meinem ganz persönlichen Albtraum zu werden.

Vermutlich war ich erst seit wenigen Stunden hier, auch wenn es mir wie ein Mehrfaches dieser Zeit vorkam, als sich abermals etwas änderte. Anfangs hätte ich nicht einmal sagen können, was. Vielleicht etwas mit dem Maschinengeräusch, vielleicht etwas mit dem Luftdruck, dem Vibrieren des Bodens unter meinen Füßen oder ganz allgemein dem Schiff. Ich spürte einfach, dass es sich in Bewegung setzte, und das auf eine Art, wie ich es noch nie zuvor erlebt hatte – und auch sonst wahrscheinlich nur noch sehr wenige andere Menschen auf der Welt.

»Wir tauchen«, erklärte eine Stimme hinter mir.

Ich konnte nicht sagen, was mich mehr erschreckte: der Umstand, dass es Allisons Stimme war, oder die Tatsache, dass ich ihr Eintreten nicht nur nicht bemerkt hatte, sondern die Tür auch ganz bestimmt nicht aufgegangen war. Ich drehte mich so langsam um, dass ich mir schon fast lächerlich dabei vorkam, und hatte trotzdem Mühe, ihrem Blick standzuhalten, denn er war mir einfach zu vertraut. Und dennoch: Wenn es diese … *Puppe* darauf angelegt gehabt hatte, mir zu beweisen, dass sie nicht Allison war, dann hatte sie ihr Ziel erreicht.

Obwohl sie dazugelernt hatte. Sie trug jetzt nicht mehr das hautenge nasse Schwarz von vorhin und auch nicht mehr das vermeintliche Sommerkleid, das in einer Umgebung wie dieser völlig unpassend gewirkt hätte, sondern ein schlichtes weißes Gewand, das an einen indischen Sari erinnerte, zugleich aber auch so raffiniert geschnitten war, dass es ihre Weiblichkeit perfekt betonte. Man hätte es auch verführerisch nennen können.

»Ich nehme an, du fühlst dich unwohl und weißt nicht, warum«, sagte sie. »Das geht jedem so beim ersten Mal.«

»Lass das«, sagte ich.

Allison fragte nicht, was ich meinte, doch irgendetwas geschah mit ihrem Kleid, das ich zwar kaum in Worte fassen konnte, dennoch aber zu einer dramatischen Veränderung führte. Jetzt war es nur noch ein Kleidungsstück, nicht etwas, das es mir schier unmöglich machte, sie auch nur anzusehen, ohne vor Verlangen zu vergehen.

»Was willst du?«, fragte ich.

»Der Kapitän möchte euch sehen«, antwortete sie. »Ich dachte mir, du wirst lieber von mir abgeholt als von seinen Männern.«

»Dann sollten wir ihn nicht warten lassen.«

Ein Schatten huschte über Allisons Gesicht, dann streckte sie den Arm aus und berührte mich an der Hand. Es war vollkommen egal, wie überzeugend mein Verstand darauf beharrte, dass sie nur eine Maschine war: Ihre Haut war so warm und lebendig, dass mich ein eisiger Schauer durchfuhr, der Allison unmöglich verborgen bleiben konnte.

»Warte«, sagte sie.

Welche Wahl hatte ich schon? Die Tür war zu, und ich war sehr sicher, dass sie es auch bleiben würde, solange Allison es wollte. »Ganz wie du es befiehlst.«

Diesmal war es mir gelungen, sie zu treffen. Ihr Blick umwölkte sich. »Du willst mich verletzen«, stellte sie fest.

»Sagtest du nicht, der Kapitän wolle mich sehen? Ich habe gehört, dass er kein sehr geduldiger Mann sein soll.«

»Warum tust du das?«, fragte sie. »Ich habe dich geliebt, Quinn. Und ich glaube, du mich auch. Auch wenn du natürlich immer viel zu feige warst, es zuzugeben.«

»Ich habe *Allison* geliebt«, antwortete ich kalt. »Keine Puppe.«

Allison nickte. Sie dachte mindestens eine halbe Minute über das nach, was ich gesagt hatte, und ihr Blick umflorte sich noch weiter. »Wäre es dir lieber gewesen, wenn ich gestorben wäre?«, fragte sie schließlich.

»Allison *ist* gestorben«, antwortete ich.

»Nur ihr Körper, Quinn.«

»Ich habe keine Lust auf eine philosophische Diskussion.« Schon gar nicht mit einer Maschine.

Allison – nein, verdammt! Die Maschine mit Allisons Gesicht! – setzte zu einer Entgegnung an, presste aber die Lippen zu einem dünnen blutleeren Strich zusammen und maß mich mit einem stummen, vorwurfsvollen Blick. Ich kam mir schäbig vor und mehr als nur ein bisschen gemein. Allison zog die Hand zurück.

Ohne ein weiteres Wort (und ohne sie wirklich berührt zu haben) öffnete sie die Tür und trat auf den Gang hinaus. Ich folgte ihr, ebenfalls wortlos, doch mit einem immer heftiger nagenden schlechten Gewissen. Das war verrückt. Hatte ich wirklich Skrupel, eine Maschine zu verletzen?

Auf dem Weg zum großen Salon begegnete uns niemand, aber ich meinte regelrecht zu spüren, wie aufmerksam wir beobachtet wurden. Und nicht unbedingt aus wohlwollenden Augen.

Nikola, Mulligan und der Kapitän erwarteten uns in dem großen Raum mit der Kirchenorgel und dem riesigen Fenster, vor dem sich jetzt allerdings eine Art stählerne Irisblende geschlossen hatte. Ich hatte erwartet, wenigstens einen oder zwei bewaffnete Männer zu sehen, deren bloße Gegenwart klarmachte, wer hier das Sagen hatte, doch die einzige weitere Person im Raum – wenn man sie denn so nennen wollte – war Tanner. Er saß auf einer kleinen Chaiselongue und war in ein intensives Gespräch mit Nikola vertieft, der es ebenfalls geschafft hatte, sich wieder in einen einigermaßen passablen Zustand zu versetzen, auch wenn es noch eine Weile dauern würde, bis sich sein Kopfhaar wieder vollständig regeneriert hatte.

Nikola und Tanner unterbrachen ihr Gespräch nur kurz, um mir zuzunicken. Kapitän Singh begrüßte mich noch knapper, wies mir aber immerhin einen Sitz zu und nahm ebenfalls Platz. Er trug jetzt dieselbe Kleidung wie seine Matrosen, allerdings einen violetten Turban sowie einen Krummsäbel mit reich verziertem Griff, der aus seiner Schärpe ragte.

»Ich muss mich bei Ihnen für die Unannehmlichkeiten entschuldigen, Mister Devlin«, begann Singh in einem Ton, der das genaue Gegenteil auszudrücken schien. »Ist Ihre Unterkunft einigermaßen bequem?«

»*Darüber* kann ich mich nicht beschweren«, antwortete ich.

Singh zog es vor, die Spitze zu überhören.

»Ich habe Sie und Ihre Freunde hergebeten, um Ihnen eine kurze Orientierung zu geben«, begann er.

»Ich hätte Sie und Ihre Freunde auf der *Carpathia* zurücklassen können. Um ehrlich zu sein, wäre mir das auch sehr viel lieber gewesen. Sie haben es lediglich Miss Carter zu verdanken, dass wir Sie mitgenommen haben.«

»Warum?«, fragte ich.

»Das sollten Sie sie selbst fragen«, erwiderte Singh. »Und es spielt auch keine Rolle. Wir sind unterwegs, um die *Titanic* abzufangen, bevor sie New York erreicht. Ich habe bis dahin sehr viel zu tun und nur wenig Zeit, mich um Gäste zu kümmern. Wenn Sie also Fragen haben, dann stellen Sie sie jetzt.«

»Warum?«, fragte Mulligan.

»Warum ich keine Zeit …?«

»Die *Titanic*«, warf ich ein. »Was ist so schlimm daran, wenn sie New York erreicht?« Ich hatte die Frage an Allison gerichtet, und sie war es auch, die sie beantwortete.

»Das ist nicht mehr das Schiff, das Belfast vor einem halben Jahr verlassen hat, Quinn. Ihr habt den Hive damals geschlagen, aber nicht vernichtet.«

»Sonst wärst du wohl kaum hier, nicht wahr?«

Allison schüttelte den Kopf. »Es ist nicht so einfach, Quinn. Es ist nicht einmal einfach zu erklären. Selbst für mich nicht.«

»Ist dir noch keine überzeugende Lüge eingefallen, mit der du mich einseifen kannst?«

Allison sah jetzt deutlich verletzt aus, aber sie antwortete mit unbewegter Stimme. »Es gibt mehr als nur einen Hive, Quinn. Und wir sind uns nicht immer einig.«

»Wie ihr uns am besten umbringen könnt?«

Allisons Lächeln gefror endgültig. »Ich hoffe für dich – für euch! –, dass du am Ende nicht recht behältst. Es hat sich ein mächtiger Hive gebildet, der viel rücksichtsloser und zielgerichteter vorgeht als alles, was du bist jetzt erlebt hast. Den müssen wir aufhalten – koste es, was es wolle.«

»Soll das eine Drohung sein?«, fragte ich böse.

»Übertreiben Sie es nicht, Quinn«, warnte Nikola.

»Warum?«, fragte ich. »Sollte ich Rücksicht auf die Gefühle einer verdammten Blechbüchse nehmen?«

Allison fuhr zusammen, hatte sich aber auch augenblicklich wieder unter Kontrolle. Sie stand auf. »Bitte übernehmen Sie den Rest, Mister Tanner. Ich muss noch gewisse Vorbereitungen treffen.«

»Falls du dir das Näschen pudern gehst, vergiss dein Ölkännchen nicht«, giftete ich. Mittlerweile kam ich mir dabei mehr als nur albern vor, aber ich konnte einfach nicht aufhören.

Allison ging ohne ein weiteres Wort. Ich wartete, bis sie die Tür hinter sich geschlossen hatte (das Ding musste eine halbe Tonne wiegen, doch sie schaffte es um ein Haar dennoch, sie zuzuknallen), bevor ich mich Beifall heischend zu den anderen umdrehte.

Ich wurde enttäuscht. Singh sah mich auf eine Art an, über die ich lieber nicht nachdachte, und auch Nikola und Mulligan zollten meiner exquisiten Gehässigkeit nicht den erhofften Respekt.

»Sie tun ihr unrecht, Mister Devlin«, sagte Tanner. »Dass der Hive heute so ist, wie er ist, und dass Sie und Ihre Freunde noch am Leben und hier sind, das haben Sie einzig und allein ihr zu verdanken.«

»Wieso überrascht es mich jetzt nicht, dass der eine Neumann den anderen verteidigt?«, fragte ich.

»Quinn«, seufzte Nikola.

»Ach verdammt, Nikola, hören Sie auf, mir weismachen zu wollen …«

»Sie haben den Hive damals beinahe zerstört«, fuhr Tanner mit sehr ernster Stimme fort, »aber eben nicht ganz. Was übrig blieb und entkommen konnte, das war kaum genug, um zu überleben. Und es hat sich verändert.«

»Inwiefern?«, fragte ich, obwohl ich es eigentlich nicht wissen wollte.

»Allison Carter hat ihn verändert«, antwortete Tanner. »Ich habe den alten Hive nie kennengelernt, doch soviel ich weiß, war es stets der Hive, der seine Opfer aufgesogen und ihnen seinen Willen und seine Intentionen aufgezwungen hat. In diesem Fall war es andersherum. Niemand weiß, warum: Vielleicht lag er schon im Sterben. Vielleicht war sie zu willensstark für ihn, oder es gab einen ganz anderen Grund, den wir nie erfahren werden.«

Er hob in einer bedrückend menschlichen Geste die Schultern. »Was heute hier an Bord ist, das ist viel mehr Allison Carter als der Hive, den Sie kennengelernt haben.«

»Ach«, sagte ich abfällig. Erst dann begriff ich, was er da gerade gesagt hatte. »Was jetzt hier an Bord ist?«, wiederholte ich. Gleichzeitig setzte ich mich kerzengerade auf. »Wollen Sie sagen, dieses gesamte ... *Ding* ist hier?« Beinahe schon entsetzt fuhr ich zu Singh herum. »Großer Gott, Kapitän, wissen Sie eigentlich, in welcher Gefahr Sie und Ihre gesamte Mannschaft schweben?«

Singh blieb vollkommen unbeeindruckt, und auch von Mulligan und Nikola kam nicht die erhoffte Schützenhilfe.

»Nur Miss Carter und ich«, sagte Tanner.

»Wollten Sie nicht wissen, warum wir die *Titanic* verfolgen?«, fragte Nikola.

»Warum nicht?«, giftete ich. »Ich vermute, ich bin ohnehin der Einzige hier, der es noch nicht weiß.«

Weder Mulligan noch er antworteten, aber ihr Schweigen war mehr als Antwort genug.

»Der Hive ist auf die *Titanic* zurückgekehrt, noch bevor sie Belfast verlassen hat«, fuhr Tanner fort. »Ein *anderer* Hive.«

»Sir Harland hat das Schiff vom Bug bis zum Heck durchsuchen lassen«, erinnerte ich an die düstere Zeit nach Allisons Tod. »Mehrmals.«

»Er war sehr vorsichtig«, antwortete Tanner. »Es ist eine Schwarmintelligenz, vergessen Sie das nicht. Was der kleinste seiner Teile erfährt, das wissen mit einiger Verzögerung alle. Er würde nie zweimal denselben Fehler machen. Sie haben gewartet, bis das Schiff auf hoher See war.«

»Um was zu tun?«, fragte ich beunruhigt.

»Was glauben Sie?«, schnaubte Nikola.

»Wir wissen nicht, wie viele Menschen sie bereits übernommen haben«, fuhr Tanner fort, »aber bis sie New York erreichen, werden es zweifellos alle sein.«

»Was bedeutet, dass dieses Schiff New York eben niemals erreichen darf«, fügte Singh hinzu.

Ich starrte ihn an. Natürlich wusste ich, was er damit sagen wollte, aber ich weigerte mich einfach, es zu glauben. »Sie … Sie wollen die *Titanic* doch nicht etwa versenken?«, ächzte ich.

»Uns bleibt keine Wahl«, antwortete Tanner an seiner Stelle.

»Haben Sie den Verstand verloren? Auf diesem Schiff befinden sich ein paar Tausend Menschen!«

»Nicht mehr«, erwiderte Tanner. »Die meisten werden bereits umgewandelt sein, und selbst wenn es nicht so wäre …« Er zögerte. »Das Schiff darf sein Ziel nicht erreichen.«

»Dieser Unsinn wird nicht weniger dumm, nur weil Sie ihn dauernd wiederholen!«, fauchte ich.

»Ich wünschte, es wäre Unsinn«, seufzte Tanner. »Die Auswahl dieses Schiffes war kein Zufall. An Bord der *Titanic* befinden sich einige der vermögendsten und einflussreichsten Männer unserer Zeit. Politiker, Bankiers, Wirtschaftsmagnaten und Journalisten.« Er schüttelte bekräftigend den Kopf. »Wenn die *Titanic* New York erreicht und all diese angeblichen Menschen an Land gehen, dann übernehmen sie die Stadt binnen eines Monats. Und keine Macht der Welt kann sie dann noch aufhalten.«

Das mochte stimmen oder auch nicht, aber es spielte keine Rolle. »Das gibt Ihnen nicht das Recht, Tausende Unschuldige umzubringen!«, sagte ich empört.

»Aber sie sind doch schon tot, Mister Devlin«, sagte Tanner. »Die meisten jedenfalls.«

»*Blödsinn!*« Jetzt schrie ich tatsächlich. »Das sind Menschen. Keine verdammten Maschinen, die nur nach ihrem Materialwert berechnet werden!«

Auch das war zweifellos nichts als eine weitere, besonders perfide Taktik, aber Tanner sah so ehrlich und tief verletzt aus, dass ich meine Worte beinahe bedauerte. Aber eben nur beinahe.

»Mäßigen Sie sich, Mister Devlin«, sagte Singh. »Ich habe dieses Gespräch bereits geführt, sowohl mit Mister Tanner als auch mit Miss Carter. Ich kann Ihre Gefühle verstehen. Schließlich bin ich kein Unmensch. Aber ich bin zu demselben Schluss gekommen wie sie. Es gibt keinen anderen Weg.«

»Und das glaube ich Ihnen, weil Sie als so großer Menschenfreund bekannt sind?«, fragte ich höhnisch.

»Sagten Sie nicht, Sie wüssten nicht, wer ich bin?«

»Man hört das eine oder andere«, sagte ich.

»Oder liest es«, fügte Nikola hinzu.

Singh zog eine flüchtige Grimasse. »Ich hätte nicht mit diesem netten Franzosen reden sollen«, seufzte er. »Mein Navigator sagt, dass wir die *Titanic* irgendwann morgen am späten Nachmittag einholen werden, spätestens am frühen Abend. Ich würde es begrüßen, wenn Sie alle diese Zeit in den Quartieren zubringen würden, die ich Ihnen zugewiesen habe.«

»Das heißt, wir sind Ihre Gefangenen«, stellte ich fest, bekam aber auch jetzt wieder ein Kopfschütteln zur Antwort. »Das Wort *Gäste* wäre mir lieber. Es gibt ein paar Bereiche an Bord, zu denen ich Ihnen den Zutritt nicht gestatten kann, doch davon abgesehen dürfen Sie sich frei bewegen.«

»Ansonsten müssten Sie zu drastischeren Maßnahmen greifen?«, vermutete ich. »Ich nehme an, Sie demonstrieren uns dann, wie dieses Boot in getauchtem Zustand aussieht? Von außen und ohne einen Ihrer Unterwasseranzüge?«

»Genau wegen dieser Einstellung habe ich mich schon vor vielen Jahren entschlossen, der sogenannten zivilisierten Welt den Rücken zuzukehren«, sagte Singh verächtlich. »Nach allem, was ich über Sie gehört habe, hätte ich mehr von Ihnen erwartet, Mister Devlin.« Er stand auf. »Ich habe viel zu tun, deshalb muss ich Sie jetzt bitten, mich zu entschuldigen. Sie finden den Weg in Ihre Quartiere allein, nehme ich an?«

Ohne eine Antwort abzuwarten, wandte er sich um und ging. Tanner bedachte mich noch mit einer großzügigen Portion seiner vorwurfsvollsten Blicke, bevor er ebenfalls aufstand und verschwand. Auch Nikola und Mulligan sahen mich alles andere als freundlich an.

»Was?«, blaffte ich.

»Seit wann benehmen Sie sich so ungehobelt, Quinn?«, fragte Nikola. »Ein solches Betragen hätte ich allenfalls von dem guten Mulligan erwartet, aber doch nicht von Ihnen.«

Mulligan sah ein bisschen beleidigt aus, aber er machte keine Anstalten, mir zu Hilfe zu kommen.

»Und seit wann sind Sie so leichtgläubig?«, gab ich zurück. Vielleicht wäre *abgebrüht* ja auch das passendere Wort gewesen. »Dieser … dieser Kerl hat uns gerade erklärt, dass er einen Massenmord plant, und das scheint Sie nicht einmal zu interessieren?«

»Natürlich interessiert es mich«, gab Nikola in leise vorwurfsvollem Ton zurück. »Aber haben Sie schon einmal die Möglichkeit in Betracht gezogen, dass er recht haben könnte?«

Das war eindeutig zu viel. Ich sprang auf und stürmte hinaus.

Zu meinem Bedauern gelang es *mir* nicht, die Tür hinter mir zuzuwerfen.

# 20

Abgesehen von einem Fenster und einem Spiegel war eine Uhr der einzige Luxus, mit dem mein neues Quartier nicht aufwarten konnte, und da meine eigene Taschenuhr irgendwann in den letzten Tagen stehen geblieben war, konnte ich auch jetzt nicht sagen, wie lange ich eingesperrt war. Vermutlich nicht einmal sehr lange, auch wenn es mir wie Stunden vorkam.

*Eingesperrt* war vielleicht auch nicht das richtige Wort. Ich hatte die Tür hinter mir geschlossen, aber nicht verriegelt, und die handfeste Paranoia, die ich in letzter Zeit entwickelt hatte, sorgte dafür, dass ich mich mehrmals davon überzeugte, dass das auch so blieb. Vor der Tür stand nicht einmal eine Wache. Zumindest was das anging, hatte Singh anscheinend die Wahrheit gesagt.

*Wie bei allem anderen auch*, flüsterte eine Stimme in meinen Gedanken. Ich wollte sie nicht hören, schon weil ich es auch schon vorher gewusst hatte – und weil sie recht hatte.

Irgendwann wurde das Selbstmitleid langweilig, und ich erwog ernsthaft, Singhs Angebot anzunehmen und mich ein wenig auf dem Schiff umzusehen. Aber dabei hätte die Gefahr bestanden, Tanner oder womöglich sogar Allison zu begegnen, was so ziemlich das Letzte war, wonach mir der Sinn stand. Also wandte ich mich der Bar zu, genehmigte mir eine der wirklich guten Zigarren, mit denen sie bestückt war (jeweils eine weitere Handvoll steckte ich mir in die rechte und die linke Jackentasche) und genehmigte mir dann ein Glas des nicht minder exquisiten Whiskys, von dem es mindestens ein halbes Dutzend Flaschen gab. Möglicherweise war es ja an der Zeit für ein wissenschaftliches Experiment, etwa herauszufinden, wie viele Zigarren jeweils notwendig waren, um ein Glas dieses hervorragenden Whiskys zu neutralisieren.

Um es kurz zu machen: Es funktionierte nicht. Ich kam bis zur dritten oder vierten Zigarre – auf jeden Fall so weit, dass beides nicht mehr schmeckte, was für sich genommen schon eine Schande war – und schlief folgerichtig irgendwann in dem Sessel vor der Bar ein. Als ich nach einer mir unbekannten Anzahl von Stunden erwachte, hatte ich nicht nur einen grässlichen Geschmack im Mund, mein Rücken und mein Kopf schmerzten zudem um die Wette, und ich brauchte endlos, bis ich mich auch wieder halbwegs bewegen konnte, ohne ständig irgendwelche Laute von mir zu geben, die ich sonst nur von wirklich alten Leuten kannte.

Schlechte Träume nach dem Genuss von minderwertigem Whisky waren mir nicht fremd, sodass ich ihnen normalerweise keine große Beachtung schenkte. Nach dem Genuss qualitativ hochwertigeren Whiskys waren sie auch nicht besser, aber vollkommen anders. Statt mein schlechtes Gewissen und den Ärger über mein eigenes kindisches Benehmen zu vergessen, hatte mich beides bis in meine Träume verfolgt, und so erwachte ich nicht nur mit einem körperlichen, sondern auch einem – viel schlimmeren – moralischen Kater, der so bald nicht wieder verschwinden würde.

Ich verstand selbst nicht, wieso ich mich zu einem derartigen Benehmen hatte hinreißen lassen. Allison lebte, wenn auch nur in einer höchst sonderbaren Form, und das sollte doch eigentlich alles sein, was zählte. Sie selbst hatte es besser in Worte gefasst, als ich es jemals gekonnt hätte: Wäre es mir vielleicht lieber gewesen, sie wäre in jener Nacht in Belfast gestorben? Sicherlich nicht. Warum also hatte ich mich benommen wie ein störrisches Kind, dem man eine Süßigkeit verweigerte?

Als ob ich die Antwort nicht wüsste!

Jetzt verließ ich endlich meine Unterkunft und machte mich auf den Weg zum Salon. Diesmal blieb ich nicht allein. Etliche Besatzungsmitglieder kreuzten meinen Weg, und obwohl niemand unfreundlich oder gar feindselig gewesen wäre, wichen die meisten meinem Blick doch aus oder antworteten allenfalls mit einem angedeuteten Nicken. Ich war zweifellos viel mehr Gast als Gefangener auf diesem Schiff, doch das Gefühl, willkommen zu sein, was das Wort *Gast* implizierte, hatte ich nicht.

Solcherart auf ein weiteres Gespräch mit Kapitän Singh oder einem der anderen eingestellt, erreichte ich den Salon und war im gleichen Maße enttäuscht wie erleichtert, ihn leer vorzufinden. Der Duft frisch aufgebrühten Kaffees hing in der Luft, und auf einem der kleinen Tische stand benutztes Geschirr, aber ich war augenscheinlich zu spät gekommen. Ich war nicht böse darum.

Anders als bei meinem letzten Besuch hier war die Irisblende vor dem Fenster geöffnet, doch der Anblick, der sich dahinter bot, war eher enttäuschend. Genau genommen sah ich wenig mehr als grünstichige Dunkelheit, durch die dann und wann ein geisterhafter bleicher Schein strich – vermutlich dieselben Scheinwerferstrahlen, die ich schon mehrmals von außen beobachtet hatte und deren Sinn sich mir immer weniger erschloss. Das Schiff glitt durch ein Universum aus Schwärze, die durch das wenige Licht nur noch betont zu werden schien. Etwas bewegte sich in dieser Dunkelheit, doch es gelang mir nicht, es mit Blicken zu fixieren. Vielleicht spielten mir auch nur meine Nerven einen Streich.

Der Boden unter meinen Füßen vibrierte, ganz sacht nur, doch das dünne Porzellan auf dem Tischchen begann im gleichen Rhythmus zu klirren. Etwas änderte sich. Vielleicht wechselte das Schiff seinen Kurs oder wurde schneller oder langsamer, möglicherweise tauchten wir auch auf oder (sehr viel beunruhigender) noch tiefer ins Meer hinab. Ich fragte mich, wie tief dieses Schiff eigentlich tauchen konnte, und kam natürlich zu keiner Antwort. Wir mussten schon sehr tief sein, wenn nicht einmal mehr der kleinste Lichtstrahl den Weg zu uns herabfand, wahrscheinlich mehrere Hundert Fuß.

Es sei denn, meldete sich meine Logik zu Wort, die Erklärung war viel simpler und über uns herrschte einfach tiefste Nacht. Aber das klang natürlich nicht annähernd so dramatisch.

Etwas glitzerte in der Dunkelheit, und ich trat neugierig näher an die mehr als mannshohe Scheibe heran, zunächst auch jetzt wieder nicht sicher, was ich da sah oder ob ich überhaupt etwas sah. Irgendwo dort draußen blitzte ein Funke auf, ganz kurz nur, aber sofort abgelöst von einem zweiten und dritten, die ebenso rasch vergingen und von einer noch größeren Anzahl hellerer Lichter abgelöst wurden, bis man schließlich den Eindruck haben konnte, der Sternenhimmel wäre ins Meer hinabgetaucht und hätte es durchdrungen.

»Meereslichter«, erscholl Allisons Stimme hinter mir. »Singh hat eine andere Bezeichnung dafür, aber ich finde dieses Wort … romantischer.«

Ich sparte mir die Bemerkung, wie seltsam sich das aus dem Mund einer Maschine anhörte, und drehte mich auch nicht zu ihr um, betrachtete aber aufmerksam die Spiegelung ihrer schlanken Gestalt in der Scheibe vor mir, als sie sich näherte. Aus irgendeinem Grund konnte ich ihr Gesicht nicht erkennen, was mich aber eher erleichterte als beunruhigte. Ich war nicht sicher, ob ich den Anblick ertragen hätte.

»Singh meint, sie wären so ähnlich wie Glühwürmchen, nur dass sie im Wasser leben. Aber so genau weiß das niemand, auch der Kapitän nicht.«

»Und ich dachte, er kennt sich hier wie kein anderer aus?«

»Das ist auch so.« Allison blieb so dicht neben mir stehen, dass sie mich gerade noch nicht berührte, aber nahe genug, um mich das elektrische Knistern ihres Haares spüren zu lassen – und seinen betörenden Duft wahrzunehmen. Es roch ganz genau so, wie ich es in Erinnerung hatte.

Aber vielleicht tat es das ja auch nur, weil ich mich daran erinnerte.

»Der Ozean ist groß. Nahezu unendlich. Und er beherbergt eine so gigantische Anzahl von Lebewesen, dass niemand sie alle kennen kann. Nicht einmal annähernd.«

Während sie sprach, hatte der Tanz der funkelnden Meereslichter noch einmal zugenommen, sodass der gesamte Ozean jenseits des Fensters zu einem leuchtenden Schneesturm zu werden schien. Was immer diese Geschöpfe waren, sie erinnerten tatsächlich an Glühwürmchen, nur dass sie deutlich größer waren und in schier unendlicher Zahl auftraten. Allison hatte recht: Sie waren wunderschön.

»Man könnte meinen, dass das Schiff sie anlockt«, sagte ich und konnte ihr Nicken spüren.

»Wohl eher das Licht«, widersprach sie trotzdem. »Der Kapitän meint, dass sie sich vielleicht so verständigen.«

»Mit Licht?«

»Keine schlechte Strategie in einer Welt vollkommener Dunkelheit, oder?«

Ich blieb skeptisch – wie sollte sich ein vernunftloses Tier mithilfe von *Licht* verständigen können? –, doch bevor ich einen entsprechenden Einwand vorbringen konnte, erschien etwas anderes draußen vor dem Fenster. Es war größer – sehr viel größer – und von ebenso fremdartiger wie eleganter Form, eine schwebende Gestalt, die mehr durch das Wasser zu fliegen als zu schwimmen schien und die leuchtenden Meereslichter mit einem großen, zahnlosen Maul aufsog. Nachdem sie einen Großteil des leuchtenden Schwarms vertilgt hatte, verschwand sie genauso lautlos wieder, wie sie aufgetaucht war.

»Vielleicht doch keine so gute Taktik«, sagte ich.

»Warte«, antwortete Allison geheimnisvoll.

Das tat ich, und ich musste nicht viel Geduld aufbringen. Von überall her tauchten weitere Meereslichter auf, die den Platz ihrer verschwundenen Kameraden einnahmen. Schon nach kaum einer Minute war es, als hätte es den unglücklichen Zwischenfall niemals gegeben.

»Manchmal ist eine große Zahl einfach die beste Verteidigung«, bemerkte Allison, und ich fragte mich, ob sie mir damit etwas Bestimmtes sagen wollte.

»Und es macht ihnen gar nichts aus, wenn ihre Brüder und Schwestern von diesem Ding gefressen werden?«

»Glaubst du, dass das Gras auf der Wiese die Schafe hasst, die einen Teil davon auffressen?« Allison beantwortete ihre eigene Frage mit einem Kopfschütteln und griff wie zufällig nach meiner Hand. Ich erwiderte die Berührung nicht, wich aber auch nicht davor zurück. »Diese Welt ist so wunderschön, Quinn. Manchmal stehe ich Stunden hier und sehe einfach nur hinaus. Und es vergeht nicht eine einzige Minute, in der ich nicht etwas Neues entdecke.«

»Obwohl man doch eigentlich gar nichts sieht?«

Statt darauf zu antworten, ließ Allison meine Hand los und ging zur Tür, um das Licht zu löschen. Noch bevor sie zurückkam, geschah etwas ganz Erstaunliches: Die leuchtenden Kreaturen verblassten nach und nach oder zogen sich zurück, doch es wurde nicht vollkommen dunkel. Vielleicht war es das auch nie gewesen, und meine Augen hatten einfach nur einige Sekunden gebraucht, um sich nach dem Wegfall der beiden anderen Lichtquellen an die veränderten Verhältnisse zu gewöhnen.

Das Schiff glitt nicht durch ein bloßes Nichts, wie ich angenommen hatte. Tief unter uns, möglicherweise noch Meilen entfernt, durch ihre enorme Größe dennoch unübersehbar, reckten sich uns die Gipfel gewaltiger unterseeischer Berge entgegen, eine gigantische Landschaft aus zerschrundenen Graten und Schluchten, in denen ganze Städte verschwinden konnten. So tief unter dem Meer war es natürlich vollkommen unmöglich, aber es sah dennoch so aus, als wären die Flanken mit gewaltigen Gletschern bedeckt, die das Licht weiß reflektierten.

»Was ist das?«

»Meeresschnee«, sagte Allison.

»Schnee?«

»Es heißt natürlich nur so«, antwortete sie lächelnd. »Alles, was im Meer stirbt, sinkt nach unten und beginnt schon zu verrotten, während es sinkt. Es dauert unendlich lange, bis es auf dem Meeresgrund angekommen ist. Jahrhunderte, an den tiefsten Stellen der Ozeane sogar Jahrtausende.«

Ich maßte mir nicht an, tatsächlich zu verstehen, was sie erklären wollte. Es faszinierte mich, ihr zuzuhören und dem Klang ihrer Stimme zu lauschen.

»Wie tief sind wir hier?«

»Nur wenige Hundert Meter«, antwortete Allison, was mir einen eisigen Schauer über den Rücken jagte. Hatte sie gerade *nur* gesagt?

»Und diese Berge?« War das überhaupt das richtige Wort?

»Ihre höchsten Gipfel ragen annähernd viertausend Meter über dem Meeresgrund auf«, antwortete sie, machte aber auch zugleich eine besänftigende Geste. »Aber keine Sorge, so tief tauchen wir nicht. Das ist ein fantastisches Schiff, aber kein

Schiff der Welt würde den Druck dort unten aushalten. Deshalb sind wir hier.«

»Du meinst keines, das von Menschen gebaut ist?«

Allison deutete ein Kopfschütteln an. »Begeh nicht denselben Fehler wie Nikola.«

»Euch zu vertrauen?«

»Uns zu überschätzen. Wir können keine Wunder vollbringen. Wären Maschinen so allmächtig, dann gäbe es euch schon nicht mehr.«

»Ja, das schafft Vertrauen«, sagte ich. »Zweifellos.«

»Wir sind nicht alle so«, sagte Allison. »Glaub mir, der Hive ist nicht euer Feind. Sonst hätte ich mich ihm niemals freiwillig angeschlossen.«

»Hast du nicht«, erwiderte ich kalt.

Um ein Haar wäre ich auf sie hereingefallen. Aber nur um ein Haar. Vielleicht waren diese menschengroßen Aufziehpupen ja doch nicht so gut, wie sie glaubten.

»Nein, das habe ich nicht«, gestand Allison. »Diese Wahl hatte ich nie. Ich war tot, und sie haben mein Leben gerettet. Nicht meinen Körper, aber mein Leben.«

»Ja, so ungefähr habe ich mir eine freie Wahl immer vorgestellt«, sagte ich spöttisch.

»Hätte ich damals schon gewusst, was ich heute weiß, dann hätte ich mich vielleicht freiwillig so entschieden«, sagte Allison, zögerte kurz und verbesserte sich dann mit einem nervösen Lächeln: »Oder nein, wahrscheinlich nicht, du hast recht. Aber es ist nun einmal, wie es ist. Und die einzige Alternative wäre gewesen …«

»Dich abzuschalten?«, unterbrach ich sie.

Etwas in Allisons Blick änderte sich, aber ich gab ihr keine Gelegenheit, noch etwas zu sagen, das ich nicht hören wollte, sondern stürmte hinaus.

# 21

»Sie sind ein verdammter Schwachkopf, Quinn!«, polterte Nikola. Obwohl er die Stimme dabei kaum hob, brachte er es fertig zu schreien, und dass es seinem Blick nicht gelang, mich bei lebendigem Leibe zu häuten, war schieres Glück. »Ich kann ja durchaus verstehen, dass Sie ein wenig verwirrt sind …«

»*Verwirrt?*«, ächzte ich.

»… aber das gibt Ihnen nicht das Recht, der armen jungen Frau derart zuzusetzen!«, schloss er völlig ungerührt.

»*Die arme junge Frau*«, antwortete ich jedes Wort betonend, »ist eine Maschine. Hätten Sie Probleme damit, Ihr Bügeleisen zu beleidigen?«

»Sie werden lachen, ja«, antwortete Nikola. »Und selbst wenn nicht, fände ich es ziemlich unpassend.« Er legte den Kopf schräg, um mich auf diese ganz bestimmte Art abfällig zu mustern, zu der von allen Menschen, die ich kannte, nur er imstande war. »Wenn Sie das wirklich glauben, Quinn, was regt Sie an dieser ganzen Geschichte dann eigentlich so auf? Mich würde es umgekehrt vollkommen kaltlassen, wenn mich mein *Bügeleisen* beleidigt, wie Sie es ausgedrückt haben.«

»Stellen Sie sich vor, darauf bin ich auch schon gekommen«, gab ich gereizt zurück. »Aber Sie …«

»Wenn ich die Herren bei ihrer kleinen Freizeitvergnügung vielleicht einmal kurz unterbrechen dürfte?«

Ohne Singh zu beachten, fuhr Nikola im oberlehrerhaften Ton fort: »Wenn Sie wirklich glauben, dass in dieser *Blechbüchse* rein gar nichts mehr von Miss Carter steckt, warum berührt es Sie dann so über die Maßen?«

»Eine wirklich interessante Frage«, antwortete Singh, bevor ich etwas sagen konnte. Zugleich baute er sich mit seiner beeindruckenden Statur zwischen Nikola und mir auf, womit er nicht nur den Blickkontakt zwischen uns unterbrach, sondern mich auch wenigstens für eine Weile vor dem schneidenden Wind abschirmte, der über das Deck des Unterwasserfahrzeuges strich.

»Und ich kann Ihnen versichern, dass Miss Carter um vieles mehr Mensch ist als so mancher, der das von sich behauptet.«

Wie durch Zufall – der es bestimmt nicht war – machte er einen halben Schritt zur Seite, sodass ich nicht nur erschrocken zurückprallte, sondern auch ganz automatisch die Arme nach beiden Seiten ausstreckte, um mein Gleichgewicht zu bewahren – obwohl das nicht nötig war. Wir standen unmittelbar vor dem glotzäugigen Turm des Unterwasserfahrzeugs, und die grauen Fluten des Atlantiks waren in beiden Richtungen so weit entfernt, dass ich schon mehrmals hintereinander der Länge nach hätte hinschlagen müssen, um ihnen auch nur nahe zu kommen. Dennoch musste ich für eine halbe Sekunde so intensiv gegen das Bedürfnis ankämpfen, mich auf die Knie fallen zu lassen, dass es Singh unmöglich verborgen bleiben konnte. In seinen Augen blitzte es auch prompt spöttisch auf, aber er behielt jedweden Kommentar für sich. Wahrscheinlich war er diese Reaktion gewöhnt.

»Ich werde das nur einmal sagen«, fuhr er fort, nachdem ich zwar nicht meine Würde, wohl aber mein Gleichgewicht zurückerlangt hatte. »Wenn Sie weiter für Ärger oder auch nur für ein schlechtes Karma an Bord sorgen, dann finden Sie sich ganz schnell in Ihrem Quartier wieder, und ich lasse Sie erst wieder raus, wenn wir irgendeine von Gott und den Menschen vergessene Küste erreicht haben, an der ich Sie aussetzen kann. Habe ich mich verständlich ausgedrückt?«

Gewiss nicht unabsichtlich ließ er offen, wen von uns (oder ob womöglich beide) er meinte, und sowohl Nikola als auch ich hüteten uns zu widersprechen. Obwohl ich in den knapp zwei Tagen, die ich nun an Bord war, relativ wenig Kontakt zur Besatzung des Schiffes gehabt hatte, war mir aufgefallen, dass Singh seine Mannschaft in der Art eines ebenso gütigen wie strengen Vaters führte, wobei die Betonung allerdings eindeutig auf *streng* lag. Ich hatte nicht einmal erlebt, dass einer seiner Männer ihm widersprochen hätte, nicht einmal mit einem Blick oder einer angedeuteten Miene, und ich begann allmählich zu begreifen, warum das so war.

Singh bedachte uns nacheinander mit einem abschließenden strengen Blick, kam dann wohl endlich für sich zu dem Schluss, seine Autorität ausreichend unter Beweis gestellt zu haben, und wechselte das Thema, indem er den Arm ausstreckte und mit den Fingerknöcheln gegen das mannsgroße Bullauge klopfte, das hinter uns in die Höhe ragte. So dick, wie das Glas war (wenn es sich denn um Glas handelte, nicht einmal dessen war ich mir ganz sicher), war nicht der mindeste Laut zu hören, doch kurz darauf wurde das Turmluk über uns geöffnet.

Zwei von Singhs Männern kletterten zu uns herab, dicht gefolgt von Mulligan, Tanner und schließlich Allison. Abgesehen von Letzterer trugen jetzt alle die weißen Bordanzüge – selbst Mulligan, was angesichts seiner gedrungenen Statur eher komisch wirkte –, während Allison wieder in ihr geblümtes Sommerkleid gehüllt war, das im Gegensatz zum letzten Mal im eisigen Atlantikwind flatterte. Der Anblick versetzte mir einen tiefen Stich, was ihr offensichtlich nicht verborgen blieb, denn als sie das Deck erreichte, trug sie die allgegenwärtige weiße Bordmontur, nur mit einem Kopftuch statt eines violetten Turbans. Diese ständigen Verwandlungen zerrten an meinen Nerven.

Singh nahm einen Feldstecher vom Hals, gab ihn Nikola und deutete zugleich mit der anderen Hand nach Westen. »Zwei Strich Backbord.«

Zumindest Nikola schien das etwas zu sagen, denn er setzte den Feldstecher an und schwenkte ihn ein kleines Stück herum. Singhs Matrosen händigten Mulligan und mir ebenfalls Feldstecher aus, während Allison und Tanner mit bloßem Auge in dieselbe Richtung starrten.

Nach einigem Herumgewackel bemerkte ich schließlich, was Singh uns hatte zeigen wollen. Jedenfalls nahm ich es an. Sehr weit entfernt, kaum mehr als ein Staubkorn am Horizont und nur sichtbar, wenn man die drei schwarzen Rauchwolken bis zu ihrem Ursprung zurückverfolgte.

»Die *Titanic*?«, fragte Nikola. Er klang ein bisschen nervös.

»Ein deutliches Stück weiter im Westen, als ich erwartet hätte«, bestätigte Singh. »Sie haben recht. Dieses Schiff *ist* schnell.«

»Aber wir holen es ein?«, fragte Nikola.

»Innerhalb einer Stunde, wenn es sein muss«, bestätigte Singh. »Aber wir warten bis nach Sonnenuntergang. Eine ganze Weile nach Sonnenuntergang.«

»Warum?«, fragte Nikola.

»Der Meeresboden«, antwortete Allison an Singhs Stelle. »Hier ist es noch nicht tief genug.«

»Und es gibt noch einen anderen Grund«, fügte Singh hinzu. »Sehen Sie.«

Mir blieb gerade noch Zeit genug, verwirrt die Stirn in Falten zu legen, als etwas Seltsames geschah: Der Feldstecher in meinen Händen begann zu vibrieren, ganz sacht nur, aber hartnäckig und vor allem in eine bestimmte Richtung. Langsam, aber beharrlich wurde mein Blick in eine bestimmte Richtung gelenkt, bis er an etwas sehr Großem und Weißem hängen blieb, das noch ein gutes Stück hinter der *Titanic* auf dem Horizont thronte. Nikola und Mulligan sogen erstaunt die Luft zwischen den Zähnen ein und bewiesen, dass es ihnen wohl ebenso ergangen war.

»Das ist ein wirklich ganz erstaunliches Instrument«, sagte Nikola denn auch prompt.

»Ein Geschenk von Miss Carter und Ihrer Freunde«, sagte Singh. »Aber das ist es nicht, was ich Ihnen zeigen möchte. Der Eisberg.«

»Was ist damit?«, fragte Nikola, der plötzlich gar nicht mehr begeistert klang, sondern alarmiert.

»Es muss einen Grund geben.« Singh machte eine kleine schnelle Handbewegung. »Ich kann nicht zulassen, dass die Welt von etwas völlig Fremdem und Bösem übernommen wird. Deswegen muss ich alles tun, um zu verhindern, dass der Wahnsinn weitergeht. Und das werde ich. Egal welche Opfer es kostet. Oder mit wem auch immer ich mich dafür verbünden muss.«

»Einen Grund wofür?« Ich war nicht einmal sicher, ob es wirklich meine Stimme war, die diese Frage stellte.

»Für den Untergang der *Titanic*«, antwortete Allison. »Und deswegen haben wir dafür gesorgt, dass das Schiff am fünften Tag seiner Reise einen ganz bestimmten Kurs einschlagen wird.«

»Dafür gesorgt?« Nikolas Stimme überschlug sich fast. »Haben Sie etwa in meine Navigationsanlage eingegriffen?«

Allison lächelte traurig. »Es würde zu weit führen, die Einzelheiten zu erklären.«

»Alles, was wir wissen müssen«, ergänzte Singh, »ist, dass der Kurs direkt zu einem Eisberg führt, den wir vorher für unsere Zwecke ausgesucht haben. Denn wenn die Überlebenden aussagen, das Schiff sei vollkommen grundlos untergegangen, werden Fragen gestellt. Unbequeme Fragen, die niemand braucht.«

Es dauerte einen Moment, bis ich wirklich begriff, was ich da gerade gehört hatte. Und ich war nicht der Einzige, der den Feldstecher sinken ließ und Singh mit offenem Mund anstarrte.

»Überlebende?«, vergewisserte sich auch Nikola.

»Falls es welche gibt«, antwortete Allison an Singhs Stelle. »Niemand weiß, wie es dort aussieht. Vielleicht hat der Hive bereits jeden an Bord übernommen, aber es könnte auch noch Menschen geben, die wir retten können.«

»Überlebende?«, fragte Nikola noch einmal.

»Das heißt, wir werden sie aufnehmen?«, fragte ich hoffnungsvoll. »Wir …?«

»Nein«, unterbrach mich Singh.

Schon der Klang dieses einen Wortes hätte mir klarmachen müssen, wie sinnlos jedweder Widerspruch war, aber ich versuchte es trotzdem.

»Dieses Schiff ist so groß, dass …!«

»Niemand bekommt dieses Schiff zu Gesicht«, sagte Singh kalt. »Auch Sie und Ihre Freunde sind nur hier, weil Miss Carter sich für Sie verbürgt hat.«

»Aber dieses Schiff könnte Hunderten von Überlebenden Platz bieten!«, beharrte ich.

Singh schien meine Worte gar nicht zu hören. »Lassen Sie mich nicht bereuen, mich darauf eingelassen zu haben«, sagte er, wartete einen weiteren Moment – diesmal vergebens – auf eine Antwort und drehte sich dann mit einem Ruck weg.

Ich konnte hören, wie schnell und leichtfüßig dieser so große Mann die eiserne Leiter der anderen Seite des Turms hinabturnte.

Seine Männer folgten ihm, und Tanner wartete, bis auch der Letzte im Inneren des Schiffes verschwunden war, bevor er mich ernst ansah und mit dazu passender Stimme sagte: »Sie sollten ihn nicht reizen, Mister Devlin. Es hat lange gedauert, bis wir sein Vertrauen errungen haben. Verspielen Sie es nicht leichtfertig.«

»Weil er sonst alle Luken schließen und tauchen lässt, ohne uns vorher an Bord zu nehmen?«, fragte ich böse.

»Glauben Sie mir, er würde keine Sekunde zögern, ganz genau das zu tun, wenn er es für nötig hält«, erwiderte Tanner ernst. »Kein Außenstehender wird dieses Schiff jemals zu Gesicht bekommen.«

»Aber wir sind Hunderte von Meilen von der nächsten Küste entfernt!«, gab Nikola zu bedenken.

»Fast vierhundert Meilen südwestlich von Neufundland«, bestätigte Tanner.

»Das schafft kein Rettungsboot der Welt«, sagte Nikola. »Nicht bei diesen Temperaturen!«

»Und das muss es auch nicht«, sagte Allison. »Ich habe Kontakt mit der *Carpathia* aufgenommen. Sie ist bereits auf dem Weg hierher, wird allerdings frühestens morgen nach Sonnenaufgang eintreffen. Also liegt es an uns, an Bord zu gehen und so viele Leben zu retten, wie wir können.«

»An Bord gehen?«, wiederholte Mulligan verdutzt.

»Nur Tanner und ich«, schränkte Allison ein. »Für euch wäre das viel zu ge…«

»Wir kommen mit«, sagte ich entschlossen.

»Es könnte wirklich gefährlich werden«, sagte Tanner.

»Ich komme mit«, beharrte ich.

Mulligan grummelte irgendetwas, von dem ich einfach einmal voraussetzte, dass es eine Bestätigung war, und nach einer Pause, die für meinen Geschmack eindeutig zu lang ausfiel, sagte Nikola: »Ich auch. Wir begleiten Sie.«

Tanner seufzte. Er wirkte aus irgendeinem Grund enttäuscht, doch Allison reagierte keineswegs so, wie ich es mir gewünscht hätte, sondern sah mich traurig an. Schließlich nickte sie knapp.

»Dann solltet ihr in eure Unterkünfte gehen und euch noch ein wenig ausruhen«, sagte sie. »Uns steht eine sehr anstrengende Nacht bevor.«

Sie hatte in diesem Moment keine Ahnung, wie recht sie damit haben sollte.

# 22

Einer der zuverlässigsten Wege, sich wach zu halten, besteht zweifellos darin, mit möglichst großer Konzentration einschlafen zu wollen, wovon ich mich während des restlichen Tages selbst überzeugen konnte. Weder Allison noch Tanner hatten sich die Mühe gemacht, uns zu erklären, wie wir an Bord des Ozeanriesen gelangen würden. Ich war darüber nicht einmal besonders böse gewesen, hatte ich doch das Gefühl, dass mir die Antwort nicht gefallen würde. Was natürlich nichts daran änderte, dass ich mir ohne Unterlass den Kopf genau über diese Frage zerbrach.

Den ersten Hinweis lieferte mir einer der Matrosen, der nach einer gefühlten Ewigkeit zu mir kam und mir einen der schwarzen Unterwasseranzüge brachte. Mit wenig Hilfe, dafür aber ermuntert durch seine spöttischen Blicke quälte ich mich hinein und folgte ihm, noch ohne Helm, den Tornister und die riesigen Schwimmflossen in der Hand, um nicht über meine eigenen Füße zu stolpern. Nach einer kurzen Einweisung in die Funktionen des Taucheranzugs ging es nach oben in den Turm, den oberen Kommandostand von Singhs rätselhaftem Unterwasserboot, der wahrscheinlich speziell für Operationen wie diese ausgelegt war.

Natürlich kam ich einmal mehr als Letzter an. Sowohl Nikola und Mulligan als auch Tanner und Allison trugen schwarze Gummianzüge. Wie der Steuermann, der am Ruder stand, sahen sie konzentriert in die Dunkelheit jenseits der riesigen Fenster hinaus. Zuerst erschien sie mir absolut, doch dann meinte ich, einen geisterhaften Schemen irgendwo am Rande des Sichtbaren wahrzunehmen. Ich strengte meine Augen an, bis sie zu schmerzen begannen, aber es nutzte nichts.

»Bist du bereit?«, begrüßte mich Allison.

»Immer«, antwortete ich finster. »So bereit, wie es nur geht … wofür?«

Allison konnte sich eines flüchtigen Kräuselns der Lippen nicht ganz erwehren, während Nikola schon wieder ganz so aussah, als wollte er sich jeden Moment auf mich stürzen. Ich wollte nicht ausschließen, dass es noch immer der Einfluss der *Tiefen Wesen* war, der uns beide so reizbar und ungenießbar machte. In jedem Fall war diese Gemütslage vollkommen untypisch für uns.

»Sie sollten sich helfen lassen, Mister Devlin«, sagte Tanner, dem meine düsteren Gedanken offensichtlich nicht entgangen waren.

»Helfen?«

»Ich könnte sie von dem verderblichen Einfluss der Tiefen befreien.«

*Verderblichen Einfluss*. Ich bezweifelte, dass der Mann, der Tanner einmal gewesen war, diese Formulierung benutzt hätte, hätte er sie gekannt.

»Mir haben sie geholfen«, sagte Mulligan. Ich sah ihn überrascht an.

»Mein Fuß«, erinnerte Mulligan. »Eine einzige Berührung, und mein verstauchter Knöchel war geheilt.«

Nikola blickte fragend von einem zum anderen, doch Allison schüttelte traurig den Kopf. »Quinn fürchtet wohl, ich könnte ihn irgendwie beeinflussen. Habe ich recht?«

Statt zu antworten deutete ich mit einer Kopfbewegung auf die schweren Messinghelme und Tornister, die am Boden zwischen uns aufgereiht waren. »Kann mir jemand zeigen, wie man diese Dinger anlegt?«

»Ich kann Ihnen sogar zeigen, wie man darin atmet, was sich möglicherweise als recht nützlich erweisen könnte«, spottete Tanner.

Ich versuchte angestrengt, ihn mit Blicken aufzuspießen, sah schließlich ein, dass es nicht funktionieren würde, und nickte. Tanner zeigte nicht nur mir, sondern auch den beiden anderen, wie man die schweren Tornister und Helme anlegte, die verschiedenen Anschlüsse miteinander verband und wie die komplizierten Bedienelemente funktionierten. Wohl hauptsächlich zu Nikolas Verdruss stellte sich ausgerechnet Mulligan dabei mit Abstand am geschicktesten an, doch nach dem dritten Trockendurchlauf traute auch ich mir zu, zumindest für eine kurze Zeit mit dem Anzug zurechtzukommen.

Tanner bedeutete uns die Helme abzunehmen und wartete, bis wir seiner Aufforderung nachgekommen waren. Er richtete auch dann das Wort nicht sofort an uns, sondern nickte dem Mann am Ruder knapp zu, woraufhin dieser den Raum durch die rückwärtige, schmale Tür verließ und zu meiner Beunruhigung den zweiten Matrosen, der mich hierherauf gebracht hatte, mitnahm. Tanner folgte ihm und legte die Hand auf das schwere Stellrad, schloss es aber noch nicht, sondern sah uns der Reihe nach ernst an.

»Wenn ich diese Tür schließe, gibt es kein Zurück mehr«, sagte er. »Niemand muss befürchten, als Feigling dazustehen, wenn er sich doch entschließt, hier an Bord zu bleiben.«

»Das hat ja auch niemand vor«, sagte Nikola.

Tanner sah vor allem mich durchdringend an, bekam genau die Antwort, die eine solche Bemerkung verdient hatte – nämlich gar keine –, und schloss die Tür. Selbst ihn kostete es sichtliche Anstrengung, das schwere Handrad so lange zu drehen, bis es mit einem hellen Zischen einrastete. Ich bekam leichte Ohrenschmerzen, und das sowieso schon unangenehme Pfeifgeräusch, das mir als Erinnerung an den Geschützdonner geblieben war, verstärkte sich. Auch Mulligan zog eine Grimasse.

Das Maschinengeräusch unter unseren Füßen veränderte sich, und wir konnten spüren, wie das Schiff weitertauchte. Der Schemen draußen vor den Fenstern kam näher, war aber immer noch nicht wirklich zu erkennen.

Eben wollte ich eine entsprechende Frage stellen, als etwas nachgerade Bizarres geschah: Ein einzelner, sehr tiefer Ton erklang, steigerte sich zu einem vibrierenden Dröhnen und bekam Gesellschaft von einem zweiten und dritten Laut. Schließlich wurde es zu einer Art Melodie, die nicht an Lautstärke, dafür rasch an Intensität zunahm. Sie kam mir sogar vage bekannt vor, ohne dass ich sie genau einordnen konnte.

»Was ist das?«, fragte Mulligan beunruhigt.

»Singh«, antwortete Tanner. »Er spielt auf seiner Orgel. Das tut er immer, bevor er angreift.«

Ich hütete mich, mir anmerken zu lassen, was ich von dieser Eröffnung hielt, aber die Blicke, die Mulligan und Nikola tauschten, machten mir klar, dass es ihnen wohl genauso erging. Wirklich normal erschien mir ein solches Ritual jedenfalls nicht. Aber was konnte man schon von einem Mann erwarten, der – hoffentlich aus gutem Grund – dazu ansetzte, das luxuriöseste Schiff der Welt mit Tausenden von Passagieren an Bord zu versenken, ohne sicherzugehen, dass die Menschen unter ihnen auch wirklich gerettet wurden?

Ich machte mich daran, meinen Helm aufzusetzen, doch Tanner bedeutete mir mit einem angedeuteten Kopfschütteln, noch zu warten. »Noch nicht.«

»Ich dachte, der Luftvorrat reicht ewig?«

Tanner lächelte. »Das schon, aber Sie werden jede Minute genießen, die Sie ihn nicht tragen müssen«, behauptete er nicht unbedingt zu meiner Beruhigung. »Sehen Sie!«

Während unserer kurzen Unterhaltung hatten wir uns dem weißen Schemen draußen noch weiter genähert, und endlich konnte ich erkennen, was es war: eine kolossale zerschrundene Wand, die scheinbar unmittelbar vor uns aus dem Meeresgrund wuchs und bis zur Wasseroberfläche und weiter hinaufreichen musste. Ich erinnerte mich plötzlich, irgendwann einmal gelesen zu haben, dass sich der allergrößte Teil eines Eisberges unsichtbar unter Wasser verbirgt. Damals hatte ich diese Information als allerhöchstens interessant empfunden. Jetzt machte sie mir plötzlich Angst.

Und trotzdem: »Und Sie glauben wirklich, dass ein Eisberg einem Koloss wie der *Titanic* gefährlich werden könnte?«

Tanner schmunzelte. »Nein.«

»Aber warum ...?«

»Sehen Sie zu.«

Und genau das taten wir. Mit klopfenden Herzen traten wir an die beiden mannshohen runden Bullaugen. Mit jedem Augenblick, der verging, schüchterte mich der Anblick der Unterwasserklippe weiter ein, mein Atem ging schneller, und meinem Blick fiel es zunehmend schwerer, an der zerklüfteten weißen Wand Halt zu finden, sodass mir beinahe zu schwindeln begann. Dann sah ich es: Ein gutes Stück hinter dem Eisberg erschien ein Schatten im Wasser, noch unscharf und ohne wirkliche Form, auf seine Weise aber ebenso kolossal und bedrohlich wie die schwimmende Riesenscholle. Das musste die *Titanic* sein. Mein Herz raste, und mein Mund war mit einem Mal so trocken, dass ich das Gefühl hatte, kaum noch richtig atmen zu können.

»Setzt eure Helme auf«, befahl Tanner.

Wir gehorchten, und Tanner kontrollierte pedantisch jeden einzelnen Anschluss und jede Dichtung. Ich registrierte es kaum, sondern starrte abwechselnd die weiße Klippe und den näher kommenden Umriss der *Titanic* an. Bisher hatten wir nur darüber gesprochen, Zeugen von nichts anderem als einem Massenmord zu werden. Nun aber würden wir es *sehen*, und es spielte überhaupt keine Rolle, ob es unsere Schuld, die irgendeines anderen oder schiere Willkür des Schicksals war. Das Entsetzen schnürte mir die Kehle zu, und dass mein Verstand mir klarzumachen versuchte, dass die allermeisten Menschen an Bord dieses Schiffes vermutlich schon längst tot waren (wenn nicht alle), machte es keinen Deut besser.

Am Bug des Unterwasserschiffes flammten jetzt zwei starke Scheinwerfer auf, deren Strahlen wie Speere aus reinem weißem Licht durch das Meer stachen und über den Rumpf der *Titanic* strichen. Obwohl erst seit wenigen Monaten überhaupt im Wasser, war der Rumpf des Schiffes bereits dick mit Muscheln und anderen Ablagerungen verkrustet, die im Licht der starken Scheinwerfer wie vielfarbige Edelsteine funkelten.

»Sucht irgendwo Halt«, sagte Tanner, und ich gehorchte hastig, ebenso wie Mulligan und Nikola, während Allison und er selbst gelassen stehen blieben, als wollten sie sicherstellen, dass wir keine Sekunde lang vergaßen, was sie wirklich waren.

Schon im nächsten Moment kollidierte der Eisberg mit solcher Wucht mit der *Titanic*, dass sich das ganze Schiff ein gutes Stück auf die Seite legte. Hausgroße Brocken der weißen Klippe brachen ab und stoben in alle Richtungen davon, bevor sie der Wasseroberfläche entgegenzutaumeln begannen. Obwohl sich alles in vollkommener Lautlosigkeit abspielte, bildete ich mir nicht nur ein, das gewaltige Dröhnen zu hören, mit dem eine Million Tonnen Eis gegen kaum weniger Tonnen Stahl prallten, sondern auch die entsetzten Schreie der Passagiere an Bord, als ihr Schiff getroffen wurde. Weitere größere Eisbrocken lösten sich von der weißen Klippe und wirbelten davon oder schlugen wie Bomben durch die Wasseroberfläche und zogen silberne Vorhänge aus kochenden Luftblasen hinter sich her, während sie in die Tiefe sanken.

»Nicht erschrecken«, erklang Tanners Stimme in meinem Helm. Er hatte uns ausgiebig vorbereitet und uns auch im Detail erklärt, was geschehen würde, doch worauf er uns nicht vorbereitet hatte, war, wie *kalt* das Wasser war, das plötzlich aus Dutzenden verborgener Öffnungen im Boden strömte. Binnen einiger weniger Augenblicke reichte es uns bis an die Knie, dann zu den Hüften und schließlich bis zu Schultern und Helmen. Für die Dauer von zwei oder drei Herzschlägen sah ich nur sprudelnde silberfarbene Luftblasen und war so gut wie blind, dann stieg der Wasserspiegel weiter, und ich konnte wieder sehen.

Dafür schlug die Panik zu. Ich atmete, hatte aber trotzdem das Gefühl zu ersticken, eingesperrt in einen hautengen Anzug aus Gummi und schwerem Metall, und plötzlich war da ein unsichtbarer eiserner Ring um meine Brust, der sich mit jedem einzelnen qualvollen Atemzug noch enger zusammenzog und mich zu ersticken drohte. Ich hatte eigentlich noch nie an Klaustrophobie gelitten, aber ich war auch noch nie zuvor in einer winzigen Stahlkammer eingeschlossen gewesen, die rasend schnell mit eisigem Wasser geflutet wurde.

Das Schiff machte einen regelrechten Satz nach vorne, sodass ich mich mit noch mehr Kraft an dem zurzeit deaktivierten Steuerrad festklammerte. Ich sah, wie der Eisberg durch die Wucht des Zusammenpralls von der *Titanic* wegtrieb und das Unterwasserboot sich dem gewaltigen Schiff nun dafür umso schneller näherte. Was hatte dieser Irre vor? Wollte er die *Titanic* etwa *rammen*?

Wie es aussah, lautete die Antwort ganz eindeutig *Ja*, denn wie als Reaktion auf mein entsetztes Keuchen beschleunigte das Unterwasserfahrzeug noch einmal. Zugleich beobachtete ich etwas ganz und gar Unglaubliches: Der eiserne Zackenkamm auf dem Rücken des Schiffes faltete sich auseinander und stellte sich weiter auf. Plötzlich erinnerte er ganz und gar nicht mehr an bloßen Zierrat, sondern an eine gezackte Sägeklinge, die das Wasser so vehement teilte, dass nicht einmal eine einzige Luftblase entstand. Mit ungeheurer Wucht kollidierten wir mit der *Titanic*, und diesmal gab der massive Stahl ihres Rumpfes nach.

Das Tauchboot schrammte nahezu auf ganzer Länge an der Flanke der *Titanic* entlang, und in den allgemeinen Lärm mischte sich ein neuer, grässlicher Laut: ein immer schriller werdendes Kreischen und Reißen, und ich meinte Funken sprühen und zerfetzte ... *Dinge* an den Fenstern vorüberwirbeln zu sehen. Ein anhaltendes Dröhnen und Krachen hob an, als hämmerten unsichtbare Riesenfäuste aus allen Richtungen zugleich auf den Rumpf unseres Schiffes ein, aber alles ging viel zu schnell, und ich war der Panik viel zu nahe, um Einzelheiten zu erkennen. Nach weniger als einer Minute war es auch schon wieder vorbei. Das Unterwasserfahrzeug schüttelte sich leicht, nahm sogar noch einmal mehr Fahrt auf und legte sich in eine lang gestreckte Kurve, sodass ich nun auch noch zusätzlich die Füße gegen den Boden stemmen musste, um nicht von denselbigen gerissen zu werden.

Der Lärm ebbte ein wenig ab, doch es wurde nicht wirklich leiser. Das Kreischen von zerreißendem Metall war zwar verstummt, doch dafür konnte ich nun hören, dass sich das summende Maschinengeräusch zu einem immer lauter werdenden

Dröhnen und Brüllen gesteigert hatte, laut genug, um in den Ohren zu schmerzen. Und auch die bizarre Orgelmusik war wieder da, und nun erkannte ich das Stück, das Singh tief unter uns spielte: Es war der Walkürenritt aus Wagners *Ring des Nibelungen*. Hätte ich es nicht insgeheim schon längst getan, dann hätte ich wohl spätestens jetzt damit angefangen, an seinem Verstand zu zweifeln.

Neben mir tat Tanner etwas höchst Seltsames: Ich war – ganz selbstverständlich – davon ausgegangen, dass er zur Luke hinaufschwimmen würde, doch stattdessen nahm er mit leicht gespreizten Beinen unter der Luke Aufstellung und verschränkte die Hände in Höhe seines Gürtels. Ihn solcherart als Räuberleiter missbrauchend stieg Allison auf seine Schultern, fand mit nahezu traumwandlerischer Sicherheit darauf Halt und griff nach der Luke über ihrem Kopf.

Währenddessen hatte das Tauchboot seinen Schwenk beendet. Als die beiden starken Scheinwerferstrahlen den Rumpf der *Titanic* erfassten, stockte mir der Atem. Was dem Eisberg nicht gelungen war, hatte das Tauchboot ohne Probleme vollbracht. Der Rumpf war nahezu auf ganzer Länge aufgeschlitzt, als wäre eine gigantische Kreissäge darübergefahren. Trümmerteile und ein unablässiger Strom silberfarbener Luftblasen quollen aus dem gewaltigen Riss, und während wir näher kamen und dabei zugleich rasant an Tempo verloren, sah ich etwas durch und durch Unheimliches: Außer Trümmern und einer Unzahl sprudelnder Luftblasen wurde auch eine Vielzahl menschlicher Körper aus dem Riss gesogen. Doch statt wie alles andere einfach umhergewirbelt zu werden, sanken sie wie Steine in die Tiefe und waren binnen Sekunden aus dem Scheinwerferlicht verschwunden.

»Macht euch bereit«, drang Tanners Stimme in meine Gedanken. »Wir haben eine Minute!«

Ich hob mit einem Ruck den Kopf und sah gerade noch, wie Allison durch die offene Luke verschwand. Nur einen Augenblick später griffen ihre Hände nach unten, schlossen sich um Tanners Handgelenke und zogen ihn mühelos hoch.

Jetzt stieß sich Mulligan mit einer kraftvollen Bewegung ab, paddelte ebenso tollpatschig wie schnell nach oben und verschwand durch die Luke. Ich folgte wie üblich als Letzter (und Langsamster), aber immerhin deutlich eleganter als Nikola und er. Für ein paar Sekunden war ich nicht nur blind, sondern vollkommen orientierungslos, und mein alter Weggefährte Panik ließ sich die Gelegenheit natürlich nicht entgehen, sich sofort wieder auf mich zu stürzen. Doch bevor er mich überwältigen konnte, hatten sich zwei fast übermenschlich starke Hände um meine Unterarme geschlossen und mich mit einem Ruck aus dem Wasser gezerrt. Spritzender Schaum lief an der Glasscheibe vor meinem Gesicht herab. Endlich konnte ich wieder atmen und sog mit einem halb erstickten, krächzenden Schrei die Lungen voller Luft. Dieselben Hände, die mich gerade an die rettende Wasseroberfläche gezerrt hatten, packten mich nun bei den Schultern und schüttelten mich so derb, dass meine Zähne aufeinanderschlugen und meine Stirn gegen die Innenseite des Helms prallte.

»Quinn, verdammt noch mal, reiß dich zusammen!«

Allisons Stimme brachte mich endgültig in die Wirklichkeit zurück, und plötzlich hörte ich nicht nur das Zischen des Sauerstoffs, der aus dem Tornister auf meinem Rücken in meinen Helm strömte, sondern begegnete auch dem fast beschwörenden Blick ihrer Augen. »Du kannst atmen, verstehst du?«, hörte ich ihre Stimme in dem Helmlautsprecher, rau und verzerrt, aber hinreichend gut verständlich. »Das konntest du die ganze Zeit!«

Als ob ich das nicht gewusst hätte! Aber manchmal erweist

sich die Macht der Einbildung einfach als stärker als die Logik.

»Ist alles in Ordnung?«

Ich nickte, doch spätestens als Allison meine Schultern losließ und ihr Gesicht nicht mehr mein komplettes Sichtfeld ausfüllte, kamen mir doch Zweifel am Wahrheitsgehalt dieser Behauptung.

Wie es schien, waren wir direkt in der Hölle gelandet.

Der Turm des Unterwasserschiffes hatte den zollstarken Stahl des Schiffsrumpfes durchschlagen wie dünnes Papier und den Schaden noch einmal merklich vergrößert, als er sich wieder zurückgezogen hatte. Das Ergebnis war ein sprudelnder weißer Geysir, von dessen Rand mich Allison rücksichtslos wegzerrte. Das Wasser explodierte regelrecht ins Innere des Schiffes.

Wahrscheinlich war es einzig Allisons übermenschliche Kraft, die mich rettete, denn sie schaffte mich durch einen brodelnden Strom, der mich ohne ihre Hilfe einfach von den Füßen und mit sich gerissen hätte, um mich am nächstbesten Hindernis zu zerschmettern. Nicht weit vor uns stampften zwei weitere Gestalten in nassem Schwarz und glänzendem Messing durch das hüfthohe Wasser – Mulligan und Nikola, wie ich an der Gestalt des einen und dem ungeschickten Stolpern des anderen unschwer erkannte –, während von Tanner nichts zu sehen war. Aber um ihn musste ich mir wohl die wenigsten Sorgen machen.

Allison stieß mich auf eine nackte Metalltreppe zu, die in einem unglaublich steilen Winkel in die Höhe führte – ein Anblick, der mir unter normalen Umständen Herzrasen beschert hätte, doch jetzt konnte ich Mulligan und Nikola die schmalen Stufen hinauf gar nicht schnell genug folgen. Erst auf halber Höhe hielten wir an – vermutlich um auf Tanner zu warten, von dem noch immer nichts zu sehen war –, und ich bekam Gelegenheit zu einem ersten, hastigen Blick in die Runde.

Wir waren in einer großen, scheinbar leeren Halle herausgekommen, in der nur einige wenige elektrische Lampen brannten, die nacheinander in einer Reihe Funken sprühender, zischender Kurzschlüsse erloschen. Irgendwo im Hintergrund des großen Raumes meinte ich die Umrisse gewaltiger Maschinen auszumachen, konnte aber nicht sicher sein, ob mir meine Sinne nicht – wieder einmal – einen Streich spielten.

Allison forderte uns auf weiterzugehen, denn das Wasser stieg unaufhaltsam höher. Erst nahezu unter der Decke und somit in guten zwanzig Fuß Höhe angekommen, wurde Allison langsamer und signalisierte uns schließlich wortlos, anzuhalten und auf sie zu warten. Mit der gewohnten Mühelosigkeit öffnete sie die schwere Metalltür am oberen Ende der Treppe und schlüpfte hindurch, und in dem winzigen Moment, den sie dafür brauchte, drangen flackernder roter Lichtschein und ein Chor chaotischer Geräusche zu uns herein. Vielleicht war ich mit meiner ersten Einschätzung, direkt in der Hölle gelandet zu sein, doch ein bisschen vorschnell gewesen. Vielleicht wartete sie ja hinter dieser Tür auf uns.

Allison kehrte nach wenigen Augenblicken zurück und winkte uns mit beiden Armen zu, ihr zu folgen.

»Und Tanner?«, fragte Nikola, der sich gehorsam in Bewegung setzte.

»Er ist schon vorausgegangen«, antwortete Allison ausweichend. »Beeilt euch! Hier steht gleich alles unter Wasser, und dann solltet ihr nicht mehr hier sein!«

Nicht dass dieser Hinweis noch notwendig gewesen wäre! Das Wasser hatte bereits Schulterhöhe erreicht und stieg sprudelnd höher. Ich meinte zu spüren, wie das gesamte Schiff unter dem Gewicht der eindringenden Wassermassen zu ächzen begann. Etwas lief hier ganz und gar nicht wie vorgesehen, dessen war ich mir plötzlich sicher.

Und das alles war nichts gegen das, was uns erwartete, als wir Allison folgten und sie die Tür hinter uns schloss. Dieses Mal erkannte ich immerhin, wo wir waren – was möglicherweise daran lag, dass ich schon einmal hier gewesen war –, aber das machte die Sache nicht besser, schon weil der gigantische Eisendom ausnahmslos unangenehme Erinnerungen in mir weckte.

Ich hatte mich nicht getäuscht, was das rote Flackerlicht anging: Es *war* Feuerschein, der aus gleich mehreren offen stehenden Brennkammern drang, mit denen die gewaltigen Dampfkessel über unseren Köpfen beheizt wurden. Dort drinnen war ich schon einmal gewesen, sowohl in den riesigen Kohle verschlingenden Öfen als auch in den vermeintlichen Dampfkesseln, und allein die Erinnerung an das aus unzähligen unterschiedlichen Metallkreaturen bestehende Gespinst, das mich dort vor einem Jahr beinahe eingewoben hatte, war beinahe mehr, als ich ertrug.

Sicherlich lag das mit daran, dass der aktuelle Anblick einfach nur ... *bizarr* war.

Dieser Teil des Schiffes war zumindest bisher ohne äußere Beschädigungen davongekommen, sah man von dem einen oder anderen zusammengebrochenen Kohlestapel oder herumgeschleuderten Werkzeug ab. Aber aus einem der Öfen war eine lodernde Lawine aus rot und weiß glühenden Kohlen herausgerutscht, als das Schiff mit dem Eisberg (oder dem, was die Leute an Bord dafür halten mochten) kollidiert war, und hatte sich unverzüglich darangemacht, alles Erreichbare in seiner Nähe in Brand zu setzen, darunter auch die Hosenbeine eines der Heizer, und spätestens da büßte der Anblick den letzten Anschein von Normalität ein.

Mindestens ein Dutzend Heizer versuchte das Feuer mit Schaufeln und Eimern voller Löschsand unter Kontrolle zu halten und zu ersticken. Dabei gingen sie mit einer ganz und gar unnatürlichen Präzision und Ruhe zu Werke. Selbst der Mann, dessen Hosensäume Feuer gefangen hatten, schien sich kaum darum zu kümmern, sondern unterbrach seine Arbeit gerade lange genug, um die Flammen mit bloßen Händen auszuschlagen und sie so daran zu hindern, sich über seine gesamte Kleidung auszubreiten.

»Wenn das Neumänner sind, dann sind die aber selten dämlich«, murmelte Mulligan.

Unter dem schweren Helm war seine Stimme vollkommen unhörbar, aber er hatte sie trotzdem zu einem Flüstern gesenkt, in dem die Furcht trotz der mangelhaften Qualität der technischen Übertragung nicht zu überhören war.

»Sie sind nicht dämlich«, widersprach Allison. Auch sie hatte die Stimme zu einem Flüstern gesenkt, obwohl sie doch eigentlich von uns allen am besten wissen sollte, wie unnötig das war. »Sie sind nur nicht mehr als Arbeitsbienen, die ihrem Programm folgen.«

»Also nicht selbstbestimmt?«, fragte Nikola.

»Nicht in dem Maße wie Tanner oder ich«, bestätigte Allison. »Wir sind nicht alle gleich, nicht aus denselben Materialien geschaffen, nicht mit denselben Entscheidungsmöglichkeiten ausgestattet.«

»Zumindest Letzteres klingt ja fast menschlich«, meinte Nikola.

»Könntet ihr vielleicht eure philosophische Diskussion ein anderes Mal fortsetzen?«, zischte ich.

»Du hast recht«, flüsterte Allison. »Wenn es Überlebende gibt, dann weiter oben. Wir müssen weiter.«

Ihre Stimme war zumindest bei diesen Worten so ausdruckslos wie die einer Maschine (die sie ja auch war), was mir erneut einen eisigen Schauer über den Rücken laufen ließ. Vielleicht war es ja ein Fehler gewesen, überhaupt herzukommen. Was, wenn Tanner und sie uns gar nicht mitgenommen hatten, um nach Überlebenden zu suchen, sondern um keine lästigen Zeugen zurückzulassen? Wer sagte mir denn, dass es die *Carpathia* überhaupt noch gab? Was, wenn unser geheimnisvoller Verbündeter es nicht dabei belassen hatte, den Männern an Bord der Fregatte ihre Erinnerungen zu nehmen, sondern das Schiff gleich mit Mann und Maus …?

Ich spürte, wohin dieser Gedanke mich locken wollte, und brach ihn mit einiger Anstrengung ab. Selbst wenn es so war, wäre es viel zu spät, um noch irgendetwas zu ändern.

Außerdem wollte ich das nicht glauben.

»Folgt mir«, fuhr Allison fort. »Bewegt euch ganz normal. Nicht rennen – es sei denn, ich tue es.«

Den Sinn verstand ich, als wir uns hinter ihr aufreihten und den Rest der Heizer sahen, die ihrer gewohnten Beschäftigung nachgingen, als wäre es das Normalste der Welt. Männer schaufelten Kohlen in offen stehende Luken, hinter denen das Inferno loderte, brachten Nachschub in großen Schubkarren oder waren mit anderen Dingen beschäftigt, deren Sinn sich mir in dieser Situation nicht erschloss.

Niemand nahm auch nur Notiz von uns, obwohl uns der eine oder andere nahe genug kam, um uns mit ausgestreckten Armen berühren zu können. Den Anblick als *gespenstisch* zu bezeichnen wäre ihm nicht gerecht geworden. Aber wir hatten auch Allisons Warnung nicht vergessen, so wenig wie das, was wir das letzte Mal erlebt hatten, als wir hier unten gewesen waren. Auch wenn die *Titanic* da noch auf dem Trockendeck in Belfast gelegen hatte und nicht abzusehen war, ob sie jemals die Weltmeere befahren würde. Eine einzige falsche Bewegung, ein Fehler, dessen wir uns nicht einmal bewusst waren, und die ganze Bande würde sich wie ein Mann auf uns stürzen.

Zumindest in dieser Halle geschah es nicht. Unbehelligt erreichten wir eine weitere Treppe und gingen hintereinander hinauf, oben öffnete Allison eine weitere schwere Metalltür. Dieses Mal entging mir nicht, wie viel Mühe es sie kostete, das schwere Handrad zu drehen. Das wuchtige Schott öffnete sich erst, nachdem ich ein helles Peitschen gehört hatte – ein Laut wie von zerbrechendem Eisen. Aus den Augenwinkeln meinte ich zu sehen, wie der eine oder andere Kopf unter uns in die Höhe ruckte und misstrauische Blicke in unsere Richtung irrten, die nach dem Grund für dieses unpassende Geräusch suchten.

Aber vielleicht war dieser Eindruck ja auch nur ein weiterer Beitrag meines randalierenden Nervenkostüms zu meinem allgemeinen Wohlbefinden.

Allison stemmte beide Füße gegen den Boden, um das Schott weit genug aufzuziehen, dass wir hintereinander hindurchschlüpfen konnten. Dabei erhaschte ich einen flüchtigen Blick auf sein eisernes Innenleben. Es waren tatsächlich zerbrochene, daumendicke Eisenstäbe, deren frische Bruchkanten mich höhnisch anzugrinsen schienen, und noch mehr massive Nieten, die einfach aus den schweren Eisenplatten herausgerissen worden waren, die sie doch eigentlich zusammenhalten sollten. Großer Gott, wie stark waren diese unheimlichen Maschinenwesen eigentlich?

Ich musste an Tanner denken und das, was er über das Wort gesagt hatte, das wir für sie gefunden hatten. Vielleicht hatte er recht, und wir sollten einen anderen Begriff für sie wählen. *Neumann* klang eindeutig zu harmlos.

Allison schloss die Tür hinter uns und drehte das Schott wieder in seine ursprüngliche Position zurück. Ich sah nicht nur vor meinem inneren Auge, wie das mechanische Innenleben des Sicherheitsschotts endgültig zu einem Gewirr aus nutzlosem Metallschrott wurde, sondern begriff auch, dass es nun wohl schon einer Kanone bedurfte, um diese Tür noch einmal zu öffnen. Wären auf der anderen Seite dieser Panzertür Menschen gewesen, hätten wir sie damit wohl endgültig zum Tode verurteilt. Aber es waren ja nur Maschinen.

Allison drehte kurz den Kopf und sah mich durch die nasse Scheibe des Helms hindurch so vorwurfsvoll an, dass ich mich wieder einmal fragte, ob sie meine Gedanken gelesen hatte. Dann forderte sie uns auf weiterzugehen.

Einen kurzen Gang hinunter, an dessen Ende uns eine weitere Sicherheitstür erwartete, die Allison ebenso rabiat öffnete, sich aber die Mühe sparte, sie hinter uns wieder zu schließen. Wir waren jetzt auf einer eisernen Galerie herausgekommen, die auf halber Höhe um einen kirchenschiffgroßen Raum herumführte, in dem ganze Reihen kolossaler Maschinen um die Wette ratterten und schnaubten, manche davon selbst so groß wie Häuserblocks und eher an vorzeitliche Ungeheuer aus einer fremden Welt erinnernd als an technische Errungenschaften. Die Luft war mit Rauch und beißendem Ölgestank geschwängert, aber auch zischendem Dampf und Funken sprühenden Explosionen, mit denen die elektrischen Lampen überall im Raum eine nach der anderen ihren Dienst quittierten.

Dieser Teil des Schiffes war nicht mit ein paar verschütteten Kohlen und einer angesengten Hose davongekommen. Durch einen gewaltigen Riss in der gegenüberliegenden Wand strömte Wasser in einer rauschenden Flut, die sich sofort in zischenden Dampf verwandelte, wo sie auf heiße Maschinenblöcke traf. Dennoch hatte es sich schon hüfthoch auf dem Boden gesammelt, wo es zu reißenden Sturzbächen und winzigen Mahlströmen und Strudeln wurde. Etliche der riesigen

Maschinen hatten bereits ihren Dienst eingestellt, und die gewaltigen stampfenden Kolben standen nun still, was mich noch stärker an die Skelette großer, vor einer Million Jahren ertrunkener Urzeittiere denken ließ. Überall kämpften Männer in groben schwarzen Kleidern um ihr Gleichgewicht – nicht alle erfolgreich – oder versuchten sich zu dem klaffenden Riss in der Wand vorzuarbeiten. Doch nicht einmal die übermenschliche Kraft der Maschinenwesen war der Gewalt des hereinschießenden Wassers gewachsen. Wo sie ihm zu nahe kamen, wurden sie einfach von den Füßen oder auch gleich in Stücke gerissen.

»Sie sinkt«, sagte Allison. Sie klang ein wenig traurig.

»Unsinn!«, schnaubte Nikola. »Die *Titanic* ist unsinkbar!«

»Sagt wer?«, knurrte Mulligan.

»Die Konstruktionspläne und meine Erfahrung als Ingenieur!« Nikola klang regelrecht empört.

»Nichts von Menschen Gebautes ist unzerstörbar«, belehrte ihn Allison, während sie uns zugleich mit unwilligen Gesten weiterzuscheuchen begann. »Glauben Sie mir, das Schiff sinkt. Es hat bereits Schräglage. Man sieht es noch nicht, aber ich kann es spüren. Wir haben eine Stunde. Möglicherweise weniger.«

»Wofür?«, fragte ich.

Wie nicht anders zu erwarten, blieb mir Allison die Antwort auf diese Frage schuldig.

Ich raffte all meinen Mut zusammen. »Wir sind nicht nur hier, um nach Überlebenden zu suchen, habe ich recht?«

Darauf bekam ich dieselbe Antwort, und wir eilten weiter, erreichten das Ende der Halle und durchquerten einen weiteren Maschinenraum. Auch hier war bereits Wasser eingedrungen, wenn auch noch nicht annähernd so viel, was dem Anblick aber nichts von seiner unheimlichen Wirkung nahm. Maschinenwesen in der Gestalt schmutziger Männer versuchten, den gewaltigen Schaden zu reparieren, und hatten keine Chance, gingen jedoch auch hier mit einer Gelassenheit und ruhigen Effizienz zu Werke, die mir einen eisigen Schauer über den Rücken jagten. Niemand schrie, niemand schien es auch nur eilig zu haben, und zumindest an einer Stelle gelang es einem Neumann sogar, den äußeren Rand der Bresche zu erreichen, die der vermeintliche Eisberg in das zollstarke Eisen gerissen hatte.

Ich war nicht ganz sicher, meinte aber kurz, hellblaue Funken unter seinen Fingern sprühen zu sehen, dann waren ebendiese Finger verschwunden, ebenso wie die Hand – von den hereinschießenden Wassermassen in Stücke gerissen und auf eine Million winziger anthrazitfarbener Metallsplitter reduziert. Einen Atemzug später folgte der gesamte Körper, als der Neumann aus dem Gleichgewicht gebracht wurde und zur Gänze in den hereinschießenden Wasserstrahl geriet.

»Wir müssen nach oben«, befahl Allison. Jetzt klang sie eindeutig nervös. »Wenn es Überlebende gibt, dann auf den oberen Decks! Rasch!«

*Überlebende.* Das Wort gefiel mir ganz und gar nicht, aber für solcherlei Überlegungen war es eindeutig zu spät.

»Noch eine Etappe, dann geht es nach oben!«, sagte sie gehetzt. »Schnell!«

Hätte ich es nicht besser gewusst, hätte ich geschworen, Angst in ihrer Stimme zu hören.

Wenn es so war, dann zu Recht, denn wir stürmten geradewegs in die nächste Hölle. Sämtliche elektrische Lampen waren hier mittlerweile erloschen, von Kurzschlüssen zerstört oder ihrer Energiequelle beraubt, doch unter uns war es trotzdem nicht dunkel, sondern ganz im Gegenteil sogar deutlich heller geworden. Die gesamte Halle leuchtete in einem unheimlichen grünen Schein, den wir alle nur zu gut kannten.

Die sprudelnde Flut war in den wenigen Augenblicken, seit wir hereingestürmt waren, so schnell angestiegen, dass wir schon bis zu den Knöcheln im Wasser standen. Tief unter der brodelnden Wasseroberfläche auf dem geriffelten Metallboden, zwischen den hier ausnahmslos stillstehenden Maschinenblöcken tobte eine erbitterte Schlacht zwischen Dutzenden von Neumännern auf der einen und einer ganzen Menagerie der bizarrsten Albtraumkreaturen, die man sich nur denken konnte, auf der anderen Seite: Da waren die grässlichen, uns schon bekannten Meerjungfrauen, die mit unbeschreiblicher Kraft und Wildheit unter ihren Kontrahenten wüteten, wobei sie nicht nur ihre schrecklichen Krallenhände und Fänge einsetzten, sondern vor allem die muskulösen Schwänze, die Köpfe und Gliedmaßen abschlugen oder ganze Körper zweiteilten, welche sich aber nahezu sofort und ausnahmslos wieder zusammenfügten, sodass am Ausgang des ungleichen Kampfes wohl kein Zweifel bestanden hätte, hätte es nur die vermeintlichen Meerjungfrauen gegeben.

Unglückseligerweise war dem nicht so.

Zwischen den kämpfenden Männern und Seejungfrauen bewegten sich noch andere, viel groteskere Kreaturen, riesige Tintenfische mit peitschenden Tentakeln, länger als ein Mann und so muskulös wie Elefantenrüssel, und gepanzerte zackenbewehrte Fische mit zu vielen Mäulern voller dolchgroßer Zähne. Und da war noch etwas, das ich weder sah noch hörte, dafür aber umso deutlicher spüren konnte: die Gegenwart von etwas Gigantischem und Uraltem, das aus nichts als reiner Bosheit und Hass auf alles Lebende und Fühlende geboren war.

Es war nicht das erste Mal, dass ich diese Präsenz fühlte.

»Da ist Tanner«, sagte Mulligan, indem er mit der Hand auf eine der umherwirbelnden Gestalten deutete, die sich gegen gleich drei der monströsen Unterwasserkreaturen verteidigte, die aus verschiedenen Richtungen auf sie eindrangen. Es war mir rätselhaft, wie er Tanner in einer von Dutzenden gleichartiger Gestalten ausmachen wollte, doch zumindest Allison schien es genauso zu sehen, denn sie verschwand mit einem perfekten Hechtsprung im Wasser. Dabei veränderte sie sich, doch ich konnte nicht genau erkennen, wie.

Mir blieb auch keine Gelegenheit, genauer hinzusehen, denn unmittelbar neben Mulligan explodierte die Wasseroberfläche zu weißer Gischt und spie einen Wald peitschender Tentakel aus, die sich um seine Arme und seinen Leib schlossen und gierig nach dem Gesicht hinter der Helmscheibe tasteten. Mulligan schrie entsetzt auf und brach mit einem hellen Kieksen ab, das durch das helle Knacken seiner Rippen erklärt wurde, als ihm die Tentakel den Atem abschnürten.

Mit einem einzigen Satz war ich bei ihm, packte einen der Tentakel mit beiden Händen und zog mit aller Kraft daran, unterstützt von Nikola, der dasselbe tat, aber genau wie ich hoffnungslos scheiterte, war es doch, als versuche man massiven Stahl mit bloßen Händen zu verbiegen. Erst als Mulligan seinen Schrecken überwand und seine nicht unbeträchtliche Kraft unseren Anstrengungen hinzufügte, gelang es uns, den tödlichen Würgegriff zu sprengen. Doch nur eine Sekunde bevor der letzte Tentakel seinen Helm losließ, ertönte ein neuerliches helles Knacken, das mir durch Mark und Bein ging, und in der beschlagenen Scheibe vor Mulligans Gesicht erschien ein haarfeiner, geschwungener Riss.

Mulligan schrie auf, als wäre sein eigenes Gesicht geborsten, schleuderte den Tentakel mit einer wütenden Bewegung von sich und wäre von der Wucht seiner eigenen Anstrengung rücklings ins Wasser geschleudert worden, wäre er nicht gegen das Geländer gestolpert, das sich unter seinem Anprall kreischend verbog. Das Krakenwesen fiel mit einem gewaltigen Platschen ins Wasser zurück und begann augenblicklich zu versinken. Einer der peitschenden Tentakel schlug nach meinem Knöchel und wickelte sich mit solcher Kraft darum, dass nun um ein Haar ich aus dem Gleichgewicht gebracht worden wäre. Nur weil ich mich mit beiden Händen am Geländer festklammerte und zusätzlich mit dem freien Bein dahinter verhakte, konnte ich das Schlimmste verhindern, spürte aber auch fast sofort, dass meine Kraft der des tobenden Ungetüms nicht gewachsen war. Mein Bein fühlte sich an wie in einen Schraubstock gezwängt, und schon schlängelten sich ein zweiter und dritter Tentakel heran, um zu Ende zu bringen, was der erste begonnen hatte.

Metall funkelte in meinen Augenwinkeln, und eine Schwertklinge zischte an meinem Bein vorbei und kappte den Tentakel so dicht neben meinem Fuß, dass ich vor Schrecken aufgeschrien hätte, hätte sich der Fangarm nicht im Todeskrampf so heftig zusammengezogen, dass ein keuchender Schmerzensschrei daraus wurde. Ich fiel mehr gegen das Geländer, als dass ich mich dagegenlehnte, fand mit einiger Mühe mein Gleichgewicht wieder und erkannte meinen Irrtum erst, als Mulligan noch einmal ausholte und den Kopf des Tintenfischungeheuers kaum einen Meter neben mir zu Brei schlug.

Allerdings nicht mit einem Schwert, wie ich zunächst angenommen hatte, sondern mit einem Stück des eisernen Treppengeländers, das er wohl kurzerhand abgerissen haben musste. Zusammen mit seiner enormen Körperkraft und einer gehörigen Portion Wut tat es aber dieselbe Wirkung. Der Riesentintenfisch versank zuckend und Wolken aus schwarzem Blut und Schleim im Wasser verteilend.

Wie auf Kommando schossen aus allen Richtungen weitere Ungeheuer auf uns zu: Meerjungfrauen, Riesenkalmare und andere noch bizarrere Geschöpfe, die ich lieber nicht genauer erkennen wollte.

Mulligan versetzte mir einen Stoß, der mich an Nikola vorbei zurück zum Ausgang stolpern heiß, stapfte an mir vorbei und zerrte mich kurzerhand am Arm hinter sich her, als ich ihm anscheinend nicht schnell genug rannte – was mir überdies mit jedem Schritt schwerer fiel, denn das Wasser reichte uns mittlerweile bis zu den Oberschenkeln und stieg rasend schnell immer noch weiter. Vielleicht noch eine Minute, und hier drinnen stand alles unter Wasser.

Selbst mit Mulligans Hilfe schaffte ich es gerade so, die rettende Tür zu erreichen und hinter mir zu schließen, wobei mir durchaus klar war, dass das allenfalls symbolische Bedeutung hatte. Durch die zahlreichen Sicherheitsschotts, die den Rumpf der *Titanic* in ein Dutzend voneinander abgeschlossene wasserdichte Bereiche unterteilten und auf diese Weise unsinkbar machen sollten, stand das Wasser auf dieser Seite erst halb so hoch, und es gab auch keine Neumänner oder menschenfressende Tiefseeungeheuer, aber das Wasser *strömte* herein, und auch hier sehr schnell.

»Dort drüben.« Nikola deutete auf eine weitere Tür. »Aber wir werden schwimmen müssen.«

Er hat recht, dachte ich bedrückt. So schnell, wie das Wasser stieg, musste es die Tür längst überflutet haben, bis wir sie erreichten. Ich war mit einem Male ganz froh, dass Allison darauf bestanden hatte, die Helme aufzubehalten. Aber ich machte mir ein wenig Sorgen um Mulligan.

»Wird es halten?«, fragte ich mit einer Kopfbewegung auf die gesprungene Helmscheibe.

»Das wird sich zeigen«, antwortete Mulligan gleichmütig.

Womit er zweifellos recht hatte – wir konnten nur abwarten. Jedenfalls hatten wir keine Zeit zu verschwenden und wateten los. Wie sich zeigte, war meine Schätzung wohl eher zu optimistisch gewesen. Das Wasser erreichte Türhöhe und stieg sprudelnd weiter, noch bevor wir die Hälfte der Strecke zurückgelegt hatten. In den schweren Anzügen war an Schwimmen nicht einmal zu denken, sodass wir hintereinander und schräg gegen die Kraft des hereinströmenden Wassers gelehnt weiterstapften. Wären wir in diesem Augenblick angegriffen worden, hätten wir nicht den Hauch einer Chance gehabt.

Wir schafften es auch so kaum. Der Wasserdruck nahm noch einmal zu und hätte mich um ein Haar von den Füßen gefegt, hätte sich nicht plötzlich eine in schwarzes Gummi gehüllte Hand von hinten um meinen Oberarm gelegt und mich mit unwiderstehlicher Kraft weitergeschoben. Ich wurde nahezu von den Füßen gerissen und durch die Tür bugsiert.

Dahinter stand das Wasser mindestens genauso hoch, doch nachdem wir ein kleines Stück zur Seite getreten waren, ließ der Druck weit genug nach, damit ich wenigstens wieder aus eigener Kraft stehen konnte. Verschwommen gewahrte ich die Stufen einer weiteren Treppe irgendwo in den grün leuchtenden Fluten vor uns und wankte hinauf. Das Wasser zerrte nicht nur an meinen Gliedern und versuchte mich festzuhalten wie ein Raubtier, dem seine schon sicher geglaubte Beute zu guter Letzt doch noch zu entkommen droht, sondern war auch so kalt, dass es mich allmählich zu lähmen begann. Meine Kräfte schwanden.

Ich quälte mir einen Schritt ab, einen weiteren und noch einen, und endlich tauchte mein Helm aus dem Wasser und ich sah einen Mann in einer schweren Arbeiterjacke und mit ölverschmierten Händen und Gesicht, der vor einer längst stehen gebliebenen Maschine stand und sich mit einem monströsen Schraubenschlüssel daran zu schaffen machte, als wäre es das Normalste der Welt, diese Tätigkeit zehn Fuß unter Wasser auszuüben.

Dieselbe Hand, die mich hierhergeschoben hatte, bugsierte mich vollends aus dem Wasser und stützte mich zugleich, als ich vor Schwäche wankte. Wasser perlte an der Scheibe des wuchtigen Messinghelms hinab und zeigte mir Allisons Gesicht. Sie betrachtete mich mit einem Ausdruck echter Sorge, aber da war auch noch mehr, das ich nicht einzuordnen vermochte, das mich aber mehr als nur ein wenig beunruhigte.

»Habt ihr gefunden, wonach ihr gesucht habt?«, fragte ich.

Das war unpassend und dumm, aber ich konnte nicht anders. Sie hatte uns belogen, wieder einmal. Sie hatte *mich* belogen. Und benutzt. Wie schon so oft zuvor.

Allison reagierte gar nicht, sondern drehte sich mit einem Ruck zu Mulligan um und griff mit beiden Händen nach dessen Helm. Er versuchte sie ganz instinktiv abzuwehren, doch das nahm sie gar nicht zur Kenntnis. Ein kurzer Ruck, und Mulligans Helm löste sich mit einem lautstarken Zischen. Gleichzeitig zerbarst das Glas endgültig und rieselte in Stücke zerbrochen heraus. Sehr viel später hätte er den Helm nicht ablegen dürfen, Mulligans Haar und Gesicht glänzten bereits nass – und gewiss nicht vor Schweiß.

Allison ließ den Helm achtlos ins Wasser fallen, nahm ihren eigenen ab und rastete ihn auf den Schultern von Mulligans Anzug ein.

»Und Sie?«, fragte Nikola, kurz bevor ich es tun konnte.

»Ich brauche das nicht«, antwortete Allison. »Ich muss Tanner helfen. Es geht hier um mehr, als ihr ahnt.«

»Ach?« Ich war nicht überrascht.

Allison ignorierte meinen Einwand. »Ich muss Tanner helfen«, wiederholte sie. »Beeilt euch! Schafft so viele Überlebende wie möglich in die Rettungsboote! Tanner und ich kommen nach, sobald wir hier fertig sind!«

»Womit?«

Allisons Antwort bestand darin, mir einen Stoß zwischen die Schulterblätter zu verpassen, der mich eindeutig mehr durch die nächste Tür *stolpern* als gehen ließ. Mit einiger Mühe fand ich mein Gleichgewicht wieder, hielt mit rudernden Armen an und drehte mich gerade noch rechtzeitig herum, um zuzusehen, wie sie das schwere Sicherheitsschott hinter uns schloss.

# 23

Letzten Endes kannte Nikola das Schiff wohl doch nicht so gut, wie er behauptet hatte, denn wir waren kaum aus dem überfluteten Teil des Rumpfes heraus, als wir uns auch schon kräftig verirrten. Nikola hätte es niemals zugegeben, aber spätestens als wir zum dritten Mal kehrtmachten und ein gutes Stück des Weges zurückgingen, das wir gerade erst gekommen waren, ließ es sich nicht mehr leugnen.

Schließlich war es Mulligan, der es auf den Punkt brachte, indem er stehen blieb, den klobigen Helm abnahm und so lange wartete, bis Nikola dasselbe getan hatte, um ihm einen ebenso langen wie vorwurfsvollen Blick zuzuwerfen. »Wir haben uns verirrt«, stellte er fest.

»Unsinn«, polterte Nikola.

Ich hielt mich zumindest aus diesem Teil der Diskussion heraus, indem ich meinen Helm auf ganz besonders umständliche Art abnahm, unter den linken Arm klemmte und mich sehr genau davon überzeugte, dass er dort auch sicher saß und nicht etwa auf die Idee kam, mir davonzulaufen.

»Die Pläne müssen falsch sein.«

»Sicher«, feixte Mulligan.

»Oder das Schiff hat sich verändert«, setzte Nikola noch einen drauf.

Mulligan zog eine Grimasse.

Ich hatte zwar alle Mühe, ebenfalls ein Grinsen zu unterdrücken, musste aber trotzdem eingestehen, dass ich weder das eine noch das andere vollkommen ausschließen konnte. Bei einem so gigantischen Bauprojekt wie der *Titanic* war es vermutlich unmöglich, die Pläne genau einzuhalten, und nach allem, was ich bisher erlebt hatte, konnte ich auch die zweite Möglichkeit nicht ganz von der Hand weisen. Vielleicht war dieses ganze Schiff in Wahrheit schon lange kein Schiff mehr, sondern etwas, wofür es in der Sprache der Menschen kein Wort gab.

Gleichwie, nichts an den kaum beleuchteten Gängen, durch die wir seit mindestens fünf Minuten irrten, erinnerte an den luxuriösen Triumph der Technik, als den alle Welt die *Titanic* kannte. Decke und Wände waren – sofern überhaupt – allerhöchstens schlampig gestrichen, und ich sah eine Menge Rost, wo keiner sein sollte; nicht nach den wenigen Monaten, die seit dem Stapellauf dieses Schiffes erst vergangen waren. Eher hätte man den Eindruck gewinnen können, an Bord eines hundert Jahre alten Seelenverkäufers zu sein.

»Scheint, dass der gute Sir Harland wohl doch an der einen oder anderen Stelle gespart hat«, brummte Mulligan, dem ganz ähnliche Gedanken durch den Kopf zu gehen schienen. »Wenigstens da, wo man es nicht gleich sieht.«

»Oder es war nicht nötig«, sagte Nikola, »weil dieses Schiff ohnehin nur eine einzige Fahrt machen sollte.«

Ich blieb stehen. Nikola ging noch zwei Schritte weiter, ehe er es überhaupt bemerkte, ebenfalls anhielt und sich ungeduldig zu mir umdrehte. »Worauf warten …?«

»Das war jetzt keine Vermutung«, sagte ich. »Habe ich recht?«

Nikola sah mich so überzeugend verwirrt an, dass ich ihm beinahe geglaubt hätte.

»Ich meine: Sie haben das nicht nur so dahingesagt. Sie … wissen etwas.«

Nikola sah mich nur mit beredtem Schweigen an.

»Diese Ungeheuer, die uns beinahe gefressen hätten … das waren … *Tiefe Wesen*, nicht wahr?«

Nikola sagte dasselbe darauf, was er fast immer sagte, wenn ihm eine Frage nicht gefiel: nichts.

»Sie haben das gewusst, nicht wahr?«

»Dass sie hier an Bord sind?« Nikola schüttelte nervös den Kopf. »Nein.«

»Aber Sie haben gewusst, dass wir nicht wirklich hier sind, um nach Überlebenden zu suchen.«

Nikola schüttelte den Kopf und nickte gleichzeitig. »Wir sind schon deswegen hier. Das andere hat einen … anderen Grund.«

»Aha!«

»Sie haben wahrscheinlich mitbekommen, dass ich mich intensiv mit Mister Tanner unterhalten habe«, ich nickte ungeduldig, »und ohne Sie mit Details langweilen zu wollen: Es war ein rein technisches Gespräch. Mister Tanner war sehr an meinen jüngsten Entwicklungen interessiert, die im Auftrag von Sir Harland und der White Star Line noch zwischen Stapellauf und Jungfernfahrt installiert wurden – und das in so großer Eile, dass ich selbst nicht sicher war, ob auch wirklich alles rechtzeitig fertig werden würde und einwandfrei funktioniert. Aber das tut es offensichtlich.«

»Sie haben einer Maschine gegenüber mit Ihren Erfindungen geprahlt?«

Nikola funkelte mich böse an. »Diese Maschine *versteht* mich wenigstens und zwingt mich nicht, auf dem Niveau eines Erstklässlers mit ihr zu reden.« Als ich aufbegehren wollte, winkte Nikola ab. »Mister Tanner und Miss Carter haben nicht verfolgen können, was im letzten Jahr auf der *Titanic* passierte. Aber sie brauchten jede verfügbare Information, um sich auf ihren Kommandogang vorzubereiten.«

»Warum das?«, fragte ich mit einem mehr als unguten Gefühl.

»Weil sie noch nach etwas ... ganz Speziellem suchen.«

Ich hatte sogar eine ungefähre Ahnung, wonach, und ich war nicht einmal wirklich überrascht. Nur sehr, sehr zornig. »Und Sie beide haben es nicht für nötig befunden, mich über diese Kleinigkeit in Kenntnis zu setzen?«, fragte ich gepresst.

»Mulligan hat nichts davon gewusst«, beeilte sich Nikola zu versichern. »So wenig wie ich die Details bis kurz vor unserem Aufbruch kannte.«

Ich zog fragend die Augenbrauen hoch, und Mulligan tat dasselbe. Er sah ... nicht besonders erfreut aus, um es vorsichtig auszudrücken.

»Miss Carter hat mich erst kurz zuvor darüber informiert, was sie suchen. Und«, fügte Nikola jetzt eindeutig hastig hinzu, »sie hat mich ausdrücklich gebeten, Ihnen nichts zu sagen.«

»Es«, verbesserte ich ihn kalt. »*Es* hat Sie gebeten. Es ist eine Maschine.«

Nikola sah aus, als wollte er mir widersprechen, doch er kam nicht dazu, denn da erscholl hinter uns ein erschrockener Laut. Wir waren nicht mehr allein.

Am Ende des rostigen Ganges war eine untersetzte Frau um die fünfzig aufgetaucht, die schmuddelige, sehr einfache Kleider und ein grobes Kopftuch trug. Nicht nur ihre Kleidung hatte ihre besten Tage eindeutig hinter sich. Die rechte Hand hatte sie halb erhoben, wie um sie vor den Mund zu schlagen, war dann mitten in der Bewegung erstarrt, was einigermaßen komisch ausgesehen hätte, wären ihre Augen nicht zugleich auch fast schwarz vor Angst gewesen. In unseren Unterwasseranzügen konnten wir auf sie kaum weniger erschreckend wirken, als es die Menschen verschlingenden Tiefseeungeheuer auf uns getan hatten.

»Aber was …?«, begann sie, doch Nikola fiel ihr mit leicht erhobener Stimme und strengem Blick ins Wort:

»… tun Sie hier, gute Frau? Haben Sie die Aufforderung nicht gehört?«

»Aufforderung?«

Die Frau ließ die Hand sinken, und ihr Blick flackerte unstet von einem Gesicht zum anderen. Ich war mit einem Mal ganz froh, dass wir die Helme abgesetzt hatten. Hätte sie uns mit den klobigen Glas- und Metallkonstruktionen auf den Schultern erblickt, dann wäre sie gewiss in Panik ausgebrochen. Oder gleich in Ohnmacht gefallen.

»Aufforderung«, bestätigte Nikola. Seine Stimme klang jetzt strenger. »Alle Passagiere müssen auf das Oberdeck und an einer Rettungsübung teilnehmen. Ist Ihre Kabine hier unten?«

»Ja«, antwortete die Frau, was nach meinem Dafürhalten glatt gelogen war. Zumindest in dem Teil des Schiffes, durch den wir die letzten Minuten geirrt waren, gab es keinerlei Passagierkabine, nicht einmal die erbärmlichen Unterkünfte der dritten Klasse. Ich fragte mich, ob sie sich schlichtweg verirrt hatte oder auf der Suche nach etwas gewesen war, das sich zu stehlen lohnte.

»Dann gehen Sie, und holen Sie Ihre Familie und alle, die Sie kennen«, fuhr Nikola noch einmal eine Spur schärfer fort, wenn auch immer noch durchaus freundlich. »Gehen Sie auf das Oberdeck. Sie werden erwartet. Nehmen Sie warme Kleidung mit, sonst nichts.«

»Aber was denn für eine Übung?«, murmelte die Frau verstört. »Niemand hat …«

»Auf jeder Atlantiküberquerung muss eine Rettungsübung

abgehalten werden. Jeder muss daran teilnehmen, ganz egal ob Passagiere der ersten oder dritten Klasse. Das ist Gesetz.«

»Gesetz?«, fragte die Frau fassungslos.

»Gesetz«, bestätigte Nikola. »Und nun tun Sie, was ich Ihnen sage, sonst muss ich Sie melden.«

Vermutlich hatte sie noch immer keine Ahnung, wovon Nikola sprach, aber sein scharfer Ton verfing. Die Frau starrte ihn noch einen halben Herzschlag lang an und lief mit wehenden Röcken davon.

Mulligan blickte ihr kopfschüttelnd nach. »Das war nicht nett.«

»Aber es rettet ihr möglicherweise das Leben«, antwortete Nikola.

Mulligan sah ganz so aus, als wäre er in diesem Punkt anderer Meinung, doch Nikola setzte bereits seinen Helm wieder auf und ließ ihn mit einer geübten Drehung einrasten. Einer *sehr* routinierten Bewegung, meiner Meinung nach. Offenbar hatte Allison schon ein wenig mehr getan, als nur mit ihm zu *reden*.

Als ich mich bei diesem Gedanken ertappte, konnte ich ein ärgerliches Stirnrunzeln nicht mehr ganz unterdrücken. War ich etwa … *eifersüchtig*?

Was für ein Unsinn!

Wir eilten weiter. Der Frau zu folgen war nicht besonders schwer. Der Gang führte nur in eine Richtung, und schon lange bevor wir die erste Abzweigung erreichten, hörten wir wieder Geräusche, wenn auch nicht die, auf die ich gehofft hatte. Vor uns redeten, riefen und schrien zahlreiche Menschen durcheinander, und das mit einem hysterisch-panischen Unterton, den ich nur zu gut kannte. Und da waren auch noch andere und nicht minder beunruhigende Laute. Nikola fiel in einen leichten Trab, dem wir uns augenblicklich anschlossen, und auch Mulligan setzte seinen Helm wieder auf. Eigentlich ohne so genau zu wissen, warum, tat ich dasselbe.

Die bange Ahnung, die mich ohnehin schon ergriffen hatte, wurde zur Gewissheit, als ich hinter Mulligan und Nikola in den nächsten Korridor stürmte, der zwar in besserem Zustand, aber immer noch weit von allem entfernt war, was man sich unter der *Titanic* vorstellen mochte. Die Wände waren in schon vergilbtem Weiß gestrichen, und statt der erwarteten Kronleuchter brannten nur einige wenige schwache Glühbirnen unter der Decke, die von schmucklosen Drahtkörbchen geschützt wurden. Unter Nikolas Schritten spritzte Wasser hoch, das schon fingertief auf dem Boden stand. Stimmengewirr und Schreie wurden lauter und hatten ihren Ursprung in einer Gruppe von einem guten Dutzend Männern und Frauen, die sich um eine Tür am Ende des Ganges scharten und ebenso lautstark wie vergeblich versuchten, sie zu öffnen. Die Tür war auch der Ursprung des Wassers, durch das wir mittlerweile alle drei wateten.

Wenn die Türdichtung wasserdicht sein sollte, dann war sie wirklich schlampig ausgeführt worden, denn das Wasser zischte an gleich einem Dutzend Stellen zwischen Rahmen und Tür hindurch.

Oder es stand unter enormem Druck.

»Nicht!«, keuchte ich. Dann schrie ich, so laut ich konnte: *»Macht die Tür nicht auf!«*

Entweder dämpfte der Helm meine Stimme zu sehr, oder das Schicksal bewies wieder einmal seinen ganz besonderen Sinn für Humor, denn genau das war der Moment, in dem zwei besonders kräftige Burschen das große Rad mit einem Ruck entriegelten.

Das Ergebnis war spektakulär.

Die Tür öffnete sich mit solcher Wucht, dass sie gegen die

Wand schlug. Das Wasser schoss mit der Gewalt einer gläsernen Dampframme herein und riss jeden Mann und jede Frau von den Beinen – und nur einen Lidschlag später auch Nikola, Mulligan und mich.

Ich prallte hart genug gegen die Wand, um mir die Nase an der Glasscheibe des Helms blutig zu schlagen und eine Zeit lang nichts als Sterne zu sehen, wurde herumgeschleudert und kämpfte mit aller Kraft darum, nicht das Bewusstsein zu verlieren oder mich wahlweise in den Helm zu übergeben.

Irgendwie gelang es mir, beides zu verhindern. Sprudelnde Luftblasen und kochendes Wasser lieferten sich ein stummes Duell hinter der Glasscheibe vor meinem Gesicht, und als ich mich hochstemmte, setzte das Wasser zu einem weiteren heimtückischen Angriff an, der mich schräg über die gesamte Breite des Gangs gegen die unnachgiebige Eisenwand schleuderte. Blindlings griff ich um mich, bekam irgendetwas zu fassen und wurde mit einem so schmerzerfüllten Grunzen belohnt, dass ich um ein Haar gleich wieder losgelassen hätte.

Stattdessen griff ich nur noch fester zu, suchte mit der anderen Hand nach festem Halt und stemmte mich zugleich auf beide Knie.

Wie der Zufall es wollte, hatte ich ausgerechnet die Frau zu fassen bekommen, der wir auf dem Weg hierher begegnet waren. Mein Griff um ihren Knöchel musste ihr wohl wirklich wehtun, denn sie schrie aus Leibeskräften und wehrte sich mit der reinen Kraft der Verzweiflung, sodass ich nahe daran war loszulassen.

Aber das hätte vermutlich ihren sicheren Tod bedeutet.

Nachdem der erste Schwall vorüber war, strömte das Wasser nur noch wadenhoch herein, das aber noch immer mit solcher Urgewalt, dass ich mich nur mit Mühe halten konnte. Nur ein Stück neben mir schien Mulligan in eine wilde Rangelei mit einem vierschrötigen Burschen verstrickt zu sein, der ebenso wenig wie die Frau neben mir begriff, dass er ihn eigentlich nur retten wollte, und auch Nikola hatte eine zappelnde Gestalt gepackt und versuchte, irgendwie ihren Kopf über Wasser zu halten. Nicht besonders charmant, aber wirkungsvoll.

Nachdem ich die Frau grob auf die Füße gezerrt hatte, nutzte sie ihre zurückgewonnene Bewegungsfreiheit, um mit beiden Fäusten und Knien auf mich loszugehen, noch lauter zu schreien und mit den Fingernägeln über das Glas meiner Helmscheibe zu kratzen. Ein Teil von mir konnte sie verstehen. Menschen in Todesangst neigen bekanntermaßen dazu, blindlings um sich zu schlagen und ihre Lebensretter nur zu oft mit ins Verderben zu reißen.

Dazu verspürte ich herzlich wenig Lust, also verpasste ich ihr eine schallende Ohrfeige – mit Erfolg: Die Frau hörte auf, wie besessen auf mich einzuprügeln, und hielt stattdessen schützend die Hände vor das Gesicht und begann zu wimmern.

»*Nikola!*«, brüllte ich. »*Wohin?*«

Wenn er überhaupt antwortete, dann ging seine Stimme im allgemeinen Lärm und Geschrei unter, aber er deutete mit der Hand auf die Tür hinter mich, durch die noch immer Wasser in einem rauschenden Strom hereinsprudelte. Auch wenn es jetzt nur noch wadenhoch war, hatte es doch eine so enorme Kraft, dass ich mich kaum auf den Beinen halten konnte. Noch schwerer fiel es mir, die Frau bei den Schultern zu ergreifen und vor mir her durch die Tür zu bugsieren, zumal sie sich verständlicherweise prompt wieder zu sträuben begann.

Das Schiff befand sich jetzt in deutlicher Schräglage, was dazu führte, dass der Gang auf der einen Seite nahezu trocken war, während das Wasser auf der anderen schon kniehoch sprudelte – natürlich auf der, die ich auf Nikolas Wink hin ansteuerte, um eine schmale Treppe zu erreichen. Sie war unbeleuchtet und führte in steilem Winkel nach oben, aber wenigstens schoss uns kein Wasser entgegen.

Ich bugsierte meine *Gefangene* ein Stück weit nach oben, bevor ich ihre Schultern freigab und sie sich prompt auf die harten Eisenstufen sinken ließ. Diesmal protestierte ich nicht, denn ich hatte mittlerweile selbst das Gefühl, dringend eine Pause zu benötigen. Die Luft, die zischend aus dem Tornister auf meinem Rücken in den Helm strömte, schmeckte scharf und nach Metall, und mein Herz klopfte zum Zerspringen. Und dabei hatten wir noch nicht einmal die Hälfte des Weges nach oben geschafft. Dieses Schiff war so groß wie eine verdammte schwimmende Stadt!

*Eine sinkende schwimmende Stadt*, wisperte eine gehässige Stimme hinter meiner Stirn. Irgendwie gelang es mir, sie zum Verstummen zu bringen, aber nicht, die Botschaft zu ignorieren. Mulligan und Nikola schlossen zu uns auf, zwei weitere zitternde Überlebende im Schlepptau – alle, die von denen, die wir vor der Tür gesehen hatten, übrig geblieben waren.

»Wir müssen weiter«, japste Nikolas Stimme in meinem Helm.

Ich war nicht einmal sicher, wem diese Worte galten – geschweige denn ob unsere drei Begleiter sie überhaupt hörten. »Die Treppe hinauf und dann …«

Ich spürte es, einen Sekundenbruchteil bevor es geschah, und zumindest der armen Frau vor mir musste es wohl genauso ergehen, denn ihre Augen weiteten sich in jähem Schrecken. Etwas zerbrach, und für einen einzelnen, aber unbeschreiblich furchtbaren Moment hatte ich das Gefühl, kopfzustehen und wie ein trockenes Blatt in einem Abfluss herumgewirbelt zu werden, beinahe als vollführte das ganze gewaltige Schiff eine monströse Eskimorolle. Dann traf mich etwas mit der Kraft einer Naturgewalt und schmetterte mich gegen die Wand und nur einen halben Atemzug später (den ich nicht bekam) auf den Boden des Ganges, aus dem wir gerade mit Mühe und Not entkommen waren.

Eine Hand schrammte über meinen Helm und versuchte sich vergeblich an dem glatten Glas festzukrallen, dann war sie verschwunden, und ich erhaschte noch einen letzten halben Blick auf ein angstverzerrtes Frauengesicht, aus dessen Mund ein Strom versilberter Luftblasen gerissen wurde. Ich nahm nur noch reine chaotische Bewegung wahr und prallte ein zweites Mal so heftig gegen unnachgiebiges Metall, dass ich zwar nicht das Bewusstsein verlor, wohl aber jeden Bezug zur Zeit und den Dingen um mich herum.

Mein Verstand beharrte darauf, dass wenig mehr als ein Augenblick vergangen sein konnte. Für mich hätten es genauso gut Ewigkeiten sein können. Jemand ergriff mich am Oberarm und zerrte mich auf die Füße, hielt mich zugleich aber auch weiter fest, denn das Wasser riss noch immer mit so enormer Kraft an mir, dass ich mich kaum auf den Beinen zu halten vermochte. Diesmal würde es nicht nach wenigen Augenblicken wieder aufhören, das war mir sofort klar.

Es war so, wie Allison gesagt hatte: Das Schiff sank, allen gegenteiligen Behauptungen und aller Ingenieurskunst zum Trotz. Nichts, was Menschen erdachten, war unzerstörbar, und auch das stärkste Schiff der Welt überstand es nicht, wie eine Konservendose vom Bug bis zum Heck aufgeschlitzt zu werden.

»Irgendwo muss ein Schott gebrochen sein!«, dröhnte Nikolas Stimme in meinem Helm, kurzatmig und in einem Tonfall, der mich seine Angst regelrecht schmecken ließ. »Wir müssen nach oben, oder wir werden zerquetscht.«

Genau zu wissen, wo oben eigentlich war, wäre in diesem Zusammenhang hilfreich gewesen, aber ich sparte meine Kraft lieber dafür auf, mich Schritt für Schritt ein zweites Mal die

Treppenstufen hinaufzukämpfen, die wir gerade so unsanft hinunterbefördert worden waren. Ein- oder zweimal ergriff mich Mulligan oder Nikola am Arm und zerrte mich weiter, und mindestens ebenso oft verhinderte ich, dass einer von ihnen einfach weggerissen wurde. Irgendwann wurde es wieder hell über uns, und der Wasserdruck nahm noch einmal zu. Doch indem wir uns mit aller Gewalt gegen die Wände pressten und zugleich aneinanderklammerten, kämpften wir uns Stufe um Stufe weiter nach oben und schließlich aus dem Treppenschacht heraus.

Was nicht hieß, dass es besser wurde. Es waren auch jetzt wieder einzig die Unterwasseranzüge, die uns das Leben retteten, denn es war, als wären wir in der Mutter aller Stromschnellen herausgekommen, ein reißendes Chaos, in dem Trümmerstücke und leblose Körper herumgewirbelt und gegeneinandergeschmettert wurden. Ich hörte Mulligans und Nikolas Schreie in meinem Helm und trug vermutlich auch selbst meinen Teil zu dem allgemeinen Gebrüll bei, denn mein Hals schmerzte.

Irgendwo fand ich Halt, klammerte mich mit beiden Händen fest. Doch als etwas Großes mit erloschenen Glotzaugen und peitschenden Fangarmen kaum eine Handbreit an mir vorbeigewirbelt wurde, hätte ich um ein Haar wieder losgelassen. Der Monsterkalmar war von zahlreichen schrecklichen Wunden übersät und eindeutig tot. Aber was *tat* er hier oben?

Statt Energie auf die Beantwortung dieser müßigen Frage zu verschwenden, konzentrierte ich mich lieber darauf, mich mit noch mehr Kraft festzuklammern und zugleich nach Nikola und Mulligan Ausschau zu halten. Nicht weit von mir entfernt tauchte ein blitzender Messinghelm aus dem Wasser auf – unmöglich zu erkennen, welches Gesicht sich darunter verbarg –, aber ich hörte die Stimmen der beiden in meinem Helm, alles andere als erfreut, aber immerhin am Leben.

Zu meinem Entsetzen war das eindeutig mehr, als man von jedem anderen Menschen in meiner Nähe behaupten konnte. Wir waren in einem weiteren, wenn auch deutlich breiteren und (ehemals) ansehnlicheren Korridor herausgekommen, von dem zahlreiche Türen abzweigten, die der Druck des hereinströmenden Wassers ausnahmslos aufgesprengt hatte. Hinter einigen davon flackerte noch Licht. Trümmerstücke, Unrat und zerbrochenes Mobiliar sowie Dinge des täglichen Bedarfs tanzten auf der Wasseroberfläche, aber dazwischen gewahrte ich auch immer wieder die reglosen Körper von Männern, Frauen und Kindern – entsetzlich viele Kinder –, die ausnahmslos ertrunken waren, sofern sie nicht das Glück gehabt hatten, von der Wucht der hereinschießenden Wassermassen auf der Stelle getötet worden zu sein.

Wir waren zu spät gekommen. Allmählich begann ich mich zu fragen, ob wir überhaupt auch nur einen einzigen Menschen retten konnten. Geschweige denn, wie.

»Was zum Teufel tun wir eigentlich hier?«, fragte ich bitter. »Nur zusehen, wie Leute sterben, und die Toten zählen?«

»Wenn wir hier nicht herauskommen, gehören wir möglicherweise bald selbst dazu«, versetzte Nikola. »Wir müssen nach oben. Folgt mir. Möglicherweise müssen wir schwimmen.«

»Na, das wär doch mal eine Abwechslung«, grummelte Mulligan, dessen Helm ein ganzes Stück weiter weg aus dem Wasser auftauchte, als ich es erwartet hätte. Ganz kurz war mir, als hielte er etwas in der Hand. Doch dann war der Eindruck wieder verschwunden.

Ich signalisierte Nikola mit einem stummen Kopfnicken mein Einverständnis und schloss mich ihm an, als er sich tiefer ins Wasser gleiten ließ und zu schwimmen begann. Eigentlich überflüssig zu sagen, dass es wieder einmal gegen die Strömung ging.

Ohne die futuristischen Unterwasseranzüge wären wir keine zwanzig Schritte weit gekommen. Die Strömung drückte uns immer wieder unter Wasser, warf uns gegen die Wände oder auch gegeneinander und bombardierte uns mit allen möglichen Dingen: und mehr als nur eins davon hatte Fangarme, gewaltige Zähne oder Krallenhände mit dünnen Schwimmhäuten zwischen den Fingern.

Ich war damit beschäftigt, am Leben zu bleiben und den Anschluss an die beiden anderen nicht zu verlieren, nahm mir aber fest vor, das Thema bei nächstbester Gelegenheit zur Sprache zu bringen, und konzentrierte mich ansonsten darauf, Nikola im Auge zu behalten, der sich hier offensichtlich wirklich gut auskannte. Bedingt durch die mittlerweile schon extreme Schlagseite des Schiffes wurde das Wasser rasch tiefer, verlor zu meinem Bedauern aber kein bisschen von seiner enormen Kraft.

Und es kam mir so vor, als würde es mit jedem Atemzug eine Winzigkeit kälter. Wenn ich weiter so auskühlte, war abzusehen, dass ich mich schon sehr bald gar nicht mehr bewegen konnte.

Falls wir die Oberfläche denn jemals wieder erreichten, woran ich allmählich zu zweifeln begann. Was, wenn die *Titanic* schneller sank, als wir uns in ihrem zerbrechenden Rumpf nach oben arbeiten konnten?

Ich musste daran denken, was Allison darüber gesagt hatte, wie tief das Meer an dieser Stelle war. Ich hatte weder Singh noch sie gefragt, welchen Wasserdruck diese Unterwasseranzüge aushielten, aber ich war doch ziemlich sicher, dass sie nicht für eine Tiefe von viertausend Metern gedacht waren.

Mehr über den Boden stolpernd und kriechend statt schwimmend erreichten wir das Ende des Gangs und damit eine weitere und diesmal deutlich breitere Treppe, auf der ich sogar die Reste eines Teppichbelags zu erkennen meinte. An ihrem oberen Ende schimmerte Licht wie in einem Spiegel aus zitterndem Quecksilber, aus dem Trümmerstücke und losgerissenes Mobiliar auf uns herabregneten, in dem aber auch kurzzeitig ein regloser menschlicher Umriss zu erkennen war, bevor er weggerissen wurde.

Wir eilten die Treppe hinauf, die in eine gewaltige holzgetäfelte Halle mündete. Diese musste vor weniger als einer Stunde noch der Inbegriff des puren Luxus gewesen sein, nun aber glich sie einem zum Leben erwachten Gemälde von Hieronymus Bosch. An einem Dutzend Stellen sprudelte Wasser in weißen Geysiren aus Schaum und purer Vernichtung aus dem Boden oder weit offen stehenden Türen, von denen etliche glatt aus den Angeln gerissen worden zu sein schienen.

Überall schrien und kämpften Menschen. Männer und Frauen in teuren Anzügen und kostbaren Abendroben schlugen verzweifelt um sich oder versuchten, die wenigen Ausgänge zu erreichen, durch die keine tödlichen Wassermassen hereinschossen. Zerbrochenes Mobiliar, Trümmer und Kleiderfetzen tanzten auf dem Wasser, das auch hier schon hüfthoch stand und rasch weiter stieg. Unter all den Schreien und Kampfgeräuschen meinte ich absurderweise Musik zu hören, tat das aber als bloße Einbildung ab.

Auch hier trieben bereits reglose Körper auf dem Wasser, Opfer der hereinschießenden Fluten oder der verzweifelten Kämpfe um die wenigen verbliebenen Fluchtwege. Aber darüber hinaus sah ich auch noch etwas, das mir schier das Blut in den Adern gerinnen ließ. Nicht weit von Mulligan und mir entfernt erhob sich ein Wald peitschender Tentakel aus dem Wasser und verschwand, nachdem er sich um einen verzweifelt um sich schlagenden Mann geschlossen hatte, wobei er den unglückseligen Burschen mit sich in die Tiefe riss, während mindestens ein halbes Dutzend Männer und Frauen scheinbar vollkommen unbeteiligt dastanden und zuschauten. Waren das … Neumänner?

»Natürlich sind es Neumänner. Was haben Sie gedacht, warum wir hier sind?«, polterte Nikolas Stimme in meinem Helm und riss mich nicht nur unsanft in die Wirklichkeit zurück, sondern machte mir auch klar, dass ich die Frage wohl laut ausgesprochen hatte.

»Weiter! Wir müssen an Deck!«

Er erklärte mir noch immer nicht, warum eigentlich, und gab mir auch keine Gelegenheit zu fragen. Er watete los, und ich musste mich sputen, um den Anschluss nicht zu verlieren. Fast beiläufig fragte ich mich, wie er den Saal eigentlich verlassen wollte, denn vor den wenigen Ausgängen, die noch nicht durch Unrat versperrt waren, tobte ein unbeschreibliches Handgemenge, in dem Panik und schiere Todesangst längst die Regie übernommen hatten und es keine Ethik und keinen Anstand mehr gab. Männer kämpften gegen Frauen, Frauen gegen Männer und beide gemeinsam gegen jeden, der zwischen ihnen und der vermeintlichen Rettung stand – mit dem Ergebnis, dass es so gut wie niemandem zu gelingen schien, den Saal zu verlassen.

Nikola steuerte jedoch keinen dieser Ausgänge an – die panische Menge hätte uns vermutlich glatt in Stücke gerissen –, sondern die entgegengesetzte Richtung, in der das Wasser schon deutlich höher stand, dafür aber nicht mehr annähend so viel zermalmende Kraft hatte.

Vorbei an einem Mann in einem zerrissenen Smoking, dem ein Teil des linken Arms fehlte und der uns aus teilnahmslosen Augen beobachtete, näherten wir uns der rückwärtigen Wand und fanden uns jählings in einem mehr als zur Hälfte gefluteten Raum wieder. Die Luft war so voll kochend heißem Dampf, dass wir uns ohne die schützenden Anzüge vermutlich auf der Stelle tödliche Verbrühungen zugezogen hätten. Meine Sichtscheibe beschlug augenblicklich. Töpfe, Kochgeschirr und Speisereste tanzten auf dem Wasser und dazwischen eine tödlich verwundete Seejungfrau.

»Was zum Teufel tun diese Biester hier drinnen?«, polterte Mulligan.

Er bekam keine Antwort, und mich hätte ohnehin weit mehr die Frage interessiert, was *wir* hier taten. Gerade als ich Nikola darauf eine Antwort entlocken wollte, begann das Wasser neben ihm zu schäumen. Ein gewaltiger Riesenkalmar brach hervor, umschlang ihn mit allen zehn Fangarmen gleichzeitig und riss ihn in die Tiefe.

Mulligan warf sich mit weit ausgebreiteten Armen vor und tauchte. Ich tat dasselbe, schnappte mir aber zuvor ein langes Küchenmesser von einer halb überfluteten Anrichte.

Mich mühsam dicht unter der Wasseroberfläche entlangtastend kam ich gerade rechtzeitig auf Sichtweite heran, um zu sehen, wie Mulligan die Hände um einen der langen Tentakel schloss und ihn vergeblich abzureißen versuchte. Ich wusste aus eigener leidvoller Erfahrung, wie stark Mulligan war, doch die albtraumhafte Tiefseekreatur zeigte sich vollkommen unbeeindruckt. Wenn ich Nikolas verzweifeltes Keuchen in den Lautsprechern in meinem Helm richtig deutete, dann wurde der mörderische Druck der Fangarme als Reaktion wohl eher noch schlimmer. Mulligan stellte seine vergeblichen Bemühungen nach einer weiteren Sekunde ein, streckte den Arm aus und entriss mir das Messer.

Zwar gelang es Mulligan, die Klinge unter einen der kräftigen Tentakel zu schieben und loszusäbeln, doch kaum breiteten sich die ersten Schlieren blauen Krakenbluts im Wasser aus, lösten sich zwei Fangarme von Nikola und schlugen mit solcher Wucht nach ihm, dass Mulligan hilflos davongetrieben wurde und das Messer fallen ließ.

Noch bevor er sich wieder gefangen hatte, tauchte eine schlanke Frauengestalt in der weißen Schürze einer Küchenhilfe hinter uns auf. Sie konnte allerhöchstens hundert Pfund wiegen und reichte mir kaum bis zum Kinn, schoss aber so elegant und schnell wie ein Raubfisch neben mir durch das Wasser, packte einen der Fangarme des Kalmars und riss ihn ohne sichtbare Mühe ab.

Sofort ließ der Riesenkalmar von Nikola ab und stürzte sich auf den neu aufgetauchten Gegner. Das vermeintlich so zarte Mädchen packte ihn mit bloßen Händen und riss ihn in Stücke. Schwarzes Blut breitete sich so rasend schnell im Wasser aus, dass ich für zwei oder drei Sekunden einfach blind war, bevor ich auf die Idee kam, mich aufzurichten und mit den Händen über die Glasplatte vor meinem Gesicht zu wischen.

Neben mir tauchte Mulligan auf, einen vollkommen verstörten und am ganzen Leib zitternden Nikola im Schlepptau, und ich fuhr mir noch mal mit dem Handrücken über den Helm, um ganz sicher zu sein, mir den unglaublichen Anblick nicht nur eingebildet zu haben. Die junge Frau hatte sich wieder aufgerichtet. Blaues Krakenblut besudelte ihren Kittel und lief ihr an Gesicht und Schultern hinab, und Fetzen des in Stücke gerissenen Ungeheuers trieben rings um sie auf der Wasseroberfläche, doch sie stand starr wie eine Statue da, und auf ihrem Gesicht lag sogar die Andeutung eines Lächelns.

Obwohl er vor einer Sekunde beinahe zu Tode gequetscht worden wäre, fing sich Nikola erstaunlich schnell. Seine Stimme zitterte, und das Echo des gerade durchlebten Schmerzes war noch immer darin zu hören. Dennoch legte er mir die Hand zwischen die Schulterblätter und stieß mich grob weiter.

»Ziehen Sie keine falschen Schlüsse«, keuchte er. »Es ging dem Maschinenmädchen nur darum, das Ungeheuer zu besiegen – und nicht darum, uns zu retten.«

Zugleich erhielt ich einen weiteren Stoß in den Rücken, der mich glatt von den Füßen gerissen hätte, hätte ich nicht bis zur Brust im Wasser gestanden, und dann noch einen dritten, der mich an dem wiedererstarrten Neumann vorbei und durch eine zweiteilige Schwingtür stolpern ließ.

Dahinter lag ein von einer gewaltigen Freitreppe beherrschter Ballsaal, in dem ein noch viel größeres Chaos tobte als hinter uns. Das Schiff hatte inzwischen nicht nur deutlich Schlagseite, sondern neigte sich auch so weit nach vorne, dass sich niemand mehr auf den Füßen halten konnte, ohne sich irgendwo festzuhalten – und nicht einmal das half in jedem Fall.

Etliche Frauen und Männer versuchten über die große Treppe zu entkommen, verloren aber auf den immer mehr zur Seite kippenden Stufen ausnahmslos den Halt, sofern ihnen nicht schon vorher von den hereinschießenden Wassermassen die Beine unter dem Leib weggerissen wurden. Schreie und ein unbeschreibliches Getöse erfüllten die Luft, das Bersten von Holz und das Splittern von Glas und Porzellan sowie der dumpfe Laut, mit dem menschliche Körper auf Holz und Metall aufschlugen.

Gerade als wir hereinkamen, löste sich einer der gewaltigen Kronleuchter von der Decke und schlug wie eine Bombe im kochenden Wasser ein, Menschen und Mobiliar gleichermaßen teilnahmslos unter sich zerschmetternd. Er zerbarst in eine Million Glassplitter, die wie ein Regen gefährlicher Schrapnellgeschosse durchs Wasser schossen und in warmes Fleisch schnitten.

Auch hier sah ich viele – wenn nicht gar die Hälfte – der Gäste, die scheinbar vollkommen ungerührt inmitten der Apokalypse standen, als ginge sie das alles gar nichts an. Etliche Gesichter kamen mir sogar vage bekannt vor – vielleicht hatte ich ihr Konterfei schon einmal in der Zeitung gesehen –, doch auch wenn es anders gewesen wäre: Nach dem, was Nikola über die Teilnehmer an dieser ganz besonderen Reise erzählt hatte, wäre mir auch so klar gewesen, es mit etlichen der vermögendsten und einflussreichsten Männer und Frauen der Welt zu tun zu haben.

Aber wie viele von ihnen waren wirklich noch Männer und Frauen?

Auch in einem anderen Punkt hatte ich mich nicht getäuscht, so bizarr es mir selbst auch vorkam, als ich es sah: die Musik. Auf einer Empore am anderen Ende des großen Ballsaals saß eine komplette achtköpfige Kapelle und spielte so tapfer gegen das Chaos an, als hinge das Leben jedes einzelnen Menschen an Bord davon ab, einen Schutzschild aus Tönen und Klängen aufrechtzuerhalten. Das Wasser hatte längst die Empore erreicht und Füße und Knöchel der Musiker überflutet, aber trotzdem spielten sie so unbeeindruckt weiter, als wäre nichts Ungewöhnliches passiert.

Einem der Musiker fehlte der rechte Unterschenkel, abgerissen von einem herumfliegenden Trümmerstück oder durch irgendeinen anderen unglücklichen Umstand, der sich nicht mehr nachvollziehen ließ. Der Mann malträtierte seinen Bass vollkommen ungerührt weiter, als wäre es das Selbstverständlichste der Welt, und wie bei einem Geschöpf seiner Art nicht anders zu erwarten, begann der Stumpf seines Beins praktisch sofort von oben her nachzuwachsen.

Aber etwas stimmte nicht. Wo er die Wasseroberfläche berührte, sprühten Funken, und rauchende Metallfragmente rieselten ins Wasser und wurden von der strudelnden Strömung davongetragen. So etwas hatte ich bei den Neumanns noch nie beobachtet. Doch bevor ich mir darüber Gedanken machen konnte, zerrte mich Nikola bereits weiter.

Ein gewaltiger Schlag ging durch das Schiff, und ich meinte

regelrecht zu spüren, wie die *Titanic* vor Schmerz stöhnte wie ein riesiges lebendes Wesen, während es sich schwer auf die Seite legte, sich machtvoll wieder aufrichtete und in die entgegengesetzte Richtung kippte.

Wer sich bisher noch auf den Füßen gehalten hatte, wurde niedergeworfen und unter Wasser gedrückt, sofern er nicht das Pech hatte, gegen ein Möbelstück oder die Wände geschmettert zu werden.

Mulligan, der eben noch rechts von mir gewesen war, war plötzlich verschwunden, und das Letzte, was ich von Nikola sah, bevor es mir genauso erging, waren seine wild rudernden Arme, mit denen er vergeblich um sein Gleichgewicht rang.

Dann ging ich unter, prallte gegen etwas, das eindeutig härter war als der Messinghelm auf meinem Kopf, und spuckte Blut gegen die Scheibe vor meinem Gesicht, während ich wieder einmal darum kämpfte, nicht besinnungslos zu werden.

Es war pures Glück, dass mich die vollkommen außer Rand und Band geratenen Wassermassen gegen die gewaltige Freitreppe schleuderten, was mir zwar eine weitere geprellte Rippe bescherte, mich aber möglicherweise auch rettete, denn als ich mich mühsam auf Hände und Knie hochstemmte, um den Kopf über Wasser zu bekommen, wurde ich Zeuge des endgültigen Untergangs.

Der Boden des Ballsaals musste geborsten sein, denn hinter mir begann sich ein gewaltiger, immer schneller werdender Strudel zu drehen, in dem Menschen und Möbel und Trümmerteile gleichermaßen verschwanden und zermalmt wurden. Nicht einmal die übermenschlich starken Maschinenwesen waren der Kraft des Strudels gewachsen. Wo sie ihm zu nahe kamen, wurden sie einfach mit- oder in Stücke gerissen – ein Schicksal, das mir ebenfalls drohte, wenn ich nicht machte, dass ich hier wegkam.

Noch immer auf Händen und Knien kriechend arbeitete ich mich die Treppe hinauf, die mittlerweile so schräg stand, dass sie genauso gut auch als Leiter durchgegangen wäre, bekam irgendwie das Geländer zu fassen und wäre um ein Haar rücklings wieder in die Tiefe gestürzt, als mir eine schreiende Gestalt entgegengefallen kam und mich nur um Haaresbreite verfehlte.

Mit zusammengebissenen Zähnen zog ich mich an dem Geländer weiter nach oben, das unter meinem Gewicht immer protestierender ächzte und zweifellos bald in Stücke brechen würde, erreichte wie durch ein Wunder den noch einmal halbwegs ebenen Boden und sank erschöpft auf die Knie.

Unter mir spielte noch immer die Kapelle.

# 24

Wenn ich gehofft hatte, das Schlimmste überstanden zu haben, so sah ich mich getäuscht. Nikola und Mulligan hatten es ebenfalls geschafft und zerrten mich auf die Füße. Sie stießen mich weiter, und Nikolas Stimme schrie mir aus dem hinteren Teil meines Helms etwas zu, das ich nicht verstand – die Panik hörte ich aber wohl. Dann wurde ich eine schräge Rampe (die einmal ebener Boden gewesen war) hinauf- und durch eine Tür gestoßen …

… mitten hinein in ein Inferno.

Anfangs nahm ich nur Chaos in seiner reinsten Form wahr, als meine Sinne vor dem Übermaß an Eindrücken kapitulierten, die aus allen Richtungen zugleich auf uns einstürmten: Schreie und hin und her hastende Gestalten, Lichtblitze und ein dumpfes Dröhnen und Krachen. Ich glaubte, Schüsse zu hören und absurderweise immer noch die Musik aus dem Ballsaal, auch wenn sie inzwischen ein wenig dissonant klang. Über allem lag ein unheimliches Brüllen und Dröhnen, wie der Laut kämpfender Giganten, unter deren Hieben die Welt erbebte.

»Zu den Rettungsbooten!«, befahl Nikola. »Mulligan zum Bug! Ich gehe nach hinten! Quinn, Sie nehmen die Mitte!«

Die Mitte wovon?, dachte ich verstört, wollte die Frage in Worte kleiden, japste stattdessen jedoch erschrocken, als mich ein weiterer derber Stoß in den Rücken traf. Endlich unter freiem Himmel wollte ich den schweren Helm abnehmen, doch Nikola raunzte mich derart an, dass ich die Bewegung nicht einmal halb zu Ende führte. »Lassen Sie das, Sie Dummkopf! Sind Sie lebensmüde?« Ich verstand gar nichts mehr, nahm aber gehorsam die Arme herunter und stolperte weiter.

Das Deck quoll schier über vor Menschen, Männern und Frauen und Kindern jeglichen Alters und Standes, aber auch einer Menge Matrosen und uniformierter Offiziere, die sich in viel zu großer Zahl auf dem schmalen Bereich zwischen Reling und Aufbauten drängten. Es gab jede Menge Rangeleien. Zuerst war mir nicht ganz klar, worum all diese Menschen so verzweifelt kämpften, dann sah ich es dafür umso deutlicher und verspürte eine Mischung aus ungläubigem Entsetzen und blankem Zorn.

Vor mir hing eines der großen Rettungsboote, an seinen Aufhängungen schon zur Hälfte nach außen geschwenkt und abgedeckt, sodass es gerade noch mit einem beherzten Schritt zu erreichen war. Aber niemand versuchte es, denn zwischen dem rettenden Boot und der Reling standen drei hoch aufgerichtete Gestalten – zwei Männer und eine Frau, allesamt in der einfachen Kleidung der Passagiere der dritten Klasse – in einer ebenso grotesken wie nahezu unmöglich anmutenden Haltung: einen Fuß auf dem schwankenden Rettungsboot, den anderen auf der Reling und die Arme in einer Geste erhoben, von der schwer zu sagen war, ob sie nun abwehrbereit oder aggressiv wirkte. Oder beides. Ich hätte die Leere in ihren Augen nicht sehen müssen, um zu wissen, dass es Neumänner waren. Maschinen.

Maschinen, die die Passagiere daran hinderten, an Bord des Rettungsbootes zu gelangen. Ich verstand nicht, warum, und begriff nicht einmal, *was* sie da taten, doch gerade als ich auf Sichtweite heran war, versuchte ein beherzter Mann in teurer

Kleidung über die Reling zu klettern und die Frau aus dem Weg zu stoßen, die über ihm aufragte.

Es gelang ihm nicht.

Stattdessen trat sie ihm mit solcher Gewalt ins Gesicht, dass ich zu hören meinte, wie Knochen brachen. Der Mann ging wie vom Blitz gefällt zu Boden und verschwand unter den Füßen der nachdrängenden Menge.

Ein zweiter Mann – entweder noch beherzter als der erste oder dümmer – versuchte sein Glück bei einem der anderen Neumänner und wich seinem Fußtritt nicht nur aus, sondern bekam auch noch das Bein zu fassen und verdrehte es mit einem kraftvollen Ruck, der jeden normalen Menschen aus dem Gleichgewicht gebracht hätte.

Der Neumann war weder normal noch ein Mensch. Mit einer Bewegung, die einem solchen ganz und gar unmöglich gewesen wäre, beugte er sich vor, packte den unglückseligen Mann an der Schulter und warf ihn mit nur einer Hand mühelos über Bord.

Aus den Schreien der Menschen wurde etwas anderes, als niemand mehr versuchte, das rettende Boot zu erreichen, sondern die Menschen im Gegenteil in reiner Panik die Flucht ergriffen.

Natürlich blieb es bei dem Versuch. Das Deck war so hoffnungslos überfüllt, dass das einzige Ergebnis noch mehr Verletzte und Tote waren und noch mehr Panik.

Auch ich wurde von der panischen Menge einfach mitgerissen. Vielleicht war es einzig der schwere Unterwasseranzug, dessen Gewicht mich davor bewahrte, umgeworfen und womöglich zu Tode getrampelt zu werden. Möglicherweise auch sein Furcht einflößendes Aussehen, vor dem die ohnehin eingeschüchterten Menschen zurückprallten und mich so nicht mit ihrer ganzen Wucht bedrängten.

»Quinn, verdammt, worauf warten Sie?«, dröhnte Nikolas Stimme in meinem Helm. »Schnappen Sie sich die Mistkerle!«

»Ich?«, entfuhr es mir. »Aber was soll ich denn …?«

»Hat Ihnen Singh denn gar nichts gesagt?«, schnappte Nikola.

Sein Atem ging schwer, und die Geräusche, die darüber hinaus über die geheimnisvolle Fernsprechverbindung drangen, hörten sich eindeutig nach einem Kampf an. Aber er konnte doch unmöglich so verrückt sein, sich ganz allein mit einem dieser Maschinenmonster anzulegen!

»Was gesagt?«

»Ihr Gürtel«, mischte sich Mulligans Stimme ein. »Schlagen Sie auf die Schnalle. Kräftig!«

»Aber geben Sie acht«, fügte Nikola hinzu. »Die Ladung reicht allerhöchstens drei- oder viermal.«

»Aha«, sagte ich, inzwischen völlig verwirrt von den Ereignissen und den vorangegangenen Erklärungen zum Taucheranzug. »Welche Ladung?« *Und wozu?*

Als Antwort ertönte ein scharfes Knacken in meinem Helm, mit dem die Verbindung offensichtlich beendet wurde. Gleichzeitig trug mich die wogende Menschenmenge wieder ein Stück weit auf die Reling zu. Der Anblick hatte nichts von seinem Schrecken verloren (und ich kein bisschen Mut dazugewonnen), doch da wurde ich Zeuge von etwas, das meine Wut auf die Neumänner wieder aufflackern ließ. Im Augenblick versuchte niemand mehr, das Rettungsboot zu entern. Doch die Menschenmenge wurde gegen die Reling gedrückt, einfach aus dem Grund, weil die *Titanic* jetzt immer größere Schlagseite bekam und sich dabei zugleich auch immer weiter nach vorne neigte. Ich sah einen vielleicht zwölfjährigen Knaben, der einfach das Pech hatte, den Fuß des weiblichen Neumanns zu berühren.

Die Reaktion bestand aus einem Tritt, der ihn lediglich an der Schulter streifte und vermutlich nicht einmal wirklich verletzte, ihn aber zurück in die panische Menschenmenge und unter deren Füße schleuderte. Weder sah noch hörte ich, was weiter mit ihm geschah, doch das war auch nicht nötig.

Rote, reine Wut fegte jeden anderen Gedanken beiseite. Mit zwei, drei raumgreifenden Schritten stürmte ich vor, schlug die zur Faust geballte Linke auf die Gürtelschnalle des Anzugs, wie Mulligan es mir gesagt hatte, und wurde mit einem sonderbaren Kribbeln belohnt, das meinen Rücken hinablief und sich praktisch sofort wieder auflöste. Dann hatte ich die Reling erreicht, sah wie erwartet einen in einem klobigen Schuh steckenden Fuß auf mein Gesicht zielen und riss abwehrend die rechte Hand in die Höhe.

Das Ergebnis überraschte mich selbst vermutlich am meisten.

Meine Hand schloss sich beinahe ohne mein eigenes Zutun um den Knöchel, fing den Tritt zwar nicht zur Gänze ab, lenkte ihn aber weit genug zur Seite, dass er meine Helmscheibe nicht zerschmetterte, sondern nur einen diagonalen schwarzen Schmierer auf dem Glas hinterließ. Der größte Teil der Kraft explodierte in meiner Schulter, die sich anfühlte, als würde sie pulverisiert.

Den Neumann erwischte es deutlich schlimmer.

Schon aufgrund meiner schmerzenden Schulter wollte ich loslassen, doch meine Hand war anderer Meinung – oder um genauer zu sein der schwarze Gummihandschuh, in dem sie steckte. Gänzlich ohne meinen eigenen Willen schloss sie sich mit einer Kraft, die die meine um ein Mehrfaches überstieg, um den Knöchel und drückte mit solcher Gewalt zu, dass der Knochen darin gebrochen wäre, hätte es denn einen gegeben.

Das Kribbeln in meinem Rücken wiederholte sich, und ich

meinte ein dumpfes Summen wahrzunehmen, das rasch unter die Grenze des überhaupt Hörbaren absank und in meinen Zähnen und Fingerspitzen schmerzte, und plötzlich war es, als wäre meine Hand in einen zweiten, knisternden Handschuh gehüllt, der aus unzähligen, gleißend blauen Funken gewoben war. Der Neumann torkelte zurück und riss sich los, aber es war bereits zu spät.

Genau wie bei Svensson an Bord der *Carpathia* explodierte er einfach, verwandelte sich von einem Lidschlag auf den nächsten in eine Wolke auseinanderfliegender schwarzer Metallsplitter und verwehte dann ganz. Und noch bevor ich so recht begriff, was überhaupt geschah, erfasste das blaue Lichtgewitter noch einen weiteren Neumann und zerriss ihn ebenfalls.

Was mit dem dritten geschah, konnte ich nicht sagen, denn als ich den Kopf hob und nach ihm Ausschau hielt, war er einfach verschwunden. Die Menge hinter mir kannte nun kein Halten mehr. Fünf, zehn, ein Dutzend oder mehr Männer gleichzeitig versuchten in das Boot zu klettern, das daraufhin prompt an seinen Auslegern zu pendeln begann, sodass zuerst einer, dann unmittelbar hintereinander noch zwei weitere Männer den Halt verloren und schreiend in der Tiefe verschwanden. Ich wandte mich ab und eilte in Richtung des nächsten Rettungsbootes, nur um eine nahezu getreuliche Wiederholung der Szene zu erleben.

Dieses Mal zögerte ich nicht, mich auf die beiden Neumänner zu stürzen, die das Boot bewachten, und erledigte den einen mit einem gezielten Faustschlag, den anderen aus derselben Bewegung heraus mit einem beherzten Hieb in die Kniekehlen, der auch ihn augenblicklich in eine Wolke aus grauem Eisenstaub verwandelte. Allerdings fiel mein Hieb ein bisschen zu energisch aus, denn ich wurde von der Wucht meines eigenen Schlages beinahe über die Reling geworfen.

Im letzten Moment gelang es mir, mich mit der anderen Hand daran festzuhalten, aber ich musste irgendetwas falsch gemacht haben. Ein peitschender Knall erscholl, unmittelbar gefolgt von einem hellen Knistern und Zischen, und plötzlich sprühten Funken auf etlichen Metern in beide Richtungen aus der Reling. Schreie folgten ihnen, und gleich ein halbes Dutzend Männer und Frauen brachen wimmernd oder auch lautlos wie vom Blitz getroffen zusammen. Das Metall der Reling rauchte, und dann fing auch noch mein Anzug an, Probleme zu machen. Als ich mich in die Höhe zu ziehen versuchte, gelang es mir nicht – die Gelenke des schweren Unterwasserpanzers blockierten.

Ich versuchte es noch einmal mit geringfügig mehr Erfolg und erreichte damit immerhin, dass die Luft in meinem Helm nun leicht verbrannt roch. Da hörte ich auch schon ein unangenehmes Geräusch wie von sich festfressenden Kugellagern. Meine Bewegungsfreiheit wurde weiter eingeschränkt. Wahrscheinlich wäre ich als missratene Galionsfigur an der Reling der *Titanic* auf dem Meeresgrund gelandet, hätte nicht endlich eine starke Hand nach mir gegriffen und mich wieder aufs Deck hinaufgezerrt.

»Wie es aussieht, hätte Singh Ihnen doch wenigstens einen Crashkurs in der Bedienung dieses besonderen Anzugs geben sollen«, erklang Nikolas Stimme in meinem Helm. »Aber vielleicht hat er ja auch irrtümlicherweise angenommen, dass Sie wissen, dass Metall Strom leitet.«

Er hatte recht.

Rings um uns herum tobten noch immer Chaos und Panik. Die Folgen meiner kleinen *Nachlässigkeit* entgingen mir trotzdem nicht: zwei oder drei Passagiere krümmten sich weiterhin zitternd am Boden, und etliche hatten Verbrennungen an Händen und Unterarmen davongetragen. Ich konnte nur hoffen, nicht versehentlich jemanden umgebracht zu haben, und wollte mich zu einem der Verletzten hinabbeugen, doch Nikola riss mich derb zurück.

»Wollen Sie ihm den Rest geben?«

»Was zum Teufel ist das?«, fragte ich und hob beide Hände. Das blaue Lichtgewitter war erloschen, aber meine Fingerspitzen kribbelten noch immer. »Haben Sie das erfunden?«

»Sagen wir: Singhs Ingenieure waren von einigen meiner Ideen höchst angetan«, antwortete Nikola in unangemessen selbstzufriedenem Ton. »Ich finde es höchst bedauerlich, dass ich mich nicht länger mit ihnen austauschen konnte.«

Hinter uns brach ein regelrechter Tumult aus, als immer mehr Menschen versuchten, an Bord des Rettungsbootes zu gelangen, das nicht nur immer heftiger an seinen Aufhängungen hin und her schwankte, sondern schon jetzt hoffnungslos überfüllt war. Mulligan zerrte einen Mann zurück, der sich mit einer Hand an den Halteseilen festhielt und mit der anderen allen Ernstes versuchte, eine junge Frau von Bord zu zerren, um deren Platz einzunehmen.

Nikola und ich halfen nach Kräften mit, das Boot an den vor Spannung wie Gitarrensaiten summenden Tauen zu Wasser zu lassen – ein Unterfangen, das sich trotz modernster Technik und tatkräftiger Unterstützung etlicher weiterer Passagiere als so schwierig erwies, dass ich bis zum Schluss nicht sicher war, es zu schaffen. Das Schiff neigte sich immer weiter zur Seite, sodass die panische Menge gegen die Reling gepresst wurde und mehr als nur einer schreiend über Bord fiel.

Selbst ich bekam kaum noch Luft, obwohl mir der schwere Unterwasseranzug einen gewissen Schutz bot. Nur ein kleines Stück neben uns riss sich eines der hoffnungslos überfüllten Rettungsboote von den Tauen los, kippte und fiel dann in Stücke zerbrochen auf die unglückseligen Menschen hinab, die es gerade wie ein bockendes Pferd abgeworfen hatte. Immer mehr Menschen stürzten über die Reling ins Wasser, etliche ohne noch einmal aufzutauchen und andere verzweifelt im eisigen Wasser um sich schlagend. Wahrscheinlich brachen dort unten jetzt bereits die ersten Kämpfe um die Plätze an Bord der Boote aus, die es ins Wasser geschafft hatten, aber ich erlaubte mir nicht hinzusehen.

Überall in der Menge um uns herum spielten sich schon genug entsetzliche Szenen ab, vor denen ich vielleicht die Augen verschließen konnte, nicht aber die Ohren. Ein Gefühl größer werdender Verzweiflung begann sich in mir breitzumachen. Um uns herum starben Menschen, und das ganze Schiff schien in reiner Todesangst zu schreien.

Etwas explodierte tief im Rumpf der *Titanic* und ließ nicht nur die Decksplanken unter unseren Füßen erzittern, sondern schüttelte noch mehr Passagiere ab, die über Bord fielen oder auf dem immer stärker geneigten Deck keinen Halt mehr fanden und in den sicheren Tod schlitterten.

Ein rascher Blick über die Schulter zeigte mir, dass das vordere Drittel des Schiffes bereits tief im Wasser versunken war, wodurch sich das Deck auf die schrecklichste aller nur vorstellbaren Arten leerte. Wer es nicht schaffte, sich irgendwo festzuhalten, oder aus schierer Verzweiflung in einen Ozean sprang, dessen eisige Temperaturen ihn binnen weniger Minuten töten würden, schlitterte schreiend an uns vorbei und verschwand im überschäumenden Wasser.

Dann wurden wir Zeuge von etwas, dessen wahre Bedeutung mir in dieser Situation noch gar nicht bewusst war, auch wenn ich es im Nachhinein eigentlich hätte besser wissen müssen. Ob es ein gezielter Sprung war oder der Mann stürzte, war nicht zu sagen und wohl auch gleichgültig. Jedenfalls traf er das voll besetzte Rettungsboot mit ausgestreckten Armen und Beinen genau in der Mitte. Spätestens bei diesem Anblick wurde uns klar, dass er kein Mensch war, sondern ein Neumann. Wie eine Granate schlug er ins Boot ein, stanzte ein sauberes Loch in den Rumpf, und das Boot samt seiner Insassen wurde in die Tiefe gerissen.

»Verdammt, Nikola, was tun wir hier eigentlich? Bisher haben wir keinen einzigen Menschen gerettet!«

»Ach nein?« Nikola machte eine Kopfbewegung auf die Handvoll Rettungsboote, die sich quälend langsam aus dem Todeskreis des sinkenden Schiffes entfernten. »Nicht eines davon wäre im Wasser ohne uns. Sie haben es doch gesehen!«

Das hatte ich. Aber nicht verstanden. Die Maschinenwesen hatten offensichtlich zu verhindern versucht, dass auch nur ein einziger Mensch das Schiff verließ. Aber ich begriff nicht, warum.

»Aber Sie haben recht«, fuhr Nikola fort. »Deshalb sind wir nicht hier.« Er griff nun auch mit der anderen Hand Halt suchend nach dem Geländer und sah sich nach beiden Seiten um.

Das Schiff hatte sich mittlerweile so weit nach vorne geneigt, dass das Heck mit den hausgroßen Propellerschaufeln aus dem Wasser auftauchte. Aus den Augenwinkeln sah ich, wie ein voll besetztes Rettungsboot unter die rotierenden Schaufelblätter geriet und Holzsplitter und zerrissene Körper in alle Richtungen davonflogen.

Noch einmal zwei oder vielleicht auch drei Dutzend Menschen, die es nicht geschafft hatten.

Bittere Galle begann sich unter meiner Zunge zu sammeln, und ich konnte gerade noch dem Impuls widerstehen auszuspucken. Das Gefühl der Hilflosigkeit wurde so schlimm, dass es beinahe körperlich wehtat.

»Wir müssen auf die andere Seite«, bestimmte Nikola.

Meiner Meinung nach war das ein Ding der Unmöglichkeit. Wir befanden uns mittschiffs und somit viel zu weit von Bug oder Heck entfernt, um auch nur die geringste Chance zu haben, die andere Seite zu erreichen, bevor das Schiff entweder wie ein fehlgeleiteter Torpedo unter die Wasseroberfläche schoss oder weit genug nach vorne kippte, um unter seinem eigenen Gewicht auseinanderzubrechen. Ein bisschen wunderte es mich, dass das nicht bereits passiert war.

»Warum?«

Ich stellte diese Frage ohne große Hoffnung auf eine Antwort und wurde auch nicht enttäuscht. Nikola sah sich noch einmal in alle Richtungen um, und obwohl ich sein Gesicht hinter der nassen Scheibe kaum erkennen konnte, meinte ich regelrecht zu hören, wie es hinter seiner Stirn zu arbeiten begann.

Und auch auf was für eine haarsträubende Idee er kam.

»Das ist nicht Ihr …«, begann ich, doch Nikola stieß sich mit einer kraftvollen Bewegung ab, brachte irgendwie das Kunststück fertig, noch zwei oder drei Schritte zu machen, und schlug dann der Länge nach hin, um mit hilflos rudernden Armen weiterzuschlittern. Ich sah ihn schon von der Schwerkraft und der immer noch weiter zunehmenden Schräglage über Bord geschleudert, doch irgendwie schaffte er es, gegen jede Logik (und die Gesetze der Physik) sein Ziel zu erreichen und sich nicht nur irgendwo festzuklammern, sondern sich auch weiterzuhangeln, bis er eine offen stehende Tür erreichte, die ihm Halt bot. Kurz darauf folgte ihm Mulligan auf dieselbe Weise, während ich mich ausnahmsweise als der Klügere erwies und wartete, bis Mulligan ein Seil von seinem Gürtel löste und mir zuwarf.

Nachdem ich es im dritten Anlauf aufgefangen hatte, hangelte ich mich zu ihnen hinüber und setzte noch einmal an: »Das ist nicht Ihr Ernst! Das Schiff geht gleich unter!«

»Dann sollten wir uns besser beeilen, oder?«, meinte Nikola, rappelte sich mühsam auf und verschwand endgültig durch die Tür.

Mulligan und ich folgten ihm, was sich jedoch als schwieriger erwies, als ich erwartet hatte. Zwar blieben uns die schlimmsten Schreckensszenarien erspart, aber wir wurden mit noch mehr Trümmern konfrontiert, die unser Vorwärtskommen behinderten. Aus einer aus den Angeln gerissenen Tür schlugen uns Flammen und brühheißer Dampf entgegen, den ich selbst durch das dicke Material des Anzugs hindurch schmerzhaft spüren konnte.

Absurderweise meinte ich unter all dem chaotischen Lärm und Getöse noch immer die Musik der Kapelle zu hören, obwohl sie längst untergegangen sein musste.

Es schien von Sekunde zu Sekunde schwerer zu werden, sich zu orientieren. Obwohl sich Wasser und Strom schlechtestmöglich vertragen, brannten überall noch elektrische Lampen, mehr als nur eine sogar unter Wasser. Ich war sicher, dass das wieder an einer dieser ganz besonderen Erfindungen Nikolas lag, der es ja auch geschafft hatte, Glühbirnen mit mehreren Fäden auszustatten, um sie auf Knopfdruck heller oder dunkler schalten zu können. Aber auch sein Genie hatte nicht vorhersehen können, was von seinen Konstruktionen einmal abhängen würde, sonst hätte er wahrscheinlich alle seine Lampen unterwassertauglich konstruiert. So aber flackerten bereits viele wild, explodierten zischend und Funken sprühend und verursachten zahlreiche kleinere oder auch größere Brände, die das immer rascher hereinschießende Wasser in den meisten Fällen augenblicklich wieder löschte.

Die Schlagseite des Schiffes nahm weiter zu, sodass wir die letzte Etappe mehr kletterten und krabbelten als gingen.

Wie nicht anders zu erwarten, war Mulligan der Erste, der

die Tür erreichte und sich mit einer kraftvollen Bewegung hindurchzog, bevor er einfach zu verschwinden schien. Dasselbe galt für Nikola. Wie um mich anzuspornen, schüttelte sich die *Titanic* unter mir heftig, sodass ich das allerletzte Stück mit einem beherzten Sprung hinter mich brachte. Irgendetwas stimmte mit dem Bild des Meeres hinter der offen stehenden Tür nicht.

Es war nicht da.

Wo ich das Meer erwartet hatte, leuchteten die hunderttausend Sterne einer wolkenlosen eisigen Nacht. Obwohl ich es eigentlich hätte wissen müssen, traf mich der Anblick so unvorbereitet, dass ich um ein Haar meinen Halt losgelassen hätte und kopfüber wieder ins Innere der *Titanic* zurückgefallen wäre.

Zur Abwechslung war es einmal Nikola, der mich an der Schulter ergriff und gegen die Wand in meinem Rücken warf – was durchaus wörtlich zu verstehen war. Das Schiff lag mittlerweile so weit auf der Seite, dass wir nahezu im Fünfundvierzig-Grad-Winkel dastanden und uns zudem anstrengen mussten, um nicht in Richtung Bug und damit ins Wasser und den sicheren Tod geschleudert zu werden.

Man hätte meinen sollen, dass wir auf dieser Seite des Schiffes allein waren, doch das stimmte nicht. Hier und da klammerten sich noch einige verzweifelte Passagiere an ein vergittertes Fenster oder eine Tür, krümmten sich im Winkel zwischen Bordwand und Deck, und zu meinem Entsetzen gewahrte ich in einiger Entfernung sogar eine ältere Frau, die über die Reling geworfen worden war und sich nun von außen daran festklammerte. Unter dem schweren Helm vermochte ich ihre verzweifelten Schreie nicht zu hören, doch sie war nahe genug, um die Panik in ihren Augen zu erkennen. Ich stieß mich, ohne nachzudenken, von der Wand ab und warf mich mit weit ausgestreckten Armen nach vorne. Ich hatte selbst nicht damit gerechnet, bekam die unterste Stange der Reling aber irgendwie doch zu fassen und zog mich daran in die Höhe.

In den Lautsprechern meines Helms protestierte Nikola lautstark gegen meinen – wie er es ausdrückte – vollkommen sinnlosen Rettungsversuch, tat dann aber zu meinem Erstaunen dasselbe wie ich und klammerte sich neben mir an die Reling. Langsam hangelten wir uns auf die Frau zu, und gerade als wir sie beinahe erreicht hatten, verließen sie die Kräfte, und sie schlitterte über die schräge Bordwand immer schneller werdend nach unten und stürzte schließlich ins Meer. Wenn es einen Gott gab, dachte ich angesichts dieses sinnlosen Todes vollkommen ernsthaft, dann musste er mich hassen. Sollte das hier schiefgehen und wir uns in naher Zukunft begegnen, dann tat er besser daran, mir aus dem Weg zu gehen.

Mein Blick wanderte weiter, und ich vergaß diesen unsinnigen Gedanken.

Im Meer unter der *Titanic* tobte ein Kampf der Giganten. Zum allerersten Mal wurde mir bewusst, wie groß Singhs fantastisches Unterwasserboot wirklich war, denn es nahm sich selbst neben der *Titanic* nicht annähernd so zwergenhaft aus, wie es jedes andere Schiff getan hätte, obwohl es sich unter Wasser befand.

Doch auch sein Gegner war ein wahrer Gigant – ein Riesenkrake. Beinahe ebenso groß wie sein eiserner Kontrahent hatte er einen gewaltigen, pumpenden Balg mit der typischen Pfeilspitze des Kalmars an einem und einem Paar starrender Glotzaugen am anderen Ende, von denen jedes die mannsgroßen Turmfenster des Tauchbootes ohne Mühe in den Schatten stellte. Peitschende Fangarme, die länger waren als so manches Schiff, und ein zermalmender Raubvogelschnabel rundeten den verstörenden Anblick ab. Und plötzlich begriff ich mit vollkommener Sicherheit, dass wir uns einem der Tiefen Wesen gegenübersahen.

Vielleicht war es ja nichts als Einbildung, ein weiterer böser Streich, den mir meine eigene Fantasie spielte, doch wenn, dann war ich nicht der Einzige, dem es so erging: In meinem Helm hörte ich Mulligan und Nikola entsetzt die Luft einsaugen und gleichzeitig auch ein gequältes Wimmern, das wohl von mir selbst kam. Im selben Augenblick, in dem ich diesen Gedanken dachte, richtete sich der Blick eines der monströsen Riesenaugen so direkt auf mich, als hätte das Ungeheuer meine Gedanken gelesen und wollte mir etwas sagen. Ich wusste nicht, was, und ich wollte es auch nicht wissen, denn die Gedankenwelt dieses Ungetüms auch nur zu streifen musste alles Lebende und Fühlende in mir zu Asche verbrennen. Die Wirklichkeit klaffte auseinander und wurde zu einem schwarzen Mahlstrom, der direkt in den Wahnsinn führte.

Nikola legte mir die Hand auf die Schulter, und die Berührung riss mich in die Wirklichkeit zurück. »Sehen Sie nicht hin. Dabei kann nichts Gutes herauskommen.«

Es fiel mir unfassbar schwer, mich vom Blick dieses höllischen Auges loszureißen, und ich hatte das grässliche Gefühl, dass etwas von mir zurückblieb – als hätte das bloße Wissen um die Existenz dieser Kreatur meine Seele besudelt. Ich versuchte mich mit aller Macht auf das Hier und Jetzt zu konzentrieren, um wenigstens wieder eine Spur von Normalität in mein Denken zu zwingen.

Nicht dass das, was ich sah, irgendwie *normal* gewesen wäre.

Der Kampf der Giganten spielte sich nicht nur in vollkommener Lautlosigkeit ab, sondern auch an der Grenze des überhaupt Sichtbaren – was alles aber eher noch schlimmer zu machen schien. Der Koloss hatte das Tauchboot mit der Hälfte seiner gewaltigen Fangarme gepackt und versuchte es zu zerquetschen, die anderen tasteten auf der Suche nach einer verwundbaren Stelle über Deck und Aufbauten.

Ob und wie sich Singhs fantastische Unterwassermaschine zur Wehr setzte, war nicht zu erkennen, außer dass es dann und wann blassblau und vergänglich längs seiner gepanzerten Flanken aufblitzte. Doch ich spürte tief in mir die unsichtbaren Gewalten, die dort unten aufeinanderprallten – wie das Ringen kolossaler Naturgewalten, die jenseits der Wirklichkeit gegeneinander kämpften.

Und was, wenn Singhs Schiff diesen Kampf verlor?

Diesen Gedanken wollte ich nicht zu Ende denken, und er war auch müßig, denn wenn das geschah, dann bedeutete das unser aller Ende. Also riss ich mich mit großer Anstrengung endlich von dem unwirklichen Anblick los und ließ meinen Blick über die gewaltige Flanke der *Titanic* gleiten, die sich unter uns ebenso täuschend langsam wie unaufhaltsam weiter aus dem Wasser hob. Wie lange noch, bis die gigantische Konstruktion wie ein Stein in die Tiefe sank oder unter ihrem eigenen Gewicht in Stücke brach?

»Dort!«

Nikola deutete nach links auf die unaufhaltsam näher kommende Wasseroberfläche. Auf dieser Seite war es keinem einzigen der ohnehin viel zu wenigen Rettungsboote gelungen, das rettende Meer zu erreichen. Die meisten hingen nutzlos an ihren Haltetauen, scharrten an der Bordwand entlang oder hatten sich ganz losgerissen und waren verschwunden. Doch das war es nicht, was er mir zeigen wollte. Mein Blick folgte seiner ausgestreckten Hand, und ich konnte zunächst rein gar nichts Ungewöhnliches erkennen. Dann meinte ich ein seltsames Wabern und Flirren auszumachen – oder eben auch nicht, denn der sonderbare Effekt schien sich meinem Blick immer wieder zu entziehen; wie das Zittern heißer Luft über der Wüste.

Und etwas ganz Ähnliches war es auch.

Die schwarze Farbe schlug Blasen, begann zu qualmen und ging dann in Flammen auf, die praktisch sofort wieder erloschen, als der Stahl des Rumpfes darunter erst rot, dann gelb und schließlich weiß zu glühen begann, bevor er wie Wachs in einem Hochofen zur Konsistenz von Wasser zerschmolz und in Strömen an der Flanke der *Titanic* nach unten floss. Binnen Sekunden entstand ein mehr als mannsgroßes Loch, dessen Ränder von so intensiven gelben und weißen Flammen eingefasst wurden, dass mir sofort die Tränen in die Augen schossen. Ich zwang mich trotzdem, weiter hinzusehen, und meinte eine Anzahl verschwommener Schatten in einem chaotischen Tanz wahrzunehmen, bevor der Schmerz endgültig zu schlimm wurde und ich wegsehen musste.

»Da sind sie!«, sagte Mulligan. »Zu tief, verdammt!«

Ich hatte keine Ahnung, wovon er sprach, blinzelte ein paarmal hektisch und sah wieder hin. Mein Blick war nach wie vor verschwommen, aber ich erkannte trotzdem zwei Gestalten in klobigen schwarzen Unterwassermonturen, die vorsichtig ins Freie zu klettern begannen. Es konnte sich nur um Allison und Tanner handeln, denn einen Menschen hätten die mörderischen Temperaturen auf der Stelle getötet, und sogar sie kamen nicht ganz ungeschoren davon.

Bei beiden fingen sowohl Unterschenkel als auch Hände und Arme der sperrigen Tauchermontur Feuer, doch die Flammen erloschen sofort wieder, kaum dass sie den Kontakt mit dem glühenden Metall verloren. Als wäre dieser Anblick noch nicht gespenstisch genug, ließen sich die beiden Gestalten auf Hände und Knie sinken, kaum dass sie das Schiff verlassen hatten, und begannen auf physikalisch vollkommen unmögliche Weise an der stählernen Klippe heraufzukriechen, in die sich die Flanke der *Titanic* verwandelt hatte. Einer von ihnen schien etwas zu tragen, doch ich konnte weder erkennen, wer es war noch was.

»Zu tief, verdammt«, sagte Mulligan noch einmal. »Sie sind viel zu tief!

»Zu tief wofür?«, fragte ich.

Ich bekam die mir mittlerweile schon bekannte Antwort – nämlich keine –, doch Mulligan löste zumindest eine Hand von der Reling und begann hektisch zu winken. Als keine der beiden Gestalten reagierte, fuhr Mulligan herum und begann mit vorsichtigen kleinen Schritten nach unten zu balancieren, wobei er sich mit aller Kraft an der Reling festklammern musste, um überhaupt auf den Beinen zu bleiben. Ich sah dennoch, wie schwer es ihm fiel, und folgte ihm entsprechend vorsichtig, auch wenn ich nicht die mindeste Ahnung hatte, wohin und warum.

Einer der beiden Neumänner unter uns kroch plötzlich schneller und erreichte eines der wie wild über den Rumpf scharrenden, hin und her pendelnden Rettungsboote. Mit einer ganz und gar übermenschlich schnellen und geschickten Bewegung schwang sich Tanner (ich wusste nicht wirklich, ob er es war, entschied aber für mich, ihn aufgrund seines männlichen Wagemuts als Allisons Begleiter zu betrachten) ins Heck des Rettungsbootes, flog regelrecht nach vorne und riss die Haltetaue so mühelos ab, wie ich es mit einem dünnen Zwirn getan hätte. Das Boot kippte mit solcher Gewalt nach vorne, dass sein vorderes Drittel komplett eintauchte und es möglicherweise einfach zerbrochen wäre, hätte Tanner nicht die Wucht dieses Aufpralls genutzt, um sich wieder zurückzuwerfen und auch die beiden daumendicken Taue am Heck zu kappen.

Eine einzelne Sekunde sah es ganz so aus, als kippte das Boot endgültig um, dann tat Tanner irgendetwas, das es wieder in die Waagerechte brachte und zugleich ein Stück von der *Titanic* wegtreiben ließ.

Nur einen Augenblick später riss er zwei der sechs großen Riemen aus ihrer Halterung und tauchte sie ins Wasser. Mulligan schrie: *»Springt!«*

Springen? Hatte er den Verstand …?

Ein harter Stoß traf mich zwischen die Schulterblätter, und mit einem anderthalbfachen Salto tauchte ich ins Wasser und hätte am liebsten gellend aufgeschrien, hätte mich die Kälte nicht mit solcher Wucht getroffen, dass sich jeder einzelne Muskel in meinem Leib verkrampfte. Mein Herz setzte zwei oder drei Schläge aus, bevor es unregelmäßig und schmerzhaft in meiner Brust weiterhämmerte. Licht und die alles verschlingende Dunkelheit des Meeres wechselten sich in rasender Folge ab, während ich herumwirbelte und weiter in die Tiefe gezogen wurde.

Eine Hand grub sich in meine Schulter, zog mich aus dem Wasser und warf mich regelrecht in das Rettungsboot, sodass ich schon wieder Sterne sah.

»Mulligan, verdammt …«, begann ich und führte den Satz nicht zu Ende, sondern riss erstaunt die Augen auf, als all die Schlieren und das Blut vor meinen Augen zu einem Gesicht zusammenflossen. Ich hatte ganz automatisch angenommen, dass es wieder einmal Mulligan war, der mich rettete und an Bord gehievt hatte, doch es war …

»Allison?«

Genau genommen war die Frage überflüssig. Allison trug zwar nach wie vor den klobigen Unterwasseranzug, aber der Helm war verschwunden, und sie sah wieder einmal atemberaubend aus. Ich fragte mich, was dieser ganze Unsinn mit den ständigen Verkleidungen und dem Unterwasseranzug, den sie nicht brauchte, sollte, und wie sie es schaffte, die jeweilige Veränderung so schnell herbeizuführen. Aber natürlich kam ich zu keinem Ergebnis.

Endlich fand ich meine Fassung wieder – oder redete es mir wenigstens ein – und rappelte mich umständlich auf. »Was willst du …?«

»Hör mir zu«, unterbrach mich Allison. »Uns bleibt vielleicht nicht viel Zeit. Er wird uns verfolgen.«

Wie beruhigend! »Er?«

»Ihr müsst zurück auf die *Carpathia*«, fuhr Allison fort, selbstredend ohne meine Frage zu beantworten. Ich bezweifelte fast, dass sie sie überhaupt gehört hatte. »Sie wird kurz vor Tagesanbruch hier sein. Vielleicht etwas eher, wenn ihre Maschinen wirklich so gut sind, wie der Admiral behauptet.«

»Eher noch besser«, mischte sich Nikola ein. »Hanscombe weiß gar nicht, was er da wirklich hat.«

»Dann sollten Sie beten, dass das auch so bleibt«, sagte Allison und wandte sich dann mit großem Ernst wieder an mich. »Svensson weiß, was zu tun ist. Er wird euch helfen, sicher zurück nach England zu kommen, und er sorgt auch dafür, dass Admiral Hanscombe euch in Frieden lässt.«

»Hanscombe?«, fragte Nikola. »Was ist mit ihm? Er ist auf unserer Seite!«

Ich begann allmählich daran zu zweifeln, dass es so etwas wie *unsere Seite* überhaupt gab, und Allison schien es wohl nicht sehr viel anders zu ergehen, denn sie schüttelte heftig den Kopf und schürzte noch zusätzlich die Lippen. Das hatte sie früher auch immer getan, wenn ihr etwas nicht gefiel. »Ganz gewiss nicht, Nikola. Aber Svensson wird dafür sorgen, dass euch nichts geschieht.«

»Und …« Beinahe hätte ich gesagt, du, bekam das Wort aber doch nicht über die Lippen. »… ihr?«

»Wir gehen mit Singh«, antwortete Allison. »An einen … anderen Ort. Aber wir sehen uns wieder, keine Angst. Da ist noch vieles, was ich dir sagen muss. Und zeigen.«

»Ich will es nicht hören«, sagte ich. Und schon gar nicht sehen.

»Vielleicht werden Sie Ihre Meinung ändern, wenn Sie gehört haben, was wir Ihnen sagen wollen, Mister Devlin«, sagte Tanner.

»Ich sagte doch, es interessiert mich nicht«, erwiderte ich mit einer Schärfe, die mich beinahe selbst überraschte. Schürte ich diesen Zorn am Ende vielleicht nur selbst, um etwas anderes zu kaschieren, das ich einfach nicht wahrhaben wollte?

»Warum lassen Sie ihn denn nicht wenigstens …«, begann Nikola.

Eine gewaltige Welle schwappte über die Bordwand, überschüttete alles und jeden mit eisigem Wasser – auch Allisons Haar, das danach noch immer aussah wie frisch frisiert. Sie war die Einzige, die so vollkommen ungerührt, ja fast schon gelassen dasaß wie in einer offenen Droschke auf dem Weg in die Sommerfrische. Nikola, Mulligan und ich klammerten uns verzweifelt irgendwo fest, um nicht von der nächsten Woge einfach über Bord gespült zu werden, während Tanner ruderte, als ginge es um sein Leben. Wahrscheinlich tat es das auch.

Mir fiel erst jetzt auf, dass Allisons Hände nicht leer waren, sondern ein quadratisches Kästchen von den Abmessungen eines kleinen Buches hielten.

»Was ist das?«, fragte ich, gab ihr aber gar keine Gelegenheit zu antworten, sondern kam selbst darauf: »Das ist der Grund, weshalb wir hier sind, habe ich recht?«

»Es musste geborgen werden«, antwortete Allison, was streng genommen zwar keine wirkliche Antwort war, zugleich aber wohl auch die einzige, die ich bekommen würde.

»Und warum hast du uns dazu mitgenommen?«, fragte ich zornig. »Brauchtest du Publikum für deine heroische Heldentat? Oder hast du nur gehofft, dass wir dabei ums Leben kommen und du dir deine Hände nicht schmutzig machen musst?«

Das war ebenso dumm wie gemein, und ich spürte nicht nur sofort, wie sich mein schlechtes Gewissen wieder rührte, sondern hörte auch, wie Nikola scharf die Luft einsog, um mich angemessen zurechtzuweisen. Doch Allison kam ihm zuvor.

»Weil du recht hattest, Quinn«, sagte sie.

»Ich weiß«, versetzte ich scharf. »Womit?«

»Damit, dass wir nicht einfach zusehen können, wie Tausende von Menschen sterben«, antwortete Allison ernst. »Das wäre falsch.«

»Ach, tatsächlich?«, fragte ich böse. »Und wie viele Menschen genau haben wir noch einmal gerettet? Lass mich überlegen … ach ja, jetzt fällt es mir wieder ein: gar keinen.«

»Viel zu wenige. Und doch alle, die du retten konntest.« Allison machte eine Kopfbewegung hinter mich, und obwohl ich es nicht wollte, denn ich war es endgültig leid, mich verwirren zu lassen, drehte ich mich schließlich halb um und sah in diese Richtung.

Zunächst konnte ich rein gar nichts Außergewöhnliches feststellen – sah man vom größten Passagierschiff der Welt ab, das weiter sank –, doch dann meinte ich zu begreifen, was sie mir zeigen wollte: eine Handvoll Rettungsboote, die sich langsam von dem sterbenden Schiff wegbewegten. So unglaublich es mir auch selbst erschien, bewegten sich im eisigen Wasser dazwischen immer noch Menschen, die verzweifelt um ihr Leben schwammen.

»Das ist mehr als keiner.«

»Mach dich nicht auch noch über mich lustig!« Meine Stimme klang bitter.

»Das tue ich nicht, Quinn«, beteuerte Allison. »Das habe ich nie getan. Nicht einer von all diesen Menschen hätte das

Schiff verlassen, wenn deine Freunde und du nicht gewesen wären. Die Drohnen hatten den Befehl, niemanden von Bord zu lassen.«

»Drohnen?«

»Neumänner der etwas einfacher gestrickten Art«, erklärte Nikola.

Als ob ich das nicht selbst wüsste! »Aber warum? Das ergibt doch gar keinen Sinn!«

»Die Drohnen sollten keinen lebenden Menschen von Bord lassen«, antwortete Allison. »Niemals. Und deswegen hätte es auch niemand ohne euch von Bord geschafft. Nicht ein Mann, nicht eine Frau und nicht ein Kind.«

In jeder anderen Situation hätte das theatralisch und übertrieben geklungen, aber jetzt jagte es mir einen kalten Schauer über den Rücken. Aber da war auch noch etwas, eine zweite Botschaft, die sich hinter ihren Worten verbarg und die ungleich wichtiger war. Ich konnte sie jedoch nicht verstehen – schon weil sich ein viel zu großer Teil von mir immer noch weigerte, mehr als nur eine bloße Maschine in ihr zu sehen –, und das machte mich wütend.

»Es wären mehr gewesen, wenn dein Freund und du uns geholfen hättet, statt …« Ich starrte das Kästchen in ihrem Schoß an. »Was ist das?«

»Etwas, das nicht verloren gehen darf«, antwortete Allison, »unter gar keinen Umständen. Etwas unvorstellbar Wertvolles.«

Ich hatte längst begriffen, was sich in diesem harmlos aussehenden Behältnis verbarg, aber ich wollte es einfach nicht wahrhaben. Der Gedanke war zu monströs. »Das … das ist der … der Hive«, brachte ich mühsam mit halb erstickter Stimme hervor.

»Was von ihm übrig ist, ja«, bestätigte Allison. Sie klang unendlich traurig. »Aber zugleich auch das Wichtigste von ihm.«

»Du … du bist hierhergekommen, um dieses … dieses *Ding* zu retten?«, krächzte ich. Ich konnte spüren, wie mir das Blut ins Gesicht schoss. »Aber warum? Hast du nicht behauptet, wir wären hier, um ihn zu vernichten, nicht um ihn zu retten?«

»Wir sind hergekommen, um ein gewaltiges Unglück von New York und vielleicht der ganzen Welt abzuwenden«, belehrte mich Allison so sanft, dass es mich schier rasend machte. »Und es geht bei unserem Kampf nicht um den Hive, den du kennst – sondern um einen anderen, der genug Zeit hatte, seine Fühler überall dorthin auszustrecken, wo es seiner Macht dienlich ist …«

Ich erinnerte mich an die seltsamen Erscheinungen, die ich in dem noblen Club in Belfast während des Gesprächs mit Sir Arthur und Dr. Watson bemerkt hatte, an das vermeintliche Dienstmädchen mit Schürze und Spitzenhäubchen, das ich kurz gesehen hatte, und fragte mich, ob es nicht in Wirklichkeit ein *Maschinenmädchen* gewesen war, von einem Hive geschickt, der uns von Anfang an ausgespäht hatte.

Ich kam nicht dazu, diesen erschreckenden Gedanken weiterzuverfolgen, so viel ungeheuerlicher war das, was Allison im nächsten Satz offenbarte: »Dieser Hive hat versucht, die *Olympic* zu übernehmen, dann jedoch seine Pläne geändert und sich auf die *Titanic* als Vollstreckerin seines Willens konzentriert.« Sie wandte sich an Nikola. »Es tut mir leid: Aber die kostenintensiven Eilaufträge, die Sie bekommen haben, zielten nur darauf ab, die Titanic noch mehr aufzuwerten, damit noch mehr erfolgreiche und mächtige Männer und Frauen eine Passage buchen.«

»Die werden mich kennenlernen«, sagte Nikola böse. »So etwas nehme ich persönlich.«

»Wir nehmen das auch persönlich«, sagte Allison ernst. »Sehr persönlich sogar. Deswegen haben wir auch alles darangesetzt, um das Ruder noch herumzureißen. Bei Smith wären wir fast zu spät gekommen – aber so konnten wir ihn doch noch rechtzeitig in unserem Hive aufnehmen, als es für ihn so weit war, genauso wie Tanner. Und doch ist dann fast alles schiefgegangen. Der andere Hive ist mächtig, und er bedient sich anderer Mittel als wir.«

»Ich weiß«, knurrte Nikola. »Ich habe gehört, was in dem Burggefängnis der Navy passiert ist. Und diese verrückte Sabotage unserer Zugfahrt habe ich ja am eigenen Leib zu spüren bekommen.«

Allison nickte. »In Southampton mussten wir dann schnell und unauffällig reagieren. Der zweite Hive hatte kurzerhand das Hilton auserkoren, um euch zu manipulieren.« Sie sah mir direkt in die Augen, und einmal mehr gelang es mir kaum, mich dem Zauber ihres Blickes zu erwehren. »Da du mir wichtig bist, bist du auch für den anderen Hive wichtig. Er wollte über dich an uns kommen.«

»Na immerhin hat er uns deswegen nicht gleich abgemurkst«, bemerkte Mulligan. »Weil wir so eine Art Lockvogel waren.«

Allison lächelte leicht. Aber als sie fortfuhr, wurde ihr Ton wieder auf eine Art sachlich, die mich abstieß. »Der andere Hive ist wie ein Kind. Wie ein sehr mächtiges Kind. Aber er experimentiert mit einigem Geschick, und etliches, was er tut, erweist sich dann bereits als sehr gefährlich für uns wie auch für euch. So wie es die Sache mit dem Hilton hätte werden können, wenn Sir Harland nicht noch gerade rechtzeitig auf das Drängen unserer Mittelsmänner reagiert und die Feier verlegt hätte.«

»Und das mit unserem allseits geschätzten Sir Arthur waren Sie dann ja wohl auch«, vermutete Nikola. »Sie haben ihn aus dem Hilton weggelockt, bevor dort die Falle zuschnappen konnte.«

Allison nickte bestätigend. »Wir haben ihn in Sicherheit gebracht – und euch die eiserne Kutsche geschickt, bevor sie euch erwischen konnten.«

Sie redete und redete, und ich wollte sie hassen. Aber es gelang mir nicht. Das machte mich nur noch wütender. Vielleicht am meisten auf mich selbst.

»Und jetzt ist uns der erste wichtige Schritt gelungen. Das hier«, sie legte die Hand auf das Kästchen, »darf nicht zerstört werden.«

»Weil du ein Teil davon bist?«, fragte ich leise.

»So wie es auch ein Teil von mir ist, ja«, räumte sie ein. »Wie sollte es anders sein?«

»Dann hast du mich also von Anfang an belogen?«

»Ich habe niemals behauptet, nur noch die zu sein, die du gekannt hast«, antwortete Allison. »Ich bin mehr geworden, Quinn, so viel mehr, als du es dir auch nur vorstellen kannst.« Ihre Hand strich jetzt fast zärtlich über das Kästchen, und ich musste an mich halten, um es nicht an mich zu reißen und über Bord zu werfen. »Wir sind so schrecklich wenige, und jedes Leben ist so unendlich kostbar.«

Selbst Nikola wirkte jetzt fassungslos, und Mulligan grunzte irgendetwas, was ich gar nicht verstehen wollte. Das Boot erzitterte unter dem Anprall einer weiteren Woge, und als ich mich wieder gefangen hatte, schrien Mulligan und Nikola wie mit einer Stimme auf. Ich drehte mich um …

… und erstarrte vor Schrecken.

Die *Titanic* sank. In diesem Augenblick.

Ihr Heck hob sich so weit aus dem Wasser, bis es für eine einzelne Sekunde nahezu senkrecht in die Höhe zu ragen schien, und ich hörte ein dumpfes, gequältes Grollen, das wie ein Todesschrei klang. Dinge zerbrachen, explodierten und zerbarsten in Millionen Splitter, überall in der *Titanic* über und auch unter Wasser, blitzten auf und gingen in Flammen auf, und dann, nach einem einzelnen, schier endlosen Augenblick rauschte das mächtige Schiff einfach nach unten und verschwand in einer gewaltigen, schäumenden Explosion aus Wasser, Gischt und umherfliegenden Trümmern und lodernden Flammen.

»*Festhalten!*«, schrie Nikola.

Keine fünf Sekunden später traf die Schockwelle das Boot.

Ich hatte mit etwas wie dem Hammerschlag der Götter gerechnet, doch anfangs war es eher sanft, beinahe wie eine unsichtbare Riesenhand, die das Boot behutsam anhob.

Aber sie hörte damit nicht auf.

Die Welle musste fünfzehn, zwanzig, wenn nicht dreißig Fuß hoch sein und türmte sich immer noch weiter auf, bevor wir auf der anderen Seite in ein mindestens ebenso tiefes Wellental stürzten. Möglicherweise aufgrund seiner übermenschlichen Stärke gelang es Tanner, das Boot vor dem Kentern zu bewahren, doch wir begannen zu kreiseln wie ein trockenes Blatt, das sich dem Gully nähert. Dieser ersten Welle folgten eine zweite und eine dritte, noch eine weitere und noch eine, und jede einzelne kam mir mindestens doppelt so hoch vor wie die davor. Wären sie es wirklich gewesen, hätten wir es nicht überlebt, das war mir klar. Wir alle – wenigstens der menschliche Teil der Besatzung – schrien aus Leibeskräften und klammerten uns irgendwo fest, und ich meinte zumindest einmal zu spüren, wie sich eine übermenschlich starke Hand in meinen Gürtel krallte und mich davor bewahrte, einfach über Bord gespült zu werden.

Irgendwann war es vorbei.

Die *Titanic* war verschwunden. Der Sog des sinkenden Giganten hatte uns den größten Teil des Weges, den Tanner uns so mühsam weggerudert hatte, zurückgerissen, und ich wagte mir nicht einmal vorzustellen, was geschehen wäre, wären wir auch nur eine einzige Minute später von Bord gegangen.

Und dennoch hatten wir Glück gehabt, verglichen mit manchen anderen. Mindestens zwei der großen Rettungsboote trieben kieloben im Wasser, und wie um mir zu zeigen, wie unser Schicksal hätte aussehen können, schoss genau in diesem Moment ein kleines Stück entfernt ein Boot wie ein Korken durch die Wasseroberfläche, drehte sich wie ein springender Tümmler halb um seine Längsachse und fiel dann mit solcher Wucht keine fünfzig Fuß von uns entfernt ins Meer zurück, dass es in Stücke brach. Nicht wenige Trümmer prasselten rings um uns herum ins Wasser, und ich war erneut sehr froh, dass wir noch immer die schweren Unterwasseranzüge trugen.

Tote trieben auf dem Meer, die meisten ertrunken oder von der grausamen Kälte getötet, viele aber auch mit schrecklichen Verletzungen, die sie sich beim Untergang des Schiffes oder ihrem verzweifelten Sprung von Bord zugezogen hatten. Ein gewaltiger Teppich aus Trümmerstücken, Kleiderfetzen, zerbrochenen Möbeln, Stoff, Koffern, Bettwäsche und einer Million anderer Dinge breitete sich aus, so weit das Auge reichte.

Hier und da brannte Petroleum oder Treibstoff, die nach dem Auslaufen aus ihren ursprünglichen Behältnissen Feuer gefangen hatten, und tief unter Wasser meinte ich immer noch ein höllisches Flackern und Lodern auszumachen, auch wenn es allmählich schwächer wurde, je tiefer das Schiff sank. Ich ertappte mich bei der wirklich müßigen Frage, wie lange es wohl dauern mochte, bis der stählerne Gigant den Meeresboden in vier- oder fünftausend Metern unter uns erreichte und welchen Schaden er wohl dort unten anrichten würde, wenn er wie ein abstürzender Mond auf dem Meeresgrund aufschlug.

Nikola sagte etwas, das ich nicht verstand, das mich aber immerhin aus meinen sinnlosen Grübeleien riss, die vermutlich ohnehin nur ein verzweifelter Versuch meines Verstandes waren, sich an irgendetwas vermeintlich Normales zu klammern, um nicht an dem allgegenwärtigen Grauen ringsum zu zerbrechen.

»Ihr habt Hunderte gerettet, Quinn«, sagte Allison so eindringlich, als hätte sie meine Gedanken gelesen. Wahrscheinlich war es in diesem Augenblick nicht schwer, sie trotz der besudelten Scheibe an meinem Gesicht abzulesen. »Ohne deine Freunde und dich hätte es keinen einzigen Überlebenden gegeben.«

Ich presste die Kiefer so fest zusammen, dass meine Zähne knirschten. Anklagend deutete ich auf das Kästchen, das noch immer von ihren beiden Händen schützend umklammert in ihrem Schoß lag. »Ich hoffe, du bist mit dem Erfolg deiner kleinen Rettungsaktion zufrieden. War es den Preis wert?«

»Das reicht, Mister Devlin«, sagte Nikola scharf. »Wir haben mittlerweile alle verstanden, dass Sie ein Meister darin sind, sich zum Narren zu machen.«

»Schon gut, Nikola«, sagte Allison rasch. »Ich kann ihn ja verstehen.«

Ich wollte ihren Beistand nicht, doch Allison streifte mich mit einem so traurigen Blick, dass mir die nächste Gehässigkeit im Hals stecken blieb, sie wandte sich mit einem knappen Nicken an Tanner, der die Riemen sogleich wieder ins Wasser tauchte und losruderte.

»Sie sind ein Dummkopf, Quinn«, sagte Nikola. »Haben Sie denn gar nichts verstanden?«

»Nein«, blaffte ich. »Was sollte ich denn verstehen?«

Zugleich war da wieder diese Stimme, die mich fragte, ob es nicht einen guten Grund gab, dass ich nicht darüber nachdenken wollte, etwas, das ich längst begriffen und nur tief in mir vergraben hatte, weil ich es einfach nicht wahrhaben *wollte*?

Nikola maß mich mit einem verächtlichen Blick und beließ es dabei. Mulligan wechselte den Platz, griff sich ebenfalls zwei der großen Ruder und begann Tanner tatkräftig zu unterstützen. Nicht dass der Maschinenmann es vermutlich auch nur merkte, aber es war wohl die gute Absicht, die zählte, denn Tanner bedankte sich nicht nur mit einem artigen Nicken, sondern zwang auch die nahezu perfekte Imitation eines Lächelns auf sein nachgeahmtes Gesicht.

Es war erst dieser – zugegeben nicht besonders faire – Gedanke, der mir klarmachte, dass ich Tanners Gesicht überhaupt *sah.* Er trug plötzlich keinen Helm mehr, ebenso wenig wie die klobige Tauchermontur, sondern war nun wieder in die blaue Marineuniform gehüllt, in der ich ihn das erste Mal gesehen hatte. Und wenn ich das Wort Marineuniform gegen Sommerkleid tauschte, dann galt dasselbe auch für Allison. Es war ein gespenstischer Anblick, nicht nur weil sie so vollkommen trocken und unberührt dasaßen, als machten Wind und Nässe einfach einen Bogen um sie, sondern weil ich plötzlich begriff, was ich da wirklich sah: nämlich Allison und Tanner, die ganz genauso aussahen wie in dem Moment, in dem ich sie das erste Mal zu Gesicht bekommen hatte. Wie ein Bild, das aus meiner Erinnerung entstanden war. Wenn es ein Zufall war, dann ein höchst sonderbarer.

Ein Chor aus Wehklagen und verzweifelten Hilferufen riss mich aus meinen nahe am Wahnsinn kratzenden Gedanken. Dessen ungeachtet begann uns Tanner mit kräftigen Bewegungen vom Ort der Katastrophe wegzurudern. Noch bevor ich dem Einhalt gebieten konnte – wir mussten die Schiffbrüchigen retten, verdammt! –, wurde mir plötzlich so übel, als hätte die Seekrankheit nur darauf gewartet, um in einem besonders ungünstigen Moment erneut zuzuschlagen.

# 25

Mir war furchtbar übel, mein Herz raste, und ich musste mich über die Bordwand beugen und mich erleichtern, bis ich nur noch ein trockenes Würgen hervorbrachte, das selbst in meinen eigenen Ohren wie ein verzweifeltes Wimmern klang. Als ich mich endlich wieder aufrichten konnte, sah ich mich einem Ungetüm mit gepanzerten Flanken und einem gewaltigen Zackenkamm auf dem Rücken gegenüber, das offensichtlich gerade aus dem Meer aufgetaucht war. Die Lichter hinter den beiden mannsgroßen Bullaugen des Turms erloschen, kaum dass ich ihrer gewahr geworden war, und die Schwärze der Nacht verschluckte die Umrisse. Singh legte keinen Wert darauf, von den Überlebenden der Schiffskatastrophe gesehen zu werden.

Aber ich umso mehr, mit ihm ein paar Worte zu wechseln. So übel mir auch immer noch war und so vollkommen ausgelaugt ich mich fühlte, begann in mir doch ein ganz anderes Gefühl zu brodeln. Wir mussten so viele Schiffbrüchige wie nur möglich retten. Alles, was wir dazu zu überwinden hatten, waren ein paar Hundert Meter und der Starrsinn eines Mannes, der sich als selbst ernannter Retter der Menschheit aufspielte – und sich dann doch verweigern wollte, wenn es um die Rettung halb erfrorener Schiffbrüchiger ging.

Tanner pullte noch kraftvoller, sodass wir uns dem Tauchboot jetzt beinahe so rasch näherten, als würden wir von einem kräftigen Außenbordmotor angetrieben.

»Singh scheint den Kampf also gewonnen zu haben«, hörte ich Nikolas Stimme wie durch Watte. »Hat er dieses ... *Ding* ... getötet?«

»Man kann es nicht töten«, erwiderte Allison.

Ich runzelte die Stirn und drehte mich zu Allison um.

»Was für ein Unsinn!«, widersprach Nikola heftig, räusperte sich und fügte nach einer kleinen Pause in verändertem Ton hinzu: »Mit Verlaub. Aber sagten Sie nicht vor gar nicht langer Zeit erst selbst, dass es nichts gibt, was nicht zerstört werden kann?«

»Das habe ich«, antwortete Allison. Ihr Blick irrte unstet über das Meer und suchte etwas. Etwas, vor dem sie Angst hatte. »Aber man kann nicht töten, was niemals gelebt hat, Nikola. Und Sie ...«

Sie unterbrach sich mitten im Satz, und ein Schatten huschte über ihr Gesicht. Etwas kam. Etwas Gigantisches und Böses. Allison erhob sich halb, und ihre Finger schlossen sich fest um das Kästchen.

»Wenn irgendetwas passiert ...«, begann sie, und das Meer unmittelbar neben dem Boot barst in einer weißen Explosion aus Schaum und spritzender Gischt, aus deren Zentrum ein gewaltiger, mit unzähligen schnappenden Mäulern übersäter Fangarm in die Höhe wuchs, wie eine Peitschenschnur die Luft über dem Boot teilte und schneller zurückkehrte, als das Auge ihm folgen konnte.

»... bringt es zu Sir Arthur! Er weiß ...«

»Sir Arthur?«, schnappte ich.

Die verrücktesten Fantasien und Vorstellungen schossen mir im Bruchteil einer Sekunde durch den Kopf. Selbstverständlich würde ich Arthur aufsuchen, aber keinesfalls um ihm etwas zu übergeben, sondern um zu erfahren, ob er mich wirklich sehenden Auges in diesen Wahnsinn – zu Allison! – geschickt hatte.

»Sir Arthur weiß, wo Svensson ist«, beendete sie ihren Satz. »Der wird alles Weitere …!«

Ich konnte nicht einmal sagen, ob sie das noch laut sagte oder die Worte direkt in meinem Kopf entstanden, und ich war auch nicht sicher, ob ich wirklich alles so sah, wie es sich abspielte. Alles geschah nicht nur mit unglaublicher Schnelligkeit, sondern schien die Grenzen der Kausalität zu sprengen, als verlören in der Nähe dieser monströsen Kreatur selbst die Gesetze der Physik und der Natur ihre Gültigkeit.

Allison warf das Kästchen mit beiden Händen in meine Richtung, sodass der Deckel aufflog und ich die mir nur zu gut bekannte unheimliche grüne Helligkeit des Hive in seinem Inneren wahrnahm. Kaum hatte es ihre Hände verlassen, peitschte der Tentakel zurück, schlang sich um ihren Oberkörper und ihre Arme und riss sie mit unwiderstehlicher Gewalt aus dem Boot.

Ihr blieb nicht einmal Zeit für einen Schrei, dann verschwand sie auch schon im Meer, und bevor ich erschrecken konnte, brach ein zweiter und nicht minder monströser Tentakel auf der anderen Seite des Bootes aus dem Meer und riss auch Tanner ins Verderben. Das alles ging so unglaublich schnell, dass es schon wieder vorbei war, bevor ich das Kästchen auffing.

Die Zeit schien stehen zu bleiben. Nikola und Mulligan waren aufgesprungen und starrten fassungslos auf das Meer hinab, das Allison und Tanner verschlungen hatte, und ich bemerkte aus den Augenwinkeln, wie sich unter uns ein gigantischer Schatten durch den Ozean wälzte, ein Monstrum von einer Größe, die einfach nicht sein durfte, und das unser winziges Boot mit einer beiläufigen Bewegung zerschmettern konnte, ohne es auch nur zu bemerken.

Wir wurden jedoch nur von einer weiteren Woge eher sacht angehoben und, wie es der Zufall wollte, sogar noch schneller auf Singhs Schiff zugetragen. An dessen Deck flammte nun ein einzelner, wenn auch ungemein starker Scheinwerferstrahl auf und strich tastend über das Meer.

Nichts von alledem war von irgendeiner Bedeutung. Ich war auf beide Knie gefallen und hatte es irgendwie geschafft, das Kästchen nicht fallen zu lassen. Ich starrte in sein Inneres.

Mit Worten zu beschreiben, was ich sah, war unmöglich, denn es ähnelte nichts, was ich jemals zuvor gesehen hatte. Vielleicht waren es nur Lichter, reines Bewusstsein und keine *Dinge* in dem Sinn, in dem ich das Wort bisher benutzt hatte, ein Universum winziger Sonnen und Galaxien, klein genug, um in eine geöffnete Hand zu passen, und zugleich so groß wie das Universum selbst und so mächtig, dass alles in mir vor der bloßen Ahnung seiner Existenz erschauerte.

Da waren eine Million Sonnen, die einander umkreisten und durchdrangen, eine Milliarde Gedanken, die in stummer Macht pulsierten, und eine Million mal eine Milliarde Möglichkeiten, die darauf warteten, Realität zu werden. Ich hätte Allisons Bestätigung bedurft, um mich begreifen zu lassen, was es war: der Hive, die Essenz, die Erinnerungen und Entscheidungen und das *alles* einer vollkommen fremden Lebensart, so anders als alles, was jemals über diese Welt gewandelt war, dass mein Verstand gar nicht anders konnte, als an dem Versuch zu scheitern, es zu erfassen. Etwas Heiliges. Etwas unvorstellbar Großes und Wertvolles, dessen bloße Existenz die Welt für alle Zeiten verändern musste, würde es jemals enthüllt.

Aber es war auch der Grund, weshalb wir hier waren. Der Grund, weshalb Tausende von Menschen gestorben waren und noch unendlich viel mehr gestorben wären, hätten wir es nicht aufgehalten. Und es war der Grund, weshalb mir Allison ein zweites Mal genommen worden war, und diesmal wahrscheinlich für immer. Der Grund, weshalb ich durch das Feuer vergeblicher Hoffnung gegangen war und Dinge gesagt und gedacht hatte, für die ich mich bis ans Ende meiner Tage hassen würde. Der Grund, weshalb ich ein zweites Mal um sie trauern musste, und diesmal ohne den Trost, den ich aus der Erinnerung an sie geschöpft hatte.

Die Allison, um die ich bis zu jenem Tag, an dem ich Arthurs furchtbares Angebot angenommen hatte, getrauert hatte, war eine andere gewesen, ein Engel ohne Fehler und Makel, rein und gut, der sich am Ende selbst geopfert hatte, um so viele andere – auch mich – zu retten. Aber die Maschine, mit der ich die vergangenen Tage verbracht hatte, hatte mir nun auch noch diesen letzten Trost genommen.

Und zugleich begriff ich, was ich zu tun hatte.

Vielleicht hielt ich in meinen Händen den Schlüssel zu einer neuen und möglicherweise um so vieles besseren Welt, die Antworten auf alle Fragen, die jemals gestellt worden waren und jemals gestellt werden würden. Aber wenn diese neue Welt so war wie das, was ich in den letzten Tagen erlebt hatte, wer wollte dann in ihr leben?

All das und noch tausend andere Gedanken schossen mir in der Zeit durch den Kopf, die Nikola und Mulligan brauchten, um erschrocken aufzuspringen und in die Richtung herumzufahren, in der Tanner verschwunden war. Mir blieb vielleicht noch einmal dieselbe Spanne, um eine Entscheidung zu treffen, die ich weder treffen wollte noch das Recht dazu hatte oder das nötige Wissen. Ich hätte ein Heiliger sein müssen, um die richtige Entscheidung zu treffen.

Und ich hätte kein Mensch sein dürfen, um nicht zu wissen, dass das Ding, das ich in meinen Händen hielt, mir Allison genommen hatte. Zweimal.

Ich setzte dazu an, das Kästchen über Bord zu werfen, besann mich dann darauf, dass Nikola möglicherweise gesehen hatte, wie ich es auffing, und griff hinein.

Flüssiges Licht und die Sterne einer Million Galaxien schwammen in meiner rechten Hand, und ein Gefühl intensiver Wärme durchströmte mich. Ich wusste plötzlich, was Mulligan gemeint hatte, als er von den Stimmen sprach und dem Flüstern in seinem Kopf, denn nun hörte ich es auch, aber ich gab diesem Wispern keine Gelegenheit, mich in Versuchung zu führen, sondern tauchte die Hand ins Wasser, öffnete sie und drehte sie herum, sodass mir alles entglitt, was mich gerade noch erfüllt hatte. Wärme und Kribbeln erloschen, und eine Sekunde darauf verstummten auch die Stimmen hinter meiner Stirn. Mir blieb sogar noch Gelegenheit, die Hand aus dem Wasser zu ziehen und das Kästchen zu schließen, bevor die Zeit wie ein straff gezogenes Gummiband in ihren normalen Fluss zurückschnappte und Nikola zu mir herumfuhr.

Er sah mich nur an, ohne ein Wort zu sagen. Nach einer kleinen Ewigkeit ergriff Mulligan wieder den Riemen und steuerte das wartende Tauchboot an. Nikola ließ zwei, drei mühsame Ruderschläge verstreichen, dann gesellte er sich zu ihm, um ihn zu unterstützen, und obwohl ich nicht den Eindruck hatte, dass es nennenswert schneller ging, legte ich das Kästchen aus der Hand und griff ebenfalls nach einem der großen Riemen. Zu dritt und ohne auch nur ein einziges Wort zu sagen, näherten wir uns dem Tauchboot.

Singh selbst erwartete uns an Deck des aufgetauchten Schiffes, nicht wie ich es erwartet hatte in einem der schwarzen Unterwasseranzüge, sondern in seiner üblichen weißen Seidenmontur samt Turban und Schwert. Neben ihm standen gleich vier Männer seiner Besatzung, die ganz ähnlich gekleidet waren, zu meiner Beunruhigung aber mit etwas auf uns zielten, das unangenehm große Ähnlichkeit mit einem wuchtigen Harpunengewehr hatte. Keiner von ihnen sagte auch nur ein Wort, während wir uns näherten, und Singh maß uns mit zunehmend finsteren Blicken.

Immerhin verzichteten die Männer darauf, das Feuer auf uns zu eröffnen, sondern warfen uns ganz im Gegenteil ein Tau zu, das Nikola im dritten Versuch auffing, sodass wir längsseits gehen konnten. Allerdings rührte keiner von ihnen auch nur einen Finger, um uns zu helfen, als wir ungeschickt hintereinander auf das Deck hinaufkrabbelten.

»Kapitän Singh«, begann Nikola aufgeregt, »Miss Carter und ihr Begleiter sind ...«

»Ich habe gesehen, was passiert ist«, unterbrach ihn Singh. »Es war nicht Ihre Schuld. Sie hätten nichts tun können, glauben Sie mir. Sie können froh sein, dass Sie noch leben.«

»Nach allem, was wir gesehen haben, gilt das wohl auch für Sie und Ihr Schiff«, erklärte Nikola, während er bereits mit beiden Händen nach oben griff, um den Helm abzunehmen. »Ich hoffe doch, es ist alles in Ordnung?«

»Dieses Schiff hat schon Schlimmeres überstanden«, antwortete Singh.

»Dann haben Sie dieses *Ding* getötet?«, fragte Nikola.

»Man kann ihn nicht töten«, antwortete Singh. War es wirklich Zufall, dass das exakt dieselbe Wortwahl wie von Allison war? »Aber diesen Kampf haben wir gewonnen, das ist wahr.«

Nikola nahm seinen Helm ab. »*Diesen* Kampf?«

»Es war nicht der erste, und es wird nicht der letzte gewesen sein«, antwortete Singh und fügte hinzu: »Ihren Anzug, Nikola. Und Ihre auch.«

Die drei letzten Worte galten Mulligan und mir. Jeweils zwei seiner Männer traten an unsere Seite und halfen uns, die sperrigen Unterwassermonturen abzulegen, wofür ich ihnen genauso dankbar war, wie ich es zugleich auch bedauerte, denn nun fühlte ich mich nicht nur entsetzlich verwundbar und ausgeliefert, sondern spürte auch zum ersten Mal, wie kalt es wirklich war. Mein Respekt vor den Menschen in ihren winzigen Rettungsbooten und gar den Unglückseligen, die im Wasser trieben und um ihr nacktes Überleben schwammen, wuchs ins Unermessliche.

Ich rührte keinen Finger, um den beiden Männern zu helfen, sträubte mich aber auch nicht großartig, sondern sah vage interessiert zu, wie sie die einzelnen Komponenten an sich nahmen und mit fast schon ehrfürchtig anmutenden Bewegungen verstauten. Ich nahm an, dass diese Monturen einen enormen Wert darstellten.

Nachdem wir alle drei in unseren viel zu dünnen Anzügen dastanden und schon nach ein paar Sekunden um die Wette zu zittern begannen, erwartete ich, dass man uns angewärmte Decken (oder wenigstens *Decken*) um die Schultern legte oder uns einen Becher heißen Tee in die Hand drückte. Doch nichts geschah. Singh sah uns nur weiter mit nahezu ausdrucksloser Miene an und bedeutete seinen Männern dann immerhin, ihre Waffen zu senken und uns nicht mehr unmittelbar zu bedrohen. Etwas stimmte nicht. Etwas stimmte ganz und gar nicht.

»Wir müssen den Menschen helfen«, begann Nikola. »Es sind noch Hunderte im Wasser, und …«

»Nein«, sagte Singh.

»Nein?« Nikola blinzelte. Schon nach den wenigen Sekunden, die wir ohne die schützenden Anzüge im eisigen Wind standen, begann er am ganzen Leib zu zittern, und sein Atem bildete grauen Dampf vor seinem Gesicht.

»Aber was soll das …?«

»Niemand wird dieses Schiff zu Gesicht bekommen«, bestätigte Singh kalt. »Es gibt schon viel zu viele, die um seine Existenz wissen.« Schwang da so etwas wie eine Drohung mit in seinen Worten und den Blicken, mit denen er uns einen nach dem anderen maß?

»Aber wir müssen etwas tun!«, protestierte Nikola. »Dort draußen sind viele Menschen, die um ihr nacktes Überleben kämpfen!«

»Nein«, sagte Singh ruhig. »Niemand betritt dieses Schiff.«

»Aber es ist groß genug, um …«, begann Nikola und sprach den Satz dann nicht einmal zu Ende, als er Singhs eisigem Blick begegnete. Mir war genauso klar wie ihm, wie sinnlos jedes weitere Wort zu diesem Thema war, aber ich war es mir einfach selbst schuldig, es wenigstens noch einmal zu versuchen. »Sie müssen niemanden an Bord lassen. Die meisten finden hier oben an Deck Platz!«

»Nein«, beharrte Singh.

»Dann lassen Sie uns wenigstens die aus dem Wasser holen, die es nicht in ein Rettungsboot geschafft haben«, insistierte Nikola. Eigentlich flehte er schon fast. »Sie werden erfrieren!«

»Ja, das ist bitter«, sagte Singh. »Und es tut mir auch wirklich und aufrichtig leid. Aber ich bin auch für die Sicherheit meiner Mannschaft verantwortlich und für die meines Schiffes. Es tut mir wirklich leid, bitte glauben Sie mir. Aber hier steht mehr auf dem Spiel, als Sie sich auch nur vorstellen können.«

»Und was?«, fragte ich.

Singh ignorierte Nikola nun, bedachte ihn nur noch mit einem zusätzlichen mahnenden Blick und wandte sich dann direkt an mich.

»Miss Carter hat Ihnen etwas gegeben?« Er streckte fordernd die Hand aus.

*Miss Carter* hatte mir auch aufgetragen, es Svensson auszuhändigen, nicht ihm, aber ich zögerte nur lange genug, um meiner vermeintlichen Unschlüssigkeit Glaubwürdigkeit zu verleihen, bevor ich ihm das Kästchen aushändigte. Singh klappte das Kästchen auf und sah lange hinein. Sehr lange.

»Ist das alles?«, fragte er schließlich.

Ich nickte.

Nikola zog die Brauen hoch, schwieg aber, und Singh gab sich eine geschlagene Minute lang alle Mühe, mich mit Blicken zu durchbohren, gab es aber dann auf, als ihm die Sinnlosigkeit dieses Unterfangens aufging.

»Das ist bedauerlich«, sagte er in einem Ton, der mehr Desinteresse ausdrückte, als ich überhaupt für möglich gehalten hätte. »Dann war also alles umsonst.«

Ich tat ihm nicht den Gefallen zu fragen, was er damit meinte, sondern nahm das Kästchen wieder entgegen und verstaute es in meiner Jacke. Meine Hand kribbelte.

»Dann wäre es jetzt wohl an der Zeit für Sie zu gehen«, sagte Singh.

Es dauerte eine Weile, bis ich überhaupt begriff, was er meinte. »Was soll das heißen?«

»Die Formulierung ist vielleicht nicht ganz korrekt«, antwortete Singh. »Aber es wird Zeit, dass Sie rudern, klingt irgendwie seltsam, finde ich.«

»Sie wollen, dass wir …?«, krächzte Nikola, und Singh unterbrach ihn: »Mein Schiff verlassen, ja.« Er deutete auf das Rettungsboot. »Wir müssen aufbrechen. Wir haben einen weiten Weg vor uns. Und die Zeit drängt. Wir sollten nicht mehr hier sein, wenn die ersten Rettungsschiffe eintreffen.«

»Sie werfen uns von Bord?«, sagte Nikola fassungslos. »Das ist nicht Ihr Ernst!«

Singh gab seinen Männern einen Wink, woraufhin sich alle bis auf einen rasch ins Innere des Schiffes zurückzogen, dann deutete er noch einmal auf das Rettungsboot. »Ich schreibe

Ihnen nichts vor. Aber dieses Schiff wird in wenigen Minuten tauchen, und es wäre sicherer für Sie, wenn Sie dann wieder in Ihrem Boot und in gebührender Entfernung sind. Aber es ist natürlich Ihre Entscheidung.«

»Sie können uns doch nicht einfach so hier aussetzen!«, protestierte Nikola.

»Ihr Boot bietet Ihnen genug Schutz«, sagte Singh, indem er zum dritten Mal auf das Rettungsboot deutete, das im Takt der Wellen neben uns gegen den Rumpf schlug und mir plötzlich mehr denn je wie eine zerbrechliche Nussschale vorkam.

»Die *Carpathia* wird in wenigen Stunden hier eintreffen, und mehrere andere Schiffe haben ebenfalls Kurs genommen. Es wird vielleicht ein wenig unbequem und sehr kalt, aber Sie sind nicht in Gefahr.«

Ohne sich zu verabschieden, wandte Singh sich um und ging, doch ich rief ihn noch einmal zurück. »Und Sie?«

Ganz und gar gegen meine Erwartung sah er über die Schulter zu mir zurück. »Wenn Sie Glück haben, sehen wir uns nie wieder, Mister Devlin.«

»Glück? Wie meinen Sie das?«

»Und wenn Sie und Ihre Freunde noch einen guten Rat von mir annehmen wollen, dann suchen Sie sich einen ruhigen Ort am anderen Ende der Welt, an dem Sie die nächsten Jahre zubringen können.«

»Warum?«, fragte Nikola. Er klang ungefähr so nervös, wie ich mich fühlte.

»Ein Sturm zieht auf, Mister Devlin«, sagte Singh, ohne Nikola auch nur zur Kenntnis zu nehmen. »Und ich habe nicht vor, ihm im Weg zu stehen, wenn er losbricht.«

»Was für ein Sturm?«

»Es wird Krieg geben. Einen gewaltigen Krieg, der die ganze Welt in Brand setzen könnte.«

»Was genau soll das heißen?«, fragte Nikola. »Hören Sie auf, in Rätseln zu sprechen, Mann!«

Aber diesmal bekam er keine Antwort. Singh ignorierte ihn weiter, schenkte mir nur noch ein abschließendes ernstes Nicken und einen dazu passenden Blick und eilte dann wortlos weiter. Nur wenige Augenblicke später konnten wir hören, wie das schwere Turmluk geschlossen und verriegelt wurde, und abermals ein paar Sekunden darauf spürten wir ein sachtes, aber rasch anschwellendes Zittern, das durch den Schiffsrumpf lief.

»Aber das … das kann er doch nicht machen!«, stammelte Nikola.

»Tut er aber«, versetzte Mulligan. Er war der Erste, der sich umdrehte und ins Boot zurückkletterte, dicht gefolgt von mir und schließlich auch von Nikola, der noch ein paar kostbare Sekunden mit dem vergeblichen Versuch verschwendete, ein Loch in den Turm zu starren, durch das wir ins Innere des Schiffes gelangen konnten.

Mulligan und ich benutzten die Ruder, um uns vom Rumpf des Tauchbootes abzustoßen, und kaum hatten wir es getan, setzte sich das gewaltige Schiff in Bewegung, nahm rasch an Fahrt auf und begann zugleich unterzutauchen, eingehüllt in einen Mantel aus Millionen silberner Luftblasen.

Unser Boot begann heftig zu schaukeln und drohte nun in den Sog des tauchenden Unterwasserschiffes zu geraten, riss sich dann aber doch los und hüpfte und schaukelte eine kurze Weile so heftig auf dem Meer, dass wir alle Hände voll zu tun hatten, um nicht doch noch über Bord zu gehen. Ich handelte mir etliche schmerzhafte Schläge an Händen und Unterarmen ein, bekam das störrische Ruder aber schließlich unter Kontrolle. Angeleitet von Mulligan, dessen pragmatischem Naturell ich in dieser Situation nur zu gerne die Führung überließ, entfernten wir uns rasch weiter von dem Ort, an dem das Tauchboot verschwunden war, und nahmen schließlich Kurs auf die kleine Flotte versprengter Rettungsboote.

Zumindest in einem Punkt war das Schicksal gnädig, auch wenn der Preis für diese vermeintliche Großzügigkeit entsetzlich war: Der Chor aus Schreien, Wehklagen und verzweifelten Hilferufen war nahezu verstummt, und an seiner Stelle begann sich eine fast gespenstische Stille über der Unglücksstelle auszubreiten.

Ich ruderte weiter, versuchte Schmerzen und Furcht zu ignorieren und mich ganz auf diese simple Bewegung zu konzentrieren, und irgendwann schienen meine Muskeln ganz von selbst in den richtigen Rhythmus zu finden. Mir war so entsetzlich kalt wie noch nie zuvor in meinem Leben, und mein Herz klopfte so hart, dass ich nicht sicher war, den jeweils nächsten Schlag noch zu überleben.

Doch das musste ich, genau wie den nächsten und den danach und auch den darauffolgenden, denn es war noch nicht vorbei. Im Gegenteil. Der Hive mochte zerstört sein und die Ungeheuer aus der Tiefe zumindest für eine Weile wieder in ihr Reich ewiger Finsternis zurückgetrieben, aber all das war nicht mehr als der Anfang gewesen. Ich wusste nicht einmal, der Anfang wovon, und wie hätte ich es auch wissen können, in diesem Moment?

Der achte Tag der Schöpfung hatte gerade erst begonnen.

**Wolfgang Hohlbein**

# Die Chronik der Unsterblichen

Fantasy

Getrieben, das Rätsel ihrer Herkunft zu lösen, tragen Andrej Delãny und Abu Dun die Bürde der Unsterblichkeit, ohne dafür ihre Menschlichkeit zu opfern. Der Versuchung, sich der dunklen Seite hinzugeben, haben sie stets widerstanden … Begleite in bisher 15 Bänden die Unsterblichen bei ihrer abenteuerlichen und gefährlichen Reise durch die Vergangenheit, die sie quer durch ganz Europa führt.

*Atemberaubende Spannung, packend erzählt!*

**Band 11: Glut und Asche**
ISBN 978-3-8025-8247-9

**Band 12: Der schwarze Tod**
ISBN 978-3-8025-8395-7

**Band 13: Der Machdi**
ISBN 978-3-8025-8494-7

**Band 14: Pestmond**
ISBN 978-3-8025-8840-2

**Band 15: Nekropole**
ISBN 978-3-8025-8841-9

gebunden mit Schutzumschlag
Band 11-12: € 19,95 [D]
Band 13-15: € 19,99 [D]

---

**www.egmont-lyx.de**

LYX
EGMONT

**Bernd Perplies**

# Imperium der Drachen

## Das Blut des Schwarzen Löwen

Fantasy

**Wird sein Schicksal mit Blut geschrieben?**

Iolan ist ein Findelkind und wächst gemeinsam mit seinem Ziehbruder Markos als Sohn eines einfachen Fischers auf. Doch als er das Mannesalter erreicht hat, wird sein Dorf von königlichen Soldaten in Schutt und Asche gelegt, die Einwohner fallen den Schwertern der Eindringlinge zum Opfer. Iolan entkommt mithilfe des geheimnisvollen Arastoth, der ihm eröffnet, dass auch seine echten Eltern durch den König ermordet wurden. Von Rachegelüsten getrieben, folgt Iolan seinem Retter in die Hauptstadt des Imperiums, nur um festzustellen, dass die Wahrheit deutlich komplizierter – und schrecklicher ist …

»Bildgewaltig und stimmungsvoll! Bernd Perplies bietet seinen Lesern einen wahrhaft magischen Ausflug.« *Nautilus*

Band 1 der Serie
480 Seiten · broschiert mit Klappe
€ 14,99 [D]
ISBN 978-3-86396-070-4

www.egmont-ink.de

INK
EGMONT